D1878709

चाँद

अछूत अंक

चाँद
अछूत अंक

संपादक

पं. नंदकिशोर तिवारी

राधाकृष्ण प्रकाशन

'चाँद' पत्रिका के 'अछूत अंक' का प्रकाशन
मई, 1927 ई. में हुआ था

ISBN : 978-81-7119-377-6

चाँद : अछूत अंक

पुस्तक रूप में पहला संस्करण : 1997
पाँचवाँ संस्करण : 2016
This book is printed on **Print on Demand** Technology : 2024

मूल्य : ₹995

प्रकाशक
राधाकृष्ण प्रकाशन प्राइवेट लिमिटेड
जी-17, जगतपुरी, दिल्ली-110 051
शाखाएँ : अशोक राजपथ, साइंस कॉलेज के सामने, पटना-800 006
पहली मंजिल, दरबारी बिल्डिंग, महात्मा गांधी मार्ग, प्रयागराज-211 001
1, अनमोल सोराबजी संतुक लेन, धोबी तलाव, मरीन लाइंस, मुम्बई-400 002
वेबसाइट : www.radhakrishnaprakashan.com
ई-मेल : info@radhakrishnaprakashan.com

Printed at : Rajkamal Prakashan P.Ltd.

CHAND : ACHHOOT ANK
Edited by Pt. Nand Kishore Tiwari

इस पुस्तक के सर्वाधिकार सुरक्षित हैं। प्रकाशक की लिखित अनुमति के बिना इसके किसी भी अंश को फोटोकापी एवं रिकॉर्डिंग सहित इलेक्ट्रॉनिक अथवा मशीनी, किसी भी माध्यम से, अथवा ज्ञान के संग्रहण एवं पुन:प्रयोग की प्रणाली द्वारा, किसी भी रूप में, पुनरुत्पादित अथवा संचारित-प्रसारित नहीं किया जा सकता।

सत्तर साल बाद 'चाँद' का 'अछूत अंक'

युग बदलने के बाद भी कालजयी रचना की प्रासंगिकता खत्म नहीं होती। इसी तरह कालजयी पत्रकारिता अपने समय की सीमा तोड़कर बाद के युगों के लिए भी अनिवार्य बनी रहती है। इस सदी के तीसरे-चौथे दशक में निकलनेवाली पत्रिका **चाँद** में प्रकाशित रचनाओं को ऐसी ही कालजयी कहा जा सकता है। उन रचनाओं से हिन्दी साहित्य का इतिहास बना। उसका नया रूप सामने आया। लेकिन सिर्फ़ साहित्य ही नहीं, विचार के मोर्चे पर भी **चाँद** ने महत्त्वपूर्ण भूमिका निभाई। समय-समय पर **चाँद** ने अनेक विशेषांक निकाले। तत्कालीन समय को उसने परिभाषित करने की कोशिश की। उस समय के प्रमुख मुद्दे उठाए और उनका विवेचन किया। **चाँद** के प्रकाशन काल के दौरान स्वाधीनता-आंदोलन उत्कर्ष पर था। एक ओर गाँधीजी का अहिंसक आंदोलन था, दूसरी ओर भूमिगत क्रांतिकारी थे जो बम और पिस्तौल की बदौलत आज़ादी हासिल करना चाहते थे। **चाँद** ने राष्ट्रीय आंदोलन की इन दोनों ही धाराओं का प्रतिनिधित्व किया। गाँधीजी के प्रभाव में अगर उसने 'अछूत अंक' निकाला तो क्रांतिकारियों के सम्मान में उसने 'फाँसी अंक' संयोजित किया। राष्ट्रीय आंदोलन के बारे में **चाँद** की यह समग्र दृष्टि थी।

हम **चाँद** का 'फाँसी अंक' पुनर्प्रकाशित कर चुके हैं। अब 'अछूत अंक' प्रकाशित कर रहे हैं। यह विशेषांक मई 1927 में निकला था। पंडित नंदकिशोर तिवारी ने इस अंक का संपादन किया था। श्री तिवारी क्रांतिकारी विचारों के संपादक थे। उनके विचार और कर्म में एकता थी। इसका सबसे बड़ा उदाहरण **चाँद** के इस अंक का मुखपृष्ठ है। इस 'अछूत अंक' के मुखपृष्ठ पर एक ऐसी तसवीर छपी है जिसमें उसके संपादक प्रेस के दलित कंपोजीटर के साथ एक ही थाल में भोजन कर रहे हैं। उस युग में इसका कितना विरोध हुआ होगा इसकी सिर्फ़ कल्पना की जा सकती है ! हिंदी में ऐसे क्रांतिकारी संपादकों की लंबी परंपरा है। ऐसे संपादकों ने पत्रकारिता को मिशन की तरह लिया। **चाँद** का 'अछूत अंक' मिशन पत्रकारिता का अन्यतम उदाहरण है।

इस अंक की सामग्री का संकलन इस तरह किया गया है कि अछूत समस्या का कोई भी पक्ष छूटने न पाए। अनेक खंडों में विभक्त इस पत्रिका का संपादकीय विचार खंड अत्यंत सशक्त है। इसकी अनेक टिप्पणियों में अछूत समस्या के उत्स की विस्तृत पहचान की गई

है। इस समस्या के समाधान के रास्ते बताए गए हैं। इतिहास और समाजशास्त्र, दोनों ही विधा के अध्येताओं के लिए इसमें बहुमूल्य सामग्री है। प्राचीन भारत में शूद्रों की स्थिति पर इधर डॉ. रामशरण शर्मा ने विस्तार से विचार किया है। **चाँद** ने आज से 70 साल पहले ही इस पर खोजपूर्ण लेख छापे थे जिनकी सूचनाओं का आज भी उपयोग हो सकता है। इसी तरह तत्कालीन समाज में अछूतों की स्थिति का परिचय देनेवाले लेखों में नई समाजशास्त्रीय दृष्टि अपनाई गई है। इस अंक में समाज की विभिन्न अछूत जातियों का तुलनात्मक अध्ययन पहली बार इतनी बारीकी से क़िया गया है।

साहित्यिक उपलब्धियों की दृष्टि से भी यह अंक अत्यंत महत्त्वपूर्ण है। प्रेमचंद की कालजयी कहानी 'मंदिर' इसी अंक में छपी थी। हरिऔध और रामचरित उपाध्याय की कविताएँ भी उल्लेखनीय हैं। तसवीरों और रेखांकनों से भी तत्कालीन 'अछूत संसार' को मूर्त करने का प्रयास किया गया है।

दलित चेतना के विस्तार के इस युग में **चाँद** का 'अछूत अंक' मील के पत्थर की तरह है। इसकी सामग्री आज भी दलित चेतना को सही दिशा देने में महत्त्वपूर्ण भूमिका निभाएगी, ऐसी आशा है। इन्हीं उद्देश्यों को ध्यान में रखते हुए 70 साल बाद फिर से हम **चाँद** का 'अछूतांक' उपलब्ध करा रहे हैं।

—प्रकाशक

विषय-सूची

बाल-मनोरंजन

[ले. अध्यापक श्री ज़हूरबख़्शजी, 'हिन्दी-कोविद']

विविध विषय

* * *

चित्र-सूची

ूताङ्क

Registered No. A.

५, खण्ड २ मई, १९२७ संख्या १, पूर्ण संख्या

इस अङ्क के प्रधान सम्पादक श्री० पं० नन्दकिशोर जी तिवारी, बी० ए०; जो सरयूपारीण ब्राह्मण हैं, स्वयं बंशीलाल कोरी (चमार) के साथ; जो प्रेस के हिन्दी-विभाग का कम्पोज़िटर है, भोजन कर रहे हैं।

वार्षिक चन्दा ६।।) छः माही चन्दा ३।।)

इस अंक के सम्पादक—
श्री० नन्दकिशोर तिवारी

विदेश का चन्दा ८।।) इस अङ्क का मूल्य २)

शबरी और श्रीराम

कह दे हिन्दू जाति कहाँ वह छुआछूत का गया विचार !
अथवा श्रीमुख से यह कह दे राम न ईश्वर के अवतार !!

Highly appreciated and recommended for use in Schools and Libraries by
Directors of Public Instruction, Punjab, Central Provinces and Berar,
United Provinces and Kashmir State, etc., etc.

वर्ष ५ खण्ड २	मई, १९२७	संख्या १ पूर्ण संख्या ५५

अभिवादन

[ले० पं० चन्द्रनाथ जी मालवीय, "वागीश"]

(१)

चाँद ! अरे ? क्यों बने आज हो—
तुम अछूत-उद्धारक दूत !
तुम्हें न यह शोभा देता है—
तुम तो हो रत्नाकर-पूत !!

(२)

विहँस इन्दु ने कहा, नहीं
क्या समझे तुम इसका कारण !
चन्द्रमौलि कहलाते शङ्कर—
कर मुझको शिर पर धारण !!

(३)

यदि मैं दर्शन दूँ न निशा में—
तो हो जावे जग सूना !
पर मैं भी 'अछूत' हूँ नभ में—
सरल नहीं मुझको छूना !!

(४)

तुम यदि इन 'अछूत' पतितों को—
अपनालो नत मस्तक कर !
भुवन-पूज्य हो जाओगे तुम—
जग में हैं जैसे शङ्कर !!

चाँद

मई, १९२७

पाप की ग्रन्थियाँ

पुण्य के भस्म-स्तूप से निकल, पाप के आवरण-पट पर टकराती हुई, जातीय जीवन के मृत्यु-ताण्डव की उन्मत्त भावनाओं से आन्दोलित होकर एक ओर प्रतिध्वनि उठती है—वे अछूत हैं, श्वपच हैं, अन्त्यज हैं, चाण्डाल हैं; उनका दर्शन पाप है, उनका स्पर्श धर्म की हत्या है! परन्तु साथ ही दूसरी ओर इस प्रतिध्वनि की प्रतिक्रिया किसी चैतन्य वाणी की उद्दाम प्रेरणा से प्रस्फुटित होकर चिल्ला उठती है—आओ, हमारे कलेजे के टुकड़ो! तुम्हें हम अपनी आँखों में रख लें; हिन्दू काफ़िर हैं, बुतपरस्त हैं, तुम्हारी क़द्र करना नहीं जानते; हम-तुम दूध और शक्कर की तरह एक होकर रहेंगे। एक ओर से शब्द होता है—तुम शूद्र हो; तुम्हारा छूना महा पाप है! दूसरी ओर से प्रतिध्वनि होती है—इस्लाम सब को भाई समझता है, इसके दायरे में बादशाह और भिखमङ्गा एक दस्तरख़्वान पर खाते-पीते तथा एक साथ ही नमाज़ अदा करते हैं। एक ओर से शब्द होता है—मुलतान और जकोबाबाद की कड़ी धूप में, तुम्हारे बच्चे प्यास से तड़प-तड़प कर भले ही मर जाँय; पर तुम हरगिज़ हमारे कुओं से पानी नहीं भर सकते। दूसरी ओर से फ़ौरन आवाज़ होती है—तुम्हारी यह परेशानी क्यों? आओ, पानी की जगह हम तुम्हें शरबत पिलाएँ। हिन्दू होकर तुम प्यास से तड़प कर भले ही मर जाओ; पर मुसलमान होते ही तुम्हारी सारी नापाकीज़गी काफ़ूर हो जाएगी; और तुम बड़ी आज़ादी से उन्हीं कुओं से उसी तरह पानी भर सकते हो, जिस तरह ऊँची जाति के हिन्दू भरते हैं। एक ओर से फटकार मिलती है—

चाण्डाल, श्वपच दूर रह, तेरे दर्शन से भगवान की अप्रतिष्ठा हो जावेगी। दूसरी ओर उपदेश दिया जाता है—मेरे भाई, प्रभू ईसा में एतक़ाद करो! वह तुम्हारी आरज़ूएँ, तुम्हारी मुरादें पूरी करेगा। वह भगवान का 'इकलौता बेटा' है; उस पर ईमान लाने, से पिछले सारे पाप नष्ट हो जाते हैं। एक ओर से तिरस्कार होता है—शूद्रों को वेद अथवा धर्मशास्त्र पढ़ने का अधिकार नहीं। दूसरी ओर से आग्रह होता है—आओ, हम लोगों में शामिल हो जाओ, हम लोग तुम्हें और तुम्हारे बाल-बच्चों को पढ़ावेंगे और पढ़ा कर अच्छे-अच्छे ओहदे दिलावेंगे। फिर तुम्हारी सारी ग़रीबी, तुम्हारे सारे कष्ट दूर हो जायँगे। एक ओर से अपमान-जनित शब्दों में कहा जाता है—तेरे प्रवेश से पतित-पावन भगवान विश्वनाथ का मन्दिर अपवित्र हो जाएगा। साथ ही दूसरी ओर से अभिवादनपूर्ण शब्दों में कहा जाता है—तुम्हारे मिलने की ख़ुशी में हम रोशनी करेंगे और हमारे गिरजे आबाद होंगे! दोनों पक्ष की बातें सुन कर उन अभागों की—जो हिन्दू-जाति के बहिष्कृत अङ्ग हैं, जो हिन्दू-जाति के द्वारा दूषित एवं घृणित समझे जाते हैं, और जिनका अस्तित्व अभागे हिन्दुओं की आँखों में काँटे की तरह चुभता है—आत्मा विचलित हो जाती है! वे 'राम' और 'गङ्गामाई' को प्यार करते हुए भी उनसे सदा के लिए पृथक् हो जाते हैं; इसलिए कि हिन्दू-धर्म का प्यार, उनके सारे कष्टों का कारण और उसका बहिष्कार, उन कष्टों का निवारण है! भगवती जाह्नवी संसार की सारी अशुद्धता और पापों को भले ही नष्ट कर दें; पर उन्हें पवित्र करने से सर्वथा असमर्थ हैं। भगवान विश्वनाथ की परम उपासना, उनका दिव्य दर्शन, उनका अनुपम तेज, अखिल सृष्टि के अघ का भले ही निवारण कर दे; परन्तु जिस दिन एक चमार भक्ति की चरम सीमा की उत्कृष्ट भावनाओं से उनके मन्दिर में प्रवेश करता है, उस दिन उनका सारा तेज स्वयं ही पाप, अपमान और अप्रतिष्ठा में विलीन हो जाता है! इस बात की पुष्टी में हिन्दी-संसार के सुपरिचित श्री० पुरुषोत्तमदास जी टण्डन की कुछ अनुभूत बातें उन्हीं के शब्दों में देना अनुचित न होगा:—

××××मैं हिन्दी-प्रचार के निमित्त मद्रास के भिन्न-भिन्न नगरों में घूम रहा था। मुझे रामेश्वरम् और मदुरा जाने का अवसर पड़ा। मद्रास में अछूत जातियों के साथ जो व्यवहार है, उसकी कल्पना तो उत्तरीय भारत के उच्च से भी उच्च जाति वाले नहीं कर सकते। वहाँ तो कुछ स्थानों में, जिन गलियों में ब्राह्मण रहते हैं, वहाँ पञ्चम लोग साधारणतः आ भी नहीं सकते। मन्दिरों इत्यादि के सैकड़ों गज़ की दूरी के भीतर भी वे नहीं आ सकते। एक ओर तो हिन्दू-जाति के ही एक अङ्ग के साथ ऐसा व्यवहार है, और दूसरी ओर अङ्गरेज़ों की घृणित ख़ुशामद है, जिसमें सब जात्याभिमान भूल जाता है। रामेश्वरम् और मदुरा के मन्दिर भारत भर में प्रसिद्ध हैं। इन्हें देखने के लिए बड़ी दूर-दूर से लोग आते हैं। योरप और अमेरिका के भी यात्री इन्हें देखने आते हैं। जिस समय मैं रामेश्वरम् के मन्दिर में थोड़ी देर के लिए भ्रमण कर रहा था, उसी समय मैं ने देखा कि कुछ अङ्गरेज़ जूता पहिने हुए मन्दिर के फ़र्श पर घूम रहे थे और सिवाय गर्भाशय के, जहाँ केवल पुजारी जाते हैं, अन्य सब स्थानों में स्वच्छन्दता से जूता पहिने जा सकते थे××××मैं लकड़ी की खड़ाऊँ जो साधारणतः पहिनता हूँ, पहिने था। मुझसे खड़ाऊँ भी बाहर उतारने को, हमारे साथ के पुजारी जी ने मन्दिर की मर्यादा रखने के लिए कहा; और मैं ने इसे बड़ी प्रसन्नता के साथ स्वीकार किया; किन्तु जब मैं अन्दर गया और अङ्गरेज़ों को जूता पहिने हुए घूमते देखा तो मुझे बहुत दुख हुआ। अङ्गरेज़ों के साथ जो पुजारी जी घूम रहे थे, उनके चेहरे और व्यवहार से दासता और नीचता उबली पड़ती थी। पूछने पर मुझे मालूम हुआ कि अङ्गरेज़ लोग बराबर जूता पहिने आते हैं। मन्दिर के भीतर ही उसके बाहरी अंश में जहाँ दूकानें इत्यादि हैं, वहाँ मुसलमान दूकानदारों को भी मैं ने देखा; किन्तु साथ ही यह मालूम हुआ कि जो हिन्दू अछूत समझे जाते हैं, वे चाहे कितनी स्वच्छता से आना चाहें, मन्दिर के आस-पास बहुत दूर तक कहीं नहीं आ-जा सकते।

इस प्रकार की घटना मुझे मदुरा में भी दिखाई पड़ी × × × ! आज हमारे समाज में जिस प्रकार का हिन्दू-धर्म प्रचलित है, यह ऊपर की घटना जो प्रतिदिन मन्दिरों में हो रही है, उसका ज्वलन्त उदाहरण है × × × मद्रास प्रान्त भर में तो धर्म-विषयक अन्धापन उत्तर भारत से कहीं अधिक दीख पड़ा ! परिणाम यह हो रहा है कि वहाँ अछूत जातियाँ शीघ्रता से ईसाई होती चली जा रही हैं; और वहाँ की उच्च जातियों के सिर पर जूँ तक नहीं रेंगती। केवल एक ज़िले में मुझे मालूम हुआ कि पिछले पाँच वर्षों में ५० हज़ार अछूत ईसाई हुए हैं × × × ! गढ़वाल के एक ग्राम से दूसरे ग्राम में एक छोटी जाति की बारात जा रही थी। दूलह किसी प्रकार की सवारी पर था। वहाँ की उच्च जाति वालों को यह बात असह्य है कि छोटी जाति का लड़का किसी सवारी पर जाय अथवा विवाह करके जो लड़की आवे, वह डोले में लाई जाय। फिर क्या था ? कई गाँव की उच्च जाति के लोगों ने बारात को घेर लिया और कुछ लोगों को मारा-पीटा। अन्त में बारातियों को सरकारी अधिकारियों की सहायता लेनी पड़ी। बारात को घेरने वालों में हिन्दू और मुसलमान दोनों ही थे !

उपरोक्त कथन उन अभागे हिन्दुओं की करुणापूर्ण स्थिति पर, जो अछूत के नाम से प्रसिद्ध हैं, पूर्ण प्रकाश डालता है; पर तो भी यह पर्याप्त नहीं है। यह तो उनकी दुख-कहानी का सहस्रांश भी नहीं है। दुख, अपमान, आन्तरिक ग्लानि एवं शोक उनके जन्म-सिद्ध अधिकार हैं एवं उनके चिर-सहचर हैं, जो संसार में पैर रखते ही उनके पास आ जाते हैं और तब तक साथ नहीं छोड़ते, जब तक वे अभागे इस पापी मानवी चोला का परित्याग न कर बैठें !

भारत की अन्नपूर्णा भूमि में आज सात करोड़ हत-भागी अछूत कही जाने वाली आत्माएँ दिन-रात भूखों मर रही हैं। उपवास के कारण उनके पेटों में छाले पड़ रहे हैं। आप दिहातों में जाइए और जाकर उन टूटी-फूटी झोंपड़ियों का निरीक्षण कीजिए। वहाँ आप जिस हृदय-विदारक दृश्य का अनुभव करेंगे, वह लेखनी व्यक्त नहीं कर सकती। वहाँ एक-दो, सौ-हज़ार ही नहीं; वरन् लाखों और करोड़ों की संख्या में माताएँ बिलख-बिलख कर रात-दिन ख़ून के आँसू बहा रही हैं। आप स्वराज्य के गगन-भेदी स्वर से आकाश प्रकम्पित कर देते हैं, आप कॉङ्ग्रेस तथा हिन्दू-हित के नाम पर लाखों रुपए कौन्सिलों की मेम्बरी के लिए हँसते हँसते तबाह कर देते हैं, आप 'लीडरी' के नशे में आकाश-पाताल एक कर देते हैं, आप अपने नेतृत्व को अमर करने के लिए मुसलमानों के द्वारा हिन्दुओं पर किए गए लाखों ज़ुल्मों पर परदा डाल देते हैं, आप अपरिवर्त्तनवादी असहयोगी होते हुए भी कौन्सिल के नशे में उन्मत्त हो जाते हैं और पूर्णबेलिया में सरकार के द्वारा किए गए न्यायपूर्ण कार्य की भी निन्दा कर देते हैं ! परन्तु आपको उन अत्याचारों का पता नहीं है, जो आप अपने धर्म वालों पर स्वयं ही कर रहे हैं ! और दुख तो केवल इतना ही है कि ये धार्मिक एवं सामाजिक अत्याचार धर्म और समाज के पुनीत नाम पर किए जा रहे हैं ! आपके सम्मुख आपकी करोड़ों माताएँ, जिनका मुख-मण्डल हृदय में मातृत्व का पुण्यतम भाव प्रवाहित कर देता है, जिनका स्वरूप माँ के वात्सल्यप्रेम की साकार प्रतिमा है और जिनकी प्रत्येक वाणी मातृ-मन्दिर की शुभ्रतम भावनाओं की व्यक्त एवं परम पुनीत प्रति-ध्वनि है; दरिद्रता के कठोर आघात तथा आपके नादिरशाही ज़ुल्मों के कारण आप से जुदा होकर ईसाइयत और इस्लाम के गोशे आबाद कर रही हैं ! आपकी आँखों के सामने लाखों दुधमुँहे बच्चे भूख से तड़प-तड़प कर प्राण त्याग देते हैं ! आपकी पैशाचिक काम-वासना की प्रज्ज्वलित अग्नि में आपकी हज़ारों असहाया बहिनें नित्य ही अपना सतीत्व भस्म कर देती हैं ! आप गाँवों में जाइए और वहाँ के अधिकांश ज़मींदारों, तालुकेदारों तथा उच्च जाति के लोगों के उन अत्याचारों को देखिए, जो कि वे अछूत बहिनों पर करते हैं ! वहाँ हर समय व्यभिचार का बाज़ार गर्म रहता है। मकई और अरहर आदि के खेतों में युवती अछूत बहिनें बलपूर्वक अथवा भिन्न-भिन्न प्रलोभनों के द्वारा इन राक्षसों की कामाग्नि शान्त करने के लिए बुलाई जाती हैं ! यदि इस घटना को उन

बहिनों के माता-पिता, भाई-बन्धु और पति आदि देख लें तो भी उन्हें चूँ करने का अधिकार नहीं; क्योंकि ऐसा करने पर उनके प्राणों पर सङ्कट आ जाने का भय है ! इस प्रकार आज स्वयं हिन्दू-समाज के ही हिन्दुओं पर नारकीय अत्याचार हो रहे हैं ! माता-पिता की आँखों के सामने पुत्रियों का, पति की आँखों के सामने पत्नियों का और भाइयों की आँखों के सामने बहिनों का सतीत्व दिन-दहाड़े नष्ट किया जा रहा है, और इस नग्न पाशविकता को हमारी अधम आँखें देखती हैं और हमारे निर्लज्ज कान सुन रहे हैं। इतना देखते और सुनते हुए भी हम हिन्दू-हित के नारों से आकाश गुञ्जायमान करते हुए कॉन्सिल की लालच में उन्मत्त हो रहे हैं ! इस प्रश्न का एक दूसरा पहलू भी है। यदि वे ही अछूत अपनी बहिनों की सतीत्व-रक्षा तथा अपने मनुष्योचित अधिकारों की माँग के लिए कल ईसाई तथा मुसलमान हो जाते हैं, तब हम उनकी प्रतिष्ठा करने लगते हैं। हिन्दू-समाज का कितना भयानक पतन है ! हिन्दू रहते हुए, राम और गङ्गामाई की दुहाई देते हुए आज लगभग सात करोड़ धर्म के सच्चे लाल अपनी बहिनों की सतीत्व-रक्षा नहीं कर सकते; तथा मनुष्य नहीं कहे जा सकते ! परन्तु जब वे ईसाई अथवा मुसलमान हो जाते हैं, तब उन्हें पूर्ण स्वतन्त्रता मिल जाती है और बड़ी-बड़ी मूँछों और लम्बे-लम्बे त्रिपुण्डाकार चन्दन लगाने वाले तथा जटा-जूटधारी रँगे हुए महन्त-गण उनकी प्रतिष्ठा करने लगते हैं ! यह अतिशयोक्ति नहीं है ! इस घृणित नाटक के उद्घाटन के प्रमाण आज के करोड़ों मुसलमान और लाखों ईसाई हैं ! पर अत्याचार की कहानी अभी समाप्त नहीं हुई। यह असीम है, अनन्त है, अपरिमित है ! यह करुणा से अधिक कोमल, आह से अधिक विदग्ध और अत्याचार से अधिक दुखमय है ! यह रात-दिन के उपवास की कहानी है; यह उन माताओं की कहानी है, जो अपने प्राण-प्रिय बच्चों की लाश अपनी टूटी झोंपड़ी में छोड़ कर नर-पिशाच ज़मींदारों और तालुकेदारों की बेगार करने जाती हैं; यह उन पत्नियों की कहानी है, जो अपने सर्वस्व, अपने पतिदेव तथा अपने जीवन-धन को मृत्यु-शय्या पर छोड़, अत्याचार की नङ्गी तलवार के सम्मुख अपना शीश झुका कर बेगार करने जाती हैं; यह उन बहिनों की कहानी है, जो अपने माता-पिता और भाइयों के सम्मुख रात-दिन अत्याचारियों की काम-वासना का शिकार होती हैं; यह उन अभागे बच्चों की कहानी है, जो अपनी माताओं की गोद में उनके दुग्ध-हीन, सूखे स्तनों को मुँह में डाले हुए भूखों छटपटा कर अपने प्राण दे देते हैं; यह उन पतियों की कहानी है, जो अपनी आँखों से अपनी पत्नियों का सतीत्व नष्ट होते देखते हैं; और अपनी रोग-ग्रस्त पत्नियों और बच्चों को टूटी हुए दीवारों के बीच और बिखरी छतों के नीचे तूफ़ान और पानी की दया पर छोड़ कर अपने निष्ठुर स्वामियों के खेतों में हल चलाने जाते हैं; यह सतीत्व के नष्ट किए जाने की भयानक कहानी है; यह अपार दरिद्रता की रोमाञ्चकारी कहानी है; यह मनुष्यत्व के जघन्य पतन की हृदयबेधी कहानी है; यह हिन्दूधर्म एवं हिन्दूसमाज के लोमहर्षक नाश की करुण कहानी है और साथ ही भारतवर्ष में यह ईसाई तथा इस्लाम-धर्म के विकास की भी कहानी है; यह मूक अश्रुपात, अव्यक्त रोदन तथा गूँगे कष्टों की मर्मभेदी कहानी है, जहाँ जीवन के प्रत्येक पल में निराशा की निस्तब्ध तरङ्ग उठती हैं और उठ-उठ कर हृदय-स्थित सभी लालसाओं को अपने अन्तराल में अन्तर्हित कर लेती हैं। इसीलिए यह कहानी अनन्त है, अवर्णनीय है और है सीमा-रहित !!!

ऊँची जाति के हिन्दुओं की पैशाचिकता की तथा अछूत कही जाने वाली जातियों पर नित्य होने वाले नृशंस अत्याचारों की यह कहानी विशाल हिन्दू-जाति के अस्तित्व के प्रशस्त दुर्ग के चारों ओर बखेर दी गई है। यह हिन्दूधर्म के सुन्दर पुष्पोद्यान में बिखरी हुई पाप की ग्रन्थियाँ हैं ! इन ग्रन्थियों के चारों ओर स्थितिपालकता, पारिवारिक गौरव की निर्मूल उक्तियाँ और इन विडम्बनाओं का भीषण अट्टहास्य प्रतिध्वनित होता है ! इस प्रतिध्वनि के प्रत्येक अङ्गोपाङ्ग में धार्मिक जीवन के व्यथित सङ्गीत की अग्निमय रागिनियाँ प्रतिपादित हो रही हैं ! उन रागिनियों की तूणीर-ध्वनि में जातीय इतिहास की प्रज्ज्वलित चिता अपने आग्नेय नेत्रों की रोषभरी चितवन के आकुल एवं विदग्ध भावनाओं से नृत्य कर रही है। उन भावनाओं की निस्तब्ध आकुलता में प्रलय की सारी सामग्री सञ्चित है। इसलिए हिन्दू-समाज, हिन्दू-समाज के सतीत्व का आदर्श, हिन्दू-सभ्यता,

हिन्दू-इतिहास, हिन्दूधर्म एवं हिन्दूजाति आज सङ्कट में है। जिस हतभागिनी जाति की सम्मान-रक्षा के लिए बप्पारावल ने ख़ून की नदियाँ बहाई थीं, जिस महिमाशाली हिन्दूजाति के अक्षय सतीत्व को अनन्त-काल तक प्रतिष्ठित करने के लिए हज़ारों राजपूत-ललनाओं ने जौहर की लपकती हुई अग्नि-शिखाओं में अपने अमूल्य जीवन को हँसते-हँसते निछावर कर दिया था, जिस हिन्दू-सभ्यता को नष्ट होने से बचाने के लिए हिन्दू-कुल-भूषण, महा प्रतापी शिवाजी ने मुग़ल-साम्राज्य के भस्मावशेष पर हिन्दू-साम्राज्य की नींव रक्खी थी, हिन्दू-जाति की जिस मर्यादा को अकलङ्कित होने से बचाने के लिए एक बार, दो बार, तीन बार और न जाने कितनी बार मुट्ठी भर बहादुर, धर्म और देश पर मर मिटने वाले राजपूतों ने केसरिया वस्त्र धारण कर, चित्तौर के गौरवान्वित दुर्ग के बाहर निकल कर 'एकलिङ्ग' के जय-घोष से अखिल हिन्दूजाति की स्वतन्त्रता की पताका को पतित होने से बचाया था; वही धर्म, वही आदर्श, वही मर्यादा आज स्वयं हिन्दुओं के द्वारा कुचली जा रही है! आज स्वयं हिन्दू ही धर्म के पवित्र नाम पर धर्म की हत्या कर रहे हैं, आज हिन्दू-महिलाओं का सतीत्व अधिकांश हिन्दुओं के ही द्वारा नष्ट किया जा रहा है। इसलिए निखिल हिन्दू-जाति को प्रलय के भयावने दृश्य से बचाने के लिए आवश्यकता है कि हम अपने पूर्व पापों का प्रायश्चित्त कर, 'अछूत' कहे जाने वाले भाइयों का सम्मान तथा आदर करें। उन्हें अपने में मिलाएँ और ऐसा कर हिन्दू-समाज की कमज़ोर नींव को दृढ़ करें, अन्यथा विनाश के प्रलयकारी प्रकम्पन में हमारे जीवन का सारा मधुर सङ्गीत विलीन हो जाएगा और विलीनता के उस भीषण विप्लव में जातीय गौरव की आर्य कविताएँ सशङ्कित, त्रस्त और नीरव हो जावेंगी। नीरवता के उस शून्य साम्राज्य में, शून्य वायुमण्डल के शून्य अङ्क से प्रतिध्वनित होगा :—

"हिन्दू-जाति का रोमाञ्चकारी पतन!"

* * *

अछूत-सेवा का मूल-मन्त्र

समानता की भावना ही समाज-सेवा का मूल-मन्त्र है। चाहे आपका उद्देश्य कितना ही ऊँचा क्यों न हो, चाहे आप में त्याग की प्रवृत्ति अपनी पूर्ण पराकाष्ठा को ही क्यों न पहुँच गई हो, चाहे आपने सेवा-धर्म के परिपालन के लिए अपने सर्वस्व तक की तिलाञ्जलि क्यों न दे दी हो; पर जब तक आपके हृदय में समानता के सिद्धान्त के प्रति श्रद्धा उत्पन्न नहीं होती, जब तक आप देश के प्रत्येक बालक को समभाव से देखने में समर्थ नहीं होते, जब तक आपके हृदय में त्याग के साथ विनम्रता का भी भाव लीला नहीं करने लगता, तब तक आपकी सेवा का, आपकी त्यागमयी साधना का वैसा मधुर-सुन्दर फल नहीं हो सकता। कहने का तात्पर्य यह है कि जब तक आप में भेद-भावना का प्राधान्य है, जब तक अपनी सेवा अथवा अपनी साधना के कारण आप अपने आप को अपने किसी अभागे भाई की अपेक्षा कुछ ऊँचा मानते हैं, जब तक आप अपनी त्यागमयी प्रवृत्ति के परिपार्श्व-प्रान्त में अपने बड़प्पन की भावना को ज्ञात-अवस्था में अथवा अज्ञात दशा में—किसी भी भाँति—परिपोषित करते हैं, जब तक आप सेवक होने के कारण अपने आप को सेवा से अधिक त्यागमय, अधिक महत्वशाली अथवा अधिक आवश्यक मानते हैं, तब तक आपकी कल्याणमयी तपस्या का परिणाम उतना शुभ, उतना पवित्र एवं उतना महिमामय नहीं हो सकता, जितना होना चाहिए। इसीलिए हम एक नहीं, अनेक बार 'चाँद' के स्तम्भों में इस विषय का प्रतिपादन कर चुके हैं कि समाज-सेवा को हमें अपने नित्य जीवन का एक वैसा ही आवश्यक अङ्ग मानना चाहिए, जैसा हम अपने भाई के पोषण को, पत्नी की रक्षा को, पिता की भक्ति को, पुत्र की शिक्षा को मानते हैं। अछूतों के उद्धार की किसी भी आयोजना पर विचार करते समय हमें इस मूल-तत्व को सबसे पहले अपने दृष्टि-पथ पर रखना चाहिए।

भारत के सिद्ध योगीश्वर महात्मा गाँधी ने एक दिन कहा था—अछूतों का उद्धार हम क्या करेंगे? हमें तो सबसे पहले अपना ही उद्धार करना चाहिए; क्योंकि

हमारा उद्धार होते ही अछूतों का उद्धार स्वतः ही साधित हो जाएगा।''

ऋषिवर की इस दिव्य वाणी में सच पूछिए तो उसी तत्व का प्राञ्जल निदर्शन है, जिसकी हमने ऊपर चर्चा की है। यही कारण है कि आज ३०-४० वर्षों से हम अछूतों की समस्या को लेकर प्रचण्ड आन्दोलन में प्रवृत्त हो रहे हैं; पर हमें समुचित सफलता नहीं प्राप्त हो रही है। समुचित तो क्या, आंशिक रूप से भी सफलता की सिद्धि हमें नहीं हुई है। बात तो यह है कि हमने इस आन्दोलन में भी इस बात को कदापि विस्मृत नहीं किया कि अछूत से हम ऊँचे हैं; हम उद्धार-कर्त्ता हैं, अछूत उद्धरणीय हैं; हम विद्या-बल, धन-बल, शक्ति-बल सम्पन्न पुरुष हैं; अछूत निर्बल, पद-दलित, निर्धन एवं अज्ञान हैं; हम उपकारी हैं, अछूत उपकृत हैं; हम दया करके—कृपा करके उसका समुद्धार करने के लिए अग्रसर हुए हैं; वे अपने उद्धार के लिए, अपने सुधार के लिए, अपनी अन्तरात्मा के आलोक की प्राप्ति के लिए, अपनी विलुप्त सम्पत्ति की उपलब्धि के लिए हमारे सामने खड़े होकर हमारी ओर सतृष्ण नयनों से देख रहे हैं। इसी भावना ने, अहङ्कार की इसी कलुषित प्रवृत्ति ने, अपने बड़प्पन की इसी शैतानी धारणा ने हमारी सफलता के मार्ग को कण्टकाकीर्ण बना दिया है। सच पूछिए तो हम—हम जो द्विजाति में उत्पन्न होने का गौरव रखते हैं, हम जो ज्ञान के केन्द्र, बल के निधान एवं धन के आगार होने का शास्त्रीय सार्टिफ़िकेट लिए हुए समाज के इस ध्वंसावशेष मन्दिर में विचरण करते फिरते हैं, हम जो शूद्र के पथ-प्रदर्शक, अछूत के एकान्त हितकर्त्ता, अन्त्यज के 'माई-बाप' बन कर बड़े ठसाके और ठस्से के साथ पब्लिक-प्लेटफ़ॉर्मों पर दीर्घ-काल व्यापिनी, सुललित भाषामयी वक्तृता प्रदान करते हैं, हम जो अछूतोद्धार के महामन्त्र के साधक होने का दावा रख कर भी भङ्गी की लड़की, चमार की कन्या, चाण्डाल की सुता एवं चूड़ा की दुहिता को अपने तत्वावधान में लेने से एक नहीं; हज़ार बार सङ्कोच प्रकट करते हैं—अछूतों की दुर्दशा के लिए दायी हैं। आज कितने ऐसे महापुरुष हैं, जो योगिवर गाँधी की भाँति चाण्डाल-कन्या को अपनी 'लक्ष्मी' बनाकर नित्य उसके सरल शैशव के अन्तराल में वृन्दावन के उस दिव्य शिशु कृष्ण की चपल हास्य-लक्ष्मी का दर्शन करते हों? आज प्लेटफ़ॉर्मों पर गर्दभ-स्वर में 'ढोपों-ढोपों' करने वाले कितने ही ऐसे कपट वेषधारी मुनि-पुङ्गवों को हम जानते हैं, जो प्रत्यक्ष में अन्त्यज को अपना आत्मीय कहकर, अछूत को अपना अभिन्न-हृदय मान कर एवं शूद्र को अपना सहोदर स्वीकार करके भी परोक्ष में, उसके स्पर्श में अपवित्रता, दर्शन में अमङ्गल एवं उसके संसर्ग में अकल्याण मानकर उससे दूर रहने की चेष्टा करते हैं। ऐसे मनुष्य तो हमारी दृष्टि में उनसे भी अधिक पापी एवं शैतान हैं, जो अपने अज्ञान के आवेश में, धर्म (अथवा अधर्म?) के उन्माद में, तथाच परम्परागत कुसंस्कारों के प्रवाह में अछूतों से घृणा करते हैं। पर, उपरोक्त मुनि-पुङ्गवों की बात हमने प्रासङ्गिक-रूप में कही है—वास्तव में हमारे कहने का तात्पर्य यह है कि हमारे दुर्भाग्य से, हमारे अनेक सच्चे सुधारकों में भी ऐसे जनों की संख्या का एकान्त आधिक्य है जो एकमात्र विशुद्ध प्रेम के वशीभूत होकर नहीं; एकमात्र विशुद्ध त्याग के दिव्य आवेश में नहीं; एकमात्र विमल सेवा की पुण्य-प्रेरणा से प्रेरित होकर नहीं, वरन् अपने बल, विद्या एवं वैभव को शूद्रों और अछूतों की सेवा में लगा कर अपने हृदय की अहङ्कार-प्रवृत्ति को चरितार्थ करने के लिए, अपनी करुणा के प्रवाह में अछूतों को अवगाहन कराके, अपने बड़प्पन को सिद्ध करने के लिए, अपनी सुधार-साधना को कीर्त्ति से आलोकित देखने के लिए तथाच अपनी त्याग-तपस्या की कुटीर को मुखरित करने वाली जनता के जयजयकार की ध्वनि से अपने कानों को परितृप्त करने के लिए अछूतों के सेवा-तीर्थ में अवतीर्ण होते हैं। सच पूछिए तो अछूतों की जटिल समस्या के और भी जटिलतर बन जाने का यही प्रमुख कारण है।

हमने ऊपर जिस श्रेणी के सुधारकों का वर्णन किया है, उनमें से बहुत से ऐसे हैं जो बे जाने-बूझे प्रलोभन के प्रवाह में पड़ कर बह जाते हैं, और बहुत से ऐसे हैं जो जान-बूझ कर, किन्तु न जानने का सा भान करके, इसी प्रलोभन के कुटिल कटाक्ष पर प्राण देते हैं। तो भी उनकी साधना में सत्य का अंश है, उनकी तपस्या में त्याग का तेज है। पर क्या ही अच्छा हो, यदि हमारे सुधारक जब यह भली-भाँति हृदयङ्गम कर लें कि अछूतों का प्रश्न हमारा ही प्रश्न है, हमने अथवा पूर्वजों ने इनके प्रति जो अन्याय या अत्याचार किए हैं, उनका

प्रायश्चित्त किए बिना हमारा, देश का, हमारे समाज का, हमारी जाति का किसी भाँति निस्तार नहीं है; शूद्र हमारी करुणा का विषय नहीं हैं, वरन् उनके प्रति हमारा जो नैतिक एवं धार्मिक दृष्टि से अनिवार्य कर्तव्य है, उसका पालन करना हमारी जातीय उन्नति एवं देश के अभ्युदय के लिए एकान्त रूप से आवश्यक है। कहने का तात्पर्य यह है कि अहङ्कार के भाव-भेष से मत्त होकर नहीं; उच्च-नीच के विषय-विभेद से उद्भ्रान्त होकर नहीं; अहमन्यता के प्रचण्ड प्रभाव से प्रभावित होकर नहीं; वरन् सरल स्नेह की विशुद्ध, विसर्ग की एवं पवित्र प्रायश्चित्त की भावनात्रयी में अपने मन, बुद्धि, एवं हृदय को अवगाहन करके यदि हमारे देश के नवयुवक एवं नवयुवतियाँ इस समस्या की मीमांसा में प्रवृत्त हों तो यह निश्चय है कि स्वयं भगवान की कोमल करुणा उनके कण्टकाकीर्ण पथ को परिष्कृत कर देगी और आत्म-सन्तोष की दिव्य आभा के आलोक में वे अपने पुण्य लक्ष्य का दिव्य स्वरूप देख कर विमल आनन्द से विभोर हो उठेंगे !

* * *

अछूत और आत्म-सम्मान

हमने ऊपर सुधारकों की जिस प्रवृत्ति की विवेचना की है, उसने अछूतों के अभ्युदय में एक सबसे बड़ी बाधा पहुँचाई है। वह यह है कि अछूतोन्नति के प्रत्येक प्रयास के साथ इस प्रवृत्ति के समुपस्थित रहने के कारण अछूतों के आत्म-सम्मान को विकसित, पल्लवित, पुष्पित एवं फलित होने का वैसा अवसर एवं अवकाश नहीं मिला। शताब्दियों के अन्याय, अत्याचार एवं अनाचार ने इन अभागे शूद्रों और अन्त्यजों को केवल निर्धन, निर्बल एवं निकृष्ट ही नहीं बना दिया; वरन् उनके हृदय की रङ्गभूमि में स्वतन्त्रतापूर्वक किलोल करने वाली उनकी समस्त उच्च प्रवृत्तियों को भी यथाशक्ति विनष्ट कर दिया। उन पर केवल अत्याचार ही नहीं हुए, वरन् उन पर अनाचार भी ख़ूब हुआ और उनकी समस्त मानसिक बौद्धिक एवं आध्यात्मिक भावनाएँ, धारणाएँ तथा वृत्तियाँ भी निर्दयतापूर्वक निर्यातन-यन्त्र में पीस डाली गईं। आज से नहीं, बौधकाल से ही और कदाचित् उससे भी पहले से शूद्र का नियन्त्रण और निर्यातन प्रारम्भ हो गया था। तब कल्प, शताब्दियों के भी नहीं, वरन् युगों के अत्याचार के मारण-यन्त्र में नियन्त्रित होकर शूद्र और अछूत-जाति की गुणावली कैसे जीवित रह सकती थी। और यदि कभी-कभी उस भस्मावशिष्ट चिता में से एकाध स्फुलिङ्ग चमक भी उठता था, यदि कभी-कभी उस दारुण नियन्त्रण के बन्दीगृह की दीवाल तोड़ कर उनकी व्याकुल प्रवृत्ति की कोई अस्पष्ट ध्वनि बाहर निकल भी आती थी, यदि बहिष्कृत बन्धुओं की कोई अस्पष्ट चीत्कार हमारे भस्मावशिष्ट समाज-मन्दिर के खण्डहरों को क्षण भर के लिए मुखरित भी कर देती थी, तो उसका भी अन्त कर दिया हमारे इन भेद-भाव के पक्षपाती नेताओं और उनके अनुयायी जनों ने। भारत-माता की कोकिल-कण्ठ। सरोजिनी ने, राजधानी द्दिल्ली में, अखिल भारतवर्षीय समाज-सेवा-सङ्घ के प्रमुख पद पर से, समुद्दीप्त वाणी में कहा था :—

"To offer relief to the poor in the spirit of Philanthropy is to offer them that insult which is worse than death for the rich have their riches, the beautiful have their beauty the poets have their genius but the poor have only their pride."§

कैसे दिव्य वचन हैं और इन वचनों में समाज-सेवा के मूलतत्व का कैसा प्राञ्जल भाष्य है। हमारी सम्मति में प्रत्येक व्यक्ति को, जिसने सामाजिक सेवा के क्षेत्र में अपने आप को उत्सर्ग कर देने का निश्चय किया है अथवा जो पहले ही से इस क्षेत्र में अवतीर्ण होकर पुण्य-सञ्चय कर रहे हैं, इन दिव्य शब्दों को अपने हृदय-पटल पर विश्वास के सुवर्ण-वर्णों में अङ्कित कर लेना चहिए।

---

§ परोपकार की भावनाओं से निर्धनों की सहायता करना उन्हें अपमानित करना है। यह अपमान मृत्यु से भी अधिक बुरा और भयङ्कर है; क्योंकि जिस प्रकार ऐश्वर्य सम्पत्तिवानों की, सौन्दर्य छविमानों की और प्रतिभा कवियों की निधि है, उसी प्रकार निर्धनों की निधि है—'आत्म-गौरव'।

इसलिए हमारा कहना है कि जब तक आप अछूत अथवा अन्त्यज कहलाने वाली जातियों को उनके आत्म-गौरव का—उनके मानवी सम्मान का प्रदर्शन एवं परिचय नहीं करा देंगे, तब तक उनकी उन्नति की, उनके कल्याण की, उनकी जागृति की, उनके उत्थान की सारी प्रयत्न-राशि एक बार ही असार और असफल सिद्ध होगी; और उनका लक्ष्य, उनका आदर्श, उनका कर्त्तव्य, उनका धर्म, उनका मनुष्यत्व यहाँ तक कि उनका सर्वस्व इस प्रकार अन्धकारमय आवरण से आवृत रहेगा; पर उनमें आत्म-सम्मान की भावना को जागृत करने के लिए आप को अपने अहङ्कार की बलि देनी होगी, अपनी अहमन्यता को तिलाञ्जलि देनी होगी, अपने बड़प्पन की भावना को अर्धचन्द्र देनी होगी। अपने त्याग, तपस्या एवं सेवा के अन्तराल में प्रवाहित होने वाली भेद-भावना को सदा के लिए विसर्जन करना होगा। जब तक आप उन्हीं के होकर उनके पास नहीं जायँगे, जब तक आप उनके हृदय में यह अविचल विश्वास नहीं स्थापित कर देंगे कि हिन्द-माता और हिन्दू-जाति की सन्तान के नाते वे और आप दोनों अभिन्न हैं; भाई हैं; आप में और उनमें अणुमात्र भेद नहीं है, तब तक आप उनके हृदय-मन्दिर में विलुप्त आत्म-सम्मान को पुनः प्रतिष्ठित करने में समर्थ नहीं होंगे। दान के रूप में नहीं; वरन् स्नेह के रूप में आप उन्हें अपनी सेवा की भेंट दीजिए; अहमन्यता की भावना को लेकर नहीं, वरन् विनम्रता की प्रवृत्ति से प्रेरित हो कर आप उन्हें अपने हृदय से लगाइए; भेद-भाव को विसर्जन करके विशुद्ध समानता के भाव-वेष में, आप उनके हाथ में हाथ देकर समाज के मन्दिर में प्रवेश कीजिए, तब आप की साधना सफल होगी, तब आपका स्वप्न सत्य होगा, तब आपकी तपस्या पूर्ण होगी, तब आप आत्म-सन्तोष की उपलब्धि करके विश्वेश्वर के विराट् स्वरूप का दिव्य दर्शन अपनी दिव्य दृष्टि से प्राप्त करने में समर्थ होंगे। तब तक नहीं—किसी भाँति नहीं!

एक दिन रविवार की छुट्टी के प्रभात में, अपने साथ अछूतों को ले जाकर, नगर के दो-चार कुओं पर चढ़ा देने से एवं अपने इस अद्वितीय, अनुपम, अपूर्व साहस एवं कर्त्तव्य की कथा को समाचार-पत्रों में प्रकाशित करा देने मात्र से कार्य नहीं चलेगा; किसी अन्त्यज विशेष को दो-चार वेद-मन्त्रों के द्वारा शुद्ध करके, उसके कृष्ण ललाट पर पीत चन्दन का प्रलेप करके एवं वार्षिकोत्सव के समारोह में मन्त्री-रूप से इस पुनीत, पावन, पुण्य-कार्य के लिए वाहवाही लूट करके, पीछे उसे उसके भाग्य पर छोड़ देने मात्र से भी अछूतोद्धार की समस्या की वास्तविक मीमांसा नहीं होगी; इसी प्रकार होली के अवसर पर, अपने अनेक रङ्गों में रँगे हुए कलेवर के साथ, एकान्त साहसपूर्वक, चाण्डाल स्पर्श कराके साल भर के लिए फिर उसे अस्पृश्य बना देने से भी अन्त्यज का शापोद्धार नहीं होगा। इन आडम्बरों से इस जटिल प्रश्न का निपटारा नहीं होगा, इन असार अभिनयों से इस स्थूल कठोर समस्या का समाधान नहीं होगा। यह बात आपको अपने हृदय में भली-भाँति अङ्कित कर रखनी चाहिए। भोजन की भावना से भूख शान्त नहीं होती है; जल के ध्यानमात्र से तृषा की शान्ति असम्भव है। यह अप्रिय, किन्तु सम्पूर्ण सत्य है।

यही कारण है कि गाँधी जी अछूतों को दान नहीं; किन्तु काम देने के पक्षपाती हैं। निस्वार्थ दानी और निस्वार्थतर भिक्षुक इन दोनों की बात दूसरी है; पर साधारण-रूप में जो दान नित्यप्रति हमारी आँखों के सामने दिया जाता है, वह दाता की मनोवृत्ति को कलुषित और दान ग्रहण करने वाले की प्रवृत्ति को पतित बना देता है। दाता के हृदय में दान के सङ्कल्प के ही साथ गर्व की एक प्रवृत्ति अङ्कुरित हो उठती है; और भिक्षु के मनो-मन्दिर के आत्म-सम्मान-रूपी प्रदीप का प्रकाश दान ग्रहण करते ही कम हो जाता है; एवं कालान्तर में जहाँ नित्य अभ्यास के कारण विकृत दानी गर्व का मूर्तिमान स्वरूप बन जाता है, वहाँ भिक्षुक अपने आत्म-सम्मान की ज्योति खोकर पतन के भयङ्कर गह्वर में पतित हो जाता है। इसीलिए इस समय ऐसे सुधारकों की आवश्यकता है, जो अछूतों के हृदय में फिर से मानवोचित आत्म-सम्मान की प्रखर ज्योति प्रदीप्त कर दें, जिससे अछूत अपने गौरव को पहचान लें; और भोजन दान लेने की अपेक्षा वे भूख की ज्वाला में प्राणविसर्जन कर दें; लज्जा की रक्षा के लिए वस्त्रों की भीख माँगने की अपेक्षा वे अतुल महासागर के गम्भीर जल के आवरण से अपनी लज्जा को आवृत कर दें अथवा अपने पसीने की कमाई

से, अपने बाहुबल से उपार्जित आजीविका से, अपना और अपने परिवार का भरण-पोषण करें। उनके हृदय में यह भावना बद्धमूल हो जानी चाहिए कि किसी के सामने हाथ पसारने की अपेक्षा सदा के लिए मृत्यु की गोद में हाथ पसार देना अच्छा है; अकर्म करके विश्व की दृष्टि में अपमानित एवं लाञ्छित होने की अपेक्षा विष पान करके आत्मघात कर लेना कहीं धर्मसङ्गत है; अपनी देवियों की रक्षा के सामने अपनी रक्षा की चिन्ता करने की अपेक्षा लाठी के आघात से परम-धाम की यात्रा करना मनुष्यत्व का शाश्वत धर्म है। इसीलिए सरोजिनी देवी के शब्दों में आज हमें इन देव-दूतों की अनिवार्य आवश्यकता है, जो प्रत्येक कुटीर के द्वार-द्वार पर आत्म-सम्मान के प्रदीप्त प्रकाश को पहुँचावें और प्रत्येक अछूत को उपदेश करें कि तुम इस आत्म-सम्मान के प्रकाश से अपनी इस छोटी सी कुटी को आलोकित करो—इस कुटी को, जिसमें तुम रहते हो, यह कुटी जो धूलि से परिपूर्ण है, यह अपवित्र, वायु-शून्य कुटी जो तुम्हारा बन्दीगृह बन गई है।

अछूत के अभ्युदय का यही बीज-मन्त्र है; इसी की साधना से, इसी के निरन्तर जाप से, इसी के अविरत अनुष्ठान से देश, समाज और जाति की दुख-रजनी का विनाश होगा; और इसी मन्त्र की सफल सिद्धि के फल-स्वरूप प्राची-गगन में इस प्राचीन भारत का पुनर्वार मङ्गल-प्रभात उदित होगा।

* * *

अछूत और शिक्षा

पर इस बीज-मन्त्र की सिद्धि की सम्भावना तभी हो सकती है, जब अछूतों की शिक्षा का समुचित प्रबन्ध किया जाय। इसीलिए हमारी सम्मति है कि अछूतों की उन्नति-आयोजना पर चाहे किसी भी दृष्टि से विचार किया जाय; पर जब तक उसके व्यावहारिक कार्य-क्रम में शिक्षा को प्रमुख स्थान नहीं प्रदान किया जायगा, तब तक उसकी सम्पूर्णता और सफलता सम्पादित हो ही नहीं सकेगी। यह कहने की आवश्यकता नहीं कि शिक्षा मानव-जीवन की आलोक-माला है, जिसके बिना मनुष्य का प्रवृत्ति-मण्डल पाशविक पथ पर घोर गर्जन करता हुआ फिरता रहता है और उसके भयङ्कर गर्जन में आत्मा का आदेश एवं विवेक का विधान दोनों के दोनों विलीन हो जाते हैं। यही कारण है कि शिक्षा के समुचित सञ्चालन के बिना आत्म-सम्मान की प्रवृत्ति इधर से उधर भटक जाती है और पथभ्रष्ट होकर अपने लक्ष्य को खो बैठती है। शिक्षा के बिना वीरता हिंसा की मूर्तिमती प्रतिमा बन जाती है; सरलता मूर्खता का स्वरूप धारण कर लेती है; और धर्म अन्ध-विश्वास में रूपान्तरित हो जाता है। कम से कम हमारी यह निश्चित सम्मति है कि शिक्षा के बिना अछूत-जाति के हृदय में उत्थित होने वाली आत्म-सम्मान की प्रवृत्ति बड़ा भयङ्कर रूप धारण कर सकती है। शिक्षा के बिना इस आत्म-सम्मान की जाग्रति का परिणाम द्विजातिमात्र का बहिष्कार एवं हिन्दू-धर्म का घृणापूर्वक विसर्जन भी हो सकता है। यह हमारी केवल कपोल-कल्पना नहीं, स्थूल सत्य के अनुभव पर ही हम ऐसा कहने का साहस कर रहे हैं। जिन्होंने दक्षिण के पञ्चम लोगों की प्रवृत्ति का अध्ययन किया है, वे हमारी इन बातों के उपहास करने का साहस नहीं करेंगे। ब्राह्मण पञ्चम को यदि 'जीवित शव' (Living dead) समझता है, तो पञ्चम कदाचित् ब्राह्मण को 'निर्जीव शव' मानता है; क्योंकि जिस प्रकार ब्राह्मण की गलियों में वह प्रवेश नहीं कर सकता, उसी प्रकार उसके मुहल्ले में भी यदि कदाचित् कभी कोई भूला-भटका ब्राह्मण आ पहुँचता है, तो वह गङ्गाजल और गोबर के द्वारा उस स्थान को शुद्ध करता है। इसीलिए इस बात की आवश्यकता है कि अछूत को शिक्षा और उदार शिक्षा प्रदान की जाय; क्योंकि द्विजातियों के भयङ्कर पाप के परिणाम-स्वरूप आज जो हमारी ऐसी दारुण दुर्दशा हो रही है; और हमें जिस प्रकार अनेक आधिभौतिक एवं आधिदैविक आपत्तियों की अग्नि में तिल-तिल करके जलना पड़ रहा है, उसी पाप का आश्रय यदि कहीं अछूतों ने भी ले लिया, यदि वे भी घृणा, हिंसा, जिज्ञासा एवं विद्वेष की प्रवृत्तियों से अनुप्रेरित हो कर द्विजातियों के प्रति वैसा ही व्यवहार करने लगें, तो फिर इस देश का, इस जाति का, इस समाज का निस्तार नहीं है। तब तो महाप्रलय की एक ऐसी प्रज्ज्वलित ज्वाला 'हू-हू' करके उत्थित होगी, जिसमें यह प्राचीन

भारत, हिन्दू-सभ्यता, आर्य-संस्कृति, समाज, जाति—सब की सब भस्मावशेष हो जायँगी। उस समय किसकी सामर्थ्य है, जो इनकी रक्षा करे। संहार के उस प्रलय-ताण्डव में हम और हमारा यह प्यारा भारत चूर्ण-विचूर्ण हो जायगा। हम कल्पनामात्र से हृदय स्तम्भित, बुद्धि-चकित एवं प्राण व्याकुल हो उठते हैं!

पर केवल आत्म-सम्मान की प्रवृत्ति को पाशविक पथ पर प्रधावित होने से रोकने के लिए ही नहीं; वरन् उस प्रवृत्ति को उसके विकास एवं विवृद्धि के लिए समुचित आधार, साहाय्य तथा वायुमण्डल प्रदान करने के लिए भी अछूत जातियों में शिक्षा-विस्तार की आयोजना अत्यन्त आवश्यक है। भारत के एक दूसरे सिद्ध योगिराज राम बादशाह ने अपनी दिव्य वाणी में कहा है :—

"The highest gift you confer on a man is to offer him knowledge. You may feed a man today, he will be just as hungry to-morrow. Teach him an art and you enable him to earn his living all his life."

अर्थात्—"सब से श्रेष्ठ उपहार जो तुम किसी व्यक्ति को दे सकते हो, विद्या-दान है। तुम आज एक मनुष्य को भोजन खिलाते हो, पर कल वह उसी भाँति सभुक्षित हो जाता है; पर यदि तुम उसे कोई कला सिखा देते हो, तो तुम उसे जीवन पर्यन्त अपनी आजीविका के उपार्जन-योग्य बना देते हो।"

ऋषिवर्य के यह दिव्य वचन सत्य की सुमधुर शोभा से समुज्ज्वल हैं; और सच पूछिए तो इस आर्षवचनावली में अछूतों की जटिल समस्या के एक महत्वपूर्ण अंश की सरल, किन्तु सम्पूर्ण मीमांसा है। इसे सप्रमाण प्रमाणित करने की आवश्यकता नहीं कि आज अछूतों की अधिकांश संख्या कला-कौशल की शिक्षा के बिना पङ्गु सी हो रही है; और उन्हें विवश होकर उन अपवित्र एवं अकर्त्तव्य कर्मों को करना पड़ता है, जिनके कारण उनके मानसिक विकास और दैहिक स्वास्थ्य पर बड़ा बुरा प्रभाव पड़ता है। हम स्वयं कई ऐसे मनुष्यों को जानते हैं; जो अछूत-जाति के सभ्य होते हुए भी कला-कौशल में कुशल होने के कारण ५०) से १५०) तक वेतन पा रहे हैं, और आनन्द और आमोदपूर्वक अपना जीवन व्यतीत कर रहे हैं। इसलिए इस बात की परम आवश्यकता है कि अछूत-जाति के लिए स्वतन्त्र रूप से कला-कौशल के विद्यालय खोले जायँ; जहाँ पर लिखने-पढ़ने और धर्म-शिक्षा के साथ-साथ ऐसी-ऐसी कलाओं की शिक्षा प्रदान की जाय, जिससे वे अपनी आजीविका उपार्जन करने योग्य हो जायँ; और उन्हें अपने वर्तमान घृणित जीवन की अपत्तियों से परिमुक्ति प्राप्त हो जाय। भारत को दो सिद्ध योगीश्वरों ने अपने दिव्य योग-बल से जो औषधि निर्णीत की है, उसके अद्भुत प्रभाव और आश्चर्य-शक्ति में शङ्का करना किसी दृष्टि से ठीक नहीं। वैसे भी वह इतनी सत्य, सुन्दर एवं शिव है कि उसको अपनी महिमा की सिद्धि के लिए अनेक प्रमाण, तर्क एवं उदाहरण की विशेष आवश्यकता नहीं है।

* * *

शिक्षा और कुसंस्कार

परन्तु अछूतों की आजीविका के जटिल प्रश्न का समाधान करना ही शिक्षा का एकमात्र उद्देश्य नहीं है। उसका एक दूसरा और भी पवित्रतम, श्रेष्ठतम एवं महत्वशाली लक्ष्य है; और वह है अछूतों को उनके उन परम्परागत कुसंस्कारों की कठोर शृङ्खला से परिमुक्ति प्रदान करना, जिसने उनके जीवन के व्यक्तिगत सामाजिक एवं आध्यात्मिक तीनों अंशों को कलुषित अपवित्र एवं आनन्द-शून्य बना दिया है। उसी की संक्षिप्त चर्चाओं में अब हम प्रवृत्त होते हैं।

सबसे पहले व्यक्तिगत जीवन ही पर दृष्टिपात कीजिए। शताब्दियों के निरन्तर अभ्यास ने उनमें—स्त्री-पुरुष दोनों में बहुत से ऐसे बुरे स्वभाव उत्पन्न कर दिए हैं, जिनके कारण शिष्ट-मण्डल के अनेक सभ्य उनके प्रति एकान्त सहानुभूति रखते हुए भी उनसे निःसङ्कोच संसर्ग रखने में सङ्कोच बोध करते हैं। इस छोटे से परिमित नोट में उन समस्त बातों का दिग्दर्शन कराना सम्भव नहीं; पर उदाहरण के लिए हम केवल एक ही बात पाठक-पाठिकाओं के सम्मुख समुपस्थित करते हैं। वह है व्यक्तिगत स्वच्छता की ओर से उनकी एकान्त उदासीनता। वे महीनों तक स्नान नहीं करते हैं; उनके केश-वन जुओं के विहार-स्थल होते हैं। उनके वस्त्र सञ्चित मैल के

कोरे होते हैं और उनके दाँतों पर तो कदाचित् आध इञ्च मोटी मैल जमा रहता है। गन्दगी उनकी नस-नस में प्रविष्ट हो गई है; यों कहिए कि अस्वच्छता को उन्होंने अपनी चिर-सहचरी बना लिया है। इसमें सन्देह नहीं कि शताब्दियों का अत्याचार और दारुण दरिद्रता का भयङ्कर निमन्त्रण भी उनकी इस अस्वच्छता के मूल कारणों में से है; पर फिर भी वे, यदि चाहते तो अपने शरीर को स्वच्छ रख सकते थे। इसी अस्वच्छता का परिणाम उनके स्वास्थ्य पर भी भयङ्कर रूप से पड़ता है।

सामाजिक जीवन भी उनका एकान्त रूप से निकृष्ट एवं हेय है। चोरी करना एवं असत्य भाषण करना तो मानो उनके लिए अत्यन्त साधारण बात सी हो रही है। इसी प्रकार उनके अनेक आचरणों में भी भयङ्कर पतन और दारुण नीचता का प्रवेश है। उनका आध्यात्मिक जीवन तो लगभग शून्य के समान ही है। आत्म-सन्तोष की तो वे उपलब्धि कर ही नहीं पाते; क्योंकि उनका वायुमण्डल, उनका सामाजिक जीवन, उनका व्यक्तिगत जीवन—सब के सब उसे अर्थात् उनके आध्यात्मिक जीवन को कलुषित एवं अपवित्र बनाते रहते हैं। संसार के प्रत्येक नियम में जिस प्रकार अपवाद हैं, उसी प्रकार हमने ऊपर जो विवेचना की है, उसमें भी अपवादों का एकान्त अभाव नहीं है। अन्त्यजों और अछूतों में साधु, सच्चे एवं सरल पुरुषों की उपलब्धि असम्भव नहीं है; उनमें भी वीर, दृढ़ प्रतिज्ञ, साहसी, प्रतिज्ञा-पालक, ईश्वर-भक्त एवं क्षमाशील व्यक्ति विद्यमान हैं; पर हमने तो अधिकांश जनों को दृष्टि-पथ पर रख कर उपर्युक्त समालोचना की है।

तब शिक्षा के द्वारा उनकी इन कुरीतियों और कुसंस्कारों को दूर करना होगा। उनको बताना होगा कि देह की शुद्धि मन की शुद्धि के लिए एकान्त रूप से आवश्यक है; और मन की शुद्धि भगवत्-प्राप्ति का प्रथम सोपान है। उन्हें उपदेश करना होगा कि असत्य बोलना, चोरी करना, गाली बकना, निरर्थक मार-पीट करना, मांस-मदिरा का सेवन करना और पर-स्त्री मैथुन करना इत्यादि वर्जनीय है; और जीवन की उच्चता, पवित्रता एवं महनीयता की सिद्धि के लिए सत्य-सम्भाषण, दया, क्षमा इत्यादि गुणों का अभ्यास एवं अपनी जाति और पराई जाति की देवियों को विश्व-जननी का स्वरूप मानना प्रत्येक धर्मभीरु मनुष्य का कर्त्तव्य है, जो विश्व-पिता का प्यारा बनना चाहता है। और इसी प्रकार उन्हें यह भी समझाना होगा कि यह लोक ही सब कुछ नहीं है, इसके उपरान्त भी और लोक हैं। जीवन की समाप्ति श्मशान-भूमि में ही नहीं हो जाती है; वरन् मृत्यु-नदी के दूसरे तट पर भी यह जीवन अक्षुण्ण रहता है। हमारे चारों ओर विश्व-सौन्दर्य की जो राशि फैली हुई है, उसमें किसी दिव्य शक्ति की लीला का ललित चमत्कार विद्यमान है, जिसे हिन्दू 'जगदीश्वर', मुसलमान 'अल्लाह', ईसाई 'लॉर्ड'—इसी प्रकार भिन्न-भिन्न धर्मी भिन्न-भिन्न नाम से पुकारते हैं। इस प्रकार अछूतों को भी नीचे से उठा कर ऊपर लाना होगा; उन्हें भी विशाल हिन्दू-जाति के ध्वन्सावशेष मन्दिर के पुनरुद्धार में सहायता देने के लिए शिक्षित एवं योग्य बनाना होगा। इसमें केवल अछूतों का ही स्वार्थ नहीं; वरन् हमारा भी स्वार्थ विजड़ित है। योगिवर राम का वचन है :—

"A person can never realise his unity with God, the All, except when unity with the whole nation throbs in every fibre of his frame."

अर्थात्—"उस समय तक कोई भी मनुष्य पूर्ण भगवान के साथ अपने अभेदत्व का अनुभव नहीं कर सकता, जब तक कि उसके शरीर के प्रत्येक परिमाणु के प्रत्येक परिमाण में निखिल जाति के साथ-साथ उसके एकत्व की भावना स्पन्दित नहीं होती है।"

इस महा सत्य का हम श्रद्धापूर्वक अभिवादन करते हैं!

अछूतों के सच्चे शुभचिन्तक मि० सी० एफ़ एण्ड्र्यूज़

Fine Art Printing Cottage, Allahabad.

अछूत-आवेदन

[ले० श्री० शोभाराम जी "धेनु-सेवक"]

(१)

विभो ! क्या हम अछूतों—
की दशा पर ध्यान भी दोगे ?
कभी हम दीन दलितों को—
दया का दान भी दोगे ?
धरम के ढोंगियों को क्या—
कभी यह ज्ञान भी दोगे ?
दलित अङ्गों को हतभागो !
कभी उत्थान भी दोगे ?
तुम्हें जो चाहते, उन से—
मुहब्बत तोड़ बैटे हो !
भला क्या सेवकों से—
नाथ तुम मुँह मोड़ बैटे हो ?

(२)

तुम्हारे भक्त होकर भी—
नहीं हम भक्ति कर सकते !
"हैं वञ्चित वन्दना से"—
हम पदों में शिर न धर सकते !
प्रवल इच्छा के रहते भी—
निविड़ तम से न तर सकते !
तरें क्या ? जब मठों की—
सीढ़ियों पर सर न धर सकते !
खुले हैं जो सभी के हित—
वहाँ भी हम न जा सकते !
हैं उत्सुक पूर्ण दर्शन के—
दरश फिर भी न पा सकते !!

(३)

"अशुचि होते नहीं मन्दिर—
बड़े लाटों के जाने से !"
सुरा गो-मांस-सेवी रण्डियों—
के नाच गाने से !
न जाता धर्म गुलछर्रे—
पुजारी के उड़ाने से !
पतितपावन पतित होते—
हमारे शिर झुकाने से !
कहाँ भक्ती ? यहाँ तो धर्म का—
व्यवसाय है भगवन् !
दलित पर दम्भियों का—
यह प्रगट अन्याय है भगवन् !!

(४)

मुसलमानों के जब-जब—
मन्दिरों पर वार होते हैं !
पुजारी जी तुम्हें तज—
युद्ध के उस पार होते हैं !
हमीं जी-जान से संग्राम—
को तय्यार होते हैं !
हमीं से तव सुरक्षितपूर्ण—
ठाकुरद्वार होते हैं !
जिन्हें प्राणों के ऊपर खेल—
कर ही हम बचाते हैं !
उन्हीं देवालयों में—
हम न जाने हाय पाते हैं !!

(५)

अनय अभिमानियों के ये—
प्रभो कब तक सहेंगे हम ?
हृदय रखते हुए कब तक—
चरण-मर्दित रहेंगे हम ?
मनुज हैं ईश सुत हैं स्वत्व—
मनुजोचित गहेंगे हम !
पतन का अन्त पा उत्थान—
पाना भी चहेंगे हम !
डरें क्यों ? जग किसी के स्वत्व को—
हम कब हड़पते हैं ?
दबें सर हैं उन्हें ऊपर—
उठाने को तड़पते हैं !!

(६)

जो इस सङ्घर्ष के युग में—
हमें भी सङ्ग लोगे तुम !
हमारी शक्तियों के बीच में—
फूलो-फलोगे तुम !
हमें आगे अड़ा कर शत्रुओं—
के दल दलोगे तुम !
पिटोगे, मर मिटोगे, जो—
हमें छल से छलोगे तुम !
हमें अस्तित्व रक्षण के—
लिए निज शक्तियाँ जानो !
अछूतों को भी हिन्दू-जाति—
का दृढ़ अङ्ग पहिचानो !!

(७)

अचेतो ! देख लो घेरे—
तुम्हें खूँख्वार बैठे हैं !
फँसाने को तुम्हें फन्दों—
का कर विस्तार बैठे हैं !
मिटाने को तुम्हारी हस्तियाँ—
व्रतधार बैठे हैं !
अछूतों को हड़पने के—
लिए तय्यार बैठे हैं !
तिरस्कृत तुम से हो कितने—
विधर्मी अब बने बैठे !
गिराने को तुम्हें वे—
खाईयाँ गहरी खने बैठे !!

(८)

रखोगे साथ में तो हम—
तुम्हारा बल बढ़ाएँगे !
हैं सेवक आप के गाढ़े—
समय में काम आएँगे !
रहेंगे भक्त गो के, गंग—
के गुण गान गाएँगे !
जुटेंगे मन्दिरों को ध्वन्स—
होने से बचाएँगे !
जो इस पर भी विधर्मी जन में—
तुम हम को ढकेलोगे !
समझ लो खूब तो इस पाप—
का फल तुम भी झेलोगे !!

(९)

प्रभो कहते जिन्हें वे—
राम पतितों को उठाते थे !
उठा कर प्रेम से उनको—
गले से भी लगाते थे !
निषादों से वे नीचों को—
सखा अपना बनाते थे !
भुला कर मान, शबरी—
भीलनी के वेर खाते थे !
सदृश श्रीराम के ही अब—
पतित-पावन बनो तुम भी !
करोड़ों उन तड़पते भाइयों के—
हित बनो तुम भी !!

(१०)

समय है हिन्दुओं अब भी—
तुम्हारे चेत जाने का !
हृदय विस्तीर्ण कर—
संकीर्णता को अब नशाने का !
कुटिल अस्पृश्यता की—
कालिमा को धो बहाने का !
अछूतों को उठा कर प्रेम—
से अपना बनाने का !
अछूतों को उठाने के लिए—
तय्यार हो जाओ !
हमारे साथ में तुम भी—
पतन के पार हो जाओ !!

(११)

सुमति दो हिन्दुओं को अब—
हमें भाई समझने की !
अछूतों की अवस्था, क्लेश—
कठिनाई समझने की !
पतनप्रद रूढ़ियों को—
घोर दुखदाई समझने की !
जमाने की ज़रूरत—
और निठुराई समझने की !!
पतितपावन यही वर दो—
पतन का पार पा जावें !
घरू अन्याय अत्याचार—
से उद्धार पा जावें !!

कुछ अछूत जातियों की दशा

[ले० प्रोफ़ेसर दयाशंकर जी दुबे, एम० ए०, एल्-एल्० बी०]

भारत में कुछ हिन्दू-जातियाँ ऐसी हैं, जो अछूत मान ली गई हैं। इन जातियों के व्यक्तियों को मन्दिरों के अन्दर नहीं जाने दिया जाता और न इनका छुआ हुआ जल अन्य हिन्दुओं द्वारा ग्रहण किया जाता है। कहीं-कहीं तो ये गाँवों के अन्दर भी नहीं बसने पाते हैं। इन अछूतों की संख्या क़रीब ६ करोड़ है। इस लेख में हम सन् १९२१ ई० की मनुष्य-गणना की रिपोर्टों के आधार पर इन अछूत जातियों की दशा का दिग्दर्शन कराते हैं।

चमार

सम्पूर्ण भारत में चमारों की संख्या १ करोड़ १२ लाख ६३ हज़ार है। इसमें से ५७ लाख ४२ हज़ार पुरुष और ५५ लाख २१ हज़ार स्त्रियाँ हैं। भिन्न-भिन्न प्रान्तों में उनकी संख्या नीचे लिखे अनुसार है:—

प्रान्त	पुरुष (हज़ार)	स्त्री (हज़ार)	मीज़ान (हज़ार)	सम्पूर्ण का प्रति सैकड़ा
युक्तप्रान्त	२,९८१	२,८६२	५,८४३	५१·८
पञ्जाब	६३१	५२८	१,१५९	१०·५
बिहार और उड़ीसा	५३४	५९९	१,१३३	१०
मध्यप्रान्त	४३३	४४९	८८२	८
राजपूताना	३६१	३३९	७००	६·२
अन्य प्रान्त	८०२	७४४	१,५४६	१३·५
मीज़ान	५,७४२	५,५२१	११,२६३	१००

इस कोष्टक से मालूम होता है कि चमारों की सब से अधिक संख्या युक्तप्रान्त में है। मेरठ ज़िले में तो प्रत्येक पाँच व्यक्तियों में से एक व्यक्ति चमार है। युक्तप्रान्त, पञ्जाब और राजपूताने में पुरुषों की अपेक्षा स्त्रियों की संख्या कम है। बिहार और उड़ीसा तथा मध्यप्रान्त में पुरुषों की अपेक्षा स्त्रियों की संख्या अधिक है।

केवल दो हज़ार मुसलमान चमारों को छोड़ कर शेष सब हिन्दू हैं। ९॥ हज़ार चमारों को तो आर्य-समाज ने अपना लिया है। क़रीब एक लाख ६३ हज़ार चमार सिक्ख हैं।

चमारों में विद्या-प्रचार बहुत ही कम है। केवल २४ हज़ार ८ सौ पुरुष चमार ही साक्षर हैं; अर्थात् प्रति एक हज़ार पुरुष चमार में केवल ५ चमार ही अपना नाम उलटे-सीधे अक्षरों में लिख सकते हैं। ९९·५ प्रति सैकड़ा पुरुष चमार तो अविद्या रूपी अन्धकार में गोते लगा रहे हैं। जब पुरुषों की शिक्षा का यह हाल है, तो फिर स्त्रियों का तो पूछना ही क्या है। सम्पूर्ण स्त्रियों में से केवल ९९८ स्त्रियाँ साक्षर हैं। शायद आर्य-समाज की कृपा से इनको अक्षर-ज्ञान प्राप्त हो गया है। दो हज़ार चमारों ने अङ्गरेज़ी शिक्षा भी प्राप्त कर ली है। ४३ चमार-स्त्रियों ने भी अङ्गरेज़ी का कुछ ज्ञान प्राप्त कर लिया है। मालूम नहीं, ये स्त्रियाँ अपनी जाति की स्त्रियों की दशा सुधारने के लिए क्या प्रयत्न कर रही हैं।

चमारों में बाल-विवाह की प्रथा भी बहुत प्रचलित है। १८ मार्च सन् १९२१ ई० को १५ वर्ष से कम उमर के विवाहित चमार लड़के-लड़कियों की संख्या नीचे दी हुई तालिकाओं के अनुसार थी:—

लड़कों की संख्या

उमर	विवाहित लड़कों की संख्या	प्रति सैकड़ा कितने लड़के विवाहित थे
० से ५ वर्ष	७,५६०	१·२
५ से १२ ,,	१,२१,४२५	११·९
१२ से १५ ,,	१,३४,५८३	३५·५

लड़कियों की संख्या

उमर	विवाहिता लड़-कियों की संख्या	प्रति सैकड़ा कितनी लड़कियाँ विवाहिता थीं
० से ५ वर्ष	१०,५२३	१ ६
५ से १२ ,,	१,९९,००३	२१·४
१२ से १५ ,,	२,०६,३६५	६५·२

उपर्युक्त कोष्टकों से मालूम होता है कि ७ हज़ार से अधिक लड़के और १० हज़ार से अधिक लड़कियों का विवाह पाँच वर्ष की उमर के पहिले ही हो गया था। बारह वर्ष से कम उमर वाले १२ प्रति सैकड़ा लड़के और २१ फ़ी सैकड़ा लड़कियाँ विवाहिता पाई गईं थीं। बाल-विवाह के दुष्परिणामों को यहाँ पर दुहराने की आवश्यकता नहीं है। बारह वर्ष से कम उमर वाले लड़के-लड़कियों का विवाह तो एकदम बन्द हो जाना चाहिए। क्या चमार-जाति के नेतागण इस ओर ध्यान देंगे ?

सम्पूर्ण स्त्रियों में से क़रीब १५·३ फ़ी सैकड़ा स्त्रियाँ विधवा थीं। पन्द्रह वर्ष से कम उमर की विधवाओं की संख्या २४ हज़ार ८ सौ थी। इसमें से क़रीब तीन हज़ार विधवाओं की उमर पाँच वर्ष से कम थी। इस जाति में विधवा-विवाह प्रचलित है, इसलिए इन बाल-विधवाओं को अधिक कष्ट शायद न हो; तो भी बाल-विवाह बन्द करना बहुत ही आवश्यक है।

चमार-जाति का ख़ानदानी पेशा जूता बनाना है; परन्तु युक्तप्रान्त की मनुष्य-गणना की रिपोर्ट देखने से पता लगता है कि इस जाति के केवल ५ प्रति सैकड़ा व्यक्ति ही इस काम को करते हैं। नीचे यह बतलाया जाता है कि युक्तप्रान्त में काम करने वाले चमारों की जीविका के साधन क्या हैं:—

खेती	७८·६	प्रति	सैकड़ा
मज़दूरी ..	८·४	,,	,,
जूता बनाना ..	५·१	,,	,,
अन्य उद्योग-धन्धे	३·९	,,	,,
घरू नौकरी ..	१·२	,,	,,
व्यापार ..	१·१	,,	,,
अन्य ..	१·७	,,	,,

इस कोष्टक से मालूम होता है कि युक्तप्रान्त में तीन चौथाई से अधिक चमारों का निर्वाह खेती द्वारा ही होता है। हाँ, जूता बनाने वालों की संख्या में कुछ वृद्धि अवश्य हुई है। सन् १९११ ई० में केवल ४ प्रति सैकड़ा चमार यह काम करते थे, अब उनकी संख्या ५ प्रति सैकड़ा से कुछ अधिक है। उन्हें अपने ख़ानदानी पेशे की तरफ़ अधिक ध्यान देना चाहिए और उसकी उन्नति करनी चाहिए। देश से प्रति वर्ष लाखों रुपयों का कच्चा चमड़ा बाहर जाता है। वह देश के अन्दर ही तैयार किया जाकर उससे बूट इत्यादि बनाए जाना चाहिए।

इस जाति के पागल, बहरे-गूँगे, अन्धे और कोढ़ियों की संख्या संयुक्तप्रान्त में सन् १९२१ ई० में नीचे लिखे अनुसार थी:—

	पुरुष	स्त्री
पागल ..	३६६	२२७
बहरे-गूँगे ..	१,२९७	९०८
अन्धे ..	६,४९४	८,४६०
कोढ़ी ..	१,१२६	२२८

इस बात की जाँच की जाना चाहिए कि स्त्रियों की अपेक्षा पुरुष अधिक कोढ़ी क्यों हैं। अन्धों की संख्या भी अधिक काफ़ी है।

भङ्गी

युक्तप्रान्त, राजपूताना, बम्बई प्रान्त और बड़ोदा राज्य में भङ्गियों की कुल संख्या ६ लाख १ हज़ार है; इसमें से ३ लाख १५ हज़ार पुरुष हैं और २ लाख ८६ हज़ार स्त्रियाँ हैं। इनमें स्त्रियों की संख्या पुरुषों की अपेक्षा कम है; अर्थात् केवल ९१ प्रति सैकड़ा है। इस जाति के ९३·६ प्रति सैकड़ा व्यक्ति हिन्दू हैं और शेष मुसलमान। इनमें विद्या-प्रचार भी चमारों के समान बहुत कम है। सम्पूर्ण जाति में केवल १६५२ पुरुष और १११ स्त्रियाँ कुछ लिखना-पढ़ना जानती हैं। ५८ पुरुष और ३ स्त्रियाँ कुछ अङ्गरेज़ी का भी ज्ञान रखती हैं। इस जाति के ९९·४ प्रति सैकड़ा पुरुष और ९९·९५ प्रति सैकड़ा स्त्रियाँ अपढ़ हैं। इस जाति के लड़के कई प्रारम्भिक पाठशालाओं में भर्ती ही नहीं किए जाते। कहीं-कहीं अन्य जाति के लड़के इनके साथ पढ़ना स्वीकार नहीं करते। इनकी शिक्षा की ओर म्युनिसिपलटी, ज़िलाबोर्ड और सरकार को विशेष ध्यान देना चाहिए।

इस जाति में चमारों के समान बाल-विवाह भी बहुत प्रचलित है। सन् १६२१ ई० में १५ वर्ष से कम उमर के विवाहित भङ्गी लड़के-लड़कियों की संख्या नीचे लिखे अनुसार थी :—

लड़कों की संख्या

उमर	विवाहित लड़कों की संख्या	प्रति सैंकड़ा कितने लड़के विवाहित थे
० से ५ वर्ष	४५३	१·४
५ से १२ ,,	४,२१२	८·१
१२ से १५ ,,	५,८०४	२६

लड़कियों की संख्या

उमर	विवाहिता लड़कियों की संख्या	प्रति सैंकड़ा कितनी लड़कियाँ विवाहिता थीं
० से ५ वर्ष	६००	१·८
५ से १२ ,,	७,७०३	१६·६
१२ से १५ ,,	८,६५०	५७·४

इन कोष्टकों से मालूम होता है कि ४५३ लड़के और ६०० लड़कियों का विवाह उस समय हो गया था, जब कि उनकी उमर पाँच वर्ष से भी कम थी। ५ से १२ वर्ष तक के ८ प्रति सैकड़ा लड़के और १७ प्रति सैकड़ा लड़कियाँ विवाहिता थीं। इस जाति में भी बाल-विवाह शीघ्र बन्द होना चाहिए। सम्पूर्ण स्त्रियों में से विधवाओं की संख्या १४·५ प्रति सैकड़ा थी। पन्द्रह वर्ष से कम उमर की विधवाओं की संख्या थी १,३६०; इनमें से १७१ की उमर पाँच वर्ष से कम थी।

इस जाति के व्यक्तियों का पेशा पाख़ाना, नालियाँ और सड़क साफ़ करना है। युक्तप्रान्त में भङ्गियों की जीविका के साधन सन् १६२१ ई० में नीचे लिखे अनुसार थे :—

पाख़ाना, नालियाँ तथा सड़क साफ़ करना	..	७५	प्रति सैकड़ा
खेती	.. ..	१४·७	,, ,,
मज़दूरी	.. ..	३·६	,, ,,
अन्य उद्योग-धन्धे	..	३·५	,, ,,
घरू नौकरी	.. ..	२	,, ,,
व्यापार	.. ..	१·२	,, ,,

खेती द्वारा निर्वाह करने वालों की संख्या सन् १६२१ ई० में कुछ बढ़ गई थी। सन् १६११ ई० में ७७ प्रति सैकड़ा भङ्गी पैख़ाना, नालियाँ और सड़कें साफ़ करने के काम में लगे हुए थे; सन् १६२१ ई० में वह संख्या ७५ प्रति सैकड़ा ही रह गई। इस जाति की स्त्रियाँ भी बहुत काम करती हैं। प्रति सौ पुरुषों के साथ ७३ स्त्रियाँ काम करती थीं। इस जाति के कामों से देश और समाज का बहुत उपकार होता है; परन्तु समाज इनकी ओर उचित ध्यान नहीं देता। इनकी आर्थिक दशा भी सन्तोषप्रद नहीं है।

चूड़ा

पञ्जाब और पश्चिमोत्तर प्रान्त में चूड़ा नाम की एक जाति है, यह प्रायः वही काम करती है जो कि अन्य प्रान्तों में भङ्गी करते हैं। इस जाति में सन् १६२१ ई० में ११ लाख ४७ हज़ार व्यक्ति थे, जिनमें से ६ लाख २५ हज़ार पुरुष थे और ५ लाख २२ हज़ार स्त्री। पुरुषों की अपेक्षा स्त्रियों की संख्या इस जाति में बहुत कम है; अर्थात् प्रत्येक एक सौ पुरुषों के पीछे केवल ८३ स्त्रियाँ हैं। इस जाति के अधिकांश व्यक्ति ७ लाख ४४ लाख पञ्जाब में रहते हैं। ६२ प्रति सैकड़ा चूड़ा हिन्दू हैं, क़रीब चार प्रति सैकड़ा सिक्ख और ३४ प्रति सैकड़ा मुसलमान। मालूम नहीं, मुसलमान हो जाने पर भी ये लोग अछूत ही समझे जाते हैं या नहीं; परन्तु यह ध्यान रखना चाहिए कि पञ्जाब तथा पश्चिमोत्तर सीमा प्रान्त में अछूत कहलाने वाली जातियों को उतनी असुविधाएँ और कष्ट नहीं हैं, जितने कि उन्हें अन्य प्रान्तों में उठाने पड़ते हैं।

चूड़ा जाति में बाल-विवाह का भी उतना प्रचार नहीं है, जितना कि चमार और भङ्गियों में है। नीचे के कोष्टकों में यह बतलाया जाता है कि सन् १६२१ ई० में पञ्जाब प्रान्त में १५ वर्ष से कम उमर के चूड़ा जाति के विवाहित लड़के-लड़कियों की संख्या क्या थी :—

लड़कों की संख्या

उमर	विवाहित लड़कों की संख्या	प्रति सैकड़ा कितने लड़के विवाहित थे
० से ५ वर्ष	४६	०·०८
५ से १२ ,,	२,२८४	२·७५
१२ से १५ ,,	४,३७१	१२·५

लड़कियों की संख्या

उमर	विवाहिता लड़कियों की संख्या	प्रति सैकड़ा कितनी लड़कियाँ विवाहिता थीं
० से ५ वर्ष	६६	०·१२
५ से १२ ,,	५,७२४	७·७८
१२ से १५ ,,	१०,४६६	३८·५

भङ्गी जाति में पाँच से बारह वर्ष के ८ प्रति सैकड़ा लड़के और १७ प्रति सैकड़ा लड़कियाँ विवाहिता थीं; परन्तु चूड़ा जाति में इसी उमर के ३ प्रति सैकड़ा से कम लड़के और ८ प्रति सैकड़ा से कम लड़कियाँ विवाहिता थीं। बाल-विवाह की कमी और स्त्रियों की कमी के कारण इस जाति में विधवाओं की संख्या भी कम है। सम्पूर्ण स्त्रियों में से केवल १० प्रति सैकड़ा स्त्रियाँ विधवा थीं; और पन्द्रह वर्ष से कम उमर की विधवाओं की संख्या २०५ थी, उनसे, केवल एक विधवा की उमर पाँच वर्ष से कम थी।

पासी

पासी जाति के व्यक्ति युक्तप्रान्त और बिहार में निवास करते हैं। इनकी संख्या १४ लाख ८६ हज़ार है, जिसमें से १३ लाख ३६ हज़ार युक्तप्रान्त में रहते हैं। पुरुषों की संख्या ७ लाख ६४ हज़ार और स्त्रियों की संख्या ७ लाख १५ हज़ार हैं। इस जाति के सब व्यक्ति हिन्दू हैं। सन् १९२१ ई० तक ६० व्यक्ति तो आर्य-समाजी भी हो गए थे। इनमें शिक्षा-प्रचार सब से कम है। युक्तप्रान्त में केवल १८५२ पासी जाति के पुरुष और ३७ स्त्रियाँ साक्षर हैं। ९९·७ प्रति सैकड़ा पुरुष और ९९·९९ प्रति सैकड़ा स्त्रियाँ अपढ़ हैं। ४४ पुरुष कुछ अङ्गरेज़ी भी जानते हैं। इस जाति में विद्या-प्रचार की ओर विशेष रूप से ध्यान दिया जाना चाहिए।

नीचे के कोष्टकों में यह बतलाया जाता है कि सन् १९२१ ई० में युक्तप्रान्त में १५ वर्ष से कम उमर के कितने पासी लड़के-लड़कियाँ विवाहिता थीं:

लड़कों की संख्या

उमर	विवाहित लड़कों की संख्या	प्रति सैकड़ा कितने लड़के विवाहित थे
० से ५ वर्ष	८६१	१
५ से १२ ,,	१७,८४१	१३·९
१२ से १५ ,,	१९,६३५	३५·७

लड़कियों की संख्या

उमर	विवाहिता लड़कियों की संख्या	प्रति सैकड़ा कितनी लड़कियाँ विवाहिता थीं
० से ५ वर्ष	६६५	०·७
५ से १२ ,,	२६,४६२	२२·२
१२ से १५ ,,	२८,६२१	५६·५

इस जाति में ५ वर्ष से कम उमर वाले विवाहित लड़कों की संख्या उसी उमर की विवाहिता लड़कियों की संख्या से कम है। अन्य जातियों में ऐसा नहीं होता। इसका कारण जानना चाहिए। ५ से १२ वर्ष तक के क़रीब १४ प्रति सैकड़ा लड़के और २२ प्रति सैकड़ा लड़कियाँ विवाहिता पाई गईं। यह संख्या काफ़ी अधिक है। शीघ्र ही इस प्रथा को बन्द कर देना चाहिए। इस जाति में विधवाओं की संख्या ९५ हज़ार से अधिक है, जो कि सम्पूर्ण स्त्रियों के १४·६ प्रति सैकड़ा के बराबर है। १५ वर्ष से कम उमर की विधवाओं की संख्या १,७४३ है, जिसमें से १११ विधवाओं की उमर ५ वर्ष से भी कम है।

युक्तप्रान्त में इस जाति के व्यक्तियों की जीविका के साधन सन् १९२१ ई० में नीचे लिखे अनुसार थे:—

खेती	.. ९१·३	प्रति	सैकड़ा
मज़दूरी	.. २·८	,,	,,
अन्य उद्योग-धन्धे	.. १·७	,,	,,
सरकारी नौकरी	.. १·२	,,	,,
ताड़ी बनाना	.. १·७	,,	,,
अन्य	.. २·३	,,	,,

इस कोष्टक से मालूम होता है कि ९१·३ प्रति सैकड़ा पासियों की जीविका का साधन केवल खेती है। व्यापार और रोज़गार में इन लोगों ने हाथ नहीं लगाया है। छोटी-मोटी सरकारी नौकरी भी कुछ पासियों ने स्वीकार कर ली हैं। कुछ पासी ताड़ी बनाने का काम भी करते हैं। इस जाति की स्त्रियाँ भी काफ़ी काम करती हैं। प्रत्येक सौ पुरुषों के पीछे ७० स्त्रियाँ काम करती हैं। इस जाति के व्यक्तियों की आर्थिक दशा सन्तोषप्रद नहीं है।

इस जाति में अपाहिज, पागल, अन्धे, कोढ़ी; इत्यादि व्यक्तियों की संख्या सन् १९२१ ई० में युक्तप्रान्त में नीचे लिखे अनुसार थी:—

	पुरुष	स्त्री
पागल ..	६३ ..	६६
बहरे-गूँगे ..	३४२ ..	२७३
अन्धे ..	१,३१२ ..	१,८१९
कोढ़ी ..	३८६ ..	६३

इस जाति में भी स्त्रियों की अपेक्षा पुरुषों में कोढ़ियों की संख्या बहुत अधिक है। अन्धे पुरुषों की अपेक्षा अन्धी स्त्रियों की संख्या भी अधिक है। इसके कारणों की जाँच की जानी चाहिए।

महार

महार-जाति के व्यक्ति अछूत समझे जाते हैं। भारत के भिन्न-भिन्न प्रान्तों में सन् १९२१ ई० में इनकी संख्या नीचे लिखे अनुसार थी:—

प्रान्त व राज्य	पुरुषों की संख्या (हज़ार)	स्त्रियों की संख्या (हज़ार)	मीज़ान (हज़ार)	सम्पूर्ण का प्रति सैकड़ा
मध्यप्रान्त और बरार	५७९	५९१	१,१७०	३९
बम्बई प्रान्त ..	३२५	३४०	६६५	२२
हैदराबाद राज्य ..	४४७	४२३	८७०	२९
अन्य प्रान्त ..	१४०	१५७	२९७	१०
मीज़ान ..	१,४९१	१,५१२	३,००१	१००

इस कोष्टक से मालूम होता है कि इस जाति में क़रीब ३० लाख व्यक्ति हैं, जो कि अधिकांश में मध्यप्रान्त, बरार, बम्बई प्रान्त और हैदराबाद राज्य में रहते हैं। पुरुषों की संख्या १४ लाख ९१ हज़ार है और स्त्रियों की संख्या है १५ लाख ११ हज़ार। पुरुषों की अपेक्षा स्त्रियों की संख्या कुछ अधिक है; परन्तु हैदराबाद राज्य में स्त्रियों की अपेक्षा पुरुषों की संख्या अधिक है। इस जाति के प्रायः सब व्यक्ति हिन्दू हैं। चमार, भङ्गी तथा पासी की अपेक्षा इस जाति में विद्या-प्रचार कुछ अधिक है। अक्षर-ज्ञान प्राप्त पुरुषों की संख्या २७,८४५ और स्त्रियों की संख्या १४९६ है। तिस पर भी ९८ प्रति सैकड़ा पुरुष और ९९·८९ प्रति सैकड़ा स्त्रियाँ अपढ़ हैं। अङ्गरेज़ी शिक्षा प्राप्त पुरुषों की संख्या ८०४ है; १७ स्त्रियाँ भी कुछ अङ्गरेज़ी पढ़ना जानती हैं।

इस जाति में भी बालविवाह बहुत प्रचलित है। नीचे के कोष्टक में १५ वर्ष से कम उमर के सन् १९२१ ई० में मध्यप्रान्त, बम्बई और हैदराबाद के विवाहित लड़के लड़कियों की संख्या दी जाती है:—

उमर	विवाहित लड़कों की संख्या	प्रति सैकड़ा कितने लड़के विवाहित थे	विवाहिता लड़कियों की संख्या	प्रति सैकड़ा कितनी लड़कियाँ विवाहिता थीं
० से ५ वर्ष	२,३५५	१·३	५,३०६	२·७
५ से १२ ,,	२५,०४७	८·९	७२,१२२	२६·४
१२ से १५ ,,	३१,९८०	२७·८	५३,९६२	६३·४

पाँच वर्ष से कम उमर के विवाहित लड़कों की संख्या २,३५५ थी और स्त्रियों की संख्या थी ५,३०६; अर्थात् इस छोटी उमर के १·३ प्रति सैकड़ा बालक और २·७ प्रति सैकड़ा बालिकाएँ विवाहिता थीं। शायद ही अन्य किसी जाति में इतनी कम उमर में इतना बाल-विवाह होता हो। पाँच से १२ वर्ष तक के क़रीब ९ प्रति सैकड़ा लड़के और २६ प्रति सैकड़ा लड़कियाँ विवाहिता थीं। इस जाति में बालविवाह बन्द करने का विशेष रूप से प्रयत्न किया जाना चाहिए। सम्पूर्ण विधवाओं की संख्या सन् १९२१ ई० में २ लाख १६ हज़ार थी, जो कि सम्पूर्ण स्त्रियों के १६ प्रति सैकड़ा के बराबर है। १५ वर्ष से कम उमर की विधवाओं की संख्या ११,२०६ थी, उसमें से ५ वर्ष से कम उमर की बाल-विधवाओं की संख्या १,३४४ थी।

मादिगा

इस जाति के व्यक्तियों की संख्या १६ लाख ८८ हज़ार है, जिसमें से ८ लाख ४३ हज़ार पुरुष और ८ लाख ४५ हज़ार स्त्रियाँ हैं। इस जाति के अधिकांश व्यक्ति—क़रीब १० लाख हैदराबाद राज्य में रहते हैं। ये सब हिन्दू हैं। इनमें विद्या-प्रचार सब से कम हुआ है। हैदराबाद राज्य के इस जाति के ४ लाख ९० हज़ार पुरुषों में से केवल ८६२ पुरुष साक्षर थे। इसी प्रकार ५ लाख १० हज़ार स्त्रियों में से केवल २९३ स्त्रियाँ ही साक्षर थीं; अर्थात् ९९·८२ प्रति सैकड़ा पुरुष और ९९·९४ स्त्रियाँ अविद्या रूपी अन्धकार में ग़ोते लगा रही थीं। इस सम्बन्ध में हैदराबाद राज्य में मादिगा जाति की बहुत कुछ वही दशा है, जो कि पासी जाति की युक्तप्रान्त में है।

इस जाति में बालविवाह का भी ख़ूब प्रचार है। नीचे यह बतलाया जाता है कि हैदराबाद राज्य में सन् १९२१ ई० में इस जाति के १५ वर्ष से कम उमर के कितने लड़के-लड़कियाँ विवाहिता थीं :—

उमर	विवाहित लड़कों की संख्या	प्रति सैकड़ा कितने लड़के विवाहित थे	विवाहिता लड़कियों की संख्या	प्रति सैकड़ा कितनी लड़कियाँ विवाहिता थीं
० से ५ वर्ष	२,४७१	३·९७	१,५३८	२·५
५ से १२ ,,	८,१३२	१०·२	१३,०९०	१७·४
१२ से १५ ,,	१६,२७९	२८·२	२५,०८७	४९·७

पाँच वर्ष से कम उमर के क़रीब चार प्रति सैकड़ा लड़कों का विवाह हो चुका था। इस उमर में बाल-विवाह की इतनी अधिक संख्या शायद ही अन्य किसी जाति में हो। पाँच वर्ष से कम उमर की प्रति सैकड़ा विवाहिता लड़कियों की संख्या महार जाति की अपेक्षा कुछ ही कम है। ५ से १५ वर्ष तक के उमर वाले, विवाहित लड़के-लड़कियों की संख्या उतनी अधिक नहीं है, जितनी कि पासी, चमार या महार में है। तो भी बाल-विवाह को इस जाति में बन्द करने का प्रयत्न विशेष रूप से किया जाना चाहिए। विधवाओं की संख्या ९४ हज़ार

थी, जो कि सम्पूर्ण स्त्रियों के १८ प्रति सैकड़ा के बराबर है। १५ वर्ष से कम उमर वाली बाल-विधवाओं की संख्या ८ हज़ार थी, जिसमें से पाँच वर्ष से कम उमर वाली विधवाओं की संख्या ६५७ थी।

मद्रास प्रान्त की चार अछूत जातियाँ

मद्रास प्रान्त में नौ-दस जातियाँ अछूत मानी जाती हैं। अन्य प्रान्तों की अपेक्षा उनको इस प्रान्त में बहुत अधिक असुविधाओं का सामना करना पड़ता है, और नाना प्रकार के कष्ट उठाने पड़ते हैं। स्थानाभाव के कारण इस प्रान्त की केवल चार अछूत जातियों की ही दशा का वर्णन हम यहाँ करते हैं।

नीचे यह बतलाया जाता है कि सन् १९२१ ई० में मद्रास प्रान्त में इन चार जातियों के व्यक्तियों की संख्या क्या थी:—

जाति	पुरुषों की संख्या (हज़ार)	स्त्रियों की संख्या (हज़ार)	मीज़ान (हज़ार)	प्रति १०० पुरुष पीछे कितनी स्त्रियाँ थीं
पारिया (पञ्चम)	१,१७९	१,२२९	२,९४८	१०५
माल ..	७३८	७५५	१,०५३	१०२
चेरुमा ..	११९	१३०	२४९	११०
होलिया ..	४१	५१	९२	१२५

इस कोष्टक से मालूम होता है कि पारिया जाति के व्यक्तियों की संख्या सब से अधिक है और होलिया जाति के व्यक्तियों की सब से कम। इन चारों जातियों में पुरुषों की अपेक्षा स्त्रियों की संख्या अधिक है। गत दस वर्षों में माल, चेरुमा और होलिया जाति के व्यक्तियों की संख्या में कमी हुई। होलिया जाति के व्यक्तियों की संख्या में सब से अधिक (२३ प्रति सैकड़ा) कमी हुई। इस कमी का एक कारण धर्म-परिवर्त्तन भी हो सकता है। हिन्दुओं को सावधान हो जाना चाहिए; और अछूत कहलाने वाली जातियों के साथ उचित बर्ताव करना चाहिए; नहीं तो कुछ वर्षों के बाद धर्म-परिवर्त्तन के कारण उनकी संख्या बहुत कम हो जावेगी।

नीचे के कोष्टक में यह बतलाया जाता है कि सन् १९२१ ई० में मद्रास प्रान्त में इन जातियों में साक्षर व्यक्तियों की संख्या क्या थी:—

जाति	साक्षर पुरुषों की संख्या	प्रति सैकड़ा कितने पुरुष अपढ़ थे	साक्षर स्त्रियों की संख्या	प्रति सैकड़ा कितनी स्त्रियाँ अपढ़ थीं
पारिया (पञ्चम)	४३,०२५	९६·३५	३,९९४	९९·६७
माल ..	१२,०६२	९८·३६	१,०६६	९९·८६
चेरुमा ..	८९७	९९·२५	७९	९९·९३
होलिया ..	५१९	९८·७३	११	९९·९८

इन चारों जातियों में सब से अधिक साक्षर व्यक्तियों की संख्या पारिया (पञ्चम) जाति में है। अन्य प्रान्तों के अछूतों की अपेक्षा भी इस जाति के व्यक्तियों में साक्षर अधिक हैं। तो भी हमें यह न भूल जाना चाहिए कि इस जाति के ९६·३५ प्रति सैकड़ा पुरुष और ९९·६७ प्रति सैकड़ा स्त्रियाँ कुछ भी लिखना-पढ़ना नहीं जानतीं।

अन्य तीन जातियों की दशा तो और भी ख़राब है। इन सब जातियों में प्रारम्भिक शिक्षा-प्रचार का कार्य दत्तचित्त होकर किया जाना चाहिए।

नीचे के कोष्टक में इन जातियों के १५ वर्ष से कम उमर के विवाहित लड़कों की संख्या दी जाती है:—

उमर	विवाहित लड़कों की संख्या				प्रति सैकड़ा कितने लड़के विवाहित थे			
	पारिया (पञ्चम)	माल	चेरुमा	होलिया	पारिया (पञ्चम)	माल	चेरुमा	होलिया
० से ५ वर्ष	१३३	९०	..	१३	०·२	०·३	..	०·२
५ से १२ ,,	६३७	५६१	४	५१	०·७	१·१	..	० ७
१२ से १५ ,,	७७१	१२८६	२५	४२	२	६·२	०·३	१·४

इस कोष्टक से पता लगता है कि चारों जातियों में, लड़कों के सम्बन्ध में बाल-विवाह बहुत कम प्रचलित है। चेरुमा जाति में तो वह नहीं के बराबर है। १५ से २० वर्ष की उमर वाले चेरुमा और होलिया जाति के केवल क्रमशः १२ और ७ प्रति सैकड़ा नवयुवक ही विवाहित पाए गए थे। क्या ही अच्छा हो, यदि अन्य प्रान्त की अछूत कहलाने वाली जातियाँ उपर्युक्त जातियों का अनुकरण करें और इस कुप्रथा को शीघ्र ही बन्द कर देने का प्रयत्न करें।

लड़कियों के बाल-विवाह की प्रथा भी उपर्युक्त जातियों में कुछ कम है। नीचे के कोष्टक में यह बतलाया जाता है कि इन जातियों में सन् १९२१ ई० में १५ वर्ष से कम उमर वाली विवाहिता लड़कियों की संख्या क्या थी:—

उमर	विवाहिता लड़कियों की संख्या				प्रति सैकड़ा कितनी लड़कियाँ विवाहिता थीं			
	पारिया (पञ्चम)	माल	चेरुमा	होलिया	पारिया (पञ्चम)	माल	चेरुमा	होलिया
० से ५ वर्ष	४७०	१५६	..	२६	०·७	०·४	..	०·४
५ से १२ ,,	३,२९९	५,२२७	९२	११८	३·६	१०·३	०·५	१·७
१२ से १५ ,,	९,५३५	८,७५२	१,२९३	२५२	२९	५१·२	१५·८	८·२

इस कोष्टक से मालूम होता है कि चेरुमा और होलिया जातियों में लड़कियों का बाल-विवाह छोटी उमर में कम होता है; परन्तु पारिया और माल जातियों में इस कुप्रथा का प्रचार काफ़ी है। यद्यपि इन जातियों में भी चमार, पासी, भङ्गी, महार इत्यादि जातियों के समान अधिक संख्या में बाल-विवाह नहीं होता, तो भी उसका शीघ्र बन्द किया जाना आवश्यक है। आशा है, इन जातियों के नेतागण इस ओर उचित ध्यान देंगे।

इन जातियों में पुरुषों की अपेक्षा स्त्रियों की संख्या अधिक है, इसलिए बालविवाह कुछ कम होने पर भी विधवा स्त्रियों की संख्या काफ़ी अधिक है। नीचे के कोष्टक में इन जातियों की विधवाओं और बाल-विधवाओं की संख्या दी जाती है:—

जाति	विधवाओं की संख्या (हज़ार)	प्रति सैकड़ा कितनी स्त्रियाँ विधवा हैं	१२ वर्ष से कम उमर की विधवाओं की संख्या	५ वर्ष से कम उमर की विधवाओं की संख्या
पारिया (पञ्चम)	७३	१४·४	५६६	७३
माल ..	४७	१७·३	५७०	१४
चेरूमा ..	२५	२०·३	६२	०
होलिया ..	८	१६	३५	६

चमार, पासी, भङ्गी, महार आदि जातियों के समान उपर्युक्त जातियों में बाल-विधवाओं की संख्या इतनी अधिक नहीं है। इसका मुख्य कारण बाल-विवाह की कमी है। चेरुमा जाति में पाँच वर्ष से कम उमर की एक भी विधवा लड़की नहीं है; और न है उस उमर की एक भी विवाहिता लड़की। इन जातियों में शायद विधवा-विवाह प्रचलित है; परन्तु स्त्रियों की संख्या पुरुषों से अधिक होने के कारण मालूम होता है, कई विधवाओं का पुनर्विवाह नहीं हो पाता।

उपर्युक्त जातियों के काम करने वाले व्यक्तियों की जीविका के साधन मद्रास प्रान्त में सन् १६२१ ई० में नीचे लिखे अनुसार थे:—

जीविका के साधन	प्रति सैकड़ा कितने व्यक्ति अवलम्बित थे			
	(पारिया पञ्चम)	माल	चेरुमा	होलिया
खेती के लिए मज़दूरी ..	५६·५	६०·६	६१·२	४४·२
खेती	२८·६	२२·८	०·५	४८·८
अन्य मज़दूरी	५·२	८·४	..	..
लकड़ी सम्बन्धी काम ..	..	..	३·२	२·५
पत्थर सम्बन्धी काम ..	..	..	..	१·१
जुलाहे का काम	..	१·२	..	..
रेजा का काम	१·२	..	..	..
अन्य	८·५	५·८	५१	३·७

चारों जातियों में ८० प्रति सैकड़ा से अधिक व्यक्ति खेती द्वारा ही अपना जीवन-निर्वाह करते हैं; परन्तु उन लोगों में अधिकांश के पास ख़ास कर चेरुमा जाति वाले व्यक्तियों के पास अपने खेत नहीं हैं और न उन्हें लगान पर ही खेत मिल पाते हैं। वे केवल खेती के लिए मज़दूरी करके ही किसी तरह से अपना उदर पोषण करते हैं। अन्य पेशों द्वारा जीविका प्राप्त करनेवालों की संख्या बहुत ही कम है। चारों जातियों के व्यक्तियों की आर्थिक दशा बहुत ही असन्तोषप्रद है। इनकी दशा सुधारने का प्रयत्न सरकार और जनता को दत्तचित्त होकर करना चाहिए।

एक जाति की मेम और दासी अछूत का यह अन्तर,
वह चलती छाता ले आगे, यह उसका बच्चा लेकर !

ईसाइन कुत्ते की मालिक, है अछूत उसकी नौकर !
पर दोनों थे एक जाति के, देखो हिन्दू आँखे भर !!

कुछ अछूत सन्त और भक्त

[ले० श्री० किशोरीदास जी वाजपेयी, शास्त्री]

(१)

भङ्गी वाल्मीकि

"हुता एक सुपच सुनाम ताको बालमीकि,
श्याम लै प्रगट कियो भारत में गाइये।"

बात पुरानी, द्वापर के अन्त अथवा कलियुग के प्रारम्भ की है; उस समय की, जब भारत में आर्य-साम्राज्य का विलास था और भगवान श्रीकृष्ण ने बीन-बीन कर दुष्टों का दलन कर, भगवती वसुन्धरा को निष्कण्टक कर दिया था। धर्मराज युधिष्ठिर का धर्म-शासन था, शान्ति विराज रही थी। इसी शुभ-काल में, इस भारत में, जहाँ-तहाँ वर्तमान छुआ-छूत का भी बीज पड़ रहा था और अनुकूल स्थिति पाकर अङ्कुरित होने लगा था!

सब काम ठीक कर महाराज युधिष्ठिर ने राजसूय-यज्ञ आरम्भ किया। केवल इस यज्ञ के ही नहीं; किन्तु पाण्डवों के प्रत्येक यंत्र के सूत्रधार थे श्रीकृष्ण महाराज। यज्ञ भी उनके ही तत्वावधान में शुरू हुआ। भगवान ने अपना पाञ्चजन्य शङ्ख रख दिया और कहा कि जब यज्ञ पूर्ण होगा तो यह शङ्ख आप ही आप बज उठेगा। सब ने बात मान ली। अनुष्ठान हुआ। सब पुण्य-कर्म विधिवत् हुए। ऋषि मुनियों की धूम थी; दौड़-दौड़ कर सब काम सामन्त-नरेशगण कर रहे थे। यज्ञ की अवधि समाप्त हो गई; पर वह शङ्ख अभी तक मौन ही रहा। लोगों को बड़ी शङ्का और कुतूहल हुआ, शङ्ख बजा क्यों नहीं? पाण्डवों के मन में उद्वेग और ग्लानि हुई। श्रीकृष्ण से कारण पूछा गया—महाराज, अब किस बात की कमी रह गई है, जो शङ्ख नहीं बजता? उत्तर मिला—हमारा एक अकिञ्चन भक्त तुम्हारे नगर में मौजूद है; पर तुमने उसकी बात नहीं पूछी। उसका इससे अपमान हुआ है, यद्यपि वह स्वयं मान-अपमान कुछ नहीं मानता। उसके लिए तो व्यक्तिगत प्रतिष्ठा का कोई मूल्य नहीं है; परन्तु इससे क्या? हमें-तुम्हें तो ख़्याल रखना चाहिए। निश्चय समझो, जब तक उस महापुरुष के चरण तुम्हारे घर को पवित्र न करेंगे, यज्ञ कभी भी सफल नहीं हो सकता; चाहे कितने ही ऋषि-मुनि सम्मिलित क्यों न हों।

सुन कर लोगों के आश्चर्य का ठिकाना न रहा। भला इस महायज्ञ में, जहाँ समस्त संसार के ऋषि-मुनि और भक्त इकट्ठे हैं, इस हस्तिनापुर का ही कोई भक्त रह जाय; और सो भी ऐसा कि जिसके न आने से यज्ञ ही पूर्ण न हो! किसी की समझ में कुछ न आया। तब फिर उन्हीं पतित-पावन से प्रश्न हुआ—महाराज, हम लोगों की समझ में कुछ नहीं आता। आप ही कृपा कर बतलाइए, कौन से भक्तराज हैं? आश्चर्य है कि इस शहर में ही रहने वाले ऐसे भक्तराज को भी हम लोग नहीं जानते। हम लोगों के ख़्याल से तो समस्त संसार के भक्त-शिरोमणि और ऋषि-मुनि यहाँ विराज रहे हैं। आप कृपा कर आदेश कीजिए। श्रीकृष्ण ने कहा—सुनो भाई, तुम उसे नहीं जानते। हाँ, मैं जानता हूँ और ख़ूब जानता हूँ—कभी भी नहीं भूलता। देखो, वह है तुम्हारा भङ्गी, जिसका नाम है वाल्मीकि। कहो?

सुनकर सब दङ्ग रह गए। भगवान श्रीकृष्ण का वाक्य था, कुछ मख़ौल न थी। युधिष्ठिर ने कहा—तो फिर अर्जुन, शीघ्र किसी को भेज कर.........!

श्रीकृष्ण ने युधिष्ठिर की बात काट कर कहा—नहीं, यह नहीं हो सकता। वहाँ किसी के भेजने से काम न चलेगा। उन्हें लाने के लिए स्वयं अर्जुन

और भीम को जाना होगा; और सम्मानपूर्वक लाकर भवन पवित्र करना होगा। साथ ही एक बात और है, उसे भी आप अभी सुन कर विचार कर लीजिए, तब फिर जैसी इच्छा हो, वैसा करना। बात यह है कि उसके भोजन के लिए फिर से रसोई बनानी होगी और उसे बनाना पड़ेगा ख़ास द्रौपदी को। कहिए, मञ्जूर है?

भला इनकी बात में ना-नुकर कौन करता? धर्मराज ने कहा—महाराज, और फिर परमात्मा ने मनुष्य को हाथ किस लिए दिए हैं? इसीलिए न कि उनसे भगवद्भक्तों की कुछ सेवा बन पड़े? आज द्रौपदी के अहोभाग्य हैं!

इसके पश्चात् अर्जुन और भीम वाल्मीकि के घर गए। घर नगर से बाहर था। घर के चारों ओर काँटों की बाड़ थी, जिसमें एक लकड़ियों का टट्टर दरवाज़े पर लगा था। दरवाज़े के टट्टर को हाथ से हटा कर दोनों भीतर घुसे। देखते हैं, एक ओर झाड़ू और टोकरी रक्खी है; पर ख़ूब साफ़ की हुई है। इधर-उधर कुछ और काम की चीज़ें पड़ी हैं। इस बाड़ के बाद फिर एक और हलकी सी बाड़ थी। उसके दरवाज़े से जब भीतर पहुँचे तो देखा कि एक छोटे से गमले में सुन्दर हरा-भरा तुलसी का पौधा लगा है। आँगन लीपा-पोता पड़ा है। कुटिया के द्वार पर साफ़ टाट का परदा लटक रहा है। बिलकुल शान्ति है। इस झोंपड़ी से थोड़ी दूर हट कर, इसकी दाहिनी ओर दो-तीन और कोठरियाँ बनी थीं। ५०।ख़ूब साफ़-सुथरी थीं। उनमें वाल्मीकि के लड़के-बच्चे दीख पड़े। वे बेचारे इनको देख कर डर के मारे भीतर घुस गए। उनकी चिन्ता बहुत बढ़ गई। सोचने लगे कि आज बात क्या है?

अर्जुन ने झोंपड़ी का परदा ज़रा सा उठाया, देखा तो वही भङ्गी आसन लगाए बैठा है। सामने छोटे से सिंहासन पर शालग्राम जी की मूर्ति विराजमान है। उस पर चन्दन और फूल चढ़े हैं। कोठरी में सुगन्ध भरी थी, जिसने दोनों का मन हर लिया। इतने में वाल्मीकि की दृष्टि इधर आई, सामने अर्जुन और भीम खड़े थे। वे लज्जित और शङ्कित हुए। शीघ्र ही आचमन कर दौड़े और दूर से, मस्तक पृथ्वी पर रख कर, प्रणाम करने लगे; परन्तु उनका सिर पृथ्वी तक पहुँच न पाया था, तभी दौड़ कर अर्जुन ने बीच में ही थाम लिया और उन्हें आलिङ्गन कर, उनकी प्रशंसा करने लगे। फिर सब हाल कहा। वाल्मीकि श्रीकृष्ण पर ज़रा नाराज़ हुए।

दाहिनी ओर अर्जुन और बाईं ओर भीम थे। बीच में भक्त वाल्मीकि थे। बड़े आदर से राज-भवन में उन्हें ले आए।

इधर द्रौपदी जी भोजन बनाने में व्यस्त थीं। उनसे श्रीकृष्ण ने कह दिया था :—

"जेतिक प्रकार सब व्यञ्जन सुधारि करौ,
आज तुव हाथन की होति सफ़ाई है।"

द्रौपदी जी अपनी सब कारीगरी ख़र्च करने में लगी थीं। भोजन बनने तक वाल्मीकि को कमरे में सबसे ऊँची गद्दी पर बैठा कर सेवा-शुश्रूषा की गई, यद्यपि वे बहुत मना करते रहे और पाँव पड़ कर कहने लगे:—

"जूँठनि लै डारौं सदा द्वार को बुहारौं।"

सो, यह सब मनुहार मेरे योग्य नहीं; पर वहाँ तो श्रीकृष्ण-वाक्य के इशारे से सब हो रहा था। उसे टालता कौन? सब ऋषि-मुनि दङ्ग रह गए।

भोजन बन चुका। भीतर से ख़बर आई। भोजन करने भीतर चौके में गए। आसन बिछा। उस पर श्वपच जी बैठे। भोजन युधिष्ठिर जी ने स्वयं परोसा। भगवान को समर्पित कर, ज्योंही पहला ग्रास उठाया, त्योंही शङ्ख की प्रचण्ड ध्वनि शुरू हुई। सब को आश्चर्य के साथ आनन्द की सीमा न रही; परन्तु फिर शङ्ख बन्द हो गया। श्रीकृष्ण ने कहा—यह बात क्या है? ग्रास-ग्रास पर शङ्ख बजना चाहिए। मालूम हुआ, कुछ कोर-कसर है। ऊपर से तो सब ठीक था। मन की बात सब से पूछी गई। द्रौपदी से भी पूछी गई। उन्होंने कहा कि महाराज, मेरे मन में यह बात अवश्य आई कि यह जाति का भङ्गी भला हमारे हाथ की परीक्षा क्या जाने? बस, श्रीकृष्ण ने कहा—इससे भक्त का अपमान हुआ है, तुम क्षमा माँगो। ऐसा ही हुआ। फिर शङ्ख बराबर बजता ही रहा और तब तक बजता रहा, जब तक वाल्मीकि जी भोजन करते रहे। भोजन करने के बाद उसकी ध्वनि विरत हुई। यज्ञ पूर्ण हुआ। सब मनोरथ पूर्ण हुए और सब अपने-अपने घर गए।

* * *

(२)

रैदास

सन्देह ग्रन्थि खण्डन निपुन,
 बानि विमल रैदास की।
सदाचार, श्रुति, शास्त्र,
 वचन अविरुद्ध उचार्‌यो।
नीर-छीर विवरन परम—
 हंसनि उर धार्‌यो॥
भगवत कृपा प्रसाद,
 परम गति इहि तन पाई।
राज-सिंहासन बैठि,
 ज्ञाति परतीति दिखाई॥
वर्णाश्रम अभिमान तजि,
 पद-रज बन्दहिं जासु की।
सन्देह-ग्रन्थि खण्डन निपुन,
 बानि विमल रैदास की।

—नाभास्वामी

भक्तराज रैदास जी वर्ण के चमार थे; और थे समस्त हिन्दू-जाति के मुकुट-मणि। आप का अस्तित्व-काल पन्द्रहवें शतक के पिछले भाग से सोलहवें शतक के मध्य तक है। वैष्णवाचार्य स्वामी रामानन्द जी से आपको वैष्णवी दीक्षा मिली थी। वैष्णवधर्म ने रैदास को और रैदास ने वैष्णवधर्म को ऊपर उठाया। यदि कहें तो कोई अनुचित नहीं कि रैदास को अपनी गोद में लेने से ही वैष्णव-धर्म अपनी इस पराकाष्ठा पर पहुँचा। रैदास जी गृहस्थ थे; और अपने रहने के लिए काशी जैसी जगह ढूँढ़ी थी, जो इनके विरोधियों का केन्द्र था। यह दिव्यसूर्य काशी में ही उदित हुआ और वहीं अस्त भी; परन्तु इसकी ज्योतिर्मय रश्मियों ने उस समय समस्त भारत को जगमगा दिया था। यही नहीं, अब भी—उस सूर्य के चिर-अस्त हो जाने पर भी—उसके दिव्यप्रकाश की छटा लुप्त नहीं हुई! वह अब भी हमें मार्ग बता रही है। हाँ, यदि हम स्वयं ही दिवान्ध बन जायँ तो और बात है!

जिस समय रैदास का उदय हुआ था, वह यह युग न था; वह था अब से लगभग चार सौ वर्ष से पूर्व का अन्धकारपूर्ण काल! महाभारत के बाद अस्पृश्यता का जन्म हुआ, और रैदास के समय में उसने यौवन प्राप्त किया। उस समय देश और समाज में भिन्न-भिन्न अत्याचार, अनीति, बहिष्कार आदि दुर्गुण उत्पन्न हुए। ऐसे समय में रैदास महाराज ने विश्वनाथपुरी काशी में अपना झण्डा गाड़ा, जिसके नीचे प्रायः अधिकांश भारत आ-गया था। विरोधी भी अपनी करनी में चूकते न थे; पर भगवान भास्कर को बेचारे राहु-केतु कितनी देर तक रोक सकते हैं? रैदास जी की महिमा तथा सदुपदेश की मन्दाकिनी इस वेग से बही कि छोटे-मोटों की कौन कहे, बड़े-बड़े द्विज और राजा-महाराजा तक आपके शिष्य हो गए।

रैदास जी की कीर्ति सुन कर चित्तौड़ की रानी साहिबा, जिनका नाम झाला था, आपके दर्शन के लिए काशी आईं और जैसा सुना था, उससे अधिक पाकर, इनकी शिष्या बन गईं। कुछ दिन रह कर बहुत-कुछ उपदेश लिया। इस समय ब्राह्मणों ने—काशी के अवैष्णव, विशेषतः स्मार्त ब्राह्मणों तथा इतर स्मार्तों ने, बड़ा बवण्डर उठाया। उनका एक डेपुटेशन महारानी साहिबा के पास भी गया; पर उन्होंने कहा—यदि तुम इस बात को अनुचित समझते हो तो महाराज (रैदास) जी से विचार करो। अनौचित्य सिद्ध हो जाने पर जैसा कहोगे, हो जायगा। निदान इस झगड़े में भी रैदास जी जीते और विरोधी जन अपना सा मुँह लेकर रह गए!

कुछ दिन बाद महारानी गुरु जी से विदा माँग कर घर चलने लगीं। उन्होंने गुरु जी से भी राजधानी चलने की प्रार्थना की; पर रैदास जी ने उस समय महारानी जी की यह प्रार्थना अस्वीकृत कर दी; और कहा कि फिर कभी जब तीर्थ-यात्रा को निकलेंगे, तो अवश्य आपके यहाँ आएँगे। विदा होते समय महारानी ने गुरु जी को बहुत कुछ देना चाहा; परन्तु त्यागी रैदास ने कुछ भी स्वीकृत न किया। वे कहने लगे—रानी साहब, मुझे यह कुछ न चाहिए। मैं तो भगवान की चाकरी से छुट्टी पाकर नित्य दो जोड़ी जूतियाँ बना लेता हूँ। इनमें से एक को बेच कर उसके ख़र्चे से सन्त-सेवा और भगवान की पूजा-अर्चा का काम चल जाता है और दूसरी के मूल्य से मेरे घर-कुटुम्ब का निर्वाह बड़ी अच्छी तरह से हो जाता है।

इस बात को तुम देख चुकी हो; फिर भला हमें इस चपला के जञ्जाल में क्यों डालती हो? अन्त में झाला जी अपने दल-बल सहित चित्तौर को चल पड़ीं और बीच में कई पड़ाव डाल कर यथासमय अपनी राजधानी आ पहुँचीं।

कुछ दिन बीतने पर रैदास जी तीर्थ-यात्रा को निकले। मार्ग तय करते-करते एक दिन चित्तौर भी पहुँचे। वहाँ इनका बड़ा सम्मान हुआ। भला राजगुरु के सम्मान का क्या पूछना? तभी तो नाभा जी ने लिखा है :—

राज सिंहासन बैठि ज्ञाति-परतीति दिखाई।

रैदास जी के सामने ही झाला रानी ने एक दिन शहर भर को निमन्त्रण दिया। भिन्न-भिन्न प्रकार के व्यञ्जन तैयार हुए। अच्छी तैयारियाँ हुईं। सब लोग जमा हुए। पंक्ति बैठी। सब के बीच में एक बड़ी स्वर्ण-चौकी पर रैदास जी विराजे। इस समय लोगों में काना-फूँसी होने लगी। रैदास जी समझ गए और अपने दिव्य प्रभाव से सबका समाधान कर दिया। सब शान्त हो गए। सब ने भोजन किया। फिर कितने ही इनके शिष्य बन गए। चित्तौर में कुछ दिन रह कर फिर रैदास जी खाली हाथ अपनी उसी काशी वाली झोंपड़ी में चले आए और जूते बना कर बेचने तथा भगवद्भजन करने लगे।

रैदास जी ने सब हिन्दू-शास्त्र अच्छी तरह पढ़े थे। शास्त्रों का मनन भी खूब किया था; तभी तो :—

"सदाचार, श्रुति, शास्त्र, बचन अविरुद्ध उचाखो।"

इनके वचन क्या थे, हंस की चोंच थे; जिनसे "नीर-छीर विवरन" सहज ही हो जाता था और इसीलिए "परम हंसनि उर धारयो।" क्या कहना है? चमार की बात को हृदय में धारण किया किसने? ऐरे-ग़ैरे नत्थू-खैरे ने नहीं, परमहंसों ने! बड़े-बड़े राजा-महाराजाओं और पण्डितों के गुरु और गृहस्थ होकर भी परमहंसों के माननीय उपदेशक! अब क्या चाहिए? यही नहीं; किन्तु कट्टर से भी कट्टर अभिमानी "वर्णाश्रम अभिमान तजि, पद-रज बन्दहिं जासु की!" सो यही रैदास जी महाराज हैं।

आप केवल शुष्क शास्त्री ही नहीं; किन्तु मातृभाषा हिन्दी के उत्तम कवि भी थे। कविता उपदेशपूर्ण और प्रसाद-गुण-परिप्लुत है। इनके सब ग्रन्थ और कविताएँ प्राप्त नहीं। कुछ फुटकर पद्य मिले हैं, जो प्रकाशित हो चुके हैं। इसमें कोई आश्चर्य की बात नहीं; क्योंकि हिन्दी के न जाने कितने कवियों की कृतियाँ अस्तङ्गत हो चुकी हैं; फिर भला ये तो चमार थे! इनकी जाति का नाम ही इनकी काव्य-कला के लुप्त होने अथवा लुप्त करने के लिए पर्याप्त कारण था। सूर्य के अस्त हो जाने पर उसके विरोधी उल्लू जो न कर दें, थोड़ा है; अस्तु।

अब हम आप की हिन्दी-कविता की कुछ चाशनी पाठकों को समर्पित करते हैं :—

रैदास की साखी

(१)

बाहर उदक पखारिए,
घट भीतर विविध विकार।
सुद्ध कवन पर होइबो,
सुचि कुञ्जर विध ब्योहार॥

(२)

कर्म अकर्म विचारिए,
संका सुनि बेद-पुरान।
संसा सद हिरदे बसै,
कौन हरै अभिमान॥

रैदास जी के शब्द

(१)

नरहरि! चञ्चल है मति मेरी,
कैसे भगति करौं मैं तेरी॥
तू मोहिं देखै मैं तोहिं देखूँ,
प्रीति परस्पर होई।
तू मोहिं देखै तोहि न देखूँ,
यह मति सब बुधि खोई॥
सब घट अन्तर रमसि निरन्तर,
मैं देखत नहिं जाना।
गुन सब तोर मोर सब औगुन,
कृत उपकार न माना॥

मैं तैं तोरि मोरि असमझि सों;
कैसे करि निस्तारा।
कह "रैदास" कृष्ण! करुणामय!
जै जै जगत अधारा॥

(२)

आज दिवस लेऊँ बलिहारा,
मेरे गृह आया राम का प्यारा॥
आँगन, बँगला, भवन भयो पावन,
हरिजन बैठे हरि-जंस गावन।
करूँ दण्डवत् चरन पखारूँ,
तन, मन, धन, उन ऊपर वारूँ॥
कथा कहैं अरु अर्थ विचारैं,
आपु तरैं औरन को तारैं।
कह "रैदास" मिलैं हरिदास,
जनम जनम के काटैं पास॥

* * *

(३)

नाभा

नाभास्वामी जाति के डोम थे, यह प्रसिद्ध है। नाभा जी की भक्ति अनुपम थी। ये अनन्य वैष्णव थे। इनके गुरु प्रसिद्ध वैष्णव श्री "अग्रदास" जी थे। नाभा जी के लाखों पण्डित और राजा-महाराजा शिष्य थे। और तो ख़ैर, जो कुछ हुआ सो हुआ; पर नाभा जी महाराज ने एक ऐसा काम किया है, जो किसी भी भक्त, पण्डित या कवि ने उनसे पहले अथवा उनके समय तक न किया था, और वह है—"भक्तमाल" का निर्माण। यदि भक्तमाल आज हमारे सामने न होती, तो सैकड़ों और हज़ारों हिन्दी-कवियों के बारे में हमें उतना भी पता न चलता, जितना आज चल रहा है। यह बड़ा अपूर्व ग्रन्थ है। इसमें भक्ति-पुट अवश्य है; पर फिर भी ऐतिहासिक ग्रन्थ है और उस समय, जब इसकी रचना हुई तब, ऐसे ग्रन्थ का बनना बड़ा कठिन था। इसकी भाषा बड़ी मीठी और रसीली है। अलङ्कारों का भी समावेश है। सागर को गागर में भरने की नाभा जी की आदत थी। भक्तमाल में भी यही बात है; तभी तो इसके प्रधान टीकाकार श्रीप्रियादास जी ने इनके बारे में कहा है :—

गुन पै अपार साधु कहैं आँक चार ही में—
अर्थ-विसतार कविराज टकसाल है।

मुझे तो भक्तमाल के जोड़ का, हिन्दी ही नहीं, अपनी परिचित किसी भी भाषा में, ग्रन्थ नज़र नहीं आता। प्रियादास जी ने लिखा है :—

जाको जो सरूप सो अनूप लै दिखाय दियो,
कियो यों कवित्त पट मिहीं मध्य लाल है।
गुन पै अपार साधु कहैं, आँक चार ही में—
अर्थ-विसतार कविराज टकसाल है॥
सुनि सन्त-सभा झूम रही अलि-श्रेणी मानों,
घूमि रही कहैं यह कहा धौं रसाल है।
सुने हे "अगर" अब जानें मैं "अगर" सही,
चोवा भए नाभा सो सुगन्ध भक्तमाल है॥

'भक्तमाल' में सभी जाति के भक्तों का वर्णन है। जात-पाँत का कोई ख़्याल नहीं किया गया है, और इस साम्य को जनाने के लिए नाभा जी ने एक बात बड़े चातुर्य की की है। आपने भक्तमाल के आदि में भगवान के चौबीसों अवतारों का वन्दन किया है और उस मङ्गल-पद्य में अपने गुरु श्री अग्रदास जी का नाम दिया है। इस मङ्गलाचरण में आपने पहले 'राम' या 'कृष्ण' का नाम न लेकर "मीन" और "बाराह" से उपक्रम किया है। इसका तात्पर्य यह है कि जिस प्रकार भगवान के सब अवतार बराबर हैं, वैसे ही सब भक्त भी बराबर हैं। भगवान की भक्ति में जात-पाँत का कोई झगड़ा नहीं है। कम से कम 'भक्तमाल' में तो जात-पाँत की विषैली विषमता न मिलेगी। इसलिए जिन्हें नाक-भौं चढ़ानी हो, मङ्गलाचरण ही देख कर समझ जाँय और आगे न बढ़ें। आप मङ्गल करते हैं :—

जय जय मीन, बराह, कमठ, नरहरि बलि, बावन।
परशुराम, रघुबीर, कृष्ण कीरति जग पावन॥

यद्यपि इस लेख में इनकी कविता का स्वाद कई जगह पाठक-पाठिकाओं को मिलेगा; पर फिर भी एक पृथक् उदाहरण देने को जी चाहता है। कवि-कुल

गुरु श्री सूरदास जी के बारे में लिखते हुए, आप उनकी कविता की यों आलोचना करते हैं :—

"सूर"-कवित सुनि कौन कवि,
जो नहिं सिर चालन करै ॥
उक्ति, चोज, अनुप्रास, बरन,
सुस्थिति अति भारी ।
वचन प्रीति-निर्वाह,
अर्थ अद्भुत तुक धारी ॥
प्रतिबिम्बित दिवि दृष्टि,
हृदय हरि-लीला भासी ।
जनम, करम, गुन, रूप,
सबै रसना परकासी ॥
विमल बुद्धि गुन और की,
जो यह गुन श्रवननि धरै ।
सूर-कवित सुनि कौन कवि,
जो नहिं सिर चालन करै ॥

बेशक, सिर हिलने ही लगता है। कहने के तरीक़े की हद है।

विरोधियों से आपका भी ख़ासा संग्राम हुआ था। पर, विजय-माल पड़ी भक्तमाल के संग्रह-कर्त्ता के गले।

* * *

(४)

नामदेव

महाराष्ट्र-प्रान्त के 'पण्ढरपुर' शहर में एक 'वामदेव' नाम के छीपी रहते थे। वे परम वैष्णव और उदार थे। छीपियों को कोई छूता नहीं है; पर वैष्णवों ने इन्हें अपना लिया था। वामदेव जी के एक विधवा लड़की थी। दैव-वश उसके किसी तरह गर्भ रह गया। समय पाकर वह बढ़ा और लोगों को मालूम हुआ। लोगों ने वामदेव जी से कहा कि कहीं जाकर इसे गिरवा दो, नहीं तो जात-पाँत से भी जाओगे; परन्तु वैष्णव वामदेव ने इन लोगों की एक न सुनी। वे लड़की की सावधानी से रक्षा करने लगे। समय आया और उस लड़की के पुत्र-रत्न उत्पन्न हुआ। वामदेव जी ने ख़ूब उत्सव किया। बड़े धूम-धड़क्के के साथ महीनों वैष्णवों का हरि-कीर्त्तन होता रहा। बालक का नाम "नामदेव" रक्खा गया। यही बालक नामदेव है, जिसने समय पर महाराष्ट्र प्रान्त को जगाया। इसकी उन तीन-चार साधु-आत्माओं में गिनती है, जिन्होंने अपना जीवन समाज को अर्पित कर दिया था।

पन्द्रहवें शतक के दूसरे भाग में आप आविर्भूत हुए थे। बड़े होने पर प्रसिद्ध सन्त श्रीज्ञानदेव जी ने आपको दीक्षा दी थी। नामदेव जी ने मन लगा कर विद्याध्ययन किया। सदा गृहस्थ रहे; पर काम त्यागी 'समर्थ' से भी बढ़ कर किए। विरोधी-दल ने इन्हें भी बहुत सताया; पर ये अपने सत्याग्रह पर सर्वदा अड़े रहे और विजय प्राप्त की। इन्हें विरोधियों ने दुख भी बहुत दिए, यह बात नाभा जी के छप्पय की, प्रह्लाद की उपमा से मालूम होती है। इसी उपमा से इनकी विजय की ध्वनि भी निकलती है। नाभा जी कहते हैं :—

नामदेव निर्बही प्रतिज्ञा,
ज्यों त्रेता नरहरिदास * की।

धन्य! जो कुछ भी हो, अन्धकार प्रकाश के साथ बाजी नहीं ले सकता।

महाराज नामदेव जी मराठी-भाषा के ग्रन्थ-लेखक और कवि तो थे ही; साथ ही उस समय भी, भावी राष्ट्र-भाषा हिन्दी के भी बड़े ऊँचे कवि थे। हिन्दी पर आप का पूरा अधिकार था। शब्दों और मुहाविरों का प्रयोग तो आपने ऐसा किया है कि हिन्दी-भाषाभाषी कवि भी दङ्ग हैं। कुछ नमूने देखिए :—

बदौ क्यों ना होड़ माधौ मो सों ?
ठाकुर तें जन, जन तें ठाकुर,
खेल परथो है तो सों ॥
आपन देव देहरा आपन,
आप लगावै पूजा।
जल तें तरङ्ग, तरङ्ग तें है जल,
कहन सुनन को दूजा ॥
आपहि गावै, आपहि नाचै,
आप बजावै तूरा।
कहत "नामदेव" तू मेरो ठाकुर,
जन ऊरा तू पूरा ॥

---

* प्रह्लाद

एक और :—

होली

मोर पिया बिलम्यो परदेस,
होरी मैं कासों खेलौं।
घरी पहर मोहिं कल न परतु है,
कहत न कोउ उपदेस॥
झरे पात बन फूलन लागे,
मधुकर करत गुँजार।
हा हा करौं कन्थ घर नाहीं,
के मोरि सुनै पुकार॥
जा दिन तैं पिय गवन कियो है,
सिंदुरा न पहिरौं मङ्ग।
पान फुलेल सबै सुख त्यागे,
तेल न लावौं अङ्ग॥
दामिनि दमकि घटा घहरानी,
बिरह उठै घन घोर।
चित चातक ह्वै दादुर बोलै,
वहि बन बोलत मोर॥
पीतम को पतियाँ लिख भेजौं,
प्रेम-प्रीति मसि लाय।
बेगि मिलौ जन 'नामदेव' कौं,
जनम अकारथ जाय॥

कहिए, क्या भाव हैं? कैसी भाषा है और किस प्रकार के माधुर्य का प्रसाद है? यह एक महाराष्ट्र की हिन्दी कविता है।

अन्त में यह कहना पर्याप्त होगा कि महाराष्ट्र को जगाने वाली इनी-गिनी आत्माओं में से नामदेव जी का एक विशेष स्थान था।

* * *

(५)

कबीर

"कबीर कानि राखी नहीं,
वर्णाश्रम षट् दरसनी॥
भक्ति-विमुख जो धर्म्म,
ताहि अधरमु करि गायो।
जोग, जग्य, व्रत, दान,
भजन बिनु तुच्छ दिखायो॥
हिन्दू तुरक प्रमान,
'रमैनी' 'शबदी' 'साखी'।
पक्षपात नहिं बचन,
सबहिं के हित की भाखी॥
आरूढ़ दसा ह्वै जगत पर,
मुख देखी नाहिन भनी।
कबीर कानि राखी नहीं,
वर्णाश्रम षट् दरसनी।"

ऊपर के छप्पय में कबीर जी की सब हार्दिक बातें आ गई। ऊपर की ये हैं कि आप जाति के जुलाहे थे। रामानन्द जी के शिष्य थे। निवास इन्होंने भी बड़ी विरोधियों की गढ़ी "काशी" चुना था। कबीर जी स्वभाव के बड़े खरे थे। सीधी-सीधी सुनाते थे। बड़े पहुँचे हुए थे। गृहस्थी में रहते हुए विदेह थे। वैष्णव थे, अवतारवादी थे; पर मूर्तिपूजक न थे। भगवान के भजन के बिना और सब ढोंग समझते थे। इन्होंने 'रमैनी' 'शब्दी' और 'साखी' बड़ी अनूठी कही हैं। इसीलिए लोगों ने कहा है:—

"जो कुछ रहा सो जोलहा कहिगा,
अब जो कहै सो जूँठी।"

इनके वचनों के प्रसिद्ध गुरु नानकदेव जी भी बड़े कायल थे। कबीर जी के बहुत अधिक वचन 'ग्रन्थ' साहिब में उद्धृत हैं। यों तो नामदेव आदि और कितने ही भक्तों के वचनों को 'ग्रन्थ' साहिब में स्थान मिला है; पर कबीर जी का उत्कर्ष कुछ और ही है। स्वयं गुरु नानकदेव जी ने कबीर जी को अपना गुरु कई जगह लिखा है। कबीर जी के इस उत्कर्ष का भी कुछ ठिकाना है? हीरे को जौहरी परखता है। रत्न सोने ही में जड़ा जाता है।

कबीर जी का जीवन-काल पन्द्रहवें शतक के उत्तरार्द्ध से सोलहवें शतक के अन्तिम भाग तक है। धर्म के विरोधियों से कबीर जी जिस वीरता से लड़े, उस ढङ्ग से कोई न लड़ा। आप बड़े ही फक्कड़ और पहुँचे हुए सिद्ध थे। बड़े भारी आत्म-ज्ञानी थे। और-और ग्रन्थों के अतिरिक्त "बीजक" नाम का एक बड़ा उत्कृष्ट ग्रन्थ आप ने लिखा है। इसकी अब तक बहुत सी अच्छी-अच्छी टीकाएँ भी बन चुकी हैं। प्रख्यात साहित्य-सेवी रीवाँ-

वशिष्ठ और निषाद

समझा स्वयं राम से बढ़ कर, प्रिय निषाद को है किसने ?
रामचन्द्र के गुरु के पद को, अर्पित सदा किया जिसने !!

नरेश श्रीरघुराजसिंह देव के पिता श्री विश्वनाथसिंह देव जी ने भी इस पर बड़ी अच्छी टीका की है।

बीजक अध्यात्म-ग्रन्थ है, पर प्रक्रिया कहीं-कहीं बिलकुल भिन्न है:—

"कबीर कानि राखी नहीं, वर्णाश्रम षट्दरसनी।"

इसमें अद्वैत वेदान्त का खण्डन भी है। बीजक का विषय है भक्ति-मिश्रित अध्यात्म ज्ञान।

और सब बातें कबीर जी की प्रसिद्ध ही हैं। कबीर जी स्वयं भारत के बच्चे-बच्चे से इस प्रकार छिपे नहीं हैं, जैसे चक्षुष्मानों से सूर्यदेव। इसी कारण इनकी और-और बातों के लिखने में न लग कर, केवल इनके कुछ उपदेश-वचन यहाँ दे देना आवश्यक समझते हैं।

कबीर की साखी

सतसङ्ग

'कबीर' सङ्गत साध की,
निष्फल कभी न होय।
होवे चन्दन वासना,
नीम कहै नहिं कोय॥
'कबीर' खाई कोट की,
पानी पियै न कोय।
जाय मिलै जब गङ्ग से,
सब गङ्गोदक होय॥
मूरख से क्या बोलिए,
सठ से कहा बसाय।
पाहन में क्या मारिए,
चोखा तीर नसाय॥
दाग जो लागा नील का,
सौ मन साबुन धोय।
कोटि जतन भल कीजिए,
नीम न मीठो होय॥

पतिव्रता

पतिबरता को सुख घना,
जाके पति है एक।
मन मैली बिभिचारिनी,
जाके खसम अनेक॥
पतिबरता मैली भली,
काली, कुचिल, कुरूप।
पतिबरता के रूप पर,
वारौं कोटि सरूप॥

पारखी

जब गुन को गाहक मिलै,
तब गुन लाख बिकाय।
जब गुन को गाहक नहीं,
तब कौड़ी बदले जाय॥
हीरा तहाँ न खोलिए,
जहँ हो खोटी हाट।
कसि कै बाँधौ गाठरी,
उठि कै चालौ बाट॥
हंसा बगुला एक सा,
मानसरोवर माहिं।
बगा ढँढोरै माछरी,
हंसा मोती खाहिं।

कबीर जी के शब्द

चेतावनी

कौनौ ठगवा गठरिया लूटल हो।
चन्दन काठ कै बनल खटोलना,
तापर दुलहिन सूतल हो।
उठोरी सखी मोरी माँग सँवारो,
दुलहा मोंसे रूसल हो।
आये जमराज पलँग चढ़ि बैठे,
नैनन आँसू टूटल हो।
चारि जने मिलि खाट उठाइन,
चहुँ दिसि "धूँ-धूँ" ऊठल हो।
कहत 'कबीर' सुनो भाई साधो,
जग से नाता छूटल हो।

प्रेम

हमन हैं इश्क मस्ताना,
हमन को होशियारी क्या?

रहें आज़ाद इस जग में,
हमन दुनिया से यारी क्या ?
जो बिछुड़े हैं पियारे से,
भटकते दर-बदर फिरते।
हमारा यार है हम में,
हमन को इन्तज़ारी क्या ?
ख़लक सब नाम अपने को
बहुत कर सिर पटकता है।
हमन गुरु नाम साँचा है,
हमन दुनिया से यारी क्या ?
न पल बिछुड़े पिया हमसे,
न हम बिछुड़ें पियारे से।
उन्हीं से प्रीति लागी है,
हमन को बेक़रारी क्या ?
'कबीरा' इस्क का माता
दुई को दूर कर दिल से।
जो चलना राह नाज़ुक है,
हमन सिर बोझ भारी क्या ?

बस, अब अधिक नहीं बढ़ा सकते; यद्यपि दिल नहीं मानता, वह कहता है—चलो—चलो ! इसी पथ पर चलो चलो ! परन्तु डर है कि बात बहुत बढ़ जायगी। इसलिए अब इसे यहीं छोड़ते हैं।

(६)

कूबा जी

कूबा जी को हुए तीन सौ वर्ष के लगभग हुए हैं ये जाति के कुम्हार थे। वैष्णव-धर्म्म में आकर यहाँ तक उन्नति की थी कि आचार्य वत् हो गए। वैष्णव इनके नाम का एक द्वारा ही पृथक् मानते हैं। कूबा जी का अपने समय में अद्वितीय प्रभाव था। ये उतने प्रसिद्ध अब नहीं हैं जितने और-और इस प्रकार के भक्त। इसका कारण यह है कि औरों के समान इन्होंने कविता आदि कुछ न की थी, अतः नाम बिना आधार के कहाँ ठहरे। पर, जानने वाले जानते हैं। भक्तमाल में लिखा है :—

कहत कुम्हार जग-कुल निसतार कियो,
"कूबा" रहै नाम साधु-सेवा अभिराम है।
आये बहु सन्त प्रीति करी लै अनन्त,
जाको अन्त कौन पावै ऐपै सीधो नहीं धाम है॥
बड़ी ए गरज चले करज निकासिबे कौ
बनिया न देत कुवाँ खोदौ कीजै काम है।
कही बोल कियो तौल लियो नीके रोल करि,
दिन सों जिवाँए जिन्हैं प्यारो एक श्याम है॥

उपसंहार

इन और इन्हीं जैसे और सैकड़ों अछूत सन्तों और भक्तों ने जो कुछ भारत का उपकार किया है, वह अनवद्य और वाक् के अगोचर है। यदि और किसी देश में ये हुए होते तो न मालूम इनका कितना आदर होता; और बाद में होता इनके नाम का। उस देश के मनुष्य जन्म-जन्मान्तर इनके ऋणी रहते। ऋणी तो हम भी हैं; पर उस ऋण को मानते तो नहीं। हम तो इतने कृतघ्न हैं कि आज तक इनमें से किसी का भी जीवन-चरित ही सुसम्पादित करके भली-भाँति प्रकाशित न कर सके ! इधर किसी का कभी ध्यान ही नहीं जाता। कृतघ्नता का भी कोई ठिकाना है ?

[ले० श्री० 'निर्वासित']

(गताङ्क से आगे)

पत्र-संख्या—२१

मे०—

प्रातःकाल, ६ बजे

हृदय-देव,

नमस्ते

अचानक ही यहाँ आना पड़ा। इतनी शीघ्रता में आई कि आप को इसकी सूचना भी न दे सकी। मुझे भय है, आप ने पहले पते से मेरे पत्र का उत्तर दे दिया होगा। वह पत्र अब मुझे वहाँ जाने पर ही मिलेगा। मेरा अनुमान है कि डेढ़-दो महीने में वहाँ चली जाऊँगी।

आज प्रातःकाल आप का स्वप्न देख कर उठी। कैसा सुन्दर प्रभात था! पक्षीगण कलरव कर रहे थे। मुझे मालूम हुआ, वे अपने जीवन के किसी अतीत गान का स्मरण कर, किसी शून्य आदर्श का आह्वान कर रहे हो! आह! कितना शून्य? उतना ही, जितना कि आप के रहते हुए भी मेरा जीवन है, जितना कि आप के प्रणय से हीन होकर मैं हूँ; और जितना कि स्मृति से हीन होकर बीते हुए प्यार का चिन्तन है।

लोग कहते हैं कि स्वप्न ख़ाली नहीं जाता; यह भविष्य का सूचक है। वैज्ञानिक इस सिद्धान्त को नहीं मानते। उनका कहना है कि यह मानसिक चिन्ताओं की अव्यक्त प्रतिध्वनि है। मैं इन तर्कों को नहीं जानती। मैं कुछ भी नहीं जानती; सच कहती हूँ, मैं इस संसार में 'आप' के अतिरिक्त और कुछ भी नहीं जानती। आप के मिलने के पहले मैं यदि कुछ जानती भी थी, तो वह सारा ज्ञान आप में विलीन हो गया; और मैं—मैं स्वतः आप में विलीन हो गई। कौन कह सकता है कि इस विलीनता में जीवन-पुष्प की भग्न पङ्खड़ियाँ न छिपी हों? अस्तु।

मेरा स्वप्न व्यर्थ न गया, क्योंकि शय्या परित्याग के कुछ समय बाद ही मेरी सखी ने मुझे वह सुविख्यात हिन्दी-पत्र दिया, जिसमें अछूत सम्बन्धी आप की कहानी छपी थी। कहानी का आधार बहुत ही रोचक है। उसमें अछूत नायिका के आदर्श चरित्र-चित्रण में अवर्णनीय

सफलता पाई है। कहानी के ब्राह्मण नायक के कष्टों की कथा हृदय हिलाने वाली है। मुझे कहानी का निम्नलिखित भाग बहुत पसन्द आया है :—

राजन—रुपिया !

रुपिया—कहिए।

राजन—तुम मेरी बातों को क्यों नहीं मानतीं ?

रुपिया—मानती तो हूँ। अक्षरशः मानती हूँ। आपने कहा भगवान की पूजा किया करो, मैं करती हूँ। आप ने पुनः कहा था, भगवान और प्रेम में कोई भेद नहीं; भगवान प्रेम के अव्यक्त स्वरूप हैं; प्रेम जीवन है, प्रेम स्वर्ग है और प्रेम भगवान है। उसी दिन से मैं प्रेम की पूजा करने लगी ; परन्तु आप स्वयं प्रेम हैं, अतः आप ही मेरे स्वर्ग, मेरे जीवन और मेरे भगवान हैं। इसलिए मेरे भगवान् ! मैं आप की ही उपासना करती हूँ।

राजन—यह नास्तिकता है।

रुपिया—पर आप तो आस्तिक हैं।

राजन—इससे क्या ?

रुपिया—यही कि मैं 'आस्तिक-वाद' की उपासिका हूँ; नास्तिक नहीं।

राजन—रुपिया, मैं हार गया। तुम्हारे तर्क के प्रचण्ड आवेग में मैं अपने और अपने जीवन के सारे भावों को हार गया !

रुपिया—मैं भी हार गई। आप के पाद-पद्म में अपने और अपने हृदय का सम्पूर्ण सार हार गई !

इसके पश्चात् दोनों, परस्पर उत्कण्ठापूर्ण दृष्टि से देखने लगे। दोनों की आँखों में आत्म-समर्पण, हृदय में प्रणय और अधरों पर उत्कण्ठा थी। दोनों एक दूसरे पर रीझ गए !

* * *

परन्तु इस कहानी का दुखान्त परिणाम पढ़ कर हृदय में एक गहरी चोट लगी। राजन और रुपिया दोनों समवयस्क और बाल्यावस्था के साथी हैं। राजन का पिता आज कल के पाखण्डी ब्राह्मणों का नमूना है। रुपिया चमार की लड़की है। उसके माता-पिता भी पढ़े-लिखे मनुष्य हैं; और आर्य-समाजी विचार के हैं। राजन और रुपिया दोनों कॉलेज की शिक्षा एक साथ ही पाते हैं। दोनों की प्रवृत्ति कविता की ओर है; और दोनों ही अच्छी कविता करते हैं। नैसर्गिक रूप से भावों के सादृश्य और यौवन के सुन्दर तारुण्य की प्रबल प्रेरणा के कारण दोनों एक दूसरे की ओर अपने को आकर्षित पाते हैं। उस आकर्षण में आत्म-समर्पण की प्रत्येक शुद्ध भावना सन्निहित है और उस भावना में प्रणय की अतृप्त उत्कण्ठा-जीवन-सङ्गीत की मधुर रागिनी अलाप रही है। धीरे-धीरे यह बात चारों ओर फैल जाती है; और ढोंगी समाज में एक कुहराम मच जाता है। सनातनधर्म के नाश का दृश्य उत्पन्न हो जाता है। राजन का पिता अपने प्राण-प्रिय पुत्र को चाण्डाल समझ कर बहिष्कृत कर देता है ! अन्त में राजन और रुपिया का विवाह-सम्बन्ध होता है। राजन वकालत करता है; परन्तु उसके विरुद्ध पाखण्डियों के प्रचार के कारण उसकी वकालत नहीं चलती। अन्त में उसे एक सरकारी नौकरी मिल जाती है; परन्तु ठीक इसी समय दुर्भाग्य से रुपिया के माता-पिता हैज़े से आक्रान्त हो जाते हैं। राजन उनकी सेवा-शुश्रुषा के कारण नौकरी पर ठीक समय पर नहीं उपस्थित हो सकता; परन्तु फिर भी उसकी हज़ार सेवा पर भी रुपिया के माता-पिता नहीं बचते। एक ओर तो सास-ससुर की मृत्यु और दूसरी ओर नौकरी छूटना। राजन—समाज से बहिष्कृत राजन—को अब कोई अवलम्ब नहीं। हाँ, उसकी प्यारी रुपिया उसके दुखमय जीवन को सदा चिन्तारहित करने का प्रयत्न करती है। इसके पश्चात् दोनों की निर्धनता, और उस निर्धनता पर समाज का व्यङ्ग उपहास और घृणा ! परन्तु दुर्भाग्यवश कुछ दिन बाद रुपिया का भी देहान्त हो जाता है; और उसके पश्चात् राजन का मुख कोई नहीं देखता ! कितनी दयनीय कहानी है। समाज के ढोंग, उसकी त्रुटियाँ, उसकी सङ्कीर्णता का ज्वलन्त उदाहरण इससे बढ़ कर और क्या हो सकता है ?

परन्तु प्रियतम ! इस समय मुझे आप का स्मरण हो आया है। जिस समाज में इतने दुर्गुण हैं, जो समाज इस प्रकार त्रुटियों से पूर्ण है, उसमें आप जैसे आदर्श, दोषहीन एवं सर्वगुणालङ्कृत मनुष्य.........! प्रियतम, इस समय मेरा हृदय भर गया है !! और अधिक लिखने से कदाचित् हृदय की प्रज्वलित अग्नि और भी तीव्र गति से उमड़ पड़े। फिर क्या मेरा निरन्तर रोदन कभी उसे शान्त कर सकेगा ? ओह ! प्रियतम आप का असह्य

वियोग ! क्या यह मेरे शून्य जीवन का शून्य उपहार है ? अभी इतना ही !

आप की,

—विरहिणी कुसुम

पत्र-संख्या—२२

हरिनगर

सन्ध्या ४ बजे

जीवनेश्वरी,

प्रेम

तुम्हारा भय ठीक निकला । मैं ने तुम्हारे पहले पते से एक पत्र लिख दिया है । वह तुम्हें नहीं मिला ! मैं उस के उत्तर के लिए बहुत अधीर हूँ और जब तक तुम अपने पूर्वस्थान पर लौट कर उस का उत्तर न दोगी, तब तक हृदय में शान्ति नहीं ।

तुम्हारा पत्र भली-भाँति पढ़ा । अपनी कहानी की बात भी पढ़ी । तुम्हारा हृदय इतना भावुक है कि जीवन की साधारण घटनाओं को देख कर भी आकुल हो उठता है । हाँ, उस कहानी के सम्बन्ध में मुझे इतना ही कहना है कि वह कपोल-कल्पित नहीं, वरन एक सत्य घटना के आधार पर लिखी गई है । मेरा विचार है कि अछूतों के सम्बन्ध में कुछ क्रान्तिकारी कहानियाँ लिखूँ । इस में मुझे विशेष कल्पना की आवश्यकता न पड़ेगी । आज हमारी आँखों के सामने रात-दिन ऐसे बीसों उदाहरण उपस्थित होते हैं, जिन्हें देखते हुए भी हम अपने दैनिक धन्धे में आँखें मूँद कर चले जाते हैं । अभी एक घण्टा हुआ, लाहौर के एक मेरे मित्र यहाँ आए थे । वे यहीं रह कर अछूतोद्धार कार्य करना चाहते हैं । उन्होंने मुझे पञ्जाब की एक हृदय-विदारक घटना सुनाई । घटना यह थी—गर्मी के दिन में दोपहर का समय था । बड़ी लू चल रही थी । मालूम होता था कि आग बरस रही हो । ऐसे समय में एक चूड़े का बच्चा प्यास से तड़प रहा था । लड़का रोगी था और प्यास के कारण उसका कण्ठ सूखा जा रहा था । घर में पानी न था; क्योंकि थोड़ा जल जो भरा गया था, वह उस बड़े परिवार में समाप्त हो चुका था । शहर के सारे नल बन्द हो गए थे । ऐसे समय में उसे कोई उपाय नहीं सूझ पड़ता था; गर्मी के मारे सब अपने-अपने द्वार बन्द कर सो रहे थे । वह बिचारा कहाँ जाय ? किससे थोड़े जल की याचना करे? इस समय चूड़े का बच्चा प्यास से भले ही मर जाय; पर कौन उसके लिए अपना द्वार खोल कर जल देगा ? अन्त में उसे एक उपाय सूझ पड़ा । पास ही में हिन्दुओं का एक कुँआ था । चूड़े ने चारों ओर देखा । कहीं कोई नहीं दीख पड़ा । वह धीरे-धीरे जाकर कुएँ से पानी भरने लगा । मुहल्ले के दो-एक मुसलमान पास ही गुज़र रहे थे । वे उस चूड़े को पहचानते थे । उन्होंने उसे देख कर हल्ला करना शुरू कर दिया । चट एक पण्डित जी पहुँच पड़े । आप पक्के सनातनधर्मी थे । बिना पूजा पाठ किए अन्न का एक दाना भी न छूते थे । उनके आते ही मुसलमानों ने कहा—देखिए पण्डित जी, साला चूड़ा कुँए से पानी भर रहा था । अब क्या था ? पण्डित जी की आँखें लाल-पीली हो गईं । उन्होंने भी शोरगुल करना शुरू कर दिया । लोग जुटे और बेचारे चूड़े की लाख प्रार्थना पर भी उस पर इतनी मार पड़ी कि वह अधमरा हो गया और तारीफ़ यह कि उसे मारने वालों में वे मुसलमान भी सम्मिलित थे । इसके पश्चात् पाँच सौ चूड़ों ने एक पञ्चायत की । उस पञ्चायत में इन मुसलमानों के द्वारा भेजे हुए कुछ हसन निज़ामी के मुरीद-मौलवी भी पहुँचे । उन्होंने चूड़ों को उभाड़ना आरम्भ कर दिया । उन्होंने इस बात को स्पष्ट कर दिया कि यदि वे आज ही मुसलमान हो जायँ, तो उन्हीं कुँओं से हिन्दुओं का सर तोड़ कर पानी भर सकते हैं । बेचारे चूड़ों के हृदयों में प्रतिरोध की अग्नि तो पहले से ही प्रज्वलित हो रही थी । अब क्या था ? मौलवियों के बहकाने में वे पड़ कर शीघ्र ही उत्तेजित हो बैठे और अपनी शिखा कटा-कटा कर इस्लाम का दामन पकड़ा ।

प्रियतमे ! इस प्रकार की न जाने कितनी ही घटनाएँ हो रही हैं; पर हिन्दुओं को इससे क्या मतलब । आज सम्पूर्ण भारत में ईसाई-धर्म का प्रचार करने के लिए पाँच-छः हज़ार मिशन-संस्थाएँ तैयार हैं, जिनके ख़र्चे के लिए करोड़ों रुपये योरोप और अमेरिका से भारतवर्ष में आते हैं; आज प्रति दिन सैकड़ों हिन्दू ईसाई बन कर गोभक्षक हो रहे हैं । पर यह किसका दोष है ? ईसाइयों का ? हरगिज़ नहीं ? यह हमारा ही दोष है । इस पाप के भागी हमीं हैं । हमें अब अपनी विलासप्रियता

छोड़कर मरणासन्न हिन्दू-जाति के लिए आत्म-समर्पण करना होगा। यही हमारा पुण्य उत्तरदायित्व है; और इस उत्तरदायित्व की रक्षा ही हमारा परम पुनीत धर्म है।

मैं भी चाहता हूँ कि सब काम छोड़ कर अछूतोद्धार में अपनी सारी शक्ति लगा दूँ; पर कैसे? हाय, प्रियतमे! मेरे पास मेरी सारी शक्ति ही कहाँ है? तुम से हीन होकर, तुम से पृथक् होकर, तुम्हारे वियोग में—ओह! विरहानल जल उठता है और उस भयानक प्रज्वलन में मेरी आत्मा की सारी शक्ति, मेरे जीवन की अखिल प्रतिभा और मेरे व्यक्तित्व का सारा उत्कर्ष अन्तर्हित हो जाता है! उस समय उद्विग्न भावनाओं के निरन्तर मूक रोदन से एक अस्फुट वाणी निकलती है—तुम कहाँ हो?

आकुल उत्कण्ठा से उत्तर मिलता है। निराशा के उपहासमय, शून्य वायुमण्डल में! चारों ओर से इसकी प्रतिध्वनि गूँजने लगती है और मेरी सारी सञ्चित आशाएँ उद्दाम वेग से पीड़ित होकर काँप उठती हैं! उस समय कुसुम! तुम्हारी मधुर स्मृति कितनी दुःख-दायिनी हो उठती है, कैसे कहूँ?

कुसुम, जीवनेश्वरी! तुम मेरे जीवन की अक्षय आलोक-माला हो, जो मेरी पापमय घड़ियों का नाश कर उसमें मनुष्यत्व के शुभ्र एवं पावन सङ्कल्प प्रतिष्ठित करेगी। तुम मेरे पवित्र सङ्कल्पों की दैवी उत्तेजना हो, जो मेरे भविष्य-जीवन की सारी विश्रृङ्खलता को हटा कर उसमें नियमितता और क्रम स्थापित करेगी। फिर तुम ही कहो, क्या मैं अपनी पूर्ण शक्ति से, पूर्ण साहस से, पूर्ण सङ्कल्प से अपने जीवन की अखिल प्रतिभा और अपने सर्वोत्कृष्ट उत्कर्ष को अपने में सम्मिलित कर, अछूतोद्धार के परम पावन पथ पर आरूढ़ हो सकूँगा? तुम्हारी ही रुचि मेरे उद्भ्रान्त जीवन का परम मूल्यवान् एवं अटल निर्णय होगा।

तुम्हारा,

—*प्रियतम*

पत्र-संख्या—२२

मे०—

१० बजे रात

जीवन-धन,

अनेक बार नमस्ते

आज आप का प्रेम-पत्र मिला। पहले पत्र में मुझे बहुत बातें लिखनी थीं; पर भावों के प्रवाह में सब भूल गई।

वही सखी, जिसने मुझे वह 'हिन्दी-पत्र' दिया था। मेरे साथ उस दिन उस कहानी को पढ़ रही थी। पढ़ते-पढ़ते उसका प्रभाव उस पर ऐसा पड़ा कि वह एक दम खिन्न हो गई। मेरे बहुत कुछ धीरज देने पर शान्त हुई और कुछ देर के पश्चात् कहने लगी—बहिन, इसका लेखक एक विद्वान् पुरुष और ओजस्वी कवि मालूम होता है। न जाने कौन ऐसी महाभागी स्त्री होगी जिसका यह पति होगा! मैंने सखी की बातें सुन कर हँस दिया और बहुत रोकने पर भी मेरी आँखों से आँसू के दो बूँद टपक पड़े। यह देख कर सखी ने पूछा—क्या बात है बहिन?

'कुछ नहीं!'

'क्या तुम इन्हें जानती हो?'

'नहीं तो!'

'फिर तुम्हारे मुख की आकृति इस प्रकार क्यों बदल गई?'

'ऐसे ही, कुछ बातें स्मरण हो आईं।'

'क्या कोई अनुभूति?'

'दुर पगली!'

''मैं समझ गई! दाल में कुछ काला अवश्य है।'

'होता रहे' मुझे इससे क्या सम्बन्ध?' इतना कह कर मैं चुप हो गई। कुछ देर तक हम दोनों ही निस्तब्ध रहीं, पश्चात् मैंने ही शान्ति भङ्ग की। हृदय में भावों की आँधी बह रही थी। मैं उसे किसी प्रकार भी रोकने से असमर्थ थी। मनुष्य-हृदय का कोई दुःख एकान्त रोदन से हलका अवश्य हो जाता है; परन्तु वैसा करने का मुझे अवसर ही कहाँ था? मेरी सखी सर्वदा मेरे साथ ही रहती थी। मुझे एकान्त चिन्तन का अवकास न मिलता था। अन्त में मैंने अपने हृदय को सखी के सामने खोल कर ही अपना बोझ हलका करना चाहा। मैंने कहा—सखी, मैं उन्हें जानती हूँ।

मेरी सखी ने आनन्द और आश्चर्य के साथ प्रश्न किया—ऐं क्या तुम सचमुच उन्हें जानती हो?

'हाँ जानती हूँ—तुम्हारी शपथ जानती हूँ।'

'वे कहाँ के रहने वाले हैं?'

'......ज़िले......ग्राम के'

'तो क्या वे बिहार प्रान्त के हैं ?'

'हाँ'

'पढ़े कहाँ तक हैं ?'

'एम० ए० में पढ़ते थे'

'छोड़ा क्यों ?'

'भिन्न-भिन्न पारिवारिक उलझनों से'

'क्या घर के ग़रीब हैं ?'

'नहीं तो—उनके माता-पिता बड़े ही सम्पन्न हैं'

'उनका विवाह हो गया है ?'

'नहीं'

अवस्था क्या है ?'

'इक्कीस-बाइस वर्ष'

'तुम उन्हें कैसे जानती हो ?'

'यह न पूछो'

'नहीं बहिन, मैं पैरों पड़ती हूँ ? बतला दो, तुम्हें मेरे सिर की क़सम'

'वे मेरे भाई के साथी और मित्र थे '

'क्या अब नहीं हैं ?'

'पता नहीं'

उनके विचार कैसे हैं'

'सोने की तरह सुन्दर, मणि-मुक्ता की तरह स्वच्छ और चन्दन की तरह सुगन्धयुक्त। बड़े ही उदार, बड़े ही सुन्दर, बड़े ही हृष्ट-पुष्ट, ग़रीबों के बन्धु, असहायों के सेवक, अछूतों के उद्धारक—बस, अब व्यर्थ के प्रश्नों से मेरा सिर न खाया करो। सब कुछ बता दिया न ?'

'हाँ, परन्तु एक बात और है बहिन, उसे तुम्हें कहना होगा—मेरी शपथ कहना होगा।'

'तू मर जा'

'भगवान मेरी मृत्यु भी दे, तो तुम्हारा उत्तर सुनने के बाद ही, भला कहो तो वे विवाह क्यों नहीं करते ?'

'तुम्हारी ख़ातिर, अब सन्तोष हुआ ?'

'बातें न बदलो—साफ़-साफ़ उत्तर दो।'

'मैं क्या जानूँ। तुम कैसी मूर्ख हो, कोई पुरुष अपना विवाह न करे, तो इसका कारण मैं क्यों जानूँ ?'

'नहीं बहिन, तुम अवश्य जानती हो। तुम्हारी आकृति चिल्ला-चिल्ला कर यह बतला रही है कि तुम जानती हो—तुम्हें कहना होगा।'

'मैं ने तो कही दिया, केवल तुम्हारे ही लिए।'

'नहीं बहिन, तुम्हें मेरी शपथ, उनकी ही शपथ कहो, क्या उन से तुम्हारा कोई सम्बन्ध नहीं है ?'

मेरी आँखें नीची हो गईं। आँसू उमड़ आए। निष्ठुर आँसुओं ने हज़ार कोशिशों पर भी न माना—कही दिया जो कहना था।

मेरी सखी ने फिर आग्रह करना आरम्भ कर दिया—क्यों बहिन, क्या उन में तुम्हारे साथ विवाह करने का नैतिक साहस नहीं है ?'

'ऐसा नहीं, वे बहुत साहसी हैं, मैं ही नहीं चाहती।'

'यह तो बहुत विस्मययुक्त बात है। तुम उनके प्रेम में उन्मत्त रहते हुए भी विवाह करना.........!'

इसके बाद बहुत देर तक बातें हुईं जो कि आप से नहीं कह सकती।

कल यहाँ से चली जाऊँगी। वहाँ पहुँच कर आप के प्रथम पत्र का उत्तर दूँगी। इस पत्र के सम्बन्ध में इतनी ही कहानी पर्याप्त है कि प्यारी-फूल, के साथ विवाह-सम्बन्ध करके आप अछूतोद्धार-कार्य में मन, कर्म और वचन से लग सकेंगे। यहाँ के पते से अब पत्र न लिखें। और वहाँ पहुँचने पर.........!

सुखाभिलाषिणी,

कुसुम

(क्रमशः)

(*Copy-right*)

देती है टुकड़े सेठानी बैठाकर जूते के पास,
यही अछूतों का आदर है जो होते तन-मन से दास !

भला छू दिया नल क्यों तू ने दुष्ट, सभी दोषों की खान,
किन्तु, क्रोध में वृद्धा को भी हुआ छूत का रहा न ध्यान ।

अछूत और हिन्दू-समाज

[ले० श्रीमती सुशीला देवी निगम, बी० ए०]

आज जबकि भूमण्डल का प्रत्येक राष्ट्र उन्नति के शिखर पर आसीन हो चुका है, आज जबकि उन्नत देशों के सभ्य वायुयान पर बैठ कर आकाश की सैर कर रहे हैं, आज जबकि पाश्चात्य महिलाएँ वैज्ञानिक आविष्कारों के द्वारा देखने वालों की आँखों में चकाचौंध पैदा कर रही हैं, आज जबकि शिक्षित देश में युवक स्वतन्त्रता की हुङ्कार से भूमण्डल को प्रकम्पित कर रहे हैं, आज जबकि सभ्य देशों के बच्चे अपने माता-पिता की चिन्ता के कारण न बनकर, उनके सहायक बन रहे हैं; इस उन्नत और विकास के युग में हम अपने देशवासियों को यह बतलाने चली हैं कि भाई अछूतों का तिरस्कार न करो, उनसे घृणा न करो। वे भी आपके भाई हैं, वे भी उसी मिट्टी और पानी से बने हैं जिससे आप! कैसा घोर पतन है!! हमारी सदियों की दासता का कैसा करुण चित्र है; एवं रूढ़ियों से चली आई कुशिक्षा का कैसा नग्न स्वरूप है!!! और नग्नता के उस भीषण स्वरूप में, जबकि हम अपने भयङ्कर ह्रास का अन्दाज़ा करते हैं, तो हृदय से स्वयं ही एक ध्वनि निकल उठती है—क्या हिन्दू-जाति का अस्तित्व सचमुच ही नष्ट हो जावेगा? क्योंकि लगभग २१ करोड़ हिन्दुओं में आधी संख्या स्त्रियों की है; जिनकी उन्नति, जिनकी शिक्षा और जिनके विकास का कोई साधन नहीं। वे आज परदे के भीतर अँधेरे घरों के तहख़ानों में सड़ रही हैं। शेष बचे हुए लगभग ११ करोड़ पुरुष जिनमें एक तिहाई हिस्सा अछूत पुरुषों का है; इतना ही नहीं, शेष पुरुषों में बालकों का भी स्थान है। इस प्रकार यदि हम उन शक्तियों की जड़ में जाकर उन कारणों का अनुसन्धान करें, जिनके द्वारा आज प्रतिक्षण हिन्दू-समाज के रोमाञ्चकारी नाटक का हृदय-विदारक अभिनय किया जाता है; यदि आज हम उन कारणों पर विचार करें, जिनके द्वारा हमारे जातीय जीवन का अवशेष गौरव नष्ट हो रहा है, यदि आज हम उन नर-पशुओं के हृदय में नित्य प्रति उठने वाली उन भावनाओं पर विचार करें, जिनके द्वारा आज हिन्दू-समाज की लगभग तीन करोड़ अभागी बहिनें वैधव्य की अत्यन्त तीव्र ज्वाला में अपने जीवन-प्रसून को झुलसा कर हिन्दू-समाज के अस्तित्व की जड़ खोद रही हैं, जिनके द्वारा परमात्मा के बनाए हुए एक ही रक्त, मांस और लोथड़े से बने हुए एक ही आशा, उमङ्ग और इच्छा को रखते हुए और एक ही धर्म के पथ पर चलते हुए सात करोड़ अभागे प्राणी इसलिए पद-दलित होते हैं कि कुछ लम्पट, पाखण्डी, व्यभिचारी पुरुषों ने अपने हाथ में विशाल हिन्दूधर्म्म का ठेका ले लिया है; यदि हम हिन्दू-समाज की प्रज्वलित चिता में विदग्ध होने वाली करोड़ों असहाय आत्माओं की करुण कहानी का अध्ययन करें, यदि हम नित्य प्रति सैकड़ों हिन्दुओं के, जो कि इसलिए ईसाई हो रहे हैं कि उस धर्म में, जिसकी नींव दृढ़ करने के लिए और जिसे विश्व-धर्म बना कर अनन्त काल तक अमर रखने के लिए उनके बाप-दादों ने अपने रक्त की नदियाँ बहाई थीं, स्थान नहीं है; यदि हम उन छोटे-छोटे दुधमुँहे

बालक-बालिकाओं के धर्म-परिवर्तन की कहानी पढ़ें जो कि पेट की असह्य यातना से नाच-नाच कर हिन्दू-समाज—अभागे, पतित और कलुषित हिन्दू-समाज—के सामने टुकड़े-टुकड़े के लिए घुटने टेक कर अन्त में विधर्म की शरण ले रहे हैं; यदि हम अछूत कहे जाने वाले हिन्दू

जैसवार (जायसवाल) चमार

धर्म्म के उन सच्चे भक्तों का करुण दृश्य देखें, जिनका सर्वस्व एवं वैभव ऊँची जाति के हिन्दुओं का अपमान और अपनी दरिद्रता ही है, जिनकी सारी आशाएँ दरिद्रता के भीषण अट्टहास में विलीन हो जाती हैं; और जिनका अखिल सुख अपमान और तिरस्कार की प्रज्वलित अग्नि में भस्म हो जाता है; जिन्हें हिन्दू-समाज के अत्याचार से ईसाई-धर्म की शरण लेनी पड़ी थी; और जो आज निर्भीक भाव और हार्दिक सहानुभूति से द्रवित होकर अछूतों को ईसाई बनाने का प्रचार कर रहे हैं; यदि हम उन अभागिनी अछूत भगिनियों के जीवन-परिवर्तन की कहानी पढ़ें, जिन्हें हिन्दू होकर केवल ऊँची जाति के हिन्दुओं की पाप-वासना और व्यभिचार की महावह्नि में अपने सुन्दर

पारिया जाति (मद्रास की एक अछूत जाति) के लड़के ईसाई होने पर मिशन स्कूल में शिक्षा पा रहे हैं।

जीवन की आहुति करनी पड़ती, आज ईसाई होकर अपनी शिक्षा और शिल्प-कला की प्रतिभा से देखने वालों को आश्चर्य-चकित कर रही

अछूत बालक ईसाई होने पर स्कूल के छात्रावास में काम कर रहे हैं।

है; यदि आज हम एक ओर हिन्दू-समाज के अछूतों की दशा पर विचार करें, और साथ ही उन्हीं अछूतों की उस नवीन शिष्टता,

सुन्दर आचरण एवं आश्चर्यजनक परिवर्त्तन पर विचार करें, जो ईसाई-धर्म ग्रहण करने के बाद उनमें प्रतिष्ठित होता है; यदि आज हम एक ओर उन अछूत बालक-बालिकाओं की दरिद्रता और कुसंस्कारों पर ध्यान दें; और दूसरी ओर उन्हीं बालकों की नवीन संस्कृति, उनके नवीन जीवन, उनके नव प्रस्फुटित शुभ्र विचार, उनका स्वालम्बन

अभागिनी अछूत लड़की जङ्गलों में लकड़ी चुन रही है।

और उनके नवीन नैतिक उत्थान का, जो कि ईसाई बन कर वे प्राप्त करते हैं; यदि हम एक ओर हिन्दू-जाति का अछूतों के प्रति भयङ्कर तिरस्कार का घृणित दृश्य देखें और साथ ही दूसरी ओर हिन्दू-समाज के अत्याचारों से जर्जरित होकर उनके धर्म-परिवर्तन की भयानक लीला तथा हिन्दू-धर्म को अन्य धर्मों से हज़ार बार अच्छा समझते हुए और लाख बार अधिक प्यार करते

मिशन छात्रावास की ईसाई लड़कियाँ, जो कभी अछूत थीं, पानी भर रही हैं।

हुए भी ईसाई-धर्म का आलिङ्गन करने की भयानक उत्सुकता, तो हमें हिन्दू-जाति—मरणासन्न हिन्दू जाति के मृत्यु-ताण्डव का परिचय भली भाँति हो जावेगा; और हम इस बात को अच्छी तरह समझ सकेंगे कि धर्म के नाम पर अधर्म का पक्ष और सत्य, एवं न्याय के नाम पर असत्य तथा अन्याय का समर्थन किस भाँति किया जा सकता है। उस

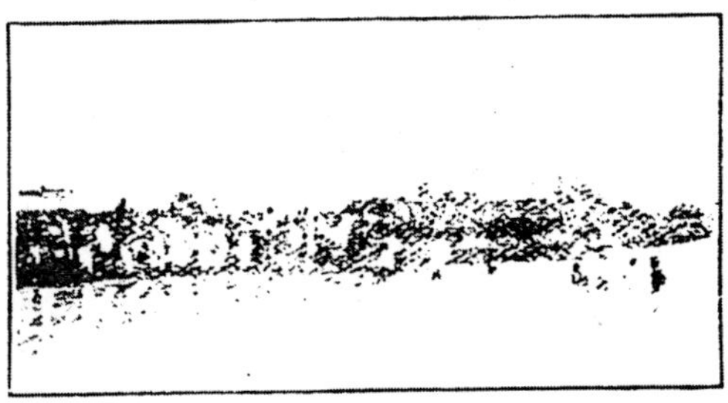

धर्म-परिवर्त्तन का हृदयविदारक दृश्य ४५ अभागे हिन्दुओं को, जो अछूत के नाम से पुकारे जाते हैं, ईसाई बनाया जा रहा है!

समय हमें इस बात का भली भाँति पता लग जायगा कि हिन्दू-जाति के नाश करने वाले ईसाई

और मुसलमान नहीं; वरन् स्वयं हिन्दू ही हैं। जिस प्रकार मृत्यु की घड़ियों में उन्माद भले-बुरे

हिन्दू-समाज से पददलित होने पर इन दुधमुँही बालिकाओं को भी ईसाईधर्म ग्रहण करना पड़ा है।

का ज्ञान नहीं रहने देता, उसी प्रकार हिन्दू-जाति अपने जीवन की मृत्यु-घड़ियों में मिथ्यावाद, पाखण्ड और भाँति-भाँति के प्रपञ्चों से विवेक-

उच्चजाति के हिन्दुओं के अत्याचारों से जर्जरित होकर ईसाईधर्म आलिङ्गन करने की उत्सुकता का एक दृश्य।

हीन हो रही है। यह विवेकहीनता आज हमें एक अन्धकारपूर्ण उद्देश्य-पथ की ओर ले जा रही है; और हम उस पर चलने से अभिमान के मारे फूले नहीं समाते!

हमारे समाज की यह भयानक अवस्था संसार के इतिहास के लिए कोई नवीन सामग्री नहीं है। भूमण्डल के इतिहास में, जातियों के उत्थान और पतन की कहानियों में भिन्न-समाजों की कुरीतियों की ऐसी घटनाएँ सहस्रों बार घटती आई हैं। संसार की कोई भी ऐसी जाति नहीं, जिसके उत्थान

कुरील चमार

की ज्योतिर्मय कथाओं के बीच पतन की दूषित कहानियों का समावेश न हो। यह तो स्वाभाविक है। जातियों का पतन उतना ही प्राकृतिक है, जितना कि सूर्य में ताप और प्रकाश का होना। दूर की बात कौन कहे, आप स्वयं हमारे ही देश की ही अवस्था लीजिए। ब्राह्मण-काल में ब्राह्मणों के अत्याचार से जर्जरित होकर, हिन्दू-समाज काँप उठा। इस प्रकम्पन में, या यों कहिए कि ब्राह्मण

के असीम अत्याचारों के भीतर विरोध की प्रतिक्रिया मौजूद थी और समय पाते ही उमने भित्ति गिर पड़ी और उसके स्थान में बौद्धधर्म का विशाल भवन खड़ा किया गया।

इन अछूतों को हिन्दू-समाज के अत्याचारों से इसाईधर्म की शरण लेनी पड़ी थी। आज ये अछूतों को इसाई बनाने का प्रचार कार्य कर रहे हैं!

पर, पतिवर्त्तन की समाप्ति यही तक नहीं हुई। भगवान बुद्ध ने जिस धर्म को प्रतिष्ठित किया था, वह पनपा, बढ़ा और फैला। उस विकास में विप्लव की सारी सत्ता मौजूद थी; और उस सत्ता में भी बौद्धधर्म के विनाश की सारी शक्तियाँ निरन्तर काम कर रही थीं। इसका परिणाम यह हुआ कि कुछ शताब्दियों के बाद बौद्ध-आदर्शवाद अप्रतिम हो चला; और क्रान्ति का भयानक रूप धारण कर लिया। इस विप्लव के सुन्दर वायु-मण्डल में एक नवीन काल का प्रादुर्भाव हुआ; और इस नवीन काल में भगवान बुद्ध ने संसार को सत्य, दया और निस्वार्थ-सेवा का उपदेश दिया। ब्राह्मण-धर्म से जर्जरित सारे भारत ने इस सन्देश को सुना। यह सन्देश बड़ा ही सुन्दर, बड़ा ही आकर्षक; और बड़ा ही शान्तिप्रद था। इसकी पवित्रता के अनुपम तेज के सम्मुख स्वार्थ, घृणा, द्वेष और आडम्बर की

अछूत कहे जाने वाले हिन्दू-धर्म के सच्चे लाल!
ऊँची जाति के हिन्दुओं का अपमान और अपनी दरिद्रता ही इनका सर्वस्व वैभव है!

उसके स्थान पर फिर भी सुधार की सारी भोजना के साथ ब्राह्मण धर्म समुपस्थित होने लगा। कहने

का तात्पर्य यह है कि संसार में पतन का इतिहास निरर्थक नहीं है। 'पतन' अभ्युत्थान के लिए अत्यावश्यक है, यह सुधार का उद्गम स्थान है। ब्राह्मण-धर्म के पतन पर बौद्धधर्म के रूप में सुधार की एक नव-योजना हुई और बौद्धधर्म के पतन में ब्राह्मण-धर्म के सत्य आदर्श का संस्कृत रूप अवतरित हुआ। इस प्रकार हम देखती हैं कि सत्य के सुन्दर स्वरूप उत्थान के मधुर विकास, और विकास के सुललित काल का निदर्शन करने के लिए 'पतन' भी एक अभिनन्दनीय वस्तु है; परन्तु इस पतन का एक दूसरा स्वरूप भी है। वह अन्धकार से भी अधिक काला और निष्ठुरता से भी अधिक निष्ठुर है। उस स्वरूप के सम्मुख आदर्श नत हो जाता है, जातीय विकास निर्गति हो जाता है, और जीवन की सारी प्रयत्नशीलता कुण्ठित हो जाती है। वहाँ जाति के अभ्युत्थान की सारी प्रगति प्रतिकूल परिस्थितियों में पड़ कर प्रतिकूल दिशा की अनुगामिनी होती है। इस दशा में वह जाति अपने प्राचीन आदर्श, अपनी पुरानी संस्कृति और अपनी सम्पूर्ण सभ्यता को भूल कर सत्वर गति से विनाश के कलुषित अङ्क में अन्तर्हित हो जाती है। इतिहास में ऐसे उदाहरणों की कमी नहीं है। यूनान, मिश्र, बैबीलोन, फ़ारस सब ही इसके जीवित उदाहरण हैं। इसीलिए हम कहती हैं कि आज हमें हिन्दू-समाज के भयङ्कर पतन के सत्य स्वरूप की मीमांसा करनी होगी। हमें इस बात का पता लगाना होगा कि हमारा यह पतन उपरोक्त 'पतन' के प्रथम स्वरूप की मर्यादा में

यदि आज हिन्दू होतीं तो ऊँची जातिवाले हिन्दुओं की पाप-वासना और व्यभिचार की प्रज्वलित अग्नि में अपने सुन्दर जीवन की आहुति करनी पड़ती ! आज ईसाई होने पर अपनी शिक्षा और शिल्प-कला की प्रतिभा से देखने वालों को आश्चर्य-चकित कर रही हैं !

किसी समय की अछूत बालिकाएँ जो अब इसाई बन कर मिशन स्कूल में शिक्षा पा रहीं हैं। ये टोकरी बना कर अपने ख़र्च की समस्या स्वतः हल कर रही हैं।

आ सकता है अथवा नहीं; क्योंकि इस सत्य मीमांसा के अन्तस्तल में हिन्दुओं के जातीय जीवन एवं धार्मिक अस्तित्व का अत्यन्त महत्वपूर्ण प्रश्न छिपा है।

वह अछूत जिसकी सारी आशाएँ दरिद्रता के भीषण अट्टहास में विलीन हो जाती हैं और जिसका अखिल सुख अपमान और तिरस्कार की प्रज्वलित अग्नि में भस्म हो जाता है!

वास्तव में यह प्रश्न हिन्दू-जाति के अस्तित्व से भी अधिक महत्वपूर्ण है; क्योंकि इसके भीतर हिन्दू-जाति की ही नहीं, वरन् हिन्दू-आदर्श, हिन्दू-सभ्यता और हिन्दू-संस्कृति के अस्तित्व का सी सङ्कटमय प्रश्न है। हमारी दृष्टि में हिन्दू-आदर्श एवं हिन्दू-सभ्यता का मूल्य हिन्दू-जाति के मूल्य से कहीं अधिक है; क्योंकि हिन्दू-जाति एक गौण वस्तु है। उसकी उत्पत्ति, उसको विकास और उसके गौरव का सारा श्रेय हिन्दू-सभ्यता पर ही निर्भर है। यदि वाल्मीकि ने रामायण की रचना की थी, यदि पातञ्जलि ने योग-सूत्र की रचना की थी, यदि ऋषियों और पण्डितों ने वेद और उपनिषदों की रचना की थी, तो उसका श्रेय हिन्दू-सभ्यता को है। यदि भगवान श्रीकृष्ण के अमृत सन्देशों का उद्गम स्थान भगवद्गीता है, तो इसका

उच्च जाति की एक लड़की एक अछूत को जल पिला रही है।

श्रेय हिन्दू-धार्मिकता को है। यदि चित्तौर की वन्दनीय भूमि की पावन-प्रतिष्ठा की मर्यादा को

अछूत बालक ईसाई होने के बाद अपने इस नए वस्त्र पर अभिमान कर रहे हैं !

अछूतों की दरिद्रता का ज्वलन्त उदाहरण

अक्षुण्ण बनाने के लिए धर्म पर मरने वाले मुट्ठी भर राजपूतों ने केसरिया वस्त्र धारण किया था, यदि सतीत्व की परम उपासनामयी भावना को अनन्त-काल तक ज्योतिर्मय रखने के लिए हज़ारों हिन्दू-ललनाओं ने 'जौहर' की प्रज्वलित अग्नि-शिखा के निर्भीक भाव से कूद कर अपने प्राण-विसर्जन किए; यदि जर्जरित, पददलित और असङ्गठित हिन्दू-जाति को राजनीति की सारी निपुणता से सङ्गठित कर मुग़ल-राज्य के दृढ़ क़िले पर हिन्दू साम्राज्य की नींव शिवा जी ने डाली थी, तो इन सब का श्रेय हिन्दू-आदर्श को है; परन्तु उस आदर्श, उस सभ्यता और उस धार्मिकता का मूल तत्व उदारता, सत्य और न्याय ही रहा है। हिन्दू-आदर्श और हिन्दू-सभ्यता के विकास की कहानी न्याय और सत्य के आलोक की पुण्यमयी गाथा है, जिसके भाग्नावशेष पर पतित हिन्दू-समाज आज अछूतों के मानवी अधिकारों पर असत्य और अन्याय का आवरण दे रहा है। इसलिए हमारे पतन का स्वरूप भयङ्कर है। यह एक विश्व-प्रतिष्ठित जाति के आदि आदर्श का पतन है, और है यह उस सभ्यता का पतन जिसने हिन्दू-जाति को इतना अधिक प्रतिष्ठित किया। अन्ततः हमारा यह पतन जातीय सुधार के लिए अनिवार्य न होकर, हमारे नाश का सूचक है। इसलिए हिन्दू-जाति को सावधान होकर सतत परिश्रम से अछूतों पर किए गए अत्याचारों का मूलच्छेदन करना चाहिए; क्योंकि इसीमें हमारा आध्यात्मिक, नैतिक, सामाजिक एवं जातीय उत्थान है; और इस उत्थान में धर्मिकता का स्वच्छ सरिता अपने पुण्य-प्रवाह से प्रवाहित हो रही है!

नलचीना चमार

चामर-चमार

हिन्दू-धर्म को विश्व-धर्म के नाम से पुकारा जाता है, हिन्दू को घृणा और द्वेष से बहुत ऊँचा समझा जाता है, हिन्दू-धर्म साम्य भ्रातृत्व का साकार चित्र समझा जाता है; पर धर्म का विश्व से

ये पहले पारिया (मद्रास की एक अछूत जाति थे;) आज ईसाई होकर बड़े आनन्द और सुख से शिक्षा पा रहे हैं।

अछूत बालक जो ईसाई-धर्म ग्रहण कर मिशन स्कूलों में व्यायाम की शिक्षा पा रहे हैं

सत्यानाश किया जा रहा है, घृणा और द्वेष के उन्मूलन के स्थान में उनका बीज बोया जाता है; और साम्य तथा भ्रातृत्व भावों को प्रतिष्ठित करने के स्थान पर इनकी समाधि पर पैशाचिकता का निष्ठुर अभिनय किया जा रहा है !

धर्म के मानने वाले मनुष्य में चाण्डाल का आभास पाते हैं । विशाल हिन्दू-धर्म शिला के भग्न खण्डहरों में भी अखिल ब्रह्म की मूर्त्ति प्रतिष्ठित पाता है, उसी हिन्दू-धर्म में आज भक्ति की भावनाओं से प्रेरित होने पर भी करोड़ों

बाईं ओर हिन्दू (अछूत) होने की अवस्था—दाहिने ओर ईसाई होने पर काया-पलट !

हम अपने भोजन से कुछ भाग निकाल कर कुत्तों और कौओं के लिए बहुत प्यार से प्रथक् रख देते हैं; परन्तु हम गुरुडम और सम्पत्ति की आड़ में उन करोड़ों अभागी आत्माओं का रक्त चूस रहे हैं, जो कि मनुष्य हैं—जिनका रक्त, मांस, मज्जा और वीर्य ठीक हमारी ही तरह है ! हिन्दू-धर्म बराह और कच्छप में भी भगवान का अवतरण समझता है; परन्तु आज उसी हिन्दू-

अभागे उन शिला-निर्मित मूर्त्तियों का दर्शन नहीं कर सकते ! यह धर्म का उपहास नहीं, तो और क्या है ? हमें मरती हुई हिन्दू-जाति को इस उपहास से बचाना होगा; अन्यथा इसके अन्तस्थल में नीरव रुदन का एक मूक चीत्कार होगा; और उस चीत्कार के निस्तब्ध प्रान्त में हम हिन्दू-जाति को नीरव, शान्त और चिरनिद्रा में अभिभूत पावेंगे !!

सान्त्वना

[ले० श्री० चण्डीप्रसाद जी, बी० ए०, 'हृदयेश']

(१)

जिनके रज-कण मध्य मोक्ष का,
पुलकित होता पुण्य-प्रकास ।
जिनका प्रति मकरन्द-बिन्दु,
आनन्द-सिन्धु का विमल विलास ॥

(२)

हँसता जिनकी मृदु लाली में,
अभिनव नव-जीवन का प्रात ।
जिनकी सरस सुरभि से सरसित,
विश्व-प्राण की कोमल बात ॥

(३)

जिनकी शोभा बीच शान्ति-श्री,
बैठी अति शोभा पाती ।
कवि की कलित कल्पना जिस पर,
चञ्चरीक बन मँडराती ॥

(४)

सज्जन-जन के जीवन-धन जो,
सत्य-ज्योति के जो आगर ।
भक्त-हृदय की वृत्ति-राधिका,
के जो हैं प्रिय नट-नागर ॥

(५)

श्रति के जो आलोक शास्त्र के,
पथ के पुण्य प्रभाकर हैं ।
श्री के जो आराध्यदेव,
करुणा के जो रत्नाकर हैं ॥

(६)

ध्यान-धर्म के जो अभिनव,
विश्राम-कुञ्ज मञ्जुल प्यारे ।
जिनकी रुचिर चारु सुषमा पर,
कल्प-कुसुम कोमल वारे ॥

(७)

निकलीं जिन से त्रिभुवन-तारिणि,
पुण्यमयी सुरसरि धारा ।
जिन पर चन्द्रचूड़ ने अपना,
योग, तेज, तन, तप वारा ॥

(८)

कलि-दुख-दल के दलन दलित,
निर्बल जन के जो हैं आधार ।
पुण्य-सलिल के स्रोत प्रणय के,
जो हैं पावन पारावार ॥

(९)

प्रभु के उन्हीं पाद-पद्मों से,
तुम भी तो उत्पन्न हुए ।
जिनकी अनुकम्पा से ब्राह्मण,
तेज-शक्ति सम्पन्न हुए ॥

(१०)

पतित, दलित, शब्दों से,
फिर भी तुमको अभिहित करता जो ।
तुमको नहीं, वरन् अपने को,
अधम प्रमाणित करता सो ॥

(११)

प्रभु के चरण जनक हों जिसके,
सुरसरि जिसकी भगिनी हो।
सेवा जिसका परम धर्म हो,
राम-भक्ति शुचि जननी हो॥

(१२)

तोभी उसको कहें शूद्र अन्त्यज,
अछूत जो बतलावें।
स्वयं शूद्र हैं वही ईश के,
प्यारे कभी न बन पावें॥

(१३)

वे होवें द्विजराज राज,
चाहे समाज के नेता हों।
चाहे-धर्म धुरन्धर होवें,
चाहे विश्व-विजेता हों॥

(१४)

पर, तुम कुछ चिन्ता मत करना,
ग्लानि-अग्नि में मत जलना।
अपने पावन पुण्य पन्थ पर,
निर्भय होकर नित चलना॥

(१५)

तुम्हीं हिन्द-माता की आशा,
आर्य-धर्म के हो आधार।
तुम ही हो इस दलित देश की,
नौका के प्रिय खेवनहार॥

(१६)

नहीं तुम्हारे बिना कभी,
पददलित जाति जीवित होगी।
चरण पुष्ट जो हुआ न तो वह,
किस प्रकार उत्थित होगी॥

(१७)

जिन चरणों ने जन्म दिया है,
अखिल विश्व के जो आधार।
वही तुम्हारी डगमग नौका,
स्वयं लगा देवेंगे पार॥

(१८)

वही तुम्हारे ध्यान-विषय हों,
वही तुम्हारी आशा हों।
वही तुम्हारे मन-मन्दिर की,
एकमात्र अभिलाषा हों॥

हमारा कर्त्तव्य

[ले० श्री० गजेन्द्रप्रसाद जी, एम० ए०, एम० एल०]

हिन्दू-समाज के लिए और भारतवर्ष के लिए अछूतों का प्रश्न बहुत जटिल है; और उस प्रश्न के सुलभ साध्य बनाने पर ही इस जाति और देश का उद्धार निर्भर है। मैं सभाओं में और आपस की बातों में प्रायः सुना करता हूँ कि जिन्हें हिन्दू-समाज अछूत समझ कर तिरस्कृत करता है; उनको दूसरे धर्मों के मानने वाले अपनाने को तय्यार हैं; और यदि हिन्दू-जाति समय रहते न चेतेगी, तो शीघ्र ही ये परधर्मावलम्बी हो जायँगे और इतनी बड़ी जन-संख्या हिन्दू-जाति से निकल जायगी। यह भी कहा जाता है कि आज जितने लोग हिन्दू-धर्म छोड़, किसी दूसरे धर्म; जैसे—इस्लाम अथवा ईसाई-धर्म में जाते हैं, उनमें अधिकांश इन्हीं पद-दलितों की श्रेणी ही में से होते हैं। ये सब बातें सच हैं; पर मैं समझता हूँ कि यह भाव भी कुछ अंश में अछूतपन के पाप को क़ायम रखने में सहायक होता रहेगा। हिन्दू-जाति को यह जान लेना चाहिए कि किसी भी मनुष्य को, जिसे ईश्वर ने उन्हीं अवयवों और शक्तियों के साथ उत्पन्न किया है, जो ऊँचे से ऊँचे ब्राह्मण में वर्त्तमान हैं, पतित मानना महा पाप है। श्रीमद्भगवद्गीता में श्री कृष्णभगवान ने कहा है :—

विद्याविनयसम्पन्ने ब्राह्मणे गविहस्तिनि।
शुनि चैव श्वपाकेच पण्डिताः समदर्शिनः॥

अर्थात्—ज्ञानीजन विद्या और विनययुक्त ब्राह्मण तथा गौ, हाथी, कुत्ते और चाण्डाल में भी समभाव से देखने वाले होते हैं।

इस महा पाप के कलङ्क से अपना उद्धार करना हिन्दू-जाति का परमधर्म और कर्त्तव्य है। स्वार्थ-भाव से दान-पुण्य कार्य को करना भविष्य के लिए बाधा पैदा करना है; और उन जातियों के साथ अन्याय करना भी है; क्योंकि इस युक्ति का आधार यही है कि अछूतों की हिन्दू-धर्म में श्रद्धा इतनी कम है कि वह इस धर्म को छोड़, पर-धर्मावलम्बी हो जायँगे; पर सच पूछिए तो उनकी श्रद्धा ऊँची जाति वालों की श्रद्धा से कहीं अधिक है, और वे इस धर्म के अधिक प्रेमी हैं; क्योंकि उनके साथ हिन्दू-समाज के अन्यायपूर्ण व्यवहार के रहते हुए भी उन्होंने अभी तक श्रद्धा नहीं छोड़ी; और जो मर्यादा उनके लिए निर्धारित कर दी गई, उसे आज भी मानते हैं; पर जब हिन्दू-समाज स्वयं उन नियमों को अन्यायपूर्ण समझने लगा है तो उनका यही धर्म है कि उनको दूर करके अपने को उस पाप से बचावें। अछूतों को हमारी मेहरबानी और सहानुभूति की आवश्यकता नहीं—एक प्रकार हम ही सहानुभूति के पात्र हैं; क्योंकि अपने अज्ञान में हम उनको अछूत मान रहे हैं, और हम में इतनी शक्ति का सञ्चार नहीं होता कि हम अपने को इस पाप से मुक्त कर सकें। इसलिए अछूतोद्धार के काम में भी हमको सच्चे भाव और विचार की आवश्यकता है। हमारा धर्म है कि हमने जो दुर्व्यवहार उनके साथ आज तक किए हैं, उसके लिए प्रायश्चित्त करें; और अपना उद्धार करें!

हिन्दू-धर्म में अछूतों का स्थान

[ले० श्री० लाला कन्नोमल जी, एम० ए०]

हिन्दू-धर्म में सब से ऊँची पदवी संन्यासी की है; और संन्यासी की कोई जाति नहीं है। सभी जानते हैं, वाल्मीकि जी कौन थे, और क्या हो गए। ऐसे ही ऋषियों की कोई जाति नहीं है, अनेक संन्यासी और ऋषि अछूत जाति के हो गए हैं। रामचन्द्र जी ने भीलिनी के बेर खाए, कृष्णचन्द्र जी ने कुब्जा से प्रीति जोड़ी। रामायण और महाभागवत् पढ़ने से ज्ञात होगा कि जो तिरस्कार अछूत जातियों का अब है, वह पहले कदापि नहीं था। यह सब आधुनिक लीला है। आर्य-जाति में प्राचीन काल में अनेक जातियाँ आ मिलीं, जिसके प्रमाण हमारे प्राचीन इतिहास में अङ्कित हैं। अत्यन्त प्राचीन समय में वैदिक यज्ञ और कर्मों की प्रधानता थी, उसके बाद दार्शनिक सिद्धान्तों की तूती बोली; लेकिन हज़ार वर्ष से अधिक काल से भक्ति-मार्ग की प्रधानता है। जब से भक्ति-मार्ग ने ज़ोर पकड़ा, तब से कर्मकाण्ड का ह्रास हुआ और हिन्दू-जाति इस सरल मार्ग का अवलम्बन करने लगी। श्रीरामानुजाचार्य, श्रीवल्लभाचार्य, श्रीनिम्बार्काचार्य, श्रीनारायणस्वामी, श्रीमाधवाचार्य, श्रीचैतन्यस्वामी ये भक्ति-मार्ग के उच्चतम स्तम्भ हैं, जिनके विचार अधिकतर संस्कृत ग्रन्थों में प्रतिपादित हैं; पर पिछले समय के भक्ति-मार्ग-प्रदर्शकों ने अपने विचार हिन्दी भाषा द्वारा ही प्रकट किए हैं। उदाहरण के लिए गुरु नानक, कबीर, तुलसीदास, दादू आदि इन महात्माओं ने अपने प्रतिभाशाली विचारों और प्रतिदिन के बर्ताव से अछूत और छूतों में कोई भेद ही नहीं रक्खा है। जिन्होंने भक्तमाल नामक ग्रन्थ पढ़ा है, वे जानते हैं कि इन १०१ भक्तों में अछूत जातियों के भक्त अधिक थे। कोई चमार, कोई कोली, कोई व्याध कोई क़साई; अर्थात अनेक जातियों के लोग थे, जिन्हें अब अछूत कहते हैं। इन्हीं भक्तों में गोस्वामी तुलसीदास जैसे उच्च जाति के भी थे; पर इन में परस्पर कोई छूतछात का विचार नहीं था। सब एक-दूसरे के हाथ का खाते थे। इस सम्बन्ध में एक कथा प्रचलित है; जिसके सुनने से मालूम होगा कि भक्तों में जात-पाँत का कोई भेद ही न था; कथा यों है:—

रैदास, चरणदास, धन्ना आदि अछूत जाति के भक्तों ने एक बार विचार किया कि गोस्वामी तुलसीदास की सच्ची भक्ति की परीक्षा लेनी चाहिए। गोस्वामी जी प्रकट में तो बड़े-बड़े उदार विचारों को कहा करते हैं; पर भीतर से इन्हें अपनी उच्च जाति का बड़ा घमण्ड है। यह समझते हैं कि हम सब नीच जाति के हैं; और वह श्रेष्ठ जाति के। जब तक तुलसीदास जी में यह अभिमान है, तब तक हमारा और उनका मेल कैसे हो सकता है? यदि वह हमारी मण्डली में मिलें, तो हमारे साथ खाना खावें; नहीं तो अपनी ढपली अलग बजावें। इस परामर्श के पश्चात् इन सब अछूत जाति के भक्तों ने एक प्रेम-भोज किया; और उस में सम्मिलित होने के लिए गोस्वामी तुलसीदास जी को भी निमन्त्रण दिया। गोस्वामी जी, जो बड़े दूरदर्शी थे, समझ गए कि आज हमारी परीक्षा है। गोस्वामी जी ने इस निमन्त्रण को सहर्ष स्वीकार किया। भोजन का समय आया; और सब भक्त लोग मण्डली बाँध कर बैठे।

दाल-भातादि भोज्य पदार्थ परसे जाने लगे। ये सब खाद्य पदार्थ इन्हीं अछूत जाति के भक्तों ने अपने हाथों से बनाए थे; और ये ही आपस में एक-दूसरे को परसने लगे। जातियों का कुछ भेद न रहा। भोजन परस चुके थे; और भक्त-मण्डली खाने को तैयार थी। इतने में ही एक ने कहा—आप ने देखा, तुलसीदास नहीं आया है। हम पहले ही कहते थे कि उसे अपने गोस्वामी होने का बड़ा घमण्ड है। यदि हमारे साथ खाना खा ले, तो उसकी जाति बिगड़ जावेगी। आज महात्मा जी की जाँच हो गई। आज से वह अलग और हम अलग। भाई ऊँच-नीच का मेल कैसा? इस बात का अनुमोदन करते हुए सब भक्तों ने खाना शुरू किया। इतने में देखते क्या हैं कि गोस्वामी तुलसी दास जी जल्दी-जल्दी हाँफते हुए चले आ रहे हैं। आते ही कहा—भाइयो, क्षमा करो! मुझे कुछ देर हो गई, मेरे सामने भी दाल-भात लाओ। यह सुन एक भक्त दाल का बर्तन लेकर गोस्वामी जी के पास परसने आया। गोस्वामी जी सब से पीछे आए थे; इसलिए वे इन सब के नीचे, जहाँ इन लोगों के जूते पड़े थे, बैठ गए; और जब दाल आई तो आपने एक भक्त का जूता उठा कर उसमें ले ली और देखते-देखते उसे पी गए। इस दृश्य से सभी भक्त आश्चर्य में आए और भोजन छोड़ कर तुलसीदास के पास आकर कहा—तुलसीदास! तू सचमुच तुलसीदास ही है। हम सब में तेरी पदवी ऊँची है। हम अभी तक माया के चक्कर में हैं। धन्य है; तुम्हें; जो इस उच्च सिद्धान्त पर पहुँच गए हो। हम सब तुम्हारे शिष्य है, तुम ब्रह्ममय हो; और हम जड़ माया के चक्र में भ्रमण कर रहे हैं। क्षमा करो, हम मूर्खों ने तुम्हारी परीक्षा लेनी चाही थी; पर कहाँ तुम और कहाँ हम! हम तुम्हारी चरण-धूलि सिर पर रखने योग्य भी नहीं हैं। भइया, क्षमा करो! भूल हुई।

गोस्वामी जी बोले— भगवान के भक्तो, मैं तो आप के चरण प्रक्षालन करने योग्य भी नहीं हूँ; मुझे तुच्छ समझ कर अपनी भक्त-मण्डली में से मत निकालो। मैं आप का दास हो कर रहूँगा। आप जैसे प्रेम-पुञ्जों के सामने मैं कुछ भी नहीं हूँ।

यदि प्राचीन हिन्दू-धर्म में अछूत जातियों के साथ ऐसा कठोर बर्ताव होता, जैसा कि आजकल हो रहा है, तो हिन्दू-जाति का गौरव और मान ऐसा न होता। वर्तमान समय के हिन्दू-धर्म के ठेकेदारों से प्रश्न है कि वे हिन्दू-धर्म में व्यास और वाल्मीकि को रखना चाहते हैं या नहीं? यदि इन दो नामों को हिन्दू-धर्म में से निकाल दिया जावे, तो हिन्दू-धर्म में क्या बच रहता है?

वेदों को नियमित करना, १८ पुराणों और महाभारत को लिखना—वेदान्त-दर्शन को रचना श्रीव्यास जी का कार्य है। वाल्मीकि-रामायण की रचना करना वाल्मीकि जी की कीर्ति है। यदि ये ग्रन्थ हिन्दू-धर्म में से निकाल दिए जायँ, तो हिन्दू-प्राचीन इतिहास, हिन्दू-वैदिक धर्म एवं, हिन्दू-उच्चतम दार्शनिक सिद्धान्तों का कहाँ पता लगे? ये दोनों महानुभाव अछूत जाति के थे; और आज हिन्दू-धर्म की सभ्यता और विद्या का भण्डार उन्हीं के हाथों में है। क्या इन दोनों को अछूत कह कर निकाल देने से हिन्दू-धर्म का गौरव और मान हो सकता है? कदापि नहीं!

हमें अपने सङ्कुचित विचारों को दूर करना चाहिए; और अछूत जातियों के साथ वही बर्ताव करना चाहिए, जो आर्य-जाति ने उनके साथ अपने प्राचीन इतिहास में किया था, अस्तु!

अछूत

[ले० पं० अनूपशर्मा जी; बी० ए०, एल० टी०]

(१)

मोड़ बैठे मुख क्यों स्वधर्म-अनुयायियों से, छोड़ बैठे आप क्यों स्वजाति के सपूतों को ?
गोड़ बैठे अपने महान् अभिमान ही से, मान को, गुमान को, महान् करतूतों को ॥
सँभल सके न साल सैकड़ों व्यतीत हुए, डाला है विधर्म में स्वधर्म के प्रसूतों को ।
अब तो सुधारो हीन हाल को हुई है देर, अब तो उबारो इन पतित अछूतों को ॥

(२)

देख के तुम्हारी इस हृदय-विहीनता को, कोस रहा जन-समुदाय अवनी का है ।
मोहित हुए हो सावधानता रही न शेष, गाढ़ा है समय पैं तुम्हारा रङ्ग फीका है ॥
ज्ञानी और मानी क्या रहे न अब जाति बीच, सारा ज्ञान-मान अस्त हो गया कभी का है ।
समझ अछूनों को अछूतों के समान रहे, आपके ललाट पैं कलङ्क ही का टीका है ॥

(३)

अब तो सँभालना पड़ेगा दुनिया में तुम्हें, आँखें खोल-खोल हानि-लाभ को निहार लो ।
जनता विधर्मियों की बढ़ती दिनों दिन है, घटते तुम्हीं हो इस बात को विचार लो ॥
आज से रहेंगे न अछूत हो अछूत अब, भीषण प्रतिज्ञा मानसों में यह धार लो ।
दीन दलितों को, पतितों को, अपनाओ शीघ्र, हीनों को सुधार लो, अछूतों को उबार लो ॥

(४)

एक ही समान पाया जीवन धरा के मध्य, रङ्ग-ढङ्ग एक ही है एक ही जमात के ।
एक ही समान पाप-पुण्य भोगते हैं सदा. एक ही स्वभाव वाले और एक गात के ॥
एक ही समान बन रहते सकल मिल, एक ही बने हैं सदा साथी दिन-रात के ।
फिर यह कैसा ऊँच-नीच का विचार कहो, छूत किस बात के, अछूत किस बात के ॥

जापान में जाति-भेद और अस्पृश्यता

[ले० श्री० विश्वम्भरनाथ जी]

अस्पृश्यता का विचार और जन-साधारण से पृथक् अस्पृश्य कहलाने वाली जातियों का अस्तित्व भारत के अतिरिक्त अन्य प्राचीन देशों में भी पाया जाता है; और उन देशों को भी अर्वाचीन समय में अपना राष्ट्रीय अस्तित्व क़ायम रखने के लिए इस समस्या का उसी प्रकार सामना और उसका हल करना पड़ा है, जिस प्रकार इस समय भारत को करना पड़ रहा है। इन देशों में से हम केवल जापान का उदाहरण इस समय पाठकों के सामने रखना चाहते हैं।

प्राचीन और मध्यकालीन जापान में अस्पृश्य जातियों के अतिरिक्त एक और जाति-भेद भी मौजूद था, जो अनेक अंशों में हिन्दुओं के वर्तमान जाति-भेद से मिलता हुआ था। इसलिए जापान की अस्पृश्य जातियों की उत्पत्ति इत्यादि का वर्णन करने से पूर्व हम इस प्राचीन जापानी जाति-भेद का कुछ हाल दे देना आवश्यक समझते हैं।

यह जाति-भेद जापान में ईसा की पाँचवीं शताब्दी में अर्थात् आज से लगभग १५०० वर्ष पूर्व शुरू हुआ। इससे भी पूर्व अधिक प्राचीन जापान में संसार के अन्य प्राचीन देशों—यूनान, मिश्र, रोम और चीन के समान समस्त मनुष्य-समाज दो स्पष्ट टुकड़ों में बँटा हुआ था—(१) स्वतन्त्र वर्ग; और (२) दास वर्ग। दासों की संख्या स्वतन्त्र वर्ग के लोगों की अपेक्षा कहीं अधिक थी। दोनों वर्ग पैतृक थे।

स्वतन्त्र वर्ग के लोगों और उनकी विविध श्रेणियों का वृत्तान्त देने से पहिले हम प्राचीन जापान के इन दासों का थोड़ा सा हाल और बता देना चाहते हैं। स्वतन्त्र वर्ग के प्रत्येक कुल के साथ अनेक स्त्री-पुरुष दासों अथवा ग़ुलामों की तरह रहते थे। इन दासों की संख्या इतनी होती थी कि कभी-कभी ख़ास कर उच्च-कुलों में कुल वालों की निस्बत दासों और दासियों की तादाद बढ़ जाती थी। इनकी संख्या के बढ़ते रहने के कई तरीक़े थे। एक तो अधिक प्राचीन समय में आज से लगभग ढाई-तीन हज़ार वर्ष पूर्व अनेक बार ही चीन तथा कोरिया से जा-जाकर अनेक लोग समय-समय पर जापान में बसते गए। जिनमें से पीछे आने वालों ने अपने से पहिले आए हुए कमज़ोर लोगों को प्रायः अपना दास बना लिया। इसके अतिरिक्त उन दिनों राज-दण्ड द्वारा भी अनेक लोग दास बना दिए जाते थे। जो लोग क़र्ज़ अदा न कर सकते थे, वे अपने ऋणदाता के दास बना दिए जाते थे। चोर जिसका माल चुराते थे, उसके सदा के लिए दास बना दिए जाते थे। प्रायः दास तथा दासियाँ पशुओं के समान बाज़ारों में बेची जाती थीं। उस समय के कठोर सामाजिक अनुशासन के अनुसार किसी भी कुल के अन्दर पिता पुत्र को, बड़ा भाई छोटे भाई को; अथवा कुल का मुखिया कुल के किसी भी मनुष्य को धन के बदले में बेच कर दूसरों का दास बना सकता था। और एक बार दास बनने पर वह सदा के लिए दास हो जाता था; यहाँ तक कि दासों की औलाद भी दास ही हुआ करती थीं। प्राचीन जापान के इन दास-दासियों के मुखों और हाथों पर कोई एक चिह्न पहिचान के लिए गोद दिया जाता था; तथा दासों के सिर मुँडवाने (घुटाने) का तरीक़ा भी औरों से पृथक् था। इन दासों में भी कई भेद थे; किन्तु इस विषय का अधिक विस्तार हमारे प्रसङ्ग से बाहर है। दासत्व की यह प्रथा जापान में लगभग दो-ढाई हज़ार वर्ष तक; अर्थात् कहीं-कहीं पिछली शताब्दी तक जारी रही; तथापि यह कथा उस देश की अस्पृश्यता की कथा नहीं है। प्राचीन जापान के इन दासों के साथ और चाहे कितना भी कठोर व्यवहार क्यों न रहा हो; परन्तु उन्हें अस्पृश्य कोई न समझता था। जापान की अस्पृश्य जातियाँ इन दासों से भी पृथक् और अधिक हीन थीं, जिसका

वृत्तान्त आगे चल कर दिया जावेगा। इन दासों और मध्य-कालीन जापान की अस्पृश्य जातियों में लगभग वैसा ही अन्तर था, जैसा भारत के सामान्य शूद्रों और अन्त्यजों में।

तथापि ईसा की चौथी शताब्दी तक वहाँ के स्वतन्त्र-वर्ग के लोगों में हिन्दुओं के जाति-भेद से मिलता-जुलता कोई भेद मालूम नहीं होता था। हाँ, लगभग आदिकाल से ही इन स्वतन्त्र वर्ग के लोगों की तीन श्रेणियाँ अवश्य थीं— (१) कोबेत्सु; (२) शीनबेत्सु; और (३) बामबेत्सु।

इनमें सबसे ऊपर 'कोबेत्सु' अर्थात् वे लोग थे, जो राज-कुल से अपनी उत्पत्ति बतलाते थे; और जो अपने को जापानियों की सबसे बड़ी देवी 'सूर्यदेवी' के वंशधर मानते थे। उनके नीचे दूसरी श्रेणी में 'शीनबेत्सु' अर्थात् वे लोग थे, जो अन्य अनेक देवी-देवताओं से अपना निकास बतलाते थे; और सबसे नीचे तीसरी श्रेणी में 'बामबेत्सु' अर्थात् समाज के सर्व-साधारण की गणना की जाती थी। 'कोबेत्सु' का अर्थ 'आदि कुल से उत्पन्न', शीनबेत्सु का अर्थ 'देवताओं के कुलों से उत्पन्न' और 'बामबेत्सु का अर्थ 'बाहर के कुलों से उत्पन्न' है। अन्य प्राचीन क़ौमों के समान प्राचीन जापान-निवासी भी असंख्य देवी-देवताओं के उपासक थे। बढ़ते-बढ़ते इन तीनों श्रेणियों में से प्रत्येक में अनेक बड़े-बड़े कुलों वा क़बीलों की गणना की जाने लगी। ये तीनों श्रेणियाँ सर्वथा पैतृक थीं। पहली दोनों श्रेणियों में से देश के शासक और राज-कर्मचारी लिए जाते थे; और तीसरी श्रेणी के लोग जो संख्या में पहली दोनों श्रेणियों से कई गुने थे, साधारण प्रजा समझे जाते थे।

धीरे-धीरे यानी ईसा की चौथी शताब्दी के लगभग जापान में पेशों के अनुसार हिन्दुओं की-सी जातियों और उपजातियों का निर्माण शुरू हुआ। जापानी लोग अपने यहाँ की इन जातियों व बिरादरियों को 'काबाने' कहते थे। उदाहरणार्थ— कुम्हारों, सुनारों, लुहारों, किसानों इत्यादि के अलग-अलग काबाने थे। प्रत्येक काबाने में एक प्रधान कुल होता था, जिसका कुलपति काबाने का मुखिया समझा जाता था। जैसे-जैसे चीन और कोरिया से लगातार संसर्ग के कारण जापान में नए-नए व्यवसाय और उद्योग-धन्धे आते रहे, वैसे-वैसे ही जापान में समय-समय पर नए-नए काबाने भी बनते रहे; और कभी-कभी पुराने काबानों में भी उलट-फेर होते रहे। किन्तु आम तौर पर यह सब काबाने पैतृक थे; और प्रत्येक बड़े से बड़े कुल के सारे पुरुष, स्त्री और बच्चे किसी एक ही काबाने में शुमार किए जाते थे; और शुमार हो सकते थे।

बढ़ते-बढ़ते ईसा की पाँचवीं शताब्दी तक प्राचीन जापान के उस जाति-भेद ने अपना अन्तिम रूप धारण किया, जो उस देश में लगभग १४०० वर्ष तक जारी रहा; और जिसका पिछली शताब्दी में जाकर अन्त हुआ। पाँचवीं शताब्दी में जापान के समस्त स्वतन्त्र वर्ग के लोगों की चार स्पष्ट और पैतृक जातियाँ बन गईं। इनमें सबसे ऊपर 'सामुराइ' जाति के लोग थे; जिन्हें 'बुशी' भी कहते थे। प्रान्तीय दाइम्यो (शासक), राज्य के छोटे-बड़े कर्मचारी, सेना के लिए सेनापति तथा साधारण सिपाही सब इसी जाति में से लिए जाते थे। सामुराइ जाति एक प्रक [illegible] से जापान की क्षत्री जाति थी। सामुराइ से उतर कर दूसरी जाति में देश के किसान थे, इस जाति का नाम 'ह्याकुशो' था। तीसरी जाति 'शोकुनीन' नाम की थी, जिसमें समस्त दस्तकारों अर्थात्— सुनार, लुहार, कुम्हार, बढ़ई आदि की गणना की गई। इसी जाति में हाल के बने हुए लगभग समस्त काबाने शामिल कर लिए गए। और सबसे नीचे 'आकिन्दो' नाम की जाति थी, जिसमें व्यापारी लोग गिने जाते थे। ऊँच-नीच का विचार भी जापान की जातियों में लगभग वैसा ही था, जैसा हिन्दुओं की जातियों में। विशेषकर सामुराइ लोगों को शेष समस्त समाज से अपने श्रेष्ठ होने का बड़ा अभिमान था। यह अभिमान हिन्दुओं में ब्राह्मणत्व के अभिमान से बहुत कुछ मिलता हुआ था। शेष तीनों जातियों के लोगों को मिला कर 'हेमीन' अर्थात् साधारण प्रजा भी कहते थे। इन लोगों को राज की ओर से आज्ञा थी कि वे सामुराइ का विशेष आदर करें। यदि इन तीनों जातियों में से किसी जाति का कोई मनुष्य किसी सामुराइ का निरादर करता था तो छोटे से छोटे सामुराइ को अधिकार होता था कि वह उसे तुरन्त मार डाले। सामुराइ जाति के लोगों को किसी प्रकार का कोई कर भी नहीं देना पड़ता था। देश में धन-सम्पत्ति उत्पन्न करना, राजकीय कर देना तथा लाखों सामुराइयों का पालन-पोषण करना हेमीन लोगों का काम था।

हिन्दुओं के जाति-भेद और प्राचीन जापान के इस जाति-भेद में एक मुख्य अन्तर यह था कि इन चार जापानी जातियों में ब्राह्मण-जाति जैसी कोई नहीं थी। मालूम होता है कि अति प्राचीन समय से ही उस देश में क्षात्र-धर्म को ब्राह्मण-धर्म से ऊपर स्थान दिया जाता रहा और क्षात्र-धर्म की ही उस देश में सदा प्रधानता रही। सामुराइयों में से ही अनेक बड़े-बड़े विद्वान होते थे और 'शीन्तो' तथा 'बौद्ध' पुरोहित भी सामुराइयों में से ही लिए जाते थे। इस प्रकार ब्राह्मण-धर्म को जापान में क्षात्र-धर्म का केवल एक अङ्ग समझा जाता था।

इस जापानी जाति-भेद की दो और विशेषताएँ ध्यान देने योग्य हैं। एक यह कि खेती का काम उस देश में अत्यन्त आदर की दृष्टि से देखा जाता था। अधिक प्राचीन समय में देश का प्रत्येक किसान शस्त्रों का अभ्यास करता था और योद्धा होता था। सामुराइयों के लिए खेती करना कहीं-कहीं निषिद्ध भी समझा जाता था। किन्तु समस्त जापान में योद्धाओं से उतर कर दूसरा पद किसानों को ही दिया जाता था। दूसरी विशेषता यह थी कि तिजारत का काम जापान में सदा अत्यन्त नीच समझा जाता था। एक चावल बेचने वाला, चाहे वह कितना भी धनवान क्यों न हो, एक धन-हीन कुम्हार अथवा जुलाहे की अपेक्षा नीच समझा जाता था।

इस समस्त जाति-बन्धन के अतिरिक्त उस समय जापान में और भी असंख्य सामाजिक नियम थे, जिन्होंने छोटे से बड़े तक समस्त जापानी व्यक्तियों की स्वतन्त्रता को पूरी तरह जकड़ रक्खा था। लगभग प्रत्येक मनुष्य की आय का नियमित होना और प्रत्येक व्यवसाय का पैतृक समझा जाना ही व्यक्तिगत स्पर्धा तथा स्पृहा को रोकने के लिए कुछ कम न था। किन्तु इन सब से बढ़कर समस्त प्रजा की रहन-सहन इत्यादि छोटी से छोटी बातों के लिए उस समय कठोर नियम बने हुए थे।

पाठकों को आश्चर्य होगा कि उस युग में राज्य की ओर से इस प्रकार के नियम तक बने हुए थे कि प्रत्येक मनुष्य अपनी वार्षिक आय तथा अपनी सामाजिक स्थिति के अनुसार किस प्रकार का और कितनी लागत का मकान बनवावे, कैसा वस्त्र पहने, कैसा भोजन खावे, अपनी कन्या के विवाह में कितने और किस प्रकार के उपहार कन्यादान में देवे, अपनी स्त्री को कैसा वस्त्र तथा भूषण पहिनावे, बच्चों को कितनी लागत के खिलौने देवे, घर में कितने और कैसे बर्तन रक्खे, अपने पुत्र के जन्म, विवाह अथवा किसी सम्बन्धी की मृत्यु के समय अधिक से अधिक कितने लोगों को तथा कितने प्रकार का भोजन करावे इत्यादि, इत्यादि। समस्त समाज को इन नियमों का पालन करना पड़ता था। इनका उल्लङ्घन पाप समझा जाता था और उल्लङ्घन करने वाले को राज्य तथा जाति की ओर से दण्ड दिया जाता था।

उच्च जाति के लोगों के लिए ये नियम अधिक कठोर होते थे। सब से ऊपर सामुराइयों को एक कठिन अनुशासन के आधीन अपना समस्त जीवन व्यतीत करना पड़ता था। अपने बड़ों के सम्मुख किस प्रकार खड़ा होना, किस प्रकार बैठना, किस प्रकार बोलना और किस प्रकार हँसना तक उनके लिए नियमित था। इन लोगों के लिए दण्ड इतने कड़े थे कि यदि कोई सामुराइ इस प्रकार की किसी छोटी सी बात में भी आचार-विरुद्ध व्यवहार करता था तो प्रायः उसके शरीर के टुकड़े-टुकड़े कर दिए जाते थे।

इस प्रकार प्राचीन जापान में सामुराइ इत्यादि चार मुख्य जातियाँ और पाँचवीं दास अथवा गुलाम जाति थी। यद्यपि इन पाँचों जातियों में पैतृक जातियों के समस्त गुण-दोष मौजूद थे; तथापि ईसा की आठवीं शताब्दी तक जापानी समाज में छुआ-छूत का विचार क़तई न था और न उस समय तक उस देश में अस्पृश्य समझी जाने वाली कोई जाति ही थी। ईसा की छठवीं शताब्दी में जापान में भारत के बौद्ध-मत ने प्रवेश किया। बौद्धमत के साथ-साथ जापानी समाज में एक ज़बर्दस्त परिवर्त्तन हुआ और उस समय से ही धीरे-धीरे अस्पृश्यता का विचार भी जापानी समाज में घर करने लगा। कारण यह था कि बौद्धमत के प्रभाव से, पशु-हिंसा से सम्बन्ध रखने वाले समस्त व्यवसाय जापान में पहली बार घृणा की दृष्टि से देखे जाने लगे। तभी से धीरे-धीरे इस तरह के व्यवसायों में लगे हुए लोगों की पृथक् जातियाँ बनने लगीं। इन सब अन्य जातियों को मिला कर 'योरी' कहा जाने लगा। किन्तु भिन्न व्यवसायों के अनुसार इनके 'ईता' 'हिनिन' इत्यादि कई नाम भी पड़े हुए थे।

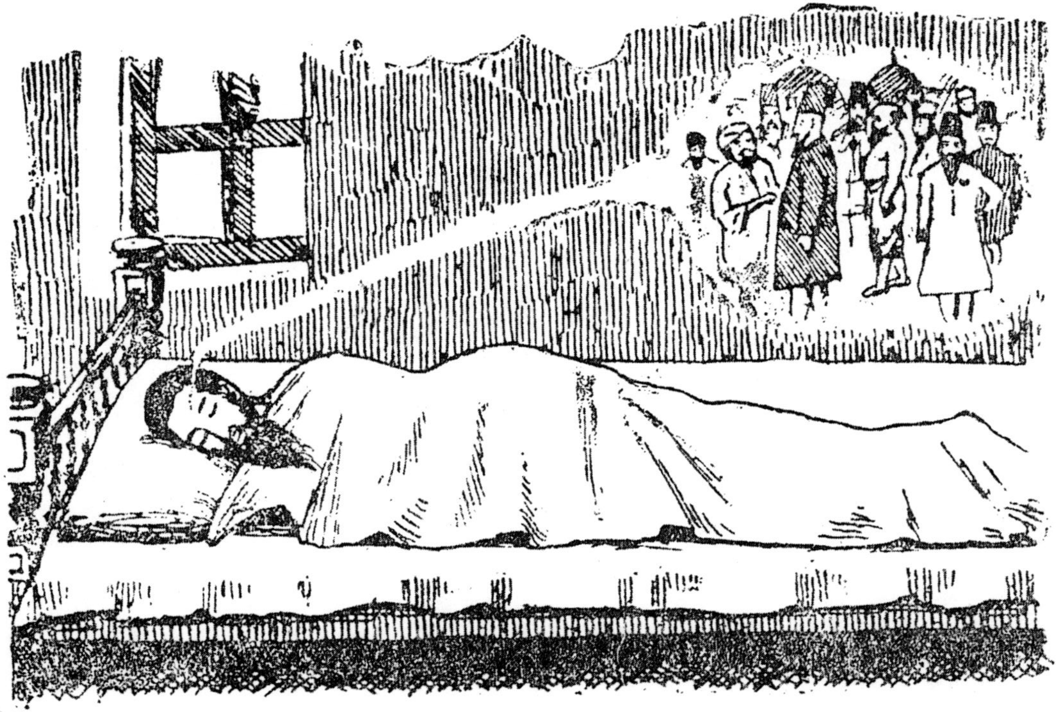

सोते ख़्वाजा हसननिज़ामी, स्वप्नों का है तना वितान !
छोड़ अछूत राम गङ्गा को, कलमा में लाते ईमान !!

Fine Art Printing Cottage, Allahabad.

शूद्रों के दर्शन करने से, प्रभु का होता है उपहास !
दूर-दूर चाण्डाल! धर्म का, हो जावेगा सत्यानास !!

आवें मौलाना साहब, हाँ, जूता पहने ही आवें !
बड़े भाग्य हैं शिवजी के, जो चरणों के दरशन पावें !!

Fine Art Printing Cottage, Allahabad.

जबकि एक ओर प्राचीन जापान की चार मुख्य जातियों के बीच खान-पान अथवा छुआ-छूत के कोई बन्धन न थे; और न दासों तक के साथ कोई इस प्रकार का परहेज़ था। दूसरी ओर उन चारों जातियों के लोग आठवीं शताब्दी के बाद 'चोरी' के साथ सर्वथा वैसा ही बर्ताव करने लगे जैसा कि भारत के कट्टर से कट्टर प्रान्त में यहाँ के अन्त्यजों अर्थात् चमारों इत्यादि के साथ किया जाता है। यहाँ तक कि उस समय से 'चोरी' लोगों को जापानी अथवा मनुष्य तक न गिना जाता था।

ये 'चोरी' लोग अधिकतर कुएँ, क़ब्र आदि खोदने, पशुओं का बध करने, जूते, ढोल तथा अन्य चमड़े की चीज़ें बनाने, बाग़ों में झाड़ू देने इत्यादि का काम करते थे। विशेषकर पशुओं का बध तथा चमड़े का काम देश में उनके अतिरिक्त और कोई न कर सकता था।

इन अछूतों के आपस के कोई अभियोग साधारण जापानी न्यायालयों में न जाते थे। इनके अपने मुखिया होते थे, जो स्वतन्त्रता के साथ इन पर शासन करते थे; और जिन्हें उन्हें मृत्यु-दण्ड देने तक का अधिकार होता था। इनका सबसे बड़ा मुखिया यौदो नामक शहर में रहता था। उसे सम्राट् की ओर से सामुराइयों के समान दो खड्ग धारण करने का विशेष अधिकार तक मिला हुआ था। जापान की अन्य चारों जातियों में से किसी जाति का कोई जापानी यदि किसी 'चोरी' को मार डालता था, तो उसे साधारण न्यायालय में जाकर केवल थोड़ा सा जुर्माना देना पड़ता था। जन-साधारण उसे मनुष्य (हितो) नहीं; किन्तु एक तरह की बेजान वस्तु समझते थे। उनकी एक उपजाति राज्य की ओर से मुजरिमों को दण्ड देने, बेत मारने, फाँसी देने और यातना देने इत्यादि के लिए नियुक्त थी; और दूसरी उपजाति रात्रि को चौकीदारी का काम करती थी। इनमें से कुछ नट और गवइयों का कार्य भी करते थे।

इन अछूतों की बस्तियाँ शेष आबादी से मिली हुई; किन्तु शहर के बाहर और एक ओर होती थीं। वे शहरों में अपनी बनाई हुई चीज़ें बेचने अथवा अपनी खाद्य सामग्री ख़रीदने के लिए प्रवेश कर सकते थे; किन्तु सिवाय जूतों के व्यापारी की दूकान के वे अन्य किसी दूकान वा मकान की ड्योढ़ी के अन्दर प्रवेश न कर सकते थे। हिन्दुस्तान के कञ्जरों की तरह जापान में इन अछूतों का गाना लोग सुन लेते थे; किन्तु उन्हें घरों में घुसने की इजाज़त न थी, इसलिए वे सड़कों पर या बाग़ीचों ही में गा-बजा कर अपनी जीविका उपार्जन करते थे। परम्परा से जो पेशे उनके घरों में चले आते थे, केवल उन्हीं पेशों को वे अपनी जीविका-निर्वाह का साधन बना सकते थे; और अन्य समस्त रोज़गार उनके लिए मना थे। चारों उच्च जातियों के जापानी उनके स्पर्श को वैसा ही अपवित्र समझते थे, जैसा भारत में चमारों और मेहतरों के स्पर्श को आज दिन तक समझा जाता है।

कोई अन्य जापानी स्वप्न में भी उनकी बस्ती में प्रवेश करना न सोच सकता था; सिवाय इसके कि उसे किसी सरकारी काम के लिए मजबूरन जाना पड़े।

हालाँकि देखने में अछूतों की बस्तियाँ अत्यन्त साफ़-सुथरी होती थीं। उनमें सुन्दर कुएँ, तालाब, बग़ीचे, मन्दिर और सुघड़ मकान होते थे, जिन्हें देख कर कहीं-कहीं शेष जन-साधारण की बस्तियाँ भी गन्दी मालूम होती थीं, तथापि इस सफ़ाई तथा सजावट के रहते हुए भी पूरे १०० वर्ष तक उन्हें असहाय, अपवित्र और पशु समझ कर अपने को पवित्र समझने वाला समाज उनके साथ घृणित से घृणित और कुत्सित से कुत्सित व्यवहार करता रहा।

इन अछूतों की एक उपजाति का नाम 'हिनिन' (Hinin) भी था। हिनिन का अर्थ है 'मनुष्य नहीं'। हिनिन में भिखमङ्गे, गवइए, नट, कुछ वेश्याएँ और ऐसे मनुष्य, जिन्हें शेष समाज ने बहिष्कृत कर दिया था, शामिल थे।

कोई मनुष्य जिसे समाज ने बहिष्कृत कर दिया हो, हिनिन में शरीक हो सकता था; किन्तु हिनिन होने के उपरान्त उसे शेष समस्त मानव-समाज को अलविदा कहनी पड़ती थी। सभ्य समाज में उससे सहानुभूति रखने वाला कोई बाक़ी न बचता था।

उस समय की जपानी सरकार इन अछूत जातियों के अस्तित्व से एक ख़ास फ़ायदा यह उठाती थी कि उनके कारण समाज के छोटे-मोटे अपराधियों और आवारागर्दों को जेलख़ाने में रखने की ज़रूरत न पड़ती थी। इस तरह के अनेक लोगों को एकमात्र दण्ड यह दिया जाता था कि वे अपनी जाति विशेष से निकाल दिए जाते थे। मजबूर होकर इन्हें 'हिनिन' में जा

मिलना पड़ता था; और उनका हिनिन में मिल जाना ही उनके लिए एक सुरक्षित जेलख़ाने का काम देता था।

अछूतों में स्त्रियों की स्थिति और भी निकृष्ट थी। मामूली क़ीमत पर लोग उन्हें दूसरों को बेच दिया करते थे। बलात्कार की सूरत में लोग स्त्री-पुरुष दोनों को ज़िन्दा जला दिया करते थे। बाक़ायदा विवाह की प्रथा उन लोगों में प्रचलित थी; किन्तु विवाह के लिए उन्हें अपने मुखिया की आज्ञा का लेना आवश्यक था। कुछ सूरतों में तो पुरुष को अपनी नव-विवाहिता पत्नी एक रात्रि के लिए मुखिया की नज़र करनी पड़ती थी। स्त्रियों की कमी के कारण कुछ समय तक अछूतों में बहुपतिवाद की भी रिवाज थी। परिवार के सारे भाइयों की एक ही पत्नी हुआ करती थी। कुल का छोटे से छोटा लड़का भी स्त्रियों पर शासन कर सकता था। वे ग़ुलामों की ग़ुलाम थीं।

जापानी-समाज की यह स्थिति १९ वीं शताब्दी के मध्य तक जारी रही। १९ वीं शताब्दी के उत्तरार्द्ध में जापान के अन्दर फिर एकाएक एक ज़बर्दस्त सामाजिक परिवर्तन हुआ, जिसका मुख्य कारण यह था कि उस समय यूरोप की सभ्यता और यूरोपियन-समाज के नए-नए आदर्श जापान में पहुँचे। उनके प्रकाश में जापान को अपने यहाँ का समाज सड़ा, गला, कठोर और बेमायने की रूढ़ियों से बँधा हुआ दिखाई दिया।

जापानियों ने फ़ौरन समझ लिया कि हज़ारों वर्ष की पुरानी रूढ़ियों को साथ रख कर वे जागृत और संयुक्त यूरोपियन राष्ट्रों और उनके राजनैतिक, आर्थिक तथा धार्मिक दाँव-पेचों के मुक़ाबले में नहीं ठहर सकते। जापानी समाज के नेताओं के सामने उस समय दो स्पष्ट मार्ग थे। एक ओर परिवर्तन और जीवन, दूसरी ओर स्थिति-पालन और मृत्यु। जापानी परिवर्तनशील और दूरदर्शी थे। वे तुरन्त अपने यहाँ के समाज का रूपान्तर करने में तत्पर हो गए। देश में ज़ोर-शोर से आन्दोलन मचाया गया; और अन्त में वे सफल हुए।

१९ वीं शताब्दी के उत्तरार्द्ध में उदारता और समता के विचारों ने जापान में वेग के साथ बढ़ना आरम्भ किया। स्कूलों, व्याख्यानों, सभाओं, समाचार-पत्रों, पुस्तकों तथा पत्रिकाओं द्वारा छोटे-बड़े समस्त जापानियों को नए विचारों की शिक्षा दी जाने लगी! उस समय के सार्वजनिक नेताओं तथा समाज-सुधारकों में एक महाशय फ़ुकुज़ावा का नाम अत्यन्त विख्यात है। फ़ुकुज़ावा ने देश में नवीन विचारों के प्रचार के हित ग्रन्थ रचने, समाचार-पत्र निकालने और विद्यालय खोलने में अपना समस्त जीवन व्यतीत कर दिया। फ़ुकुज़ावा कई बार यूरोप और अमरीका की यात्रा कर आए थे। वे स्वयं शिक्षक भी थे; और अपने शिष्यों को सर्वभावेन देशाचार परिवर्तन तथा यूरोपियन सभ्यता के अनुसरण का उपदेश दिया करते थे। फ़ुकुज़ावा महाशय की अछूतों के विषय में राय थी—"प्रकृति ने सब मनुष्यों को समान बनाया है; और जन्म से जाति का कोई भेद नहीं होता...... इसलिए प्रकृति का लक्ष्य तथा अभीष्ट यही प्रतीत होता है कि मनुष्यमात्र को निज जीवन की आवश्यकताओं के लिए संसार की प्रत्येक वस्तु से लाभ उठाने का एक समान अवसर दिया जावे, जिससे प्रत्येक मनुष्य बिना दूसरों के अधिकारों में रुकावट डाले आनन्द, स्वतन्त्रता तथा स्वच्छन्दता के साथ जीवन निर्वाह कर सके।" इन्हीं फ़ुकुज़ावा को अर्वाचीन जापान का "मानसिक पिता" (Intellectual Father) माना जाता है।

अन्त में सन् १८६१ ई० का प्रसिद्ध वर्ष आया। स्वदेश-भक्त शासकों ने स्वदेश-भक्त समाज-सुधारकों का पूरा-पूरा साथ दिया। अछूत जाति जो पूरे एक हज़ार वर्ष तक बुरी तरह पद-दलित की जा चुकी थीं, इसी वर्ष १२ अक्टूबर को राजाज्ञा द्वारा हर प्रकार शेष प्रजा के बराबर कर दी गई। इन जातियों के पिछले नाम मिटा दिए गए; और उन्हें शेष जापानी जन-समाज के साथ खान-पान, विवाह-शिक्षा आदि के सम्बन्ध द्वारा मिल कर एकमय हो जाने की आज्ञा दी गई; और उनसे किसी तरह का भी परहेज़ करने वाले को राज्य की ओर से दण्ड दिया जाने लगा। क़ानून बनने के समय जापान में अछूतों की संख्या १२,६६,१११ थी। क़ानून बनने के कुछ वर्षों बाद अछूतों को क़ानूनन तो समान अधिकार प्राप्त हो गए थे; किन्तु उनके प्रति लोगों की घृणा जो परम्परा से चली आ रही थी, थोड़ी-बहुत बनी रही। अन्त को शिक्षा तथा प्रचार की अधिकता और देश-प्रेम की सर्व-व्यापकता ने लगभग १० वर्ष के अन्दर

ही उस भेद-भाव को मिटा कर जापान की प्रत्येक सन्तान का हृदय समता के भावों से भर दिया।

आज दिन जापान में न कोई 'ईता' है न कोई 'हिनिन'। न कोई 'सामुराइ' है और न कोई 'हेमीन'। समस्त जापानी समाज इस समय एक सुसङ्गत, सुवर्ण और सुसङ्गठित राष्ट्र बना हुआ है। उनमें न कोई खान-पान के भेद हैं, न कोई जात-पाँत और न किसी तरह का छुआ-छूत। पुराने जाति-भेद और पुरानी रूढ़ियों के अब कहीं अवशेष तक नहीं मिलते। यही कारण है कि जब कि सनातनत्व के अन्ध उपासक भारतवासियों के लिए स्वराज्य और समृद्धि अभी स्वप्न मात्र है, वीर जापानियों की गणना संसार के अग्रगण्य और अत्यन्त शक्तिशाली राष्ट्रों में की जाती है।

अछूत

[ले० श्री० पं० रामचन्द्र जी शुक्ल, "सरस"]

(१)

परम पावनी सुर-सरिता हा!
जिन पद-पद्मों की मधु-धार।
श्रीशिव शिर पर जिसको रखते—
है जिससे पुनीत संसार॥

(२)

सतत विबुध बुध वन्दित जो है—
होते जिससे पूत सपूत।
कह कर उन्हीं पदों का हमको—
मान रहे क्यों अरे! अछूत॥

(३)

जिन चरणों पर विश्वविमोहनि—
रमा-समा बलिहारी है।
जिन पद-कमलों की सुषमा की—
सब उपमा अनुहारी है॥

(४)

श्रीपति के जिन चरण-शरण की—
सभी बाट लखते रहते।
जिन पदाम्बुजों के रज-रस को—
सभी सरस चखते रहते॥

(५)

जिस पद-रज की महिमा की थी—
गौतम-तिय-गुह ने अनुभूत।
उन चरणों से जन्म हमारा—
कह कर, क्यों कह रहे अछूत?

(६)

चित्रकूट में जिन चरणों के—
अङ्क पूजता जगत् सप्रेम।
प्रयत-पाँवड़ी-पूजन का था,
जिनकी सदा भरत का नेम॥

(७)

शेष-विदेह सनेह चाहते—
हैं सराहते कह कर पूत।
हैं हम उन्हीं विष्णु-चरणों से—
कैसे हैं तब कहो अछूत ?

(८)

हाँ ! यह सच है पद अरु मुख में—
कभी न हो सकती समता।
दोनों ही हैं एक देह के—
अतः उचित क्षमता-ममता ॥

(९)

सभी देह की, जग के मग पर—
सुगति हमीं पर है निर्भर।
सब समाज-तन खड़ा हमी पर—
चले हमारे ही बल पर ॥

(१०)

हमीं धर्म के तथा कर्म के—
मर्म सभी लखने वाले।
होकर अरे ! अपावन सब की—
पावनता रखने वाले ॥

(११)

और कहें क्या, है प्रमाण—
इसका इतिहास उठाओ भूत।
हरिश्चन्द्र का सत्य बचाने—
वाला था बस एक अछूत ॥

(१२)

हमें गर्व है उस सुकर्म का—
जिसे न योगी * कर पाते।
हो जाता दिल दूना यदि कुछ—
प्रोत्साहन सप्रेम पाते ॥

(१३)

आप तजें, हम तौ भी सुख से—
सेवा करते जायेंगे।
अभी न सही कभी तो भाई—
हमें मुदित अपनायेंगे ॥

(१४)

आप करें या करें न हम—
कर्तव्य कर्म करते करते।
भारत-नौका पार करेंगे,
धर्म-धुरी धरते-धरते ॥

* सेवा धर्मः परम गहनो योगिनामप्यगम्यः

—लेखक

मन्दिर

[ले० श्री० प्रेमचन्द जी]

(१)

मातृ-प्रेम ! तुझे धन्य है। संसार में और जो कुछ है, मिथ्या है, निस्सार है। मातृ-प्रेम ही सत्य है, अक्षय है, अनश्वर है। तीन दिन से सुखिया के मुँह में अन्न का न एक दाना गया था, न पानी की एक बूँद। सामने पुआल पर माता का नन्हा-सा लाल पड़ा कराह रहा था। आज तीन दिन से उसने आँखें खोली थीं। कभी उसे गोद में उठा लेती, कभी पुआल पर सुला देती। हँसते-खेलते बालक को अचानक क्या हो गया, यह कोई नहीं बताता था। ऐसी दशा में माता को भूख और प्यास कहाँ? एक बार पानी का एक घूँट मुँह में लिया था, पर कण्ठ के नीचे न ले जा सकी। इस दुखिया की विपत्ति का वारपार न था। साल भर के भीतर दो बालक गङ्गा की गोद में सौंप चुकी थी। पतिदेव पहिले ही सिधार चुके थे। अब उस अभागिनी के जीवन का आधार, अवलम्ब जो कुछ था यही बालक था। हाय! क्या ईश्वर इसे भी उसकी गोद से छीन लेना चाहते हैं? यह कल्पना करते ही माता की आँखों से झरझर आँसू बहने लगते थे। इस बालक को वह एक क्षण भर के लिए भी अकेला न छोड़ती थी। उसे साथ लेकर घास छीलने जाती। घास बेचने बाज़ार जाती तो बालक गोद में होता। उसके लिए उसने एक नन्ही-सी खुरपी और नन्ही-सी खाँची बनवा दी थी। जियावन माता के साथ घास छीलता और गर्व से कहता—अम्मा! हमें भी बड़ी सी खुरपी बनवा दो, हम बहुत सी घास छीलेंगे। तुम द्वारे माची पर बैठी रहना अम्मा, मैं घास बेच लाऊँगा। माँ पूछती—हमारे लिए क्या-क्या लाओगे बेटा? जियावन लाल-लाल साड़ियों का वादा करता। अपने लिए बहुत-सा गुड़ लाना चाहता था। वे ही भोली-भोली बातें इस समय याद आ-आकर माता के हृदय को शूल के समान बेध रही थीं। जो बालक को देखता, यही कहता—किसी की डीठ है। पर किसकी डीठ है? इस विधवा का भी संसार में कोई वैरी है? अगर उसका नाम मालूम हो जाता तो सुखिया जाकर उसके चरणों पर गिर पड़ती और बालक को उसकी गोद में रख देती। क्या उसका हृदय दया से न पिघल जाता? पर नाम कोई नहीं बताता। हाय, किससे पूछे, क्या करे!!

(२)

तीन पहर रात बीत चुकी थी। सुखिया का चिन्ता-व्यथित, चञ्चल मन कोठे-कोठे दौड़ रहा था। किस देवी की शरण जाय, किस देवता की मनौती करे, इसी सोच में पड़े-पड़े उसे एक झपकी आ गई। क्या देखती है कि उसका स्वामी आकर बालक के सिरहाने खड़ा हो जाता है और बालक के सिर पर हाथ फेर कर कहता है—रो मत सुखिया, तेरा बालक अच्छा हो जायगा। कल ठाकुर जी की पूजा कर दे, वही तेरे सहाय होंगे। यह कह कर वह चला गया। सुखिया की आँख खुल गई। अवश्य ही उसके पतिदेव आए थे, इसमें सुखिया को ज़रा भी सन्देह न हुआ। उन्हें अब भी मेरी सुधि है, यह सोच कर उसका हृदय आशा से परिप्लावित हो उठा। पति के प्रति श्रद्धा और प्रेम से उसकी आँखें सजल हो गईं। उसने बालक को गोद में उठा लिया और आकाश की ओर ताकती हुई बोली—भगवन्! मेरा बालक अच्छा हो जाय, मैं तुम्हारी पूजा करूँगी। अनाथ विधवा पर दया करो।

उसी समय जियावन की आँखें खुल गईं। उसने पानी माँगा। माता ने दौड़ कर कटोरे में पानी लिया और बच्चे को पिला दिया।

जियावन ने पानी पीकर कहा—अम्मा, रात है कि दिन?

सुखिया—अभी तो रात है बेटा, तुम्हारा जी कैसा है ?

जियावन—अच्छा है अम्मा। अब मैं अच्छा हो गया।

सुखिया—तुम्हारे मुँह में घी-शक्कर हो बेटा, भगवान करे तुम जल्द अच्छे हो जाव। कुछ खाने को जी चाहता है ?

जियावन—हाँ अम्मा, थोड़ा-सा गुड़ दे दो।

सुखिया—गुड़ मत खाश्रो भैया, अवगुन करेगा। कहो तो खिचड़ी बना दूँ।

जियावन—नहीं मेरी अम्मा, ज़रा-सा गुड़ दे दे, तेरे पैरों पड़ूँ।

माता इस आग्रह को न टाल सकी। उसने थोड़ा-सा गुड़ निकाल कर जियावन के हाथ में रख दिया और हाँडी का ढक्कन लगाने जा रही थी कि किसी ने बाहर से आवाज़ दी। हाँडी वहीं छोड़ कर वह केवाड़ खोलने चली गई। जियावन ने गुड़ की दो पिण्डियाँ निकाल लीं और जल्दी-जल्दी चट कर गया।

(२)

दिन भर जियावन की तबियत अच्छी रही। उसने थोड़ी सी खिचड़ी खाई, दो एक बार धीरे-धीरे द्वार पर भी आया और हमजोलियों के साथ खेल न सकने पर भी, उन्हें खेलते देख कर उसका जी बहल गया। सुखिया ने समझा बच्चा अच्छा हो गया। दो एक दिन में जब पैसे हाथ में आ जाँयगे तो वह एक दिन ठाकुर जी की पूजा करने चली जायगी। जाड़े के दिन झाड़ू-बहारू, नहाने-धोने और खाने-पीने में कट गए। मगर जब सन्ध्या समय फिर जियावन का जी भारी हो गया तो सुखिया घबरा उठी। तुरत मन में शङ्का उत्पन्न हुई कि पूजा में विलम्ब करने से ही बालक फिर मुरझा गया है। अभी थोड़ा-सा दिन बाक़ी था। बच्चे को लेटाकर वह पूजा का सामान करने लगी। फूल तो ज़मींदार के बग़ीचे में मिल गए। तुलसी-दल द्वार ही पर था, पर ठाकुर जी के भोग के लिए कुछ मिष्ठान्न तो चाहिए; नहीं तो गाँव वालों को बाँटेगी क्या ? चढ़ाने के लिए कम-से-कम एक आना तो चाहिए ही। सारा गाँव छान आई, कहीं पैसे उधार न मिले। तब वह हताश हो गई। हाय रे अदिन, कोई चार आने पैसे भी नहीं देता। आख़िर उसने अपने हाथों के चाँदी के कड़े उतारे और दौड़ी हुई बनिए के दूकान पर गई, कड़े गिरो रक्खे, बतासे लिए और दौड़ी हुई घर आई। पूजा का सामान तैयार हो गया तो उसने बालक को गोद में उठाया और दूसरे हाथ में पूजा की थाली लिए मन्दिर की ओर चली।

मन्दिर में आरती का घण्टा बज रहा था। दस-पाँच भक्त-जन खड़े स्तुति कर रहे थे। इतने में सुखिया जाकर मन्दिर के सामने खड़ी हो गई।

पुजारी ने पूछा—क्या है रे ? क्या करने आई है ?

सुखिया चबूतरे पर आकर बोली—ठाकुर जी की मनौती की थी महराज, पूजा करने आई हूँ।

पुजारी जी दिन भर ज़मींदार के असामियों की पूजा किया करते थे, और शाम-सवेरे ठाकुर जी की। रात को मन्दिर ही में सोते थे, मन्दिर ही में आपका भोजन भी बनता था, जिससे ठाकुरद्वारे की सारी अस्तरकारी काली पड़ गई थी। स्वभाव के बड़े दयालु थे, निष्ठावान ऐसे कि चाहे कितनी ही ठण्ड पड़े, कितनी ही ठण्डी हवा चले बिना स्नान किए मुँह में पानी न डालते थे। अगर इस पर उनके हाथों और पैरों पर मैल की मोटी तह जमी हुई थी तो इसमें उनका कोई दोष न था। बोले—तो क्या भीतर चली आवेगी ? हो तो चुकी पूजा। यहाँ आकर भरभष्ट करेगी ?

एक भक्तजन ने कहा—ठाकुर जी को पवित्र करने आई है।

सुखिया ने बड़ी दीनता से कहा—ठाकुर जी के चरन छूने आई हूँ सरकार। पूजा की सब सामिग्री लाई हूँ।

पुजारी—कैसे बेसमझी की बात करती रे, कुछ पगली तो नहीं हो गई है। भला तू ठाकुर जी को कैसे छुएगी ?

सुखिया को अब तक कभी ठाकुरद्वारे में आने का अवसर न मिला था। आश्चर्य से बोली—सरकार, वह तो संसार के मालिक हैं। उनके दरसन से तो पापी भी तर जाता है, मेरे छूने से उन्हें कैसे छूत लग जायगी।

पुजारी—अरे, तू चमारिन है कि नहीं रे ?

सुखिया—तो क्या भगवान ने चमारों को नहीं सिरजा है ? चमारों का भगवान कोई और है ? इस बच्चे की मनौती है सरकार।

इस पर उसी भक्त महोदय ने, जो अब स्तुति समाप्त

कर चुके थे, डपट कर बोले—मार के भगा दो चुड़ैल को। भरभष्ट करने आई है, फेंक दो थाली-वाली। संसार में तो आप ही आग लगी हुई है, चमार भी ठाकुर जी की पूजा करने लगेंगे तो पिरथी रहेगी कि रसातल को चली जायगी।

दूसरे भक्त महाशय बोले—अब बेचारे ठाकुर जी को भी चमारों के हाथ का भोजन करना पड़ेगा। अब परलै होने में कुछ कसर नहीं है।

ठण्ड पड़ रही थी सुखिया खड़ी काँप रही थी और यहाँ धर्म के ठेकेदार लोग समय की गति पर आलोचनाएँ कर रहे थे। बच्चा मारे ठण्ड के उसकी छाती में घुसा जाता था, किन्तु सुखिया वहाँ से हटने का नाम न लेती थी। ऐसा मालूम होता था कि उसके दोनों पाँव भूमि में गड़ गए हैं। रह-रह कर उसके हृदय में ऐसा उद्‌गार उठता था कि जाकर ठाकुर जी के चरणों पर गिर पड़े। ठाकुर जी क्या इन्हीं के हैं, हम ग़रीबों का उनसे कोई नाता नहीं है, ये लोग कौन होते हैं रोकने वाले, पर यह भय होता था कि इन लोगों ने कहीं सचमुच थाली-वाली फेंक दी तो क्या करूँगी? दिल में ऐंठ कर रह जाती थी। सहसा उसे एक बात सूझी। वह वहाँ से कुछ दूर जाकर एक वृक्ष के नीचे अँधेरे में छिपकर इन भक्तजनों के जाने की राह देखने लगी।

(४)

आरती और स्तुति के पश्चात् भक्तजन बड़ी देर तक श्रीमद्‌भागवत का पाठ करते रहे। उधर पुजारी जी ने चूल्हा जलाया और खाना पकाने लगे। चूल्हे के सामने बैठे हुए हूँ-हूँ करते जाते थे और बीच-बीच में टिप्पणियाँ भी करते जाते थे। दस बजे रात तक कथा-वार्त्ता होती रही और सुखिया वृक्ष के नीचे ध्यानावस्था में खड़ी रही।

बारे भक्त-लोगों ने एक एक करके घर की राह ली। पुजारी जी अकेले रह गए। तब सुखिया आकर मन्दिर के बरामदे के सामने खड़ी हो गई, जहाँ पुजारी जी आसन जमाए बटलोई का सुधावर्द्धक मधुर सङ्गीत सुनने में मग्न थे। पुजारी जी ने आहट पाकर गरदन उठाई तो सुखिया को खड़ी देखा। चिढ़कर बोले—क्यों रे तू अभी यहीं खड़ी है?

सुखिया ने थाली ज़मीन पर रख दी और एक हाथ फैला कर भिक्षा-प्रार्थना करती हुई बोली—महराज जी, मैं बड़ी अभागिनी हूँ। यही बालक मेरे जीवन का अलम है, मुझपर दया करो। तीन दिन से इसने सिर नहीं उठाया। तुम्हें बड़ा जस होगा महराज जी।

यह कहते-कहते सुखिया रोने लगी। पुजारी जी दयालु तो थे, पर चमारिन को ठाकुर जी के समीप जाने देने का अश्रुतपूर्व, घोर पातक वह कैसे कर सकते? न जाने ठाकुर जी इसका क्या दण्ड दें। आख़िर उनके भी तो बाल-बच्चे थे। कहीं ठाकुर जी कुपित होकर गाँव का सर्वनाश कर दें, तो बोले—घर जाके भगवान का नाम ले, तेरा बालक अच्छा हो जायगा। मैं यह तुलसी-दल देता हूँ, बच्चे को खिला दे, चरणामृत उसकी आँखों में लगा दे। भगवान चाहेंगे तो सब अच्छा ही होगा।

सुखिया—ठाकुर जी के चरणों पर गिरने न दोगे महराज जी? बड़ी दुखिया हूँ, उधार काढ़कर पूजा की सामग्री जुटाई है। मैं ने कल सपना देखा था महराज, कि ठाकुर जी की पूजा कर, तेरा बालक अच्छा हो जायगा। तभी दौड़ी आई हूँ। मेरे पास रुपया है। वह मुझसे ले लो, पर मुझे एक छन भर ठाकुर जी के चरनों पर गिर लेने दो।

इस प्रलोभन ने पण्डित जी को एक क्षण के लिए विचलित कर दिया, किन्तु मूर्खता के कारण ईश्वर का भय उनके मन में कुछ-कुछ बाक़ी था। सम्भल कर बोले—अरी पगली, ठाकुर जी भक्तों के मन का भाव देखते हैं कि चरन पर गिरना देखते हैं। सुना नहीं है—मन चङ्गा तो कठौत में गङ्गा। मन में भक्ति न हो तो लाख कोई भगवान के चरनों पर गिरे कुछ न होगा। मेरे पास एक जन्तर है। दाम तो उसका बहुत है, पर तुझे एक ही रुपये में दे दूँगा। उसे बच्चे के गले में बाँध देना। बस, कल बच्चा खेलने लगेगा।

सुखिया—तो ठाकुर जी की पूजा न करने दोगे?

पुजारी—तेरे लिए इतनी ही पूजा बहुत है। जो बात कभी नहीं हुई वह आज मैं कर दूँ और गाँव पर कोई आफत-बिपत पड़े तो क्या हो, इसे भी तो सोच! तू यह जन्तर ले जा, भगवान चाहेंगे तो रात ही भर में बच्चे का क्लेश कट जायगा। किसी की डीठ पड़ गई है। है भी तो चोंचाल। मालूम होती छत्तरी-बंस है।

सुखिया—जब से इसे जर आया है, मेरे प्रान नहों में समाए हुए हैं।

पुजारी—बड़ा होनहार बालक है। भगवान जिला दें, तेरे सारे सङ्कट हर लेगा। यहाँ तो बहुत खेलने आया करता था। इधर दो-तीन दिन से नहीं देखा था।

सुखिया—तो जन्तर कैसे बाँधूँगी महराज?

पुजारी—मैं कपड़े में बाँधकर देता हूँ, बस गले में पहना देना। अब तू इस बेला नवीन बसतर कहाँ खोजने जायगी।

सुखिया ने २) पर कड़े गिरों रक्खे थे। एक पहले ही भँज चुका था। दूसरा पुजारी जी की भेंट किया और जन्तर लेकर मन को समझाती हुई घर लौट आई।

(४)

सुखिया ने घर पहुँच कर बालक के गले में यन्त्र बाँध दिया, पर ज्यों-ज्यों रात गुज़रती थी उसका ज्वर भी बढ़ता जाता था, यहाँ तक कि तीन बजते-बजते उसके हाथ-पाँव शीतल होने लगे। तब तो वह घबरा उठी और सोचने लगी। हाय! मैं व्यर्थ ही सङ्कोच में पड़ी रही और बिना ठाकुर जी के दर्शन किए चली आई। अगर मैं अन्दर चली जाती और भगवान के चरणों पर गिर पड़ती तो कोई मेरा क्या कर लेता? यही न होता, लोग मुझे धक्के देकर निकाल देते, शायद मारते भी, पर मेरा मनोरथ तो पूरा हो जाता। यदि मैं ठाकुर जी के चरणों को अपने आँसुओं से भिगो देती और बच्चे को उनके चरणों में सुला देती तो क्या उन्हें दया न आती? वह तो दयामय भगवान हैं, दीनों की रच्छा करते हैं, क्या मुझ पर दया न करते? यह सोचकर सुखिया का मन अधीर हो उठा। नहीं, अब विलम्ब करने का समय न था। वह अवश्य जायगी और ठाकुर जी के चरणों पर गिर कर रोएगी। उस अबला के आशङ्कित हृदय को अब इसके सिवाय और कोई अवलम्ब, कोई आश्रय न था। मन्दिर के द्वार बन्द होंगे तो वह ताले को तोड़ डालेगी। ठाकुर जी क्या किसी के हाथों बिक गए हैं कि कोई उन्हें बन्द कर रक्खे?

रात के तीन बज गए थे। सुखिया ने बालक को कम्मल से ढाँप कर गोद में उठाया, एक हाथ में थाली उठाई और मन्दिर की ओर चली। घर से बाहर निकलते ही शीतल वायु के झोंकों से उसका कलेजा काँपने लगा। शीत से पाँव शिथिल हुए जाते थे। उस पर चारों ओर अन्धकार छाया हुआ था। रास्ता दो फ़रलाँग से कम न था। पगडण्डी वृक्षों के नीचे-नीचे गई थी। कुछ दूर दाहिनी ओर एक पोखरा था, कुछ दूर बाँस की कोठियाँ। पोखरे में एक धोबी मर गया था और बाँस की कोठियों में चुड़ैलों का अड्डा था। बाँईं ओर हरे-भरे खेत थे। चारों ओर सन-सन हो रहा था, अन्धकार साँय-साँय कर रहा था। सहसा गीदड़ों ने कर्कश स्वर से हुँआँ-हुँआँ करना शुरू किया। हाय! अगर कोई उसे एक लाख रुपए देता तो भी इस समय वह यहाँ न आती, पर बालक की ममता सारी शङ्काओं को दबाए हुए थी। "हे भगवान! अब तुम्हारा ही आसरा है!" यही जपती हुई वह मन्दिर की ओर चली जा रही थी।

मन्दिर के द्वार पर पहुँच कर सुखिया ने ज़ञ्जीर टटोल कर देखी। ताला पड़ा हुआ था। पुजारी जी बरामदे से मिली हुई कोठरी में केवाड़ बन्द किए सो रहे थे। चारों ओर अँधेरा छाया हुआ था। सुखिया चबूतरे के नीचे से एक ईंट उठा लाई और ज़ोर-ज़ोर से ताले पर पटकने लगी। उसके हाथों में न जाने इतनी शक्ति कहाँ से आ गई थी। दो ही तीन चोटों में ताला और ईंट दोनों टूट कर चौखट पर गिर पड़े। सुखिया ने द्वार खोल दिया और अन्दर जाना ही चाहती थी कि पुजारी केवाड़ खोल कर हड़बड़ाए हुए बाहर निकल आए और चोर! चोर! का ग़ुल मचाते गाँव की ओर दौड़े। जाड़ों में प्रायः पहर रात रहे ही लोगों की नींद खुल जाती है। यह शोर सुनते ही कई आदमी इधर-उधर से लालटेनें लिए हुए निकल पड़े और पूछने लगे—कहाँ है, कहाँ! किधर गया?

पुजारी—मन्दिर का द्वार खुला पड़ा है। मैं ने खट-खट की आवाज़ सुनी।

सहसा सुखिया बरामदे से निकल कर चबूतरे पर आई और बोली—चोर नहीं है, मैं हूँ, ठाकुर जी की पूजा करने आई थी। अभी तो अन्दर गई भी नहीं। मार हल्ला मचा दिया।

पुजारी ने कहा—अब अनर्थ हो गया। सुखिया मन्दिर में जाकर ठाकुर जी को भ्रष्ट कर आई।

फिर क्या था, कई आदमी झल्लाए हुए लपके और सुखिया पर लातों और घूँसों की मार पड़ने लगी।

मेरठ अछूताश्रम के कार्य-कर्त्ताओं का ग्रूप

Fine Art Printing Cottage, Allahabad.

सुखिया एक हाथ से बच्चे को पकड़े हुए थी और दूसरे हाथ से उसकी रक्षा कर रही थी। एकाएक एक बलिष्ठ ठाकुर ने उसे इतनी ज़ोर से धक्का दिया कि बालक उसके हाथ से छूटकर ज़मीन पर गिर पड़ा। मगर न वह रोया, न बोला, न साँस ली। सुखिया भी गिर पड़ी थी। सँभलकर बच्चे को उठाने लगी तो उसके मुख पर नज़र पड़ी। ऐसा जान पड़ा मानो पानी में परछाईं हो। उसके मुँह से एक चीख़ निकल गई। बच्चे का माथा छूकर देखा। सारी देह ठण्डी हो गई थी। एक लम्बी साँस खींचकर वह उठ खड़ी हुई। उसकी आँखों में आँसू न आए। उसका मुख क्रोध की ज्वाला से तमतमा उठा, आँखों से अङ्गारे बरसने लगे। दोनों मुट्ठियाँ बँध गईं। दाँत पीसकर बोली—पापियो, मेरे बच्चे के प्राण लेकर अब दूर क्यों खड़े हो? मुझे भी क्यों नहीं उसी के साथ मार डालते? मेरे छूलेने से ठाकुर जी को छूत लग गई। पारस को छूकर लोहा, सोना हो जाता है, पारस लोहा नहीं हो जाता। मेरे छूने से ठाकुर जी अपवित्र हो जाँयगे। मुझे बनाया तो छूत नहीं लगी? लो, अब कभी ठाकुरजी को छूने नहीं आऊँगी। ताले में बन्द करके रक्खो, पहरा बैठा दो। हाय! तुम्हें दया छू भी नहीं गई! तुम इतने कठोर हो। बाल-बच्चे वाले होकर भी तुम्हें एक अभागिनी माता पर दया न आई? तिस पर धरम के ठेकेदार बनते हो। तुम सब के सब हत्यारे हो, निपट हत्यारे हो। डरो मत, मैं थाना-पुलीस नहीं जाऊँगी, मेरा न्याय भगवान करेंगे, अब उन्हीं के दर्बार में फिरियाद करूँगी।

किसी ने चूँ न की, कोई मिनमिनाया तक नहीं। पाषाण-मूर्तियों की भाँति सब के सब सिर झुकाए खड़े रहे।

इतनी देर में सारा गावँ जमा हो गया था। सुखिया ने एक बार फिर बालक के मुँह की ओर देखा। मुँह से निकला—हाय मेरे लाल! फिर वह मूर्छित होकर गिर पड़ी। प्राण निकल गए। बच्चे के लिए, बच्चे के लिए प्राण दे दिए!

माता, तू धन्य है! तुझ जैसी निष्ठा, तुझ जैसी श्रद्धा, तुझ जैसा विश्वास देवताओं को भी दुर्लभ है!

अछूत

(मनहरण)

[ले० श्री० अयोध्यासिंह जी उपाध्याय 'हरिऔध']

(१)

परम सरल प्रेम-पथ को पथिक बनि,
गरल सरस-रस माँहि कबौं घोरो जनि।
सकल अपावन को पावन करत मन,
मानव को नातो काहू मानव ते तोरो जनि।
हरिऔध बनी बतियान को बिगारो नाँहि,
जाति-हित बेरो वैर-वारिधि में बोरो जनि।
आँखि के अछूत छतियान मैं करौ ना छत
छूत-छात मैं परि अछूतन को छोरो जनि॥

(२)

चित के मलिन-भाव अमलिन होत जात,
विमल-विलोचन के प्रेम-वारि चूये ते।
उचित विचारन के कन्धे ना छिलन देत,
उपचित बहु अविचारन के जूये ते।
'हरिऔध' धरम-धुरन्धर मुदित होत,
मोह-मद विनसे प्रमादिन के मूये ते।
छाये रहे उर मैं अवनि के अछूते-भाव,
बनत अपूत ना अछूत-जन छूये ते॥

अस्पृश्यता और वर्ण

[ले० सर हरिसिंह गौड़, एम० एल० ए०]

Special for the 'Chand'

भारतवर्ष में अस्पृश्यता का एक विचित्र प्रश्न है। संसार के किसी भी भाग में यह धार्मिक अनुशासन तथा विवशता का एक अङ्ग नहीं माना जाता। वेदों में अस्पृश्यता का वर्णन कहीं भी नहीं आया है। कालातिक्रम से यह प्रथा उत्पन्न हुई और बढ़ी। इस प्रथा ने भारत में एक नई समस्या प्रगट कर दी है, जिसका हल करना हिन्दुओं का कर्त्तव्य है।

नीच-जाति के हिन्दुओं का अपना धर्म परिवर्त्तन कर ईसाइयत अथवा इस्लाम के आश्रय लेने का एक-मात्र कारण उन धर्मों का सहज आकर्षण है। हिन्दू-धर्म वैयक्तिक धर्म है, यह मनुष्य का मनुष्य से भेद-विभेद उपस्थित कर, उन्हें जाति और उपजातियों में विभक्त कर देता है। ये जातियाँ तथा उपजातियाँ सैकड़ों की संख्या में विभक्त हैं। समाज का यह कृत्रिम वर्गीकरण राष्ट्रीय उन्नति तथा दृढ़ता के लिए अहितकर है। जब कि श्रमजीवी दल अज्ञानी एवं अशिक्षित था, उस समय इस प्रकार की सामाजिक असमानता आसानी से भले ही धार्मिकता का एक अङ्ग बना ली जा सकती हो, परन्तु आज सार्वजनिक शिक्षा एवं जनता की बढ़ती हुई जागृति के युग में यह सिद्धान्त अधिक दिनों तक नहीं ठहर सकता।

इसका परिणाम यह होगा कि जो लोग सामाजिक असमानता से असन्तुष्ट हैं, वे उस समाज को, जो उनके साथ ग़ुलामों की तरह व्यवहार करता है, छोड़ देंगे और उसके स्थान पर एक ऐसे समाज का आलिङ्गन करेंगे, जहाँ जात-पाँत एवँ अस्पृश्यता का कोई भेद-भाव नहीं रहता तथा जहाँ श्रेष्ठतम एवँ क्षुद्रादपि-क्षुद्रतर व्यक्ति परमात्मा और मनुष्य की दृष्टि में समानता-पूर्वक देखे जाते हैं। आज का हिन्दू-धर्म संसार के अन्य धर्मों के सङ्घर्ष की परीक्षा में कदापि नहीं ठहर सकता। इस परीक्षा में तो हिन्दूधर्म का वह स्वरूप, जो विशुद्ध, पवित्र और सब प्रकार के विकारों से रहित हो तथा जिसको कि हम लोगों के पूर्वजों ने समझा और निर्माण किया था, ठहर सकता है। इस अवस्था में प्रत्येक समाज-सुधारक का यह स्पष्ट कर्त्तव्य है कि वह हिन्दू-धर्म से अस्पृश्यता को दूर करे। परन्तु, केवल अस्पृश्यता के दूर करने से ही काम न चलेगा। हमें तो जात-पाँत की रूढ़ियों का भी नाश करना होगा, अन्यथा यदि ब्राह्मण, ब्राह्मण ही रहा तथा महार, महार ही तो अस्पृश्यता दूर करने से क्या लाभ? यद्यपि इसमें सन्देह नहीं कि यह उपाय हमारे जातीय रोग का क्षणिक शमन है; परन्तु, फिर भी यह उसकी चिर-औषधि नहीं कही जा सकती।

इस स्थिति में प्रत्येक समाज-सुधारक का यह प्रथम कर्त्तव्य है कि वह सामाजिक असमानता के प्रत्येक चिह्न का नाश करे। सामाजिक वैषम्य की यह भित्ति धार्मिक प्रेरणाओं की नींव पर खड़ी नहीं की गई है। इसकी रचना तो समाज के कुछ लोगों के द्वारा हुई है। लोगों ने आज उसे धार्मिक नियम का रूप दे दिया है और साथ ही साथ उस नियम पर 'गुरुडम' की मुहर लग गई है। परन्तु, 'गुरुडम' की शक्तियाँ अब अपने अन्तिम दिन गिन रही हैं। इसलिए अब कोई ऐसी अन्य शक्ति नहीं है, जो सामाजिक असमानता को बलपूर्वक कार्य-रूप में परिणत करे। देश में जागृति के भाव हिलोरें मार रहे हैं तथा कितने स्थानों में पुनरुत्थान का आन्दोलन अपनी विकसित गति से आगे बढ़ रहा है।

अस्पृश्यता का दूरीकरण केवल मज़दूर-सङ्घ (Proletariat) के विशाल प्रश्न का एक छोटा अंश है, जिसे वे अपने हाथ में लेना चाहते हैं। गत महासभा ने संसार भर के मज़दूरों में नव-जीवन की भावनाओं का सञ्चार कर दिया है। वे अब अपनी शक्ति का अनुभव करने

लगे हैं। पाश्चात्य देशों में मज़दूर और पूँजी-पतियों के, धनी और निर्धनों के, पादरियों और गृहस्थों के एवं प्रजातन्त्र तथा अधिकारी-वर्ग के भिन्न समर्थकों के सङ्घर्ष, मनुष्य-जाति के भविष्य-कल्याण और उन्नति के एक विश्व-व्यापी आन्दोलन के चिह्न हैं; और अछूतों के द्वारा अपने समानाधिकारों की प्राप्ति की चेष्टा इस विश्व आन्दोलन की एक क्षीण प्रतिध्वनि है। परन्तु, इसका तात्पर्य यह नहीं कि जात-पाँत के विरुद्ध शक्तियाँ न काम कर रही हों। वास्तव में मध्यम श्रेणी का शिक्षित समुदाय जात-पाँत की स्थिति-पालकता को धीरे-धीरे, परन्तु अबाध्य, निश्चित और नीरव गति से त्याग रहा है, और भारतीय, यूरोपीय तथा भिन्न-भिन्न वर्ण के भारतीय समुदाय का अन्तर्जातीय विवाह इस बात को सूचित करता है कि प्रातःकाल की रश्मियाँ प्रथमतः ऊँचे पर्वत-शिखरों पर ही दीख पड़ती हैं। ये रश्मियाँ शीघ्र ही उपत्यका को भी ज्योतिर्मय करेंगी, परन्तु सम्भव है कि यह समय हिन्दू-समाज का आवरण-पट पतित होने के पश्चात् ही आये, क्योंकि जब तक सनातन-धर्मी अपने अधिकारों की प्राप्ति तथा जाति-पाँति के दुर्ग को दृढ़ रखने के लिए लड़ रहे हैं, तब तक उस दुर्ग का प्रधान द्वार एक ओर ईसाइयों और मुसलमानों से तथा दूसरी ओर आर्य-समाज एवं ब्रह्म-समाज जैसे सुधारक धर्मों के द्वार खोल दिए गए हैं। इस स्थिति में सनातन-धर्म पर भीतर और बाहर दोनों ओर से आक्रमण हो रहे हैं और प्रत्येक विचारवान मनुष्य का कर्त्तव्य है कि समय का प्रवाह देख कर 'अवश्यम्भावी' के सम्मुख सिर झुका दे और विशेष कर उस अवस्था में जब कि वह 'अवश्यम्भावी' न्याय्य और सत्य है !

आसार

[ले० कुमारी सरस्वती देवी, तकियार]

(१)

छेड़ना मोए हुए मत तार को—
क्या सँभालोगे अगर वह छिड़ गया ?
है छुपी उसमें बहुत दिन की कसक,
जग उठेगी आग गर वह छिड़ गया !!

(२)

है बहुत दिन की मिटी वह रोशनी,
हिन्दुओं के पतन का इतिहास है !
है हजारों वर्ष का .ज़ुल्मोसितम,
वह अछूतों का व्यथित इतिहास है !!

(३)

आँख क्यों है अब तलक यों देखती ?
कान क्यों हैं सुन रहे उस राग को ?
जब हमारे ही हमारे सामने,
थामते हैं दामने-इसलाम को !!

(४)

ज़ुल्म से लाखों इसाई हो गए,
ज़ुल्म का फिर भी न पारावार है !
ज़ुल्म होते हैं धरम के नाम पर,
कौम के मिटने का यह आसार है !!

छुआ-छूत

[ले० श्री० हीरालाल जी, बी० ए०; एम० आर० ए० एस०, रिटायर्ड डिप्टी कमिश्नर]

इस भारतवर्ष में छुआ-छूत का इतना ज़ोर है कि, इसकी बदौलत मालूम नहीं कितने आदमियों ने अपने प्राण से प्यारे सम्बन्धियों तक का परित्याग कर दिया और अपना जन्म रो-रोकर बिता दिया। चालीस वर्ष की बात है कि, एक बड़े प्रतिभाशाली व्यक्ति साधारण स्कूल मास्टरी से उन्नति कर विलायत पढ़ने गए। वहाँ से वे बैरिस्टरी और विलायत की एम० ए० तथा एल-एल० डी० की उपाधियों से विभूषित होकर घर लौटे। परन्तु, घर पहुँचने पर उनकी स्त्री ने छुआ-छूत के डर से उन्हें भीतर न आने दिया। यह अनादर देख, उनका मन इतना खट्टा हो गया कि वे वहाँ क्षण भर भी नहीं ठहरे। "प्रेमाश्रम" उपन्यास में श्रद्धा का जो चरित्र चित्रण किया गया है, वह ठीक-ठीक पूर्वोक्त बैरिस्टर-रमणी के चरित्र से मिलता है। श्रद्धा का पति प्रेमशङ्कर अमेरिका गया था, वर्षों के पश्चात् घर लौटने पर जब उसकी स्त्री भोजन परोसने तक को न निकली तब वह 'इतना मर्माहत हुआ कि जी चाहा इसी क्षण यहाँ से चला जाऊँ और आने का नाम न लूँ।' ठीक यही दशा बैरिस्टर साहब की हुई। प्रेमशङ्कर ने धैर्य से काम लिया, परन्तु बैरिस्टर ने क्रोध में आकर इतना कड़ा प्रण कर लिया कि वह जन्मभर के लिए अमिट हो गया। श्रद्धा की नाईं बैरिस्टर की रमणी के हृदय में भी विचार उत्पन्न हुआ और उसने अनेक प्रकार से अत्यन्त नम्रता के साथ क्षमा माँगी और उनकी इच्छानुसार रहने की उत्सुकता प्रकट की, परन्तु बैरिस्टर साहब प्रेमशङ्कर न थे कि प्रेम से पिघल जाते, वे भीमशङ्कर थे। उन्होंने जो अपने मन में प्रण कर लिया था वह भीम-प्रतिज्ञा थी। उस रमणी को अपनी शेष आयु रो-रोकर काटनी पड़ी। इस सबकी जड़ छुआ-छूत ही थी।

इस देश में विदेश जाने से या समुद्र पार करने से ही छुआ-छूत नहीं लगती, बल्कि यह संक्रामक-रोग घर बैठे-बैठे भी उत्पन्न हुआ करता है; या यों कहिए कि इसकी जड़ इतनी गहरी फैल गई है कि समाज का कोई भी अङ्ग इससे बचा नहीं है। इस देश में घृणित वस्तुओं से ही नहीं, वरन मानव-देह-प्राप्त जीवों के छूने से भी छूत लग जाती है। भला इनके साथ सप्रेम सामाजिक व्यवहार किस तरह हो सकता है? कुत्ते-बिल्ली भले ही छू लिए जाँय, परन्तु चौरासी योनि में भ्रमण करने के पश्चात् बड़ी तपस्या से नर-देह प्राप्त करने वाला यदि बसोर के घर पैदा हुआ तो उसका स्पर्श होते ही छूत लग जाती है। कहीं-कहीं तो, छूना अलग रहे, ऐसे व्यक्ति की केवल छाँह पड़ने से या साठ-सत्तर गज़ की दूरी पर आ जाने से ही छूत लग जाती है। मद्रास की ओर तो कई अछूत-जातियों के सड़क पर चलने से सड़क अशुद्ध हो जाती है। कुत्ता-बिल्ली भले ही उस सड़क पर मल-त्याग करें, परन्तु स्नान कर स्वच्छ कपड़े पहने हुए और पाँवों में मोज़ा तक डाले हुए अछूत-जाति का कोई व्यक्ति उस सड़क से निकल जाय, तो वह मार्ग नरक हो जाता है।

केवल मद्रास ही में नहीं, अन्य प्रान्तों में भी इस प्रकार की विचित्रताएँ दृष्टिगोचर होती हैं। उड़ीसा में 'गाँडा' नाम की एक जाति होती है जो मेहतर के समान गिनी जाती है। यदि इस जाति का कोई व्यक्ति आम या इमली के फल गिराने के लिए पेड़ पर डण्डा फेंके और वह डण्डा अटक जाय और दूसरे दिन अकस्मात् वह किसी कोलता के शरीर पर गिर पड़े, तो वह जाति-च्युत कर दिया जाता है, और जब तक वह अपनी बिरादरी को दण्ड रूप में रोटी न दे-दे तब तक उसका हुक्का-पानी बन्द रहता है।

इस देश में अछूत-जाति एक ही नहीं, वरन् दर्जनों की संख्या में है। केवल एक मध्यप्रदेश में तैंतीस-चौंतीस जातियाँ हैं जो अछूत समझी जाती हैं, यथा—भङ्गी, बसोर, बलाही, चमार, डोम, डोहोर, गाँडा, घसिया,

मेहरा, पासी, कतिया, कोरी, धोबी, कुम्हार, कुचबन्धिया इत्यादि। किसी-किसी का कहना है कि इन जातियों का व्यवसाय इस प्रकार का है, जिससे उनका नापाक वस्तुओं से सम्पर्क रहता है; इसलिए ये घृणित समझे जाते हैं और इनसे परहेज़ किया जाता है। इसमें सन्देह नहीं कि कुछ ऐसी जातियाँ अवश्य हैं जैसे भङ्गी, चमार, जिनका सम्पर्क इस प्रकार का होता है, परन्तु अछूत कहाने वाली बहुत सी ऐसी भी जातियाँ हैं, जिनके काम में कोई मैलापन नहीं होता; यथा बसोर को लीजिए—वह बाँस का काम करता है, बाँसों में कोई अपवित्रता नहीं है, तिस पर भी बसोर अछूत गिना जाता है। ऐसे ही कपड़ा कातने या बनाने या कूँच बाँधने या मिट्टी के बर्तन बनाने में कोई अपवित्रता नहीं दीखती। यदि बर्तन-भाँडे, कपड़े-लत्ते आदि अपवित्र गिने जायँ तो फिर वे स्वीकृत क्यों किए जाते हैं? यह क्या विचित्र बात नहीं है? क्या यह विचित्र न्याय नहीं है कि अपवित्र वस्तुएँ अपना ली जाँय और उनके बनाने वाले वहिष्कृत किए जाँय?

किसी-किसी का मत है कि छुआ-छूत का प्रारम्भ तब से हुआ, जब से आर्यों का अनार्यों से सम्पर्क हुआ। आर्य, समस्त अनार्यों को अछूत समझते थे। परन्तु उस समय से कितने अनार्य आर्यों के भीतर ले लिए गए, कितनी जातियाँ ऊँची जातियों में मिश्रित या सम्मिलित हो गईं, इसकी कोई संख्या नहीं है। यही नहीं, भारत-वर्ष के बाहर की जातियाँ भी, जैसे—यूनानी, तुर्क, मङ्गोल, हूण आदि, आर्यों में मिला ली गईं। आर्यों में इतनी पाचन-शक्ति होने पर भी क्या कारण है कि छुआ-छूत का पचड़ा अब भी चला जाता है?

बहुत लोग कहेंगे कि भारतवर्ष में स्थिति-पालकता का बड़ा ज़ोर है। जो प्रथा एक बार निकल चुकी उसका मिटाना बड़ा कठिन है, परन्तु जान पड़ता है, इससे भी बढ़ कर स्वार्थ का बड़ा ज़ोर है, ऊपर की तह वाले अपना सुभीता देख कर जैसा तय कर देते हैं, उसी लीक पर गाड़ी ढलकने लगती है। बहुतेरे लोग सुँगरिहा कुम्हारों को सुअर पालने की अपवित्रता का दोष लगा, उनको नहीं छूते हैं, परन्तु ढीमर सुअर पालता और मछली मारता है, तथापि उसके हाथ का पानी पीते हैं। न पिएँ तो फिर दासत्व का काम कौन करे? इसलिए समझाने को कह दिया गया—"ढीमर का कौंचा पवित्र होता है।" यह विशेष-विशेष प्रान्तों के सुभीते की बात है, क्योंकि छत्तीसगढ़ में ढीमरों के हाथ का कोई पानी नहीं पीता। वहाँ रावत (अहीर) के हाथ का पानी लिया जाता है। रावतों की वहाँ पर बहुतायत है इसलिए वे ही इस काम के लिए मिल सकते थे। महाराष्ट्र ब्राह्मण भी ढीमरों के हाथ का पानी नहीं पीते। यदि ढीमरों में शुद्धता होती, तो सब जगह उनके हाथ का पानी पी लिया जाता। पुनश्च कई जगह गोंडों के हाथ का पानी पवित्र समझा जाता है। कारण स्पष्ट है, जहाँ गोड़ों की संख्या अधिक है और अन्य जाति सेवा-कार्य के निमित्त नहीं मिलती तो उन्हीं लोगों से काम लिया जाता है जो वहाँ पर सहलता से मिल सकते हैं। बहुत लोग मशक का पानी नहीं पीते, परन्तु जहाँ काम नहीं चलता, वहाँ अवश्य पीते हैं। बरार या राजपूताने में पानी की कमी है, वहाँ इस बात पर बारीकी नहीं की जाती। कई अवसरों पर छुआ-छूत का आडम्बर अलग रख दिया जाता है, यथा—भरिया लोगों की छुई हुई पूरी कोई नहीं खाता, परन्तु कहारों के अभाव में विवाह के पकवान वे ही ढोते हैं। उस समय कुछ तर्क नहीं किया जाता कि भरिया का छुआ कैसे खाया जाय? बरार में विवाह के समय कुछ लोग कुनबी और माली का पानी पी लेते हैं, अन्य अवसरों पर नहीं पीते। इसी प्रकार, साधारण अवसर पर, चौके का बड़ा ध्यान दिया जाता है, परन्तु वही लोग विवाह-शादियों में अपवित्र सड़कों पर बैठ कर खाने में आपत्ति नहीं करते। साधारण अवस्था में कभी-कभी एक ब्राह्मण दूसरे ब्राह्मण के हाथ से पानी ग्रहण करने में आगा-पीछा करता है, परन्तु वही खोमचे वाले से सत्रह जातियों की छुई पूरियाँ खा लेने में नहीं हिचकता। रेलवे में मेहतर और ब्राह्मण एक ही बेञ्च पर बैठते हैं, कुछ छूत नहीं लगती, परन्तु जहाँ रेल नहीं है वहाँ नज़र डालिए। मलाबार में नम्बूदी ब्राह्मणों को किसी दिन साधारण मार्ग ही पर चलने का काम पड़ जाने से उनका सारा दिन स्नान ही स्नान करने में व्यतीत हो जाता है। जिस दिन उनके देश में रेलों का यथोचित प्रचार हो जायगा, उस दिन छूत को भगाने में देर न लगेगी। इससे निष्कर्ष यही निकलता है कि छुआ-छूत का प्रश्न सुभीते पर निर्भर है। छूत किसी से

चिपकी नहीं रहती। कल का भङ्गी आज बपतिस्मा लेकर बड़े-बड़े पण्डितों से हाथ मिलाता है। पञ्जाब में एक मेघ नाम की जाति है। वह अछूत समझी जाती है। एक बार ये लोग सड़क पर काम करते थे, उन्हें बड़ी प्यास लगी इसलिए वे एक निकट के कुएँ पर गए। हिन्दुओं ने उनकी नीचता के कारण कुएँ से पानी खींचने न दिया। समीप कोई दूसरा जलाशय न था और प्यास का बड़ा तकाज़ा था। निकट ही एक मस्जिद थी, मेघों को उस समय एक उपाय सूझ पड़ा। वे तुरन्त मस्जिद में जा, कलमा पढ़ कर मुसलमान हो गए। कुएँ से मुसलमानों को पानी लेने के लिए मनाही नहीं थी। जब मेघ मुस्लिम बन कर कुएँ पर आए तब हिन्दुओं को झख मार कर पानी खींच लेने देना पड़ा। दो घण्टे के बीच में मेघों की अपवित्रता कहाँ उड़ गई? इस प्रकार के सैकड़ों उदाहरण दिए जा सकते हैं जिनमें छुआ-छूत की बाधाएँ रुक जाती हैं। जगन्नाथ जी में जाकर कोई भी किसी अन्य जाति के हाथ का खा सकता है। अपने कुल-देव नारायण-देव की पूजा करते समय एक वर्ग के क्षत्रिय महारों के साथ बैठ कर खाते हैं। उस समय जाति-पाँति का बन्धन टूट जाता है। जिस दिन से शादावल सम्प्रदाय के लोगों के हाथ में फ़क़ीर गण्डे बाँध देता है, उस दिन से वे हिन्दू-मुसलमान किसी के यहाँ का भोजन खा लेते हैं। जिस दिन पूजा ख़तम हो जाती है, उस दिन से पुनः प्रतिबन्ध हो जाता है। जब इस प्रकार मनमानी ढील दी जा सकती है, तो फिर छुआ-छूत का ऊपरी आडम्बर बनाए रखने से क्या लाभ है? परन्तु, यह तर्क कौन करने बैठता है? "जैसा चला आया है चलने दो, यही मार्ग सुगम है!" इस सुगम मार्ग में अब गड्ढे खोदे जा रहे हैं, इसलिए विचार करने का समय आ गया है। प्रत्येक जाति के नेताओं को अब आँख खोलने की आवश्यकता है, नहीं तो भय इस बात का है कि हिन्दू-समाज की लुढ़कती हुई गाड़ी विनाश के भयानक गड्ढे में न गिर जाय!!!

परिरम्भ

[ले० श्री० रामचरित जी उपाध्याय]

(१)

जग कर उठो, द्रोह को छोड़ो,
मोह-निशा अब बीत गई।
व्यर्थ मरो मत टाँग अड़ा कर,
तुम्हें प्रकृति अब जीत गई॥

(२)

हो कर के अनुकूल समय के,
शास्त्र बदलता रहता है।
सोचो, समझो, हठ मत ठानो,
समय तुम्हें क्या कहता है?

(३)

आत्मा से सम्बन्ध धर्म का—
है इस में सन्देह नहीं।
आत्मा सब की शुद्ध वस्तु है,
चाहे उपजे देह कहीं॥

(४)

जहाँ सङ्घ है शक्ति वहीं है,
फूट जहाँ दौर्बल्य वहीं।
हाथ-पैर के बिना शीश क्या—
हो जाता है व्यर्थ नहीं?

(५)

ऊँच नीच के भेद भगा कर,
कर दो परिरम्भण आरम्भ।
क्या हिन्दुत्व मिटा देने पर,
चाटोगे ले कर के दम्भ ?

(६)

मुख में राम, शीश पर चोटी,
जिनके हैं वे हैं भाई।
कर के घृणा बनाते क्यों हो—
उन को मुस्लिम ईसाई ?

(७)

जिस कुएँ पर पानी भरता,
गो-हिंसा करने वाला।
है क्या हानि चढ़े यदि उस पर,
राम राम कहने वाला ?

(८)

सात कोटि वे बिछुड़ जाँय तो—
तुम कितने रह जाते हो ?
बाइस कोटि अभी हो, तो भी—
चैन न लेने पाते हो॥

(९)

उसी म्लेच्छ से हाथ मिलाते,
जो पहले का रहा चमार।
पर, छूते थे उसे न पहले,
इस हिन्दूपन को धिक्कार !॥

(१०)

ईसाई मूसाई यवनों—
से सब विधि हैं श्रेष्ठ अछूत।
निलज हिन्दुओ ! क्यों चढ़ बैठा—
हाय तुम्हारे सिर पर भूत ?

(११)

उठे हुए यदि गिरते हैं, तो—
गिरे हुए क्यों उठें नहीं ?
गिरी जाति को दौड़ उठाना,
सम्प्रति है कर्त्तव्य यही॥

(१२)

शबरी के कर से ले कर यदि,
राम नहीं फल को खाते।
मर्यादा-पुरुषोत्तम फिर वे—
कैसे आज कहे जाते ?

(१३)

यदि अछूत हैं जग में, तो हैं—
जगन्नाथ उन के भी नाथ।
प्रति दिन जाओ तुम मन्दिर में,
लिए अछूतों को भी साथ॥

(१४)

डोम तुम्हारा मुस्लिम बन कर,
सैय्यद के सँग पढ़े नमाज़।
तुम उस की छाया से बचते,
कैसे हो सङ्गिठत समाज ?

(१५)

जब कुत्ते भी हट जाते हैं,
तुम से पा कर के दुत्कार।
फिर अछूत क्यों तजें न तुम को ?
कुछ तो मन में करो विचार॥

(१६)

सात कोटि मुस्लिम भारत में,
और असंख्यक ईसाई।
धर्म-शत्रु हैं बने बिछुड़ कर,
रहे तुम्हारे ही भाई॥

(१७)

आत्मघात से अधिक अछूतों—
का समझो करना अपमान।
सँभलो शीघ्र हिन्दुओ ! निज कर,
क्यों करते अपना अवसान ?

घृणा करना पाप है

[ले० श्री० रामगोपाल जी मोहता]

एको वशी सर्वभूतान्तरात्मा
एकं रूपं बहुधा यः करोति।
तमात्मस्थं येऽनुपश्यन्तिधीरास्
तेषां सुखं शाश्वतन्नेतरेषाम्॥
—कठोपनिषद्

हिन्दू-धर्म का मूल सिद्धान्त है कि एक ही परमात्मा सर्व भूत प्राणियों में व्यापक है। चींटी से लेकर ब्रह्मा तक सब में एक ही आत्मा समान-रूप से विद्यमान है। अतः मनुष्य को सर्वत्र अपनी ही आत्मा समझ कर सबसे प्रेम करना चाहिए। संसार की कोई वस्तु घृणा करने के लिए नहीं है। परमात्मा श्रीकृष्ण महाराज श्रीमद्भगवद्गीता में यही उपदेश करते हैं :—

अहमात्मा गुडाकेश! सर्वभूताशयस्थितः।
अहमादिश्च मध्यञ्चभूतानामन्त एव च॥
—गी० अ० १०-२०

अर्थात्—हे अर्जुन! सब भूतों के भीतर रहने वाली आत्मा मैं हूँ। सब भूतों का आदि, मध्य और अन्त भी मैं ही हूँ। अतः किसी भी भूत प्राणी से घृणा करना स्वयं परमात्मा के साथ घृणा करना है। इससे बढ़कर घोरतम पाप दूसरा क्या हो सकता है? परन्तु, कितने दुख का विषय है कि आज हिन्दू-जाति अपने धर्म के इस सर्व-श्रेष्ठ सिद्धान्त को भूल गई है!

जहाँ हमको हमारे रात-दिन के व्यवहार 'वसुधैव कुटुम्बकम्' महा-मन्त्र को दृष्टि में रखते हुए करना अपना परम कर्त्तव्य समझना चाहिए, जहाँ 'वासुदेव सर्वमिति' हमारा ध्येय होना चाहिए वहाँ हम अपने ही अङ्गों के साथ घृणा कर रहे हैं—केवल घृणा ही नहीं कर रहे हैं, उन्हें काट-काट कर फेंक भी रहे हैं।

स्त्री-जाति, जो पुरुष का वामाङ्ग समझी जाती है, जो हमको गर्भ में धारण करती है, जिसको हमारी परम पूजनीया माता का पवित्र पद प्राप्त है, उससे हम इतनी घृणा करते हैं कि हमारे यहाँ उसका जन्म होना ही नागवार गुज़रता है, और उसे हम अपशकुन जान कर अपना दुर्भाग्य समझते हैं। जन्म से लेकर मरण-पर्यन्त उसके साथ हम तिरस्कारयुक्त व्यवहार करते रहते हैं और अनेक अवसरों पर उसका मुँह देखना भी पाप समझते हैं। उस पर हम इतने अत्याचार करते हैं जिनका ठिकाना ही नहीं।

इतना ही नहीं, हमारी घृणा के पात्र और लोग भी हैं। जो हमारा मैल साफ़ करते हैं, जो हमारी गन्दगी को दूर कर हमें शुद्ध एवं पवित्र होने का अवकास देते हैं, जिनका सारा जीवन हमारी सेवाओं में व्यतीत होता है, वे ही अभागे हमारे द्वारा अछूत कहे जाकर, हमसे फटकार पाते हैं। यदि हमारी दृष्टि दूर से ही उन पर पड़ी, तो मन में उनके प्रति घृणा होने लगती है। यदि संयोगवश स्पर्श हो गया, तो भरसक तो उन्हें हम पीटने को दौड़ते हैं, और नहीं तो गालियाँ तो अवश्य ही दे देते हैं। अपने अज्ञानान्धकार से हममें यह विचारने की शक्ति ही नहीं कि हिन्दू-समाज का वह अमूल्य अङ्ग, जो हमारा इतना उपकार करता है, हमको स्वच्छ बनाता है, हमारी उन आवश्यकताओं की, जिन्हें हम स्वयं भी पूरी नहीं कर सकते, पूर्त्ति करता है; और आवश्यकता पड़ने पर शत्रुओं से हमारी रक्षा करता है, उसके प्रति कृतज्ञ न होकर उलटे घृणा करते हैं, यह कितनी भयङ्कर नीचता है।

यदि मैले के सम्बन्ध से ही किसी से घृणा करना हमको उचित प्रतीत होता हो तो सबसे पहिले हमको उससे घृणा करनी चाहिए जो मैला उत्पन्न करता है, न कि उससे जो मैला साफ़ करने का उपकार करता है। परन्तु हम ऐसा नहीं करते, क्योंकि हम जानते हैं कि यदि हम मैला उत्पन्न करने वाले से घृणा करेंगे, तो जिसको हम "स्वयं" मानते हैं उसका ही अस्तित्व न रहेगा। कितना अन्याय और कैसा अन्धेर है? स्वयं अपने दोष का दण्ड 'निर्दोष उपकार-कर्त्ता' को दिया जाता है। इस पर एक निर्दयी, अत्याचारी, स्वार्थलोलुप

त्यागो, त्यागो दीन दशा यह, दूर हिन्दुओं से भागो !
ईसा के चरणों में आओ, इस कुल-निद्रा से जागो !!

मेम साहबा एक बनी हैं और एक मछली वाली !
धन्य धर्म ईसा-मसीह का कितना महाशक्तिशाली !!

Fine Art Printing Cottage, Allahabad

कुत्ता 'पाता है प्रसाद' और मार खा रहा उधर चमार !
देखो तनिक पुजारी जी का, है कितना सुन्दर व्यापार !!

Fine Art Printing Cottage, Allahabad.

राजा का दृष्टान्त स्मरण हो आता है, जो एक समय शिकार खेलने गया था। जब शिकार ने उसके घोड़े को मार कर उसे ज़मीन पर गिरा दिया, तब उसके भाई ने, जो पीछे से आ रहा था, तुरत शिकार को मार कर राजा के प्राण बचाए और अपने घोड़े पर आरूढ़ करा कर अपने घर ले आया। इसके प्रत्युपकार में राजा ने भाई को इस भय से कि कहीं ऐसा न हो कि लोगों पर उसकी निर्बलता प्रकट हो और भाई का एहसान बना रहे, उसे देश-निकाले का दण्ड दिया। राक्षसी स्वार्थ की हद हो गई! कहना न होगा कि इसके परिणाम-स्वरूप थोड़े ही समय के बाद राजा की भयानक दुर्दशा हो गई, क्योंकि ईश्वर के घर में पूर्ण न्याय है जो उचित समय आने पर अवश्य प्राप्त होता है।

आज ठीक वही दशा हमारे हिन्दू-समाज की हो रही है, जो अपने भाइयों के साथ घृणा करके उनपर अत्याचार करते हैं। उनका करुण-क्रन्दन सुन कर रावबहादुर एम० सी० राजा ने बड़ी व्यवस्थापिका परिषद् में व्याख्यान देते हुए कहा था कि परमात्मा ने उन्हें (अछूतों को) हमारे अत्याचारों से मुक्त कराने तथा हमको अपने अत्याचारों का दण्ड देने के लिए अङ्गरेज़ों को यहाँ भेजा है, और जब तक अपने अङ्गों पर हम उपरोक्त प्रकार के अत्याचार करते रहेंगे तब तक लाख आन्दोलन करते रहने पर भी, हमको राजनैतिक परतन्त्रता से छुटकारा न मिलेगा।

समाज में सब तरह के कार्य करने वालों की आवश्यकता एक समान रहती है। तात्विक दृष्टिसे कोई भी कार्य ऊँचा वा नीचा नहीं गिना जाना चाहिए। अपना अपना कार्य सभी के लिए श्रेष्ठ होता है यथा :—

श्रेयान् स्वधर्मो विगुणः परधर्मात् स्वनुष्ठितात्।
स्वभाव-नियतं कर्म कुर्वन्नाप्नोति किल्बिषम्॥

—गी० अ० १८-४७

अर्थात्—अच्छी तरह सम्पादन किए हुए पराए धर्म से अपना धर्म विगुण अर्थात् सदोष होने पर भी श्रेष्ठ है। स्वभाव-सिद्ध अर्थात् गुण-स्वभावानुसार नियत किया हुआ अपना कर्म करने में कोई पाप नहीं लगता।

लौकिक दृष्टि से चाहे कोई कार्य उच्च हो वा नीच, अपने-अपने कर्मों का अच्छी तरह आचरण करने से धार्मिकता सब की एक समान होती है और उससे परमात्म-प्राप्ति की योग्यता भी एक सी रहती है।

यतः प्रवृत्तिर्भूतानां येन सर्वमिदं ततम्।
स्वकर्मणा तमभ्यर्च्य सिद्धिं विन्दति मानवः॥

—गी० अ० १८-४६

अर्थात्—प्राणी-मात्र की जिससे प्रवृत्ति हुई है और जिससे सर्व जगत् व्याप्त है, उस (परमात्मा) का अपने (स्वधर्मानुसार प्राप्त होने वाले) कर्मों द्वारा पूजन करने से मनुष्य को सिद्धि प्राप्त होती है।

इसलिए लौकिक दृष्टि से नीच कर्म करने वालों से घृणा करने तथा उच्च कर्म करने वालों को अहङ्कार करने का कोई अधिकार नहीं है।

यदि सामाजिक, मानसिक तथा शारीरिक स्वास्थ्य-रक्षा के विचार से मैले और स्वास्थ्य को हानि पहुँचाने वाले अङ्ग से परहेज़ (Segregation) रखने की आवश्यकता प्रतीत हो, तो सबसे अधिक और आवश्यक परहेज़ उन लोगों से होना चाहिए, जो अहङ्कार, काम, क्रोध, लोभ, मोह आदि रोगों से ग्रसित तथा जो इन रोगों के कारण संसार को और विशेषकर अपने समाज को पीड़ा देते हैं, अपने कर्त्तव्य से विमुख होकर समाज को विश्रृङ्खल करते हैं और जो अपनी शारीरिक, मानसिक और आत्मिक दुर्बलताओं को समाज में फैलाकर अपनी नास्तिकता से उसका सर्वनाश कर रहे हैं। यदि वास्तव में कोई परहेज़ के लायक़ हैं, तो धर्म के द्रोही वे ही लोग हैं, जो इस परमोदार और सर्व-श्रेष्ठ हिन्दू-धर्म को पालन करने वाले भाइयों से घृणा करते हैं। परिणाम यह होता है कि जब वे भाई उस घृणा से दुखित होकर विधर्मी हो जाते हैं, तब उनका आदर-सम्मान करने लग जाते हैं और इस तरह इस पतित-पावन हिन्दू-धर्म को दूसरे धर्मों के मुक़ाबिले में पतित और हीन सिद्ध करते हैं। परन्तु, वे धार्मिक लोग कदापि घृणा के पात्र नहीं हैं, जो अपने धर्म में इतनी आस्तिकता रखते हैं कि उसमें रहते हुए, अपने भाइयों से तिरस्कृत और लाञ्छित होकर भी, उसकी रक्षा के लिए प्राणों को भी न्योछावर कर देना अपना परम कर्त्तव्य समझते हैं और राम, कृष्ण आदि की पवित्र भक्ति करके अपने को कृतकृत्य मानते हैं।

यह समस्त संसार एक ही प्रकृति का खेल है, अतः आपस में एक दूसरे के साथ घृणा करना प्रकृति के भी

विरुद्ध है। प्रकृति का विरोध करके संसार में कोई भी ठहर नहीं सकता। जिनके साथ हम घृणा करते हैं, अनेक अवसरों पर विवश होकर हमको उनके साथ प्रेम करना पड़ता है। जिस समय हम विधर्मियों से सताए जाते हैं, लाचार होकर सहायतार्थ उस काल के लिये घृणा मिटा कर अपने उन भाइयों से प्रेम कर लेते हैं। इसी तरह राजपूताने में श्री रामदेव जी के मन्दिरों में सभी जातियों के लोग बिना किसी प्रकार के परहेज़ और घृणा के सम्मिलित होते हैं। "गनगौर" आदि के मेलों में भी परहेज़ नहीं किया जाता। राजपूत तथा राज-कर्मचारी लोग थोरियों को अपने साथ ऊँट पर बिठाने में कोई सङ्कोच नहीं करते। इस तरह अपनी आवश्यकता के समय उनसे सामयिक प्रेम करते हुए भी आवश्यकता मिटने पर ज्यों की त्यों घृणा करने लग जाते हैं और प्रकृति के विरुद्ध काम करके अपने पैर पर आप ही कुल्हाड़ी मारते हैं, इससे अधिक मूर्खता क्या हो सकती है?

यदि हम को विधर्मियों और विदेशियों के अत्याचारों से मुक्ति पाना है, यदि हम को सुख-समृद्धि प्राप्त करनी है और यदि हमको संसार में जीवित रहना है तो हमको घृणा के भाव, कमसे कम अपने स्त्री-समाज से तथा अपने से हीन स्थिति वाले भाइयों से, अवश्य हटाने होंगे, नहीं तो हमारे कष्टों का निवारण कोई दैवी शक्ति भी नहीं कर सकती, मानवी शक्ति की तो बात ही क्या?

विश्वास-घात

[ले० श्री० व्यास मोतीलाल जी शर्मा]

(१)

है अछूतों की कहानी कष्टकर,
श्रवण से हम श्रवण कर सकते नहीं।
भाव सारे स्वार्थ में जब लीन हैं,
तब भला परमार्थ कर सकते कहीं?

(२)

स्वार्थ जब परमार्थ का शुभ अङ्ग था,
प्रेम-सरिता बह रही थी देश में।
देश-उन्नति-अर्थ करते कर्म थे,
वर्ण चारों आर्य जन के वेश में॥

(३)

वस्तुतः उन्नत दशा थे जानते,
ध्यान था अध्यात्म-विद्या ज्ञान का।
ऐक्य का सञ्चय सदा होता रहा,
हिन्दुओं को वेद का अभिमान था॥

(४)

द्वैत-बीज वपन हुआ जब से यहाँ,
"छूत" और "अछूत" लाखों हो गए।
बन्धु से निज-बन्धु करते हैं घृणा,
इसलिए लाखों विधर्मी हो गए॥

(५)

प्रथमतः जिनको "महत्तर" पद दिया,
आज उनको भ्रष्ट, नीचा, कह रहे।
एक हो, निज "डेढ़" था जिनको कहा,
नीच से भी नीच हो दुख सह रहे॥

(६)

स्वार्थ वश "नायक" जिन्हें माना सदा,
आज वे बन दास रहते हैं यहीं।
हिन्दुओ! हिन्दू सकल निज-बन्धु हैं,
कह रहे वे, किन्तु तुम सुनते नहीं॥

(७)

मान दे, अपमान निज जन का किया,
इसलिए लाखों विधर्मी बन गए।
फल मिलेगा दीन-हिय की आह का,
हिन्दुओं! गर वे मुसल्माँ बन गए?

समाज का अग्निकुण्ड

[ले० अध्यापक श्री० जहूरबख़्श जी, 'हिन्दी-कोविद']

अछूत की आत्म-कथा

मि० टामस भारतीय ईसाई थे। बड़े ही हँसमुख, प्रसन्नचित्त, पर रोबीले और तेज़ तर्रार। शरीर गँठा हुआ और रङ्ग गेहुँआँ था। वे साहबी ड्रेस में रहना बहुत पसन्द करते थे। उन दिनों वे रामपुर में तहसीलदार थे। उनकी प्रकृति में एक बड़ी ही विचित्रता थी। वे हिन्दुओं से बहुत ज़्यादा नफ़रत करते थे। हिन्दुओं के मामले-मुक़द्दमे में वे आवश्यकता से कहीं बहुत अधिक सख़्ती से काम लेते थे। उनके अधिकार में जो हिन्दू-कर्मचारी थे, वे भी उनसे सुखी न थे। पर, मुसलमानों के प्रति उनके भाव दूसरे ही प्रकार के थे। जब उनके मामले-मुक़द्दमे होते, तब उनकी वह क्रूरता न जाने कहाँ चली जाती थी! मुसलमान-कर्मचारी—यहाँ तक कि एक अदना मुसलमान चपरासी भी, उनका प्रेम-पात्र था और ईसाई तो उनके जाति-भाई ही ठहरे; उनसे उनकी गहरी छनती तो स्वाभाविक बात थी। टामस साहब के इस दृष्टि-कोण की भिन्नता से मैं मन ही मन खिन्न रहता था।

मैं टामस साहब का रीडर था। जाति का ठहरा ब्राह्मण, इसलिए जब देखो तब मुझ पर उनकी वक्र-दृष्टि रहती थी। मैं कितना ही डर कर चलता, कितनी ही सावधानी से काम करता; पर साहब की डाँट-फटकार से न बचता। मेरे साथ एक मुसलमान मुंशी भी काम करता था। वह एक तो लापरवाह था दूसरे साहब के मिज़ाज का परिचय पा चुका था, इसलिए सदा ही काम में असावधानी कर बैठता था। पर, साहब कभी उसे डाँटते न थे, केवल एक मीठी फटकार से ही उसकी भर्त्सना कर देते थे। उनका यह दुरङ्गा व्यवहार देख मेरा हृदय जल उठता। मैं मन ही मन सोचने लगता, मुझ पर ही इनकी यह शनि-दृष्टि क्यों रहती है—मैं ने इनका क्या बिगड़ा है। पर, सरकारी नौकरी में अधिकारी के सामने—और जब वह मैजिस्ट्रेट भी हो, ज़बान हिलाना, विपत्ति बिसाहना है! लाचार, मैं मन मार कर रह जाता था।

एक बार मेरी पत्नी बीमार पड़ी। उसकी दवा-दारू का प्रबन्ध करने के लिए मुझे छुट्टी की आवश्यकता प्रतीत हुई। मैं ने टामस साहब से केवल पाँच दिन की छुट्टी माँगी, पर सहानुभूति दिखलाने के स्थान पर उन्होंने मुझे बुरी तरह झिड़क दिया। एक तो पत्नी बीमार थी, चित्त वैसे ही खिन्न था, दूसरे ऊपर से यह फटकार पड़ी—मारे क्रोध के मेरा सारा शरीर भन्ना उठा, आँखें लाल हो उठीं, हाथों की मुट्ठी बँध गई। पर,

साहब के रोबीले चेहरे पर दृष्टि पड़ते ही क्रोध मन में ही दबा कर रह गया। फिर भी मैं ने निश्चय कर लिया कि आज साहब से इस अप्रसन्नता का कारण पूछ कर ही रहूँगा।

अदालत बन्द होते ही मैं टामस साहब के बँगले पर पहुँचा। उस समय वे कुर्सी पर बैठे आनन्द से सिगार पी रहे थे। मैं उन्हें सलाम कर चुपचाप खड़ा हो गया। साहब धुआँ छोड़ते हुए मुझसे बोले—पण्डित क्या है ?

मैं ने अत्यन्त ही नम्रता से कहा—हुज़ूर, अपराध क्षमा हो, कुछ विनय करना चाहता हूँ!

इस पर टामस साहब कुछ रुखाई से बोले—मैं समझ गया! तुम लोगों को सिवा छुट्टी के और भी किसी वस्तु की इच्छा रहती है ? जब देखो तब छुट्टी की पुकार! मैं कहाँ तक छुट्टी बाँटता रहूँ ?

मैं—नहीं हुज़ूर ! और ही विनय करना चाहता हूँ। पर, कहते डर लगता है—कहीं आप अप्रसन्न न हो उठें !

साहब—डरने का क्या बात है ? कहो !

मैं—हुज़ूर ! जब देखता हूँ, तब आपको हिन्दुओं पर अप्रसन्न होते ही देखता हूँ। मैं जैसा कुछ काम करता हूँ—आप उसे भली भाँति जानते हैं। मैं कभी छुट्टी भी नहीं माँगता। मेरा साथी छोटा मुन्शी मुसलमान है, आप उसका भी काम भली भाँति जानते हैं। मेरी पत्नी बीमार है—बुरी तरह बामार है। मैं आपका ताबेदार हूँ—आपसे सहानुभूति की—सहायता की आशा रखता हूँ, पर बदले में अपमान और खिन्नता पाता हूँ। मैं जानना चाहता हूँ कि हिन्दुओं पर आप की यह अप्रसन्नता क्यों है, उन्होंने ऐसा कौनसा पाप किया है ?

कहते तो मैं इतनी बात कह गया, पर, मारे भय के मेरे प्राण काँप उठे ! मैं उनकी ओर देख तक न सका। नीची दृष्टि करके खड़ा रहा ! परन्तु, साहब अप्रसन्न न हुए। यह देख मुझे बड़ा विस्मय हुआ ! साहस करके मैं ने सिर ऊँचा उठाया ! वे उस समय कुछ सोच रहे थे—ललाट पर सिकुड़न पड़ रही थी ! साहब एक कश खींच कर बड़ी गम्भीरता से बोले—पण्डित ! यह पूछने की बात नहीं है। हिन्दुओं से मुझे बड़ी घृणा है। उन पर दृष्टि पड़ते ही मेरा रक्त उबल उठता है। ओह ! तुम पूछते हो, हिन्दुओं ने क्या पाप किया है ? हिन्दुओं के पापों की भी कोई गिनती है ! मैं समझता हूँ, हिन्दुओं के समान पापी क़ौम इस विराट् संसार में दूसरी न होगी ! तुम लोग कहा करते हो, ईसाई पापी हैं; दूसरों की ही सम्पति पर उनकी दृष्टि रहती है ! मुसलमान पापी हैं—बड़े पापी हैं। हिन्दुओं का जी दुखाया करते हैं। पर पण्डित ! बुरा मानने की बात नहीं है। मैं कहता हूँ, ईसाई और मुसलमान तुम्हारे बराबर पापी हरगिज़ नहीं हैं। यह हो सकता है कि वे दूसरे लोगों को सताया करते हों, पर अपनी क़ौम से तो मुहब्बत रखते हैं। अपने भाइयों के सुख-दुख में तो सम्मिलित होते हैं। एक तुम्हारी क़ौम है, जो आपस में प्यार करना जानती ही नहीं—उलटे अपने ही लोगों को सताती है। अपनी ही जाति के दीन दुखियों के गले पर निर्दयता से, क्रूरता से, भोथरी छुरी चलाया करती है। उन्हें आठ-आठ आँसू रोते देख आनन्द मनाती है—हँसती है। ओह ! इस घोर पैशाचिकता की—इस घोर क्रूरता-की भी कोई सीमा है। ऐसी क्रूर जाति संसार में और भी है ! फिर भी तुम पूछते हो कि हिन्दुओं ने क्या पाप किया है ? अरे ज़ालिम ! जानता है, मैं कौन हूँ ? मैं तुम्हारे इसी देश में, तुम्हारी इसी जाति में उत्पन्न हुआ हिन्दू हूँ। मुझे ईसाई किसने बनाया ! तुमने और केवल तुमने। फिर भी तुम मुझ से पूछते हो कि हिन्दुओं ने मेरा क्या बिगाड़ा है ? तुमने मुझे राम और कृष्ण की गोद से उठा कर ईसा की गोद में फेंक दिया—क्या यह साधारण पाप है ? अब तुम मेरे कौन हो, हिन्दू-जाति मेरी कौन होती है ? मैं उससे घृणा न करूँगा तो क्या उनसे करूँगा, जो मेरे दुर्दिनों में मेरे सहायक बने और जिन्होंने मुझे पाल-पोस कर, लिखा-पढ़ाकर आदमी बनाया ?

मेरे ही सामने यह म्लेच्छ मेरी जाति को गालियाँ दे रहा है, यह देख मुझे घोर सन्ताप हुआ। बड़ा ही क्रोध आया, पर पराधीन आदमी का स्वाभिमान पेट की ओर दृष्टि जाते ही काफ़ूर हो जाता है। मैं ने उनसे पूछा—हुज़ूर, आप क्या कह रहे हैं, मेरी समझ में नहीं आया।"

साहब कुछ मुसकुरा कर बोले—तुम्हारी समझ में

आएगा ही क्यों! यदि तुम्हारी समझ—तुम्हारी बुद्धि इतनी तीव्र होती, तो फिर मैं ईसाई ही क्यों होता? अच्छा, बैठ जाओ; कब तक खड़े रहोगे?

आज्ञा पाते ही मैं बञ्चे पर बैठ गया और मन ही मन सोचने लगा—आज इन्हें हो क्या गया है? ऐसी बे-सिर-पैर की बातें तो ये कभी न करते थे। इन्हें ईसाई होना था, हो गए; इसमें मेरा या हिन्दू-समाज का क्या दोष?

कुछ ठहर कर साहब ने मुझसे पूछा—क्यों पण्डित, यदि इस बेञ्च पर कोई भङ्गी या बसोर आ बैठे, तो तुम क्या करोगे?

मैं ने सहज ही उत्तर दिया—हुज़ूर! यह भी पूछने की बात है। अव्वल तो मैं उसे यहाँ बैठने ही न दूँगा, और यदि वह बैठ ही जायगा तो मैं उसकी मरम्मत किए बिना न रहूँगा! भङ्गी या बसोर जैसी अछूत-जाति को मेरे जैसे कुलीन ब्राह्मण की बराबरी से बैठने का अधिकार ही क्या? समाज में मेरी जो मर्यादा है, वह भङ्गी-बसोर को क्योंकर प्राप्त हो सकती है? हाँ, उसकी मरम्मत कर मैं घर जाऊँगा और अपनी शुद्धि करूँगा।

साहब—आख़िर तुम उन बेचारों से इतनी घृणा क्यों करते हो? क्या वे मनुष्य नहीं हैं? क्या उनकी छाती में तुम्हारे जैसा हृदय नहीं है? क्या उन्हें तुम्हारे ही उत्पन्न करने वाले भगवान ने उत्पन्न नहीं किया है?

मैं—हुज़ूर, इस बात से कौन इन्कार कर सकता है कि उन्हें भगवान ने उत्पन्न नहीं किया। भगवान ने तो यह सारी सृष्टि ही उत्पन्न की है, तब भङ्गी-बसोर कहाँ से आए? उनके भी हृदय होता है, पर भगवान ने उन्हें नीच-जाति में जन्म दिया है, नीच जातियाँ हमारी सेवा करने के लिए ही उत्पन्न की हैं, हमारे धर्म-शास्त्र-प्रणेताओं ने उनकी मर्यादा निश्चित कर दी है। उनकी छाया पड़ने मात्र से ही हम अपवित्र हो जाते हैं और हमें पाप लगता है। इसके लिए हमें प्रायश्चित्त करना पड़ता है। उनकी शोभा, उनका कल्याण इसी में है कि वे अपनी मर्यादा के अनुकूल चलते हुए तन-मन से हमारी सेवा करते रहें। दूसरी बात यह भी है कि शूद्रों के आचार-विचार भी अपवित्र होते हैं, तब हम उनसे क्यों सम्पर्क रक्खें—क्यों न घृणा करें?

साहब—अच्छा, थोड़ी देर के लिए तुम्हारी ही बात सही, पर सब शूद्रों के आचार विचार तो अपवित्र होते नहीं? बहुत से शूद्रों के आचार-विचार बड़े ही पवित्र देखे जाते हैं। और सभी उच्च जाति के हिन्दुओं के आचार-विचार पवित्र नहीं होते। बहुत से ब्राह्मण तक ऐसे हैं, जो चोरी करते हैं, नित्य झूठ बोलते हैं, शराब पीते और व्यभिचार करते हैं। उनमें ब्राह्मणत्व का कोई चिह्न भी नहीं पाया जाता। अब बताओ, ऐसा भ्रष्ट ब्राह्मण अच्छा, या एक पवित्राचारी शूद्र?

मैं—ब्राह्मण-वंश में जन्म लेने के कारण, एक भ्रष्टाचारी ब्राह्मण भी सौ पवित्राचारी शूद्रों से श्रेष्ठ समझा जायगा। हुज़ूर! बुरा न मानिए, ब्राह्मण ब्राह्मण ही है, शूद्र शूद्र ही। भला शूद्र भी ब्राह्मण की बराबरी कर सकता है? और मैं शूद्र को ही ब्राह्मण से अच्छा समझ लूँ तो इससे क्या, समाज तो उसे श्रेष्ठ न मानेगा।

साहब—यही तो तुम लोगों की अन्ध-परम्परा है। तुम लोग अपने ही हाथों अपने धर्मशास्त्रों पर हरताल फेरा करते हो। मनुस्मृति में साफ़ कहा गया है कि जो ब्राह्मण ब्राह्मण-धर्म का पालन नहीं करता, वह ब्राह्मण नहीं है। वह चाण्डाल से भी गया बीता है, और चाण्डाल भी पवित्राचारी होने से श्रेष्ठ पद प्राप्त कर सकता है? अजामिल कौन था? शबरी कौन थी? उन्होंने श्रेष्ठ पद कैसे प्राप्त कर लिया? पर, अब तो सभी ओर उलटी गङ्गा बह रही है। तुम लोगों ने केवल अपने स्वार्थ के लिए, केवल अपनी श्रेष्ठता बनाए रखने के लिए शूद्रों को पशुओं से भी निकृष्ट समझ लिया है, जैसे वे मनुष्य ही नहीं हैं! फिर भी जब देखो तब धर्मशास्त्रों की दुहाई दिया करते हो। अच्छा यह बतलाओ, यदि तुम्हारे मन्दिर में कोई शूद्र ठाकुर जी के दर्शन करने जाना चाहे तो तुम उसे जाने दोगे या नहीं?

मैं—हुज़ूर! लोक रूढ़ियों में भी तो कुछ न कुछ तात्पर्य होता ही है। शूद्र आरम्भ ही से अस्पृश्य समझे गए हैं, अतएव हम लोग उनसे घृणा करते हैं, यह भाव कैसे मिट सकता है? रही उनके मन्दिर में जाने की बात, सो यह तो एक असम्भव बात है। जब वे मन्दिर में जायँगे तब उनके स्पर्श से हम लोग अपवित्र हो जायँगे, मन्दिर भी अपवित्र हो जायगा और इससे ठाकुर जी का

घोर अपमान होगा। अछूत लोग स्वयं अपने मन्दिर बना कर प्रसन्नता से ठाकुर जी के दर्शन कर सकते हैं।

साहब—वाह ! क्या कहना ! भगवान के दरबार में भी यह छुआछूत का भेद-भाव ! अछूतों की सृष्टि करने से भगवान अपवित्र नहीं हुए, इससे उनका अपमान नहीं हुआ, परन्तु तुम्हारे मन्दिर में अछूत का चरण पड़ते ही मन्दिर अपवित्र हो जायगा—भगवान का अपमान हो उठेगा। और क्यों जी, जब अछूत मन्दिर बनाएँगे, उसमें भगवान को स्थापित कर नित्य ही उनका दर्शन करेंगे, तब तो उनके अपमान की सीमा ही न रहेगी। क्या तुम लोग भगवान का ऐसा घोर अपमान, और वह भी नित्य देखा करोगे ? इससे तो भगवान के क्रोध की सीमा ही न रहेगी, उनकी कोप-दृष्टि से इस निखिल विश्व में प्रलय की लहरें न उठने लगें ! तब तुम कहाँ रहोगे ?

साहब की इस बात का मुझे कोई उत्तर न सूझ पड़ा, मैं हतप्रभ-सा हो रहा ! साहब फिर बोले—तुम लोग ऐसे ही पोच विचारों के कारण अछूतों पर बड़ा अत्याचार करते हो, उनकी छाया पड़ने से तुम अपवित्र हो जाते हो, वे दिन-रात तुम्हारी सेवा करते हैं, फिर भी तुम उनसे घृणा करते और उन्हें जली-कटी सुनाते रहते हो। कुत्ता भले ही तुम्हारे बिस्तर पर आ बैठे, पर एक अछूत तुम्हारे मकान की सीढ़ी पर भी पैर नहीं रख सकता, वे तुम्हारे कुएँ से पानी नहीं ले सकते, तुम्हारे मन्दिर की ओर दृष्टि भी नहीं उठा सकते आदि कितने ही अत्याचार उनकी सेवा के पुरस्कार हैं। जानते हो, तुम्हारी इस हृदय-हीनता से उनके हृदय पर कितना आघात लगता है और तुम्हारी कितनी हानि होती है ?

मैं—जी नहीं !

साहब—अच्छा सुनो, एक बहुत पुरानी घटना याद हो आई है। किसी छोटे से गाँव में एक बसोर रहता था। उसका टूटा-फूटा घर गाँव के बिलकुल बाहर एक कोने में था। क्योंकि बसोर जैसी नीच जाति का आदमी गाँव के अन्दर ज़्यादा देर तक ठहर भी नहीं सकता, वहाँ घर बनाकर रहना तो एक असम्भव बात है। उसके घर के पास ही जङ्गल लगा हुआ था, अब तुम जान सकते हो कि जङ्गल के पास ही रहने से बेचारे बसोर के जीवन के दिन कैसी भयप्रद अवस्था में बीतते होंगे ! शाम हुई नहीं कि उसके घर के किवाड़ बन्द हो जाते थे। पास ही जङ्गली पशुओं की हुङ्कार और चीत्कार-ध्वनि हुआ करती थी। मारे भय के उसका परिवार कभी-कभी जागते-जागते, काँपते-काँपते रात बिता देता था। इस भारतवर्ष की अछूत जातियाँ नगरों और गाँवों के बाहर, निर्मल वायु में भय की कितनी साँसें लिया करती हैं, कौन सहृदय इस बात का पता लगाता है। वे किस प्रकार अपनी रातें बिताया करती हैं, यह वे ही बतला सकती हैं। अस्तु।

बसोर का परिवार बहुत छोटा था। उसमें केवल तीन आदमी थे, पति-पत्नी और उनका एक आठ-दस वर्ष का बालक। फिर भी उसके दिन बड़ी कठिनाई से कटते थे। उन्हें कभी दोनों समय भर पेट भोजन नसीब न होता था, न कभी अच्छे कपड़े पहनने को मिलते थे। बसोर और उसकी पत्नी पर सारे गाँव की सेवा का भार था। बसोर गाँव में शुभ-कार्यों के अवसर पर बाजे बजाने जाया करता था, उसकी पत्नी दाई का काम किया करती थी। इस सेवा के बदले उन्हें प्रत्येक किसान से, प्रति वर्ष कुछ बँधा हुआ नाज मिल जाया करता था, और वह भी कितनी ही दीन-प्रार्थनाओं पर—कितने ही बार भटकने पर। परन्तु, इतने पर भी पूरा नाज न मिलता था, दाता उन्हें एक न एक अपराध लगाकर उसमें कुछ न कुछ कमी कर ही देते थे। शुभ अवसरों पर उन्हें कभी-कभी फटे-पुराने कपड़े भी दे देते थे, कोई-कोई दयालु दाता चार-छः पैसे भी दान करने की उदारता दिखला देते थे ! फ़ुरसत के समय में बसोर सूप, टोकरी, पङ्खे, चटाई आदि वस्तुएँ बनाया करता था। इस कार्य से कभी-कभी उसे चार-छः रूखी-सूखी और बासी-तिवासी रोटियों की आमदनी हो जाया करती थी। इस थोड़ी सी आमदनी से वे अछूत दम्पति अपनी गृहस्थी बड़ी कठिनाई, पर शान्ति और सन्तोष से चलाते और भगवान से अपने दाताओं के लिए आशीर्वाद की प्रार्थना किया करते थे।

एक बार की बात सुनो। गरमी के दिन थे, गाँव के मालगुज़ार के बेटे की शादी थी। बसोर को उनके यहाँ बाजा बजाने के लिए जाना पड़ा। ग़रीब की आशा ठहरी और मालगुज़ार का भय। सरकार के यहाँ से अच्छी आमदनी होगी, इस आशा से बेचारा उनके द्वार पर दिन भर धूप में बैठा-बैठा बाजा बजाता रहा, पर

उसकी आशा उसे घातक हो गई, बेचारे को लू लग गई। शाम होते-होते उसे बुख़ार आ गया। वह घर आते ही चटाई पर आ गिरा। सबेरा हुआ, बसोर मालगुज़ार के यहाँ न पहुँचा। बस, उनका एक चपरासी साक्षात् यमदूत के समान उसके यहाँ आ धमका और गरज कर बोला—"क्यों रे कमीने! तेरा इतना दिमाग़! तू अब तक बाजा लेकर न आया! वहाँ कब से तेरी बाट देखी जा रही है!" उस समय भी बसोर को ज़ोर से बुख़ार चढ़ा हुआ था, मारे दर्द के उसका सिर फटा जा रहा था, आँखें लाल हो रही थीं। उसने बड़ी ही दीनता से चपरासी से कहा—"सरकार! मैं मारे बुख़ार के मरा जा रहा हूँ, नहीं तो मैं अब तक बिना बुलाए ही पहुँच गया होता! मुझ में चलने की भी हिम्मत नहीं है।" कमीन सच भी कहे, तो उसकी कौन मानेगा, कमीन ही ठहरा न! बसोर की बात सुनते ही चपरासी के क्रोध का ठिकाना न रहा। बिगड़ कर बोला—"साले, मैं ख़ूब जानता हूँ, तू नम्बर एक का बदमाश है! शराब पी आया होगा और क्या! अब बहाने बनाता है! चलता है कि नहीं?" बसोर कितना ही रोया-गिड़गिड़ाया, उसकी पत्नी ने कितनी ही करुण-प्रार्थनाएँ कीं, पर वह ठहरा मालगुज़ार का चपरासी! दीनों की प्रार्थनाओं से यदि मालगुज़ारों के चपरासियों के हृदय पिघलने लगें तो फिर उनका राज्य ही क्या रहे! मतलब यह कि दम्पति की पुकार व्यर्थ ही गई। बसोर आँखों में आँसू भर कर चपरासी के साथ चला गया! उसने मालगुज़ार को जब कई बार अपना दुखड़ा सुनाया, तब उन्होंने अपने सेवकों को आज्ञा दी—"इस बदमाश को गाँव में किसने बसने दिया? इसे यहाँ से निकाल बाहर करो और निकालते-निकालते इतनी मार लगाओ कि यह भी याद करे कि किसी से बदमाशी की थी।" अब बसोर क्या करता? जान पर खेल कर शाम तक बाजा बजाता रहा। दिया-बत्ती होते-होते लड़खड़ाता हुआ घर लौटा! द्वार पर पहुँचते-पहुँचते उसे चक्कर आ गया और वह बेहोश हो कर गिर पड़ा। फिर उसे होश न आया। आधी रात होते-होते उसकी जीवन-ज्योति बुझ गई! उसकी पवित्र आत्मा अछूत का शरीर त्याग न जाने किस पावन प्रदेश को चली गई! बेचारे की पत्नी विधवा और निराश्रय हो गई, बालक अनाथ हो गया। माँ-बेटे ने जङ्गल के अञ्चल में बैठ कर वह काल-रात्रि कैसे व्यतीत की होगी! ओह!

प्रातःकाल हुआ। चिड़ियाँ चूँ-चूँ करने लगीं, ठण्डी-ठण्डी हवा बहने लगी, विश्व ने नवीन जीवन पाया। ऐसे आनन्दमय समय में विधवा बसोरिन ने बिलखता हुआ हृदय लेकर घर का द्वार खोला। इस समय उसके सामने केवल पति के शव को ठिकाने लगाने का प्रश्न था! पास में पैसा नहीं है, सारा गाँव उसे अपवित्र, अस्पृश्य समझता है, उसके पति का शव कैसे ठिकाने लगेगा? ओह! अछूत का जीवन-पथ कैसा कण्टकाकीर्ण है! मरने पर भी उसका ठिकाना नहीं है! उसके लिए मरण जीवन से भी कठिन है! उस गाँव के दूसरे कोने में एक और बसोर रहता था। विधवा बसोरिन पति के शव के पास अपने अज्ञान भोले-भाले बच्चे को बिठाकर उसके पास गई। वह उससे बोला—बहिन, तुम्हारे ही जैसा दुखिया और अभागा मैं भी हूँ। मैं अकेला आदमी क्या करूँ? तुम मालगुज़ार के पास चली जाओ। अच्छा, मैं भी चलता हूँ। शायद तुम्हारे दुख पर उन्हें दया आ जावे और वे कुछ बन्दोबस्त कर देवें!

बसोरिन उस बसोर के साथ मालगुज़ार के यहाँ पहुँची। उस समय मालगुज़ार दालान में बैठा हुआ हुक्का गुड़गुड़ा रहा था। उसे देखते ही बसोरिन चीख़ मारकर रो पड़ी। बोली—सरकार, मैं लुट गई! विधना ने मेरा सुहाग छीन लिया! मालगुज़ार था पूरा पशु, उसके हृदय में दया-मया का एक कण भी न था। बिगड़ कर बोला—तू लुट गई तो मैं क्या करूँ? मैं तो तेरा सुहाग लौटा नहीं सकता। राँड सबेरे-सबेरे यहाँ अपशकुन करने आ पहुँची! तब बसोर ने हाथ जोड़कर उससे प्रार्थना की—सरकार! आप सच कहते हैं। कोई किसी का सुहाग नहीं लौटा सकता। जिसके भाग्य में जो बदा होता है, उसे कौन मेट सकता है? अब आप दया करके ऐसा प्रबन्ध कर दीजिए, जिससे उस बेचारे की लाश ठिकाने लग जाय। इस पर मालगुज़ार और भी तीखा होकर बोला—अच्छा, तो क्या मैं ने तुम्हारे बाप का क़र्ज़ खाया है? मेरे किए कुछ न हो सकेगा! जाओ, अपनी राह लो! बेचारा बसोर दूसरे के लिए हाथ जोड़ कातर स्वर से, उस नराधम से

कहने लगा—नहीं सरकार, ऐसा न कहिए! आप हमारे माई-बाप हैं। हम आपके राज्य में रहते हैं। आप ही हमारा दुख न सुनेंगे, तो कौन सुनेगा? आप ही हमारी सहायता न करेंगे, तो कौन करेगा? परन्तु, उस पापाण-हृदय पर इस कातरोक्ति का कोई प्रभाव न पड़ा। वह गरज कर बोला—एक बार तो कह दिया, मेरे किए कुछ न हो सकेगा! सीधे सीधे जाते हो या नहीं? परन्तु, बसोरिन न मानी, वह विलाप करते-करते लोट गई और मालगुज़ार से बोली—पिता! मैं आपकी बेटी हूँ, मुझ पर दया कीजिए! अब तो मालगुज़ार का क्रोध और भी भड़क उठा। कहने लगा—हाय हाय! सबेरे-सबेरे ऐसा अपशकुन! और ऊपर से इतनी चिल्ल-पों! इन कमीनों ने तो मेरी जान ही खा डाली! अब तो इनकी शरारतें नहीं सही जातीं। क्या इस गाँव में अकेला मैं ही रहता हूँ, जो तुम सीधे मेरे यहाँ आ पहुँचे? कोई है, इन सालों को अभी मार कर हटा दो!

यह हाल देखा तो बेचारे दोनों वहाँ से आगे चले। गाँव में जो और दो-चार भले आदमी समझे जाते थे, वे उन सबके यहाँ पहुँचे। किसी ने आँखें दिखलाईं, किसी ने तिरस्कार किया और किसी ने गालियाँ सुनाईं! पर, अपने को श्रेष्ठ समझने वाले उन भले आदमियों में से एक भी ऐसा न निकला, जो सहायता न करता तो न करता उस दुखिया से सहानुभूति से भरी दो मीठी बातें तो करता! यह है तुम्हारी पवित्र हिन्दू-समाज की उच्चतर करतूत, जो अपने ही लोगों के साथ ऐसा घृणित व्यवहार करती है! उस बसोर ने जीवन भर उस गाँव की, हिन्दू-समाज की सेवा की थी, उसी की सेवा करते-करते उसने अपने आपको बलिदान कर दिया था! क्या हिन्दू-समाज का यह कर्त्तव्य न था कि अपने एक सच्चे सेवक की मृत्यु पर वह दो ठण्डी साँसें लेती, आदर से उसके शव की अन्तिम क्रिया करती और उसकी विधवा पत्नी को स्नेह से सान्त्वना देती? पर नहीं, हिन्दू-समाज इसी कर्त्तव्य-च्युति को कर्त्तव्य-पालन समझती है और इसी में आनन्द मानती है। यह भारतवर्ष ही एक ऐसा देश है, जहाँ मनुष्य का आसन पशु से भी निकृष्ट है और जहाँ की हिन्दू-समाज अपने एक आवश्यक अङ्ग को घृणित समझ कर उसकी उपेक्षा ही नहीं करती, बल्कि उसके जीवन में उसे रुलाती और मरने पर भी उसके शव का अपमान करती है। ज़रा तुम्हीं हृदय पर हाथ धर कर तो कहो, बसोरिन के दुख से दुखी होने वाला, उसके लिए अपना अपमान कराने वाला, वह नीच बसोर श्रेष्ठ था या अपने को श्रेष्ठ समझने वाले वे ब्राह्मण, क्षत्रिय और वैश्य श्रेष्ठ थे, जो उसका दुख देखकर हँसते और उसका अपमान करते थे! ख़ैर।

अब बेचारी बसोरिन को चारों ओर अँधेरा दीखने लगा। पति का शव कैसे श्मशान में पहुँचाया जायगा, कैसे वह जलाया जायगा—यह सोचती-सोचती वह व्याकुल हो उठी और उस बसोर से बोली—भैया, अब मैं क्या करूँ? क्या इनकी यह मिट्टी यों ही पड़ी रहेगी? बसोर ने कहा—बहिन, घबराने से क्या होगा? भगवान ही हम दुखियों की लाज रखने वाले हैं! उन्हें आप हमारी चिन्ता होगी। मैं घर जाता हूँ, जितना ईंधन होगा, लिए आता हूँ। तब तक तुम भी कुछ बन्दोबस्त करो। बसोरिन के घर में जितना ईंधन था, उसने निकाल कर बाहर रख दिया। बसोर भी दो-तीन बार करके अपने घर का कुल ईंधन उठा लाया, पर वह इतना नहीं था जिससे मुर्दा फुँक जाता। तब बसोरिन ने अपने घर का आधा छप्पर भी निकलवा डाला। इसके बाद दोनों ने सब काठ-किवाड़ ढो-ढोकर मरघट में पहुँचाया। फिर दोनों जैसे-तैसे शव को श्मशान में ले गए और किसी प्रकार उसे ठिकाने लगाया! पण्डित, ज़रा सोचो तो, उस दुखिया विधवा पर उस समय कैसी बीत रही होगी! एक तो उसका पति जाता रहा, दूसरे गाँव वालों ने सहायता के बदले उसका अपमान किया, तीसरे शव की अन्तिम क्रिया के लिए उसे इतना परिश्रम—इतना आयोजन करना पड़ा—यहाँ तक कि उसका घर भी ठिकाने लग गया, चौथे उसका छोटा-सा बालक भूखा-प्यासा उसके पीछे बिलबिलाता फिरता रहा होगा! ओह! वह दृश्य कितना मर्मघातक रहा होगा! मनुष्य पर ऐसा दुख पड़े और मनुष्य अपनी श्रेष्ठता के थोथे अभिमान में फूल कर ऐसा करुणार्द्र दृश्य देखता रहे! कैसी पैशाचिकता है, कितनी हृदय-हीनता है! यही तुम्हारे हिन्दू-समाज की श्रेष्ठता है? क्यों न?

इतना कहते-कहते साहब चुप हो गए! उनकी आँखें सजल हो आईं! दो अश्रु-बिन्दु कपोलों पर ढलक

चाँद

चलता है आगे बन साहब, ईसाई जो हुआ अछूत !
जो हिन्दू, वह मुर्ग़ी ढोता पीछे, यह किसकी करतूत ?

एक ठाट से गाली देकर दान कर रहा मज़दूरी,
एक जाति अछूत ईसाई में रहती कितनी दूरी ?

Fine Art Printing Cottage, Allahabad

कुत्ता घेरे में आया पर चौका उससे हुआ न छूत !
हाय, उसी का भाग्य बुरा है, बैठा कितनी दूरी अछूत !!

हो जावेगा कूप अपावन, छुओ न इसको, रहना दूर,
प्यासों मरते जन से ब्राह्मण कहता है हो मद में चूर !

Fine Art Printing Cottage, Allahabad.

आए! उनके मुखड़े पर ऐसी कोमलता—ऐसी विषादमयी छाया मैं ने कभी न देखी थी! मैं एकटक उनकी ओर देखने लगा। कुछेक क्षण चुप रह कर साहब पुनः बोले—पण्डित, अपनी समाज की यश-गाथा और सुनोगे? अच्छा सुनो, यह करुण-कथा यहीं समाप्त नहीं हो जाती। अभी तुम और भी करुणाजनक दृश्य देखोगे। हाँ, तो गाँव वालों की इस क्रूरता से वह दयालु और दीन बसोर विशेष मर्माहत हुआ। वह दूसरे दिन बसोरिन के पास आकर बोला—बहिन! अब इस गाँव में रहने का धर्म नहीं रहा। गाँव वालों की सज्जनता तुम देख ही चुकीं। यहाँ अपनी जाति का कोई है नहीं। कल को मर जाऊँगा तो मेरी लाश कौवे-कुत्ते चीथेंगे, सो अब तो मैं यहाँ न रहूँगा। आज ही यहाँ से दूसरी जगह जाऊँगा। तुम भी यहाँ न रहना! इससे तो जङ्गल में रह कर भूखों मर जाना अच्छा। वहाँ हमें देख कर कोई नाक-भौं तो न सिकोड़ेगा, कोई हमें बिना अपराध के गालियाँ तो न देगा! अपने सुहृद की यह आकुल वाणी सुन बसोरिन बिलख-बिलखकर रोने लगी और बोली—भैया! जाओ, ऐसे भले मानुसों में हम लोगों का न रहना ही अच्छा! मैं बच्चे को लेकर कहाँ जाऊँगी! मेरी लाज तो भगवान के हाथ है। बसोर की आँखें भी भर आईं, बेचारा दुखी होकर बोला—बहिन! मैं ही तुम्हें अपने साथ ले चलता, पर अभी यही ठीक नहीं है कि मैं कहाँ का मारा कहाँ जाऊँगा। यदि कहीं मेरे रहने-सहने का सिलसिला जम गया तो मैं तुम्हें भी वहीं बुला लूँगा। इस प्रकार बसोर उसे समझा-बुझा कर चला गया, फिर उसे किसी ने गाँव में न देखा। बहुत दिन बाद पता चला कि वह सात समुद्र पार फ़िजी में पहुँच गया है।

अब बसोरिन और उसके बेटे का हाल सुनो। पति के मरने से वह बड़ी ही दुखिया हो गई थी, अब उसका पुत्र ही उसका एक मात्र आधार था! वह उसकी आँखों का तारा था। उसकी आशाओं का केन्द्र, उसके सुख का अवलम्ब केवल वही पुत्र था। पति के मरने से उसकी आमदनी घट गई थी तो भी उसकी बड़ी अभिलाषा रहती थी कि मेरा लाल दुखी न होने पावे। वह आप न खाकर पुत्र को खिलाती थी। वह अपने बेटे पर जान देती थी। उसके बेटे का नाम था दमरू। माता के लाड़-प्यार से दमरू कुछ स्वच्छन्द हो गया था। रोटी खाई नहीं कि वह बाहर चला गया। माता भी उससे कुछ न कहती थी।

मालगुज़ार के घर के पिछवाड़े बेर के कई वृक्ष लगे हुए थे। मीठे-मीठे बेर खाने के लालच से दमरू वहाँ बहुत जाता था। मालगुज़ार का एक सात-आठ वर्ष का बालक भी बेर बीनने आया करता था। बालक अबोध होते हैं, वे छुआछूत का भेद-भाव नहीं समझते। दमरू वृक्ष पर चढ़ जाता और डालियाँ हिला देता, पड़ापड़ बेर बरसने लगते। मालगुज़ार का बालक बेर बीनता, फिर दोनों मिल बाँट कर खाते। धीरे-धीरे दोनों में बड़ा प्रेम हो गया। दोनों एक दूसरे की तलाश में रहते और जब मिलते तो बहुत प्रसन्न होते। एक दिन मालगुज़ार ने दोनों मित्रों को देख लिया। मालगुज़ार साहब को बड़ा अफ़सोस हुआ, साथ ही क्रोध भी आया। उसने अपने बेटे को दो चपतें जमाईं और उससे कहा—ख़बरदार! जो अब इस नीच के साथ रहा। दमरू अछूत था इसलिए बच गया, पर मालगुज़ार ने उसे भी सचेत कर दिया—ख़बरदार! आगे से इधर न आना नहीं तो चमड़ी उधड़वा लूँगा।" मालगुज़ार ने ताक़ीद तो पूरी कर दी, पर बालक रसीले बेरों का स्वाद चखने का लालच नहीं त्याग सकते, चाहे तुम उन्हें रोको, धमकाओ, चाहे मारो। दोनों मित्र फिर भी मिलते रहे।"

गाँव में एक छोटा सा मन्दिर भी था, जिसमें कभी-कभी भजन-कीर्तन हुआ करता था। एक दिन मालगुज़ार के लड़के ने दमरू से कहा—आज मन्दिर में ख़ूब जलसा होगा, पूजा होगी और प्रसाद में पेड़े बटेंगे, तुम भी मेरे साथ चलो। पेड़े का नाम सुनते ही दमरू नाच उठा। वह बेचारा नहीं जानता था कि मेरे जाने से मन्दिर अपवित्र हो जयगा और मुझ जैसे अपवित्र जीव के भाग्य में भगवान का प्रसाद पाना लिखा ही नहीं है। ताली पीटता हुआ वह मन्दिर में जा पहुँचा! उसे देखते ही मन्दिर में हलचल मच गई। नीच है, बसोर है, कहते हुए सब लोग अपनी पवित्रता की रक्षा करने के लिए व्याकुल हो उठे! लोगों की वह हलचल देख दमरू भौंचक-सा खड़ा रह गया, बेचारा क्या जानता था कि मुझे देखते ही ये लोग घोर धर्म-सङ्कट में पड़ गए हैं। लोगों की हलचल देखते ही पुजारी

जी घबरा उठे और ज्योंही दमरू पर उनकी दृष्टि पड़ी, त्योंही वे अपना आपा भूल गए, मारे क्रोध के बौखला उठे, उनके मस्तिष्क से पवित्रता-अपवित्रता के विचार जाते रहे। हे भगवान्! कलयुग में कमीनों के हौसले इस तरह बढ़ रहे हैं, हम लोगों की लाज तुम्हारे ही हाथ है। यह कहते हुए वे दमरू पर टूट पड़े! उन्होंने दमरू को इस तरह मारा कि कोई पशु को भी न मारता होगा। जिस भगवान के दरबार में सभी एक बराबर हैं, उसी भगवान के दरबार में प्रसाद पाने की आशा से गया हुआ दमरू पिटते-पिटते मुँह के बल गिर पड़ा! हिन्दू लोग अहिंसा की बड़ी दुहाई दिया करते हैं। छोटे-छोटे कीड़ों पर अवश्य दया कर सकते हैं, पर उनके हृदय में—विशाल और करुणार्द्र हृदय में साक्षात् मनुष्य-शरीर धारी अछूतों के लिए दया का एक भी कण शेष नहीं है, और वह केवल इस कारण कि अछूत, अछूत हैं—अपवित्र हैं, उनके स्पर्श-मात्र से हिन्दुओं की धर्म-नौका अधर्म के तूफ़ान में जा पड़ती है। ख़ैर।

प्रसाद के बदले मार पाकर दमरू रोता कराहता घर पहुँचा। माता अपने लाल की वह दशा देख अस्थिर हो गई, उसने दमरू को गोद में लेकर बड़े स्नेह से पूछा—बेटा, क्या हुआ? बिलखते हुए दमरू ने उसे सब हाल सुना दिया! सुन कर माता की आँखों से आँसू बहने लगे। उसने दमरू का मुँह चूम कर कहा—बेटा, तुम वहाँ क्यों गए थे? वहाँ तुम्हें न जाना चाहिए। दमरू बोला—माँ! क्यों न जाना चाहिए? वहाँ तो सभी जाते और ठाकुर जी के दर्शन करते हैं। तुम रोती क्यों हो? माता ने उत्तर दिया—बेटा, वे जा सकते हैं, पर हम नहीं जा सकते, क्योंकि हम अछूत हैं। दमरू माता की बात न समझ सका, बड़े आग्रह से बोला—माँ, अछूत किसे कहते हैं? हम में-उनमें क्या अन्तर है? मुझे तो कोई अन्तर नहीं जान पड़ता, केवल मेरे कपड़े ही ख़राब हैं, सो वहाँ बैठे हुए कई लड़के भी तो ख़राब कपड़े पहने हुए थे। माता इस प्रश्न का क्या उत्तर देती? उसने केवल रो दिया। तब दमरू बोला—अच्छा माँ, तुम रोओ नहीं, अब मैं कभी मन्दिर में न जाऊँगा।

दमरू मन्दिर में गया था, इस अपराध पर पुजारी जी उसे कठोर दण्ड दे चुके थे, पर गाँव वाले इतने सेही शान्त न हुए। उन्होंने बड़ा वावेला मचाया। मालगुज़ार से शिकायत की गई। तब मालगुज़ार ने बसोरिन को बुलवाया! सभी लोग मारे क्रोध के पागल हो रहे थे। कुशल इतनी ही थी कि वह अछूत थी, नहीं तो वे न जाने क्या कर डालते। बेचारे उसे भाँति-भाँति की गालियाँ सुना कर ही रह गए। बसोरिन ने उनसे हाथ जोड़ कर बिनती की—महाराज, वह अबोध बालक है, क्या जाने कि उसे मन्दिर में जाना चाहिए या नहीं! मैं ने तो उससे कह नहीं दिया था। बच्चे का यह अपराध क्षमा कर दीजिए। आगे से ऐसा न होगा। उन लोगों से छुट्टी पाकर उसने दमरू से कहा—देखो बेटा, अब कभी न जाना। घर ही खेला करो। यदि कहीं जाओगे, और कोई उलहना देगा तो मैं भी तुम्हें बुरी तरह पीटूँगी।

बेचारा दमरू डर गया। उस दिन से वह कहीं न आता जाता था। माँ भी उस पर विशेष देख-रेख रखती थी, परन्तु बच्चे बन्धन में छटपटाने लगते हैं। कुछ दिन बाद ही दमरू की इच्छा यहाँ-वहाँ घूमने-फिरने की होने लगी। एक दिन वह अवसर पा निकल खड़ा हुआ। खेलते-खेलते दमरू को प्यास लगी। उस समय कुएँ पर दो-चार स्त्रियाँ पानी भर रही थीं। पानी पीने की आशा से दमरू कुएँ पर जा पहुँचा। उसने एक स्त्री से पानी माँगा परन्तु, वे उसे पानी के बदले गालियाँ देने लगीं। उन्होंने अपने-अपने घड़े पटक दिए। यह देख दमरू भौंचक-सा रह गया। पहले के समान ही फिर कोई आफ़त न आ जावे—यह सोच बेचारे के प्राण काँप उठे। वह भाग कर घर में जा छिपा।

इस बार गाँव में पहले से भी ज़्यादा कोलाहल मचा। शीघ्र ही मालगुज़ार के यहाँ बसोरिन की बुलाहट हुई। वह गरज कर बसोरिन से बोला—अरी राँड! तू बहुत बदमाश हो गई है। तू ने ही लड़के को सिर पर चढ़ा रखा है। आज उसने कुआँ अपवित्र कर डाला! अब लोग कहाँ पानी पिएँगे? बसोरिन ने यह सुना तो बेचारी के प्राण सूख गए। हाथ जोड़ कर बोली—माई-बाप! मैं तो हमेशा उसे आँखों के सामने रखती हूँ और डाटा करती हूँ। आज वह नज़र बचा कर निकल गया। मालगुज़ार उसी प्रकार बिगड़ कर बोला—मैं तुझे ख़ूब जानता हूँ, मुझी से बात बनाती है।

तू यों न मानेगी, यह कह कर उसने अपने एक चपरासी को आज्ञा दी--कमीन की जाति यों नहीं मानती, ज़रा इसे ठीक तो कर दो। कुछ हर्ज़ नहीं, पीछे स्नान कर डालना। यह सुनते ही चपरासी उस अबला पर टूट पड़ा। बेचारी कितनी रोई-गिड़गिड़ाई, पर उसके करुण-क्रन्दन से किसी का हृदय न पसीजा। कहो पण्डित! यह तुम्हारी आदर्श-समाज के अहिंसा-व्रत का कैसा सुन्दर उदाहरण है। हिन्दू-पुरुषों की बीरता केवल अपने ही लोगों को सताने में—अबलाओं को आठ-आठ आँसू रुलाने में ही रह गई है। ख़ैर।

बसोरिन रोती-बिलखती घर पहुँची। उसने विकराल रूप धारण कर बालक से पूछा—तू कुएँ पर क्यों गया था? मारे डर के बेचारा थर-थर काँपने लगा, आँखों में आँसू भर कर बोला—माँ, प्यास लगी थी। सभी तो जाते हैं, इसी से मैं भी चला गया। वहाँ दो-तीन लड़के और थे। उनसे तो कोई कुछ नहीं कहता। परन्तु, माँ ने बच्चे के इस भोलेपन पर कुछ ध्यान न दिया। अपमान और क्रोध से उसका हृदय जल ही रहा था, बच्चे का उत्तर सुनते ही वह अपने को न रोक सकी, उसने बच्चे को पीटना शुरू कर दिया। बच्चा—नहीं माँ, नहीं माँ कहता उसके पैरों से लिपट गया, पर उसका हाथ न रुका। अन्त में बच्चा भूमि पर गिर पड़ा। रोते-रोते उसकी हिचकी बँध गई। बच्चे की यह दशा देख, माता का हृदय भीतर ही भीतर मथा जाने लगा। उसने बच्चे को गोद में उठा लिया और वह उसे हृदय से लगाकर आप भी फूट-फूट कर रोने लगी। माता और पुत्र न जाने कब तक रोते रहे। उस दिन बसोरिन के यहाँ चूल्हा न जला। माता और पुत्र दोनों ही भूखे पड़ रहे। तुम्हारी हिन्दू-समाज के इन निर्मम घोर अत्याचारों से कितने दीन-दुखियों के यहाँ करुण-क्रन्दन होता है, कितने भूखे-प्यासे तड़प-तड़प कर रात-दिन बिता देते हैं—इसका पता कौन लगाने जाता है! ओह, इन दुखियों की सर्द आहें तुम्हें कब तक सुख की नींद सोने देंगी, वह समय दूर नहीं है, जब तुम्हें अपनी इस पैशाचिकता का प्रायश्चित्त रक्त के आँसू बहा कर करना पड़ेगा।

उस दिन से बसोरिन विशेष चिन्ताकुल रहने लगी। वह सदैव यही सोचा करती थी—मैं इन धर्म-ध्वजियों के बीच में रहती हूँ, जिनका धर्म मेरी छाया-मात्र से मृत्यु की साँसें लेने लगता है। यहाँ न मेरी जाति का ही कोई आदमी है, न कोई सहायक ही है; तब ऐसे लोगों के बीच में रहने से मेरा जीवन-बेड़ा कैसे पार होगा? अबोध बच्चा अनजान में ज़रा सा ही अपराध कर देता है तो ये लोग जान लेने पर उतारू हो जाते हैं। उससे दो बार अपराध हो चुका है, अब कहीं फिर वह कोई अपराध कर बैठा, तो ये लोग न जाने क्या कर बैठेंगे! हे भगवन्! तुम्हीं मेरे बच्चे पर दया दृष्टि करो। अन्त में भगवान ने उसकी कातर वाणी सुन ली। कुछ ही दिन पीछे गाँव में दो मिश्नरी मेमें आईं। उन्होंने गाँव की स्त्रियों को भगवान ईसा का सन्देश सुनाया। बसोरिन ने भी उनका उपदेश सुना। उनकी दयालु प्रकृति से बसोरिन को बड़ी आशा हुई। उसने मेमों को अपना सब दुखड़ा सुनाया। दयालु मेमों की आँखें भर आईं। उन्होंने बसोरिन से कहा—मसीह दुखियों का ही दुख दूर करने को संसार में आया था। तुम लोग हमारे साथ चलो। मसीह तुम पर दया करेगा।

बसोरिन हर्षोत्फुल्ल हो बेटे को ले, मेमों के साथ चली गई। अब उसके जीवन की धारा दूसरी ही दिशा में बहने लगी। उसने एक नए संसार में प्रवेश किया, जहाँ न कोई बड़ा था न छोटा; न ऊँच था न नीच—सभी बराबर थे। सभी को सबके सुख-दुख की चिन्ता लगी रहती थी। यहाँ बसोरिन को कोई खरी-खोटी सुनाने वाला न था, सभी उससे अपने आत्मीय जैसा व्यवहार करते थे। अब वह अच्छे कपड़े पहिनती थी, अच्छे भोजन पाती थी। यहाँ सभी उसके प्यारे बेटे पर प्यार करते थे, कोई उससे घृणा न करता था, वह भी अच्छे कपड़े पहिनता और अच्छा भोजन पाता था। खेलने को उसे सुन्दर खिलौने मिलते थे। वह खुले मैदान में, निर्मल वायु में स्वाधीनतापूर्वक चिड़ियों की नाईं फुदकता फिरता था। जिसे चाहे उसे छू लेता था, चाहे जिससे लिपट जाता था। क्या बँगले में, क्या गिरजे में जहाँ, चाहता वहीं चला जाता था। पर, इससे न तो कोई आदमी ही अपवित्र होता था और न कोई मकान ही। सचमुच ही उन दुखियों—माँ-बेटे पर मसीह ने दया की। अच्छा पण्डित, बतलाओ इन दो आदमियों के ईसाई हो जाने से तुम्हारी क्या हानि हुई?

मैं ने कहा—हुज़ूर, उनसे किसी ने ईसाई होने को तो कहा नहीं था। वे अपनी इच्छा से ईसाई हो गए तो कोई क्या करे? इससे मेरी या हिन्दू-समाज की हानि ही क्या है?

इस पर साहब बड़े तपाक से बोले—यह सच है, कि उनसे किसी ने ईसाई हो जाने को नहीं कहा था, पर तुम्हारे हिन्दू-समाज ने उनसे ऐसा निर्मम व्यवहार किया था कि उनके सामने, सिवा ईसाई या मुसलमान हो जाने के, जीवन-रक्षा के लिए अन्य उपाय ही न था। यदि अछूतों के साथ तुम्हारी यही हरकतें रहीं तो वह दिन दूर नहीं है, जब सब अछूत हिन्दू-धर्म की शरण त्याग, अन्य धर्मों के आश्रय में जा बसेंगे। इससे हिन्दू-समाज में बड़ी ही विशृङ्खलता उत्पन्न हो जायगी। उस दिन क्या तुम्हीं पाख़ाना साफ़ करोगे? क्या तुम्हारी ही स्त्रियाँ दाई का कार्य करेंगी? क्या तुम्हीं धोबी का कार्य करोगे? क्या चमारों का सब कार्य तुम्हीं कर डालोगे?* अभी वे तुम्हारे साथ हैं, इसलिए वे तुम्हें बुरे लगते हैं। जब वे तुमसे दूर हो जायँगे तब तुम्हीं उनके लिए आठ-आठ आँसू रोओगे, और जब वे तुमसे अलग हो जायँगे तब वे ही तुम्हारे शत्रु—घातक शत्रु बन बैठेंगे। अभी वे तुम्हारे साथ हैं इसलिए तुम २२ करोड़ हो, उनके अलग होते ही तुम केवल पन्द्रह करोड़ रह जाओगे। केवल अपनी नादानी से—अपनी कुलीनता के झूठे पाखण्ड में आकर तुम अपना इतना भारी अंश दूर किए देते हो। सोचो, सात करोड़ मनुष्यों का बल और सहारा कितना होता है! यदि तुम उनके साथ प्रेमपूर्ण और मनुष्यता का व्यवहार करोगे तो वे तुम्हारे पसीने के बदले अपना ख़ून बहाने को तैयार रहेंगे। सोचो, ऐसे भारी बल को ज़बरदस्ती त्याग देने से तुम कितने निर्बल हो जाओगे! अच्छा पण्डित, एक बात और बताओ! वही ईसाई हुआ दमरू बसोर तुम्हारी बराबरी से आ बैठे, तो तुम उससे घृणा करोगे या नहीं?

मैं ने उत्तर दिया—मैं क्यों उससे घृणा करूँगा? कोई भी तो ईसाइयों से घृणा नहीं करता।

साहब हँस कर बोले—बलिहारी है तुम लोगों की बुद्धि की! पहले उससे घृणा करते थे, क्यों? क्योंकि तब वह हिन्दू था और तुम्हारे ठाकुर जी को श्रद्धापूर्वक मस्तक झुकाता था। और अब उससे घृणा नहीं करोगे क्योंकि अब वह हिन्दू नहीं है; और तुम्हारे ठाकुर जी को घृणा की दृष्टि से देखता है! राम-भक्त के स्पर्श से तुम्हारा धर्म डगमगाने लगता है और राम के विरोधी के चरण चूमने पर भी तुम्हारा धर्म पवित्र और अचल रहता है! कैसी मूर्खता है! ओह, तुम लोग आँखें रहते हुए भी अन्धे हो रहे हो! पण्डित, महात्मा ईसा की शीतल छाया में दमरू की यथेष्ट उन्नति हुई और आज वह टामस नाम लेकर, तहसीलदार के रूप में तुम्हारा स्वामी बना बैठा है! जिस दमरू को देख कर एक दिन हिन्दू-समाज का ख़ून ठण्डा पड़ जाता था, आज उसी दमरू के सामने बड़े-बड़े धर्म-धुरीण हाथ बाँधे खड़े रहते हैं, जिन में से एक तुम हो। बोलो, अब भी अछूतों से घृणा करोगे?

यह सुनते ही मैं सन्नाटे में आ गया! पहले तो मुझे साहब की बात दिल्लगी मालूम हुई, पर शीघ्र ही मेरी समझ में सब बातें आ गईं। मेरी आँखों के सामने से एक परदा सा हट गया। आज मुझे मालूम हुआ कि हम अछूतों पर अत्याचार क्या कर रहे हैं, अपनी ही जड़ पर वज्र-प्रहार कर रहे हैं! मैं ने उसी समय साहब के सामने प्रतिज्ञा की—अछूत मेरे भाई हैं। मैं उनसे कभी घृणा न करूँगा, उनसे प्यार करूँगा, उनके सुख-दुख में सम्मिलित होना अपना कर्त्तव्य समझूँगा और अपने अन्य भाइयों को भी यह कर्त्तव्य पालन करने के लिए विवश करूँगा।

---

* यद्यपि साम्यवाद के सिद्धान्त की दृष्टि से किसी को यह अधिकार नहीं कि वह दूसरों को हीन समझ उनसे अपनी सेवा कराए, पर अभी भारतीय समाज में ऐसा होना असम्भव है।

—लेखक

प्राचीन भारत में शूद्र की संस्थिति

विश्व-विश्रुत 'विश्व-भारती' में पण्डित-प्रवर श्रीयुत विधुशेखर भट्टाचार्य जी ने उपरोक्त विषय पर एक पाण्डित्यपूर्ण एवं सारगर्भित निबन्ध लिखा है। उसीका भावानुवाद हम अपने पाठक-पाठिकाओं की ज्ञानवृद्धि के लिए नीचे दे रहे हैं:—

हम अपने प्रस्तुत निबन्ध में मुख्यतया इसी बात पर विचार करेंगे कि प्राचीन भारत में वैदिक संस्कारों के सम्बन्ध में शूद्रों और इतर निम्न-जातियों की क्या स्थिति थी; और इस सम्बन्ध में हम प्राचीन भारत में प्रचलित जाति-प्रणाली के ऊपर उतना ही प्रकाश डाल कर सन्तोष धारण कर लेंगे, जितना हमारे वर्त्तमान विषय के लिए प्रासङ्गिक रूप से आवश्यक होगा।

सब से पहला प्रश्न यह है—क्या शूद्रों का वैदिक कर्म-काण्ड में प्रवेश था? केवल बादरी ही एक ऐसे आचार्य हैं, जो इस प्रश्न का उत्तर 'हाँ' में देते हैं। उनका कथन है कि वेद ने 'यजेय' (तुम्हें यज्ञ करना चाहिए) कह कर जो आज्ञा घोषित की है, वह प्रत्येक मनुष्य के लिए लागू हो सकती है। जो यज्ञ करना चाहता है; और जब तक कि उसके साथ में किसी तत्सम्बन्धी निषेधात्मक वाक्यों को न जोड़ा जाय, तब तक शूद्र को इस आज्ञा-पालन से किसी भाँति भी वर्जित नहीं किया जा सकता है। उन्होंने अत्रेय के तर्कों का खण्डन किया है, जिनका मत उनसे विपरीत है; और अन्त में उन्होंने यही निष्कर्ष निकाला है कि प्रत्येक मनुष्य को यज्ञ करने का अधिकार है, फिर वह चाहे किसी भी जाति का क्यों न हो (मीमांसा सूत्र ६;१;२७)।

इस निष्कर्ष पर पहुँच कर आचार्य बादरी ने अवश्य ही इस सिद्धान्त को स्वीकार किया है कि शूद्रों को श्रुति के अध्ययन का अधिकार प्राप्त है। शावर-स्वामिन् ने आचार्य बादरी के सिद्धान्तों का सङ्कलन करते हुए, इसे एकान्त रूप से स्पष्ट कर दिया है (मीमांसा सूत्र ६;१;२७—२१)। वे (शावर स्वामिन्) कहते हैं—इस से यह स्पष्ट है कि आचार्य बादरी के मतानुसार प्रत्येक मनुष्य को वेदाध्ययन का अधिकार प्राप्त है।

ऊपर हमने जो कुछ कहा है, उससे स्पष्ट ही यह सिद्ध होता है कि आचार्य बादरी के मतानुसार शूद्रों को भी उपनयन-संस्कार (श्रुति अध्ययन के लिए शिष्य को आचार्य के हाथों में समर्पण करते समय का पवित्र-संस्कार) का अधिकार प्राप्त था; क्योंकि वेदों के अध्ययन के बिना याज्ञिक कर्म-काण्ड भली भाँति सम्पादित नहीं किए जा सकते हैं। हम आगे चल कर इस विषय पर विचार करेंगे।

किन्तु इसी सम्बन्ध में यहाँ पर इस बात का भी जान लेना एकान्त उपयोगी है कि यह केवल सिद्धान्त ही सिद्धान्त था; अथवा इस सिद्धान्त के अनुसार कार्य

भी किया जाता था; जैसा कि हम आगे बतावेंगे इस सिद्धान्त को कार्य रूप में परिणत किए जाने के भी उदाहरण उपलब्ध होते हैं। शावर ने (मीमांसा सूत्र ६;१;२५—२८) और कर्क ने (कात्यायन श्रौत सूत्र १;१;६) यह भली भाँति प्रदर्शित किया है कि ऐसे अनेक वैदिक अवतरण हैं, जिनसे पूर्णरूप से यह सिद्ध होता है कि शूद्रों ने वैदिक कृत्यों में भाग लिया था।

उदाहरण लीजिए—'दर्श-पूर्णमास' नामक याज्ञिक संस्कार में, हविष्कृत (हविष् को बनाने वाला) को 'एहि' कह कर बुलाया जाता है। यदि वह जाति का ब्राह्मण है; यदि क्षत्री है, तो 'आगहि' कह कर उसे पुकारा जाता है, यदि वैश्य है तो 'आद्रव' कह कर बुलाया जाता है; और यदि शूद्र है, तो उसको बुलाने के लिए 'आ धाव' कहा जाता है (शतपथ ब्राह्मण १;१;४—२)।

एक और दूसरा उदाहरण है—एक प्रकार के विशिष्ट व्रत के सम्बन्ध में उपयुक्त भोजन की आज्ञा देते हुए यह कहा गया है कि शूद्र को खट्टी दही खाना चाहिए (शावर-कृत भाष्य मीमांसा सूत्र ६;१;३१ तथा कर्क-कृत भाष्य कात्यायन श्रौत सूत्र १;१;९;१)।

जैसा कि हम आगे बतावेंगे, पवित्र सोमरस पर शूद्रों का भी अधिकार था। वास्तव में उन्हें सोमरस-पान का अधिकार प्राप्त था, यह निम्नलिखित पंक्तियों से पूर्ण रूप से प्रमाणित होता है :—

चार जातियाँ हैं—ब्राह्मण, राजनेय (राजवंश अर्थात् क्षत्रिय), वैश्य और शूद्र; पर उनमें से कोई भी सोमरस को वमन नहीं कर देता है (शतपथ ब्राह्मण ५; ५; ४; ६)।

क्या इस से यह स्पष्ट नहीं प्रमाणित होता है कि शूद्र भी किसी न किसी प्रकार के सोम-यज्ञ के अधिकारी थे?

इन अवतरणों से यह स्पष्ट ही प्रकट होता है कि पवित्र वैदिक कृत्यों के साथ शूद्रों का कुछ न कुछ सम्बन्ध अवश्य था; परन्तु फिर भी जैमिनि और दूसरे आचार्यों ने बादरी के इस मत का खण्डन किया है (मीमांसा ६; १); और उनका सिद्धान्त है कि केवल तीन उच्च जातियाँ ही वैदिक कर्म-काण्ड में भाग लेने की अधिकारिणी हैं। इतना होते हुए भी, कम से कम दो विशिष्ट अवसरों पर इन आचार्यों ने उन लोगों के वैदिक मार्ग पर चलने का अधिकार स्वीकार किया है, जो स्वयं इन आचार्यों के ही मत के अनुसार तीनों उच्च जातियों में सम्मिलित नहीं किए जा सकते हैं, यहाँ तक कि अनार्य-जाति में भी जिनका समावेश नहीं हो सकता है। इस विषय पर हम आगे चल कर विचार करेंगे।

उन में से एक तो रथकार ही है, जिनका बार-बार संहिताओं और ब्राह्मणों में उल्लेख किया गया है। 'अग्न्याधान' (पवित्र अग्नि का संस्थापन) के सम्बन्ध में यह वैदिक आज्ञा है कि रथकार को वर्षा ऋतु में अग्नि-आधान करना चाहिए।

अब प्रश्न यह है कि यह रथकार कौन हैं? कट्टर आचार्यगण बड़ी सरलतापूर्वक अपने पक्ष को सिद्ध करने के लिए यह कह सकते थे कि रथकार से तीनों उच्च जातियों के उन्हीं सभ्यों से अभिप्राय है, जिनकी वृत्ति रथ बनाना है और इस प्रकार उनके पवित्र अग्नि के आधान-सम्बन्धी अधिकार में किसी प्रकार की बाधा-उपस्थित नहीं होती है; परन्तु उनमें इतना मानसिक सारल्य था कि उन्होंने स्पष्ट रूप से यह स्वीकार कर लिया कि रथकार के इस अर्थ को इस रूप में अङ्गीकार नहीं किया जा सकता है। इसीलिए उनकी संस्थिति के वास्तविक स्वरूप को जानने की आवश्यकता प्रतीत हुई।

कर्क ने रथकार को शूद्र-श्रेणी में परिभुक्त किया है (कात्यायन श्रौत सूत्र १; १६); क्योंकि उसका सम्बन्ध शूद्र-स्त्री से पाया जाता है, जो स्वयं शूद्र-माता के गर्भ से उत्पन्न हुई है।

बौधायन का मत है कि जो पुत्र सवर्ण माता के गर्भ से उत्पन्न होते हैं, अथवा अपने से निम्नतर जाति की जननी के कोख से जिन पुत्रों का जन्म होता है, वे अपने पिता की जाति को प्राप्त होते हैं। इस सिद्धान्त के अनुसार ब्राह्मण पिता एवं ब्राह्मणी अथवा क्षत्रिय माता के संयोग से उत्पन्न होने वाला पुत्र ब्राह्मण होगा; क्षत्रिय पिता एवं क्षत्रिय अथवा वैश्य जननी के संयोग से समुत्पन्न होने वाला सुत क्षत्रिय होगा। इसके उपरान्त उनका कहना है कि वैश्य-पिता और शूद्र-माता का पुत्र रथकार होता है।

इस प्रकार इस सम्बन्ध में हम यदि बौधायन के

मत को, जिसका समर्थन गौतम ने भी किया है (धर्म-सूत्र ४; १६) ठीक मान लें, तो हमें रथकार को वैश्य स्वीकार करना होगा; और ऐसी दशा में रथकार को वैदिक संस्कारों में भाग लेने का और पवित्र अग्नि के संस्थापन करने का विवाद-रहित अधिकार प्राप्त हो जायगा; परन्तु इस सिद्धान्त को स्वीकार करने में कुछ विशेष प्रकार की कठिनाइयों का सामना करना पड़ेगा। यदि ऐसा ही था, तो तैत्तरीय ब्राह्मण उच्च जातियों के लिए अग्नि-आधान करने की जो विधि बताई गई है, रथकारों के लिए उस विधि के अनुसार आधान करने की आज्ञा न देकर, एक स्वतन्त्र विधि का निर्देश क्यों किया गया, जब कि रथकारों की संज्ञा भी उच्च-जातियों में की जा सकती थी?

अपने से निम्नतर जातियों की भार्याओं के संसर्ग से उत्पन्न होने वाले तीनों उच्च-जातियों के पुत्रों को जाति भुक्त करने के सम्बन्ध में मनु का उपरोक्त आचार्यों से भिन्न मत है, यद्यपि मनु ने अनेक पूर्ववर्ती आचार्यों ही के मतों का प्रतिपादन किया है। उनका मत है कि ऐसे पुत्र अपने पिताओं की जाति को पूर्ण रूप से प्राप्त नहीं होते हैं (वे सवर्ण नहीं होते हैं); वरन् वे अपने पिताओं के सदृश वर्ण को प्राप्त होते हैं। उनका कथन है—द्विजातियों के संयोग से अपने से निम्नतर अथवा अनन्तर जाति की भार्याओं की कोख से उत्पन्न होने वाले पुत्र केवल अपने पिता के सदृश होते हैं; क्योंकि अपनी माताओं के दोष से उनकी जाति अवश्य हीन हो जाती है। आगे चल कर उन्होंने कहा है (१०;१४) कि पूर्ववर्ती आचार्यों ने ऐसे पुत्रों को अपनी-अपनी माताओं के वर्ण का माना है; और भाष्यकारों ने भी अपना यही मत दिया है कि ऐसे पुत्र उन्हीं संस्कारों के अधिकारी हो सकते हैं, जो संस्कार उनकी माताओं की जाति वालों के लिए निर्दिष्ट हैं।

इस सिद्धान्त के अनुसार रथकार को शूद्र मानना ही होगा, फिर चाहे वह याज्ञवल्क्य के मतानुसार माहिष्य पिता और कर्ण माता का पुत्र हो; और चाहे बौधायन के कथनानुसार वह वैश्य-पिता और शूद्र-जननी की सन्तान हो। द्विजातियों और रथकारों के अग्नि-आधान नामक एक ही संस्कार के स्वरूपों और विधियों में जो विभिन्नता है, उसका मूल कारण यही है कि रथकार द्विजातियों की श्रेणी में भुक्त नहीं किया जा सकता।

मीमांसा-सूत्र के विद्वान् भाष्यकार शावर स्वामिन् ने एक और ही मध्यवर्ती पक्ष का अवलम्बन किया है। उनका कहना है कि रथकारों की जाति द्विजातिओं से एकान्त विभिन्न एवं कुछ ही नीची है; और वे न तो क्षत्रिय हैं, न वैश्य और न शूद्र। यही कारण है कि पवित्र अग्नि के आधान के सम्बन्ध में उनके लिए एक पृथक् नियम बनाने की आवश्यकता प्रतीत हुई। तैत्तरीय ब्राह्मण में तीनों उच्च जातियों के साथ-साथ इन रथकारों का जो उल्लेख प्राप्त होता है, वह इस बात का प्रमाण है कि रथकारों की सामाजिक संस्थिति निश्चयपूर्वक शूद्रों से श्रेष्ठ थी।

इन रथकारों की वास्तविक रूप से चाहे कोई जाति रही हो; पर यह स्पष्ट है कि वे द्विजातियों में से नहीं थे, और तब भी उन्हें पवित्र अग्नि के आधान की एवं तत्सम्बन्धी संस्कारों के सम्पादन की आज्ञा प्राप्त थी।

अब हमें दूसरे विषय पर ध्यान देना चाहिए। इसका सम्बन्ध है निषादों से। किसी ब्राह्मण में इस बात का उल्लेख है कि निषादों के एक अधीश्वर को, जो स्वयं निषाद जाति का था, रुद्रदेव से सम्बन्ध रखने वाले एक वैदिक यज्ञ को करने की आज्ञा दी गई थी।

इसमें सन्देह नहीं कि निषाद अनार्य-जाति के थे। संस्कृत एवं पाली और प्राकृत साहित्य में इन्हें असभ्य-व्याध की संज्ञा दी गई है; और उसी ब्राह्मण में यह कहा गया है कि नषादाधिपति को पुरोहितों के लिए दक्षिणा स्वरूप में पक्षिओं को पकड़ने के योग्य जाल (कूट) समर्पण करना चाहिए। शावर स्वामी ने इस पर टिप्पणी की है कि यह कूट केवल निषादों के ही काम में आ सकता है, आर्यों के नहीं; और इस प्रकार निषाद और आर्यों के प्रकृत-भेद को स्पष्ट कर दिया गया है।

'पञ्चजनाः' दो शब्दों का एक वाक्य है। यह कदाचित् ही समास-रूप में व्यवहृत होता हो; और सदा ही बहुवचन में इसका प्रयोग होता है। वैदिक मन्त्रों में 'पाँच आदमी' 'पाँच प्रजा' के अर्थ में प्रायः यह व्यवहार में आता है। कभी-कभी दूसरे शब्द 'जनाः' के स्थान पर और भी शब्दों का, जैसे 'मनुष्याः' (ऋग्वेद ८।९;२), 'मानवाः' (अथर्ववेद ३।२१;४) 'कृश्ती' (ऋग्वेद-१।७;९) इत्यादि का प्रयोग मिलता है; पर अर्थ उन सबका एक ही है और वे सदा बहुवचन ही में प्रयुक्त होते हैं

'जाताः' और एक ऐसा ही शब्द है (ऋग्वेद ६।६१; १२) जिसका भी प्रयोग बहुवचन में और भाष्यकारों के मत से उसी अर्थ में होता है।

परन्तु यह प्रश्न अभी तक निर्णीत नहीं हुआ है कि यह 'पाँच आदमी' अथवा 'पाँच जन' कौन हैं? यास्क ने अपने निरुक्त में इसका दो प्रकार से समाधान किया है। वे कहते हैं—कुछ आचार्यों के मतानुसार यह पाँच जन इस भाँति हैं—(१) गन्धर्व; (२) पितृगण; (३) देवगण; (४) असुरगण; (५) राक्षसगण। औपमन्यव की सम्मति में यह पाँच जन चारों जातियाँ अर्थात् (१) ब्राह्मण; (२) क्षत्रिय; (३) वैश्य; (४) शूद्र; तथा पाँचवें निषाद हैं।

पाश्चात्य विद्वान्, जिनमें वैदिक अनुक्रमणिका के प्रणेतागण भी सम्मिलित हैं, उपरोक्त दोनों समाधानों को ठीक नहीं मानते हैं; पर स्वयं उनके समाधानों में भी परस्पर बहुत-कुछ मत-भेद दिखाई पड़ता है। रॉथ और गेल्डनर (Roth and Geldner) का कथन है कि अखिल विश्व की चारों दिशाओं (पूर्व, पश्चिम, उत्तर, दक्षिण) में रहने वाले जनसमूहों तथा मध्यवर्ती आर्य जाति से अभिप्राय है। ज़िमर (Zummer) यह कह कर इसका खण्डन करता है—आर्य और दास के बीच में बार-बार प्रकट किए हुए स्पष्ट भेद पर ध्यान देने से यही निष्कर्ष निकलता है कि न तो 'जनसः' और न 'मनुष्यः' इन शब्दों में से कोई भी अनार्य-जाति के अर्थ में प्रयुक्त नहीं किया जा सकता है; एवं 'सोम' को पाँच वर्णों में से एक माना गया है; और इन्द्र को 'पाञ्चजन्य' (पाँच जनों का) कहा गया है! इससे यही परिणाम निकलता है कि इस वाक्य से ('पञ्च जनाः' से) आर्यों ही का अर्थ लिया जा सकता है।

जहाँ तक यास्क के पहिले समाधान से सम्बन्ध है, वहाँ तक यह अवश्य कहा जा सकता है कि उनका वह समाधान किसी भाँति भी सङ्गत नहीं है। हम ऐसे एक भी वैदिक मन्त्र से अभिज्ञ नहीं हैं, जिससे उनका उपरोक्त पहला समाधान सिद्ध होता हो। निघण्टु में 'जनः' शब्द का पर्यायवाची शब्द 'मनुष्यः' दिया गया है; इसमें यह तो स्वयं सिद्ध है कि इस शब्द से मानव-जाति का बोध होता है; न कि गन्धर्वों, असुरों अथवा राक्षसों का। इसके अतिरिक्त इसके समानार्थी 'पञ्चमानवाः' 'पञ्चकृश्तयः' इत्यादि शब्दों का अनिवार्य रूप से 'मनुष्यों की पाँच जातियों' के अर्थ में प्रयोग होता है। डॉक्टर लक्ष्मणस्वरूप ने इसी सम्बन्ध में यह एक और तर्क उपस्थित किया है कि यास्क ने (प्रकरण ३; ८ के प्रारम्भ में) जिस मन्त्र को (ऋग्वेद ५३;४) उद्धृत किया है, उसमें पाँच जातियों को (पञ्चजनाः) यज्ञ में भाग लेने के लिए आमन्त्रित किया गया है; तब यह तो कल्पना भी नहीं की जा सकती कि यह निमन्त्रण राक्षसों और असुरों को दिया गया होगा; विशेषतया जब तक कि प्रथम मन्त्रार्थ में स्पष्टरूपेण राक्षसों और असुरों के विनाश का उल्लेख है।

परन्तु हमारी दृष्टि में ऐसा कोई प्रबल कारण नहीं है, जिससे दूसरे समाधान की भी, जिसे औपमन्यव की सम्मति कह कर यास्क ने उद्धृत किया है, असङ्गत मान कर उपेक्षा कर दी जाय। हमारी सम्मति में तो यह समाधान एकान्त सङ्गत और स्वाभाविक है। कुछ भी हो; पर यह समाधान शाबर के उस उपरोक्त मत का समर्थन करता है कि निषादगण अनार्य-जाति थे; और उनका उन चारों जातियों में समावेश नहीं किया जा सकता है, जिनमें आर्य लोग समाविष्ट थे।

इसके साथ-साथ यह भी स्पष्ट है कि औपमन्यव के मत से, शूद्रों और निषादों को तीनों उच्च जातियों के साथ-साथ बहुत से वैदिक संस्कारों और कृत्यों में भाग लेने का अधिकार प्राप्त था। उदाहरण लीजिए—वैदिक मन्त्रों में यह स्पष्टरूप से कहा गया है कि पाँचों जनों को यज्ञ में भाग लेने का अधिकार है (ऋग्वेद १।६६;२० तथा अथर्ववेद ४।२३;१); और वे उसमें आहुति दे सकते हैं (ऋग्वेद ६।११-४); पवित्र सोम इन पाँचों जनों के बीच में रहता है। उनके यज्ञ-मण्डप में आता है (ऋग्वेद १।६५,२३); और पवित्र नदी सरस्वती ने उन्हें (पाँच जनों को) समृद्धिशाली बनाया है।

वाजसेनी संहिता में 'पाञ्चजन्य' शब्द का भाष्य करते हुए उवट और महीधर ने स्पष्टरूप से यह सम्मति दी है कि यह पाँचों जातियाँ यज्ञ में भाग लेने की अधिकारिणी हैं। उवट कहते हैं—पाञ्चजन्य से पाँच वर्णों के हितकर का बोध होता है—यह पाँच वर्ण हैं चारों जातियाँ और पाँचवें निषाद, जिन्हें यज्ञ का अधिकार है। महीधर ने भी 'पञ्चजनाः' के सम्बन्ध में लगभग

यही बात कही है—ब्राह्मणों से प्रारम्भ करके और निषादों को सम्मिलित करते हुए पाँच वर्णों का ही बोध 'पञ्चजनाः' से होता है; क्योंकि उन्हें यज्ञ का अधिकार प्राप्त है।

शावर की सम्मति के साथ-साथ उपरोक्त समस्त बातों पर विचार करने से यह स्पष्ट हो जाता है कि आर्यों के चारों वर्णों और निषादों में सौहार्द्र भाव था। इस आगे लिखे हुए एक और विधान से हमारे कथन की परिपुष्टि होती है। 'विश्वजित' नामक यज्ञ के कर्त्ता को यह आदिष्ट किया गया है कि जब अवभृथ हो चुके, तब उसे तीन रात्रि तक वन में रहना और तदुपरान्त तीन रातों तक निषादों के बीच में रहना चाहिए (पञ्चविंशं ब्राह्मण १७।६;३;६) और उस समय उसे उनसे (निषादों से) नीवार और श्यामक धान्यों से बना हुआ भोजन तथा वनवासी पशुओं का मांस (कात्यायन श्रौत सूत्र ८।२;२;८) लेकर निःसङ्कोच रूप से भोजन करना चाहिए। यह बात भी सम्भव नहीं हो सकती थी, यदि आर्य-जाति और निषादों में बधुत्व न होता।

अब हमें यह देखना चाहिए कि स्वयं 'निषाद' शब्द से ही इस विषय पर क्या प्रकाश डाला जा सकता है। इस शब्द की व्युत्पत्ति के सम्बन्ध में यास्क कहते हैं—निषाद को निषाद क्यों कहते हैं? क्योंकि वह 'निषदन' है; निरुक्तकारों का मत है कि पाप का उसमें निवास है। दूसरा उत्तर एक बार ही काल्पनिक है; किन्तु पहले अर्थ में 'निषदन' का क्या अर्थ है? डॉक्टर लक्ष्मणस्वरूप का कहना है—वह पशुओं का वध करके अपना निर्वाह करता है, इसीलिए उसे निषाद कहते हैं। परन्तु इस अनुवाद का बोधक ऐसा कुछ भी इस शब्द में नहीं है। वास्तविक बात तो यह है कि यह इस अशुद्ध अर्थ के प्रवर्त्तक हैं, भाष्यकार दुर्गाचरण, जिनका मत है कि वह निषाद इसलिए कहलाता है कि वह नीचे बैठ कर पशुओं को मारता है; अर्थात् पशु-बध के द्वारा अपना निर्वाह करता है। 'निषदन' शब्द 'नि' (नीचे) और 'सद' धातु से बना है—इसलिए नपुंसक लिङ्ग में इसका अर्थ होगा 'नीचे बैठना' और आलङ्कारिक रूप से 'रहना' 'बसना'। पुल्लिङ्ग में इसका अर्थ होगा 'वह जो बैठता' अथवा 'वह जो नीचे बैठता है या जिसका स्थान नीचे है'' और यह अन्तिम अर्थ ही यहाँ पर मूलतः तथा आलङ्कारिक रूपेण दोनों रीति से उपयुक्त प्रतीत होता है।

क्योंकि यह कहने की विशेष आवश्यता नहीं है कि अनार्य निषाद-जाति को, जो 'पञ्चजनाः' के अन्तर्गत थी जैसा कि हमने ऊपर बताया है, उच्च आर्य जातियों से हीन समझा जाता था; और 'पञ्चजनाः' की समाज में उन्हें निम्न स्थान प्राप्त था; बहुत सम्भव है कि उनकी इस हीनता ही के कारण उन्हें त्रैवर्णिकों ने (द्विजातियों ने) निषाद की सत्ता प्रदान की हो। उदाहरण लीजिए—'अन्तेवासिन्' (ग्राम की अन्तिम सीमा पर रहने वाले) शब्द का प्रयोग अछूत जातियों के लिए किया जाता है, इसी भाँति 'निर्वासित' (निकाले हुए) शब्द से भी नीच जातियों का बोध होता है; और इसी भाँति वर्तमान काल में भी उच्च स्थिति के लोग निम्न स्थिति के लोगों को 'दी गैलेरी' (The Gallery) कह कर पुकारते हैं; क्योंकि वे 'गैलरी' में बैठते हैं।

अब हमें यह देखना चाहिए कि निषादके सम्बन्ध में धर्मसूत्रों का क्या वक्तव्य है। हमने ऊपर यह देखा है कि निषाद मूलतः आर्य जाति के थे; पर यहाँ तो हम यह पाते हैं कि केवल आर्यों ही से नहीं, वरन् ब्राह्मण जैसी उच्चजाति से भी उनका रक्त-सम्बन्ध (अत्यन्त निकट सम्बन्ध) था; क्योंकि बौधायन के मतानुसार (धर्मसूत्र १।६-२) निषाद ब्राह्मण पिता और शूद्र माता की सन्तान हैं; और गौतम तो उन्हें एक पग और भी ऊँचा उठा देते हैं, उनके मतानुसार तो निषाद ब्राह्मण पिता और वैश्य माता की सन्तति है। कम से कम इससे यह तो स्पष्ट ही है कि इन आचार्यों के समय तक अनार्य निषाद आर्य-जाति की सीमा में प्रविष्ट हो गया था।

उन दिनों में जाति-निर्देश और निरूपण करने के जो सिद्धान्त थे, उनसे वर्तमान काल के सिद्धान्तों में परम प्रभेद है। उस समय तीन निर्देशक तत्व थे—(१) अपने धर्म के परिपालन अथवा अनुष्ठान से उत्पन्न होने वाली स्वतः सम्प्राप्त योग्यता अथवा अयोग्यता; (२) वृत्ति का परिवर्त्तन; (३) परम्परागत प्रभाव, जिसमें प्रत्येक व्यक्ति की पिछली कई पीढ़ियों के निरन्तर पड़ने वाले प्रभाव पर विचार किया जाता था।

पहले तत्व के सम्बन्ध में अपस्तम्ब (धर्मसूत्र २। ५;१०—११) ने कहा है कि उत्पत्तिचक्र के अनुसार किसी

जाति का एक व्यक्ति, जो अपने धर्म का परिपालन करता है, अपने से उच्चतर जाति में जन्म लेता है; और जो अवहेलना करता है, वह अपने से निम्नतर जाति में उत्पन्न होता है। भाष्यकार हरदत्त ने इस पर बड़े विस्तारपूर्वक भाष्य किया है। इस सिद्धान्त में स्वतः संप्राप्त गुणों का भावी जन्म पर पड़ने वाला प्रभाव निर्दिष्ट किया गया है।

वृत्ति-परिवर्त्तन के दूसरे तत्व के सम्बन्ध में याज्ञवल्क्य का मत है कि किसी विशिष्ट जाति की वृत्ति को ग्रहण कर लेना, उस जाति के साथ एक रूप हो जाना है। मनु का मत है कि आपत्तिकाल में उत्तरोत्तर अपने से नीची जाति की वृत्ति को अङ्गीकार किया जा सकता है। इस प्रकार यदि कोई ब्राह्मण अपनी वृत्ति के द्वारा अपना निर्वाह नहीं कर सकता, तो वह क्षत्रिय की वृत्ति को स्वीकार कर सकता है। यदि उसमें भी असमर्थ रहे, तो वैश्य की; इसी प्रकार शूद्र तक की वृत्ति पर पहुँच सकता है। यही सिद्धान्त और भी उच्च जातियों के लिए लागू हैं; परन्तु यदि स्वेच्छा से कोई उच्च जाति का मनुष्य अपने से नीची जाति की वृत्ति स्वीकार कर लेता है, और उसकी सन्तति भी पीढ़ियों तक उसी वृत्ति को करती रहती है, तो क्षत्रिय वृत्ति का पालन करने वाला ब्राह्मण-कुटुम्ब पाँचवीं पीढ़ी में क्षत्रिय हो जायगा। इसी प्रकार छठी या सातवीं पीढ़ी में वे क्रमशः वैश्य अथवा शूद्र हो सकता है। (मिताक्षरा याज्ञवल्क्य स्मृति १; ९६)।

अब हम तीसरे तत्व अर्थात् रक्त के सम्मिश्रण के सम्बन्ध में विचार करते हैं। कुछ आचार्यों का मत है कि इसका पूर्ण प्रभाव होता है। इस विषय में कुछ का मत पाँचवीं पीढ़ी में और कुछ का मत है सातवीं पीढ़ी में। हरदत्त इसे इस प्रकार वर्णन करते हैं—यदि एक सवर्ण (मूर्धावसिक्त) कन्या, जिसका जन्म ब्राह्मण पिता और क्षत्रिय माता के प्रयोग से हुआ हो, ब्राह्मण ही के साथ विवाह करे, और उसकी सातवीं पीढ़ी तक की समस्त कन्याएँ भी ऐसा ही करें, तो उस सातवीं पीढ़ी के गर्भ से उत्पन्न होने वाली नारी-सन्तान ब्राह्मण होगी। इसके विपरीत यदि ब्राह्मण पिता और क्षत्रिय माता के संयोग से उत्पन्न होने वाला पुत्र क्षत्रिय-कन्या का पाणिग्रहण करे; और उसकी सातवीं पीढ़ी तक उत्पन्न होने वाले समस्त पुरुष ऐसा ही करें, तो उनकी सातवीं पीढ़ी में उत्पन्न होने वाली नर-सन्तति क्षत्रिय-जाति की होगा। इस सिद्धान्त के अन्तस्तल में स्पष्ट रूप से यह भावना विद्यमान है कि अपवित्र सम्बन्ध से कलुषित हो जाने वाला बीज भी अपने से उच्च तत्व क्रमानुगत संसर्ग से अपनी विलुप्त विशुद्धता को फिर से उपलब्धि कर सकता है। इसी प्रकार नीच तत्व के निरन्तर संसर्ग से यह नीचता क्रमानुगत रूपेण बढ़ती ही जाती है।

अब हम फिर निषादों की ओर लौटते हैं। बौधायन का कथन है कि यदि पाँचवीं पीढ़ी तक निषाद जाति के साथ विवाह-सम्बन्ध जारी रखा जाय (पति-पत्नी दोनों निषाद हों), तो उस पाँचवीं पीढ़ी की सन्तति से शूद्रत्व एकान्त रूप से तिरोहित हो जाता है। इसका अभिप्राय यह है कि ऐसे निषादों की पाँचवीं पीढ़ी में शूद्र का कणमात्र अंश अवशिष्ट नहीं रह जाता है, परन्तु बौधायन ने यह स्पष्ट रूप से नहीं बताया है कि ऐसी सन्तान पूर्णरूपेण निषाद हो जाती है; अथवा उसका किसी दूसरी जाति में समावेश हो जाता है।

कुछ भी हो; पर बौधायन इसके उपरान्त हमें यह सूचना अवश्य देते हैं कि उस पाँचवीं नर-सन्तान का उपनयन-संस्कार अवश्य किया जाना चाहिए (धर्मसूत्र १।८;१४-१६); छठी पीढ़ी की सन्तति यज्ञ भी कर सकती है; यदि पुरोहित उसे भली भाँति साहाय्य प्रदान करे; और सातवीं पीढ़ी की सन्तान तो एकान्त अविकृत रहती है, अर्थात् वह अपने प्रथम ब्राह्मण-पूर्वज के गौरव को प्राप्त हो जाती है। मैं तो यह स्पष्ट रूप से स्वीकार करता हूँ कि मेरी समझ में यह बात किसी तरह नहीं आई कि कई पीढ़ियों तक एक निकृष्ट जाति में निरन्तर संचरण करने मात्र से बीज अपनी पूर्व प्रतिष्ठा को कैसे प्राप्त कर लेता है। क्या उत्कर्षवाद के विद्यार्थी इस विषय पर प्रकाश डाल सकते हैं?

बौधायन ने जाति के उत्कर्ष का जो क्रम ऊपर निर्दिष्ट किया है, उससे प्रासङ्गिक रूपेण यह सिद्ध होता है कि उपनयन की योग्यता प्राप्त कर लेने मात्र से द्विजातियों के समस्त धर्मों और विशेषाधिकारों की उपलब्धि नहीं हो जाती है। तो भी हमें उपनयन-सम्बन्धी कुछ और विशिष्ट बातों पर विचार करके इस प्रबन्ध का उपसंहार करना चाहिए।

अपस्तम्ब का मत है कि प्रतिलोमों को (उच्च-जाति की माताओं और निम्नजाति के पिताओं से समुत्पन्न पुत्रों को) धार्मिक कृत्यों के सम्पादन की आज्ञा नहीं है। यहाँ पर भाष्यकारों के मतानुसार 'धार्मिक कृत्यों' से उपनयन और तादृश संस्कारों से है। केवल सूत को (क्षत्रिय पिता और ब्राह्मण माता के पुत्र को) अपवाद माना गया है। हरदत्त के मत से वह किसी शास्त्र-विशेष (जिसका नामोल्लेख उन्होंने नहीं किया है) की आज्ञा के अनुसार उपनयन-संस्कार का अधिकारी है; पर इस मत का कुल्लूक ने बड़े आवेश सहित खण्डन किया है (मनु० १०;४१)।

'और अनुलोमगण (उच्चजाति के पिता और उससे निम्नजाति की माता के पुत्रगण) उपनयन के अधिकारी माने गए हैं। हाँ, शूद्र माताओं के गर्भ से उत्पन्न होने वाले पुत्रों को इस नियम से वाद किया गया है (बौधायन धर्मसूत्र ४;२६)। यही नियम अन्य जातियों के सम्मिश्रण के सम्बन्ध में भी स्वीकृत किया गया है (मिताक्षर १;६५)। मस्करिन (Maskrin) यह स्वीकार करता है कि अनुलोमों को उपनयन-संस्कार के सम्पादन की आज्ञा अवश्य दी गई है; पर उन्हें वेदाध्ययन का निषेध किया गया है (धर्मसूत्र पर भाष्य १४;२५)। वह अपने पक्ष को परिपुष्ट करने के लिए स्मृति-विशेष—जिसका न तो नाम ही विदित हुआ है और न अब तक पता ही चला है—का वाक्य उद्धृत करता है—"अनुलोमों को उपनयन-संस्कार किया जा सकता है; पर वे वेदाध्ययन, पाँचों यज्ञ, गृह में अग्नि-प्रतिष्ठा, अग्नि-होत्र, अग्नि में समिधाओं का डालना; तथा सायं और प्रातः पूजन नहीं कर सकते। उनका उपनयन भी मौनभाव से अर्थात् वेद-मन्त्रों को उच्चारण किए बिना ही किया जाना चाहिए।"

जिस रूप में यह वाक्य ऊपर उद्धृत किया गया है, उस रूप में वह किसी भाँति भी स्वीकृत नहीं किया जा सकता; क्योंकि जैसा हम ऊपर निर्णय कर चुके हैं कि विशुद्ध शूद्र तक (जिसमें और किसी उच्च जाति का रक्त मिश्रित नहीं हुआ है) पञ्च यज्ञों को कर सकता है। यह सभी जानते हैं कि भूतयज्ञ, जिसके वैश्वदेव, बलि कर्म इत्यादि और भी अनेक नाम हैं, इन्हीं पाँच यज्ञों में से है; और वह गृह-प्रतिष्ठित अग्नि में ही किया जाता है। शूद्रों को और भी विभिन्न पाक-यज्ञों के करने की आज्ञा है; और वे भी गृह-प्रतिष्ठित अग्नि में ही किए जाते हैं (गौतम धर्म-सूत्र ८।१६); केवल भेद इतना ही है कि इन यज्ञों को करते समय स्वयं शूद्र वेद-मन्त्रों का उच्चारण नहीं कर सकते हैं। वे केवल 'नमः नमः' कहते हैं; और वे जिन्हें ऐसी आज्ञा है, उनका उच्चारण करते हैं।

हम मास्करिन के भाष्य से दो-चार वाक्य यहाँ और उद्धृत करते हैं—"इस प्रकार उपनयन केवल सवर्ण अम्बस्थ और निषाद के लिए निर्दिष्ट है। एक स्मृति में अध्यापक को आदेश देते हुए कहा गया है कि सवर्ण की दीक्षा देने के उपरान्त धनुर्वेद की शिक्षा देनी चाहिए; अम्बस्थ को दीक्षित कर चुकने के अनन्तर उसे आयुर्वेद की शिक्षा प्रदान करनी चाहिए; और निषाद के उपनयन के उपरान्त उसे हस्ति-शिक्षा प्रदत्त होनी चाहिए।"

उपरोक्त वाक्यों से एक बात स्पष्ट हो जाती है कि उपनयन-संस्कार केवल वेद की शिक्षा प्रारम्भ करने के लिए ही नहीं किया जाता था; वरन् और भी अनेक व्यावहारिक विषयों की शिक्षा के आरम्भ के लिए उसका सम्पादन किया जाता था। और यह तो बड़ी सरलतापूर्वक सिद्ध किया जा सकता है कि व्यावहारिक ज्ञान को प्रदान करने के लिए शूद्रों का उपनयन-संस्कार किया जाता था। वैद्यक विद्यार्थियों के उपनयन के सम्बन्ध में सुश्रुत ने कहा है—योग्य शूद्र को भी दीक्षित करना चाहिए, और वेदों के मन्त्रों को छोड़ कर, उन्हें और सब कुछ पढ़ाना चाहिए। जहाँ तक मुझे स्मरण है इस अवतरण का उल्लेख सब से पहले आर्य-समाज के महान् प्रवर्त्तक स्वामी दयानन्द सरस्वती ने किया था; और अब तो प्रायः यह उद्धृत किया जाता है।

* * *

अन्त्यजों का प्रश्न

योगिवर महात्मा गाँधी के श्रीमुख से अथवा उनकी पवित्र लेखनी से अन्त्यजों के सम्बन्ध में जो उदार वाणी-मन्दाकिनी प्रवाहित हुई है, उसके प्रवाह के एक अंश का नीचे दर्शन कीजिए; और उसमें अपने हृदय को अवगाहन कराके अक्षय पुण्य की उपलब्धि कीजिए :—

धर्म-सम्बन्धी बातों में अपने आपको बालक नहीं; किन्तु ख़ासा ३५ वर्षों का तजुर्बेकार समझता हूँ; क्योंकि इतने वर्ष मैंने धर्म-विषय का विचार और मनन किया है। विशेष कर मुझे जहाँ-जहाँ सत्य देख पड़ा, वहाँ-वहाँ मैंने उसे कार्य में परिणत किया। मेरी धारणा है कि निरे शास्त्राभ्यास से ही धर्म का स्वरूप प्राप्त नहीं होता। हम सदा ही देखते हैं कि यम-नियमों के पालन के बिना, शास्त्र-पठन के बिना मनुष्य मनमाने मार्ग से चलने लगता है। मैं ऐसे मनुष्य से शास्त्र का अर्थ न पूछूँगा, जिसने लोगों में पण्डित कहाने के लिए शास्त्र पढ़े हैं। इसी तरह मोक्षमूलर जैसे महान् विद्वानों ने विकट अध्ययन के अनन्तर जो पुस्तकें लिखी हैं, उनसे भी मैं अपने आचरण-सम्बन्धी नियम बनाने में सहायता न लूँगा। आजकल अपने को शास्त्रज्ञानी प्रकट करने वाले बहुतेरे लोग अज्ञानी और दम्भी ही पाए जाते हैं। मैं धर्म-गुरु की खोज में हूँ। गुरु की आवश्यकता है, यह मैं मानता हूँ; परन्तु जब तक मुझे कोई योग्य गुरु न देख पड़े, तब तक मैं अपने आपको ही अपना गुरु मानता हूँ। यह मार्ग विकट अवश्य है; परन्तु आजकल के इस विषम काल में यही योग्य जान पड़ता है। हिन्दू-धर्म इतना महान् और व्यापक है कि आज तक कोई उसकी व्याख्या करने में कृतकार्य नहीं हो सका। मेरा जन्म वैष्णव सम्प्रदाय में हुआ है; और इसके सिद्धान्त मुझे बड़े ही प्रिय हैं। वैष्णव-धर्म में अथवा हिन्दू-धर्म में मुझे कहीं यह विधान नहीं मिला कि भङ्गी, डोम आदि जातियाँ अस्पृश्य हैं। हिन्दू-धर्म अनेक रूढ़ियों से घिरा हुआ है। उनमें से कुछ रूढ़ियाँ प्रशंसनीय हैं, शेष निन्द्य हैं। अस्पृश्यता की रूढ़ि तो सर्वथा ही निन्द्य है। इसकी बदौलत दो हज़ार वर्षों से धर्म के नाम पर पाप की राशि हिन्दू-धर्म पर लादी जा रही है; और अब भी लादी जाती है। मैं इस रूढ़ि को पाखण्ड कहता हूँ। इस पाखण्ड से आपको मुक्त होना पड़ेगा; और इसका प्रायश्चित तो आप कर ही रहे हैं। इस रूढ़ि के समर्थन में मनुस्मृति आदि धर्म-ग्रन्थों के श्लोक उद्धृत करने से कोई लाभ नहीं। इन ग्रन्थों में कितने ही प्रक्षिप्त श्लोक हैं। कितने ही श्लोक नितान्त अर्थहीन हैं। फिर मनुस्मृति की प्रत्येक आज्ञा का पालन करने वाला या पालन करने की इच्छा रखने वाला एक भी हिन्दू मेरे देखने में नहीं आया। और यह सिद्ध करना बहुत सहज है कि ऐसा करने वाले को अन्त में भ्रष्ट ही होना पड़ेगा। धर्मग्रन्थों में मुद्रित प्रत्येक श्लोक का समर्थन कर देने से सनातन-धर्म की रक्षा न होगी; बल्कि उनमें प्रतिपादित त्रिकालाबाधित तत्वों को कार्य में परिणत करने से ही उसकी रक्षा होगी। जिन-जिन धार्मिक नेताओं से इस विषय में सम्भाषण करने का मुझे अवसर मिला है, सबने इसी बात को स्वीकार किया है। उन धर्म-प्रचारकों ने जिनकी गणना विद्वानों में है; और जो समाज में पूज्य माने जाते हैं, स्पष्ट कह दिया कि भङ्गी, डोम आदि के साथ हम लोग जैसा बर्त्ताव करते हैं, उसका इसके सिवा और कोई आधार नहीं कि वैसी रूढ़ि या प्रथा चल गई है।

सच पूछिए तो इस रूढ़ि का कोई पालन भी नहीं करता। रेल में उनका स्पर्श होता है। मिलों में उनसे काम लिया जाता है; और हम उन्हें बेधड़क छूते हैं। फ़र्ग्युसन तथा बड़ोदा कॉलेजों में अन्त्यज प्रविष्ट किए गए हैं। इन सब बातों में समाज बाधा नहीं डालता। अङ्गरेज़ों और मुसलमानों के घरों में उनका सत्कार किया जाता है; और अङ्गरेज़ों या मुसलमानों को छूने में हमें कुछ भी सङ्कोच नहीं होता; बल्कि इनमें से कितनों के साथ हाथ मिलाने में भी तो हम उलटा गौरव समझते हैं। ईसाईधर्म ग्रहण कर लेने पर इन्हीं अन्त्यजों को हमें अछूत मानने का साहस नहीं होता। इस प्रकार जिस रूढ़ि का पालन करना असम्भव है, उसका समर्थन कोई समझदार हिन्दू अपना व्यक्तिगत मत भिन्न होने पर भी नहीं कर सकता।

अस्पृश्यता की भावना में घृणा का अन्तर्भाव मानने से इन्कार करने वालों के लिए तो कोई विशेषण ही मेरे ध्यान में नहीं आता। भूल से कोई हमारे डिब्बे में सवार हो जाय, तो बेचारा पिटे बिना नहीं रह सकता; और गालियों की तो उस पर मानों वर्षा ही होने लगेगी। उसके हाथ चाय वाला चाय और दूकानदार सौदा नहीं बेचता। वह मरता हो तो भी हम उसको छूना गवारा नहीं करते। अपना जूठा हम उसे खाने को और फटे पुराने कपड़े पहिनने को देते हैं। कोई हिन्दू उसे पढ़ाने को तैयार नहीं होता। वह अच्छे मकानों में नहीं रह सकता। रास्तों में हमारे भय से उसे बार-बार अपनी

अस्पृश्यता की घोषणा करनी पड़ती है। इससे बढ़ कर घृणासूचक और कौन सा व्यवहार हो सकता है? उनकी दशा से कौन सी सूचना मिलती है? जिस तरह यूरोप में एक समय धर्म की ओट में गुलामी की प्रथा की हिदायत की जाती थी, उसी तरह आज हमारे समाज में भी धर्म के नाम पर अन्त्यजों के प्रति घृणा-भाव की रक्षा की जाती है। यूरोप में भी अन्त समय तक ऐसे कुछ न कुछ लोग निकलते ही आए थे, जो बाइबिल के वचन उद्धृत करके गुलामी की प्रथा का समर्थन करते थे। अपने यहाँ के वर्त्तमान रूढ़ि के हिमायतियों को भी मैं उसी श्रेणी में समझता हूँ। हमें अस्पृश्यता की कल्पना का दोष धर्म से अवश्य दूर कर देना होगा। इसके बिना प्लेग, हैज़े आदि रोगों की जड़ नहीं कट सकती। अन्त्यजों के धन्धों में नीचता की कोई बात नहीं है। डॉक्टर और हमारी माताएँ भी तो वैसे ही काम करती हैं; लेकिन हाँ, यह कहा जा सकता है कि वे सब फिर स्वच्छ हो जाती हैं। अच्छा यदि भङ्गी आदि यह बात नहीं करते, तो दोष उनका नहीं; सोलहो आना हमारा ही है। यह स्पष्ट है कि जिस समय हम प्रेमपूर्वक उनका आलिङ्गन करने लगेंगे, उस समम वे स्वच्छ रहना अवश्य ही सीख लेंगे।

सहभोज आदि आन्दोलनों को धक्का देने की आवश्यकता नहीं है। इस आन्दोलन से वर्णाश्रम-धर्म का लोप नहीं हो सकता। इसका उद्देश्य उसके अतिरिक्त या ज़्यादती को निकाल कर उसकी रक्षा करना है। इस आन्दोलन के पुरस्कर्त्ताओं की यह भी इच्छा नहीं है कि भङ्गी आदि अपने-अपने काम छोड़ दें; किन्तु उन्हें यह दिखा देना है कि मल, गन्दगी आदि साफ़ करने का उद्यम आवश्यक और पवित्र है। उसके करने से वैष्णव तक की शोभा हो सकती है। यह धन्धा करने वाले नीच नहीं; किन्तु दूसरे पेशे वालों में बराबर सामाजिक अधिकारों के पात्र हैं; और उनका उद्यम देश की कितने ही रोगों से रक्षा करता है। इसलिए वे डॉक्टरों के समान पूज्य हैं।

यह देश तपश्चर्या, पवित्रता, दया आदि के कारण जिस प्रकार सब के लिए वन्दनीय है, उसी प्रकार स्वेच्छाचार, पाप, क्रूरता आदि दुर्गुणों का भी क्रीड़ा-स्थल बना हुआ है। ऐसे समय में आप के लेखक-समुदाय के पाखण्ड का विरोध कर, उसकी जड़ समाज से काट देने के लिए बद्ध-परिकर होने में ही शोभा है। प्रार्थना है कि पुण्य-कार्य का अभिनन्दन कर, आप उस पुण्य के भागी और इस निमित्त किए जाने वाले इस उद्योग में सहायक हों, जिसमें छः करोड़ मनुष्य हताश होकर उससे अलग न हो जायँ।

अस्पृश्यता निवारण इसके आन्दोलन में सम्मिलित होने के पहले मैंने अपने धार्मिक उत्तरदायित्व को अच्छी तरह सोच-समझ लिया है। एक आलोचक ने यह भविष्यद्वाणी की है कि कालान्तर में मेरे विचार बदल जायँगे। इस सम्बन्ध में मुझे इतना ही कहना है कि यदि कभी ऐसा समय आवेगा, तो उसके पहले मैं हिन्दू-धर्म ही नहीं, संसार के धर्म मात्र का त्याग कर चुकूँगा; परन्तु मेरी यह दृढ़ धारणा है कि हिन्दू-धर्म को पूर्वोक्त कलङ्क से मुक्त करने में यदि अपना शरीर भी देना पड़े, तो भी यह कोई बड़ी बात नहीं है। जिस धर्म में नरसीमेहता जैसे समदर्शी भगवद्भक्त हो गए हों, उसमें अस्पृश्यता की भावना का रह सकना कदापि सम्भव नहीं है।

* * *

शूद्र-स्वभाव

एशिया के विश्व-विश्रुत दार्शनिक कवि श्रीयुत रवीन्द्रनाथ ठाकुर समाज-तत्व के भी धुरन्धर आचार्य हैं। वे सामाजिक सिद्धान्तों की ऐसी विचक्षण और तात्विक समालोचना करते हैं कि उसके वास्तविक स्वरूप और समुत्पत्ति का प्रत्येक रहस्य हमारे सामने प्रभात-प्रकाश में प्रस्फुट होने वाले पदार्थों की भाँति समुपस्थित हो जाता है। यही कारण है कि समाज तत्वज्ञों में उनका स्थान सर्वोच्च है; और संसार के बड़े-बड़े दिग्गज आचार्य तक उनकी इस अद्भुत प्रतिभा को श्रद्धापूर्वक अभिवादन करते हैं। उन्हीं के एक बङ्गला लेख का अनुवाद उपरोक्त शीर्षक देकर गत मार्च मास के 'मॉडर्न रिव्यू' (The Modern Review) में प्रकाशित

हुआ है। यह हमारा सौभाग्य है कि हम आज पूज्य कविवर के उसी लेख के अनुवाद का अनुवाद नीचे दे रहे हैं। मूल लेख के अनुपलब्ध होने ही से हमें अनुवाद का अनुवाद देना पड़ा है। इसमें सन्देह नहीं कि बङ्ग भाषा से अनुदित लेख में कविवर की प्राञ्जल एवं प्रौढ़ वाणी के भी हमें कुछ न कुछ अंश में दर्शन प्राप्त होते; पर वास्तविकता की विशुद्ध ज्योति, भावों का विमल विलास, करुणामयी सहानुभूति की पुण्य धारा, रसमय व्यङ्ग की सरलता और कल्याणमयी भावना की मधुर रागिनी—इन सब के एकत्र दर्शन का समुज्ज्वल सौभाग्य तो हमारे प्रत्येक सहृदय पाठक और कोमल हृदया पाठिका को अवश्य प्राप्त होगा; इसमें सन्देह नहीं :—

जहाँ कहीं किसी व्यक्ति को अपनी आजीविका के उपाय को निर्णय करने में कृत्रिम बाधाओं का सामना नहीं भी करना पड़ता है, वहाँ बहुत करके भाग्य बाधक बन जाता है; और उसे स्वतन्त्र रूप से कार्य नहीं करने देता है। जो मनुष्य प्रधान-मन्त्री के देखने के योग्य है, उसे बहुत सम्भव है, गलियों में झाड़ू देने का कार्य बाध्य होकर करना पड़े। ऐसी दशा में आन्तरिक विप्लव की अवस्था को प्राप्त हुए बिना वह रह ही नहीं सकता।

परन्तु ख़राबी तो यह है कि यद्यपि राष्ट्र को झाड़ू देने वालों की सेवाओं की अनिवार्य आवश्यकता है; पर सारी प्रतिष्ठा मन्त्री ही को प्राप्त होती है। मन्त्री चाहे नाममात्र के लिए अपने पद पर प्रतिष्ठित रहे; और चाहे उसे एक भी कर्त्तव्य का परिपालन न करना पड़े, पर तो भी सारा सम्मान उसी को प्राप्त होता है। यदि भाग्य कहीं व्यक्तिगत महत्वाकांक्षा को उसकी स्वतन्त्रता के सम्बन्ध में सहायता प्रदान करता; और सभी झाड़ू देने वाले मन्त्री हो जाते, तो उसका परिणाम केवल इतना ही न होता कि झाड़ू का कार्य एक बार ही स्थगित हो जाता; वरन् राजनीति का कार्य भी उत्तम रीति से अग्रसर न हो पाता; पर क्योंकि झाड़ू देने वाले की राष्ट्र को अनिवार्य आवश्यकता है, इसलिए अपने दुर्भाग्य की बलात् स्वीकृति से उत्पन्न होने वाली उसकी अवमानना की संवेदना सदा बनी ही रहती।

प्राचीन भारत ने इस प्रकार उत्पन्न होने वाली समस्या की मीमांसा वृत्तियों को परम्परागत बना कर की थी। राष्ट्र के द्वारा किए जाने वाले बलात्कार ही में दासत्व की अवमानना की भावना रहती है; और उसीसे विप्लव का अङ्कुर उत्पन्न होता है। इस मीमांसा में धर्म का बलात्कार था; अर्थात् अपनी जाति की वृत्ति को परिपालन करना अनिवार्य धार्मिक कर्त्तव्य कह कर निर्दिष्ट किया गया था।

धर्म मनुष्य से त्याग की आकांक्षा करता है; परन्तु यह त्याग विनाश नहीं है, वरन् वह कीर्ति का आधार है। ब्राह्मण के लिए विभव और विलास के विसर्जन की आज्ञा दी गई थी; परन्तु परम सम्मान के प्रदान से इस हानि की पूर्ति कर दी गई थी। यदि ऐसा न होता, तो इस सामाजिक क्षेत्र में वह अपना कार्य कदापि नहीं पूरा कर सकता था। शूद्र को भी इसी प्रकार बहुत-कुछ त्याग करने के लिए बाध्य किया गया था; परन्तु उसे किसी प्रकार का सम्मान प्रदान नहीं किया गया। तो भी पारितोषिक मिला या न मिला, उसे इतने आत्म-सन्तोष का परितोष अवश्य प्राप्त था कि उसने अपनी उस नीच स्थिति को धर्म के लिए स्वीकार किया था।

अपनी आजीविका को अपना धर्म मानना वहीं सम्भव हो सकता है, जहाँ व्यक्तिगत लाभ की अपेक्षा समाज का लाभ अधिक गरिष्ठ माना जाता है। लौकिक दरिद्रता को स्वीकार करके भी यदि ब्राह्मण अपने आदर्श को पूर्ण पवित्रता के साथ पालन कर सकता है, तो उसकी यह वृत्ति उसकी आजीविका की साधन भले ही हो; पर वह उससे ऊँची उठ जाती है; क्योंकि वह उसके द्वारा समाज की सेवा करता है। किसान के सम्बन्ध तक में भी यही बात कही जा सकती है; क्योंकि अन्न का सामूहिक उत्पादन सामाजिक जीवन के लिए आवश्यक है, इसलिए यदि किसान उसे अपना धर्म कह कर ग्रहण करता है, तो उसमें कुछ असत्यता नहीं है। यह बात दूसरी है कि इसके द्वारा वह उतनी ऊँची प्रतिष्ठा को प्राप्त न कर सके, जितनी कि ब्राह्मण को प्राप्त होती है। वे वृत्तियाँ, जिनके पालन करने में मनुष्य के उच्चतर गुणों का भी प्रयोग आवश्यक होता है, स्वभावतः उच्चतर सम्मान की अधिकारिणी हैं। यह

सिद्धान्त उन सब लोगों ने, जिनका उनसे सम्बन्ध था, आँखें खोल कर स्वीकार किया था।

उन देशों में भी, जहाँ जीविका के उपार्जन का प्रश्न धर्म से कुछ भी सम्बन्ध नहीं रखता है, निम्नश्रेणी के कार्यों की आवश्यकता प्रतीत होती ही है; और उनके बिना समाज का कार्य नहीं चलता है। इसीलिए वहाँ पर भी बहुत से लोगों के लिए उन कामों को करना ही पड़ता है। वहाँ पर भी सामाजिक संस्था में जो विशृङ्खलता उत्पन्न नहीं होती है, उसका कारण यह है कि या तो स्थिति के प्राबल्य से अथवा अवसर के सभाव से, वहाँ भी इन निम्नश्रेणी के कार्यकर्ताओं का अभाव नहीं रहता है; परन्तु जब मज़दूरों के किसी विरोध के कारण आलसियों, चाटुकारों और पढ़े-लिखे लोगों को इस समान-भारता (Equilibrium) की अस्थिरता का पता चलता है, तब वहाँ एक प्रकार की हलचल सी मच जाती है। तब कभी मज़दूरों को कुछ दे दिला कर और कभी उन्हें कठोरतापूर्वक दबा कर स्थिति सँभालने की चेष्टाएँ की जाती हैं।

इसलिए हम यह तो अवश्य दावा कर सकते हैं कि हमारे देश में कर्त्तव्यों के वितरण को और सामाजिक स्थान को धर्म का विषय बना कर इस असन्तोष और अन्तर्विप्लव की प्रवृत्ति को मूल से ही काट दिया गया है; परन्तु जिस प्रश्न पर हमें अत्यन्त गम्भीरतापूर्वक विचार करना है, वह यह है कि इसके हमारी जातीय उत्कृष्टता की सिद्धि हुई है, अथवा नहीं?

बहुत से कार्य ऐसे हैं, जो केवल बाह्य स्वभाव के विषय नहीं हैं; वरन् उनके सम्पादन के लिए बुद्धि विषयक उपक्रम की आवश्यकता है। यह कार्य किसी जाति में परम्परागत होने ही में भली भाँति सम्पादित नहीं हो सकते; क्योंकि इनके सुचारु सम्पादन के लिए व्यक्तिगत योग्यता की अथवा सामर्थ्य की आवश्यकता है। इन्हें किसी जाति-विशेष के भीतर आबद्ध कर देने से उनके वास्तविक उपकरणों को भले ही स्थिर रखा जा सके; पर कार्य का आन्तरिक सजीव गुण अनिवार्य रूप से विनिष्ट हो जायगा।

ब्राह्मणत्व के मानसिक तथा नैतिक गुणों के लिए व्यक्तिगत सामर्थ्य और प्रयास की आवश्यकता है। केवल वाह्यिक आचरणों का सम्बन्ध ही परम्परा से होता है। इन आचारों के परम्परागत परिपालन से वाह्यिक उपचार की कठोर परिपूर्णता भले ही सम्पन्न हो जाय और साथ ही साथ गौरव की अतिदृप्त भावना भी भले ही जाग्रत हो उठे; परन्तु आत्मा के इस संहार से प्रकृत-उद्देश्य की सिद्धि कदापि नहीं हो सकती है। उदाहरण लीजिए—एक समय उपनयन-संस्कार आर्य-जाति के लिए एक सजीव वास्तविकता थी। इसके द्वारा जो शिक्षा, दीक्षा एवं मस्तिष्क की गति विवक्षित होती थीं, वे तत्कालीन आदर्शों की उपलब्धि के लिए एकान्त उपयुक्त थी; परन्तु वर्त्तमान काल में, जबकि वे आदर्श एक बार ही विनष्ट हो गए हैं, यह पवित्र सूत्र-धारण-संस्कार एक प्रकार का प्रहसन सा हो गया है। क्षत्रिय की भी शोचनीय दशा है। सच बात तो यह है कि उसका कहीं आज पता ही नहीं है। आज उस नाम से, जिसमें जाति का बोध होता है, वह केवल कुछ थोड़े से जन्म, विवाह एवं मरण-सम्बन्धी संस्कारों का परिपालन मात्र करती है।

अभी तक हमारे शास्त्र के वचन हमारे कानों में गूंज रहे हैं—"स्वधर्मो निधनं श्रेयः परधर्मो भयावहः" (अपने धर्म में रह कर मर जाना अच्छा; पर दूसरे का धर्म अत्यन्त भयङ्कर है) परन्तु आज इसका केवल यही अर्थ स्वीकृत होता है कि चाहे कुछ भी हो, प्रत्येक जाति के अपने परम्परागत नियमों का परिचालन करना चाहिए और इसका प्रकृत-पक्ष में यही अभिप्राय है कि संस्कारों के आन्तरिक महत्व अथवा उपयोगिता की ओर कण-मात्र ध्यान न देकर, उनके परम्परागत वाह्य-स्वरूपों ही का परिपालन होना चाहिए; और फिर चाहे इस स्वतन्त्रता के ह्रास से कितनी ही बड़ी व्यक्तिगत हानि क्यों न हो। यही कारण है कि उस रमणी को, जो प्रत्येक पर्व पर इधर-उधर स्नान करती फिरती है, अपने से अधिक विचारवती रमणियों को इसी सिद्धान्त के अनुसार घृणा करना सम्भव हो जाता है। यद्यपि स्वयं वह इस प्रकार के निर्जीव नियमों के परिपालन से अपनी आत्मा की उस शक्ति को खो बैठी है, जो सदा पवित्रता की प्राप्ति का प्रयत्न करती रहती है; और यही कारण है कि वे लोग, जो अपने कट्टर नेताओं के आदेशों का अन्ध अनुकरण करते हैं, अपने उन कृत्यों को बड़े गौरव की दृष्टि से देखते हैं। यद्यपि उनका यह कृत्य एकान्त असार और असहनीय है।

पीढ़ी दर पीढ़ी बर्तन बनाते रहना, तेल निकालते रहना; अथवा उच्च जाति के लोगों की सेवा करते रहना—यह सब कोई कठिन काम नहीं है। सच पूछिए तो जितना ही मानसिक ह्रास होता जाता है, उतना ही यह सब कार्य सरल होते जाते हैं; परन्तु शिल्प-कला को समुन्नत करने के लिए बुद्धि के प्रयोग की आवश्यकता होती है; परन्तु जातीय-वृत्ति के पीढ़ी दर पीढ़ी परिपालन में जब इसका विनाश हो जाता है, तब मनुष्य केवल मशीन के समान हो जाता है और बार बार अपनी आवृत्ति करता रहता है।

परन्तु जो कुछ भी हो, इस समय भारतभूमि में यदि कोई धर्म जीवित है, तो वह है शूद्र-धर्म; और यही एक ऐसी अवस्था है, जिसे जाति-धर्म की चिरस्थायिता में विश्वास रखने वालों ने आग्रहपूर्वक स्वीकार कर रक्खा है। और यही कारण है कि हम उन अर्द्धविलायती रमणियों के मुखों से, जिन्होंने बहुत दिनों तक भारत का नमक खाया है; और जिन्हें भी भारतीय क्षार ने खा लिया है, प्रायः इस प्रकार की शिकायतें सुना करते हैं जब वे "घर" को लौट कर जाती हैं कि वहाँ वैसे दास प्राप्त नहीं होते हैं जैसे कि 'उनकी निर्वासन भूमि' में प्राप्त होते थे। वास्तव में आज समस्त विश्व में उनके समान मनुष्य कहाँ मिल सकते हैं, जिनके धर्म ही ने उन्हें पीढ़ी दर पीढ़ी से दास बना रखा है। आघात, अपमान—कोई भी उन्हें अपने धर्म के परिपालन से विरत नहीं कर सकता। उन्होंने यह तो आज तक अभी नहीं जाना कि आत्म-सम्मान को अपना अधिकार समझ कर उसकी जिज्ञासा करना एवं उसे प्राप्त करना किस चिड़िया का नाम है। अपनी शूद्र स्थिति के कर्त्तव्यों के शुद्ध परिपालन मात्र ही में उन्होंने पीढ़ियों से आत्म-परितोष की प्राप्ति की है। और आजकल, कभी-कभी दूर देशों से लाई हुई वर्त्तमान जागृति की भावना में यदि वे अपने आप को आत्मस्मृत कर भी देते हैं, तो उनके कट्टर नेतागण शीघ्र ही उनकी मूर्खता को सुधार देते हैं।

जैसा कि मैं पहले कह रहा था कि आज भारतवर्ष में अपने शूद्र-धर्म को परिपालन करने वालों शूद्रों की संख्या का आधिक्य है; और इसीलिए भारतवर्ष इस समय शूद्र-धर्म की भूमि हो रहा है। शूद्र-स्वभाव के असह्य भार से दबा हुआ हिन्दू निराशा से व्याकुल होकर व्यथित हो रहा है, किसी प्रकार से भी अभ्युदय की प्राप्ति की स्कीम को, जिसके लिए बुद्धि, विज्ञान और सदाचार की आवश्यकता हो; और जिसकी सिद्धि के लिए हम प्रयत्न करना चाहें, सब से पहले इस भयङ्कर भार से युद्ध करना होगा। यदि हम कुछ थोड़ी-बहुत सिद्धि प्राप्त भी करते, तो उस सिद्धि को हमें इस सर्वव्यापी अन्धता के हाथों में सुरक्षित रखने के लिए समर्पित करना पड़ता है। और इसी पर हमें गम्भीरतापूर्वक विचार करना चाहिए।

इस शूद्र-स्वभाव से आक्रान्त हमारी भारतभूमि में नीचता के जो अनेक चित्र हमारे दृष्टिगोचर होते हैं, उनमें से मुझे एक पर कुछ कहना है, जो मेरी दृष्टि में एकान्त शोचनीय है।

जापान की मेरी पहली यात्रा के समय, जब हमारा जहाज़ हाँगकाङ्ग के बन्दरगाह पर पहुँचा, तब लज्जा से मेरा शिर नीचा हो गया; क्योंकि मैंने उत्तीर्ण-स्थान पर एक बहुत साधारण सी बात पर एक पञ्जाबी पुलीसमैन को एक चीनी की गर्दन पकड़ कर उसे लात मारते देखा। भारतवर्ष में भी हम प्रायः देखते हैं कि सरकारी वर्दी पहने हुए लोग अपने ही भाइयों के साथ वैसा बर्ताव करते हैं और यह उसकी आवृत्ति को इस दूर देश में देखने का दुर्भाग्य मुझे प्राप्त हुआ, जिससे यह स्पष्ट सिद्ध होता था कि शूद्र देश और विदेश दोनों जगह अपने धर्म का परिपालन करता है; कितने आनन्द और गर्व के साथ वह, अपने 'नमक' को अदा करने के लिए अपने आत्मा के आदेश की सीमा तक का उल्लङ्घन कर जाता है। इन्हीं लोगों ने चीन से हाँगकाङ्ग छीनने में अङ्गरेजों की सहायता की थी; और आज भी हमारे पड़ोसी चीन के सुन्दर वक्षस्थल पर आघात पहुँचा कर सारे भारतवर्ष पर अपकीर्ति लाद रहे हैं—चीन के उस वक्षस्थल को, जिस पर उसने एक दिन भगवान् बुद्ध के चरण-चिह्नों को धारण किया था और जो ह्वेनचॉङ्ग और ह्वानचाङ्ग की जन्म-भूमि है!

आज मानव-जाति पर युद्ध के मेघ मँडरा रहे हैं। पश्चिम में यह ध्वनि उत्थित हो रही है कि एशिया अपने शस्त्रागारों में शस्त्र तैयार कर रहा है; और उसका लक्ष्य है यूरोप का हृदय! और इसीलिए इङ्गलैण्ड के निष्ठुर गिद्ध रूपी जहाज़ों के लिए पैसफ़िक महासागर के उपकूल पर घोंसले बनाए जा रहे हैं। इसमें सन्देह नहीं कि सुदूर

पूर्व में स्थित जापान जाग्रत हो चुका है; और चीन भी अपनी दीवारों के पास डाकुओं का घोर नाद सुन कर धीरे-धीरे जाग्रत हो रहा है। बहुत सम्भव है कि एक दिन यह विशाल जाति, अफ़ीम इत्यादि व्यसनों को तिलाञ्जलि देकर, अपनी निर्बलता को दूर करने में समर्थ होसके.........

पर तब इस शूद्र-भारत का क्या कार्य होगा? उस समय भी भारत उन शृङ्खलाओं में, जो इङ्गलैण्ड की फ़ैक्ट्रीओं में बनी होंगी, अपने प्राचीन मित्र और पड़ोसी के अङ्गों को बाँधने के लिए अग्रसर होगा। वह मर जायगा और मारेगा; पर इस सम्बन्ध में एक बार 'क्यों और कैसे' नहीं कहेगा; क्योंकि ऐसा करना उसके धर्म के एकान्त विपरीत होगा। वह कहेगा—"स्वधर्मे निधनं श्रेयः परधर्मो भयावहः।" उसे ब्रिटिश साम्राज्य के किसी भाग में न तो प्रतिष्ठा प्राप्त ही होती है; और न वह उसकी आकांक्षा ही करता है। वह प्रत्येक देश में दासता के नीच भारों का वाहक है, जो न तो सारवान् हैं और न न्याय-निर्दिष्ट! अपने अङ्गरेज़ प्रभुओं की आज्ञा से वह जिन पर आक्रमण करने के लिए अग्रसर होता है, वे उसके शत्रु नहीं हैं। और ज्योंही युद्ध समाप्त हो जाता है, त्योंही वह फिर दासों के बाड़े में हाँक दिया जाता है।

इसीलिए, जैसा कि मैं ऊपर कह रहा था, शूद्र के इस कर्म में न तो स्वार्थ-सिद्धि है, न कोई उच्चतर स्वार्थ ही है; और महत्व का तो अणुमात्र भी नहीं है—है केवल इसका अनुकरण—"स्वधर्मे निधनं श्रेयः परधर्मो भयावहः।" अपने धर्म में प्राण-त्याग करने के अवसरों का उसे अभाव नहीं है; पर उसके मनुष्यत्व का सबसे बड़ा विघातक उसका यह विश्वास है, जिसे वह बड़ी सरलता से स्वीकार कर लेता है कि दूसरों के स्वार्थ की सिद्धि के लिए, दूसरों का विनाश करना उसका धर्म है। यदि सभी विधि के विधान से यह भारत बृटेन के हाथ से जाता रहा, तो उसे सब से अधिक दुख इस बात का होगा कि "मेरा श्रेष्ठतम दास छिन गया.........।

कैसे उज्ज्वलन्त शब्द हैं? हृदय के प्रत्येक परिमाणु में अपमान की दारुण अग्नि प्रज्वलित हो जाती है!

* * *

वर्णाश्रम-धर्म

'प्रबुद्ध भारत' की सारमयी टिप्पणी है :—

वर्णाश्रम-धर्म का लक्ष्य चाहे कितना ही उच्च क्यों न रहा हो; परन्तु वास्तविक व्यवहार में वह अपने आदर्शों से बहुत नीचा सिद्ध हुआ है। प्रारम्भ काल में भिन्न-भिन्न जातियों का उद्देश्य था—ज्ञान का उत्कर्ष; परन्तु समय की गति के साथ-साथ वे रूढ़ियों का केन्द्र बन गईं; और अपने कर्त्तव्यों और उत्तरदायित्वों के परिपालन करने की ओर से एकान्त उदासीन होकर वे केवल अपने विशेषाधिकारों और स्वत्वों का दावा करने लगीं। 'ज्ञानेन अधिकार' का स्थान धीरे धीरे 'जन्मना अधिकार' ने ले लिया। हिन्दू-सामाजिक सङ्गठन का वास्तविक उद्देश्य था समावेशन और समीकरण; किन्तु उनके स्थान पर जातिगत पक्षपात का राज्य संस्थापित हो गया। हिन्दू-सामाजिक सङ्गठन में ब्राह्मण ज्ञान-बल के अधिकारी थे, क्षत्रिय बाहुबल के, और वैश्य धन-बल के; पर यही ज्ञान-बल एवं दूसरे लौकिक बल धीरे-धीरे अत्याचार के उपकरण बन गए। समस्त ऊँची जातियाँ शूद्र के ऊपर अत्याचार करने लगीं, जो असहाय, अज्ञानी और साथ ही साथ निर्धन था, उसके प्रति घृणा-व्यञ्जक व्यवहार किया जाने लगा; और उसकी आत्मा और देह को सदा के लिए दासत्व में आबद्ध रखने वाले नियमों की सृष्टि होने लगी। समय-समय पर ऊँची जाति के लोगों ने ऐसे-ऐसे बर्बर नियमों की रचना की, जिनका एकमात्र उद्देश्य था—धर्म-ज्ञान को अपनी ही सीमा में आबद्ध रखना। शूद्र की स्थिति भयङ्कर थी, सो थी ही; पर इन अछूतों की दशा तो अत्यन्त शोचनीय हो उठी। इन जातियों के प्रति विशेष रूप से निष्ठुरतम आचरण किया जाने लगा; और यहाँ तक कि उन्हें 'पञ्चम' अर्थात् 'पाँचवीं जाति' ही बना डाला। उन्हें बहिष्कृत किया गया; और यहाँ तक उन पर अत्याचार किया जाने लगा कि बहुत सी ऐसी सड़कों और गलियों में भी उन्हें चलने से रोक दिया गया, जहाँ विशेष कर ऊँची जाति के लोगों का निवास था। उनका स्पर्श ही नहीं; वरन् उनका दर्शन भी अपवित्रकर माना जाने लगा। आज भी यही दशा है। तब यह आश्चर्य की बात

नहीं कि दक्षिण भारत में, जो जातिगत पक्षपात की उष्ण भूमि है, परिया लोगों में भी इस घृणित बहिष्कार की भावना जाग्रत हो उठी है। वह अपने मुहल्ले में ब्राह्मण की उपस्थिति को अमङ्गल का चिह्न मानता है; और यदि ब्राह्मण वहाँ प्रविष्ट हो जाता है, तो वह अपने घरों को गोबर और गङ्गाजल से पवित्र करता है। शव को घर से बाहर करने पर कट्टर हिन्दू लोग ऐसा ही करते हैं। कट्टर ब्राह्मण परिया को एक 'जीवित शव' मानता है; और परिया भी उसी भाँति ब्राह्मण के साथ उसी के दिखाए हुए नियमों के अनुसार व्यवहार करता है। आज उस विशाल वर्णाश्रम-धर्म की यह शोचनीय दशा है, जो आरम्भ-काल में आत्मोत्कर्ष और आध्यात्मिक उन्नति के पवित्र उद्देश्य को दृष्टि-पथ पर रख कर प्रतिष्ठित किया गया था!

वर्णाश्रम-धर्म ने मानव-समानता के सत्य, सुन्दर और मङ्गलमय सिद्धान्त की कैसी निष्ठुरतापूर्वक हत्या की है?

* * *

जातीय जीवन का स्रोत

द्विजेन्द्र बाबू बीसवीं शताब्दी के सर्वश्रेष्ठ भारतीय नाट्यकार थे। उनके नाटक जातीय अभ्युदय की भावना से ओत-प्रोत हैं। विशाल हिन्दू-समाज के अधःपतन का मर्मभेदी दृश्य उपस्थित करते हुए उन्होंने अपने 'मेवाड़-पतन' नामक नाटक में शाश्वत सत्य की बड़ी सुन्दर व्याख्या सत्यवती और मानसी के कथोपकथन के मिस से की है, उसी का अनुवाद हम नीचे दे रहे हैं:—

सत्यवती—बहिन! यह पतन किस दिन से आरम्भ हुआ है?

मानसी—जिस दिन से अपने लोचनों को बन्द करके हम अत्याचार को हाथ में लेकर चल पड़े हैं; जिस दिन से हम स्वयं सोचना भूल गए हैं। बहिन! जब तक स्रोत प्रवाहित होता रहता है, तब तक जल शुद्ध रहता है। इसीलिए आज इस जाति में नीच स्वार्थ, क्षुद्रता, भ्रातृ-द्रोह एवं विजाति-विद्वेष उत्पन्न हो गए हैं। उन्हीं के कारण यह अति उदार हिन्दू-धर्म आज आचार का एक प्राणहीन कङ्काल बन गया है। जिसका धर्म चला गया, उसका पतन क्या रुक सकता है? जाति जिस पाप से परिपूर्ण हो रही है, उसकी ओर देखने का किसी को अवसर नहीं है। मेवाड़ चला गया—यह कह कर रोने से क्या होगा; बहिन?

सत्यवती—इस दुख में तब क्या यही सान्त्वना है?

मानसी—नहीं, इससे भी बढ़ कर और एक सान्त्वना है। वह सान्त्वना यह है—मेवाड़ गया—जाने दो; पर उससे श्रेष्ठ सम्पत्ति हमें प्राप्त हो। मैं यह चाहती हूँ कि मेरे भाई नैतिक बल से शक्तिमान हों, जिससे वे इस दुख में, नैराश्य में, भयङ्कर अन्धकार में धर्म को अपना ध्रुव नक्षत्र बना सकें। यदि वे ऐसा न कर पावें, तो वे भी विनष्ट हो जायँ—मैं अणुमात्र विक्षुब्ध नहीं होऊँगी।

सत्यवती—वे विनष्ट हों; और हम खड़ी होकर उस मर्मभेदी दृश्य को देखती रहें?

मानसी—प्राणपण से उनके उद्धार की चेष्टा करेंगी—तब भी यदि न कर पावें, तो ईश्वर का मङ्गलमय नियम पूरा हो! जिस प्रकार स्वार्थ की अपेक्षा जातीयता बड़ी है, उसी प्रकार जातीयत्व से मनुष्यत्व श्रेष्ठ है। जातीयत्व यदि मनुष्यत्व का विरोधी है, तो मनुष्यत्व के महा समुद्र में जातीयत्व का विलीन हो जाना ही शुभ है। देश, स्वाधीनता—सब डूब जाय; पर यह जाति फिर से मनुष्य बने।

सत्यवती—बहिन! ऐसा होना क्या सम्भव है?

मानसी—क्यों नहीं सम्भव है? हमारी यही साधना हो! उच्च साधना कभी निष्फल नहीं होती है। यह जाति पुनः मनुष्य बनेगी!

सत्यवती—सो कब?

मानसी—जिस दिन वे अन्ध आचार के क्रीतदास न होकर, स्वयं सोचना सीखेंगे; जिस दिन उनके अन्तर में भाव-स्रोत प्रवाहित होगा; जिस दिन वे 'यह उचित है' 'यह कर्त्तव्य है' इसकी विवेचना करके, निर्भय होकर, तदनुसार कार्य करेंगे; किसी की प्रशंसा की उपेक्षा नहीं करेंगे; किसी की भ्रकुटी के प्रति भ्रूक्षेप नहीं करेंगे। जिस दिन वे युग-जीर्ण पुस्तक को फेंक देंगे और नव-धर्म को वरण करेंगे!

सत्यवती—वह कौन सा धर्म है, मानसी?

भामसी—वह धर्म है प्रेम ! अपने आप को छोड़ कर, क्रम से भाई को, जाति को, मनुष्य को, मनुष्यत्व को प्रेम करना सीखना होगा। उसके उपरान्त उन्हें और कुछ नहीं करना होगा; ईश्वर का कोई अज्ञात नियम स्वयं ही उनके भविष्यत् की रचना कर देगा। बहिन ! जातीय उन्नति का पथ शोणित के प्रवाह के बीच में होकर नहीं गया है, जातीय उन्नति का पथ गया है आलिङ्गन के मध्य में होकर ! जिस पथ को बङ्गभूमि के श्रीचैतन्यदेव दिखा गए हैं; उसी पथ पर अग्रसर होना उचित है, बहिन !

जैसे ज्वलन्त, स्फूर्तिमय शब्द हैं ? कितने सुन्दर, कितने सत्य, कितने दिव्य एवं कितने उच्च उपदेश हैं ? प्रेम ही जातीय-जीवन का मन्त्र है !!

* * *

अछूत और सहकारिता

'बॉम्बे को-ऑपरेटिव क्वारटर्ली' (The Bombay Co-operative Quarterly) में श्रीयुत इक़बालसिंह ने उपरोक्त विषय पर प्रकाश डालते हुए कहा है :—

इस देश में जिन अनेक समस्याओं ने हमारा ध्यान अपनी ओर आकर्षित कर रक्खा है, उनमें से अछूतों के उद्धार की भी एक समस्या है; किन्तु इस सम्बन्ध में बहुत कम वास्तविक कार्य हुआ है। उसका कारण यह है कि इस बुराई के मूल कारण का ठीक-ठीक निदान नहीं हो पाया है। बहुत से सज्जनों ने धर्म के द्वारा इसकी मीमांसा करनी चाही है; और इसके लिए उन्होंने बहुत कुछ प्रयत्न भी किया है; किन्तु उन्हें निराश होना पड़ा है। उसका कारण यह है कि यह समस्या मूलतः आर्थिक है। और इसकी इसके अतिरिक्त कोई दूसरी मीमांसा हो ही नहीं सकती। यह प्रश्न रोटी और जीवन का है, और इन्हीं के आधार पर इसका विश्लेषण होना चाहिए। प्रायः इस बात का भली भाँति अनुभव नहीं किया जाता है कि लौकिक उन्नति कुछ विशेष मानव-गुणों पर निर्भर रहती हैं, जिनका विकास देव-मन्दिर के एक पवित्र कोण में नहीं होता है; वरन् होता है जीवन के नित्य कर्म-व्यवहार में ! इसलिए यदि हम अपनी आयोजना को लाभदायिनी बनाना चाहते हैं, तो उस आयोजना के द्वारा हमें इतनी अच्छी तरह से मानव-शक्तियों को सङ्गठित करना होगा, जिससे मनुष्य उत्पादन तो अधिक कर सकें; पर व्यय कम करें। इस प्रकार वे सुन्दर जीवन व्यतीत करने के योग्य बन सकें। इससे विदित होगा कि यही वह प्रणाली है जिसके द्वारा उन गुणों का विकास हो सकता है, जो लौकिक उन्नति में सहायक होते हैं; और इस भाँति यह समस्या अपने आप हल हो जायगी। यह प्रणाली 'सहकारिता' (Co-operation) के नाम से प्रसिद्ध है; और समस्त विश्व ने एक स्वर से यह स्वीकार कर लिया है कि यही एक व्यवहारोचित उपाय है, जिसके द्वारा दरिद्र लोगों का आर्थिक अभ्युदय सम्पादित किया जा सकता है।

× × ×

इसके आगे चल कर आपने स्यालकोट की भङ्गी-जाति में किए हुए सहकारिता-सम्बन्धी कार्य का वर्णन किया है। वह इस भाँति है :—

प्रत्येक जाति की रमणी, गृहस्थी के आय-व्यय में बहुत बड़ा भाग लिया करती है; चूड़ा जाति की रमणियाँ तो स्वयं ही पैदा करती हैं, इसीलिए व्यय के सम्बन्ध में भी उनका बहुत अधिक हाथ रहता है। भङ्गी जाति की रमणी मुक्तहस्त-व्यय के लिए तथा फ़ुज़ूलख़र्ची के स्वभाव के लिए विशेष रूप से प्रसिद्ध है, और इसीलिए इस जाति के आकण्ठ ऋण-निमग्न होने का एक मुख्य कारण उसका (भाङ्गिन का) अन्धाधुन्ध ख़र्च भी है। इसलिए हमारी आयोजना की सफलता के लिए यह आवश्यक हो उठा कि भङ्गी-रमणी को इस मितव्ययता के व्यवहारों की शिक्षा प्रदान करें; और उसे बतावें कि उसके आदमी ने सहकारी बैङ्कों में बचा कर जो जमा किया है, उसका वह बुद्धिमत्तापूर्वक व्यवहार करे। इस आवश्यकता की पूर्ति के लिए स्त्रियों की 'मितव्ययता तथा बचत समितियाँ' (Thrifty and Saving Societies) सङ्गठित की जायँ, जिससे वे मितव्ययता को सीखें; थोड़ा-थोड़ा बचा कर रक्खें। इसके साथ ही साथ यह भी व्यवस्था की जाय कि उनकी बचत पर उन्हें सूद मिले; और उनकी बचत के धन की हानि होने की कोई जोखिम न रहे।

कुछ समय हुआ इस प्रकार की सात समितियाँ शहर के (स्यालकोट के) भिन्न-भिन्न मुहल्लों में संस्थापित की गई, जिनमें सब मिला कर १०१ स्त्रियाँ सम्मिलित हुई, जो अधिकतर भङ्गी जाति की थीं; और जो स्वतन्त्र रूप से कमाती थीं। पहले ही से मासिक चन्दे की रक़म सब की सम्मति से निर्णीत कर ली गई; और यह निर्णय हुआ कि वह रक़म तो सब को देनी ही पड़ेगी। इस स्वेच्छा-जनित बलात्कार से बचाने की आदतों का विकास होगा, ऐसी आशा की जाती है। मासिक चन्दे की दर बहुत थोड़ी रखी गई है; वह चार आने से लगा कर २) तक है; परन्तु इतने ही से कुछ वर्षों में बहुत बड़ी रक़म हो जायगी। आज-कल वार्षिक बचत का योग है ८६४); और पिछले वर्षों में जो धन चन्दे से जमा हुआ है, वह है १४७१) रु०; तथा १०३ रुपया रिजर्व फ़ण्ड में है। यदि यह मासिक चन्दा १० वर्ष तक नियमित रूप से जारी रहे, तो १० वर्ष में मेम्बरों के पास १० सहस्र रुपया एकत्रित हो जायगा। इस धन का अवश्य ही जाति के ऊपर बहुत बड़ा प्रभाव पड़ेगा। इन समितियों के सम्बन्ध में एक बात जो सब से अधिक महत्व की है, वह यह है कि किसी सभ्या पर कोई चन्दे की रक़म अवशिष्ट नहीं है; क्योंकि चन्दा न देने वाले को भारी दण्ड दिया जाता है। प्रायः स्वयं मेम्बर ही हिसाब-किताब रखते हैं; क्योंकि समस्त जाति में कम से कम एकाध इतनी पढ़ी-लिखी सभ्या मिल ही जाती है, जो सीधे तौर से हिसाब को रख सके। जहाँ पढ़ी-लिखी स्त्री नहीं भी मिलती है, वहाँ उसी जाति का कोई न कोई पुरुष सहायता देने को तत्पर हो जाता है। अब तक हिसाब की जाँच में स्टॉक को किसी प्रकार की कठिनाई नहीं प्रतीत हुई है, समितियों की बैठकों में काफ़ी अच्छी उपस्थित होती है। ऊपर दी हुई संख्याएँ इस प्रणाली के लाभदायक होने की निश्चयात्मक प्रमाण हैं; परन्तु इस प्रणाली के वास्तविक लाभ का निर्णय संख्या के द्वारा नहीं हो जाना चाहिए; वरन् मितव्ययता की उस प्रवृत्ति के द्वारा जिसे यह प्रणाली जन्म देती है।

संयुक्त प्रान्त के सुधारकों का ध्यान हम इस ओर विशेष रूप से आकर्षित करते हैं। अछूत की हित-साधना का वह व्याहारिक उपाय है। धनी अछूत को हृदय से लगाने में कदाचित् द्विजाति को इतना सङ्कोच न होगा; क्योंकि धन अनेक पापों का प्रक्षालन कर देता है।

* * *

शिक्षा का आदर्श

मदरास की 'एजूकेशनल रिव्यू' (The Educational Review) नामक पत्रिका में अमेरिका की वेदान्त-समिति के अध्यक्ष स्वामी अभेदानन्द का 'शिक्षा के आदर्श' पर दिया हुआ भाषण प्रकाशित हुआ है। उसी के एक अंश का अनुवाद हम नीचे दे रहे हैं :—

हमें अनुदार नहीं होना चाहिए; और विभिन्नता में एकता के आदर्श को हमें अपने सामाजिक जीवन की भिन्न-भिन्न अवस्थाओं में प्रयुक्त करना चाहिए। जिस प्रकार दो आकृतियाँ एक सी नहीं होती हैं, उसी प्रकार दो मस्तिष्क भी एक से नहीं होते। स्वयं भगवान् ने तुम्हारे लिए तुम्हारा पथ निर्दिष्ट कर दिया है। मुझे सहिष्णु होना चाहिए। अपने ही नियमानुसार तुम्हें विकसित होने देना मेरा कर्त्तव्य है। उपवन में भिन्न-भिन्न प्रकार के वृक्ष होते हैं; पर तुम उनमें से किसी भी दो को एक सा बनाने का प्रयत्न नहीं करते। क्या तुम इस बात का प्रयत्न करते हो कि दो विभिन्न वृक्षों में एक ही सा फल उत्पन्न हो? ऐसा करके तुम सभी वृक्षों का विनास कर दोगे। इसलिए मेरे मित्रो! यह विश्व एक उपवन के समान है; जिसमें प्रत्येक व्यक्ति एक-एक वृक्ष है। तुम उसे बढ़ने दो; और उसे अपना ही फल धारण करने दो। उसकी वृद्धि में बाधा मत पहुँचाओ, यही तुम्हारा आदर्श होना चाहिए। उसकी वृद्धि और उन्नति में बाधक बनने की तुम्हें क्या आवश्यकता है? तुम अपना हाथ दूर खींच लो। समस्त बाधाओं को उसके पथ से हटा लो; और उसे स्वतन्त्र भाव में बढ़ने दो, तब तुम देखोगे कि वह श्रेष्ठतम फलों को धारण करेगा; परन्तु इसके पहले कि वह श्रेष्ठतम फलों को धारण करे, तुम्हें उसके लिए उपयुक्त वायु-मण्डल समुपस्थित कर देना होगा। कोई भी वृक्ष श्रेष्ठ फलों को

धारण नहीं कर सकता, जब तक कि आप उसे उपयुक्त प्रकाश और उष्णता नहीं देंगे; और जब तक कि उसके लिए पृथ्वी, वायु तथा जल रूपी पौष्टिक पदार्थ प्रदान नहीं करेंगे। यही वह वायु-मण्डल है, जिसमें परिपोषित होकर वृक्ष सुमधुर और सुन्दर फल धारण कर सकते हैं। इसी प्रकार आप उपयुक्त वायु-मण्डल उपस्थित करके उसे अपने जीवन के सर्वोच्च आदर्शों को प्राप्त करने में सहायता प्रदान कर सकते हैं। तुम चाण्डाल से क्यों घृणा करते हो? वह चाण्डाल हुआ ही कैसे? क्योंकि तुम्हीं ने उसे चाण्डाल बनाया है। यदि तुम उसके लिए ब्राह्मण का उपयुक्त वायु-मण्डल उपस्थित कर दो, तो तुम कल उसे ब्राह्मण बना सकते हो। यदि वह गन्दा, अशौच एवं अपवित्र हैं, तो तुम इसके लिए उसे दोष मत दो। वह क्यों ऐसा है? क्योंकि तुम्हीं ने तो उसे ऐसा बना दिया है; और अब उसे निम्नतम स्थिति में स्थापित करके; और उसके लिए ऐसी ऐसी अवस्थाएँ उपस्थित करके जो एकान्त रूप से पतित और अपमान-जनक हैं, तुम उसे दोष देते हो, उसे बुरा बताते हो; और उससे घृणा करते हो? चाण्डाल दोषी नहीं है, दोषी हो तुम—तुम जो समाज के नेता हो! तुम्हीं ने उसे ऐसा बना दिया है। इसलिए इसके दोष को स्वयं ग्रहण करो, उस दोष को दूर करो; और उसे ऋषि बनाओ। उसे उपयुक्त शिक्षण दो, उसे समुचित शिक्षा प्रदान करो, उसे स्नेह करो; और उसे अपने पैरों पर खड़े होने का अवसर प्रदान करो। क्या तुम ऐसा करते हो? नहीं, तुम ऐसा नहीं करते। कुछ वर्ष पहले एक दिन अमेरिका के संयुक्त राष्ट्र के राष्ट्रपति अब्राहम लिङ्कन अपने एक मित्र के साथ वाशिङ्गटन की एक गली में चले जा रहे थे, उस समय उन्होंने सड़क पर एक कीड़े को देखा। वह अपने पीठ पर लौटा पड़ा था; और उसके पैर ऊपर की ओर उठे हुए थे, तथा वह अपने पैरों पर खड़े होने की चेष्टा कर रहा था। अब्राहम लिङ्कन ने नीचे झुक कर उस कीड़े को उठा लिया। और उसे उसके पैरों पर खड़ा कर दिया। उनके मित्र ने पूछा—"क्या कर रहे हो?" उन्होंने कहा—"मैंने इस विचारे को उसके पैरों पर खड़ा कर दिया है।" यह उनका स्वभाव था। इसलिए मेरे मित्रो, मैं चाहता हूँ, तुममें से प्रत्येक अब्राहम लिङ्कन बन जावे। यदि तुम किसी दरिद्र मनुष्य को देखो, तो तुम उसे उसके पैरों पर खड़े होने में सहायता प्रदान करो; उसे उपयुक्त अवसर दो, उस पर अत्याचार मत करो, उसे कुवाच्य मत कहो, उसकी निन्दा मत करो; और तुम उसे उसी भाँति स्नेह करो, जैसे तुम अपनी आत्मा को स्नेह करते हो।"

कैसे सरल, सुन्दर एवं सत्य उपदेश हैं!

* * *

बुद्ध और अछूत

'महावोधि' नामक प्रसिद्ध बौद्ध-पत्रिका का प्रस्ताव है:—

"भारत में ६ करोड़ ५० लाख अछूत हैं, जो हिन्दू-मन्दिरों में प्रवेश करने के अनाधिकारी हैं। यह लाखों अछूत इस्लाम-धर्म में अन्तर्भुक्त होने का विचार कर रहे हैं; और ईसाई-मिशनरी उन्हें ईसाई-धर्म में सम्मिलित करने की चेष्टा कर रही हैं। धर्म से यह सब अछूत हिन्दू हैं; पर क्योंकि उन्हें जाति-बहिष्कृत समझा जाता है, इसलिए वे अन्यदेशीय धर्मों में सम्मिलित हो जाना ही अच्छा समझते हैं। यह अछूत कहलाने वाली जातियाँ बहिष्कृत बुद्धों की सन्तान है। जब ब्राह्मणों ने अपनी शक्ति को पुनःप्राप्त किया, तो वे बौद्धों का बहिष्कार करने लगे; और इसीलिए वे—बौद्ध लोग विजयी मुसलमानों के पक्ष में चले गए, जब कि मुसलमानों ने भारत में पदार्पण किया। बहुत से और भी निम्न जातीय हिन्दुओं ने, उस अवसर को आया देख कर, मुसलमानों का धर्म ग्रहण कर लिया। काश्मीर की समस्त हिन्दू-जाति को सिकन्दर ने, जो 'बुत शिकन' कहलाता था, ज़बर्दस्ती मुसलमान-धर्म में दीक्षित कर दिया। मङ्गोल लोग बुद्ध को 'बुत' कह कर पुकारते थे। वामियाँ, तुर्किस्तान, तुर्फ़िन, गन्धार, जलालाबाद, पश्चिमोत्तर प्रान्त—यह सब बुद्ध-मन्दिरों से सामाकीर्ण थे; परन्तु जैसे-जैसे मुसलमान इन देशों को जीतते गए, वैसे-वैसे वे इन मन्दिरों को ध्वन्स करते गए। हिन्दुओं के लिए यह उपयुक्त अवसर है कि वे बुद्ध भगवान् को अछूतों का उद्धारक स्वीकार करें; और शाक्य मुनि को अछूतों का इष्ट देव बनावें। भगवान् बुद्ध ने अग्नि का उदाहरण देकर यह बताया था कि अग्नि चाहे चन्दन की हो,

चाहे दूसरी लकड़ी की उसकी शिखा एक ही भी होती है; इसी भाँति मनुष्य चाहे किसी जाति का हो, यदि उसमें पाँचों आत्मिक गुण विद्यमान हैं, तो वह उन्नति के पथ पर अग्रसर होने का अधिकारी है।

यह वास्तव में कैसे दुख की बात है कि आज ऐसे धनाढ्य बौद्ध अथवा बौद्ध-नरेशों का एकान्त अभाव है, जो दया से द्रवीभूत होकर, भारत में आध्यात्मिक राजदूतों को इन अछूतों की हित-साधना के लिए तथा उनमें भगवान् बुद्धदेव के उपदेशों का प्रचार करने के लिए प्रेषित करते। इङ्गलैण्ड के ईसाई लोग इन अछूतों को अपने मत में लाने के लिए बहुत सा धन भारत में भेजते हैं; क्योंकि वे जानते हैं कि एक मनुष्य को अपने मत में अन्तर्भुक्त कर लेने पर आर्थिक-दृष्टि से भी लाभ होता है। प्रत्येक ईसाई-धर्मावलम्बी, जो विलायती वेष-भूषा को धारण करता है, अङ्गरेज़ी व्यापारी के लिए लाभदायक है। प्राचीन भारत के धर्मनिष्ट बौद्धगण विदेशों में जाकर दया और अहिंसा का उपदेश देते थे। क्या जापान के बौद्ध कुछ ऐसे कर्मशील बौद्ध-मिशनरियों को भारत में प्रेषित नहीं कर सकते हैं, जो इन अछूत कहलाने वाली जातियों को भगवान् बुद्ध का सन्देश पहुँचा सकें ?

कम से कम हम इस प्रस्ताव का अभिनन्दन करते हैं।

* * *

निर्धनता

बारडोली प्रदेश में कालीपरज नाम की एक दलित जाति है। वहाँ अछूत तथा दलितोद्धार का कार्य बड़े ज़ोरों के साथ हो रहा है। "माधवानुज" नाम के एक सज्जन ने, जो शायद इस सम्बन्ध में विशेष कार्य कर रहे हैं, अपने भ्रमण का एक संक्षिप्त विवरण लिखा है, जो धारावाही रूप से महात्मा गाँधी के 'नवजीवन' पत्र में प्रकाशित हो रहा है। २४ मार्च के अङ्क में जो विवरण प्रकाशित हुआ है, वह बड़ा ही रोमाञ्चकारी है। उसका कुछ अंश नीचे दिया जा रहा है :—

चलते-चलते एक छोटी सी नदी के किनारे हम आ पहुँचे। नदी का नाम भाँखरी था। नदी के किनारे पर एक छोटी झोंपड़ी थी। आँगन में एक टोली बैठी थी। वहाँ पर बुड्ढे थे, बुड्ढियाँ थीं, जवान थे, लड़के थे और लड़कियाँ थीं।

वे मैले थे; गन्दे थे। आँगन मैला था। झोंपड़ी का दरवाज़ा टूट गया था। टट्टी की कट्टियाँ खींच-खींच कर लड़कों ने छेद कर दिए थे। लड़के नङ्गे थे। स्त्रियों-लड़कियों की भी आधी ही लाज ढकी थी। मर्दों ने लँगोटी लगाई थी, माथे में मैला चिथड़ा लपेटा था। बाक़ी शरीर सभी नङ्गा। इतनी छोटी झोंपड़ी में ही इतने अधिक प्राणी? भला ये प्राणी खाते क्या होंगे? लाते कहाँ से होंगे?

चुनीभाई ने कहा—ये लोग बाँस की टोकरियाँ और सूप बुन कर बेचते और खाते हैं।

क्या बेंच खाते होंगे? ये सब तो हाथ में बड़ी जमा कर बैठे हुए हैं। आख़िर बुनाई भी कितनी मिलती होगी?

एक ने पूछा—ये लोग नदी के किनारे क्यों रहते हैं, और इतने मैले क्यों हैं?

चुनीभाई—इनकी ग़रीबी?

पण्ड्या जी ने अनुमान किया—शायद इन्हें बाँस फैलाने की सुविधा यहाँ—नदी किनारे ही—मिलती होगी।

चुनीभाई—और दूसरे ये लोग कोटवालिए हैं। यहाँ ये भी अछूत गिने जाते हैं। इस कारण भी दूसरे सभी लोगों से इन्होंने अलग झोंपड़ी खड़ी कर ली है।

...भाई पहले ही से उत्सुक थे। ज्योंही सुना कि ये लोग भी अस्पृश्य हैं, वे बोल उठे—चलो, अन्दर आ कर इन लोगों से ज़रा बातें करें।

वे अन्दर घुसे और हम सब उनके पीछे-पीछे गए। चबूतरे के पास से निकल कर सभी लड़के झोंपड़ी में घुस गए।

बूढ़े थोड़ी देर तक शङ्का भरी नज़र से हमारी ओर ताकते रहे। सबने राम-राम किया। बूढ़ों-बुढ़ियों को थोड़ा धीरज बँधा। पण्ड्या जी ने हाथ मिलाने के लिए

हाथ बढ़ाया। कोटवालिए भौंचक हो कर खड़े रहे, मानों वे यह सब बातें समझ ही न सकते हों। वे तो पण्ड्या जी की आँख देख रहे थे। आँख की माया उन्होंने पहचान ली; और उन्हें विश्वास आया। बाँस का काम करते-करते, उनका हाथ रुखड़े पत्थर जैसा हो गया था। वह हाथ उन्होंने आज पहले-पहल ब्राह्मण के हाथ में देकर, अपने को पावन बना समझा। ब्राह्मण ने भी अपने को पावन हुआ समझा।

बातचीत चली। पहले सूप से काफ़ी पैसे मिलते थे; क्योंकि जङ्गल से बाँस मुफ़्त का मिलता था। अब तो उस का पैसा देना पड़ता है। इतने थोड़े में से भी कुछ वैसे ही निकल जाता है। गाँवों में माल बेचने जा कर जब बिकता नहीं, तो उसे कौड़ी के मोल बेच कर आना पड़ता है, नहीं तो धरम धक्का खाते हुए, शिर पर बोझा लेकर आना पड़े।

झोंपड़ी की मरम्मत क्यों नहीं करते? उन्हें खेत नहीं, ज़मीन नहीं। पहले जैसा, बाँस, घास, फूँस, खर, पतहर कुछ भी, इस महँगी में कोई माँगने पर देता नहीं; और बाज़ार से ख़रीद लाने को पास में पैसा नहीं होता।

आख़ीर में कपड़े पर बात आई। सूत कैसे कतता है, कातना कितना सहज है, ज़रा सी मेहनत से किस प्रकार चीनी जैसा मीठा कपड़ा मिल जाता है—ये सब बातें, ये बात की बात में समझ गए।

चुनीभाई बोले—तुम लोग ग़रीब हो, इसलिए तुम्हें चर्खा और पूनी योंही दूँगा।

दूसरे दिन अपने तीन जवान लड़कों के साथ एक बूढ़ा बेडछी आश्रम में आ धमका। चार चर्खे चार जनों के सिर पर चढ़ कर ग़रीब लोगों के घर में बरकत लाने को चले।

यह दृश्य देख कर सूरज बहिन और उनकी लड़की, रसोड़े में से दौड़ आईं। उन्होंने आ कर कहा—भाई, तुम किसी बात की फ़िक्र न करना। मैं अपनी लड़की के साथ कल दोपहर को तुम्हें कातना सिखलाने आऊँगी। तुम्हें तो यह हँसते-खेलते आ जायगा। जब तक सीखोगे, हम वहाँ रोज़ आवेंगी। कल दोपहर को कहीं जाना नहीं।

"बहिन, कल नहीं परसों आना। कल हमें सूप लेकर हाट में जाना है।"

"बहुत ठीक, परसों आऊँगी।"

बूढ़े जीवन काका का घर नदी के किनारे है। उन्होंने कहा—मैं भी दोपहर को आया करूँगा। जाओ, भाई जाओ। तुम्हारा नसीबा आज खुल गया!

गोमती

अब कहीं दूसरी ओर चलना चाहिए।

हम बेडछी से बीस मील दूर निकल गए; और ठेठ चारताड में जा पहुँचे। इस गाँव में कालीपरज की बस्ती है। थोड़े घर नारियल के छाए हैं, और बाक़ी सभी खपरैल हैं।

कोई चरखे के काम के लिए या किसी दूसरे काम के लिए जाता है, तो पहले नारियल वाले घर में ही जाता है; क्योंकि इस घर का मालिक खाट बिछा देता है, बातें करता है, और सिर हिला हिला कर हाँ-हाँ करता है; और कभी-कभी चरख़ा लेता है

पर हमारे साथ .... भाई थे। वे सबसे पूछते फिरते थे—सब से ग़रीब आदमी यहाँ कौन है? यहाँ सब से ग़रीब कौन है?

सब से ग़रीब का दर्शन कराने को हमें रणछोड़ धूलिया ले चला। सन्ध्या हो रही थी, रात का अँधेरा फैल रहा था। हमारी टोली के कुछ लोगों के पाँवों में जूते न थे। काँटा देख कर वे पीछे लौट पड़े।

एक झोंपड़ी आई; भीतर अँधेरा था।

"भीतर कोई है?"

अन्दर उजाला हुआ। एक रोगी आदमी भीतर नङ्गे बदन, घुटनों में सिर लगा कर फटी चटाई पर पड़ा हुआ था। पास चूल्हे में भूभुल तप रही थी; और उसके बदन पर ज्वर अङ्गारे बरसा रहा था। बग़ल में उसकी घर वाली गोमती बैठी थी। उसके दो लड़के, चूल्हे के पीछे आ जमे थे।

हम लोगों ने भीतर जाकर पहले रोगी की खोज-ख़बर ली।

"बहिन, इन्हें आज खाने को न देना। लङ्घन से पेट की गड़बड़ साफ़ होगी, तो बुख़ार उतर जायगा।" क्या जाने, माँगने पर वह खाना दे सकती थी या नहीं!

गोमती बहिन, छप्पर में से सड़े रहेठे ले-लेकर, एक-एक, दो-दो जलाया करती; और झोंपड़े में उजाला रक्खा करती थी। वह आप खिल-खिल हँसती थी। हमें ऐसा

लगा, मानों उसकी हँसी से ही वह झोंपड़ी ठहरी हुई थी।

"दिया नहीं जलाती हो?"

"दिये का तेल कहाँ से लाऊँ?"

"आज क्या काम करने गई थी?"

"काम क्या?"

"आज क्या खाया?"

"जहाँ-तहाँ खा लिया! सामने के बाड़े से थोड़े भुट्टे तोड़ लाई, उन्हीं को मसल कर, भून कर खा लिया।"

"कल क्या खाओगी?"

"कोई परवाह नहीं। चार-पाँच दिन चलने लायक़ जुवार है, अभी बाड़े में।"

बाड़े में जुवार के थोड़े दाने छींट दिए थे। वह उगी थी। उसी पर इनकी गृहस्थी चलती थी।

बातें तो हम इनकी सुन रहे थे; पर अर्थ क्या हृदय तक पहुँचता था? आधा तो उसकी हँसी में ही भूल जाता था। हमने निठुर होकर पूछा :—

"अभी क्या खाया?"

"खाया, यही तो।"

इन्हें ईश्वर को छोड़ कर और किसी के सामने रोना न था; पर हमने स्वाभिमान को समझा नहीं। हमने फिर से पूछा—

"तो भी?"

भला इस वक्त क्या खायँ। सवेरे की जुवार ज़रा अधिक बची थी। वह लड़कों को दे दी।

तुम्हारे घर में और कुछ बची हुई नहीं है?

बेचारी ने बहुत बार स्वाभिमान को बचा लिया था; परन्तु ... भाई के आग्रही सवालों के आगे वह कहाँ तक ठहर सके?

कौन जाने, इतनी बातचीत से या हम गाँधी जी के आदमी हैं, इसलिए उनके मन में विश्वास हो गया था। अब तो कुछ चोरी रखने की ज़रूरत न समझी।

"देख लो न सारी झोंपड़ी।" यों कह कर एक हाथ में जलती लकड़ी और दूसरे में रहेठे की छोटी पूली लेकर वह उठी।

सिद्धराज के ध्वज चिह्न के समान केसरिया रङ्ग का उसका मुर्ग़ा हमें घर में घूमते देख कर नाचते-नाचते कोने में जा बैठा।

एक भाई ने कहा—अण्डे वग़ैरह तो बेंचती होगी न?

हमें न रुचने लायक ताने से उसने कहा :—

"मुर्ग़ा भी अण्डा देता है न?" पीछे से यह सोच कर कि यह दिल्लगी अच्छी न रही, सुधार कर कहा :—

और लोग जैसे आत्माराम को पालते हैं, वैसे ही यह भी है। लड़कों का खेलवाड़ है, और घर भी अच्छा लगता है।

फिर से हमने सारा घर देखा; पर था कुछ भी न। हमने कहा :—

"अपने दुख का भार तू ही झेल सकती है। तेरा एक आसरा तो राम है" और दूसरा राम दिल में बस सके तो वह है गाँधी जी का चर्ख़ा।

सात जनों में दो सेर धान

सब से ग़रीब का दर्शन करने हम निकले थे; और भगवान् ने दिलाया। हम पीछे लौटे। एक ग़रीब की झोंपड़ी से होकर हम निकले। झोंपड़ी के बाहर एक स्त्री अपने कई बच्चों को लिए आग तापती थी। हमें देख कर छोटे लड़के झोंपड़ी में घुस गए। वह स्त्री खड़ी हो गई।

"क्यों बहिन, क्या खाया?"

"जैसे कुछ बहुत अच्छी चीज़ मिली हो, ऐसी आवाज़ से वह बोली।

"दालभात तो!"

हम मन में यह मान कर कि गोमती से तो यह बहुत ही सुखी है, आगे चले जाते थे। पर......भाईयों जाने दें तब तो। इन्हें तो बातें करनी थीं।

"सवेरे क्या खाया?"

"वही दाल-भात तो।"

"तब, अभी?"

"वह तो सवेरे का बचा हुआ था।"

"सवेरे कितना राँधा था?"

"दो सेर।"

"दो सेर में इसने खाया, इसके सात लड़कों ने खाया और बचा कर रात का भी काम चलाया।"

"घर में कोई मर्द नहीं है ?"

...... गाँव में मालिक ने पकड़ बुलाया है। वहाँ गया है।" यह तो हमारे सरभण के मित्र के पड़ोसी निकले। सरभण के नज़दीक ही वह गाँव था। वहाँ किसी किसान के वहाँ ये काम करते थे। मालिक के ज़ुल्म से घबरा कर वहाँ से भाग आए थे; पर मालिक को इनका पता लग गया। इस प्रकार पता मिलने पर क्या होता है, वह सब कोई अपने आप ही समझ सकते हैं। चलते चलाते भी, बेशर्म जैसा सवाल पूछ ही लिया।

"बहिन, तू कहीं काम पर गई थी ?"

"मैं कैसे जाऊँ ? इतने लड़कों को पका कर खिलाए कौन ?"

सिर झुका कर हम चले। चलते-चलते, हिम्मत बाँध कर हमने कहा—घर में चरख़ा रहे, तो छोटे-छोटे लड़के भी खेलते-खेलते कुछ सूत कातें और घर में भी दो पैसे आवें !

अछूत-गौरव

[ले० श्री० नयन जी]

(१)

सत्युग में जो पुरुष-रत्नवर
होते धीर-वीर-गम्भीर !
कलियुग में धारण करते हैं
सो अछूत का अबल शरीर !
यह जग, चार युगों के द्वारा
रचता काल-चक्र-व्यवधान !
देव-असुर दो दल शासक हैं
रखते आधा-आधा मान !!

* * *

(२)

असुर लोग हैं शक्ति उपासक
देव ब्रह्म के हैं निज दास !
ब्रह्म शक्ति में आधा-आधा
बँटा समय का है विन्यास !
पूरा सत्युग देव-पक्ष में
कलियुग पूरा असुराधीन !
त्रेता-द्वापर, आधे-आधे
दो भागों में समय, प्रवीन !!

(३)

अतः आज जो बड़े लोग हैं
सो सत्युग में खोदें घास !
सत्युग के जो बड़े लोग थे
सो कलियुग में निपट उदास !
देखो ! निर्बल, नीच जाति या
रूपहीन, धनहीन, अजान !
वही 'महान आत्माएँ' हैं
साखी चारों वेद-पुरान !!

* * *

(४)

सच है—जो अछूत प्रति रखता
अपने मन में, घृणित-विचार !
उसका हृदय परम कलुषित है
स्वयम् निशाचर, निपट गँवार !
यदि अछूत प्रति यही भावना
रक्खेगा हिन्दू-संसार !
वर्णाश्रम के टुकड़े-टुकड़े
कर देंगे हम 'क़लम'-प्रहार !

अछूतोद्धार

[ले० श्री० जी० पी० श्रीवास्तव, बी० ए०, एल्-एल्० बी०]

बेला—(बुदबुदाती हुई आना) न कुछ क़ुसूर, न क़सूर। बस, आग बबूला हो गईं। बज्जर पड़े ऐसी नौकरी पर!

(दब्बूलाल का आना)

दब्बूलाल—क्या है बेला; इतनी रंजीदा क्यों है?

बेला—ऐसे ही।

दब्बूलाल—आख़िर बात क्या है?

बेला—कुछ नहीं सरकार! हमें जवाब मिला है।

दब्बूलाल—जवाब! क्यों; किस क़ुसूर पर?

बेला—वही जानें।

दब्बूलाल—नहीं-नहीं; तुम मत जाओ। मैं तुम्हारे काम से बहुत ख़ुश हूँ।

बेला—नहीं सरकार! तब तो वह हमें मार ही डालेंगी। उन्होंने कहा है कि अब अगर यहाँ तू दिखाई देगी, तो तुझे जीती न छोड़ूँगी।

दब्बूलाल—मेरी स्त्री झक्की तो है ही, झक में कह दिया होगा; फिर भी तू ठहर जा।

(शिक्षावती का आना)

शिक्षावती—क्यों री चुड़ैल, तू अभी तक यहीं है। तेरा इतना बड़ा साहस कि तू फिर मेरे नेत्रों के सम्मुख आई।

दब्बू—सुनिए तो—

शिक्षावती—नहीं, मैं इसे निकाल कर छोड़ूँगी।

दब्बू—क्या?

शिक्षावती—कुशल इसी में है कि यह अभी यहाँ से चली जाए।

दब्बू—परन्तु इसे इस प्रकार निकाले जाने का कारण भी तो बताइए।

शिक्षावती—आप कौन पूछने वाले होते हैं?

दब्बू—सही है।

शिक्षावती—क्या आप मेरे विरुद्ध इसका पक्ष ले रहे हैं?

दब्बू—नहीं प्रिये; नहीं। (अलग) अपनी बीबी को प्रिये कह कर पुकारना ज़रूरी है; क्योंकि किताबों में ऐसा ही लिखा होता है। (प्रकट) मैं तो केवल यह जानना चाहता हूँ कि इसने किया क्या?

शिक्षावती—आप क्या यह विचारते हैं कि मैं इसे बिना कारण के निकाल रही हूँ?

दब्बू—नहीं-नहीं, भला आप ऐसा कहीं कर सकती हैं?

शिक्षावती—बस, इसे अभी-अभी यहाँ से जाना होगा।

दब्बू—तो मैं कब कहता हूँ कि नहीं?

शिक्षावती—मैं अपनी आज्ञा में कुछ भी रोक-टोक नहीं चाहती।

दब्बू—चाहिए भी यही।

शिक्षावती—और आपको एक विचारशील पति की नाईं मेरे कोप में भाग लेकर मेरा पक्ष लेना चाहिए।

दब्बू—हाँ-हाँ, वही तो मैं करने जा रहा हूँ। (बेला की तरफ़) हमारी श्रीमती जी ठीक कहती हैं। तू इसी योग्य है कि निकाली जाए। तेरे अपराध किसी प्रकार से क्षमा नहीं किए जा सकते।

बेला—अपराध? कैसा अपराध?

दब्बू—(अलग) ईश्वर जाने, मुझे नहीं मालूम।

शिक्षावती—देखिए-देखिए, अब भी यह ऐसी बनी हुई है; मानों इसने कुछ किया ही नहीं।

दब्बू—क्या इसने कोई भारी बर्तन तोड़ डाला है ?

शिक्षावती—अरे! क्या इसके लिए मैं इसे निकालती या इतनी सी बात के लिए मुझे इतना क्रोध होता ?

दब्बू—तब तो निस्सन्देह कोई भारी अपराध होगा।

शिक्षावती—है ही!

दब्बू—जान पड़ता है इसने सोने-चाँदी के गहने चुरा लिए हैं। है न यही बात ?

शिक्षावती—आप का शिर। ऐसा करती तो मैं इसे क्षमा न कर देती। ऐसी छोटी-छोटी बातों पर मैं कभी भी ध्यान नहीं देती। न विश्वास हो, तो अपनी भगिनी से पूछ लीजिए। वह आ रही हैं।

(विद्यावती का आना)

दब्बू—बस, जान गया। इसने किसी की हत्या की है या इस कुलटा ने अपना चरित्र ही भ्रष्ट कर दिया है।

शिक्षावती—वाह! वाह! बलिहारी है, आप की बुद्धि की!! यदि यह हत्या करती, तो मुझे दण्ड देने की क्या आवश्यकता थी? अपना चरित्र भ्रष्ट करती, तो मेरा क्या बिगाड़ती ?

विद्यावती—धन्य हो भाभी जी, धन्य हो! तर्कशास्त्र की कितनी सुन्दर युक्ति से इन्हें परास्त किया है कि वाह! वाह!!

दब्बू—इन सभों से भी बढ़ कर कौन सा ऐसा अपराध हो सकता है। मैं अनुमान नहीं कर सकता।

शिक्षावती—उस पर भी आप इसकी ओर से बोलने में लज्जा नहीं करते।

विद्यावती—क्या यह इस दासी का पक्ष ले रहे हैं! और आपके विरुद्ध? राम! राम! ऐसी नीचता! ऐसा अधःपतन!

दब्बू—नहीं-नहीं, मैं तो श्रीमती जी ही के साथ हूँ। (बेला से) दूर हो यहाँ से! दुष्टा, कुलटा, भ्रष्टा, पापिनी, हत्यारिनी, इत्यादि इत्यादिनी। (अलग) सारी किताबी गालियाँ 'फुलिस्टॉप' हो गईं। अब किस तरह डाटूँ? (प्रकट—विद्यावती और शिक्षावती से) मैं तो केवल अपनी जानकारी के लिए इसका अपराध पूछ रहा था; और कोई बात न थी।

विद्यावती—अच्छा तो मुझसे सुनिए—इस भाषा-जड़-खोदनी, साहित्य-नाक-काटनी, हत्यारिनी ने कोटिशः बार मना करने पर और प्रति दिन सहस्रों बार बताने, सिखाने और पढ़ाने पर भी बड़ी ढिठाई और धृष्टता के साथ अपनी वार्तालाप में अछूत शब्दों का प्रयोग करके भाषा की शुद्धता और पवित्रता नष्ट कर डाली और हम लोगों के साहित्यिक कामों को सर्वथा भ्रष्ट कर डाला।

दब्बू—धत्तेरे की!

बेला—(अलग) लङ्का में जो है वही बावन हाथ का। बक गईं ढेरों, बात एक समझ में नहीं आई।

शिक्षावती—इतना ही नहीं, इस कठोरनी ने तो उस व्याकरण की भी बड़ी निर्दयता से हत्या कर डाली है, जो देवी-देवताओं, लेखक-लेखिकाओं, राजा-महाराजों पर भी अपना राज्य अटल रूप से करता है।

विद्यावती—निस्सन्देह! यह कहना तो मैं भूल ही गई थी। अब बोलते क्यों नहीं; भ्राता जी ?

दब्बू—मैं जानता था कि इसने सचमुच कोई अपराध किया है।

शिक्षावती—क्या? क्या भाषा की हत्या जीवहत्या के अपराध से बढ़ कर नहीं है? क्या साहित्य को अछूत शब्दों से भ्रष्ट करना घोर पाप नहीं है ?

दब्बू—हाँ, है—है। परन्तु अछूत शब्द से आपका क्या आशय है? तनिक यह भी अपनी जानकारी के लिए जानना चाहता हूँ।

विद्यावती—राम ! राम ! आप को इतना भी ज्ञान नहीं । तभी तो भाषाद्रोहियों द्वारा जो अनर्थ हमारी पवित्र भाषा पर हो रहा है, उसे आप अनुभव नहीं कर पाते । कान खोल कर सुनिए; जिन शब्द की उत्पत्ति म्लेच्छ भाषा से हुई है, अर्थात् वह शब्द जो यवन अपनी भाषा में प्रयोग करते हैं, वह अछूत हैं । बहुधा ऐसे शब्दों के किसी न किसी अक्षर के निम्न-भाग में बिन्दी होती है, जैसे अछूतों को छूने से जाति भ्रष्ट हो जाती है, उसी प्रकार अछूत शब्दों के प्रयोग से हमारी भाषा निन्दित, कलङ्कित, कलुषित इत्यादि-इत्यादि कहलाती है ।

दब्बू—स्वाहा ! तब तो इस नियम के अनुसार 'बढ़ना, चढ़ना, सड़ना, दौड़ना, तोड़ना, फोड़ना' से दूर रहना चाहिए; क्योंकि इनके नीचे बिन्दियाँ हैं । 'आना, जाना, मरना, जीना, चलना, फिरना, खाना, पीना' इत्यादि सभों को त्याग कर अपने मुँह पर ताला लगा लेना उचित है; क्योंकि यह सभी शब्द यवन भाषा में रह कर अछूत हो गए हैं ।

बेला—बात वह जो समझ में आए । नहीं तो बात नहीं, निगोड़ी बतङ्गड़ है । झाड़ मारूँ ऐसी गिटपिट बोली को । तीन घण्टे से खड़ी-खड़ी सुन रही हूँ; और समझ में आता नहीं एक अच्छर भी ।

शिक्षावती—हाय ! हाय ! इस पापिनी ने भाषा की दुर्दशा कर डाली ।

विद्यावती—जी हाँ, 'निगोड़ी' कैसा अश्लील शब्द है ? और 'बतङ्गड़' तो कोई शब्द ही नहीं है, और अक्षर को 'अच्छर' कहती है ।

शिक्षावती—इस पर हमारी भाषा को गिटपिट बोली बतलाती है ।

विद्यावती—और उसको झाड़ू भी मारती है । यह शठता, दुष्टता और धृष्टता तो देखिए ।

शिक्षावती—हाय ! मेरे कानों में इसने बर्छी भोंक दी ।

विद्यावती—और मेरे दोनों कान तो त्राहि-त्राहि पुकार रहे हैं ।

बेला—सरकार क्या करें, हम अपनी बोली को ? जो जनम से बोलते आए वह अब कहीं बदल सकती है ? इसीलिए तो डर के मारे हम कभी मुँह ही नहीं खोलते हैं ।

शिक्षावती—अरे ! कोई इसके मुँह में कपड़ा ठूस दो ।

विद्यावती—इसकी जीभ भी कट कर नहीं गिर जाती ।

शिक्षावती—(दब्बूलाल से) सुनिए-सुनिए, जी भर के सुनिए । इस अमृत-वर्षा का आप ही रस-स्वादन कीजिए ।

दब्बू—क्या हुआ क्या ? ठीक तो कह रही है ।

शिक्षावती—हाय राम ! एक थी ही, दूसरे आप हुए । वाह ! वाह ! क्या कहना है, तनिक अपनी शिक्षा की तो लाज रखिए ।

विद्यावती—जनम से बोलते आए और मुँह नहीं खोलते हैं, मानों यह स्त्री नहीं पुरुष है । उस पर आप भी इसको सही बतलाते हैं ; खेद !

दब्बूलाल—स्त्रियाँ जब 'हम' कह के बोलती हैं, तब इसी प्रकार से तो बोलती हैं ।

विद्यावती—अजी, भ्राता जी आज आप कुछ भाँग तो नहीं पिए हुए हैं, या सचमुच आप इतना भी नहीं जानते कि स्त्रीलिङ्ग में क्रियाओं का रूप सदैव ईकार हुआ करता है ।

दब्बूलाल—तब तो स्त्रियों को चाहिए कि 'क्या करें' को अब 'क्या करीं' कहा करें ।

शिक्षावती—हाय ! हाय ! यह पक्षपात ? यह अनर्थ ?

विद्यावती—भाषा की ऐसी दुर्दशा ? यह पापिनी तो नित्य व्याकरण की टाँग तोड़ती ही थी, अब आप भी इसके साथ उसकी हत्या करने लगे ।

निपादालिङ्गन

परमादर से, परम प्रेम से, कर निषाद का आलिङ्गन !
वंश-जाति के अभिमानों का, करते हैं प्रभु मद-भञ्जन !!

बेला—यह झूठ-मूठ का अपराध मेरे सिर ! भइयाकरन, या स्यामाचरन किसी को जो मैं ने कभी देखा हो, तो आँखें फूट जायँ । मैं भला क्यों किसी की टाँग तोड़ने लगी । सरकार, हाथ जोड़ती हूँ ! निकालना है, तो योंही निकाल दीजिए । झूठ-मूठ का कलङ्क काहे को लगाती हैं ?

विद्यावती—अरे मूर्खा, सहस्र बार तो बता चुकी हूँ कि भइयाकरन नहीं, व्याकरण—यह संज्ञा, क्रिया, लिङ्ग, वचन सभी कुछ बतलाता है ।

बेला—सरकार, मैं इन लोगों को नहीं जानती ।

विद्यावती—पत्थर पड़े तेरी बुद्धि पर ! मैं आदमियों के नाम थोड़े ही गिना रही हूँ, मैं तो शिक्षा की बातें कह रही हूँ । यदि तुझे व्याकरण का ज्ञान होता, तो तेरी वार्ताएँ कभी अशुद्ध न हुआ करतीं । तब तू अपनी वार्ता में स्वतः ही जान लेती कि कर्त्ता के लिङ्ग-वचन क्रिया के लिङ्ग-वचन से मेल खाते हैं या नहीं ।

बेला—यह लोग आपस में मेल करें या लड़ें-मरें; मुझसे मतलब, वास्ता, गरज ?

शिक्षावती—हाय ! हाय !! मार डाला; मार डाला ! इस चुड़ैल ने अन्त के तीनों ही शब्द अछूत कह दिए । अब मुझ से सहन नहीं हो सकता । दूर हो कम्बख्त ।

विद्यावती—कम्बख्त ? अरे ! आपके मुखारबिन्दु से यह अछूत शब्द ?

शिक्षावती—अरे राम ! गुस्से में ज़बान से निकल गया । हाय राम ! मेरा तो सर्वनाश हो गया ।

विद्यावती—लीजिए 'गुस्सा' और 'ज़बान' जल्दी निकालिए, इसे; नहीं तो इसकी सङ्गत का असर और न जाने कौन सी आफ़त ढाए ।

दब्बू—'आफ़त' भी तो अछूत है ।

विद्यावती—अरे ! मैं भी अपनी जिह्वा की पवित्रता नष्ट कर बैठी । हाय ! हाय ! अब क्या करूँ ?

दब्बू—प्रायश्चित्त ! गोबर से जीभ धोओ और सेर-सेर भर गोमूत्र पियो ।

शिक्षावती—हम दोनों का सर्वनाश करा कर अब तो आपका हृदय शीतल हुआ । अब काहे को हमारी छाती पर इस हत्यारिनी को खड़ी किए हुए हैं । इसको शीघ्र यहाँ से हटाइए; अन्यथा मैं इसका लहू चूस लूँगी ।

दब्बू—अरी बेला, तू यहाँ से टल भी जा ।

शिक्षावती—इतनी नर्मी के साथ ? इतने कोमल शब्दों में ? क्या आप इससे डरते हैं ?

दब्बू—कौन ? मैं ? नहीं तो । (कड़ेपन से) निकल-निकल यहाँ से (मुलायमियत से) ईश्वर के लिए चली जा !

(बेला का जाना)

दब्बू—लीजिए, वह चली गई परन्तु उसका इस भाँति निकाली जाना मुझे अच्छा नहीं मालूम हुआ । वह अपना काम तो ठीक करती थी । उसमें तो उस बेचारी से कोई चूक न हुई थी ।

शिक्षावती—क्या आप यह चाहते हैं कि उसको अपनी सेवा में रख कर मैं निरन्तर अपने कानों को भ्रष्ट किया करूँ; और व्याकरण के नियमों की हत्या सहा करूँ ? भाषा को अश्लीलता और अछूत शब्दों से सत्यानास कराती रहूँ ?

विद्यावती—कदापि नहीं । ऐसी मूर्खा की तो जीभ पकड़ कर खींच लेनी चाहिए ।

दब्बू—परन्तु वह बर्त्तन तो साफ़ माँजती थी, मसाला तो ठीक पीसती थी । इन कामों में भूल करने के बदले यदि वह बोलने में लाखों ही भूल करे, तो मुझे क्या ? किताबी भाषा तो दूर रही, यदि वह शुद्ध संस्कृत भी बोलती और दूध में चीनी जान कर नमक छोड़ देती, पानी पिलाने के धोखे में तेल पिला देती, तो उसका संस्कृत बोलना मेरे किस काम का होता ? मेरा जीवन अच्छे भोजन पर निर्भर है, कुछ अच्छी भाषा पर नहीं । मैं मानता हूँ कि उसको साहित्य का ज्ञान नहीं है, परन्तु साहित्य या व्याकरण भोजन बनाना या चौका लगाना थोड़े ही सिखाते

हैं। बड़े-बड़े ज्ञानी और पण्डित इन कामों में मूर्ख ही नहीं, महामूर्ख निकलेंगे।

शिक्षावती—हरे राम! हरे राम! यह बातें और हमारे पति के मुँह से? धिक्कार है आपके जीवन पर!! पेट के आगे मस्तिष्क का यह अनादर? क्या आप नहीं जानते कि शरीर का राजा पेट नहीं, मस्तिष्क है। हमें इस राजा को शुद्ध और पवित्र भाषा द्वारा सुस्वादिष्ट ज्ञानरूपी भोजनों से सदैव सन्तुष्ट रखने का प्रयत्न करना चाहिए।

दब्बू—परन्तु श्रीमती जी हमें अपने शरीर का हर एक अङ्ग प्यारा है। जब हमारे पेट को ठीक भोजन न मिलेगा, तो हमारी खोपड़ी हमें जीवित नहीं रख सकती।

विद्यावती—अजी भ्राता जी, आप अपने मनुष्यत्व को पशुत्व से भी नीचे गिरा रहे हैं। यदि पेट का आप इतना आदर करेंगे, तो आप और पशु में भेद ही क्या रह जावेगा। पेट तो इतना तुच्छ है कि यह शाक-पात से सन्तुष्ट होजाता है। इसके लिए इतना विचार? राम! राम! आप ज्ञान की पुस्तकें पढ़िए जिह्वा से सदैव शुद्ध भाषा उच्चारण कीजिए। कान से पवित्र वाणी निरन्तर सुना कीजिए, तब आप मनुष्य होकर आदर्श के यथार्थ को कुछ जान पाएँगे।

दब्बू—वरना?

शिक्षावती—'वरना' फिर आप अछूत शब्द बोल बैठे।

विद्यावती—और इतना समझाने पर भी।

दब्बू—अब तो मुझसे नहीं सहा जाता। भाड़ में गई यह ससुरी किताबी भाषा, जिसके मारे बात तक करना मुश्किल है। कहाँ तक मैं अपने दिल की बातों को अनुवाद करके बोला करूँ। साहित्य को सत्यानाश करने वाली ऐसी बनावटी भाषा और ऐसी पाखण्डी औरतों से ईश्वर बचाए!

शिक्षावती—क्या? क्या? क्या?

दब्बू—मैं आपसे नहीं (विद्यावती को बताकर) इनसे कहता हूँ। तुम बड़ी भाषा का दम भरने वाली बनी हो। मगर यह भी जानती हो कि यह किस चिड़िया का नाम है? इसकी तरक़्क़ी और बर्बादी किस तरह होती है? जो भाषा दिल से न निकले, वह भाषा है या पाखण्ड? दो-चार हिन्दी की किताबें और अख़बार पढ़ कर बड़ी भाषा जानने वाली बन गई हैं। सच पूछो तो वह दासी; जिसको तुम लोगों ने झूठ-मूठ, निकाला है, वह तुमसे अच्छी भाषा बोलती है, क्योंकि उसकी बातों में ताक़त और असर है। तुम्हारी बोली में बनावट और ख़ाली मानी है। जोश नहीं है, भाव नहीं है स्वाभाविकता नहीं है। ऐसी भाषा से साहित्य में कहीं जान आ सकती है? भाषा किताबों से नहीं; बल्कि ज़बान से पैदा हुई है। ज़िन्दा चीज़ें तरक़्क़ी कर सकती हैं, मुर्दा नहीं। तुम अपनी भाषा को किताबों में क़ैद करके उसे मुर्दे से बदतर बना रही हो। यही नहीं; बल्कि उसमें अछूत शब्दों का एक नया झगड़ा निकाल कर उसके पैरों को तोड़ डालती हो। इसी छुआ-छूत ने हिन्दू-समाज का सत्यानाश किया; और इसी रोग को अब तुम भाषा में भी फैलाना चाहती हो। जिन शब्दों को हम मुद्दतों से बोलते आए, जिनका सम्बन्ध हमारे दिल से हो चुका है, उन्हें हम आज तुम्हारे कारण ठोकर मार कर दूर कर दें? उनसे नाता तोड़ कर अपनी भाषा पर अपने ही हाथ से छुरी चलावें? धर्म हो, समाज हो या भाषा हो, जब तक उसमें अपनाने की ताक़त है, तभी तक उसकी ज़िन्दगी है। इस ख़ूबी को तुम ऐब कहती हो? आश्चर्य है तुम्हारी समझ पर। तभी तो सारे मुहल्ले वाले तुम्हें पगली कहते हैं; और बहुत सच कहते हैं। तुम-लोग बनने को तो ज्ञानी बनती हो, मगर अपना कर्तव्य नहीं जानती। जानना चाहती हो सब कुछ; मगर सिर्फ़ वही नहीं, जिसकी तुम्हें ज़रूरत है। तुम्हें फ़िक्र है, तो यही कि चाँद में क्या हो रहा है, सूरज की किरणें कैसे बनी हैं। मगर यह ख़बर नहीं कि रोटी किस तरह बनती है, दाल किस तरह पकती है। तुम्हारी ही देखा-देखी सब नौकर-चाकर

बिगड़े जा रहे हैं। कोई उनसे काम करने को कहो, तो कम्बख़्त कविता का पिङ्गल निकालने लगते हैं, व्याकरण रटने लगते हैं। एक काम करने वाली दासी, जो इस रोग से बची थी, वह भी आज निकाल दी गई। चलो छुट्टी हुई। पुराने ज़माने की औरतें बेचारी बेपढ़ी थीं ज़रूर, मगर फिर भी तुम लोगों से हज़ार गुना अच्छी थीं। वह लोग गृहस्थी तो चला लेती थीं, घर तो सँभाल लेती थीं। अपने कपड़े तो सी लेती थीं। और यहाँ ×××!

शिक्षावती—हाय! हाय! यह अनर्थ, यह उपद्रव, यह वज्राघात! अब मैं नहीं सुन सकती।

विद्यावती—मैं तो स्वयं लज्जा से मरी जाती हूँ कि हम और यह एक ही माता-पिता की सन्तान हैं। मैं तो अब इनके पास एक क्षण के लिए भी नहीं ठहर सकती। आइए आप भी भाग चलिए।

(शिक्षावती और विद्यावती का जाना)

दब्बू—कहाँ तक मुझसे भागोगी। आज मैं दिल का गुबार निकाल कर छोड़ूँगा।*

(पीछे-पीछे जाना है)

* मोलियर के एक दृश्य के आधार पर।

☞ व्यवस्थापिका—"चाँद" कार्यालय, इलाहाबाद

चारों वर्ण परमात्मा ही के शरीर से उत्पन्न हुए हैं—मुख से ब्राह्मण, बाहु से क्षत्रिय, जङ्घा से वैश्य, और पैरों से शूद्र की उत्पत्ति हुई !

जाति से कोई पतित नहीं है—पतित वह है, जो चोरी, व्यभिचार, ब्रह्म-हत्या, भ्रूण-हत्या, सुरापान इत्यादि दुष्ट कृत्यों को करता है; और उनको गुप्त रखने के लिए बार-बार असत्य भाषण करता है।

—वेद

* * *

मैं ने गुण और कर्म के अनुसार ही जाति-संस्था की संस्थापना की है।

—भगवान कृष्ण

* * *

यह तान्त्रिक मनुष्य कितने पुण्यशील हैं ? वे पापी, दुराचारी और म्लेच्छों को भी अपने में सम्मिलित करके उसी प्रकार पवित्र बना लेते हैं, जिस प्रकार गँदला जल पवित्र जल-प्रवाह में मिल कर पवित्र हो जाता है।

जिस प्रकार गङ्गाजल में मिला हुआ जल गङ्गा-जल हो जाता है, उसी प्रकार चाण्डाल, नीच और यवन भी तान्त्रिक जनों के साथ मिल कर पवित्र हो जाता हैं।

—महानिर्माण तन्त्र

* * *

वर्णों में कोई ऊँच नहीं है। सब वर्ण परब्रह्म ही से उत्पन्न हुए हैं। तदुपरान्त ही वे अपने-अपने स्वभावानुसार चतुर्वर्णों में विभक्त किए गए हैं। शूद्र अपने आचरण से ब्राह्मण, और ब्राह्मण अपने आचरण से शूद्र हो सकता है। ऐसे ही क्षत्रिय और वैश्य भी अपने-अपने गुणकर्मों के अनुसार ब्राह्मण और शूद्र हो सकते हैं।

जो ब्राह्मण बुरे और नीच कर्म करता है; एवं जो दम्भी, पापी और अज्ञानी है, वह शूद्र ही है; और जो शूद्र संयम, सत्य और धर्म का सदा परिपालन करता है, वह ब्राह्मण ही है। सदाचार ही से द्विजत्व प्राप्त होता है।

मतङ्ग चाण्डाल-योनि में उत्पन्न होकर भी इसी देह से अपने तपोबल के प्रभाव से ब्राह्मण हो गया था।

वीतहव्य राजा भी ब्राह्मणत्व को प्राप्त हुआ था।

—भगवान् व्यासदेव

* * *

केवल जन्म ही से कोई ब्राह्मण, क्षत्रियवैश्य,

शूद्र या म्लेच्छ नहीं होता है। ये सब भेद गुण और कर्म से होते हैं।

—शुक्राचार्य

* * *

कैवर्त-कन्या से व्यासदेव उत्पन्न हुए; चाण्डल-रमणी से पाराशर का जन्म हुआ; शुक्री से शुक्र की उत्पत्ति हुई; उलूकी से कणाद, गणिका से वसिष्ठ, लखिका से मन्दपाल; और मण्डूकी से माण्डव्य पैदा हुए, पर यह सब अपने पवित्र तपोबल से विप्रत्व को प्राप्त हुए थे।

—कस्यचित्

* * *

सादाचारी ब्राह्मण, क्षत्रिय, वैश्य; एवं शूद्र इन चारों को गायत्री-मन्त्र के जाप करने का तथा श्रुति-अध्ययन का समान अधिकार है।

—वृद्ध गौतम

* * *

किसी भी जाति का मनुष्य हो; पर यदि वह सत्यवादी है तो मैं उसकी सेवा करूँगा; क्योंकि प्रत्येक मनुष्य अपने कर्म और गुण के अनुसार ही उच्चता अथवा नीचता को प्राप्त होता है। सत्य से विहीन सभी जातियाँ नरक में पतित होंगी। सभी जातियाँ पवित्र हो जायँगी, यदि वे सत्य-धर्म का पालन करें; और उपकार में रत रहें।

—निमि जातक

* * *

कभी किसी महात्मा से यह मत पूछो कि तुम्हारी जाति क्या है; क्योंकि भगवान् के दरबार में जाति का बन्धन नहीं रह जाता है।

—ऋषिवर कबीर

* * *

मैंने हिन्दू-धर्म का जो कुछ अध्ययन किया है, उससे मैंने यही समझा है कि सच्चे हिन्दू-धर्म का यह कोई अङ्ग नहीं है कि जिन लोगों को हम 'अस्पृश्य' कहें, उन्हें भी वह अपने ही अन्तर्गत रखे। यदि मेरे सामने कोई यह बात प्रमाणित कर दे कि यह हिन्दू-धर्म का एक आवश्यक अङ्ग है, तो मैं खुले आम कह दूँगा कि मैं स्वयं हिन्दू धर्म्म का द्रोही और विरोधी हूँ।

यदि ब्राह्मण लोग यह समझते हों कि अपनी तपस्या तथा उच्च कुल में जन्म ग्रहण करने के कारण हम लोग उच्च हैं, तो उन्हें अभी बहुत कुछ ज्ञान प्राप्त करने की आवश्यकता है; और देश को नष्ट तथा दुर्दशा-ग्रस्त करने वाले भी वे ही हैं।

—योगीश्वर गाँधी

* * *

अपने अनुरूप क्षेत्र प्राप्त करने में सबको समान स्वतन्त्रता होनी चाहिए। जितना जी चाहे, उतना तुम अपना शिर ऊँचा उठा सकते हो; पर पैर सदा समान भूमि पर होने चाहिए। किसी व्यक्ति के कन्धे अथवा शिर पर उन्हें स्थापन मत करो, भले ही वह व्यक्ति निर्बल अथवा इच्छुक ही क्यों न हो।

मेरे प्यारे भारत के धार्मिक जनो! शास्त्रों का ठीक ठीक प्रयोग करो। देश-धर्म तुमसे यह आशा करता है कि जाति के अत्यन्त कठोर नियमों को तुम ढीला कर डालोगे; और जातीय भ्रातृ-भाव के विकास के लिए तुम तीव्र वर्ण-भेदों को नियन्त्रित कर दोगे।

आज भारत में स्वामी और पण्डितगण अपनी जाति की आलस्यमयी निद्रा को बढ़ाने के लिए लोरियाँ गा रहे हैं।

—योगिराज राम बादशाह

* * *

वर्णाश्रम-धर्म बलात्कारपूर्वक अछूतों को स्वतन्त्रता की इस रण-यात्रा में ब्राह्मणों के साथी एवं समान धर्म होने से नहीं रोक सकता।

यदि तुमने इस बात को भली भाँति हृदयङ्गम कर लिया है कि उस समय तक तुम अपने लिए स्वतन्त्रता का अधिकार नहीं माँग सकते, जब तक तुम में से एक के भी हृदय में अपने पड़ोसी के प्रति अनुदार सङ्कोच विद्यमान है; क्योंकि वह तुम्हारी भाँति चातुर्वर्ण्य की सीमा में उत्पन्न नहीं हुआ है......... !

—देवी सरोजिनी

* * *

और तुम अछूतों, चमारों; और चाण्डालों तथा इसी प्रकार के अन्य लोगों के पास जाओ और उनसे कहो--तुम ही जाति की आत्मा हो। और तुम में वह अनन्त शक्ति निहित है, जो अखिल विश्व में क्रान्ति उत्पन्न कर सकती है। अपनी शृङ्खलाओं को छिन्न-भिन्न करके तुम उठ खड़े होओ; और तब तुम्हारी आश्चर्यमयी शक्ति पर विश्व चमत्कृत हो उठेगा। जाओ, और उनके लिए विद्यालयों की संस्थापना करो, और उन्हें यज्ञोपवीत धारण कराओ!

—योगिवर विवेकानन्द

* * *

वर्तमान काल में जाति-प्रथा जिस रूप में प्रचलित है, उसका एकान्त रूप से विनाश करना ही होगा। यदि भारतीय जनता को नवीन जीवन प्राप्त करना है, तो उसे वर्ण-भेद के वर्तमान स्वरूप को मिटा देना होगा; क्योंकि वह उन्नति के सभी विभागों में भयङ्कर रूप से बाधा समुपस्थित कर रहा है।

—पण्डितप्रवर भगवानदास

* * *

मैं स्वयं अब्राह्मण हूँ। हम अब्राह्मणों का यह दृढ़ निश्चय है कि हम जाति-भेद से उत्पन्न होने वाली किसी बाधा को अपने सामाजिक और राजनैतिक अभ्युदय के पथ पर खड़ी नहीं होने देंगे; और इस उद्देश्य की सिद्धि के लिए हमने निश्चय कर लिया है कि हम उन लोगों को, जो जाति-भेद के पक्षपाती हैं, किसी प्रकार के विशेषाधिकार प्राप्त नहीं करने देंगे, जब तक कि उन लोगों को, जिन्हें उन विशेषाधिकारों से हानि पहुँचाई जा सकती है, उनसे (जाति-भेद के पक्षपातियों से) भी अधिक विशेषाधिकार न प्रदान किए जायँ।

—सर शंकरन नायर

* * *

जब आत्म-ज्ञान प्राप्त हो जाता है, तब सारे बन्धन शिथिल हो जाते हैं। तब ब्राह्मण एवं अब्राह्मण, नीच एवं ऊँच का भेद नहीं रह जाता है।

—परमहंस रामकृष्ण देव

* * *

यदि कोई विदेशी मुझ से यह जिज्ञासा करे कि यह ३० कोटि भारतवासी मुट्ठी भर परदेशियों के पदानत और क्रीड़ा-पुत्तलिका क्यों बने हुए हैं, तो मैं एक शब्द में उत्तर दूँगा--अस्पृश्यतारूप अभिशाप के कारण! यदि कोई मुझ से पूछे कि स्वराज्य-लाभ की प्रधान बाधा क्या है, तो मैं एक बात में उत्तर दूँगा--अस्पृश्यतारूप अभिशाप!!........भण्डपन और कपटाचरण धर्म के प्रधान आवरण बन गए हैं; देशाचार और लोकाचार ने धर्म का सिंहासन अधिकृत कर लिया है!

—आचार्य प्रफुल्लचन्द्र राय

* * *

काठ के हाथी और चमड़े के मृग देखने में बहुत सुन्दर और मनोहर प्रतीत होते हैं; पर वे किसी उपयोग में नहीं आ सकते। इसी प्रकार आजकल जन्मना ब्राह्मणों की अधिकांश संख्या, काठ के हाथी और चमड़े के मृग के समान ऊपरी आडम्बरों ही से विभूषित हो रही है; परन्तु उनमें उस जाति के प्रधान गुणों का बहुत कुछ उपयोगी अंश नहीं रह गया है; यह बात तुम्हें उन परिवर्तनों के सम्बन्ध में स्मरण रखना चाहिए, जो अब शीघ्र ही घटित होने वाले हैं।

—श्रीमती एनी बीसेन्ट

* * *

"पुंस्त्वे स्त्रीत्वे विशेषो व जातिनामाश्रदयः।
न कारणं यद्भजने भक्तिरेवेहि कारणम्॥
यज्ञ ज्ञान तपोभिर्वा वेदाध्ययन कर्मभिः।
नैव द्रष्टुमहं शक्यो मद्भक्तिविमुखैः सदा॥

—आध्यात्म रामायण

[ले० अध्यापक श्री० ज़हूरबख़्श जी, "हिन्दी-कोविद"]

अलगू का विद्या पढ़ना

शहर के बाहर एक कोने पर सितऊ नाम का एक मेहतर रहता था। उसके एक लड़का था, जिसका नाम अलगू था। अलगू था तो मेहतर का लड़का; पर बड़ा अच्छा लड़का था। ख़राब बातों से वह बहुत दूर रहता था। उसकी हमेशा यही इच्छा रहती थी कि मैं अच्छी-अच्छी बातें सीखूँ।

एक दिन अलगू शहर में घूमने गया। एक पण्डित जी हनुमान जी की मढ़ैया में बैठे झूम-झूम कर रामायण पढ़ रहे थे। अलगू सड़क पर खड़ा होकर रामायण सुनने लगा। उसकी तबियत बहुत खुश हुई। घर लौट कर उसने पिता से कहा—दद्दा! आज पण्डित जी मढ़ैया में बैठे रामायण पढ़ रहे थे। जब से मैंने रामायण सुनी है, तब से मेरा जी कुछ और ही हो गया है। मेरी इच्छा होती है कि मैं भी विद्या पढ़ूँ; और फिर रोज़ रामायण का पाठ किया करूँ। आप मेरे पढ़ने का बन्दोबस्त कर दीजिए

पिता ने अलगू से कहा—बेटा, तुम भङ्गी के लड़के हो, कोई तुम्हें पास भी तो न बैठने देगा। विद्या कैसे पढ़ोगे? भगवान् ने हम भङ्गियों के भाग्य में विद्या का आनन्द ही नहीं लिखा।

पर अलगू ने हिम्मत न हारी। उसने पिता से कहा—आप कोशिश तो कीजिए। शायद कोई दयालु सज्जन पढ़ाने को राज़ी हो जाय।

पिता ने नाराज़ होकर उत्तर दिया—तू इन बातों को नहीं जानता। जिसके सामने पढ़ने-लिखने की चर्चा करूँगा, वही नाराज़ होगा। मुफ़्त में कौन गालियाँ खाता फिरे।

फिर अलगू ने पिता से कुछ न कहा। दूसरे दिन अलगू फिर उसी मढ़ैया के सामने पहुँचा। पण्डित जी उस समय रामायण पढ़ रहे थे। अलगू सड़क के

किनारे बैठ कर रामायण सुनता रहा। जब पण्डित जी रामायण पढ़ चुके, तब अलगू ने उनसे कहा—पण्डित जी, मुझे भी पढ़ा दीजिए। मैं भी रामायण पढ़ा करूँगा। पण्डित जी हँस कर बोले—जा पगले! तू तो रामायण छू भी नहीं सकता। फिर कभी यहाँ न आना।

इसके बाद अलगू कई महाशयों के पास गया। उसने उनसे पढ़ा देने की प्रार्थना की; पर उसे पढ़ाया तो किसी ने नहीं; हाँ, किसी ने उसे गालियाँ सुना दीं, किसी ने बेचारे को दुत्कार दिया। अलगू निराश नहीं हुआ। उसने सुना कि पाठशाला के एक पण्डित जी बड़े दयालु हैं। बस, वह पाठशाला जाने लगा; पर किसी ने उससे बात तक न की। अलगू रोज़ पाठशाला जाता, घण्टों बाहर बैठा रहता, और छुट्टी होने पर घर लौट आता।

एक दिन गुरु जी ने उससे पूछा—लड़के, तू यहाँ रोज़-रोज़ क्यों आया करता है? तब अलगू ने आँखों में आँसू भर कर उन्हें अपना सब हाल सुना दिया। गुरु जी बहुत प्रसन्न हुए। उन्होंने उससे कहा—काल से तू स्लेट-पेन्सिल लाया कर। हम तुझे पढ़ावेंगे।

अलगू की खुशी का ठिकाना न रहा। उसने पिता को सब हाल सुनाया। पिता ने उसे एक छोटी सी स्लेट ला दी। अब अलगू रोज़ पाठशाला जाने लगा। पण्डित जी उसे दूर बैठाल कर रोज़ थोड़ी देर पढ़ा दिया करते थे। अलगू बड़े उत्साह से मन लगा कर अपना सबक़ याद किया करता था। थोड़े ही दिन में अलगू होशियार हो गया। वह अच्छी तरह किताब पढ़ने लगा। तब गुरु जी उस पर बहुत .खुश हुए, उन्होंने उसे एक रामायण दी; और उससे कहा—बेटा, अब तुम .खुशी से रामायण का पाठ किया करो। भगवान् करे, तुम्हारे ही समान सब मेहतर रामायण का पाठ किया करें।

अब तो अलगू रोज़ ही रामायण का पाठ करने लगा। सब मेहतर उसके यहाँ रामायण सुनने को आने लगे। कुछ दिन बाद कई लोगों ने यह इच्छा की कि हम भी रामायण पढ़ना चाहते हैं। इससे अलगू को बड़ी .खुशी हुई। अब अलगू ने एक छोटी सी पाठशाला खोल दी है, जिसमें बहुत से मेहतर और उनके लड़के पढ़ने के लिए आते हैं। अलगू उन्हें बड़े प्रेम से पढ़ाता है। सब मेहतर अलगू को .खूब चाहते और उसका आदर करते हैं।

* * *

चेतू का बड़प्पन

गरमी के दिन थे। खूब चिल-चिलाती हुई धूप पड़ रही थी, धरती आग के समान तप रही थी। चेतू के पैर भुनने लगे।

मारे प्यास के बेचारे का गला सूखने लगा। वह पसीने-पसीने हो गया। तब घबरा कर पण्डित रामाधार तिवारी के दालान में जा बैठा। चेतू एक ग़रीब चमार का लड़का था। उसका घर गाँव के बाहर था। बेचारा ऐसी कड़ी धूप में अनाज लेने के लिए गाँव में आया था।

अभी चेतू सुस्ता ही रहा था कि पण्डित रामाधार जी का एक आठ-दस बरस का बालक दालान में आया। उसे देख चेतू ने बड़ी आशा से कहा---भैया! मारे प्यास के मरा जाता हूँ, थोड़ा सा पानी पिला दो; बड़ी दया होगी। बालक ने उसे उत्तर दिया---भाई, तुम चमार के लड़के हो, मैंने तुम्हें पानी पिलाया और कहीं पिता जी नाराज़ हो पड़े, तो क्या करूँगा?

पण्डित रामाधार के कानों में भनक पड़ी। लपक कर बाहर निकल आए। अपने दालान में चमार के बालक को देख पण्डित जी के शरीर में आग लग गई। गरज कर बोले---क्यों बे साले! चमार के बच्चे! तू मेरे दालान में आ बैठा। सारा घर अपवित्र कर दिया; और अब हमीं से पानी माँगता है। अच्छा ले। इतना कह कर तिवारी जी ने उस ग़रीब को दो-तीन लातें जमा दीं।

चेतू आँखों में आँसू भर कर वहाँ से चला गया।

× × ×

बरसात आई। ख़ूब पानी गिरने लगा नदी नाले उमड़-उमड़ कर बहने लगे। गाँव की छोटी सी नदी ख़ूब भरी हुई थी। पण्डित रामाधार जी का वही बालक नदी में नहाने को गया। वह नदी में उतरा, उसका पैर फिसल गया। वह तैरना तो जानता ही न था, बेचारा डुबकियाँ खाने लगा। किनारे पर और भी बालक नहा रहे थे, वे पण्डित जी के बालक को डूबता देख चिल्लाने लगे; पर उसे बचाने को न दौड़े।

उसी समय चेतू खेत की ओर जा रहा था। लड़कों के चिल्लाने की आवाज़ उसके कानों में पड़ी। दौड़ कर घाट पर आ पहुँचा। बालक को डूबता देख चेतू का जी भर आया। वह तैरना ख़ूब जानता था। अपने प्राणों की परवा न कर वह धम से नदी में कूद पड़ा; और बड़ी कठिनाई से बालक को बाहर निकाल लाया; पर बालक बेहोश हो गया था।

चेतू बालक को पीठ पर लाद, पण्डित जी के घर की ओर चला। उसके पीछे-पीछे बालकों का झुण्ड भी चला। पण्डित जी ने सब हाल सुना, तो वे बहुत ख़ुश हुए और चेतू को कुछ इनाम देने लगे; पर चेतू ने उनसे कहा---महाराज, मैं ने इनाम पाने योग्य कोई काम नहीं किया, डूबते हुए को बचाना तो मेरा काम ही था। इतना कह कर चेतू चला गया।

पण्डित जी सोचने लगे—मैंने उस दिन चेतू को, दो घूँट पानी माँगने पर लातें जमाई थीं। आज उसी चेतू ने मेरे बालक की जान बचाई। आह! उस दिन मैंने कैसा खोटा काम किया था। मारे शर्म के पण्डित जी का सिर नीचा हो गया।

* * *

उपकार का बदला

चैनपुरा में एक बसोरिन रहती थी। उसका पति मर गया था। बेचारी बड़ी ग़रीब थी। उसके तीन बच्चे थे। बड़े बच्चे का नाम था साधो। बसोरिन एक तो ग़रीब थी, ऊपर से उस पर तीन बच्चों का भार अलग था; इसलिए उसके दिन बड़ी कठिनाई से बीतते थे। वह दिन भर चटाई, सूप, टोकरी आदि बनाया करती, और उनकी बिक्री से जो कुछ मिल जाता, उसी से किसी तरह अपना और बच्चों का पेट पालती थी। साधो भी माँ के काम में कुछ-कुछ सहायता किया करता था।

एक बार बड़ी ठण्ढ पड़ी। बसोरन को सरदी लग गई। वह बीमार पड़ गई। घर में कुछ था नहीं, बेचारा साधो बड़ी मुसीबत में पड़ गया। वह तो भूखा था ही; पर उसके छोटे-छोटे भाई और भी भूखे थे मारे भूख के वे तड़पने लगे। अब बेचारा साधो क्या करता? और कोई उपाय न देख वह भीख माँगने निकला। साधो कई दरवाज़ों पर गया; पर उसे किसी ने कुछ न दिया।

तब साधो गाँव के मोदी की दुकान पर गया। उस समय दूकान पर मोदी का लड़का लक्ष्मीचन्द्र था। साधो मारे ठण्ड के थर-थर काँप रहा था। उसकी बुरी दशा देख लक्ष्मीचन्द्र को बड़ी दया आई। लक्ष्मीचन्द्र ने उससे पूछा—साधो. क्या है? साधो ने उसे अपना सब हाल सुना दिया। तब लक्ष्मीचन्द्र ने साधो को खाने का बहुत सा सामान दिया और साथ ही अपना एक कुरता भी दिया। फिर उसने साधो से कहा—जब तुम्हें ज़रूरत पड़े मेरे पास आया करो; जो कुछ मुझ से बन सकेगा, मैं तुम्हारी सहायता किया करूँगा।

धीरे-धीरे लक्ष्मीचन्द्र और साधो में बड़ी मिल्लत हो गई। लक्ष्मीचन्द्र बराबर साधो की सहायता करता रहा।

दिन जाते देर नहीं लगती। लक्ष्मीचन्द्र और साधो जवान हो गए। लक्ष्मीचन्द्र दूकान का मालिक हो गया। साधो भी मेहनत-मजूरी से कुछ पैदा करने लगा; पर वह लक्ष्मीचन्द्र का उपकार न भूला। वह जब-तब लक्ष्मीचन्द्र से कहा करता था—मालिक, आपने बुरे दिनों में मेरी जो सहायता की है, मैं उसे कभी न भूलूँगा

और मौक़ा पड़ने पर जहाँ आप का पसीना गिरेगा, वहाँ मैं अपना खून बहा दूँगा। लक्ष्मीचन्द्र हँस कर कह देता था—अच्छा भाई, देखा जायगा।

एक बार कुछ बदमाशों ने लक्ष्मीचन्द्र को लूटने का विचार किया। छोटा सा गाँव था; वहाँ पुलीस तो थी नहीं। बस बदमाशों ने निडर हो लक्ष्मीचन्द्र का घर घेर लिया। बेचारे लक्ष्मीचन्द्र के प्राण सूख गए। सारे गाँव में सनाका खिंच गया। साधो को भी यह ख़बर मिल गई। उसका खून उबल उठा। वह तुरन्त एक मज़बूत सा डण्डा ले, लक्ष्मीचन्द्र के घर की ओर चल पड़ा।

लक्ष्मीचन्द्र के घर के पास पहुँच कर साधो ने ज़ोर से कहा—मालिक! मैं आ पहुँचा। मेरे रहते बदमाशों की मजाल नहीं कि वे आप का बाल भी बाँका कर सकें। इसके बाद वह ललकार कर बदमाशों पर टूट पड़ा। उसने बदमाशों से कस कर युद्ध किया। उसकी मार के मारे, बदमाशों को भागते गली न मिली। कई बदमाश तो भाग निकले; पर दो-एक अधमरे हो वहीं गिर रहे। साधो पर भी खूब मार पड़ी, वह लहू-लुहान हो गया; पर उसने लक्ष्मीचन्द्र की रक्षा कर ली।

इसके बाद गाँव वाले भी आ गए। उन्होंने बदमाशों को पुलीस के हवाले किया। सब बदमाश पकड़े गए और उन्हें सज़ा दी गई।

लक्ष्मीचन्द्र ने बड़े इन्तिज़ाम से साधो को अस्पताल भिजवाया, जहाँ वह बहुत जल्दी अच्छा हो गया। सरकार ने उसकी बहादुरी पर प्रसन्न होकर उसे अच्छा इनाम दिया। लक्ष्मीचन्द्र और साधो की मित्रता अब और भी गहरी हो गई है!

चेतावनी

[ले० श्री० शम्भूदयाल जी त्रिपाठी 'नेह']

हिन्दुओ! अछूतों को न दूर दुदकारो कभी,
पूर्तियाँ करेंगे वे, तुम्हारी कामनाओं की!
प्रेम से लगाओ उर अपनाओ कवि "नेह"
हित है इसी में, इति होगी आपदाओं की!!

चोटियाँ कटेंगी नहीं, मूर्तियाँ मिटेंगी नहीं,
कीर्तियाँ घटेंगी नहीं, पूर्व पुरुषाओं की!
पूज्य देव-मन्दिरों की मानता हटेगी नहीं,
सामने लुटेगी नहीं, लाज अबलाओं की!!

विसर्जन

[ले० श्री० चण्डीप्रसाद जी, बी० ए० 'हृदयेश']

(१)

उस समय सन्ध्या का सुन्दर समारोह था। सामने स्वच्छ सलिला गोमती, भागवती करुणा की शीतल रस-धारा के समान, मन्द मन्थर गति से प्रवाहित होती हुई अपने प्रियतम के पास चली जा रही थी; और उसके पीछे हरे-हरे खेतों की अभिनव शोभा के साथ सान्ध्य गगन की सप्त-रागरञ्जित सुषमा गले मिल रही थी। मैं तट पर खड़ा होकर इस शान्त-महोत्सव को देख रहा था!

उस समय ऐसा प्रतीत हो रहा था, मानों कोई ऐन्द्र-जालिक शक्ति पश्चिम-गगन की सुन्दर रङ्गमयी रङ्गभूमि में अपनी चमत्कारमयी लीला दिखा रही थी। क्षण-क्षण में दृश्यों का परिवर्त्तन हो रहा था। कभी वहाँ कुरुक्षेत्र की शोणित-सिक्त युद्धभूमि का भयङ्कर दृश्य समुपस्थित हो जाता था, तो क्षण भर के उपरान्त ही वहाँ पर रत्न-जटित राजप्रासाद का आविर्भाव हो जाता था। थोड़ी ही देर के अनन्तर वहाँ पर नील सलिला कालिन्दी प्रवाहित होने लगती थी; और पलक मारते-मारते वहाँ पुण्य भूमि वृन्दावन की गोधूलि मुहूर्त का पुनीत दृश्य आँखों के सामने समुपस्थित हो जाता था। मैं आत्म-विस्मृत होकर लीलामयी प्रकृति की इस ललित लीला को देख रहा था!

धीरे-धीरे यह सब दृश्य अन्धकार में विलीन होने लगे; और एक घड़ी बीतते न बीतते पश्चिम गगन के एक छोर पर सन्ध्या-सुन्दरी के हार के समुज्वल हीरक की भाँति, एक निर्मल नक्षत्र उदय हो गया। उस समय समस्त गगन-मण्डल में दूसरा नक्षत्र उदित नहीं हुआ था; और ज्यों-ज्यों अन्धकार घनीभूत होता जाता था, त्यों-त्यों विपत्ति में आकण्ठ-निमग्न महा पुरुष की भाँति वह और भी उज्ज्वलतर होता जाता था। उसके इस समुज्वल साहस को देख कर मेरे हृदय में एक अपूर्व उल्लास उत्पन्न हो गया था; और मेरे कल्पना-कानन में भावों की कलकलमयी कालिन्दी प्रवाहित होने लगी थी। मेरी इन स्थूल आँखों के सामने प्रकृति के मधुर महाकाव्य का एक समुज्ज्वल अंश देदीप्यमान् था; और मेरे आन्तरिक लोचनों के सम्मुख आध्यात्मिक जगत् का एक आनन्दमय दृश्य अभिनीत हो रहा था। जीवन का वह कैसा मङ्गल-मुहूर्त था? सन्ध्या के उस सुन्दर समारोह में मानों मेरे आनन्द का आलोकमय प्रभात उदित हो रहा था! प्रभात और प्रदोष का वह कैसा अभिनव आश्चर्य मिलन था!!

पर उसी समय—आनन्द और उल्लास के उस लीला काल में, प्रदोष और प्रभात की उस मिलन-मुहूर्त में, सन्ध्या और शान्ति के उस मधुर समारोहपूर्ण समय में मेरे कानों में एक चीत्कार की ध्वनि पड़ी; और उसने मेरे उस सुवर्ण राज्य के स्वप्न को एक बार ही नष्ट कर दिया। मैं उद्विग्न होकर इधर-उधर देखने लगा। दूसरे ही क्षण फिर वही चीत्कार सुनाई दिया। भावों की शृङ्खला टूट कर इधर उधर बिखर गई और आनन्द की शीतल धारा सहसा विलीन हो गई; वह चीत्कार दक्षिण की ओर से आया था; और वह अवश्य ही किसी अबला के कण्ठ से विनिर्गत हुआ सा प्रतीत होता था। मैं हृदय के आवेग से उसी ओर को दौड़ पड़ा!!

आनन्द और आमोद कितने क्षण भङ्गुर हैं?

(२)

रास्ते में कई एक कटीली झाड़ियाँ थीं; पर मुझे इनकी रत्ती भर चिन्ता नहीं थी, मैं दौड़ा चला जा रहा था। दो-एक बार पत्थरों से मेरा पैर ठुकरा गया; पर मैं शीघ्र ही सँभल कर उसी ओर को प्रधावित हुआ, जिधर से वह चीत्कार आया था। अन्त में मैं एक ऐसे स्थान पर पहुँचा, जहाँ चारों ओर बड़े-बड़े वृक्ष खड़े थे; और जहाँ पर अन्धकार की छाया विशेष घनीभूत हो रही थी।

वहाँ पहुँचते ही मैंने देखा कि एक युवती घुटने टेके हुए बैठी है; और उसके सामने दो विकराल नर-राक्षस खड़े हैं। एक के हाथ में छुरी थी; दूसरे के लाठी ! जिस समय मैं वहाँ पहुँचा, उस समय वह युवती हाथ जोड़ कर बड़े करुण और विषादपूर्ण शब्दों में कह रही थी—मुझ पर दया करो, मैं बहुत दुखी हूँ। मैं तुम्हारी गऊ हूँ; मेरा धर्म मत नष्ट करो !

उसके इन करुण शब्दों को सुन कर एक बार प्राण-शून्य पाषाण भी द्रवीभूत हो जाता; पर उन राक्षसों के कठोर मुख-मण्डल पर करुणा की एक सूक्ष्म रेखा भी आविर्भूत नहीं हुई। मैंने शीघ्र ही स्थिति के वास्तविक रहस्य को जान लिया; और पेड़ की ओट से बाहर निकल कर मैं ने गुरु गम्भीर स्वर में कहा—घबड़ाना मत ! मैं आ गया हूँ। यह पापी तुम्हारा कुछ नहीं बिगाड़ सकते।

युवती ने मेरी ओर देखा—उसी प्रकार देखा जिस प्रकार क़साई के पाश में फँसी हुई गाय अपने परित्राण-कर्ता की ओर देखती है। उसके विवर्ण मुख-मण्डल पर एक प्रकार की अभिनव ज्योति प्रकट हुई; और वह सहसा उठ कर मेरे पीछे आकर खड़ी हो गई। उसने मानों मेरे हृदय की बात पहचान ली, उसे मानों विश्वास हो गया कि राज-राजेश्वरी भगवती कल्याण-सुन्दरी ने मुझे उसके परित्राण के लिए ही वहाँ भेजा है। उसके सुन्दर मुख-मण्डल पर उस समय आनन्द, आश्वासन और विश्वास की जो विमल त्रिवेणी प्रकट हुई, उससे यह स्पष्ट विदित होता था कि वह मन ही मन भगवती के श्रीचरणों में अपनी कृतज्ञता की अञ्जलि अर्पण कर रही थी।

मुझे कहने में जितनी देर लगी है, उतनी वहाँ पहुँचने में और उपरोक्त शब्दों के उच्चारण करने में नहीं लगी थी। मेरे उन गुरु गम्भीर शब्दों को सुन कर एक बार तो वे दोनों राक्षस स्तम्भित हो गए; पर पाप शीघ्र ही पराजय स्वीकार नहीं करता है। उनमें से एक ने जिसके हाथ में तीक्ष्ण छुरी थी, कड़क कर कहा—तुम कौन हो; और क्यों अपनी जान देने के लिए यहाँ आए हो ?

मैंने अब की बार उपेक्षाकृत शान्त स्वर में कहा—मैं अपना नाम-धाम बताने के लिए यहाँ नहीं आया हूँ। भला इसी में है कि तुम लोग यहाँ से चले जाओ।

इस पर वे दोनों अट्टहास कर उठे; और उनका अट्टहास-ध्वनि से वह स्थान गूँज उठा। उनमें से दूसरे ने, जिसके हाथ में लाठी थी, कहा—क्यों चले जायँ ? यह क्या तुम्हारी बहिन है, जो तुम उसे बचाने के लिए इतने उतावले हो रहे हो। जाओ ! अपना रास्ता लो, नहीं तो मिनिट भर में तुम्हारी लाश यहाँ तड़पती हुई पड़ी होगी ?

मैंने हँस कर कहा—जो कुछ भाग्य में होगा, सो तो होगा ही; पर यह जान लेना कि तुम इस युवती के शरीर पर अब हाथ नहीं लगा सकते।

इतना सुनते ही उसने मेरे ऊपर लाठी छोड़ दी। मैं पहले ही से इसके लिए समुद्यत था; उसके हाव-भाव से, उसकी चाल-ढाल से मैंने पहले ही यह निष्कर्ष निकाल लिया था कि वह मुझे योंही न छोड़ देगा; पर मैं भी नया खिलाड़ी नहीं था, मेरे ताऊ जी ने मुझे लाठी चलाने की कला में शैशवावस्था ही से प्रवीण बना दिया था। इसीलिए मैं निर्द्वन्द, निश्चिन्त, निर्विकार भाव से बड़े-बड़े दुस्तर स्थानों में घूमा करता था; और मेरा विश्वास था कि एक दो आदमी मुझे निहत्थे होने पर भी मार नहीं सकते। उसकी लाठी की ओर ही मेरी दृष्टि थी; ज्योंही उसने लाठी छोड़ी, त्योंही मैं थोड़ा सा पीछे हट गया। उसकी लाठी ख़ाली गई; और वह भी पृथ्वी की ओर लाठी के झोंक से आ पड़ा। यही मेरा अवसर था, मैं ने शीघ्र ही आगे बढ़ कर उसकी लाठी छीन ली। अब अहिंसात्मक असहयोग का समय नहीं था; लाठी छिन जाने पर भी वे दो थे, और उनमें भी दोनों के पास तीक्ष्ण छुरियाँ थीं। इसीलिए मैंने अब सङ्कोच और सोच-विचार को तिलाञ्जलि देकर उसके ऊपर लाठी छोड़ दी। लाठी ठीक सिर पर बैठी। रक्त की धारा उबल पड़ी, और वे देवता जी पृथ्वी पर मुँह के बल गिर पड़े। उनका गिरना था कि दूसरे का ग़ायब होना था। पाँच मिनिट बीतते-बीतते हत्याकाण्ड का अनुष्ठान और समाप्ति दोनों हो गई।

अब मैं युवती की ओर मुड़ा। मैंने देखा कि वह पास ही हाथ में एक पत्थर लिए हुए खड़ी थी। मैंने कहा—चलो ! यहाँ से जल्दी ही चली चलो। कौन जाने पीछे और कोई विपत्ति का सामना करना पड़े !

युवती ने कहा—कहाँ चलूँ ?

मैंने कहा—मेरे घर !

युवती ने चकित भाव से मेरी ओर देखा; मैं उसका अभिप्राय समझ गया। मैंने कहा—तुम इसकी चिन्ता मत करो। मेरे घर पर मेरी बुड्ढी विधवा बहिन है। वह तुम्हें अपनी लड़की के समान रक्खेगी। तुम्हें कोई चिन्ता नहीं करनी चाहिए।

अबकी बार युवती ने कहा—पर क्या आप मुझे अपने घर में घुसने देंगे ?

अबकी बार मैंने चकित भाव से पूछा—क्यों ? इसका क्या मतलब ?

युवती के ललित मृदुल अधरों पर घृणा की एक हँसी आविर्भूत हुई। उसने स्थिर शान्त स्वर में कहा—मतलब ! मतलब यह है कि मैं जाति की चमारिन हूँ; और मेरी गिनती उन अछूतों में है, जिनके छू जाने से आप की जात तक चली जा सकती है।

उसकी इस स्पष्ट उक्ति को सुन कर मैं एक बार तो स्तम्भित हो गया; पर दूसरे ही क्षण मैंने अपना कर्त्तव्य निश्चित कर लिया। मैंने कहा—तुम कोई क्यों न हो, चाहे चमार-कन्या हो, चाहे चाण्डाल-पुत्री; पर तुम मेरी बहिन हो। मेरे घर में तुम्हें अवश्य स्थान मिलेगा।

युवती के ललित लोचनों में आँसू भर आए—उसने कृतज्ञता भरी दृष्टि से मेरी ओर देखा। मैंने उसकी अश्रुधारा में भगवती ज्योति की तरल विलास-लक्ष्मी का दर्शन किया; और उस दिन मैंने पहली बार इस बात का अनुभव किया कि रमणी की अश्रुधारा स्वर्ग-गङ्गा की अमृत-धारा से भी अधिक पवित्र एवं पावन है।

मैं आगे-आगे चल दिया। युवती मेरे पीछे चल दी। मेरे हृदय की रङ्गभूमि में किलोल कर रहा था दिव्य आनन्द ! और युवती के मन-मन्दिर में लीला कर रही थी कृतज्ञता की भाव-लक्ष्मी !! दोनों आत्मविस्मृत और भावविभोर थे !

पुण्य सङ्कल्प प्रकृत-आनन्द का पूर्व रूप है !

(३)

घटनाओं की अनावच्छिन्न श्रृङ्खला के कारण मुझे रमणी के स्वरूप का वर्णन करने का अवकाश अब तक प्राप्त नहीं हुआ। मेरा ऐसा विचार है—वरन् विश्वास है कि मनुष्य की वाह्य आकृति का कुछ न कुछ अंश में आभ्यान्तरिक प्रकृति से सम्बन्ध रहता है। इस नियम में अपवाद भी होते हैं; पर यहाँ पर उस सिद्धान्त के विश्लेषीकरण का अवसर नहीं है। मैं तो संक्षेप में रमणी के स्वरूप और उसकी दीनवेश-भूषा का वर्णन करके ही सन्तोष धारण कर लूँगा।

महाकवि बाण ने अपनी जगत्प्रसिद्ध कादम्बरी में जिस चाण्डाल-कन्या का वर्णन किया है, इस युवती की रूप-राशि भी उसी भाँति समुज्वल और सुमधुर थी। ऐसा प्रतीत होता था, मानों किसी क्रोधी ऋषि के भयङ्कर अभिशाप से अभिशप्त होकर कोई देव-कन्या चमार-कुल में अवतीर्ण हुई हो। उसकी बड़ी-बड़ी आँखों में करुणा, आत्म-सम्मान और सरलता की त्रिवेणी प्रवाहित हो रही थीं; उसके विशाल गौर ललाट पर एक अभिनव तेज दिव्य मणि के समान उद्भासित हो रहा था; उसके पतले-पतले अधरों पर पारिजात पल्लव के ललित विकास की लीलामयी लक्ष्मी किलोल कर रही थी; और उसके सुन्दर सुडौल शरीर में मूर्तिमान सौन्दार्य अपने प्रिय सखा बसन्त के साथ आनन्दपूर्वक विहार कर रहा था। उसे देखते ही श्रद्धा से मस्तक अवनत हो जाता था; और उसके उस तेजोमय स्वरूप का अवलोकन करके मन-मन्दिर में भक्ति की भाव-सरिता प्रवाहित होने लगती थी !

उसके उस कान्त कलेवर को आच्छादित करने वाले समस्त वस्त्र मैले और फटे हुए थे। ऐसा प्रतीत होता था, मानों वर्षों से वह दुर्भाग्य-पीड़िता युवती उन्हीं फटे हुए मलिन वस्त्रों से अपनी लज्जा निवारण कर रही थी; परन्तु उन मलिन और फटे हुए वस्त्रों के भीतर से उसके शरीर की मधुर ज्योति उसी प्रकार विकीर्ण हो रही थी, जिस प्रकार पङ्क में पड़े हुए समुज्वल हीरक की प्रसन्न आभा चारों ओर प्रसरित होती है। वह एक अपूर्व दृश्य था ! सन्ध्या के उस घनीभूत अन्धकार में मैं ने उस युवती की जिस करुण मूर्ति का दर्शन किया था, वह एक अभिनव तेज और माधुर्य से मण्डित थी। ऐसा प्रतीत होता था, मानों दो नृशंस राक्षसों के बीच में बैठी हुई मलिन-वसना सीता भगवान् की शान्ति-शीतल करुणा को गुहार रही थी; मानों अत्याचार और अनाचार के हाथों में फँसी हुई धर्मनीति अपने परित्राण के लिए

धर्म-स्वरूप जगन्नियन्ता से प्रार्थना कर रही थी; मानों पाप और प्रलोभन के पाश में आबद्ध आत्मा अपनी मुक्ति के लिए विश्वेश्वर से विनय कर रही थी; मानों साकार नरक द्वय के बीच में स्वर्ग-लक्ष्मी चकित एवं संत्रस्त भाव से ऊपर की ओर देखती हुई स्वर्ग के अधीश्वर से अपनी रक्षा के लिए अनुनय कर रही थी; मानों दो नृशंस हिंसक पशुओं से घेरी जाकर सरल मृगाङ्गना करुणामय की करुणा को आतुर भाव से पुकार रही थी। विश्व के रङ्गमञ्च पर इस प्रकार के अभिनय एक-दो नहीं है; परन्तु अपने जीवन में मैंने पहली ही बार ऐसा दृश्य देखा था। मैंने मन ही मन उस युवती को प्रणाम किया; और मेरे मन में स्वतः ही यह भावना उत्थित हो गई कि जिस भागवती-नियम के अनुसार सदा से अन्त में पाप की पराजय और पुण्य का परित्राण होता आया है, उसी नियम की सिद्धि में सहायता देने का मुझे आज अपूर्व संयोग प्राप्त हुआ है। उन नृशंस राक्षसों को देख कर मेरे मन में रत्ती भर भय का सञ्चार नहीं हुआ; मेरा हृदय मानों एक दिव्य तेज से समुज्ज्वल हो उठा; और मुझे ऐसा आभासित होने लगा कि मानों मेरे रक्त के प्रत्येक परिमाणु में दिव्य स्फूर्ति का सञ्चार हो गया है, एवं मेरे मन-मन्दिर के भाव पीठ पर आसीन होकर भागवती-प्रेरणा मानों उस स्फूर्ति का सञ्चालन कर रही है। सन्ध्या के उस क्षण-क्षण में घनीभूत होते हुए अन्धकार में भी मैंने उस युवती के स्वरूप में भगवती का दर्शन प्राप्त किया!

उस दिन मैंने जाना कि रमणी का रूप क्यों पूजनीय है; उस मङ्गल-मुहूर्त में मेरे हृदय-निकुञ्ज की प्रत्येक लता आनन्द और आमोद से उत्फुल्ल होकर झूमने लगी!

मुझे ऐसा प्रतीत हुआ, मानों उस सन्ध्या की पुण्य-मुहूर्त में मेरे जीवन का बसन्त-प्रभात उदय हुआ।

* * *

यद्यपि उस समय दिव्य-आनन्द के आवेश में मैंने उस युवती को यह कह कर सान्त्वना दी थी कि मेरी वृद्धा बहिन उसे अपनी पुत्री से समान मान कर अपने घर और हृदय में आश्रय प्रदान करेगी; और मुझे यह भी विश्वास था कि मेरे अनुरोध और आँसुओं को अमान्य करने का साहस भी मेरी उन करुणा-मूर्ति भगिनी को नहीं है; पर तो भी ज्यों-ज्यों मैं घर की ओर बढ़ता जाता था, मेरे मन में एक प्रकार की आशङ्का उत्पन्न होती जाती थी। उस आशङ्का का मूल कारण था, मेरी बहिन का धार्मिक कट्टरपन। जब वह स्नान करने के उपरान्त पूजन से निवृत्त होने के पहले मुझे—अपने सहोदर को भी स्पर्श नहीं करती थीं, तब भला किस प्रकार वे चमार-कन्या को अपने घर में स्थान देंगी—यह आशङ्का बार-बार मेरे हृदय को उद्विग्न करने लगी थी। तब क्या होगा? क्या इस अन्धकारमयी रात्रि में यह असहाया युवती अछूत होने के कारण ब्राह्मण के गृह से अनादरपूर्वक निकाल दी जायगी? जिसे मैं आज बहिन करके सम्बोधित कर चुका हूँ, उसे क्या मैं अपने घर में आश्रय नहीं दे सकूंगा? भाई के द्वार से बहिन क्या अपमान-सहित निष्कासित की जायगी; और वह भी ऐसी भयङ्कर रात्रि में? नहीं, ऐसा नहीं हो सकता; चाहे कुछ हो, चाहे आज की रात्रि में मुझे अपनी सहोदरा को, जिन्होंने मुझे पाल-पोस कर बड़ा किया है, छोड़ देना पड़े; पर मैं इस युवती को, इस असहाया अनाथिनी अबला को, इस दुर्भाग्य-दुष्पीड़िता धर्म-भगिनी को, कदापि नहीं छोड़ सकूँगा? धर्म जाय, चाहे रहे; जाति-बन्धन टूटे, चाहे न टूटे; समाज मुझे बहिष्कृत कर दे, चाहे न करे; पर मैं इस अनाथिनी अछूत-कन्या को किसी प्रकार हिंसक राक्षसों की दया पर छोड़ने को राज़ी नहीं हो सकता! हिन्दुत्व को छोड़ सकता हूँ, ब्राह्मणत्व को तिलाञ्जलि दे सकता हूँ, समाज का परित्याग कर सकता हूँ; पर इस अनाथिनी अबला को मैं किसी भाँति आश्रय-विहीन नहीं कर सकता।

मैंने एक बार सामने अन्धकार से आवृत गगन-मण्डल की ओर देखा—कह नहीं सकता कि वह मेरी भ्रान्ति थी, अथवा सत्य; पर मैंने स्पष्ट रूप से देखा कि उस अन्धकारमय आकाश के एक प्रान्त पर खड़ी होकर एक तेजोमयी मूर्ति मेरी ओर वात्सल्य भरी दृष्टि से देख रही है। मैंने देखा; और मेरे हृदय ने अनुभव किया कि उस मङ्गलमयी मूर्ति की मुसकान में मेरे सङ्कल्प का अनुमोदन था, उसकी प्रसन्न मधुर दृष्टि में मेरे निश्चय का समर्थन था। अब मुझे किसी प्रकार की चिन्ता नहीं रही; अमङ्गलमयी आशङ्का मङ्गलमय सङ्कल्प के सामने ठहर न सकी। मैंने दिव्य दृष्टि से देखा कि मेरा

कर्त्तव्य-पथ सामने है, उस पर धर्म की ज्योति छिटकी हुई है; और स्वयं पुण्य उसे परिष्कृत कर रहा है।

मैं निर्भय, निर्द्वन्द्व, निश्चिन्त होकर उस पथ पर बढ़ने के लिए अग्रसर हुआ!

उस समय मेरा हृदय-कमल आनन्द के आमोद से परिपूर्ण होकर उत्फुल्ल हो रहा था। उसके उस दिव्य-आमोद से मस्त होकर मेरे हृदय की समस्त भाव-राशि थिरक-थिरक कर नाच रही थी।

पुण्य सङ्कल्प दिव्य सन्देश का रूपान्तर-मात्र है!

(४)

मेरे घर में मेरी वृद्धा सहोदरा को छोड़ कर दूसरा और कोई नहीं था—इस बात की सूचना मैं ऊपर ही दे चुका हूँ। शैशवावस्था ही में मेरे माता-पिता मुझे इन्हीं दयामयी, स्नेहमयी भगिनी की कोमल वात्सल्यमयी गोद में देकर, काल ही गालों के अन्तर से परमपिता परमात्मा की शरण में चले गए थे। मेरे पिता के एक बड़े भाई अवश्य ही अवशिष्ट थे। पर वे बाल ब्रह्मचारी थे। उन्होंने आजन्म विवाह नहीं किया था। माता-पिता के मरने के उपरान्त वे ही घर के अभिभावक बने। उनकी जीवितावस्था में तो एक प्रकार से वे वैराग्य जीवन ही व्यतीत करते थे। उनके शरीर में प्रकाण्ड बल था; लाठी के वे सिद्ध-हस्त पण्डित थे। उन्होंने मुझे व्यायाम की ओर प्रवृत्त किया; और लाठी की समस्त कला मुझे सिखा दी। चार वर्ष हुए उनका भी शरीरपात हो गया; इस समय केवल मेरी वृद्धा सहोदरा ही मेरी अभिभावका थीं। यद्यपि इस समय मेरी अवस्था लगभग २० वर्ष की है; पर अब भी वे दया-मयी भगिनी मुझे निरीह बालक ही समझती हैं। और उसी प्रकार मेरा लालन-पालन करती हैं। थोड़ी सी भी अधिक रात्रि व्यतीत हो जाती है, तो वे चिन्ता से आकुल हो उठती हैं; और बुड्ढे नौकर को मेरी खोज में भेजती हैं। हाँ, उन्होंने विवाह करने के लिए अवश्य मुझसे अनेक बार आग्रह किया, मगर मैंने स्वीकार नहीं किया। इसके लिए वे बहुत अप्रसन्न हुईं; कई बार मुझे भला-बुरा कहा; पर जब मैंने उन्हें यह भय दिखाया कि मैं घर छोड़ कर भाग जाऊँगा, तब वे चुप हो रहीं। उसके उपरान्त उन्होंने फिर मुझसे कभी आग्रह नहीं किया।

वे आदर्श हिन्दू-विधवा हैं; नैष्ठिक ब्रह्मचारिणी होने के साथ-साथ वे परम तपस्विनी हैं। सप्ताह में कम से कम चार दिन उनके अनाहार व्रत में व्यतीत होते हैं, और साल में एक नहीं, अनेक बार वे कई-कई दिन तक जल तक नहीं ग्रहण करती हैं। आज एकादशी-व्रत है, तो कल चन्द्रायण-व्रत; आज शिवरात्रि का अनुष्ठान है, तो कल नवरात्रि का नव-दिवस-व्यापी निराहार व्रत का प्रारम्भ है। इसी प्रकार उन्होंने तप, नियम, संयम; व्रत, अनुष्ठान इत्यादि के द्वारा अपने पवित्र वैधव्य को तन्मयी साधना और तपस्या का स्वरूप रखा है; पर इतना सब कुछ होते हुए भी उन्हें हिन्दू-धर्म के प्रचलित आचार-विचार पर एकान्त श्रद्धा है। वे दिन में जितनी बार शौच से निवृत्त होंगी उतनी ही बार स्नान करेंगी। और की तो बात ही क्या, यदि मैं भी उन्हें पूजा करने के लिए जाते समय स्पर्श कर लूँ, तो वे अवश्य ही फिर से अपने शरीर को जल से पवित्र करेंगी; और मेरे स्पर्श-रूपी कलङ्क को प्रक्षालन करने के लिए वे घोर शीत में भी ठण्डे जल के १० लोटों से नहाएँगीं। मन्त्र-जाप करते समय अथवा पूजन के आसन पर बैठते समय यदि कोई ऐसा मनुष्य उनकी दृष्टि के सम्मुख आ जाय, जिसे हम शूद्र के नाम से अभिहित करते हैं, तो बस अनर्थ ही हो जाय। फिर तो गङ्गाजल मिश्रित जल से स्नान किए बिना एवं कम से कम एक सप्ताह का निराहार-व्रत धारण किए बिना वे दृष्टि-दोष रूपी पाप से पवित्र हो ही नहीं सकतीं। भोजन करते समय यदि उन पर किसी की परछाईं पड़ जाय, तो बस भोजन की समाप्ति ही समझिए। इस प्रकार जहाँ वे निष्ठा-पूर्वक तपोमयी साधना में प्रवृत्त रहती थीं, वहाँ उन पर उन अन्ध संस्कारों का भी एकाधिपत्य था, जिन्होंने आज हिन्दू-समाज के मन्दिर में सात करोड़ भगवत्प्रतिमाओं को अछूतों की सत्ता देखी है। वे अपने शरीर का अन्तिम वस्त्र तक दान कर सकती थीं; पर वे दुख के सागर में निमग्न अछूत को छूने के लिए किसी भाँति समुद्यत नहीं होती थीं। उन्हें अपने ब्राह्मणत्व का गर्व था; अपनी कुलीनता को वे अपनी अमूल्य सम्पत्ति समझती थीं। एक नहीं, अनेक बार अछूतों का पक्ष ग्रहण करके मैंने उनके साथ वादानुवाद किया था; पर मैं एक बार भी उन्हें अपने सिद्धान्त की सत्यता को अङ्गीकार नहीं

करा सका। ब्राह्मण होकर शूद्र के साथ सम्पर्क रखना, उनकी दृष्टि में घोर पाप था; मानों धर्म की वक्षस्थली में तीव्र विपाक्त छुरी को प्रविष्ट करने के समान था। और ऐसी अन्ध-परम्परा की पक्षपातिनी सहोदरा के घर में मैं चमार-कन्या को प्रविष्ट कराने के उद्देश्य से अग्रसर हुआ—यह मेरा असीम साहस नहीं तो क्या था?

परम्परागत संस्कार परम करुणामय हृदय को भी कितना अनुदार एवं अन्ध बना देते हैं—मेरी सहोदरा इसकी मूर्तिमान उदाहरण थीं!

* * *

ज्यों-ज्यों मैं घर के निकट पहुँचता जाता था, त्यों-त्यों मेरे हृदय में व्याकुल भावना का विकास होता जाता था। पुण्य-सङ्कल्प ने मेरी जिस आशङ्का को एक ही प्रहार में परास्त कर दिया था, वह पुनर्जीवित सी होती जाती थी। परिणाम की ओर से जितना ही उदासीन होने की मैं चेष्टा करता था, उतना ही वह और भी विकराल स्वरूप धारण करता जाता था। अन्त में जब मैंने अपने घर की देहरी पर पैर रखा, उस समय मेरी आशङ्का ने भी मेरे हृदय-मन्दिर की देहरी पर उपस्थित होकर भीतर प्रविष्ट होने के लिए उपक्रम किया। पुण्य-सङ्कल्प इस बार पूर्ण रूप से उसे बाधा न दे सका।

उस पर भी एक और आपत्ति ने मुझ पर आक्रमण किया। मेरी बाईं आँख सहसा बड़े तीव्र वेग से सम्पन्दित होने लगी। अमङ्गल की आशङ्का से, अनिट की इस स्पष्ट सूचना से, मैं और भी उद्विग्न हो उठा। मुझे ऐसा आभासित होने लगा, मानों शीघ्र ही कोई भयङ्कर विपति का वज्र-प्रहार होने वाला है; मानों मेरे हृदय-मन्दिर में, आशाओं और आकांक्षाओं की एकत्रित राशि में शीघ्र ही अग्नि-संस्कार होने वाला है। आगत आपत्ति के आक्रमण के आतङ्क से मेरे हृदय-मन्दिर की समस्त प्रवृत्ति-मण्डली आतुर और आकुल होकर इधर-उधर प्रधावित होने लगी। मैं उन्हें शान्त करने में एकान्त असमर्थ सिद्ध हुआ।

पर अब मैं पीछे पग नहीं दे सकता था। कर्त्तव्य-पथ को स्थिर कर लेने पर मैं उससे विचलित होना महा कायरता और नीचता का कृत्य समझता था। इसीलिए अब आगे बढ़ने के अतिरिक्त मेरे लिए और कोई उपाय नहीं था। चाहे कुछ क्यों न घटित हो, विपत्ति अपने पूर्ण प्रहार से मुझे विचूर्ण क्यों न करदे; पर उस चमार-कन्या की रक्षा और आश्रय के भार को मैं किसी भाँति नहीं परित्याग कर सकता था। आशङ्का के आतङ्क से मैं आजीवन ग्लानि की अग्नि में तिल-तिल करके जलने के लिए प्रस्तुत नहीं था।

युवती को लिए हुए मैंने घर में प्रवेश किया; पर सहसा उसे अन्तःपुर में ले जाने का मुझे साहस नहीं हुआ। इसीलिए उसे अपने कमरे में लाकर मैंने बैठा दिया। लैम्प जला कर मेज़ पर रख दिया; और १०-१२ मिनिट में, भीतर से लौट आने का वचन देकर मैंने प्रकम्पित हृदय से; किन्तु स्थिर गति से अन्तःपुर में प्रवेश किया।

पर मैंने देखा कि मेरे कमरे से सटा हुआ जो कमरा था, उसी में बैठी हुई मेरी सहोदरा किसी धर्म-ग्रन्थ का अध्ययन कर रही थीं। मैंने धीरे-धीरे उस कमरे में प्रवेश किया। मुझे देखते ही उन्होंने ग्रन्थ उठा-कर एक ओर रख दिया; और वात्सल्य से परिप्लावित भर्त्सना के स्वर में कहा—क्यों रे श्याम्! इतनी देर तक तू कहाँ था? तुझे इस बात की रत्ती भर चिन्ता नहीं है कि जीजी भोजन लिए हुए बैठी होगी।

मैंने कुछ हँसकर कहा—"जीजी! तुम्हें तो सदा देर ही मालूम होती है। अभी तो आठ ही बजा है। अभी क्या देर हुई?

जीजी ने अबकी बार कुछ हँस कर कहा—ले आठ बज गए और तेरे लिए देर ही नहीं है। मैं तो तुझ से सदा यही कहती रहती हूँ कि तू दीपक जलते न जलते अपने घर आ जाया कर; पर तू मेरी क्यों सुनेगा?

मैंने कहा—जीजी! आज कुछ देर हो गई, वैसे तो मैं सदा ही जल्दी आ जाता हूँ।

जीजी—आज क्यों देर हुई? कोई न कोई तो कारण अवश्य होगा।

मैं ने कहा—हाँ जीजी! आज मैं एक आपत्ति में फँस गया था; पर तुम्हारे चरणों की दया से मेरा बाल भी बाँका नहीं हुआ।

इतना सुनते ही मेरी स्नेहमयी जीजी का मुख विवर्ण हो गया; उन्होंने व्याकुल भाव से पूछा—क्या हुआ रे? बता तो सही।

मैंने हँस कर कहा—कुछ नहीं, तुम शान्त हो कर बैठो, तो मैं सुनाऊँ। तुम तो पहले ही से आकुल हो उठीं; सारी कथा सुनने पर तो न जाने तुम्हारी क्या गति होगी।

जीजी ने आकुल भाव से कहा—जल्दी कह, मेरा तो जी बहुत छोटा हुआ जा रहा है।

मैंने शान्तिपूर्वक सारी कथा जीजी को सुना दी; केवल इतना ही नहीं बताया कि मैं इस चमार-कन्या को अपने साथ ले आया हूँ; और मैंने उसे बाहर बैठक में बिठा रखा है। युवती की जाति की भी मैंने सूचना नहीं दी।

सारी कथा सुन लेने पर जीजी ने हाथ जोड़ कर भगवान् को मेरी रक्षा के लिए अनेक धन्यवाद दिए और मुझसे कहा—श्यामू! तूने वास्तव में बड़े पुण्य का काम किया; पर वह स्त्री अब कहाँ है?

क्षण भर के लिए मैं चुप हो गया, फिर मैंने धीरे-धीरे कहा—"उसे मैं अपने साथ ले आया हूँ। वह पास वाले कमरे में बैठी है।

जीजी ने उत्फुल्ल होकर कहा—अच्छा किया; पर तू उसे वहाँ क्यों बैठा आया, यहाँ क्यों नहीं लाया।

मैंने धीरे-धीरे कहा—तुम्हारे भय से!

जीजी ने आश्चर्य प्रकट करते हुए कहा—मेरे भय से? मेरा क्या भय? जाती हूँ; मैं स्वयं उसे यहाँ बुलाए लाती हूँ।

इतना कह कर वे बाहर की ओर अग्रसर हुईं; पर मैंने बाधा देते हुए कहा—एक बात मेरी सुन लो; जीजी! तब तुम जाकर उसे लिवा लाना।

जीजी ठिठक गईं; उन्होंने आश्चर्य भरे स्वर में कहा—क्या बात?

मैंने कहा—वह जाति की चमारिन है।

जीजी पर मानों सहसा वज्र-प्रहार हो गया। दो-तीन मिनिट तक वे स्तम्भित सी खड़ी रहीं। तब उन्होंने कहा—चमारिन है? और तू चमारिन को अपने कमरे में बिठा आया है?

मैंने साहस करके कहा—इसमें मैंने क्या दोष किया? क्या मैं उसको असहाय अनाथ अवस्था में इस अँधेरी रात में छोड़ आता?

जीजी ने कठोर स्वर में कहा—सो तो मैं नहीं कहती; पर ब्राह्मण के घर में चमारिन का क्या काम? श्यामू! मेरे घर में चमारिन को किसी भाँति स्थान नहीं मिल सकता।

अब की बार मैंने भी उपेक्षाकृत तीव्र स्वर में कहा—चमारिन क्या भगवान् की बनाई हुई नहीं है? चमारिन क्या मेरे और तुम्हारे भाँति ही मनुष्य-जाति में उत्पन्न नहीं हुई है? जीजी, मैं उसे लाया हूँ; मैंने हिंसक पशुओं के हाथ से उसकी रक्षा की है; मैंने उसे बहिन कह कर सम्बोधन किया है, मैं उसे अवश्य आश्रय दूँगा।

जीजी ने कहा—तब मैं इस घर में कदापि नहीं रहूँगी। एक ही घर में ब्राह्मणी और चमारी नहीं रह सकतीं। यदि तूने उसे बहिन बनाया है, तो उसे लेकर न सुखपूर्वक निवास कर। मैं तो उसे अपनी इस देहरी के भीतर कदापि प्रवेश नहीं करने दूँगी।

मैंने अनुनय करते हुए कहा—तब क्या मैं उसे इस अन्धकारमयी रात्रि में घर से बाहर निकाल दूँ? क्या राक्षसों से उसकी रक्षा करके फिर मैं उसे उन्हीं के पास भेज दूँ? ना, जीजी! यह मुझसे नहीं होने का! जब मैं उसे बहिन बना चुका, तो मैं उसे अपने घर से धक्का नहीं दे सकता।

जीजी ने गम्भीर भाव से कहा—"सुनो श्यामू! मेरी वृद्धावस्था है; मैंने अपना सारा जीवन इसी प्रकार आचार-विचार से व्यतीत किया है। अब अन्तिम समय में अपने जीवन में मैं केवल तेरे स्नेह के वशीभूत होकर कलङ्क न लगने दूँगी। मैं तर्क नहीं करती; पर मेरा हृदय यह मानने को कदापि तैयार नहीं कि चमारिन के स्पर्श और दर्शन से ब्राह्मणी के धार्मिक कृत्यों में रत्ती भर बाधा नहीं पहुँचती। बाहर—सब से बाहर वाले दूसरे मकान में, जहाँ गाय बँधती है, उसे तुम रात में रख सकते हो। वहीं पर उसे भोजन भेज दिया जायगा; पर मेरे जीते जी मेरे कर्मनिष्ठ आचारवान् पिता के घर में चमारिन नहीं रह सकती। कलिकाल आ गया है, यह मैं जानती हूँ। शूद्र और ब्राह्मण का विभेद थोड़े ही दिनों में दूर हो जायगा—यह भी मैं भली भाँति देख रही हूँ; पर मैं अपने आचार को तिलाञ्जलि नहीं दे सकती। जाती हूँ, तूने मुझे स्पर्श कर लिया है, मैं स्नान करूँगी। जा, चमारिन ने तुझे भी स्पर्श किया होगा, तू भी

स्नान कर। मेरे मरने के उपरान्त जो तेरे जी में आवे सो करना। इस कमरे को भी गङ्गाजल और गोबर से पवित्र करना होगा।

इतना कह कर जीजी कमरे से बाहर हो गईं। मैं स्तम्भित होकर वहीं खड़ा रहा। थोड़ी देर तक मैं संज्ञा-हीन सा हो गया।

पर, जब मुझे प्रकृत-स्थिति का ज्ञान हुआ, तब मैं भी कमरे से बाहर निकला। मैंने मन ही मन निश्चय किया कि मैं उस युवती को अपने ही कमरे में रखूँगा। जीजी लाख बके, मैं उनकी आज्ञा इस विषय में पालन नहीं करूँगा। यह सोच कर मैं कमरे से बाहर निकल कर अपने कमरे में गया।

पर यह क्या? वहाँ तो युवती का पता नहीं था? वह तो वहाँ से अन्तर्हित हो गई थी? मैं किंकर्त्तव्य-विमूढ़ हो गया।

सहसा स्थिति का अर्थ मैं समझ गया। मैंने जान लिया कि उस युवती ने मेरी सहोदरा और मेरी बातों को सुन लिया; और घृणा और उपेक्षा से उद्भ्रान्त होकर उसने ब्राह्मण के घर को परित्याग कर दिया। उसके प्रथम दर्शन ही पर मैंने जान लिया था कि उस युवती में आत्म-सम्मान और तेजस्विता का विपुल अंश था! उसके तेजोमय स्वरूप और उसकी स्पष्ट उक्ति को सुन कर ही मैंने यह निष्कर्ष निकाल लिया था कि वह साधारण रमणी नहीं है; चमार के कुल में उत्पन्न होकर भी उसका हृदय रमणी के गौरव और गर्व से परिपूर्ण था। वह मुझे—अपने अधम भाई को छोड़ कर चली गई। चली क्यों न जाती? भाई होकर भी, जिसने उसे अपने घर में आश्रय नहीं दिया; भाई का पवित्र सम्बन्ध स्थापित करके भी, जिसने आदरपूर्वक अपने घर में उसका स्वागत नहीं किया, उस भाई का और उसके घर का परित्याग करने के अतिरिक्त उस तेजस्विनी देवी के पास उपयान्तर ही क्या था?

ग्लानि और विक्षोभ से मेरा हृदय पापी की चिता के समान भयङ्कर रूप से धू-धू कर उठा।

मैं भी शीघ्र ही घर से बाहर निकल पड़ा; पर उस घोर अन्धकार में मुझे कुछ नहीं दिखाई पड़ा। केवल दूर पर—बहुत दूर पर, एक दीपक अपने क्षीण प्रकाश से अन्धकार को पराजित करने का विफल प्रयत्न कर रहा था।

(५)

सारी रात मैं उसे खोजता रहा; पर उस अन्धकार में मुझे कहीं उसका पता नहीं चला। प्रभात-काल हो गया; पर मुझे इसकी चिन्ता नहीं। मैं उसी भाँति नगर की एक-एक गली में उसे खोजता फिरता था। मैंने मन ही मन प्रतिज्ञा कर ली थी कि जब तक उसका पता नहीं चलेगा, तब तक अपने उस घर को लौट कर नहीं जाऊँगा, जहाँ मेरी अनाथिनी, अभागिनी, असहाया धर्म-बहिन को आश्रय नहीं मिला था। वह घर मेरे लिए रौरव के समान प्रतीत होने लगा था—उस घर के स्मरण मात्र से मेरा हृदय भयङ्कर विक्षोभ से आकुल हो उठता था!

इसी प्रकार मध्याह्न-काल आ पहुँचा। उसके उपरान्त मध्याह्न भी व्यतीत हो गया; और दिन का तृतीय प्रहर आ पहुँचा; पर मुझे उसका पता नहीं चला। अभी तक मेरे मुख में अन्न का एक कौर अथवा जल का एक घूँट भी नहीं गया था। सच पूछिए तो मुझे भूख अथवा प्यास मालूम ही नहीं हो रही थी। मेरे तलुवों में छाले पड़ गए थे; मेरा शरीर अवसन्न हो गया था; मेरे केश बिखरे हुए थे; मेरी मुख-मुद्रा अत्यन्त विकृत हो रही थी; और मेरी आँखों में अग्नि विनिर्गत हो रही थी। इधर-उधर मैं उन्मत्त की भाँति दौड़ता फिरता था। मरीचिका के भ्रम-जाल में पड़ कर कस्तूरी-मृग जिस प्रकार व्याकुल भाव से इधर-उधर दौड़ता फिरता है; मणि के खो जाने पर नागराज जिस प्रकार आतुर हो कर अपना शिर इधर-उधर धुनता फिरता है, ठीक वही मेरी दशा थी। मैं उन्मत्तप्राय हो रहा था। सब कोई मुझे देखते थे; और आश्चर्य करते थे। कोई-कोई मुझसे मेरी इस दशा के सम्बन्ध में प्रश्न भी करते थे; पर मैं किसी को उत्तर नहीं देता था। मैं तो अपनी उस अनाथिनी धर्म-बहिन को ढूँढ़ता फिरता था!

अन्त में सन्ध्या का समय हो आया। मैं भी इधर-उधर घूमते-घूमते गोमती-तट पर पहुँच गया।

वही सन्ध्या थी; पश्चिम के सप्त-राग-रञ्जित गगन में किसी अज्ञात शक्ति की उसी ऐन्द्रजालिक लीला का अभिनय हो रहा था; सामने उसी भाँति गोमती की निर्मलधारा अपने पथ पर प्रवाहित हो रही थी; पर आज मेरे हृदय में आनन्द नहीं था, उल्लास नहीं था;

मस्ती नहीं थी। आज तो मेरा हृदय श्मशान की भाँति हो रहा था। ग्लानि की अग्नि में हृदय का समस्त रस भस्म हो गया था।

सहसा एक ओर से कोलाहल सुनाई दिया। मैंने देखा कि एक स्थान पर कुछ आदमी खड़े हुए हैं। कुतूहल-वशात् मैं भी उधर ही को चल दिया। २-३ मिनिट में मैं वहाँ पर पहुँच गया। वहाँ पहुँच कर मैंने जो दृश्य देखा, उसे देख कर लगभग पूर्ण-रूप से उन्मत्त हो गया। मैंने देखा कि मेरी धर्म-बहिन चिरनिद्रा में शयन कर रही है। उसकी चेष्टा से प्रतीत होता था कि उसने गोमती में डूब कर प्राण-त्याग किए हैं। मैं एक-टक होकर उस प्राणहीन मूर्ति को देखने लगा।

पर उस प्राणहीन मूर्ति में अब भी एक विशिष्ट तेज था। मैंने देखा—स्पष्ट रूप से देखा कि उस तेजस्विनी देवी के कुञ्चित ललाट की दो रेखाएँ विश्व और उसके—उसकी संस्थाओं के प्रति पूर्णरूप से उपेक्षा प्रकट कर रही हैं, और उसके नील अधर पर उस समय भी घृणा की हास्य-रेखा लीला कर रही थी। मैं आत्म-विस्मृत होकर उस प्राणहीन मूर्ति को देखने लगा।

पर थोड़ी ही देर में मेरी संज्ञा लौट आई; मेरा हृदय दारुण दुख और भयङ्कर ग्लानि से आकुल हो उठा। बहुत कुछ रोकने पर भी मैं अपनी अश्रुधारा न रोक सका; मैं फूट-फूट कर रोने लगा। मैंने आगे बढ़ कर उस तेजस्विनी देवी के चरणों में अपना ललाट रख दिया। ब्राह्मणत्व अपनी सलिलाञ्जलि से शूद्रत्व का पाद-प्रक्षालन करने लगा। सन्ध्या के उस घनीभूत अन्धकार में मेरे आनन्द का प्रभात विलीन हो गया।

लोगों ने समझा मुझे उन्माद हो गया है? बहुत बड़े अंश में उनका विचार ठीक था। जिसका हृदय दारुण दुख से श्मशान बन गया हो, जिसकी बुद्धि व्यथा के प्रहार से व्याकुल हो रही हो, जिसका प्रभात सन्ध्या में परिणत हो गया हो, वह यदि उन्मत्त हो जाय, तो उसमें आश्चर्य क्या है?

हृदय का आवेग जब कुछ हलका हुआ, तब मैंने उस के—उस तेस्विनी देवी के—चरणों पर से अपना शिर उठाया। और देखा—आश्चर्य-चकित होकर देखा कि सामने ही मेरी वृद्धा सहोदरा खड़ी है। उन्हें देखते ही मैं फिर हाहाकार कर उठा। मैंने देखा कि उनके—उन दयामयी के नयनों में भी अश्रु-जल छलक रहा है। मैंने रोते-रोते कहा—यही है! यही मेरी धर्म-बहिन है?

जीजी ने रुँधे हुए कण्ठ से कहा—श्यामू! तेरी यह मृत जीजी वास्तव में बड़ी पुण्यात्मा हैं। इन्होंने मेरे हृदय के घोर अन्धकार को दूर कर दिया है।

मैं चकित भाव से जीजी की ओर देखने लगा। जीजी ने अपने आप को शान्त करके कहा—मैं मोह में पड़ी हुई थी। धर्म के नाम पर अधर्म का अनुष्ठान कर रही थी। मैं नित्य प्रति 'दुर्गा सप्तशती' में पाठ करती थी कि जगत् की समस्त स्त्रियाँ भगवती की ही प्रतिमाएँ हैं; पर मैं उसके अर्थ की ओर से सदा उपेक्षा करती थी। इन्होंने प्राण-त्याग करके मुझे इस ऋषि-वाक्य से वास्तविक अर्थ का बोध करा दिया है। यह ब्राह्मणी से भी अधिक पूज्य हैं।

विपत्ति के उस भीषण अन्धकार में भी मुझे आनन्द की एक रेखा दिखाई दी। अपनी धर्म-बहिन के उस त्याग के गौरव से मैं उल्लसित हो उठा। अपनी स्नेह-मयी जीजी के पाद-पद्म में अब की बार शिर रख दिया। उन्होंने मुझे अपने हृदय से लगा लिया। उनकी आँखों से फिर अश्रुधारा बह चली!

कह नहीं सकता कि वह मेरे उन्माद की उद्भ्रान्ति थी, अथवा किसी दैवी लीला का विशेष चमत्कार; पर मैंने देखा—स्पष्ट रूप से देखा कि मेरी उस धर्म-बहिन की प्राणहीन मूर्ति के मुख-मण्डल पर अब उपेक्षा एवं घृणा के भाव लीला नहीं कर रहे थे; उस पर अब दिव्य आनन्द और सन्तोष की आभा विकीर्ण हो रही थी।

प्राण-परित्याग ही त्याग की चरम सीमा है!!

आँख खोल कर देखो, दोनों का मुँह तो है एक समान !
पर अछूत की मुद्रा देखो, देखो ईसाई की शान !!

एक रङ्ग है, एक रक्त है, एक जाति थे फिर भी आज,
चपरासी है एक दूसरा बन साहब करता है राज !

Fine Art Printing Cottage, Allahabad.

नाच छिड़ा है मन्दिर में, आई है रण्डी, भडुए सङ्ग !
दुतकारा जाता अछूत है, पण्डों का कैसा यह ढङ्ग !!

Fine Art Printing Cottage, Allahabad.

उपहार

[ले० श्री० आनन्दी प्रसाद जी, श्रीवास्तव]

जो सब ऊँचों से ऊँचे हैं
जो मर्यादा पुरुषोत्तम !
जिनका मानस क्या है ? है बस
पावनता का भाव परम !!

जो मनुष्यता की सीमा हैं
जो ईश्वरता के अवतार !
जिनकी साधारण सुदृष्टि से,
करता बन्धन भय संसार !!

रघुकुल-कमल-दिवाकर, गुणनिधि
अन्तरङ्ग शोभा के धाम !
कौन वही जिनको जपता है
अब तक सारा जग, श्रीराम !!

आए हैं शवरी के घर पर
क्यों ? इससे करने को भेंट !
भेद-भाव को नहीं जानता
महज्जनों का स्नेह अमेट !!

जिनके घर पर आजाने से
ब्राह्मण का मुख होता म्लान !
उस शबरी के गृह का करते
प्रभु भी मुख से हैं सम्मान !!

जिसके चरणों से होता है
कलुषित मन्दिर का सोपान !
बना उसी का भवन आज है
योगिजनों के हृदय-समान !!

शवरी कहती है यह प्रभु से
नाथ तुम्हें दूँ क्या उपहार ?
प्रभु कहते हैं हँस कर मनमें
उठता यह किस हेतु विचार ?

दिया नहीं क्या शेष रह गया
क्या अब भी देने का भार ?
देवि तुम्हारी अनुकम्पा से
उपकृत हूँ में सभी प्रकार !!

बोली शवरी रख छोड़े हैं
चखके थोड़े मीठे बेर !
तुम्हें चाहता अर्पण करना
हृदय, उसे यह क्या अन्धेर ?

भर आया था गला और जल
दृग से वहता था अभिराम !
जाने दो प्रभु गाढ़ भक्ति के
कारण मेरी मति थी वाम !!

बहा स्नेह के अश्रु, बढ़ा कर
निज रोमाञ्चित कर सुकुमार !
शिशु सम माँग रहे हैं प्रभु वह
वह त्रिभुवन निन्दक उपहार !!

लक्ष्मण खाते उन बेरों को
मानों परम प्रेम साकार !
करता है शवरी के सम्मुख
सुन्दर बालोचित व्यापार !!

कह दे हिन्दू-जाति कहाँ वह
छूआछूत का गया विचार ?
अथवा श्री मुख से यह कह दे
राम न ईश्वर के अवतार !!

विविध विषय

कुछ अछूत-जातियों का संक्षिप्त परिचय

पञ्जाब प्रान्त

इस लेख माला में हमने भारत के कुछ प्रान्तों की ख़ास-ख़ास अछूत कही जाने वाली जातियों की सामाजिक स्थिति पर संक्षिप्त रूप से प्रकाश डालने का प्रयत्न किया है। हमें आशा है यह लेख माला 'चाँद' के सुयोग्य पाठक-पाठिकाओं की ज्ञान-वृद्धि के लिए अत्यन्त उपयोगी प्रमाणित होगी।

ओड

ओड जाति पञ्जाब के भिन्न-भिन्न स्थानों में भिन्न-भिन्न नामों से पुकारी जाती है; जैसे 'ओड' 'उढ' इत्यादि। इनका प्रधान व्यवसाय भूमि, कुआँ, तालाब इत्यादि खोदना तथा मकान बनाना है। ये लोग भेड़-बकरी इत्यादि भी पालते हैं और काम न मिलने पर उन्हीं जानवरों की आय से अपना निर्वाह करते हैं। प्रायः ये खुदाई का छोटा-मोटा काम मज़दूरी पर नहीं करते। ये अधिकतर ठेके पर ही काम करते हैं और रेलवे लाइन अथवा सड़क आदि बनाने का काम अधिकांश इन्हीं के द्वारा सम्पन्न होता है। काम की खोज में ये लोग एक स्थान से दूसरे स्थान में जाते हैं; इस कारण प्रायः इनकी बस्तियाँ बहुत कम रहती हैं और इनकी आबादी किसी स्थान विशेष में नहीं होती। हाँ, ये लोग टोलियों में रहते हैं; और आवश्यकतानुसार स्थान-परिवर्त्तन करते रहते हैं। कहीं-कहीं ये लोग नमक के पहाड़ों से नमक निकालते तथा पत्थर कटाई का भी काम करते हैं। ये लोग अधिकतर लाहौर तथा चनाब के ऊपरी स्थानों में और पहाड़ों की तराई में रहते हैं। इनकी भाषा पञ्जाबी नहीं, यद्यपि ये लोग अन्य पञ्जाबियों से पञ्जाबी में ही बातें करते हैं तथा अपने परिवार में 'ओडकी' भाषा बोलते हैं। यह इन लोगों की घरेलू बोली है, जो मारवाड़ की देहाती भाषा से बहुत कुछ सादृश्य रखती है। कहते हैं कि इनके पूर्वज मारवाड़ से पञ्जाब में आए थे। इनका कहना है कि ओड क्षत्रिय वंशी हैं। ये लोग अपनी उत्पत्ति भगीरथ से बतलाते हैं। इन लोगों में एक किम्वदन्ती है कि भगीरथ महाराज एक कुएँ का जल दूसरी बार नहीं ग्रहण करते थे। वे नित्य नए-नए कुएँ खोदते थे। एक दिन संयोगवश ऐसा हुआ कि वे एक कुआँ खोदने लगे; परन्तु उससे पानी न निकला, इस कारण वे खोदते-खोदते पाताल तक चले गए, और फिर उनका पता न लगा। उसी समय ये जाति-च्युत कर दिए गए। तब से आज तक ये हिन्दुओं के द्वारा नीची दृष्टि से देखे जाते हैं; परन्तु इसका परिणाम पतित हिन्दू-समाज के लिए अत्यन्त भयावह है। आज तक ये लोग लाखों की संख्या में मुसलमान बन चुके हैं। इस्लाम-ग्रहण करने पर ये लोग अपने को शेख़ कहते हैं। आज ये अभागे हिन्दुओं की दुर्बुद्धि से अधिक संख्या में ईसाई और

मुसलमान बन रहे हैं। जो लोग हिन्दू हैं, वे शिखा रखते हैं; परन्तु सूत्र (जनेऊ) नहीं धारण करते। विलसन साहब के 'इन्डियन कास्ट' के दूसरे भाग के ११४; १३९; और १६९ वें पृष्ठ (Wilson's Indian Caste, II, pp. 114; 139 & 169) में लिखा है कि पुष्करण ब्राह्मणों की उत्पत्ति इन्हीं लोगों से हुई है। यह बात कहाँ तक सच है, हम नहीं कह सकते; परन्तु यह निश्चय है कि ये लोग पुष्करण ब्राह्मणों की तरह 'राम' और 'शिव' की पूजा करते हैं।

मुलतान में इन लोगों की वैवाहिक प्रथा विचित्र है। फ़एडी वृक्ष की डालियाँ काटी जाती हैं। तत्पश्चात् वर-बधू साथ खड़े होते हैं। इसके बाद वर अपने घुटने को वधू के घुटने से स्पर्श कराता है; और इस दशा में दोनों के घुटने में एक आभूषण बाँधा जाता है। उस आभूषण को "चन्दनहार" कहते हैं। चन्दनहार बँधने पर फ़एडी की लकड़ी से उसका स्पर्श किया जाता है। इस अवसर पर विवाह-संस्कार कराने के लिए ब्राह्मण की आवश्यकता नहीं होती। हाँ, अन्य धार्मिक संस्कारों में ब्राह्मण अवश्य आते हैं। विवाह के अवसर पर पुरोहित को एक रुपया दिया जाता है। इन लोगों में विधवा-विवाह होता है। स्त्री-पुरुष, बच्चे सभी मज़दूरी करते हैं।

ओडों की कुल संख्या २८,९६२ है, जिसमें १५,२३४ पुरुष और १३,३२८ स्त्रियाँ हैं। इस संख्या में २ पुरुष पागल; ६ पुरुष और १० स्त्रियाँ गूँगी-बहरी; १० पुरुष और १२ स्त्रियाँ अन्धी और १ पुरुष कोढ़ी हैं। इनमें शिक्षा का पूर्णतया अभाव है।

चमार

इनका जातीय व्यवसाय चमड़े का काम करना है। पश्चिमी पञ्जाब में इन लोगों में से जिन्होंने इस्लाम ग्रहण कर लिया है, उन्हें 'मोची' कहते हैं। यहाँ यह बात सर्वदा स्मरण रखनी चाहिए कि बिहार, संयुक्तप्रान्त, मध्यप्रान्त तथा राजपूताने आदि में 'मोची' उन हिन्दू चमारों को ही कहते हैं, जो जूता अथवा अन्य प्रकार के चमड़े के कामों में दक्ष हैं।

'चमार' शब्द 'चर्मकार' का अपभ्रंश है। चर्मकार उसे कहते हैं, जो चमड़े का काम करे; परन्तु आजकल के अङ्गरेज़ी ज़माने में, जबकि लोग अधिकांश फ़ैशन के पुतले हो रहे हैं; और भारत में बने हुए चमड़े की वस्तुओं के स्थान में विलायती वस्तुओं का अधिक प्रयोग करने लगे हैं, चमारों का व्यवसाय बहुत मन्दा पड़ गया है। परिणाम-स्वरूप इनमें शहर के कुछ लोग तो अङ्गरेज़ी ढङ्ग के जूते बना कर अपना निर्वाह कर लेते हैं; परन्तु देहातों में अधिकांश चमार अन्य भिन्न भिन्न प्रकार की मज़दूरी; जैसे--घास काटना, लकड़ी काटना, घर बनाना तथा खेतों को जोतना-बोना, काटना इत्यादि—कर अपना तथा अपने परिवार का निर्वाह करते हैं। पूर्वी तथा दक्खिनी-पूर्वी पञ्जाब में तो कुछ चमार जुलाहे का काम भी करते हैं। चमारों की जातीय स्थिति 'चूड़ों' से ऊँची है। ये लोग चूड़ा,* डोम, सनसी, घोषी और नट के अतिरिक्त अन्य सभी हिन्दू-जातियों का छुआ खाते हैं।

हम ऊपर कह आए हैं कि पञ्जाब; और विशेष कर पश्चिमी पञ्जाब में, जिन चमारों ने इस्लाम को अपना लिया है उन्हें 'मोची' कहे जाते हैं। हम पञ्जाब के मोचियों को अछूतों में नहीं सम्मिलित करते; क्योंकि उनकी धार्मिक तथा सामाजिक स्थिति हिन्दुओं से कहीं अच्छी है; और वे बड़े से बड़े मुल्ला और अमीर मुसलमान के साथ खा-पी सकते तथा नमाज़ पढ़ सकते हैं। उन्हें किसी प्रकार का सामाजिक अपमान नहीं सहना पड़ता। इसी प्रकार जिन चमारों ने सिक्ख सम्प्रदाय ग्रहण किया है, उनकी स्थिति भी और चमारों से कहीं अच्छी है; परन्तु उतनी अच्छी नहीं, जितनी कि मोचियों की। ये लोग 'रामदासिया' कहे जाते हैं। हम आगे चल कर एक पृथक् शीर्षक में ही इन पर प्रकाश डालेंगे।

ये लोग पञ्जाब के अतिरिक्त बङ्गाल, बिहार, उड़ीसा, संयुक्तप्रान्त, मध्यप्रान्त, मध्यभारत, राजपूताना, बरार बम्बई आदि प्रान्तों में भी अधिक संख्या में पाए जाते हैं; पर हम उनका वर्णन पृथक्-पृथक् प्रान्तों में आवश्यकतानुसार, करेंगे। यहाँ हमारा अभिप्राय पञ्जाबी चमारों पर ही प्रकाश डालना है! अस्तु।

चमारों की उत्पत्ति के सम्बन्ध में पञ्जाब प्रान्त में दो किम्बदन्तियाँ हैं। अधिकांश स्थानों में यह बात प्रसिद्ध है कि प्राचीन काल में 'बानू' और 'चानू'

* भङ्गी

अथवा 'चानवे' दो भाई थे। ये लोग जाति के वैश्य थे। बानू ने एक बार एक मरी हुई गाय को स्वयं ही हटा दिया। इस पर चानू ने उसे जाति-च्युत कर दिया। बानू के इस कार्य को एक डोम ने देखा था, उसी बानू के वंशज डोमों का स्पर्श किया हुआ अन्न-जल नहीं ग्रहण करते। दूसरी जन-श्रुति, जो कि कपूरथला में प्रसिद्ध है, वह इस प्रकार है—'गात' और 'मेट' दो भाई थे। गात ने मेट से एक मरा हुआ बैल हटाने को कहा और ऐसा करने पर उसे जाति से वहिष्कृत कर दिया। इस घटना को एक 'मिरासी' ने देखा था।

पञ्जाब के चमारों में भी भिन्न-भिन्न उपजातियाँ हैं। ये उपजातियाँ एक दूसरे से वैवाहिक सम्बन्ध नहीं करतीं। पूर्वीय पञ्जाब में ये उपजातियाँ पाँच निम्नलिखित भागों में विभक्त हैं :—

(१) चन्दोर—ये लोग दिल्ली, हिसार, सिरसो तथा इनके आसपास रहते हैं। ये अपने पूर्वजों का निवासस्थान बनारस बतलाते हैं। इन में अधिकांश कबीर पन्थी हैं।†

(२) 'रामदासी' अथवा 'रविदासी'—ये लोग करनाल तथा उसके आसपास रहते हैं। ये रैदास के अनुयायी हैं। रैदास स्वयं चर्मकार थे। ये बड़े भारी भक्त हो गए हैं। इन्होंने रामानन्द स्वामी से दीक्षा ली थी।

(३) जटिया—ये लोग बहुसंख्या में दिल्ली और गुड़गाँव में पाए जाते हैं। ये लोग घोड़े और ऊँटों के चमड़े का काम करते हैं। कहा जाता है कि प्राचीन काल में इन्होंने गौड़ ब्राह्मणों की सेवा की थी, इससे उन्होंने सन्तुष्ट होकर 'चमरवा ब्राह्मण' की उपाधि दी। उसी समय से ये लोग चमारों की अन्य सभी उपजातियों से उच्च माने गए।

(४) चम्बार—यह चमारों की मुख्य उपजाति है। ये लोग जालन्धर और लुधियाना ज़िले में विशेष रूप से पाए जाते हैं।

(५) गोलिया—ये चमारों में सबसे निकृष्ट समझे जाते हैं।

नाभा में चमारों की चार उपजातियाँ हैं—(१) बूना; (२) चमार; (३) चमारवा; और (४) चनवर। बूना लोग लुधियाना में चमड़े के काम की अपेक्षा कपड़ा बुनने का काम अधिक करते हैं। ये लोग अधिकांश सिक्ख हैं।

पटियाले में चमारों की दो उपजातियाँ हैं—(१) बागरी; (२) देसी।

झींद में इनकी पाँच उपजातियाँ हैं—(१) रामदासी; (२) जटिया; (३) चमार; (४) पाथी; (५) रैगर। उपर्युक्त तीन अधिकांश सिक्ख हैं।

पञ्जाब में चमारों की संख्या ११,४०,००० है। इसमें सिक्ख, आर्य-समाजी और देव-समाजी चमारों को छोड़ते हुए, सन् १९२१ ई० की सेन्सस रिपोर्ट में, इनकी संख्या ९,५२,३२९ है, जिसमें ५,१६,०५५ पुरुष और ४,३६,२७४ स्त्रियाँ हैं। इस संख्या में केवल २,९३८ पुरुष और ६९ स्त्रियाँ साक्षर हैं, जिनमें अङ्गरेजी जानने वाले ११३ पुरुष और १ स्त्री है।

अपाहज चमारों की संख्या इस प्रकार है। इसमें अन्य सम्प्रदाय के चमार भी सम्मिलित हैं।

	पुरुष	स्त्री
पागल	१९७	७२
गूँगे-बहरे	७८५	५१०
अन्धे	२,३९६	४२२
कोढ़ी	६०	२४

चमारों में बाल-विवाह की दूषित प्रथा बहुत भयानक रूप से प्रचलित है। सन् १९२१ ई० के सेन्सस रिपोर्ट के आधार पर पञ्जाब के विवाहित चमारों की संख्या ४,४८,६१८ है। इस संख्या में २,२३,०४८ पुरुष और २,२५,५७० स्त्रियाँ हैं। बाल-विवाह और इसके फल-स्वरूप विधवाओं की संख्या निम्नलिखित कोष्ठकों से विदित हो जायगी :—

१—विवाहित पुरुष और स्त्री

अवस्था	पुरुष	स्त्री
०—४ वर्ष	७१	७८
५—११ ,,	६,४४३	१५,७१८
१२—१४ ,,	१०,३१४	१७,९३३
१५—१९ ,,	२६,७६८	३१,११२
२०—३९ ,,	१,०१,७७७	१,१४,४२७

† बहुत सम्भव है, वैष्णव 'रैदास' इनके भी पूर्व पुरुष हों। रैदास जी काशी के ही थे।

२—विधवाएँ

अवस्था			संख्या
०—४ वर्ष	...	...	...
५—११ ,,	...	...	२४०
१२—१४ ,,	...	...	३४०
१५—१९ ,,	...	...	७६१
२०—३९ ,,	...	...	१०,२६५
४० वर्ष से ऊपर	...	...	४२,१४८

चूड़ा

पञ्जाब के 'चूड़े' हिन्दी-भाषा-भाषी प्रान्तों के 'भङ्गी' हैं। वे भी भङ्गियों की भाँति झाड़ू लगाते, गन्दी नालियाँ तथा पाख़ाने साफ़ करते हैं। चूड़े और भङ्गियों में केवल व्यवसाय की ही समानता नहीं, वरन् रक्त का भी सम्बन्ध है। वास्तव में भङ्गी और चूड़े दोनों ही अपने को वाल्मीकि (द्वापर) की सन्तान कहते हैं। चूड़ा शब्द की उत्पत्ति की एक विचित्र लोकोक्ति है। कहते हैं कि एक समय किसी भगवद्भक्त ने ऋषियों को भोज दिया। उसमें वाल्मीकि महाराज भी निमन्त्रित थे; पर वे विलम्ब से आए। परिणाम स्वरूप उन्हें ऋषियों का 'छोड़ा' (जूठा) मिला। इसी 'छोड़ा' शब्द का अपभ्रंश 'चूड़ा' है; कम से कम लोकोक्ति यही है।

पञ्जाब में चूड़े तीन भागों में विभक्त हैं। चूड़े, मज़हबी और मुसल्ली। हिन्दू भङ्गियों को चूड़ा कहते हैं। मज़हबी उन चूड़ों को कहते हैं; जिन्होंने सिक्ख-धर्म ग्रहण कर लिया है; परन्तु फिर भी अपना जातीय-व्यवसाय करते हैं। इसी प्रकार मुसल्ली उन चूड़ों को कहते हैं, जिन्होंने अपना जातीय व्यवसाय क़ायम रखते हुए इस्लाम स्वीकार कर लिया है। हम मुसल्लियों का इस लेख में वर्णन न करेंगे; क्योंकि वे अछूत नहीं हैं। मुसलमानों में अछूत शब्द का स्थान नहीं है। बाक़ी रहे मज़हबी। मज़हबियों की दशा हिन्दू चूड़ों से अच्छी होते हुए भी वे सिक्ख-समाज में उतना आदर नहीं पाते, जितना कि पाना चाहिए; यद्यपि अकाली आन्दोलन ने वैषम्य के इस भाव को यथाशक्ति समूल नष्ट करने का प्रयत्न अवश्य किया है, फिर भी उसे इस शुभ प्रयत्न में आशाजनक सफलता नहीं मिली है। इसलिए हम इसी लेखमाला में अन्य स्थान पर एक स्वतन्त्र शीर्षक में मज़हबियों की दशा का सिंहावलोकन करेंगे। अब रहे चूड़े; ये अभागे हिन्दू हैं, और हिन्दू होते हुए अन्त्यज हैं। यद्यपि हम पञ्जाब को कई अंशों में भारत के अन्यप्रान्तों में बहुत श्रेष्ठ समझते हैं; यद्यपि सामाजिक सुधार की दृष्टि से पञ्जाब की पवित्र भूमि के सम्मुख भारत के अन्य प्रान्त नरक तुल्य हैं; यद्यपि पञ्जाब के हिन्दुओं ने अपने सामाजिक अत्याचारों को बहुत अंशों में समझ लिया है; और उसे मिटाने का सतत प्रयत्न करने लगे हैं; यद्यपि आर्य-समाज के शुभ-प्रयत्नों से पञ्जाब की सामाजिक स्थिति अन्य प्रान्तों से सहस्र गुणा अच्छी है; तथापि अभी तक अछूतों पर हिन्दू-समाज के द्वारा किए जाने वाले अत्याचारों की समाप्ति नहीं हुई है; अस्तु।

पञ्जाब में चूड़ों की स्थिति बड़ी भयावह है। वे दिन दूनी रात चौगुनी गति से ईसाई और इस्लाम-धर्म की शरण लेकर पतित हिन्दू-समाज से अलविदा हो रहे हैं!

हिन्दू चूड़े कई भागों में विभक्त हैं। इन भागों में स्थान का विशेष महत्व रखता है; अर्थात् जो लोग जिस स्थान से आकर बसे हैं, उनका नाम उसी स्थान से सम्बद्ध है। जैसे देसवाली, बागड़ी, सोतरवाला, जङ्गलके, इत्यादि।

इस स्थान पर हम मुसलमान चूड़ों के सम्बन्ध में भी कुछ कहना चाहते हैं। यद्यपि उनका वृत्तान्त हिन्दुओं के ज़ुल्म और मुसलमानों की मक्कारी का इतिहास है, तथापि स्थानाभाव एवं विषय-भिन्नता के कारण हम उसका वर्णन नहीं कर सकते। फिर भी इतना कहना हम अपना कर्त्तव्य समझते हैं कि मुसलमान चूड़ों की अधिकांश रीति-रस्म हिन्दू चूड़ों से मिलती हैं। वे भी अपने को वाल्मीकि की सन्तान समझते हैं। उनका यह विश्वास है कि वाल्मीकि भगवान के यहाँ झाड़ू लगाते थे; और उनके पश्चात् घुँघुरबेग, लालबेग, मलूक, पीरछोटा इत्यादि पीरों ने उस जाति को धर्म का पवित्र आदेश दिया। इससे यह प्रमाणित होता है मुसलमान प्रचारकों ने चूड़ों को मुसल्ली बनाने के समय वाल्मीकि एवं अन्य हिन्दू पूर्वजों की प्रतिष्ठा करते हुए इस्लाम के सिद्धान्तों को उनमें प्रवेश किया; क्योंकि यदि वे ऐसा न करते, तो निश्चय ही वे उनके भीतर

उतनी सरलता से इस्लाम का प्रचार न कर सकते, जितनी सरलता से उन्होंने किया। इस प्रकार हिन्दू चूड़ों को इसलाम स्वीकार कराने पर मौलवियों ने उनमें ऐसे भजनों का प्रचार किया, जिनमें चूड़ों के हिन्दू पूर्वजों का भी नाम रहता था। उससे हिन्दू चूड़ों को भी 'मुसल्ली' होने का प्रलोभन मिलता था। उदाहरण के लिए हम कई पञ्जाबी भजनों को नीचे सङ्कलित करते हैं:—

उट्ठ माता मैनावन्ती सुत्ती,
बाबे वाला लिया अवतार।
धमक पड़ी पैताल में, छुट्टी गर्द गुबार।
चारिए आए कुम्भाते, ख्वजा दी पुकार॥
कुहिआँ, मच्छ, चिढ़ोर,
उड उड मङ्गेमांस तैंदुई।
छेड़छिड़ी गणेश दी डेरागाज़ीखान।

अर्थात्—माता मैनावन्ती अपनी निद्रा से उठ, बाबा बाल्मीकि ने अवतार धारण किया है। इसकी धमक पाताल में पड़ गई है और चारों ओर वायुमण्डल धूल धूसरित है। कुम्भा से सेना आकर ख़्वाजा को पुकार रही है। कुहिआँ मच्छ, चिढ़ोर और तैंदुई आकाश में उड़-उड़ कर मांस माँग रहे हैं।

अपनी वंशावली का वर्णन करते हुए निम्नलिखित पद की रचना की गई थी :—

बालाशाह सन्तोख ऋखदा।
सन्तोख सुख शरापदित ऋखदा॥
शरापदित ऋख ऐनाक दा।
ऐनाक ऋख्खि दा॥
ऋख्खि बिख्वी दा।
बिख्वी महादेव दा॥
महादेव भगवान औतखण्डे दा।
औतखण्डा अलखपुरुख दा॥
अलख पुरुख शक्त दा।
शक्त अगम दा॥

अर्थात्—बालाशाह सन्तोष ऋषि का पुत्र है। सन्तोष ऋषि शरापदत ऋषि का, शरापदत ऋषि ऐनाक का, ऐनाक ऋख्खी का, ऋख्खी बिख्खी का, बिख्खी महादेव का, महादेव अर्थात् शिव औतखण्डे का। औतखण्डा अलख पुरुष का, अलख पुरुष शक्ति का; और शक्ति अगम पुरुष का पुत्र है।

इन भजनों में हिन्दुत्व की आड़ में इस्लाम का प्रवेश कराया गया है; और उसके बाद धीरे-धीरे धार्मिक गीतों को रच कर, उसमें इस्लाम की प्रशंसा कूट-कूट कर भर दी गई है; परन्तु, उसका भी अन्दाज़ निराला ही है; इस्लाम का प्रचार और हिन्दुआने ढङ्ग से! एक नमूना देखिए :—

अर्श ते उतरा घड़ा पियाला,
हुकुम हुआ समाली बेग नू पी गया,
हुआ मतवाला।
सिड़ड़िया, अगटिया,
सहना विदा करना इक किनारा,
सार दी छड्डी, मुलतान दी कमाण इन्दलहस्ती,
ज़र्द अम्बारी।
आई दादा लालबेग सच्चे,
सतगुरु वली दी सवारी
ओ मियाँ लाल खाँ दरबारी,
सत्तर दो बहत्तरबला तुम्हारे पञ्जे,
तले मारी।
छानूँगे दुद्ध-दा दुद्ध, पाणी दा पाणी,
तोशा वो कलावा भेंट है तुम्हारी,
कुछ कीजो मदद हमारी।
शाह दी तख्त, मुलतान दी कमाण,
इन्दल हस्ती, ज़र्द अम्बारी,
आई दादा लाल बेग सच्चे गुरु दी सवारी।
आओ मियाँ लालखान दरबारी,
सरवर दी शहीदी हज़रत दा,
कलीमा पाक।
लाइलाहाइल्लिल्लाहो।
महम्मद-इर-रसूलुल्लाहो॥

अर्थात्—आकाश से एक घड़ा और प्याला उतरा। समाली बेग को उस (घड़े) की वस्तु पीने की आज्ञा दी गई। वह पी गया; और पीते ही उन्माद (धार्मिक-विस्मृति) में डूब गया। जिसकी छड़ी सार (एक प्रकार की लकड़ी) की है, जिसका धनुष मुलतान का का है, जिसका हाथी इन्दल (बे सूँड़ का) है; और

जिसकी सवारी अरुणिमा पूर्ण आकाश है, ऐसे ऐ सिड्ड़िया और अगटिया, तुम मेरी आपत्तियों को दूर करो। सच्चे फ़क़ीर और वली बाबा लालबेग की सवारी आई। मियाँ लालख़ान दरबारी आओ, तुम्हारा स्वागत है। तुम्हारे हाथों सत्तर दो बहत्तर आपत्तियाँ नष्ट की गई हैं। तू दूध और पानी को पृथक्-पृथक् कर देता है; अर्थात् तू बुराइयों को अच्छाइयों से पृथक् कर उचित न्याय करता है। तुम्हें नोशा और कलावा भेंट है। तू मेरी सहायता कर इन्दल हाथी के सुनहरे बादशाही तख़्त पर मुलतान का धनुष लिए हुए लाल आसमान से सच्चा गुरु और वली पिता लालबेग उतरा। मियाँ लालख़ान दरबारी आओ, तुम्हारा स्वागत है। सत्तर की शहीदी (गवाही) और हज़रत के पाक कलीमा (क़ुरान) की शपथ ख़ुदा के अतिरिक्त कोई भी उपासना के योग्य नहीं है; और उस ख़ुदा का रसूल मुहम्मद ही है।

हम विस्तार भय से अधिक गीतों का उल्लेख नहीं कर सकते। वास्तव में पञ्जाब के हिन्दू चूड़ों तथा उनके इस्लाम-धर्म ग्रहण करने की कहानियों की एक बहुत बड़ी पुस्तक हो सकती है; अस्तु।

पञ्जाब के चूड़ों की संख्या ७,५०,००० है। इसमें सिक्ख, आर्य-समाजी इत्यादि चूड़ों को छोड़ते हुए सन् १९२१ ई० की सेन्सस रिपोर्ट के अनुसार इनकी संख्या ६,८९,६६२ है, जिसमें ३,७५,९४३ पुरुष और ३,१३,७१९ स्त्रियाँ हैं। इस संख्या में केवल १२९६ पुरुष और ७३ स्त्रियाँ साक्षर हैं, जिनमें अङ्गरेज़ी जानने वाले १६३ पुरुष और २ स्त्रियाँ हैं।

चूड़ों में अपाहिजों की संख्या निम्न-लिखित है :—

	पुरुष	...	स्त्रियाँ
पागल ...	७१	...	४७
गूँगे-बहरे ...	२८८	...	१५३
अन्धे ...	१,६७५	...	१,७८५
कोढ़ी ...	१३	...	४

चूड़ों में चमारों की अपेक्षा बाल-विवाह कम है; फिर भी इस जाति में भी बाल-विवाह की प्रथा कम नहीं है। आगे के कोष्ठकों से विवाहितों और विधवाओं की संख्या मालूम हो जावेगी :—

१—विवाहित पुरुष और स्त्री

अवस्था		पुरुष		स्त्री
०—४ वर्ष	...	३	...	१
५—११ ,,	...	२७	...	१६
१२—१४ ,,	...	१,८६३	...	३,६६८
१५—२० ,,	...	३२,७७०	...	७३,८४८
२०—३९ ,,	...	६७,२३	...	८२,४०७

२—विधवाएँ

अवस्था			संख्या
०—४ वर्ष	...	...	१
५—११ ,,	...	...	८४
१२—१४ ,,	...	...	१०४
१५—१९ ,,	...	...	३८१
२०—३९ ,,	...	...	६,२२५
४० वर्ष से ऊपर	...	...	२५,१७०

दबगर

ये कच्चे चमड़े को तैयार करते हैं। इनका प्रधान जातीय व्यवसाय तेल अथवा घी के लिए चमड़े की कुप्पियाँ तैयार करना है।

इस जाति में शिक्षा का बहुत ही अभाव है। शिक्षा की दृष्टि से इस जाति की स्थिति नहीं के बराबर ही है। सन् १९२१ ई० को सेन्सस रिपोर्ट के आधार पर इस जाति के अपाहिजों की संख्या इस प्रकार है :—

		पुरुष		स्त्री
पागल	...	१	...	१
गूँगे-बहिरे	...	१	...	१
अन्धे	...	१	...	१
कोढ़ी	...	१	...	...

दागी (कोली)

'दागी' अथवा दाघी, काँगड़ा और शिमला पहाड़ियों की नीच जातियाँ हैं। इनकी सामाजिक परिस्थिति चमारों के बराबर है। भिन्न-भिन्न स्थानों में दागी को 'कोली' भी कहते हैं; परन्तु कई स्थानों में ये परस्पर पृथक् जाति के मनुष्य समझे जाते हैं। कहीं-कहीं ये 'चनाल' भी कहे जाते हैं। उदाहरण के लिए एक दागी कुल्लू पहाड़ में दागी, काँगड़ा में चनाल और सराज में

कोली कहा जाता है, परन्तु यह बात स्मरणरखने योग्य है कि मण्डी-राज्य के चनाल और कुल्लू के दागियों में वैवाहिक सम्बन्ध नहीं होता। सराज के चमार अपने को कोली कहते हैं। इतना ही नहीं, वहाँ के चमार और कोलियों में 'बेटी-रोटी' का भी सम्बन्ध है। कोली बहुत से दागी-चमारों के साथ खान-पान नहीं करते; पर बहुत जगह खान-पान तो दूर रहे, वैवाहिक सम्बन्ध भी करते हैं। वास्तव में ये सारे सम्बन्ध भिन्न-भिन्न स्थानों में स्थानीय प्रथाओं पर अवलम्बित हैं।

ये लोग भिन्न-भिन्न स्थानों में भिन्न भिन्न काम करते हैं; परन्तु इनका प्रधान कार्य ऊँची जाति के हिन्दुओं की खेती-बारी तथा मज़दूरी करना है।

कोलियों के दो पृथक् भाग हैं। प्रथम पहाड़ पर, और द्वितीय भूमि पर रहने वाले। भूमि पर रहने वाले कोलियों तथा पहाड़ी दागियों की उत्पत्ति चमारों से मानी जाती है, परन्तु कोलियो की उत्पत्ति के सम्बन्ध में भिन्न-भिन्न मत हैं। कुछ इतिहासकार तो उन्हें चमारों कि ही उपजाति मानते हैं। कनिङ्घम साहब का कहना है कि कोली लोग मध्यप्रान्त और बिहार की कोल जाति के वंशज हैं। इसके प्रमाण में वे कहते हैं— कि प्राचीन काल में पञ्जाब की पहाड़ियों पर कोल जाति का राज्य था। ये कोल बिहारी और मध्यप्रान्तीय 'कोल' के वंशज थे। वास्तव में कोलियों और कोलों की भाषा में बहुत समानता है और कोलियों के बहुत शब्द तथा मुहावरे कोलों के हैं। कनिङ्घम साहब लिखते हैं। कि शिमला पहाड़ियों में छोटी-छोटी नदियों को 'दा' कहते हैं। कोल लोगों की भाषा में इसका अर्थ पानी है। कुछ इतिहासकार इस मत का खण्डन करते हैं। हम विस्तार भय से उनका मत यहाँ नहीं दे सकते। हाँ, हमारा भी मत यही है कि पहाड़ी कोलियों और मध्यप्रान्त तथा बिहार के कोलों से रक्त-सम्बन्ध अवश्य है, परन्तु समयानुसार कोली, चनाल और दागी जातियाँ इस प्रकार मिल जुल गई हैं कि उनका पृथक् विश्लेषण करना एकान्त असम्भव है। पञ्जाब के दागियों (कोलियों) की संख्या १,७५,००० है। इसमें सिक्ख, आर्य-समाजी, देव-समाजी इत्यादि दागियों (कोलियों) को छोड़ कर सन् १९२१ ई० की सेन्सस रिपोर्ट के अनुसार शेष दागियों (कोलियों) की संख्या १,५४,५०१ है, जिसमें ७९,४०१ पुरुष और ७५,०९३ स्त्रियाँ हैं। इस संख्या में केवल ६८५ पुरुष और १८ स्त्रियाँ साक्षर; तथा अङ्गरेज़ी जानने वाले ३७ पुरुष और २ स्त्रियाँ हैं।

पञ्जाब में दागियों (कोलियों) में अपाहिजों की संख्या इस प्रकार हैं:—

	पुरुष	स्त्री
पागल ...	२३ ...	१९
गूँगे-बहरे ...	३६८ ...	३०३
अन्धे ...	१९९ ...	१९८
कोढ़ी ...	१६७ ...	७५

दागियों (कोलियों) में भी बाल-विवाह का अधिक ज़ोर है। निम्नलिखित तालिका से विवाहित स्त्री-पुरुष और विधवाओं की संख्या मालूम हो जायगी:—

१—विवाहित पुरुष और स्त्री

अवस्था	पुरुष	स्त्री
०—४ वर्ष ...	१०० ...	५४
५—११ ,, ...	७९० ...	१,४४०
१२—१४ ,, ...	१,०२७ ...	२,३३९
१५—१९ ,, ...	६,१६८ ...	५,३४४
२०—३९ ,, ...	१८,१४३ ...	२१,८२५

२—विधवाएँ

अवस्था		संख्या
०—४ वर्ष	... ...	...
५—११ ,,	... ...	३४
१२—१४ ,,	... ...	५६
१५—१९ ,,	... ...	२१४
२०—३९ ,,	... ...	२,१२२
४० वर्ष से ऊपर	... ...	८,४६३

मजबी

मज़बी शब्द महज़बी का अपभ्रंश है। मज़हबी का अर्थ धर्म वाला है। ये लोग जैसा कि हम ऊपर कह आए हैं वे चूड़े हैं, जिन्होंने सिक्ख-धर्म स्वीकार किया है। ये लोग गुरु तेग़बहादुर को सब से बड़ा गुरु मानते हैं। दिल्ली से गुरु तेग़बहादुर का मृतक शरीर चूड़ों के द्वारा ही लाया गया था। तब से चूड़े भी सिक्ख-धर्म में ले लिए गए। मजबी भी चूड़ों का जातीय व्यवसाय

करते हुए सिक्खों की तरह केश, कच्छ, कृपाण, कड़ा और कङ्घी रखते हैं। सिक्ख-धर्म में विश्वास रखने पर भी, साधारण सिक्ख-सम्प्रदाय इन्हें घृणा की दृष्टि से देखता है। यद्यपि अकाली आन्दोलन से सिक्ख-समाज की इस मनोवृत्ति में बहुत-कुछ परिवर्तन हुआ है, तथापि जनसाधारण की मनोवृत्ति में अभी कुछ विशेष हेर-फेर नहीं हुआ।

सिक्ख-इतिहास में जीवनसिंह नामक एक मज़्बी सेनापति का वर्णन है। जीवनसिंह बड़े साहसी और वीर थे। उन्हें सिक्ख-गुरुगण बहुत अधिक मानते थे। सन् १७२६ ई० में अम्बाले ज़िले के 'चमकौर' नामक स्थान पर मुसलमानों से युद्ध करते हुए उन्होंने वीर गति प्राप्त की थी। उस स्थान में उनकी समाधि आज तक मौजूद है और प्रत्येक सिक्ख श्रद्धा तथा भक्ति के भावों से वहाँ दर्शन करने जाता है। इस बात से साफ़-साफ़ यही विदित होता है कि आज सिक्ख सम्प्रदाय भले ही मज़्बिओं से घृणा करे, परन्तु प्राचीन समय में यह बात न थी और सिक्ख धर्म निश्चय ही भ्रातृत्व की नींव पर रक्खी गई थी।

पञ्जाब में मज़्बियों की संख्या ४०,३३५ है, जिसमें २२,२२६ पुरुष और १८,११६ स्त्रियाँ हैं। इस संख्या में, २६६ पुरुष और ६ स्त्रियाँ साक्षर हैं, जिनमें दो पुरुष अङ्गरेज़ी जानते हैं। सन् १९२१ ई० की सेन्सस रिपोर्ट के आधार पर इस जाति में एक भी मनुष्य पागल, गूँगा-बहिरा अथवा कोढ़ी नहीं; केवल एक पुरुष और एक स्त्री अन्धी है।

मज़्बियों में भी विधवा-विवाह प्रचलित है। निम्न-लिखित कोष्टकों से विवाहितों और विधवाओं की संख्या ज्ञात हो जायगी :—

१—विवाहित

अवस्था	पुरुष	स्त्री
०—४ वर्ष	१	६
५—११ ,,	४६	२३६
१२—१४ ,,	१२०	४०७
१५—१६ ,,	५८१	१,१३१
२०—३६ ,,	४,५३३	४,७१४

२—विधवाएँ

०—४ वर्ष	...	...
५—११ ,,	...	३
१२—१४ ,,	...	४
१५—१६ ,,	...	२६
२०—३६ ,,	...	३५२
४० वर्ष से ऊपर	...	१३८२

महतम

ये लोग अधिकांश डेरागाज़ीखाँ और लाहौर के बीच में रहते हैं। इनका जातीय व्यवसाय रस्सी और सिकरी बनाना है। इनकी उत्पत्ति के सम्बन्ध में भिन्न-भिन्न मत हैं। कुछ महतमों का कहना है कि प्राचीन काल में दिल्ली में राजा भीमसेन नामक एक क्षत्रिय राजा रहते थे। राजा भीमसेन के पुत्र मेघवर्ण हुए और मेघवर्ण के पुत्र गहरोका थे। गहरोका के मही और तल नामक दो पुत्र थे। इन्हीं मही से महतमों का वंश चला। दूसरों का कहना है कि महतमों के पूर्वज क्षत्रिय थे और जम्बू में रहते थे। जम्बू में उन्होंने गूजरों को हराया था।

जो कुछ हो इसमें सन्देह नहीं कि महतम लोगों की उत्पत्ति क्षत्रिय-कुल से है; परन्तु हल चलाने तथा विधवा-विचार आदि करने से इन्हें शेष हिन्दू-समाज घृणा की दृष्टि से देखने लगा, और यह घृणा यहाँ तक बढ़ी कि आज वे अन्त्यज कहे जा रहे हैं।

शिक्षा का इनमें भी अभाव है। सन् १९२१ ई० की सेन्सस रिपोर्ट के आधार पर इस जाति के अपाहिजों की संख्या इस प्रकार है:—

	पुरुष	स्त्री
पागल	१६	१३
गूँगे-बहिरे	५५	३३
अन्धे	८१	७२
कोढ़ी	२	...

मेघ

मेघ अधिकांश स्यालकोट में जम्बू की सीमा पर तथा अमृतसर, गुरुदासपुर, गुजरात और लाहौर ज़िलों रहते

हैं। इस जाति के जो लोग रावलपिण्डी ज़िले में रहते हैं, उन्हें 'मिङ्ग' कहते हैं। इनकी उत्पत्ति के सम्बन्ध में भिन्न-भिन्न किम्बदन्तियाँ प्रचलित हैं, जिनमें से कुछ को हम नीचे दे रहे हैं।

(१) प्राचीन काल में, बनारस में एक ब्राह्मण रहते थे। उक्त ब्राह्मण सज्जन के दो पुत्र थे, जिनमें एक अत्यन्त विद्वान् और दूसरा महा मूर्ख था। पिता ने अपने विद्वान् पुत्र से छोटे भाई को शिक्षा देने के सम्बन्ध में कहा; परन्तु उसने पिता की अवज्ञा की। इस पर पिता ने क्रुद्ध होकर पुत्र को घर से निकाल दिया और वह जम्बू चला गया। वहाँ जाकर वह लड़कों को पढ़ाने लगा। एक बार उसने गोमेध यज्ञ किया; परन्तु यज्ञ की मृतक गौ जब पुनः जीवित न हो सकी, तो उसने पिता की सहायता माँगी। पिता ने मन्त्र-प्रताप से गौ को पुनर्जीवित किया; परन्तु उसके साथ भोजन करना स्वीकार न किया। तब पुत्र क्रोधित हो गया और उसने अपने पिता से सारा सम्बन्ध त्याग दिया। मेघ उसी के वंशज हैं।

(२) कुछ लोगों का कहना है कि ब्रह्मा और शिव के एक भाई थे, जिन्हें उन लोगों ने एक मृतक गौ छूने पर बहिष्कृत कर दिया था। इसी प्रकार की और भी कई किम्बदन्तियाँ हैं; जिन्हें हम विस्तार-भय से नहीं दे सकते।

मेघ लोग अपने गुरु की पूजा करते हैं। इनके गुरु की गद्दी जम्बू से तीन मील की दूरी पर किरन नामक ग्राम में है। ये लोग हिन्दुओं का जूठा खाते हैं। कहीं-कहीं तो मुसलमानों का भी जूठा खाते हैं; परन्तु यह प्रथा अब धीरे-धीरे नष्ट होती जा रही है।

विवाह के अवसर पर वर की ओर से उसके साथ ही जाति के चन्द नेता बधू के घर जाते हैं। वहाँ कुछ आवश्यकीय संस्कार करने के पश्चात् दूसरे दिन बधू वर के घर आती है। वहाँ वर-बधू दोनों ही माला के वृक्ष के नीचे बैठते हैं। वृक्ष की धड़ में धागा जिसे मौली कहते हैं, बाँध दिया जाता है और वर-बधू तथा जाति के लोग उस वृक्ष की सात बार परिक्रमा करते हैं। परिक्रमा के पश्चात् लोगों को चीनी मिली हुई रोटी दी जाती है। तदुपरान्त सब लोग घर लौटते हैं और वहाँ वर के पिता की ओर से जाति के लोगों को भोज दिया जाता है।

मेघों में विधवा-विवाह की प्रथा प्रचलित है। विधवा प्रायः अपने देवर अथवा ससुर से विवाह करती है; परन्तु यदि वह किसी दूसरे व्यक्ति से विवाह करना चाहे तो उसके नए पति को अपने कुल की कोई लड़की उसके पूर्व पति के कुल के किसी लड़के से ब्याह देनी पड़ती है। यदि विधवा अपना पुनर्विवाह करना न चाहे, तो गाँव वाले उसके निवाह के लिए चन्दा कर देते हैं; और वह सब की दृष्टि में श्रद्धा के भावों से देखी जाती है।

अधिकांश मेघ कबीरपन्थी होते हैं। इनके धार्मिक सामाजिक उत्सवों में ब्राह्मण ही पुरोहित का काम करते हैं। इन लोगों का जातीय-व्यवसाय कपड़ा बुनना है; परन्तु ये लोग भिन्न-भिन्न प्रकार की मज़दूरी भी करते हैं।

मेघों में शिक्षा का अत्यन्त अभाव है और यदि कुछ लोग साक्षर हैं भी, तो वे नहीं के बराबर। सन् १९२१ ई० की सेन्सस रिपोर्ट के अनुसार उनका एक व्यक्ति भी पागल तथा कोढ़ी नहीं है। केवल एक पुरुष गूँगा-बहिरा है। और दो पुरुष और एक स्त्री अन्धी है।

रामदासिया

जो हिन्दू-चमार सिक्ख-धर्म में प्रवेश करते हैं, उन्हें रामदासिया कहते हैं। ये लोग अन्तिम गुरु रामदास के समय से सिक्ख-धर्म में लाए गए। सिक्खों के कई सम्प्रदाय गुरु रामदास को नहीं मानते। उनका कहना है कि अन्तिम बादशाह गुरु गोविन्दसिंह ही हुए थे।

यद्यपि रामदासियों की सामाजिक स्थिति हिन्दू-चमारों से कहीं अच्छी है, तथापि अभी तक सिक्ख-समाज ने उन्हें समानाधिकार नहीं दिया है।

पञ्जाब में रामदासियों संख्या १,६१,८६२ है, जिसमें ८८,६६३ पुरुष और ७२,८११ स्त्रियाँ हैं। इस संख्या में २,३४५ पुरुष और ७३ स्त्रियाँ साक्षर हैं, तथा ४० पुरुष अङ्गरेज़ी जानने वाले हैं। रामदासियों में भी बाल-विवाह की कुप्रथा जारी है। नीचे की तालिका से इस जाति के विवाहित स्त्री-पुरुष और विधवाओं की संख्या मालूम हो जायगी:—

१—विवाहित

अवस्था	पुरुष	स्त्री
० से ४ वर्ष तक	२	...
५ से ११ ,, ...	५९९ ...	१४०१
२१ से १४ ,, ...	१,१६४ ...	२,०२५
१५ से १९ ,, ...	३,००० ...	४,६८१
२० से २९ ,, ...	१४७,४९ ...	१९,३२९
४० से वर्ष से ऊपर	१३,०४० ...	८,५७१

२-विधवाएँ

अवस्था			संख्या
०— ४	वर्ष तक	...	...
५—११	,,	...	१४
१२—१४	,,	...	२१
१५—१६	,,	...	८७
२०—३६	,,	...	१,०७२
४० वर्ष से ऊपर		...	७,०४०

बम्बई प्रेज़िडेन्सी *

खाल्प (चमार)

ये लोग बम्बई प्रान्त के भड़ौंच, सूरत, रेवा और काँथ नामक स्थानों में विशेषकर पाए जाते हैं। सन् १६०१ ई० की मर्दुमशुमारी में इनकी संख्या ६,५७० थी, जिनमें ४,८४८ पुरुष और ४,७२२ स्त्रियाँ थीं। सन् १६११ ई० तथा २१ की सेन्सस-रिपोर्ट (Census Report) में इनकी संख्या नहीं दीगई है। खाल्प शब्द खाल अथवा छाल का अपभ्रंश है। ये लोग चमड़े का काम करते हैं। भिन्न-भिन्न स्थानों में ये चमाड़िया, छादिया, चमार तथा दबगर के नाम से पुकारे जाते हैं। ये लोग, भङ्गी, माङ्ग तथा और कई निकृष्टतम कही जाने वाली जाति को छोड़ कर और सभी जाति के मनुष्यों को अपने में सम्मिलित कर लेते हैं।

ये लोग छः भागों में विभक्त हैं। खम्भाटिया अथवा कम्बे; कोठरिया, नदिया, पाटनी, सरिया और तिपरा। इनमें खम्भाटिया और पाटनी (मोलावर) में विवाह सम्बन्ध होता है। अन्य उपविभागों में नहीं होता है। हाँ, यह बात मार्के की है कि खम्भाटिए विवाह में पाटनिओं की ही लड़की लेते हैं; अपनी लड़की उन्हें नहीं देते। इनके गोत्र का नामकरण स्थानों के आधार पर है; जैसे ढोल, सोराठी आदि, परन्तु साथ ही इनमें बहुत से राजपूत-वंशों के नाम पाए जाते हैं। उदाहरण स्वरूप चवान, चावदा, भदकिया, कटरिया, कनसरिया, मकवाना, परमार इत्यादि।

* इस प्रान्त में मित्र और करद राज्यों की अछूत जातियों की संख्या सम्मिलित नहीं की गई है।

एक कुल में विवाह-सम्बन्ध नहीं होता। दूसरे कुल में भी सात पीढ़ी के सम्बन्ध के भीतर वाले ऐसे सम्बन्धिओं से, जिनके साथ विवाह निषिद्ध है, शादी नहीं की जाती। मामा, फूफा तथा मौसी की लड़की से विवाह सम्बन्ध निषिद्ध है। इन लोगों में बाल-विवाह की प्रथा बहुत अधिक है। रजोधर्म के बहुत पहले ही बालिकाओं का विवाह हो जाता है। केवल वे ही बालिकाएँ पूर्ण-यौवन प्राप्त करने पर व्याही जाती हैं, जिनके माता-पिता अथवा संरक्षक बहुत निर्धन हैं। बालकों का विवाह पाँच वर्ष की अवस्था से आरम्भ हो जाता है।

यदि इस जाति में कोई लड़की व्यभिचार करते हुए पाई जाय, तो उसका विवाह अधिकतर उसी पुरुष से होता है, जिसके साथ वह व्यभिचार में सम्मिलित हुई थी। यदि वह पुरुष उस बालिका से विवाह करना अस्वीकार करे, तो उसे जातीय दण्ड के रूप में कुछ रुपए और जातीय भोज देना पड़ता है। इस अवस्था में उस बालिका का विवाह जाति से किसी अन्य पुरुष से हो जाता है। एक पुरुष पत्नी के रहते कई विवाह कर सकता है; पर पत्नी पति के रहते हुए दूसरा विवाह नहीं कर सकती।

विवाह में बधू-पक्ष वाले वर-पक्ष वाले पिता को कुछ रुपए देते हैं, जिन्हें 'देज' अथवा 'पल्लो' कहते हैं। विवाह का शुभ दिन 'गारुद-ब्राह्मण' के द्वारा निश्चित किया जाता है, जोकि स्वयं खाल्प अथवा ढेढ होता है। यही विवाह-संस्कार भी कराता है।

खाल्पों में विधवा-विवाह निषिद्ध नहीं है। विधवा के माता-पिता अथवा स्वयं उसी के द्वारा उसका विवाह होता है। विधवा-विवाह मङ्गल, वृहस्पति और रविवार को होता है। इस विवाह में वर-बधू आमने-सामने बैठते हैं। इसके पश्चात् दोनों की चादर बाँध दी जाती है। चादर बाँधने पर पुरोहित इन्हें देव-गृह में ले जाता है। वहाँ जाकर दोनों देव-पूजा करते हैं। इस प्रकार पूजा समाप्त होने पर वर-बधू परस्पर एक दूसरे के ऊपर चावल छिड़कते हैं। इसके पश्चात् विवाह-कार्य सम्पन्न हो जाता है। कहीं-कहीं तो वर-बधू को आमने-सामने खड़ा करते हैं। इसके बाद एक नारियल का फल लाया जाता है, जिसे दोनों एक साथ ही अपने ललाट से दबाते हैं और इसी क्रिया के बाद विवाह सम्पन्न हो जाता है। यदि

कोई कुमार वर एक विधवा-वधू से विवाह करना चाहे तो पहले शाभी वृक्ष के नीचे इनका विवाह-संस्कार किया जाता है।

पति-पत्नी अपनी इच्छानुसार अपना वैवाहिक सम्बन्ध विच्छेद कर सकते हैं। जो पक्ष सम्बन्ध विच्छेद करना चाहता है, उसे दूसरे पक्ष को रुपयों के रूप में कुछ हरजाना देना पड़ता है। इस हरजाना को जाति के पञ्च निश्चित करते हैं; परन्तु यदि पति, पत्नी का सम्बन्ध किसी पर-पुरुष (अपनी जाति अथवा किसी उच्च जाति) के साथ व्यभिचार करने पर विच्छेद करे, तो उसे हरजाना नहीं देना पड़ता। उपरोक्त कारण से सम्बन्ध विच्छेद होने पर पत्नी पुनः जाति के किसी अन्य पुरुष से विवाह कर सकती है। यह विवाह ठीक विधवा-विवाह की तरह होता है; परन्तु पत्नी ने यदि किसी नीच जाति के पुरुष के साथ व्यभिचार किया हो, तो वह जाति-च्युत कर दी जाती है। कभी-कभी वह जाति में पुनः ले ली जाती है; परन्तु प्रायश्चित करने पर।

खालप लोग स्वामी रामानन्द, कबीर और रैदास के अनुयायी होते हैं। वे शिव, विष्णु, माता, राम तथा हिन्दुओं के अन्य देवताओं की पूजा करते हैं। उनाय, डाकोर जी और शुक्लतीर्थ, ये इनके प्रसिद्ध तीर्थस्थान हैं। ये लोग अपने मुर्दों को हिन्दुओं की तरह जलाते हैं; पर यदि मुर्दा छोटा बालक हो तो उसे भूमि में गाड़ देते हैं। इनका खानदानी पेशा चमड़े को तैयार कर उसकी भिन्न-भिन्न वस्तुएँ बनाना है।

चम्भार

चम्भारों की आबादी विशेष कर दक्खिन, कोङ्कड़ और कर्नाटक में है। ये लोग कनारा में चमगार और कर्नाटक में समगार के नाम से भी पुकारे जाते हैं; परन्तु इन सभी नामों का अर्थ है, चमड़े का काम करने वाला। चम्भार शब्द के अन्दर कई अन्य जातियाँ सम्मिलित हैं; जैसे—काठी, कठाई, जिङ्गर, घोर, मोर्चा इत्यादि। ये जातियाँ एक ही व्यवसाय करती हैं; पर फिर भी इनमें परस्पर भिन्नता है। इनकी पारस्परिक भिन्नता समझने के लिए हमें बिहार तथा संयुक्त-प्रान्त के चमारों और मोचियों की भिन्नता का अनुमान करना यथेष्ट होगा। चम्भार लोग स्थान-विभिन्नता से दो भागों में विभक्त हो सकते हैं। एक महाराष्ट्र के रहने वाले और दूसरे कनारा के रहने वाले। इसके सम्बन्ध में हम आगे चल कर लिखेंगे।

चम्भारों की उत्पत्ति के सम्बन्ध में भिन्न-भिन्न किम्वदन्तियाँ हैं। कुछ लोगों का कहना है कि हरली नाम के एक व्यक्ति शिव के बड़े भक्त और सेवक थे। शिवजी ने उन्हें जूता बना कर जीवन-निर्वाह करने की आज्ञा दी थी। उसी समय से उनके वंशज जूता बनाने लगे। कोल्हापुर में दन्त-कथा प्रसिद्ध है कि शिवजी ने अपने पुत्र अरालय से क्रुद्ध होकर उन्हें शाप दिया था कि तुम और तुम्हारे वंशज आज से जूता बना कर अपना निर्वाह करेंगे, तब से अरालय के वंशज भी जूता बनाने लगे। इसी प्रकार कई और भी किम्वदन्तियाँ हैं, जिनके अनुसार चम्भार लोग अपनी वंशावली की उत्पत्ति का निर्माण करते हैं। जो कुछ भी हो, इसमें तनिक भी सन्देह नहीं कि इनका अस्तित्व वैदिक काल में भी था; क्योंकि ऋग्वेद में एक मन्त्र में 'चरमम्न' शब्द आता है, जिसका अर्थ चर्मकार है। युजर्वेद के वाजसनेय संहिता के पुरुषमेध अध्याय में इस प्रकार के कई मनुष्यों का वर्णन है, जो यज्ञ में आहुति दिए जाते हैं। उस नामावली में भी 'चरमम्न' शब्द आता है। पाली भाषा में लिखी हुई जातक कथाओं में १८ ऐसे व्यापार-सङ्घों का वर्णन आता है, जिनका राजा की दृष्टि में बहुत ही अधिक सम्मान था; और जिनसे राजा स्वयं ही मिलते थे। इन भिन्न-भिन्न सङ्घों के पृथक्-पृथक् 'पमुख' (प्रमुख) थे। इन प्रमुखों के वर्णन में 'चमकार' (चर्मकार) का भी वर्णन आता है। इससे यह बात साफ़-साफ़ प्रकट होती है कि बौद्ध-कालीन इतिहास-युग से भी पूर्व 'चमारों' का व्यावसायिक सङ्घ था, जिसका समाज में केवल आदर और महत्व ही नहीं था, वरन् स्वयं राजा भी उन लोगों से व्यक्तिगत सम्पर्क रखते थे; परन्तु बौद्ध-धर्म के प्रचार के बाद अहिंसावाद की प्रवृत्तियों के कारण चर्मकारों के प्रति जनता का भाव बदलने लगा, और लोग इस व्यवसाय को नीची दृष्टि (हीन सिप्प) से देखने लगे। फिर भी इस स्थान पर यह बात सर्वदा ध्यान देने योग्य है कि इस व्यवसाय के सम्बन्ध में 'हीन सिप्प' शब्द का ही प्रयोग किया गया है, न कि 'हीन जाति' का। हीन जाति में चाण्डाल बेन, निषाद, रथकार आदि जातियाँ सम्मिलित हैं। इससे यह बात स्वतः सिद्ध है कि यद्यपि

चमार तथा वे अन्य जातियाँ, जो चमड़े का काम करती हैं, और जो ढेढ़, माँग, महार, डोड, कोली, दागी, मोची आदि, न जाने कितने नामों से पुकारी जाती हैं; बौद्ध-काल के आरम्भ में अर्थात् लगभग ईसामसीह के जन्म के ४०० वर्ष पूर्व अपने व्यवसाय के कारण कुछ हीन-दृष्टि से अवश्य देखी जाने लगी थीं; पर ये आर्यों में सम्मिलित थीं; और इनकी सामाजिक स्थिति आज से हज़ार गुणी अच्छी थी।

चमारों की उत्पत्ति के सम्बन्ध में संस्कृत-ग्रन्थों में भिन्न मत हैं। यदि मनु महाराज के कारावार और चम्भार में अर्थ-सादृश्यता है, तो निश्चय ही इनकी उत्पत्ति निषाद पिता और वैदेह माता के द्वारा हुई। पराशर के अनुसार इनकी उत्पत्ति केवट पिता और चाण्डाल माता से हुई। जाति-विवेक, जाति-निर्णय तथा जाति-दर्पण जैसे छोटे-मोटे ग्रन्थों में इनकी उत्पत्ति धिगवान पिता और निषाद माता के द्वारा हुई; परन्तु इन ग्रन्थों की उक्तियों को हम प्रमाणिक नहीं मानते; क्योंकि ये ग्रन्थ गुप्त राज्य-वंश के समय में लिखे गए थे। वह बौद्ध-धर्म के पतन का काल था; और पतन की प्रतिक्रिया में द्वेष, ईर्ष्या और भिन्न-भिन्न बुराइयों से पूर्ण ब्राह्मण-काल पुनर्जीवित हुआ था। ऐसे समय में यदि अब्राह्मणों के सम्बन्ध में मिथ्या-पूर्ण और अपमानजनक बातें लिखी गई हों, तो इसमें कोई सन्देह नहीं।

हम ऊपर कह आए हैं कि चम्भार जाति की दो शाखाएँ हैं। एक वह जो महाराष्ट्र प्रान्त में रहती है; और दूसरी वह, जो मद्रास के कर्नाटक प्रदेश में रहती है। महाराष्ट्र के चम्भारों में निम्नलिखित विभाग है। इस विभाग में परस्पर एक दूसरे के साथ वैवाहिक सम्बन्ध नहीं होता :— (१) अहीर; (२) छेवली; (३) दाभोली; (४) घाटी; (५) हराली; और (६) कोङ्कणी।

चम्भारों में विधवा-विवाह होता है; परन्तु इनकी विधवाएँ अपने पूर्व पति के भाई तथा उस कुल के किसी व्यक्ति से विवाह नहीं कर सकतीं। पति पत्नी के रहते हुए कई विवाह कर सकता है; पर पत्नी पति के रहते हुए कोई दूसरा विवाह नहीं कर सकती। विधवाओं का विवाह अधिकतर विधुरों से ही होता है; परन्तु यदि किसी विधवा से कोई ऐसा पुरुष विवाह करना चाहे, जिसका पहले विवाह नहीं हुआ है, तो इस स्थिति में उस पुरुष को शमी (Prosopis Spicigera) नामक वृक्ष से पहले विवाह कर लेना पड़ता है।

चम्भारों में विवाह-सम्बन्ध-विच्छेद करने की भी प्रथा है। यदि पुरुष पुरुषत्वहीन हो, तो स्त्री और यदि स्त्री व्यभिचारिणी हो, तो पुरुष अधिकांश रूप में तलाक़ देता है। तलाक़ देने का एक कारण और भी है, जो स्त्री-पुरुष दोनों ही पर लागू है। वह यह कि जाति-च्युत होने पर एक दूसरे को भी तलाक़ दे देते हैं। हाँ, यदि पति-पत्नी में स्थायी और अमिट विरोध होने लगे, उस दशा में भी जाति वालों के द्वारा एक दूसरे का तलाक़ स्वीकृत होता है। इसी प्रकार की तलाक़ दी हुई स्त्री अपना पुनर्विवाह कर सकती है। जिस स्त्री को व्यभिचार के कारण तलाक़ दिया जाता है, वह कभी भी अपना पुनर्विवाह नहीं कर सकती।

चम्भार दो सम्प्रदाय के होते हैं :— शैव; और भागवत। वे बहिरोबा, जानाई जोखाई और जखाई देवताओं की पूजा करते हैं। धार्मिक उत्सवों को ये लोग ब्राह्मण पुरोहितों के द्वारा सम्पन्न करते हैं। ब्राह्मण लोग इन उत्सवों में सम्मिलित होने में अपना तनिक भी अपमान नहीं समझते; और निःसङ्कोच इनका धार्मिक कार्य सम्पन्न करते हैं क्योंकि उन्हें टके मिलते हैं।

ये लोग अपने मुर्दों को जलाते हैं; पर जो निर्धन हैं और जलाने का व्यय नहीं सँभाल सकते, वे उनका मस्तक दक्खिन की ओर कर धरती में गाड़ देते हैं। जलाए गए मुर्दों का भस्मावशेष नदियों में डाल दिया जाता है।

कर्नाटक के चम्भार भी दो सम्प्रदायों में विभक्त हैं। वैष्णव और लिङ्गायत। चमगारों अर्थात् कनारा के रहने वाले चम्भारों के इष्टदेव वैङ्कटराम हैं, जिनका मन्दिर कनारा ज़िला के सिरसी तालुक़ा के मञ्जगूली ग्राम में है। ये लोग सिरसिअम्मा, होनावरम्मा, अंङ्कीआम्मा, महामायी, महादेव, गणपति, जातक, हनुमान और नाग आदि देवी-देवताओं की भी पूजा करते हैं। वे तीर्थ नहीं करते। ये लोग शिवरात्रि, युगादी, नागपञ्चमी, दशहरा और दिवाली का त्योहार मनाते हैं।

ये भी अपने मुर्दों को जलाते हैं; परन्तु इनके जलाने की प्रथा भिन्न ही है। मुर्दों को इस प्रकार बैठाया जाता है कि उसका मुँह उत्तर की ओर हो। तत्पश्चात् चिता तैयार कर उसमें आग लगा दी जाती है। इस प्रकार मुर्दे बैठा कर ही जलाए जाते हैं।

जाति के पञ्चों द्वारा ही विधवाओं के पुनर्विवाह की अनुमति मिलती है। विधुर ही, अथवा वह मनुष्य जिसकी स्त्री जीवित है, विधवा से विवाह कर सकता है। इस स्थिति में विधवा को अपने पूर्व पति के सारे गहने-कपड़े लौटाने पड़ते हैं; और वह एक वृक्ष के नीचे इन सब वस्तुओं को रख कर कहती है—आज से मुझे अब इस परिवार से कोई सम्बन्ध न रहा। इसके पश्चात् वह अपना पुनर्विवाह कर लेती है।

बम्बई प्रान्त में चम्भारों की संख्या ६३,६६५ है; जिसमें सन् १९२१ ई० की मनुष्य-गणना के अनुसार ४६,५६१ पुरुष और ४७,१०४ स्त्रियाँ हैं। इस संख्या में १००३ पुरुष तथा ४४ स्त्रियाँ साक्षर है; और ३४ पुरुष तथा १ स्त्री अङ्गरेज़ी पढ़ी हुई है।

चम्भारों में बाल-विवाह की प्रथा बहुत अधिक है। नीचे के कोष्ठकों से विवाहित स्त्री-पुरुष और विधवाओं का पता लग जावेगा :—

१—विवाहित स्त्री-पुरुष

		पुरुष		स्त्री
० से ५ वर्ष तक	...	२५०	...	१८३
५ से १२ ,,	...	७५८	...	३,६८८
१२ से १५ ,,	...	१,१३५	...	२,३०१
१५ से २० ,,	...	१,७६६	...	२,६२६
२० से ४० ,,	...	११,७२३	...	१२,६०४

३—विधवाएँ

० से ५ वर्ष तक			५
५ से १२ ,,	...	...	१६६
१२ से १५ ,,	...	...	११२
१५ से २० ,,	...	...	१३६
२० से ४० ,,	...	...	१,६८६

भंगी

बम्बई प्रेज़िडेन्सी के भङ्गी, घड़े अथवा भङ्गिया और पञ्जाब प्रान्त के चूड़ों में बहुत कुछ समानता है। दोनों का व्यवसाय और दोनों की जाति एक ही है। हाँ, स्थान-भिन्नता के कारण दोनों की जातीय प्रथाओं में भिन्नता अवश्य है। वैसे तो भङ्गी लोग बम्बई प्रेज़िडेन्सी के प्रत्येक ज़िले में पाए जाते हैं; पर ये लोग बम्बई शहर, अहमदाबाद, भड़ोंच, पञ्चमहाल, सूरत, कैम्बे, कठियावाड़, माहीकाँठ, पालनपुर, पूना इत्यादि स्थानों में विशेष संख्या में पाए जाते हैं। गुजरात प्रान्त में इन्हें हलालख़ोर, भरवाशिया, मेला आदि नामों से पुकारते हैं।

भङ्गी 'भङ्ग' शब्द से निकला है। भङ्ग का अर्थ टूटना है। सम्भवतः हिन्दू-समाज से भङ्ग होने के कारण ही इनका नाम भङ्गी पड़ा हो; परन्तु भङ्गियों के कथनानुसार उनकी उत्पत्ति एक ब्राह्मण साधु के द्वारा हुई। उनका कहना है कि उपरोक्त साधु ने पण्डितों की सभा से एक मरा हुआ कुत्ता अपने हाथों से उठा कर भूमि में गाड़ दिया था। इसी प्रकार एक किम्बदन्ती है कि भङ्गियों की उत्पत्ति शूपणखा से हुई थी। कुछ ग्रन्थों में इनकी उत्पत्ति का आधार शूद्र पिता और विधवा ब्राह्मणी माता है।

दक्षिण में भङ्गी लोग मसोद, छजगही, हेल, लालबेगी, भखियार और शेख़—इन छः भागों में विभक्त हैं। इनमें शेख़ तो मुसलमान हैं; और लालबेगी अर्द्ध मुसलमान। यहाँ यह बात स्मरण रखने की है कि पञ्जाब के मुसलमान चूड़े, जिनके गीतों का वर्णन हम ऊपर कर आए हैं, लालबेगी हैं। बम्बई प्रान्त के लालबेगी और शेख़ एक साथ भोजन तो करते हैं; परन्तु परस्पर शादी-विवाह नहीं करते। हाँ, इस नियम का एक अपवाद है; और वह यह कि पूना में लालबेगियों और शेख़ों में परस्पर विवाह-सम्बन्ध भी होता है।

शेष चार हिन्दू-भङ्गियों के विभागों से इन्हें कोई सम्बन्ध नहीं है। इस लेख में भङ्गियों से हमारा अभिप्राय हिन्दू-भङ्गियों से ही है।

गुजरात के भङ्गी गुजराती बोलते और हिन्दी समझते हैं। अहमदनगर, शोलापूर, कोल्हापूर, बेलगाँव और कनारा में ये लोग घर-बाहर, सर्वत्र हिन्दी भाषा का ही

प्रयोग करते हैं। सितारा में ये लोग हिन्दी और मराठी, दोनों भाषा बोलते हैं; और पूना में इनकी भाषा गुजराती, मराठी और हिन्दी का मिश्रण है।

इन लोगों का विवाह-सम्बन्ध उस वंश में सात पीढ़ी तक नहीं होता, जिससे माता अथवा पिता के रक्त का सम्बन्ध है। विवाह के पहले यदि कोई लड़की व्यभिचार करती पाई जाय, तो जाति की पञ्चायत के द्वारा उस पर २५ से १०० रुपया तक जुर्माना किया जाता है। पति पत्नी के रहते हुए भी दूसरा विवाह कर सकता है; पर पत्नी पति के जीवनकाल में ऐसा नहीं कर सकती।

भङ्गियों में विधवा-विवाह होता है। कोई विधवा अपनी मौसी, मामा तथा फूफा के लड़के से विवाह नहीं कर सकती। उसका पुनर्विवाह विधुर के साथ ही होता है, कुमार के साथ नहीं। विधवा-विवाह केवल रवि, मङ्गल और वृहस्पतिवार की रात को ही होता है।

ये लोग हनुमान, शिकोली, गणपति, देवी आदि की पूजा करते हैं। ऊँची जाति के हिन्दू इन्हें मन्दिर में नहीं जाने देते; परन्तु बाहर से ही ये लोग मन्दिरों के सम्मुख झुक जाते हैं!! ये लोग होली, दिवाली, विजयदशमी, शिवरात्रि आदि हिन्दू-पर्वों को मनाते हैं।

इन लोगों में तलाक़ की प्रथा प्रचलित है। यदि पत्नी व्यभिचारिणी हो, तो इस अवस्था में पति उसे तलाक़ दे देता है। तलाक़ की स्वीकृति जाति का प्रधान करता है। तलाक़ देने के समय पति अपनी पगड़ी अथवा टोपी के कपड़े का कुछ भाग फाड़ कर पत्नी को देता है; और पत्नी अपने हाथ के दोनों कङ्कण निकाल कर पति को सौंप देती है और इतना करते ही तलाक़ की विधि समाप्त हो जाती है।

हम ऊपर कह आए हैं कि बम्बई प्रान्त के भङ्गियों का व्यवसाय ठीक पञ्जाब के चूढ़ों का है। इसके अतिरिक्त ये लोग बाँस की टोकरी बनाते तथा मरे जानवरों को दूर हटाते और गाड़ते हैं।

सन् १९२१ ई० की मनुष्य-गणना के अनुसार बम्बई प्रान्त में भङ्गियों की संख्या ३६,०६० है, जिसमें ५६२ पुरुष तथा ५१ स्त्रियाँ साक्षर हैं। ६ पुरुष अङ्गरेज़ी पढ़े हुए हैं।

अपाहिजों की संख्या इस प्रकार है:—

	पुरुष	स्त्री
पागल	६	८
गूँगे-बहिरे	११	२
अन्धे	४६	७३
कोढ़ी	५	२

इस जाति में भी बाल-विवाह की प्रथा प्रचलित है। नीचे के कोष्टकों में विवाहित स्त्री पुरुष और विधवाओं की संख्या दी जाती है:—

१—विवाहित स्त्री-पुरुष

	पुरुष	स्त्री
०—५ वर्ष तक	६२	२६१
५—१२ ,,	८२४	१,५६६
१२—१५ ,,	५३६	८६३
१५—२० ,,	८५७	१,१५५
२०—४० ,,	५,१४६	५,३२४

२—विधवाएँ

०—५ वर्ष तक	१५
५—११ ,,	६४
१२—१५ ,,	५१
१५—२० ,,	३२
२०—४० ,,	५६६

महार अथवा म्हार

महारों अथवा म्हारों के अन्तर्गत पचास उपजातियाँ सम्मिलित हैं। इन में परस्पर वैवाहिक सम्बन्ध नहीं होता। इन्हें अन्य नामों से भी पुकारा जाता है, जो ये हैं—अन्त्यज, अतिशूद्र, भूमिपुत्र अथवा धरनीचेपुत्र, भूयाल, चोखामेला, ढेढ, डोम्ब, हलसाव, काथिवाले म्हेत्र, मिरासी, परवारी, तरल, वेस्कर आदि। यह निश्चयपूर्वक नहीं कहा जा सकता कि 'महार' शब्द की वास्तविक उत्पत्ति कैसे हुई। लोगों का कहना है कि 'महाहारी' (अधिक खाने वाला) शब्द से 'महार' निकला है। दूसरों का कहना है कि 'मृताहारी' शब्द से ही महार की उत्पत्ति हुई। 'मृताहारी' शब्द का अर्थ है, जिसका आहार मृतक हो। मारकण्डेय पुराण के ३५वें अध्याय के ३६वें श्लोक में 'मृताहारी' शब्द का वर्णन है।

म्हारों की उत्पत्ति के सम्बन्ध में भिन्न-भिन्न किम्बदन्तियाँ हैं। एक दन्तकथा यह प्रसिद्ध है कि महार लोग पहले निशाचर थे, जिन्हें ब्रह्मा ने इस डर से मनुष्य बनाया कि कहीं वे उनकी सृष्टि की सारी प्रजा को न खा जायँ। नासिक में यह दन्तकथा प्रसिद्ध है कि इस जाति की उत्पत्ति स्वरूपसोमा जी महार से हुई; और उनकी उत्पत्ति ब्रह्मा के तलवे से हुई। अहमदाबाद के महारों का कहना है कि ब्राह्मण, वैश्य और शूद्र ये चारों जातियाँ गौ के गर्भ से उत्पन्न हुई। एक बार गौ ने अपने चारों पुत्रों से पूछा कि मेरे मरने पर तुम लोग मेरे साथ किस प्रकार का व्यवहार करोगे। इस पर तीन पुत्रों ने कहा कि हम लोग माँ भगवती की तरह तुम्हारी पूजा करेंगे। चौथे ने कहा कि जिस भाँति तुमने हमें अपने गर्भ में रक्खा था, उसी भाँति मैं भी तुम्हें अपने गर्भ में रख लूँगा। इस पर अन्य तीनों भाइयों ने उसे 'महाहार' (जिसका आहार बहुत ही अधिक हो) कह कर चिल्लाना आरम्भ कर दिया। 'महार' शब्द 'महाहार' का अपभ्रंश है। कुछ लोगों का कहना है कि महारों की उत्पत्ति चन्द्रमा (सोम) की बाईं आँख से हुई। इसी कारण महार लोग सोमवंशी कहलाते हैं। इस प्रकार महारों की उत्पत्ति के सम्बन्ध में बहुत सी किम्बदन्तियाँ हैं, जिन्हें हम विस्तार-भय से यहाँ नहीं दे सकते।

भिन्न-भिन्न ज़िलों में म्हारों में परस्पर वैवाहिक सम्बन्ध तब तक नहीं होता, जब तक उन में कोई पूर्व सम्बन्ध न हो। कोई महार अपनी मौसेरी तथा फुफेरी बहिन से विवाह नहीं कर सकता। हाँ, ममेरी बहिन से विवाह करना इन लोगों में निषिद्ध है, विवाह वर का पिता अथवा वर-पक्ष का ही कोई अन्य आदमी ठीक करता है। निश्चय हो जाने पर वर-पक्ष वाले वधू-पक्ष वालों को कुछ रुपए देते हैं। विवाह का शुभ मुहूर्त ब्राह्मणों के द्वारा निश्चय होता है। विवाह के अवसर पर धार्मिक संस्कार या तो दूर बैठ कर स्वयं ब्राह्मण ही कराता है अथवा महारों का एक जातीय पुरोहित कराता है।

महारों में विधवा-विवाह की प्रथा प्रचलित है। विधवा मौसेरे, फुफेरे और ममेरे भाई तथा अपने पूर्व पति के कुल के किसी व्यक्ति के साथ पुनर्विवाह नहीं कर सकती। हाँ, किसी-किसी स्थान में उसे अपने ममेरे भाई तथा पूर्व पति के कुल में विवाह करने का निषेध नहीं भी है। विधवा-विवाह केवल रात्रि को ही सम्पन्न कराया जाता है। प्रतिपदा की रात्रि और आषाढ़, श्रावण, भाद्रपद में विधवा-विवाह नहीं होता। विधवा-विवाह में केवल वे ही महिलाएँ सम्मिलित होती हैं, जो विधवा होने पर पुनर्विवाहित हुई हों। विधुर ही विधवाओं के साथ विवाह कर सकते हैं। यदि कोई अविवाहित पुरुष किसी विधवा के साथ विवाह करना चाहे, तो उसे पहले 'रूई' के वृक्ष अथवा एक अँगूठी से विवाह कर लेना पड़ता है। यह विवाह सारे वैवाहिक संस्कारों से पूर्ण होता है। इस प्रकार विवाह किए गए वृक्ष को काट कर भूमि में गाड़ देते हैं, इसका अर्थ है कि विवाहिता स्त्री मर गई। इस क्रिया के पश्चात् उसका विवाह उस विधवा के साथ होता है।

महार लोग हिन्दू-धर्म को मानते हैं। ये शैव और वैष्णव दोनों सम्प्रदाय के होते हैं। कुछ लोग कबीर, गिरी और नाथ के अनुयायी होते हैं। इन लोगों को मातन गयत्ता सम्प्रदायी कहते हैं। वारकारी सम्प्रदाय के नाम से एक और भी सम्प्रदाय है। ये लोग चोखामेला (एक प्राचीन महार साधु) के अनुयायी होते हैं। ये अपने गले में तुलसी-माला धारण करते हैं। ये लोग नियत अवधि में आलन्दी और पण्ढरपुर तीर्थ-यात्रा करते हैं; और वहाँ पहुँच कर रात भर प्रार्थना और भगवद्भजन करते हैं।

दक्षिणी महार के उपास्यदेव—भवानी, महादेव, चखोबा, ज्ञानोबा, खण्डोबा, बिथोबा और मशकोबा हैं। ये लोग नाग, सतवाई, मरिआई की भी पूजा करते हैं। कनारा के महारों के देवी-देवता शान्तिरियम्मा, मरीदेवी, भूमिदेवी, और महादेव हैं।

इतना होने पर भी हिन्दू-समाज में महार लोगों की स्थिति बड़ी भयानक है। उपरोक्त अन्य अछूतों की तरह केवल ये स्वयं ही अछूत नहीं हैं; परन्तु इनकी परछाईं भी अपवित्र समझी जाती है!

यदि किसी ऊँची जाति के हिन्दू पर इनकी परछाईं पड़ जाय, तो जब तक वह स्नान न करे, अपवित्र समझा जाता है। ये ऊँची जाति के हिन्दुओं के कुओं से जल तक नहीं भर सकते!

इनका प्रधान व्यवसाय दिहातों और शहरों में झाड़ू लगाना है। ये लोग गाँवों की चौकीदारी भी करते हैं, इसके अतिरिक्त यह लोग और भी भिन्न-भिन्न प्रकार की मज़दूरी कर अपना भरण-पोषण करते हैं। ये लोग जल्लाद का भी काम करते हैं।

बम्बई प्रान्त में महारों की संख्या ५,५८,८६७ है। यहाँ यह बात बतला देना आवश्यक है कि 'महार' शब्द महाराष्ट्र में ही प्रचलित है। गुजरात में इसी जाति को ढेढ कहते हैं। कहीं-कहीं इसी जाति को होलिया भी कहते हैं। ऊपर दी हुई संख्या सम्पूर्ण बम्बई प्रेज़िडेन्सी (मित्र और करद राज्य छोड़ कर) की है। भिन्न-भिन्न नामों के अनुसार महारों की संख्या एवं उनकी शिक्षा का विवरण निम्नलिखित कोष्टक से भली-भाँति विदित हो जावेगा :—

	कुल संख्या	पुरुष	स्त्री	साक्षर		अङ्गरेज़ी पढ़े हुए	
				पुरुष	स्त्री	पुरुष	स्त्री
महार...	४,४५,३७०	२,१७,०३७	२,२८,३३३	४,९७३	२८६	२८२	६
ढेढ ...	१,१३,४९७	५६,३९३	५७,१०४	३,६९१	३२२	५४	१
दोनों...	५,५८,८६७	२,७३,४३०	३,८५,४३७	८,६६४	६०८	३३६	७

अपाहिजों की संख्या इस प्रकार है :—

	पुरुष			स्त्री		
	महार	ढेढ	दोनों	महार	ढेढ़	दोनों
पागल ...	१५४	२७	१८१	१४९	२५	१७४
गूँगे-बहिरे ...	२११	२६	२३७	१५७	११	१६८
अन्धे ...	८००	१७४	९७४	१,०५३	२९८	१,३५१
कोढ़ी ...	४१६	११	४२७	१९१	८	१९९

निम्नलिखित कोष्टकों से विवाहित स्त्री-पुरुष और विधवाओं की संख्या ज्ञात होगी :—

१—विवाहित पुरुष

	महार		ढेढ
०— ५ वर्ष तक	२९७	...	१९२
५—१२ ,,	३,१६६	...	३,००३
१२—१५ ,,	३,६४३	...	१,७४०
१५—२० ,,	६,८४१	...	२,४८६
२०—४० ,,	५५,७३६	...	१०,४५४

२—विवाहित स्त्रियाँ

	महार		ढेढ
०— ५ वर्ष तक	९३३	...	५०२
५—१२ ,,	१५,३८०	...	२,७११
१२—१५ ,,	९,१३१	...	१,९९८
१५—२० ,,	१३,०५९	...	२,६७५
२०—४० ,,	६१,७८६	...	१४,२८५

३ विधवाएँ

	महार		ढेढ
०—०५ वर्ष तक	२३३	...	४
५—१२ ,,	९८८	...	१११
१२—१५ ,,	६५६	...	१२६
१५—२० ,,	७३३	...	१५५
२०—४० ,,	९,२२०	...	१,३२८

मांग (मादिगा)

माङ्ग जाति को कनारा में मादिगा और गुजरात में मङ्गेल कहते हैं। संस्कृत साहित्य में इस जाति के लिए 'मातङ्ग' शब्द का प्रयोग किया गया है। मातङ्ग का अर्थ हाथी, कुत्ता और चाण्डाल है। अन्तिम अर्थ के लिए ही यह शब्द प्रयुक्त हुआ था।

गुजरात के मङ्गेल मल्लुओं का व्यवसाय करते हैं। अब उनकी जाति माङ्ग तथा मादिगों से पृथक् बन गई है। माङ्ग और महार प्रायः एक ही प्रकार की जाति समझी जाती है। समाज में दोनों की स्थिति प्रायः एक ही प्रकार की है। इन दोनों में यदि कोई भिन्नता है, तो यह कि जहाँ महार सूअर नहीं खाते और गाय खाते हैं; वहाँ मादिगा गाय नहीं खाते सूअर ही खाते हैं।

माङ्गों में फूफेरी अथवा मौसेरी बहिन से विवाह नहीं किया जाता। हाँ, ममेरी बहिन से विवाह करने की प्रथा प्रचलित है। पत्नी के जीवित रहते हुए पति अपना दूसरा विवाह कर सकता है; पर पति के जीवन-काल में बिना तलाक़ दिए हुए पत्नी दूसरा विवाह नहीं कर सकती। इस जाति में बाल-विवाह प्रचलित है। कहीं-कहीं तो इस प्रथा का इतना भयानक रूप है कि सुन कर रोंगटे खड़े हो जाते हैं! बेलगाँव ज़िले में कई स्थानों पर यदि मासिकधर्म के पहले लड़की का विवाह न हो जाय, तो फिर समाज में उसका विवाह नहीं हो सकता। उसे जोगतिन का जीवन व्यतीत करना पड़ता है। 'जोगतिन' का अर्थ देवदासी है।

यदि कोई बालिका किसी ऊँची जाति के पुरुष के साथ व्यभिचार करती हुई पाई जाय, तो सम्भवतः उन दोनों का विवाह कर दिया जाता है। विवाह होने पर वे दोनों अकरमाशे जाति में सम्मिलित हो जाते हैं। अकरमाशे का अर्थ 'हरामी' है। यदि पति-पत्नी में परस्पर लड़ाई होती रहती हो, पति पुरुषत्वहीन हो, पत्नी व्यभिचारिणी हो अथवा पति-पत्नी दोनों में कोई भी अपाहिज हो, तो इन दशाओं में तलाक़ स्वीकृत हो जाता है। जिस स्त्री को पति ने तलाक़ दे दिया है, उसका पुनर्विवाह हो सकता है; परन्तु यह विवाह विधवा-विवाह की तरह कराया जाता है। यदि कोई बालिका किसी नीच जाति के व्यक्ति के साथ व्यभिचार करते पाई जाय, तो वह जाति से बहिष्कृत हो जाती और उसे या तो 'मुरली' अथवा वेश्या हो जाना पड़ता है। 'मुरली' और योगिनि' दोनों शब्द देवदासियों के सूचक हैं, जो मन्दिरों और मठों में रह कर धर्म के नाम पर व्यभिचार करती हैं।

माङ्ग जाति में दो प्रकार के सरदार होते हैं। एक को मेहतर या मेहत्रिया और दूसरे को सरनायक कहते हैं। मेहत्रिया धार्मिक और सामाजिक बातों के प्रधान होते हैं। ये पञ्चों के साथ जाति के झगड़े का निर्णय करते हैं। सरनायक व्यभिचार आदि दोषों में अपना निर्णय करते हैं। जाति के द्वारा किसी दोष पर प्रायः सवा रुपये का दण्ड होता है।

वर का पिता वधू के पिता अथवा वधू-पक्ष वालों से विवाह के लिए प्रार्थना करता है। विवाह निश्चित होने पर वर का पिता वधू के पिता को पाँच से १० रुपया तक देता है। इसके पश्चात् विवाह का शुभ मुहूर्त्त 'साधु' के द्वारा ठीक किया जाता है। ये 'साधु' माङ्ग जाति के ही होते हैं। ये पुरोहित का कार्य करते हैं। प्रत्येक साधु के हिस्से में १२ से लेकर ३० गाँव रहते हैं। उन गाँवों के सारे माङ्गों का धार्मिक कार्य ये ही साधु करते हैं; और उनकी अनुपस्थिति में यह काम मेहतर कराते हैं। माङ्गों की विवाह-पद्धति बहुत अंशों में महारों की विवाह-पद्धति से मिलती है।

विधवा-विवाह की प्रथा माङ्ग जाति में प्रचलित है; परन्तु पूना के वे माङ्ग, जिनकी उपाधि मराठों की है, विधवा-विवाह नहीं करते। कोई विधवा अपने मौसेरे और ममेरे भाई से अथवा अपने पूर्व पति के कुल के किसी मनुष्य से पुनर्विवाह नहीं कर सकती।

माङ्ग लोग अधिकांश शैव होते हैं। इन लोगों के प्रधान देव शिव हैं। वे अधिकांश मिराई (वह देवी जिनका हैज़े रोग पर अधिकार है) की पूजा

करते हैं। उनके प्रमुख गृह-देवता ये हैं :—वहीरोबा, खण्डोबा, म्हासोबा, अम्बाई, बहिरी, जनाई, तकी, विथोबा और यमाई। माङ्ग लोग मन्दिरों में नहीं प्रवेश कर सकते। वे दूर से ही भगवान् के सामने सिर झुका कर भक्ति-भाव प्रदर्शित करते हैं। ये लोग रविवार के दिन देवताओं और मङ्गल तथा शुक्रवार के दिन देवियों पर बकरों तथा मुर्गों की बलि चढ़ाते हैं। ये लोग अलन्दी, कोण्डनपुर, देहू, पण्ढारपुर सिगनापुर की तीर्थ-यात्रा करने जाते हैं। ये लोग अपने मुर्दों को भूमि में गाड़ देते हैं।

इन लोगों का व्यवसाय चमड़े की रस्सी अथवा ताँत बनाना है। ये चूड़ों का भी काम करते हैं। इसके अतिरिक्त ये घर, ईंट और बाँस के भाँति-भाँति के सामान बनाते तथा जल्लाद का काम करते हैं। किसी महार को फाँसी चढ़ाते ही इनके आनन्द की सीमा नहीं रहती; क्योंकि ये दोनों जातियाँ परस्पर एक दूसरे को शत्रु समझती हैं। इन लोगों का गाँव के मृतक पशुओं पर भाग निश्चय किया रहता है। अधिकांश मृतक पशुओं का तीन-चौथाई भाग महारों को और चौथाई माङ्गों को दिया जाता है। कुछ माङ्ग चमड़े तैयार करते हैं; और कुछ लोग साँप पालने का व्यवसाय करते हैं। कहते हैं कि ये लोग साँप की दवाइयों के बड़े विलक्षण वैद्य होते हैं। सर्प दंशन को ये लोग तान्त्रिक उपायों से भी अच्छा करते हैं। महारों की नाईं ये लोग भी अपने पृथक् ग्राम बसाते हैं, जो कि ऊँची जाति के हिन्दुओं के निवास से दूर रहते हैं। ये ऊँची जाति के हिन्दुओं के कुओं से जल नहीं भर सकते।

निम्नलिखित कोष्टक से माङ्ग जाति की संख्या और उनकी शिक्षा का पता लग जावेगा। हम यहाँ माङ्ग और मादिगा दोनों की संख्या सन् १९२१ ई० की मनुष्य-गणना के अनुसार पृथक्-पृथक् दे रहे हैं। यहाँ यह बात जानना आवश्यक है कि जिस प्रकार पञ्जाब के कोली और दागी स्थानीय प्रथा के अनुसार अपने को एक ही तथा एक दूसरे से भिन्न समझते हैं, वही दशा ठीक माङ्गों और मादियों की है :—

				साक्षर		अङ्गरेज़ी पढ़े हुए	
जाति ...	कुल संख्या	पुरुष	स्त्री	पुरुष	स्त्री	पुरुष	स्त्री
माङ्ग ...	१,१३,९६२	५६,५८३	५७,३७९	५६८	३७	१३	...
मादिगा ...	८८,७४७	४३,४४२	४५,३०५	२७४	४५	३	१
दोनों ...	२,०२,७०९	१,००,०२५	१०२६८४	८४२	८२	१६	१

अपाहिजों की संख्या इस प्रकार है :—

विवरण	पुरुष			स्त्री		
	माङ्ग	मादिगा	दोनों	माङ्ग	मादिगा	दोनों
पागल ...	३४	१७	५१	२३	१४	३७
गूँगे-बहिरे ...	५७	३१	८८	४०	२१	६१
अन्धे ...	१३९	६४	२०३	१४७	५७	२०४
कोढ़ी ...	९३	१४	११०	४१	५	४६

विवाहित स्त्री-पुरुष की संख्या इस प्रकार है :—

१—विवाहित पुरुष

	मादिगा		माङ्ग
०— ५ वर्ष तक	३७	...	१८१
५—१२ ,,	३२४	...	६७५
१२—१५ ,,	४२६	...	७०२
१५—२० ,,	७७६	...	१,४४३
२०—४० ,,	६,६८१	...	१४,४६५

२—विवाहित स्त्रियाँ

	मादिगा		माङ्ग
०— ५ वर्ष तक	२८६	...	२७८
५—१२ ,,	२,६४७	...	३,६१७
१२—१५ ,,	१,३४७	...	२,२००
१५—२० ,,	१,७५८	...	३,००३
२०—४० ,,	८,५१२	...	१,५५८७

विधवाओं की संख्या इस प्रकार है :—

३—विधवाएँ

	मादिगा		माङ्ग
०— ५ वर्ष तक	८५	...	१४
५—१२ ,,	२०६	...	१७३
१२—१५ ,,	२४५	..	१३२
१५—२० ,,	३३५	...	१३३
२०—४० ,,	३,३१६	...	२,१३७

मद्रास प्रान्त

चेरुमा (पुलयाँ)

चेरुमा लोग मद्रास प्रान्त के मालाबार प्रदेश में रहते हैं। ये लोग हल चलाते, खेतों को बोते और कृषी-सम्बन्धी अन्य-अन्य कार्य भी करते हैं। ऊँची जाति के हिन्दुओं की गुलामी ही इनके जीवन का प्रधान व्यवसाय है; और वह गुलामी भी व्यक्तिगत—ख़ास अपने शरीर तक ही नहीं; वरन् लड़के, पोते, परपोते और इसी प्रकार वंश-परम्परा तक !

चेरुमा को पुलयाँ भी कहते हैं। दक्खिन मालाबार में बसने वालों को चेरुमा और उत्तर में बसने वालों को पुलयाँ कहते हैं। दक्खिन मालाबार में भी बहुत संख्या में चेरुमा लोग पुला-चेरुमा कहे जाते हैं।

'चेरुमा' शब्द का अर्थ भूमि-पुत्र है और 'पुलयाँ' शब्द 'पुल' से निकला है। 'पुल' का अर्थ अपवित्रता है। मालाबार के गैज़ेटियर (Gazetteer) में चेरुमा जाति के सम्बन्ध में लिखा है कि ये लोग २६ उपजातियों में विभक्त हैं, जिनमें मुख्य कनक्का-चेरुमा, पुला-चेरुमा, एरा-चेरुमा अथवा एरालन, श्लेली-चेरुमा अथवा रोलन और बुडान हैं। इसी प्रकार पुलया लोग भी १२ उपजातियों में विभक्त हैं। कोचीन के सन् १६०६ ई० के एथ्नॉलॉजिकल सरवे, संख्या छः (Ethnological Survey of Cochin, No. 6, 1906) में लिखा है कि मालाबार की सुन्दर भूमि में इन लोगों की कई भिन्न-भिन्न राज-वंशावलियाँ भिन्न-भिन्न स्थानों पर राज्य करती थीं। आज भी उनके वंशज पुलयाँ तथा चेरुमा जाति में बड़ी प्रतिष्ठा की दृष्टि से देखे जाते हैं। त्रिवेन्द्रम में वेल्ली झील के किनारे पुलयानर कोट्टा नामक एक पहाड़ी है। लोगों का कहना है कि वहाँ किसी समय एक अत्यन्त वैभवशाली पुलयाँ राज्य-वंश रहता था। इस प्रकार आज भी चेरुमा अथवा पुलयाँ जाति के अतीत गौरव के भग्नावशेषों में अनुसन्धान करने वालों को इतिहास की सामग्री के लिए पर्याप्त साधन मौजूद हैं; अस्तु।

मैनुअल ऑफ़ मालाबार (Manual of Malabar) में लिखा है—चेरुमा लोग दो भागों में विभक्त हैं, इरया और पुलयाँ। इरया पुलयाँ से सामाजिक स्थिति में ऊँचे हैं; क्योंकि 'इरया' शब्द इस बात का सूचक है कि ये लोग ऊँची जाति के हिन्दुओं के घरों की छत (इरा) तक आ सकते हैं और 'पुलयाँ' शब्द इस बात को इङ्गित करता है कि ये लोग जहाँ जाते हैं, वहीं अपवित्रता फैलाते हैं, कुछ लोगों का कहना है कि चेरुमा शब्द 'चेर' से निकला है 'चेर' का अर्थ है, खेत का एक छोटा भाग; परन्तु इस सिद्धान्त में मत-भेद भी है। बहुतों का कहना है कि प्राचीन काल में मालाबार किनारे पर 'चेर' नामक अत्यन्त वैभवशाली साम्राज्य था और 'नाद' (देश) अथवा 'चेरनाद' जो उस वैभवशाली साम्राज्य की राजधानी थी, आज भी कालीकट के दक्षिण-पूर्व में स्थित है। इसके अतिरिक्त मालाबार के एक प्राचीन तथा अत्यन्त प्रतिष्ठित सम्राट् का नाम भी चेरमान पेरमल है।

प्राचीन काल में यह चेरुम जाति का एक महा प्रतापी सम्राट् हुआ था। आज मालाबार का बच्चा-बच्चा इस नाम से परिचित है।

उपरोक्त बात से यह निश्चय है कि प्राचीन काल में मालाबार की अत्यन्त सुरम्य भूमि पर चेरुम जाति का अधिकार था। उस समय इसकी सामाजिक स्थिति भी अत्यन्त ऊँची होगी, इसमें तनिक सन्देह नहीं; परन्तु समय के प्रवाह में केवल इतना अधिकार ही नष्ट नहीं हुआ; वरन् ये लोग समाज में भी अत्यन्त हीन दृष्टि से देखे जाने लगे; और सच बात तो यह है कि चेरुम तथा मद्रास प्रान्त के अन्य अछूत, जिनकी चर्चा हम आगे चल कर करेंगे, आज वास्तव में जीवित शव (Living dead) हैं।

चेरुम जाति की सामाजिक स्थिति आज अत्यन्त भयावह है; और इस भयानकता का उत्तरदायित्व केवल ऊँची जाति के हिन्दुओं और हिन्दू-समाज की स्थिति-पालकता पर है। यदि मार्ग में किसी चेरुम को किसी उच्च-जाति के पुरुष से मुलाक़ात हो जाय, तो उसको तीस फ़ीट की दूरी पर खड़ा होना पड़ता है। यदि वह इस दूरी के भीतर आ जाय, तो ऊँची जाति का हिन्दू अपवित्र हो जाता है, और उसे स्नान कर इसका प्रायश्चित्त करना पड़ता है। कोई चेरुम कभी और किसी भी स्थिति में ब्राह्मणों के तालावों, मन्दिरों और ग्रामों में प्रवेश नहीं कर सकता। प्रवेश करना तो दूर रहा, वह उनके समीप भी नहीं जा सकता। कोचीन और ट्रावनकोर में, जहाँ ब्राह्मणों का प्रभाव बहुत अधिक है, अछूतों का अस्तित्व ही हिन्दू-समाज को असह्य है; और पालघाट तालुक़ा में तो वे साधारण बाज़ारों में भी नहीं जा सकते। कोचीन राज्य में चेरुम जाति के लोग वेलक्कथलावन (नाई), मन्नन (धोबी), पानान, वेट्टुवान, पारिया, नयापी, उल्लदन, मलयन और कादर लोगों का स्पर्श किया हुआ अन्न नहीं ग्रहण करते। इन लोगों को ब्राह्मणों से ९० फ़ीट और नायर जाति के लोगों से ६४ फ़ीट की दूरी पर खड़ा होना पड़ता है। कोचीन राज्य में चेरुमा लोग भी पुला-चेरुमा, पारिया, नयादी और उल्लदन लोगों के स्पर्श से अपवित्र हो जाते हैं। पुला-चेरुमा जाति के लोग गोमांस भक्षण करते तथा उसके चमड़े को बेचते भी हैं।

हिन्दू-समाज के द्वारा इस प्रकार अपमानित होने के कारण चेरुमा लोग शीघ्र मुसलमान * और इसाई हो रहे हैं।

एक विद्वान् लेखक लिखता है :—

It has been noted that Cheruman converts to Islam take part in the Moplah (Mappilla) out breaks, which from time to time disturb the peace of Malabar.

अर्थात् "यह देखा गया है कि इस्लाम-धर्म में आए हुए चेरुम लोग मोपला अथवा मापिल्ला लूट—जिसमें हिन्दुओं को लूटा जाता है, उनकी स्त्रियों का सतीत्व नष्ट किया जाता है और उन्हें बलपूर्वक मुसलमान बनाया जाता है—में सम्मिलित होते हैं, जो कि समय-समय पर मालाबार की शान्ति को भङ्ग करती हैं।"

हिन्दू-समाज का कितना भीषण पतन है। जब तक अछूत हिन्दू होकर रहता है, उस समय तक वह घृणित है, अन्त्यज है; ग़ुलाम है, उस समय उस पर किए गए अपमानों का ठिकाना नहीं। इस प्रकार हिन्दू-समाज उसे मुसलमान बनने को विवश करता है, और मुसलमान बन कर वह अपने नए धर्म के जोश में बड़े गौरव के साथ हिन्दुओं का सर तोड़ता है। हमने ग़ुलाम शब्द का जान कर ही उपयोग किया है। वास्तव में २०वीं शताब्दी में भी भारत के प्रायः सब

* This caste numbered 99,009 in Malabar at the Census of 1871, and in 1881 is returned as only 64,735. There are 40,000 fewer Cherumans than there would have been but for some disturbing influence, and this is very well known to be conversion to Muhammadanism. The honour of Islam once conferred on the Cheruman he moves at the spring, several times higher than that which he originally occupied. Conversion to Muhammadanism has had a marked effect in freeing the slave caste in Malabar from their former burdens. By conversion a Cheruman obtains a distinct rise in the social scale, and, if he is in consequence bullied or beaten, the influence of the whole Muhammadan Community comes to his aid.

Census Report of Madras, 1881.

प्रान्तों के देहातों में अछूत एक प्रकार से ऊँची जाति के हिन्दुओं के ग़ुलाम ही हैं। यह बात अवश्य है कि आज वे उन्हें तथा उनके बाल-बच्चों को खुले तौर से बाज़ारों में बेच नहीं सकते (मद्रास प्रान्त में कहीं-कहीं ऐसा करते भी हैं), परन्तु फिर भी अछूतों पर ऋण अथवा खेती-बारी के द्वारा इनका इतना अधिक दबाव है कि यदि उन्हें ग़ुलाम के नाम से पुकारा जाय, तो कोई अत्युक्ति नहीं।

इन लोगों के अपने ख़ास खेत नहीं होते। प्रत्येक चेरुमा किसी न किसी ज़मींदार के यहाँ नौकरी करता है, जो एक प्रकार से उसका बादशाह ही होता है। इस प्रकार जब कोई चेरुमा अथवा पुलयाँ अपना विवाह करना चाहता है, तो अपने स्वामी को इस सम्बन्ध में नम्रतापूर्वक सूचित करता है; और वह इसके विवाह का सारा ख़र्च, जो कि १० रुपए के लगभग होता है, देता है। यदि कोई चेरुमा अपनी स्त्री से उकता जाता है, तो उसे वह किसी भी मनुष्य के हाथ उसे बेच देता है। इस प्रकार ख़रीदने वाले को उसे विवाह का सारा ख़र्च अर्थात् १० रुपया देना पड़ता है। बहुत स्थानों में पति-पत्नी भिन्न-भिन्न स्वामियों की नौकरी करते हैं; परन्तु अधिकांश ये लोग एक ही स्वामी की सेवा करते हैं। यदि माता और पिता पृथक्-पृथक् नौकर हों, तो प्रथम पुत्र माता के स्वामी की नौकरी करता है; और अन्य पुत्र पिता के स्वामी की; परन्तु बाल्यावस्था तक वे सब अपनी माता के पास ही रहते हैं। यदि स्त्री विधवा हो, तो उसके लड़के जिस स्वामी की नौकरी करते हैं, वहीं वह भी जाती है।

चेरुमा जाति की विवाह-प्रथा निराली है। कुछ स्थानों में चेरमा अपनी जाति की किसी ऐसी स्त्री को, जो कि उसके कुट्टम (कुटुम्ब) की नहीं है, लाते हैं; और अपने स्वामी से उसको अपनी पत्नी बनाने की इच्छा प्रकट करते हैं। स्वामी इस पर अपनी स्वीकृति देता है; और तब से उस स्त्री को भी उसके ख़र्च के लिए स्वामी से अन्न का कुछ नियत भाग मिलने लगता है। ऐरा, चेरुमा जाति में वर-पक्ष के कुछ लोग वधू की झोंपड़ी में जाते हैं; और उसके परिवार के सबसे वृद्ध व्यक्ति को चावल और पान देते हैं। यदि वधू-पक्ष इस विवाह से राज़ी हुआ, तो वधू का भाई वर-पक्ष वालों के पास चावल और कपड़ा लेकर उपस्थित होता है; और सबसे वृद्ध मनुष्य के ऊपर चावल छींटने लगता है। इसके पश्चात् एक दिन निश्चय किया जाता है। उस दिन वर वधू की झोंपड़ी में अपने दो साथियों को लेकर आता है; और वधू को चावल तथा नया कपड़ा देता है। उसी दिन से वह पति समझा जाता है; और पत्नी के ऊपर पूर्ण अधिकार प्राप्त कर लेता है। हाँ, पत्नी उसके गृह तब तक नहीं जाती, जब तक 'मङ्गलम' नामक एक रस्म न अदा होले। इस रस्म में पति-पक्ष के लोग पत्नी-पक्ष वालों के यहाँ जाते हैं। वहाँ उन्हें भोज दिया जाता है; और साधारण विवाह की कुछ रस्में अदा होती हैं। 'मङ्गलम' होने की अवधि तक पति अपने इच्छानुसार जब चाहे पत्नी से मिल सकता है। इस प्रकार भिन्न-भिन्न स्थानों में विवाह की भिन्न-प्रथाएं हैं, जिनका उल्लेख हम विस्तार-भय से नहीं कर सकते।

इस जाति की ग़ुलामी का वर्णन करते हुए कालीकट के जज मिस्टर ई० बी० थॉमस ने सन् १८४१ ई० में लिखा था:—

"......Women in some Taluka (divisions) fetched higher prices in order to breed slaves; that the average cost of a young male under ten years was about Rs. 3-8-3, of a female somewhat less; that an infant ten months old was sold in a court of auction for Rs. 1-10-6 independent of the price of its mother."

अर्थात् "कुछ तालुक़ों में स्त्रियों का मूल्य पुरुषों से इसलिए अधिक दिया जाता है कि वे ग़ुलामों को पैदा करेंगी। दस वर्ष से कम अवस्था वाले बालक की साधारण क़ीमत तीन रुपए आठ आने है; और इसी अवस्था की बालिका की उससे कुछ कम। नीलाम में १० महीने का बच्चा माँ के मूल्य के अतिरिक्त एक रुपया साढ़े दस आने में बिकता था।"

इस प्रकार चेरुमा जाति के लोग धनिकों के ग़ुलाम होते थे; और उन्हें पूर्ण अधिकार था कि जब चाहें तब पत्नियों को पतियों से, पुत्रों को माता-पिता से और बहिनों को भाइयों से पृथक् कर, उन्हें बाज़ारों में बेच दें। इस दुराचार का अन्त यहीं तक न था, सरकारी लगान चुका देने के लिए रुपए के अभाव की अवस्था में

धनी-मानी, गृहस्थ और ज़मींदार लोग ग़ुलामों * को बेच कर रुपए इकट्ठा करते थे ; अस्तु ।

चेरुमा लोग हिन्दू-देवी-देवताओं की पूजा करते हैं; और हिन्दू ही हैं। ये परकुट्टी, करिनकुट्टी, चथन और अपने पूर्वजों की पूजा करते हैं। कर्क और मकर सङ्क्रान्ति को ये लोग ओनम और विष्णु भगवान् पर प्रसाद चढ़ाते हैं। ये लोग अपने मुर्दों को गाड़ते हैं। यदि कोई स्त्री किसी पारिया के साथ व्यभिचार करते पकड़ी जाती है, तो वह जातिच्युत हो जाती है; और इस दशा में उसे इस्लाम तथा ईसाई-धर्म का दरवाज़ा खटखटाना पड़ता है। यदि वह किसी उच्च जाति के पुरुष के साथ व्यभिचार करते पाई जाती है, अथवा उसे कुमारी अवस्था में गर्भ रह जाता है, तो उसका उसी पुरुष के साथ विवाह कर दिया जाता है, जिसके साथ उसका सम्बन्ध रहा था। विस्तार भय से यहाँ अधिक नहीं लिख सकते, यद्यपि इस जाति के सम्बन्ध में एक बहुत बड़ी पुस्तक लिखी जा सकती है। सन् १९२१ ई० की मनुष्य-गणना के अनुसार चेरुमा जाति की संख्या २,४८,३९७ है, जिसमें १,१८,७२३ पुरुष और १,२९,६७४ स्त्रियाँ हैं। पुलयाँ जाति की संख्या २,६९,२९० है, जिसमें १,३५,६३१ पुरुष और १,३३,६५९ स्त्रियाँ हैं।

होलिया

होलिया जाति का अधिकांश भाग दक्खिणी कनारा में रहता है; परन्तु ये लोग कोयम्बटूर और नीलगिरी पहाड़ियों में भी रहते हैं। मैनुअल ऑफ़ दी साउथ कनारा डिस्ट्रिक्ट (Manual of the South Canara District) में लिखा है कि होलिया जाति मालाबार के पुलयाँ और तामिल प्रान्त के पारिया जाति के अतिरिक्त और कोई दूसरी जाति नहीं है; यह बात एकान्त सत्य है। पृथक्-पृथक् स्थानों में रहने के कारण इनके भिन्न-भिन्न नाम हैं सही; परन्तु इनकी सामाजिक स्थिति, इनका जातीय पेशा, इनका जातीय व्यवसाय सब एक ही हैं। ऐसे तो हिन्दू-समाज की सङ्कीर्ण रूढ़ियों के कारण एक जाति में अनेक उपजातियाँ हैं; और उनमें रोटी-बेटी का सम्बन्ध नहीं होता, फिर भी हमारे पास कोई ऐसा साधन मौजूद नहीं है, जिसके द्वारा हम उपरोक्त पुस्तक के कथन को असत्य समझें।

कुछ लोगों का कहना है कि होलिया शब्द की उत्पत्ति 'होल' से हुई। 'होल' का अर्थ अपवित्रता है। हिन्दू-समाज के द्वारा 'होलिया' शब्द जातीय अपवित्रता का सूचक है; परन्तु दूसरे लोगों का कहना है कि 'होलिया' शब्द की उत्पत्ति 'होला' शब्द से हुई है। 'होला' का अर्थ भूमि तथा पृथ्वी है। यह किसी समय इस जाति के भूमि पर अधिकारों का सूचक है।

हम चेरुमा जाति के सम्बन्ध में ऊपर कह आए हैं कि यह जाति कभी भूमि पर राज्य करती थी; और केवल राज्य ही नहीं करती थी, वरन् इसके बड़े वैभवशाली साम्राज्य भी थे, जिसके अन्तर्गत कितने छोटे-छोटे राज्य थे। ठीक यही दशा होलिया जाति की

*'In 1792, the year in which British rule commenced a proclamation was issued against dealing in slaves In 1819, the principal Collector wrote a report on the condition of the Cheruman, and received orders that the practice of selling slaves for the arrears of the revenue be immediately discontinued. In 1821 the Court of Director expressed considerable dissatisfaction at the lack of precise information which had been vouchsafed to them, and said, 'we are told that part of the cultivators are held as slaves : that they are attached to the soil, as marketable property.' In 1836, the Government ordered the remission in the Collector's accounts of Rs. 927-13-0, which was the annual revenue from slaves on the Government lands in Malabar, and the Government was at the same time pleased to accede to the recommendation in favour of emancipating the slaves on the Government lands in Malabar... ....In a letter Mr. E. B. Thomas, then Judge of Calicut wrote that the slaves have increased in number from 1,44,000 at the Census, 1835, to 1,59,000 at the Census, 1842. It was apparently this letter which decided the Board of Directors to send out orders to legislate. And the Government of India passed Act V of 1843, of which the provisions were widely circulated through Malabar."

भी है। जिस समय इस जाति के मालाबारी भाई मालाबार में राज्य करते थे, उसी समय इन लोगों का आधिपत्य दक्षिण कनारा में था। उसके ऐतिहासिक प्रमाण भी हैं, जिन्हें हम विस्तार-भय से देने में असमर्थ हैं। चेरुमा तथा पारिया जातियों की तरह ये लोग भी अपने मुर्दे गाड़ते हैं। यद्यपि इनका प्रधान व्यवसाय ऊँची जाति के हिन्दुओं की मज़दूरी ही है, तथापि स्थान और समय की विभिन्नता के कारण ये लोग कई अन्य व्यवसाय भी करते हैं; जैसे—कपड़ा बुनना, मछली पकड़ना इत्यादि।

ये लोग अधिकांश शैव होते हैं; और ग्राम्य देवताओं को पूजते हैं। जिस प्रकार ब्राह्मण लोग होलिया तथा इनकी छाया के स्पर्श से अपवित्र हो जाते हैं, उसी प्रकार यदि होलिया-चेरी (होलियों की बस्ती) में कोई ब्राह्मण प्रवेश करे, तो वह अपवित्र हो जाता है; और होलिया लोग उसे पवित्र करते हैं। सन् १९२१ ई० को मनुष्य-गणना के अनुसार मद्रास प्रान्त में इनकी संख्या ६,६८,८०३ है, जिसमें ३,४०,१४८ पुरुष और ३,२८,६५५ स्त्रियाँ हैं।

'पारिया' शब्द की उत्पत्ति 'पराई' से बताई जाती है। 'पराई' का अर्थ है नगारा। ये लोग विवाह, मृत्यु तथा भिन्न-भिन्न उत्सवों में नगारा बजाते हैं; परन्तु पारिया जाति के कुछ ही लोग यह व्यवसाय करते हैं, अन्य और अधिकांश लोग तो वही व्यवसाय करते हैं, जो कि मालाबार में चेरुमा और पुलयाँ तथा कनारा में होलिया लोग करते हैं। 'दिवाकरम' नामक तामिल कोष में, जिसकी रचना ग्यारहवीं शताब्दी में हुई थी, 'पारिया' शब्द नहीं मिलता। हाँ, उसके स्थान पर 'पुलयाँ' शब्द मिलता है; और उसकी वही परिभाषा है, जो पारिया की। इस प्रकार बहुत सम्भव है कि ग्यारहवीं शताब्दी में चेरुमा पल्ला और पारिया तीनों शब्द एक ही नाम से पुकारे जाते हों; अस्तु।

हम ऊपर कह आए हैं कि मालाबार के चेरुमा अथवा पुलयाँ, कनारा के होलिया; और तामिल प्रान्त के पारिया एक ही हैं। हम साथ ही यह भी बताना चाहते हैं कि तेलगू प्रान्त के 'माल' और 'मादिगा' भी पारियों से भिन्न नहीं। हाँ, स्थानान्तर एवं भाषा की विभिन्नता के कारण बहुत सम्भव है कि इनकी रीति-रस्मों में विभिन्नता आ गई हो; तथापि यह बात एकान्त रूप से सत्य है कि इनकी उत्पत्ति एक ही जाति से हुई; और पतन-काल में ये जातियाँ पतितावस्था में पड़ कर हिन्दू-समाज के अन्य अङ्गों से कुचली जा रही हैं। यहाँ पर हम यह बता देना अपना कर्त्तव्य समझते हैं कि मद्रास की पञ्चम जातियाँ—पारिया, माल, मादिगा, होलिया और चेरुमा अथवा पुलयाँ ही हैं। ये पञ्चम जातियाँ, ब्राह्मण, क्षत्री, वैश्य और शूद्रों से नीची समझी जाती हैं। ये लोग काली, शिव, विष्णु भगवान् की उपासना करते हैं; किन्तु फिर भी हिन्दू-समाज के द्वारा बहुत बुरी तरह से तिरस्कृत और अपमानित होते हैं। इनकी छाया तक अपवित्र समझी जाती है; और इन्हें ब्राह्मण, क्षत्री तथा अन्य जातियों से नियत दूरी पर रहना पड़ता है। इनकी पतनावस्था यहाँ तक है कि ये लोग अपने मुँह को बिना अपने हाथ से ढँके हुए ऊँची जाति के हिन्दुओं से बोल नहीं सकते; और यदि ऐसा करें, तो यह अपमान करना समझा जाता है। इस अपमान का परिणाम पञ्चमों के हक़ में बड़ा भयानक होता है। वे बुरी तरह से पीटे जाते हैं; और ऐसे सैकड़ों उदाहरण मौजूद हैं, जिनमें इन अभागों के प्राण तक ले लिए गए हैं। इनके विकास का कोई साधन नहीं। ऊँची जाति के हिन्दुओं को जहाँ इनके उठाने का प्रयत्न करना चाहिए था, वहाँ वे लोग इनकी उन्नति देख कर मार्ग में रोड़े अटकाते; और भिन्न-भिन्न साधनों से इन्हें कष्ट पहुँचाते हैं। अभागे पञ्चमों को विधर्मी होने के अतिरिक्त दूसरा उपाय नहीं रह जाता। ईसाई-मिशनरियों की रिपोर्ट से इस बात का पता चलता है कि मद्रास प्रान्त में ऐसे कई ज़िले हैं, जहाँ पिछले पाँच वर्षों के भीतर पचास हज़ार से अधिक हिन्दू ईसाई हो गए हैं। ऐसे तो सम्पूर्ण भारतवर्ष में ईसाई-प्रचारक कार्य कर रहे हैं; और भारत में ऐसा कोई भी गाँव नहीं जहाँ ईसाई-प्रचारक सप्ताह में धर्म-प्रचार के निमित्त एक बार न जाते हों, तथापि मद्रास में जिस रीति से ईसाई-धर्म का प्रचार हो रहा है, उसे देखते ही हमारी आँखों के सामने हिन्दू-जाति के मृत्यु-ताण्डव का एक बड़ा भीषण दृश्य खड़ा हो जाता है। हमने होलिया, पारिया, माल और मादिगा की सामाजिक स्थिति पर विशेष प्रकाश इसलिए नहीं डाला।

अछूतों के सच्चे उद्धारक, अमर-शहीद

स्वामी श्रद्धानन्द जी

Fine Art Printing Cottage, Allahabad.

है कि हम चेरुमा जाति के वर्णन में इस विषय पर बहुत कुछ प्रकाश डाल चुके हैं। इस दशा में इन जातियों की सामाजिक स्थिति के सम्बन्ध में इतना ही कहना पर्याप्त होगा कि 'चाँद' के सुयोग्य पाठक-पाठिकाएँ इनकी भी दशा चेरुमा जाति की तरह ही समझ लें। इन जातियों की संख्या निम्नलिखित है :—

जाति	पुरुष	स्त्री	दोनों
पारिया	११,७८,५७३	१२,२८,६४६	२४,०७,२१९
माल	७,३७,६४०	७,५५,४८९	१४,९३,१२९
मादिगा	३,७१,७२२	३,६५,७०५	७,३७,४२७

पल्लाँ

पल्लाँ लोग अधिकतर तञ्जौर, त्रिचनापली, मदुरा, तिन्नेवली, सलेम और कोयम्बटूर ज़िलों में रहते हैं। ये लोग भी पारियों की तरह हिन्दू-समाज के एक बहिष्कृत अङ्ग हैं। इनका प्रधान व्यवसाय पारियों की तरह ऊँची जाति के हिन्दुओं की कृषि-सम्बन्धी मज़दूरी कर अपना पापी पेट पालना है। चेरुमा की तरह ये लोग भी प्रत्येक धनी और ऊँचे कुल के हिन्दू-परिवार के साथ दासत्व रूप में बँधे हैं।

'पल्लाँ' शब्द 'पल्लम' से निकला है। पल्लम का अर्थ गड्ढा है। इसका तात्पर्य यह है कि जाति-विभेद होने के समय ये लोग नीची भूमि पर बैठे थे, इसी कारण ये लोग नीच हुए; परन्तु ध्यानपूर्वक सोचने से इस जाति का पल्लाँ नामकरण इसलिए हुआ कि ये लोग गड्ढे अथवा नीची और गीली ज़मीन में धान की खेती करते हैं। विशेष कर धान के बोने और रोपने में यदि मद्रास प्रान्त में कोई जाति पटु है, तो उसमें पल्लाँ का नाम प्रथम; और पारिया का द्वितीय आता है।

ये लोग अधिकांश वेल्लाला जाति की मज़दूरी करते हैं; और उनके खेतों को जोतते, बोते तथा काटते हैं। इस प्रकार दिन भर अविरल परिश्रम करने के पश्चात् सन्ध्या समय इन्हें थोड़ा अन्न मिल जाता है, जिसके द्वारा पेट की अग्नि शान्त करते हैं।

इन लोगों की बस्तियाँ ऊँची जाति के हिन्दुओं के के साथ नहीं होतीं। ये लोग गाँव से बाहर झोंपड़ियाँ बना कर रहते हैं। इनकी बस्ती को 'पल्ला-चेरी' कहते हैं। तामिल भाषा में 'चेरी' शब्द का अर्थ मिलने का स्थान है।

पल्लों का जातीय सङ्गठन बड़े मार्के का है। प्रत्येक गाँव में इनके तीन अथवा अधिक मुखिया होते हैं; और इन सब के ऊपर एक मनुष्य होता है, जिसे 'नात्तमुप्पन' कहते हैं। प्रत्येक ग्राम के लिए एक चपरासी रहता है, जिसका काम पञ्चायत और अन्य-अन्य अवसरों पर लोगों को उपस्थित होने की सूचना देना है। इसे 'ओडुमपिल्लई' कहते हैं। इस शब्द का अर्थ दौड़ने वाला है। ग्राम्य सभा में नत्तमुप्पन तथा मुप्पन लोग गाँव के साधारण जातीय सदस्य होते हैं। पल्लों के अपने जातीय धोबी और नाई होते हैं। ये लोग जाति से बहिष्कृत मनुष्य का कार्य करना अस्वीकार कर देते हैं। इस जाति के अधिकांश मनुष्य शैव होते हैं; और ग्राम-देवता की उपासना करते हैं। सन् १९२१ ई० की सेन्सस रिपोर्ट के आधार पर इनकी संख्या ८,७८,६८९ है, जिसमें ४,२६,५४७ पुरुष और ४,५२,१४२ स्त्रियाँ हैं।

संयुक्त-प्रान्त और बिहार

कोरी

कोरी जाति प्रायः संयुक्तप्रान्त के सभी ज़िलों में पाई जाती है। कोरियों का जातीय व्यवसाय कपड़ा बुनाना है; परन्तु अब बहुत कम लोग इस काम को करते हैं। सभी अछूत जातियों की तरह इस जाति में भी निर्धनता का बाहुल्य है। वास्तव में यदि हम कोरी जाति को चमारों की एक उपजाति कहें, तो अनुचित न होगा। चमारों की तरह ये लोग भी जूता बनाते तथा भिन्न-भिन्न मज़दूरी करते हैं। कहीं-कहीं इनमें तथा चमारों में वैवाहिक सम्बन्ध भी होता है। फिर भी ये लोग चमारों से अपने को भिन्न समझते हैं; और चमारों से पृथक् इनकी एक स्वतन्त्र जाति बन गई है।

'कोरी' शब्द की उत्पत्ति 'कौलिक' से कही जाती है।

'कौलिक' के दो अर्थ हैं:—पहला अर्थ है कुल से उत्पन्न हुआ; और दूसरा जुलाहा, अर्थात् कपड़ा बुनने वाला। कोरी जाति का सम्बन्ध इस दूसरे अर्थ से ही है। इस जाति की उत्पत्ति के सम्बन्ध में कोरियों में एक दन्तकथा प्रचलित है कि एक बार कबीर महाराज गङ्गा-स्नान करने जा रहे थे। पथ में उन्हें एक अविवाहित ब्राह्मण-बालिका मिली। बालिका के प्रणाम करने पर कबीर ने एक पुत्र होने का आशीर्वाद दिया। इस पर बालिका ने कहा—महाराज, मेरा आचरण शुद्ध है; और अभी तक मेरा विवाह नहीं हुआ है, इस दशा में पुत्र होना असम्भव है। इस पर कबीर ने कहा—साधु का वचन वृथा नहीं जा सकता। कहते हैं कि शीघ्र ही उस बालिका के हाथ में एक फोड़ा उठा; और उसके भीतर से एक बच्चा निकला। इस प्रकार लज्जा के मारे उस बालिका ने बच्चे को गङ्गा-तट पर छोड़ दिया और स्वयं अपने घर चली गई। गङ्गा-तट से उस बच्चे को एक जुलाहा अपने घर ले गया; और वहाँ कामधेनु गौ का दूध पिला कर उसे बड़ा किया। बालक बड़ा होने पर कपड़ा बुनने का काम करने लगा। उसी बालक के वंशज कोरी हैं। उनका नाम कोरी दो कारणों से पड़ा। एक तो बालक का जन्म क्वारी (कुमारी) लड़की से हुआ था; और दूसरे बालक की माँ को उसके जन्मकाल तक किसी पुरुष का स्पर्श (सङ्गम) नहीं हुआ था; अतएव वह कोरी (जिसका प्रयोग न हुआ हो) अथवा शुद्ध एवं पवित्र थी। इसी कारण कोरी जाति में आज तक यह कहावत प्रसिद्ध है:

> कोरी कोरे कलस के, निर्गुण का जाय।
> काया ढाँके आपनी भवसागर आय॥

अर्थात् कोरी जाति की उत्पत्ति 'कोरे कलस' से हुई है। 'कोरे कलस' का अर्थ उस मानवी शरीर से है, जिसका कभी प्रयोग नहीं किया गया। इसलिए उपरोक्त कथन का सार यह हुआ कि कोरी जाति का जन्म सांसारिक नियम (स्त्री-पुरुष सङ्गम) से न होकर दैवी विधान के द्वारा हुआ है; और इसलिए ये लोग मानवी विकारों से मुक्त हैं। इस संसार रूपी सागर में आकर वे तन ढाँकने अर्थात् लज्जा-निवारण (बुनने) का पवित्र कार्य करते हैं।

किम्बदन्ती जो कुछ भी हो; पर यह बात एकान्त रूप से सत्य है कि कोली अथवा कोरी की तरह आज भारत की सारी अछूत कही जाने वाली जातियों की उत्पत्ति में कोई दोष नहीं। दोष तो उन रूढ़ियों का है, जिनके कारण उनकी सामाजिक स्थिति हीन होते-होते इस अवस्था को पहुँची, जिसमें कि उनको तिरस्कार और अपमान की दृष्टि से देखा जाने लगा।

कोरी जाति की स्थिति ठीक चमारों की तरह है। धोबी और चमार के अतिरिक्त हिन्दुओं की कोई जाति उन लोगों का स्पर्श किया हुआ अन्न-जल नहीं ग्रहण करती। चमारों की भाँति इन लोगों में भी बहुत से लोग 'रैदासी' अथवा शिवनारायणी (रैदास सम्प्रदाय के अनुगामी) होते हैं। कुछ लोग कबीरपन्थी भी होते हैं; तथा अन्य हिन्दू देवी-देवताओं की उपासना करते हैं। कोरी जाति निम्नलिखित विभागों में विभक्त है:—(१) अहखार; (२) बैस; (३) बछई, (४) भदौरिया; (५) भैनहर; (६) बुक्कर; (७) धामन; (८) जैसवार; (९) जनुआ; (१०) जूरिया; (११) कबीरबंश; (१२) कैथिया; (१३) कमरिहा; (१४) कन्नौजिया; (१५) कटुआ; (१६) कोरचमरा; (१७) कुष्ट; (१८) महुरी; (१९) ओढ़; (२०) प्रसूतिया (२१) शकरवा और (२२) शङ्खवार।

कोरियों में विधवा-विवाह प्रचलित है। इस जाति में विवाह-सम्बन्ध-विच्छेद भी होता है।

संयुक्त प्रान्त के अतिरिक्त कोरी जाति के लोग मध्य-प्रान्त में भी रहते हैं। बिहार प्रान्त में इनकी संख्या लगभग नहीं के बराबर है। कोरियों की कुल संख्या ८,३७,०२५ हैं; जिसमें ४,२६,६०२ पुरुष और ४,१०,४२३ स्त्रियाँ हैं। संयुक्त प्रान्त में कोरी ग़ाज़ीपुर, गोरखपुर, बनारस, लखनऊ, रामपुर, देहरादून और अल्मोड़ा ज़िलों में अधिक संख्या में रहते हैं। सन् १९२१ ई० की मनुष्य-गणना के अनुसार इनकी संख्या ७,९८,८१७ है, जिसमें ४०,६८८ पुरुष और ३,९१,९३० स्त्रियाँ हैं। इस संख्या में ३,४५५ पुरुष और १२६ स्त्रियाँ साक्षर हैं। तथा १७२ पुरुष और २ स्त्रियाँ अङ्गरेज़ी जानती हैं। अपाहिजों की संख्या इस प्रकार है:—

	पुरुष		स्त्री
पागल ...	४५	...	५५
गूँगे-बहिरे ...	२०४	...	१७७
अन्धे ..	८८२	...	१,३९३
कोढ़ी ...	१८१	...	५१

चमार

चमारों के सम्बन्ध में हम पञ्जाब और बम्बई प्रान्तों में उल्लेख कर चुके हैं। यहाँ उनके सम्बन्ध में विशेष लिखने का कोई प्रयोजन नहीं। हाँ, इतना कहना आवश्यक प्रतीत होता है कि संयुक्त प्रान्त और बिहार के चमार बम्बई की अपेक्षा पञ्जाब प्रान्त के चमारों से विशेष मिलते हैं। इनकी सामाजिक स्थिति, और इनकी सामाजिक रीति-रस्म पञ्जाब के चमारों से बहुत ही मिलते हैं। सारे भारतवर्ष में चमारों की संख्या १,१२,६३,६४८ है; जिसमें ५७,४२,३१५ पुरुष और ५५,२१,३३३ स्त्रियाँ हैं।

सन् १९२१ ई० की मनुष्य-गणना के अनुसार संयुक्त-प्रान्त में चमारों की संख्या ५८,४२,९०० है; जिसमें २९,८१,२४६ पुरुष और २८,६१,६५४ स्त्रियाँ हैं। इस संख्या में ४,५४,६७१ पुरुष और २७,६३९ स्त्रियाँ साक्षर हैं, तथा २१२ पुरुष और २७ स्त्रियाँ अङ्गरेज़ी जानती हैं। चमारों में अपाहिजों की संख्या इस प्रकार है:—

		पुरुष		स्त्री
पागल	...	३६९	...	२२७
गूँगे-बहिरे	...	१,२९७	...	९०८
अन्धे	...	६,४९४	...	८,४६०
कोढ़ी	...	१,१२६	...	२२८

चमारों में बाल-विवाह की प्रथा बहुत भयानक है। विवाहित स्त्री-पुरुष और विधवाओं की संख्या नीचे दी जा रही है:—

१—विवाहित स्त्री-पुरुष

	पुरुष	स्त्री
०— ५ वर्ष	४,४०२	५,४६१
५—१२ ,,	७३,१३४	१,१२,४९४
१२—१५ ,,	८८,८६३	१,३०,९८८
१५—२० ,,	१,५७,७०८	१,९९,७२५
२०—४० ,,	७,२४,७१८	७,६९,३९५

२—विधवाएँ

०— ५ वर्ष	...	१,४५६
५—१२ ,,	...	४,८८१
१२—१५ ,,	...	६,८५३
१५—२० ,,	...	१३,९६५
२०—४० ,,	...	१,०२,७७२

सन् १९२१ ई० की मनुष्य-गणना के अनुसार बिहार प्रान्त में चमारों की संख्या ११,४७,२३० है; जिसमें ५,९०,२८२ पुरुष और ६,०७,९४८ स्त्रियाँ हैं। इस संख्या में ३,०९७ पुरुष और २४० स्त्रियाँ साक्षर हैं; तथा ६४ पुरुष और ८ स्त्रियाँ अङ्गरेज़ी जानती हैं। अपाहिजों की संख्या इस प्रकार है:—

		पुरुष		स्त्री
पागल	...	९९	...	४५
गूँगे-बहिरे	...	४६५	...	३४१
अन्धे	...	५६१	...	६७५
कोढ़ी	...	१९९	...	४९

बिहार प्रान्त में भी संयुक्तप्रान्त की तरह चमारों में बाल-विवाह की भयानक प्रथा है। नीचे विवाहित स्त्री-पुरुष और विधवाओं की संख्या दी जा रही है:—

३—विवाहित स्त्री-पुरुष

	पुरुष	स्त्री
०— ५ वर्ष	१,३६१	२,३९९
५—१२ ,,	२५,८०९	३७,२७४
१२—१५ ,,	१७,०००	२३,५५०
१५—२० ,,	२८,०८७	३८,८८३
२०—४० ,,	१,३०,२५९	१,६२,९०१

२—विधवाएँ

०— ५ वर्ष	...	९१
५—१५ ,,	...	१,६८०
१५—१२ ,,	...	१,४८२
१५—२० ,,	...	२,१२२
२०—४० ,,	...	२४,३०३

डोम

डोम जाति बहुत अंशों में भङ्गियों तथा पञ्जाब के चूड़ों से मिलती है; परन्तु इनमें परस्पर विवाह-सम्बन्ध नहीं होता। इनकी उत्पत्ति के सम्बन्ध में अनेक किम्बदन्तियाँ हैं, जिन्हें हम विस्तार-भय से नहीं दे सकते। हाँ, इस स्थान पर यह लिखना आवश्यक प्रतीत होता है कि कई इतिहासकार इनका सम्बन्ध गोरखपुर ज़िले के

डोमकटार राजपूत तथा डोमवार* भूमिहार से जोड़ते हैं; परन्तु इस सम्बन्ध में निश्चयपूर्वक नहीं कहा जा सकता कि यह बात कहाँ तक सत्य है। हाँ, इतना अवश्य है कि प्राचीन काल में इस जाति की सामाजिक स्थिति ऐसी बुरी न थी, जिस प्रकार आज है। यद्यपि आज से ये लोग हिन्दू-समाज के वहिष्कृत अङ्ग हैं; और हिन्दू-धर्म के कलङ्क समझे जाते हैं। आज इनका जीवन-प्रदीप दरिद्रता और अज्ञानान्धकार से आवृत है; तथापि किसी समय इस जाति के लोग अत्यन्त पराक्रमी और वैभव शाली थे; और इनकी कीर्त्तियों का अवशिष्ट गोरखपुर ज़िले के डोमडिहा और डोमिनगढ़ के भग्न खण्डहरों में आज भी मौजूद है। उसी ज़िले के रामगढ़ और सहनकोट स्थानों में आज भी डोम जातियों के टूटे-फूटे क़िले अवशिष्ट हैं; और सर इलियट (Sir H. M. Elliot) जैसे प्रसिद्ध इतिहासकारों के कथनानुसार ये अवश्य ही किसी वैभवशाली राज्य के केन्द्रस्थल होंगे; अस्तु।

डोम जाति दो भागों में विभक्त है:—बसफोर और मगहिया डोम। इन दोनों भागों में परस्पर विवाह सम्बन्ध नहीं होता। बसफोर लोग अधिकांश टोकरी, मेज़, कुर्सियाँ, सूप तथा सिरकी, बाँस और बेंत की अन्य चीज़ें बना कर अपना गुज़ारा करते हैं। मगहिया डोमों का प्रधान कार्य चोरी करना है। मगहिया डोम पुनः छः भागों में विभक्त हैं :—(१) सावन्त; (२) बलगई; (३) चौधरी; (४) चौहान; (५) बिहारी; और (६) हज़ारी। बसफोरों में ऐसा कोई विभाग नहीं। मगहिया डोम अपना सम्बन्ध बौद्धकालीन भारत के मगध राज्यवंश (जिसकी राजधानी पाटलिपुत्र थी; और जो आज पटने के नाम से प्रसिद्ध है) से जोड़ते हैं; परन्तु आश्चर्य के साथ लिखना पड़ता है कि मिर्ज़ापुर के रहने वाले मगहिया इस सम्बन्ध को नहीं जोड़ते; और उनका कथन है कि मगहिया शब्द 'मग' से निकला। 'मग' का अर्थ रास्ता है। मगहिया शब्द से तात्पर्य उन लोगों का है, जिन्हें कोई पथ न हो, अर्थात् जो गृहहीन होकर इधर-उधर भ्रमण किया करें। बात भी ठीक ही है। आज अधिक संख्या में डोम जाति के लोग जरायम पेशा जाति में सम्मिलित हैं; और इनकी बहुत कम निश्चित बस्तियाँ हैं। ये लोग पञ्जाब से लेकर मद्रास प्रान्त तक इधर-उधर भटकते फिरते हैं।

डोम हिन्दू-मुर्दों की चिता को ठीक करते हैं; और उनमें आग लगाते हैं। इसके बदले में उन्हें मुर्दे का कफ़न तथा कुछ पैसे मिलते हैं। यह कार्य मृत-संस्कार में सम्मिलित है; और इस संस्कार को डोमों के अतिरिक्त कोई अन्य मनुष्य नहीं कर सकता। यदि किसी अवसर पर डोम न उपस्थित हो, तो बड़ी कठिनाई होती है; और मुर्दे तब तक नहीं जलाए जाते, जब तक वह इस संस्कार को न करे।

डोमों में विधवा-विवाह प्रचलित है। पति स्त्री के रहते हुए दूसरा व्याह तब तक नहीं कर सकता, जब तक वह बाँझ न हो। इस सम्बन्ध में उसे जाति के पञ्चों से आज्ञा लेनी पड़ती है। यदि विवाह के पहले कोई लड़की व्यभिचार करते पकड़ी जाय तो वह पुरुष लड़की के पिता को पाँच रुपए और एक चादर दण्ड स्वरूप देता है; और तत्पश्चात् जाति के पञ्चों से आज्ञा लेकर उससे विवाह कर लेता है; परन्तु यह बात उसी स्थिति में सम्भव है जब कि पुरुष भी डोम जाति का ही हो; अन्यथा लड़की का पिता जाति के पञ्चों को दण्ड देता है; और लड़की का विवाह जाति के किसी अन्य व्यक्ति से कर दिया जाता है। यह विवाह विधवा-विवाह की ही तरह होता है।

मद्रास प्रान्त की अछूत जातियों की तरह डोमों में बाल-विवाह की प्रथा बहुत कम है।

डोम जाति के लोग राहु की पूजा करते हैं। ये लोग काली की भी पूजा करते हैं; और काली के स्थान पर बकरे; भेड़ इत्यादि जानवरों की बलि चढ़ाते हैं। ये लोग राम-नाम का जाप भी करते; और गङ्गामाई के स्नान को पवित्र समझते हैं।

संयुक्त प्रान्त में दो प्रकार के डोम रहते हैं। देसवाली; और पहाड़ी। सन् १९२१ ई० की मनुष्य-गणना के अनुसार उनकी संख्या नीचे दी जा रही है:—

	कुल संख्या	पुरुष	स्त्री
देसवाली	१५,३९१	८,०७७	७,३१४
पहाड़ी	२,८५,८७२	१,४६,३५८	१,३९,५१४

* Buchanan, Eastern India, II, 353; Archæological Reports, XXII, 65, sq: Carnegy Notes, 24.

साक्षर

	कुल संख्या	पुरुष	स्त्री
देसवाली ..	४१	४१	०
पहाड़ी ..	१,८५८	१,८०४	५४

देसवाली डोमों में एक व्यक्ति भी अङ्गरेज़ी नहीं जानता। पहाड़ियों में ५३ पुरुष और १ स्त्री अङ्गरेज़ी जानती है।

दोनों प्रकार के डोमों के अपाहिजों की सम्मिलित संख्या इस प्रकार है:—

	पुरुष	स्त्री
पागल ...	३४ ...	३१
गूँगे-बहिरे ...	३३३ ...	२५६
अन्धे ...	६६१ ...	३१२
कोढ़ी ...	२२७ ...	११३

बिहार प्रान्त में डोमों की संख्या २,१८,७३३ है, जिसमें १,०८,८५५ पुरुष और १,०९,८७८ स्त्रियाँ हैं। इस में ३२८ पुरुष और २४ स्त्रियाँ साक्षर हैं, तथा ३ पुरुष और २ स्त्रियाँ अङ्गरेज़ी जानती हैं। अपाहिजों की संख्या इस प्रकार है:—

	पुरुष	स्त्री
पागल ...	१४ ...	१०
गूँगे-बहिरे ...	५५ ...	४१
अन्धे ...	१०२ ...	८२
कोढ़ी ...	८२ ...	५८

दुसाध

दुसाध जाति के लोग संयुक्त प्रान्त के पूर्वी भाग और प्रायः सारे बिहार प्रान्त में रहते हैं।

ये लोग अधिकांश संख्या में हल चलाते, खेत बोते, फ़सल काटते और कृषी सम्बन्धी भिन्न-भिन्न कार्य करते हैं। कुछ लोगों का कहना है कि दुसाध शब्द (दुष अद्) से बना है। दुष का अर्थ है बुरा अद् धातु भोजन करने के अर्थ में आता है। अतः दुसाध दूषित भोजन करने वाले को कहते हैं। वास्तव में दुसाध लोग सूअर का मांस खाते हैं। सम्भव है कि इसी कारण इनका नाम दुसाध पड़ा हो। दूसरों का कहना है कि दुसाध 'दौहसाधिका' का अपभ्रंश है। दौहसाधिका का अर्थ है द्वारपाल। बहुत सम्भव है कि प्राचीन काल में ये लोग द्वारपाल का काम तथा सिपाहीगिरी करते रहे हों। इनकी सैनिक शक्ति का प्रमाण हमें इतिहास के द्वारा प्राप्त होता है। प्राचीन समय की बात कौन कहे, पलासी के युद्ध में क्लाइव के सिपाहियों में अधिक संख्या दुसाधों की ही थी। इससे बढ़ कर इनकी सैनिक-वृत्ति का कोई दूसरा प्रमाण नहीं मिल सकता; पर यह सैनिक-वृत्ति इनके कुसंस्कारों और इनकी सामाजिक स्थिति की पतनावस्था के कारण अब नष्ट हो गई है।

दुसाध कई भागों में विभक्त हैं; जैसे:—भरसिया धाड़ी, गोण्डर, कन्नौजिया, मधेसिया, मगहिया, राजर इत्यादि।

अन्य अछूत जातियों की तरह दुसाधों की भी जातीय पञ्चायत होती है। पञ्चायत के प्रधान को 'मर्जाँ' कहते हैं। यह शब्द 'महाजन' (बड़ा पुरुष) का अपभ्रंश है। जातीय पञ्चायतों में दुसाधों की आपस की लड़ाई चोरी, व्यभिचार आदि के मुक़दमों का निर्णय होता है; और निर्णय के अनुसार भिन्न-भिन्न प्रकार के दण्ड भी दिए जाते हैं।

दुसाध लोग अपने मामा और फूफा के कुल में विवाह नहीं करते। पुरुष एक स्त्री के रहते हुए दूसरा विवाह भी करता है; परन्तु यह विवाह अधिकांश रूप में तभी होता है, जबकि स्त्री बाँझ हो। दूसरी स्त्री को 'अधेली' कहते हैं। इसका अधिकार प्रथम स्त्री के बराबर नहीं होता, अधेली स्त्री से उत्पन्न पुत्र को पिता की सम्पत्ति पर कोई भी अधिकार नहीं होता। प्रायः लड़कियों का विवाह बाल्यावस्था में ही हो जाता है।

दुसाधों में विधवा-विवाह की प्रथा प्रचलित है। इस विवाह को 'सगाई' कहते हैं। जातीय लोगों के ही द्वारा सगाई का निश्चय होता है। सगाई के निश्चय होने पर ब्राह्मण शुभ मुहूर्त्त बतलाता है। तब कहीं विवाह आरम्भ होता है। विवाह के अवसर पर वर-वधू दोनों पक्ष के मनुष्यों को भोज दिया जाता है। विवाहोपरान्त जाति के लोगों को भोज दिया जाता है।

दुसाध जाति के लोग हिन्दू-धर्म को मानते और हिन्दू-देवी-देवताओं की पूजा करते हैं। राहु और केतु इनके इष्ट देव हैं; और वे उनकी पूजा विशेष रूप से करते हैं। पूजा के लिए ७ × १$\frac{1}{2}$ घनफ़ीट का गड्ढा बनाया

जाता है। उसमें लकड़ी भर दी जाती हैं और ऊपर से तेल डाल कर लकड़ी में आग लगा दी जाती है। तत्पश्चात् ब्राह्मण होम करता है; परन्तु बिहार प्रान्त में दुसाधों का एक जातीय पुरोहित होता है, जो ब्राह्मण के स्थान में काम करता है। इसे भगत (भक्त) करते हैं; अस्तु।

होम के पश्चात् पूजा करने वाले एक-एक कर के उस अग्नि पर चलते हैं; और इस क्रिया के बाद एक सूअर की बलि चढ़ाई जाती है। पूजा के अवसर पर ये लोग राहु और केतु की उपासना के भिन्न-भिन्न भजन गाते हैं।

इन भजनों की भाषा भोजपुरी है, जो कि बिहार प्रान्त के शाहाबाद (आरा) और सारन (छपरा); तथा संयुक्त प्रान्त के बलिया और ग़ाज़ीपुर ज़िलों में विशेष बोली जाती है। इसका कारण यह है कि दुसाधों की बहुत अधिक संख्या इन्हीं ज़िलों में है। इन भजनों में गोरखपुर, मिर्ज़ापुर और आज़मगढ़ की ग्रामीण भाषा, जो कि भोजपुर से बहुत अधिक सादृश्य रखती है, कुछ-कुछ मिश्रित हो गई है। हम पाठकों के मनोरञ्जनार्थ एक-दो भजन नीचे दे रहे हैं :—

कइ हाथ भगता तिउरि खनवावेले,
कइ मन चइलवा बोझाइहो ?
कई मन भगता घिउ ढरकावेले,
उठेले अगिनिआकइ धार हो ?
साते हाथ भगता तिउरि खनवावेले,
मन दस चइलवा बोझाइहो।
सावा मन भगता घिउ ढरकावेले,
उठेले अगिनिआकइ धार हो ॥

अर्थात्—भक्त कितने हाथ का गड्ढा खुदवाता है; और उस गड्ढे में कितने मन चैला (लकड़ी) बोझी (रक्खी) जाती है? उस लकड़ी में भक्त कितने मन घी ढरकाता है, जिससे अग्नि-शिखा (अगिनिआकइ धार) ऊपर उठे? भक्त सात हाथ का गड्ढा खुदवाता है; और उस गड्ढे में दस मन लकड़ी रक्खी जाती है। भक्त उसमें सवा मन घी गिराता है; अर्थात् अर्पण करता है; और अग्नि ऊपर उठती है।

एक दूसरे भजन का नमूना देखिए :—

बेरियन्हि हेरि तोहि बरजों मलिनिआँ,
बतियाँ दवनवाँ मति लाओ !
याहि बाटे अइहें मालिन राहु के खटोलवा,
केतु के मचोलवा, दवनवाँ मति लाओ ॥
आवे देहु राहु के खटोलवा, केतु के मचोलवा,
हम देवि आँचरा पसारि !
घोड़वा तो बाँधे ले असोक की डरिया,
धपसि के पैठेले फुलवारि ॥
केथुएँ सिचवली मालिन दावनाँ मेनरवा,
केथुएँ सिचवली मालिन ओरहुल के फूल
दुधवें सिचवली मालिन दावानाँ मेनरवा,
गङ्गानीरे ओरहुल के फूल ॥
दावनाँ मेनरवा मालिन बेचि-खोंचि खइहें,
ओरहुल के फूल मालिन रखिए प्रतिपाल ॥

अर्थात्—ऐ मालिन, मैंने तुम्हें खोज कर बार-बार मना किया कि तुम जम्बीरी नीबू (दावानाँ*) का अपरिपक्व फल न लाओ। इस पथ से राहु की चारपाई (खटोलवा) जावेगी अर्थात् इस पथ से राहु और केतु की सवारी जावेगी (और सवारी पर वे स्वयं ही जावेंगे); इसलिए इस पथ में अपरिपक्व जम्बीरी नीबू न लाओ। इस पर मालिन कहती है—राहु और केतु की सवारी (खटोलवा, मचोलवा) आने दो, मैं स्वयं (उनके स्वागत के निमित्त) अपना अञ्चल (आँचरा) पसार दूँगी। राहु ने अशोक वृक्ष की शाखा में अपना घोड़ा बाँध दिया और दौड़ कर फुलवारी में प्रवेश किया। उन्होंने कहा—मालिन, तुमने जम्बीरी नीबू और पियङ्गु (मनेरवा) तथा ओरहुल के फूल को किस वस्तु से सींचा है? मालिन ने उत्तर दिया—मैंने जम्बीरी नीबू और प्रियङ्गु को दूध से और ओरहुल के फूल को गङ्गा-जल से सींचा है। इस पर राहु ने कहा—मालिन, जम्बीरी नीबू और प्रियङ्गु को बेच कर तुम उससे अपना निर्वाह करो; परन्तु (मेरे लिए) ओरहुल के फूल का प्रतिपालन करना।

हम विस्तार-भय से और भजनों का संग्रह नहीं कर

* 'दावानाँ' शब्द के अर्थ भोजपुरी भाषा में दो होते हैं :—(१) एक छोटा जङ्गली पौधा जिसके पत्तों में सुगन्ध होती है और जिसका रस सर्प-दंशन में काम आता है; (२) जम्बीरी नीबू।

सकते; परन्तु इन भजनों के सम्बन्ध में कुछ कहना अपना परम कर्त्तव्य समझते हैं। ये भजन भोजपुरी भाषा में हैं; और दुःख के साथ लिखना पड़ता है कि भोजपुरी भाषा का लालित्यपूर्ण उच्चारण ऐसे अन्य हिन्दी भाषा-भाषी सज्जन, जो भोजपुरी नहीं जानते, कुछ अंशों में बिलकुल नहीं कर सकते; और उचित उच्चारण के बिना भजन कुछ अंशों में महत्वहीन हो जाते हैं। भोजपुरी भजनों के गाने का एक विशेष ही ढङ्ग है; और उस ढङ्ग से गाने पर ये भजन बड़े ही चित्ताकर्षक होते हैं, इसमें तनिक भी सन्देह नहीं। हमारे इस कथन पर कदाचित् भोजपुरी न जानने वाले हिन्दी-भाषा-भाषी सज्जन हँसेंगे; परन्तु हमें इस बात का पूर्ण विश्वास है कि भोजपुरी जानने वाले सज्जन हमारे कथन का उचित आदर करेंगे।

भजनों के सम्बन्ध में हमें यही कहना है कि हम भोजपुरी भाषा की अच्छी जानकारी रखते हुए भी इनके धार्मिक महत्व को नहीं समझ सके; क्योंकि ऐसे भजन प्रायः छायावादी होते हैं और उनके भीतर आध्यात्मिकता का अत्यन्त गूढ़ तत्व छिपा रहता है; परन्तु हम इतना अवश्य कह सकते हैं कि काव्य की दृष्टि से ये भजन उच्चकोटि के हैं। मालिन कहती है—राहु और केतु की सवारी आने दो, मैं उनके स्वागत के निमित्त अपना अञ्चल बिछा दूँगी। अञ्चल से स्त्रियाँ अपनी छाती ढँक कर लज्जा-निवारण करती हैं, इसलिए यह अत्यन्त प्रतिष्ठित है; और मालिन अपनी लज्जा के निवारण की तनिक भी चिन्ता न कर भक्ति-भाव की उच्चतम भावनाओं से राहु और केतु के स्वागत में उनके पथ पर अपना अञ्चल तक बिछा देगी। भक्ति का कितना भव्य चित्र चित्रित किया गया है! विस्तार-भय से हम इन भजनों के सुन्दर काव्य पर अधिक लिखने से असमर्थ हैं। अस्तु

दुसाधों में भी अन्य अछूत जातियों की तरह विवाह-सम्बन्ध-विच्छेद होता है। इसकी स्वीकृति जाति के पञ्च देते हैं। सम्बन्ध-विच्छेद होने पर पत्नी अपना दूसरा विवाह कर लेती है। यह विवाह सगाई के रूप में होता है। यदि किसी बालिका का मासिकधर्म के पहले विवाह न हुआ हो, तो उसका भी साधारण विवाह नहीं होता, उसे सगाई करनी पड़ती है। सन् १९२१ ई० की मनुष्य-गणना के अनुसार संयुक्त प्रान्त में दुसाधों की संख्या ६३,४१९ है, जिसमें ३६,१०९ पुरुष और ३७,३१० स्त्रियाँ हैं। इस संख्या में ६९१ पुरुष और २४ स्त्रियाँ साक्षर हैं; तथा ९ पुरुष और एक स्त्री अङ्गरेज़ी जानती है।

बिहार प्रान्त में दुसाधों की संख्या ११,६७,६८६ है, जिसमें ५,६७,४८६ पुरुष और ६,००,२०० स्त्रियाँ हैं। इस संख्या में ४,४२५ पुरुष और ३०७ स्त्रियाँ साक्षर हैं; तथा १०४ पुरुष और ३ स्त्रियाँ अङ्गरेज़ी जानती हैं। अपाहिजों की संख्या इस प्रकार है :—

		पुरुष		स्त्री
पागल	...	६६	...	३६
गूँगे-बहिरे	...	४०८	...	३०६
अन्धे	...	६८७	...	८०७
कोढ़ी	...	२०६	...	५५

धोबी

धोबी शब्द 'धव्' धातु से निकला है। 'धव्' धोने के अर्थ में आता है। धोबियों के व्यवसाय के अनुसार इनका नाम भी है; क्योंकि धोबियों का पेशा कपड़ा धोना है।

धोबियों की उत्पत्ति के सम्बन्ध में कई किम्बदन्तियाँ हैं। बिहार प्रान्त के धोबियों का कहना है कि उनकी उत्पत्ति 'गाढ़ी भूइया' नामक देवता* से हुई थी। कुछ लोगों का कहना है कि इनकी उत्पत्ति क्षत्रिय पिता और चमार माता से हुई। मिर्ज़ापुर के धोबी अपने को 'रावत' के वंशज कहते हैं। उनका कहना है कि संसार की गन्दगी से उकता कर महादेव और पार्वती जी ने धोबी जाति की रचना की। किम्बदन्ती जो कुछ भी हो; परन्तु यह बात निश्चय है कि प्राचीन समय में इनका क्षत्री जाति के साथ कुछ विशेष सम्बन्ध अवश्य रहा होगा, क्योंकि इनके भिन्न-भिन्न विभागों की नामावली क्षत्री-वंश की नामावलियों से मिलती है। ऐसे तो क्रूक साहब § के कथनानुसार धोबियों के विभाग और उपभाग ९२५ हैं; परन्तु यह जाति १० मुख्य भागों में विभक्त है। वे ये हैं—अयोध्यावासी, व्यास, चितोरिया, देवसार, कैथिया,

* Tribes and Castes, by Risley, I, 233.

§ Tribes and Castes of the N. W. P. and Oudh, by Mr. W. Crooke, B. A., Vol. II, Page 290.

कन्नौजिया, कठारिया, मथुरिया, पुरबिया, और श्रीवास्तव।

धोबियों की जातीय स्थिति डोमों से कुछ ऊपर है। चमार, दुसाध इत्यादि इनका स्पर्श किया हुआ अन्न-जल नहीं ग्रहण करते। कहीं-कहीं तो डोम और भङ्गी भी इनका स्पर्श किया हुआ अन्न-जल नहीं ग्रहण करते। ये हिन्दू-जाति की गन्दगी दूर कर, उन्हें पवित्र करते हैं; और हिन्दू इस उपकार में इन्हें अपवित्र समझते हैं। कैसा अच्छा न्याय है।

धोबियों में विधवा-विवाह प्रचलित है। विधवाओं की शादी को सगाई कहते हैं। कहीं-कहीं के धोबी विधवा-विवाह नहीं करते। सम्भव है इसका उत्तरदायित्व उच्च कुल वाले हिन्दुओं पर ही हो।

धोबी लोग हिन्दुओं के सभी देवी-देवताओं की पूजा करते हैं; और हिन्दू-धर्म के प्रति बड़ी श्रद्धा रखते हैं। फिर भी हिन्दू-समाज के अत्याचारों से उकता कर बहुतों ने इस्लाम स्वीकार कर लिया है। धोबियों का जातीय सङ्गठन बड़ा ही प्रबल है। एक-एक साधारण सभा में कभी-कभी ८० गाँवों के लोग इकट्ठे होते हैं। जाति के पञ्चों के द्वारा 'सगाई' का निश्चय किया जाता है। जातीय सभा जातीय मुक़दमों का निर्णय कर दण्डित करती है। यह दण्ड कभी अर्थ और कभी जातीय भोज के रूप में होता है।

धोबी जाति आसाम, बङ्गाल, बिहार-उड़ीसा, बम्बई, मध्यप्रान्त, पञ्जाब, सीमा प्रान्त, संयुक्त प्रान्त, मध्य-भारत, हैदराबाद और राजपूताना में रहती है। इन प्रान्तों में कहीं-कहीं; जैसे—बिहार-उड़ीसा, बङ्गाल और आसाम में, इन्हें धोबा भी कहते हैं। सन् १९२१ ई० की मनुष्य-गणना के अनुसार इनकी संख्या २०,२०,५३१ है, जिसमें १०,३२,५५५ पुरुष और ९,८७,९७६ स्त्रियाँ हैं।

संयुक्त प्रान्त में धोबियों की संख्या ७,०९,११४ है, जिसमें ३,६६,१९१ पुरुष और ३,४२,९२३ स्त्रियाँ हैं। इस संख्या में १,२५४ पुरुष और ६२ स्त्रियाँ साक्षर हैं; तथा ८९ पुरुष और २ स्त्रियाँ अङ्गरेज़ी जानती हैं।

अपाहिजों की संख्या इस प्रकार है:—

		पुरुष		स्त्री
पागल	...	४०	...	२४
गूँगे-बहिरे	...	२१२	...	१४५
अन्धे	...	७८९	...	९९०
कोढ़ी	...	१६८	...	२६

संयुक्त प्रान्त के धोबियों में भी बाल-विवाह की दूषित प्रथा प्रचलित है। विवाहित स्त्री-पुरुष और विधवाओं की संख्या इस प्रकार है:—

१ विवाहित स्त्री-पुरुष

		पुरुष		स्त्री
०— ५ वर्ष	...	४८०	...	८९०
५—१२ „	...	५,८८१	...	१०,३५४
१२—१५ „	...	८,७१७	...	१३,४५९
१५—२० „	...	१७,९५१	...	२३,९४१
२०—४० „	...	८६,२५५	...	९०,२०२

२ विधवाएँ

०— ५ वर्ष	...	...	२२८
५—१२ „	...	...	४४९
१२—१५ „	...	...	७९२
१५—२० „	...	...	२,०१५
२१—४० „	...	...	१२,५४५

सन् १९२१ की मनुष्य-गणना के अनुसार बिहार प्रान्त में धोबियों की संख्या ३,७७,५९७* है, जिसमें १८,२,९७१ पुरुष और १,९४,६२६ स्त्रियाँ हैं। इस संख्या में ३,५८२ पुरुष और १८७ स्त्रियाँ साक्षर हैं; तथा ९९ पुरुष और १० स्त्रियाँ अङ्गरेज़ी जानती हैं।

अपाहिजों की संख्या इस प्रकार है:—

		पुरुष		स्त्री
पागल	...	२०	...	२१
गूँगे-बहिरे	...	१६०	...	९६
अन्धे	...	१४४	...	१९८
कोढ़ी	...	११८	...	४३

पासी

पासी जाति के लोग अधिकांश रूप से संयुक्त-प्रान्त के पूर्वीय भाग और बिहार प्रान्त में पाए जाते हैं। 'पासी' शब्द की उत्पत्ति संस्कृत के 'पाशिका' शब्द से है। 'पाशिका' का अर्थ है बन्धन। पासी लोग एक प्रकार की बँधी हुई वृत्ताकार रस्सी को पैर में लगा कर ऊँचे

* इस संख्या में बिहार, उड़ीसा और छोटा नागपुर की संख्या सम्मिलित है।

"हे अछूत दुष्टे तुझ को है कब नल छूने का अधिकार,"
बता रहा ब्राह्मण बुढ़िया को कितनी ही ऐसी फटकार !

Fine Art Printing Cottage, Allahabad.

ब्राह्मणदेव पिलाते हैं जल यही सोच करते मन में,
बेटूटी पानी की धारा पड़े नहीं अछूत-तन में !

गेंद खेलने वाला देखो, गेंद उठाने वाला देख !
एक जाति के ये दोनों थे, इसको भी लो मन में लेख !!

जो ईसाई बन जाता है, उस अछूत का देखो रङ्ग !
जो हिन्दू है उसके जूता सीने का भी देखो ढङ्ग !!

Fine Art Printing Cottage, Allahabad.

से ऊँचे ताड़ और खजूर के वृक्षों पर चढ़ जाते हैं; और वहाँ से 'ताड़ी' (यह एक तरल मादक पदार्थ है जो कि ताड़ अथवा खजूर के वृक्षों से निकलता है) निकालते हैं। कदाचित् इसी आधार पर इन लोगों का नाम पासी रक्खा गया है। पासियों की उत्पत्ति के सम्बन्ध में बहुत सी किम्वदन्तियाँ हैं, जिनमें पाठक-पाठिकाओं के मनोरञ्जनार्थ हम यहाँ एक-दो दे रहे हैं।

मिर्ज़ापुर के पासियों का कहना है कि किसी समय एक मनुष्य बहुत सी गौओं को मारने जा रहा था। इस समय परशुराम जी पास के ही जङ्गल में तप कर रहे थे। गौओं की करुण-पुकार सुन कर परशुराम जी उनकी सहायता को दौड़े; परन्तु इतने में उस मनुष्य के और साथी उसकी सहायता के लिए एकत्रित हो गए। इस समय परशुराम ने 'कुश' से पाँच मनुष्यों को बनाया और उन पर अपना प्रस्वेद लगा कर जीवित किया। उन्होंने गौओं की रक्षा की। संस्कृत 'प्रस्वेद' का हिन्दी-रूप 'पसीना' है, और 'पसीना' से 'पासी' हुआ; क्योंकि ये लोग पसीने के द्वारा ही बनाए गए थे। अवध के पासियों में यह किम्वदन्ती प्रसिद्ध है कि प्राचीन समय में अवध में उनकी जाति का ही शासन था; और उनके राजा खेरी, हरदोई और उन्नाव ज़िलों के सयडीला, धौरहरा, मितवली और रामकोट* इन चार स्थानों में रहते थे। कहा जाता है कि रामकोट में पासियों का एक बहुत ही प्रसिद्ध क़िला था।

उस स्थान पर आजकल बाङ्गरमऊ बसा है। यह स्थान उन्नाव ज़िले में है। राजा सन्थार ने, जो कि रामकोट के अन्तिम राजा थे, कन्नौज की अधीनता स्वीकृत न कर कर देना बन्द कर दिया; इस पर कन्नौज के राजा जयचन्द ने उस स्थान को इतिहास-प्रसिद्ध वीर आल्हा और उदल को दे दिया, और उन्होंने रामकोट पर आक्रमण कर उसे तबाह कर दिया। रामकोट का भग्नावशेष आज भी अपने पतन की मर्मभेदी कहानी रखते हुए खण्डहरों के रूप में अवशेष है। इसी प्रकार भिन्न-भिन्न स्थानों में पासियों के राज्य-काल की भिन्न-भिन्न किम्वदन्तियाँ प्रसिद्ध हैं, जो कि केवल कपोल-कल्पित कथाएँ ही नहीं हैं; वरन् उनके साथ कई ऐतिहासिक प्रमाण इस बात को भी सूचित करते हैं कि किसी समय में पासी जाति बहुत अच्छी अवस्था में थी; और यह हमारा निश्चित विश्वास है कि आज हिन्दू-समाज एवं हिन्दू-जाति के पतनावस्था में पासी जाति ने अपनी प्रतिष्ठा एवं जातीय अधिकारों का त्याग किया; परन्तु एक ऐसा भी समय था जब कि यह जाति उत्थान की चरम सीमा पर थी; और उन्नत हिन्दू-समाज में इसकी पर्याप्त प्रतिष्ठा थी।

पासी जाति के लोग भिन्न-भिन्न स्थानों में भिन्न-भिन्न प्रकार से विभक्त हैं; परन्तु संयुक्त-प्रान्त में इनके पाँच प्रधान भाग और बिहार में चार भाग हैं। संयुक्त-प्रान्त वाले विभाग ये हैं:— अरख, चौरासी, कैथवान, मोथी, और राजपासी। बिहार प्रान्त वाले विभाग हैं:—ब्याध, गैदुहा, कमानी और त्रिसूलिया।

पासियों की पञ्चायत बहुत ही सुसङ्गठित रहती है। इनके जातीय झगड़ों का निबटारा तथा विवाह-सम्बन्धी बातें जातीय सभा के द्वारा तय होती हैं। सभा में एक मनुष्य प्रधान होता है, जिसे 'चौधरी' कहते हैं। प्राचीन काल में चौधरी निर्वाचित मनुष्य होता था; परन्तु आजकल अधिकांश रूप में यह अधिकार वंश-परम्परा के अनुसार ही दिया जाता है। इस जाति में विधवा-विवाह होता है, जिसे 'सगाई' कहते हैं। विवाहोपरान्त यदि पति अथवा पत्नी अपाहिज हो जाय, तो विवाह-विच्छेद भी हो जाता है; परन्तु इसके लिए जातीय सभा की स्वीकृति लेनी अत्यन्त आवश्यक है। यदि पत्नी विधवा हो जाय और उसका देवर (पति का छोटा भाई) युवक और अविवाहित हो, तो प्रायः उसी के साथ विधवा-विवाह हो जाता है।

पासी जाति के लोग सभी हिन्दू देवी-देवताओं की उपासना करते हैं। ये लोग संयुक्त प्रान्त और बिहार के सारे हिन्दू-त्योहारों को मनाते हैं और पीपल के वृक्ष को भी नहीं काटते; क्योंकि अन्य हिन्दुओं की तरह इनका भी विश्वास है कि पीपल-वृक्ष पर भगवान् वासुदेव का वास रहता है। ये लोग चमारों की तरह गौ और दुसाधों की तरह सुअर का मांस नहीं खाते। इनकी सामाजिक स्थिति चमारों और दुसाधों से कुछ ऊँची है; परन्तु न तो ये चमार तथा

* Oudh Gazetteer, II, 207

दुसाधों का; और न चमार तथा दुसाध इनका स्पर्श किया हुआ अन्न-जल ग्रहण करते हैं। उच्च जाति के हिन्दू भी पासियों का स्पर्श किया हुआ अन्न-जल नहीं ग्रहण करते।

सन् १९२१ ई० की मनुष्य-गणना के अनुसार संयुक्त-प्रान्त में पासियों की कुल संख्या १३,३९,५०४ है, जिसमें ६,८८,२९० पुरुष और ६,५१,२१४ स्त्रियाँ हैं। इस संख्या में १,८५२ पुरुष और ३७ स्त्रियाँ साक्षर हैं; तथा ४४ पुरुष अङ्गरेज़ी भी जानते हैं। अङ्गरेज़ी जानने वाली एक भी स्त्री संयुक्त प्रान्त की पासी जाति में नहीं है। अपाहिजों की संख्या इस प्रकार है :—

		पुरुष		स्त्री
पागल	...	६३	...	६६
गूँगे-बहिरे	...	३४२	...	२७५
अन्धा	...	१,८१२	...	१,८१९
कोढ़ी	...	३८६	...	६३

संयुक्त-प्रान्त के पासियों में भी अधिकांश अछूत जातियों की तरह बाल-विवाह प्रचलित है। विवाहित स्त्री-पुरुष और विधवाओं की संख्या इस प्रकार है :—

१—विवाहित स्त्री-पुरुष

		पुरुष	स्त्री
०—५	वर्ष	८६१	६९५
५—१२	,,	१७,८४१	२६,४६२
१२—१५	,,	१८,६३५	२८,९२१
१५—२०	,,	३०,४१२	४४,७२४
२०—४०	,,	१,६८,०५६	१,७५,३०३

२—विधवाएँ

०—५	वर्ष	...	१११
५—१२	,,	...	६७९
१२—१५	,,	...	९५३
१५—२०	,,	...	१,७९१
२०—४०	,,	...	२३,५४६

सन् १९२१ ई० की मनुष्य-गणना के अनुसार बिहार प्रान्त में पासियों की संख्या १,५०,१३६ है, जिसमें ७५,८१८ पुरुष और ७४,३१८ स्त्रियाँ हैं।

भंगी

हम बम्बई प्रान्त की भङ्गी जाति के सम्बन्ध में प्रकाश डाल चुके हैं; और हमने उस स्थान पर यह भी लिखा है कि बम्बई के भङ्गी तथा पञ्जाब के चूड़े एक ही हैं। हम इस स्थान पर यह लिखना आवश्यक समझते हैं कि भङ्गी शब्द केवल बम्बई, संयुक्त प्रान्त, बड़ोदा तथा राजपूताने में ही व्यवहृत होता है। अन्य प्रान्तों में इनके भिन्न-भिन्न नाम हैं; जैसे—पञ्जाब में चूड़ा और मज़बी; बिहार में मेहतर तथा हलखोर और बङ्गाल में हलखोर आदि। सन् १९२१ ई० की मनुष्य-गणना के अनुसार उन प्रान्तों में, जहाँ कि केवल 'भङ्गी' शब्द का ही व्यवहार होता है, अर्थात् बम्बई, संयुक्त-प्रान्त, बड़ोदा और राजपूताने में भङ्गियों की संख्या ६,०१,२२१ है, जिसमें ३,१५,४१९ पुरुष और २,८५,७९२ स्त्रियाँ हैं। इस हिसाब से संयुक्त-प्रान्त में भङ्गियों की संख्या ३,६७,४५६ है, जिसमें १,९२,६३२ पुरुष और १,७४,८२४ स्त्रियाँ हैं। इस संख्या में ९७२ पुरुष और ५६ स्त्रियाँ साक्षर हैं; तथा ५२ पुरुष और ३ स्त्रियाँ अङ्गरेज़ी जानती हैं। अपाहिजों की संख्या इस प्रकार है :

		पुरुष		स्त्री
पागल	...	१६	...	२३
गूँगे-बहरे	...	६१	...	६२
अन्धे	...	४१४	...	४००
कोढ़ी	...	२८	...	५

संयुक्त प्रान्त के भङ्गियों में बाल-विवाह की प्रथा तो अवश्य है; परन्तु प्रान्त की अन्य जातियों से कम। विवाहित स्त्री-पुरुष और विधवाओं संख्या इस प्रकार है :—

१—विवाहित स्त्री-पुरुष

			पुरुष		स्त्री
०—५	वर्ष	...	३६३	...	२७५
५—१२	,,	...	२,८४९	...	४,९८५
१२—१५	,,	...	४,५८८	...	६,८४९
१५—२०	,,	...	९,९०५	...	१३,४६४
२०—४०	,,	...	४२,०१०	...	४४,६०६

२—विधवाएँ

०—५	वर्ष			१५०
५—१२	,,	...	...	३००
१२—१५	,,	...	...	६९९
१५—२०	,,	...	...	१,४०३
२०—४०	,,	...	...	६,०८६

सन् १९२१ ई० की सेन्सस रिपोर्ट में बिहार के मेहतरों की संख्या नहीं दी गई है।

मध्यप्रान्त और बरार

कटिया

कटिया, कटवा या कटुआ जाति के लोग मध्यप्रान्त में नर्मदा की तराई तथा सतपुरा ज़िलों में पाए जाते हैं। इन लोगों का प्रधान व्यवसाय सूत कातना है। ये लोग गाँवों की चौकीदारी भी करते हैं। सन् १९११ ई० की मनुष्य-गणना के अनुसार इनकी संख्या ४१ हज़ार थी। ये लोग कदाचित् महार तथा कोरी जाति में ही सम्मिलित थे; परन्तु पीछे बुनने के व्यवसाय को अपना कर इन लोगों ने अपनी एक स्वतन्त्र जाति बना ली। किम्बदन्ती यह भी है कि इनके पूर्वज राजपूत थे, जिन्होंने अपने अधिकारों की रक्षा के निमित्त लड़ाई की थी। युद्ध में हार कर वे बन्दी बना लिए गए; और इस क़रार पर छोड़े गए कि मुक्त होने पर वे सूत कातने के अतिरिक्त कोई अन्य कार्य नहीं करेंगे।

ये लोग कई उपजातियों में विभक्त हैं; जैसे:—पथारी, गधेवाल, दुलबुहा इत्यादि। ये नाम भिन्न-भिन्न स्थानों के आधार पर रक्खे गए हैं। जानवरों तथा वृक्षों के आधार पर भी इनकी उपजातियों का नामकरण हुआ है; जैसे—नगोरिया शाखा के लोग, दीरतनाग, भारोवर-नाग, कोसमनाग इत्यादि नामों से प्रसिद्ध हैं।

कटियों में बाल-विवाह प्रचलित है। ये लोग एक ही गोत्र में विवाह करते हैं। विवाह के अवसर पर वधू-पक्ष वाले वर-पक्ष वालों को ९ रुपए देते हैं; परन्तु यदि दूलहा विधुर हो, तोउसे ही वधू-पक्ष वालों को १८ रुपए देने पड़ते हैं। यदि कोई लड़की अपनी जाति वाले से व्यभिचार करते पाई जाती है, तो जाति के लोग उसके पिता से कुछ जुर्माना लेते हैं; और इसके बाद वह लड़की उसी पुरुष के साथ ब्याह दी जाती है। विवाह के पश्चात् वधू दो-चार दिनों के लिए अपनी ससुराल जाती है; और तत्पश्चात् अपने मैके लौट आती है। इसके पश्चात् उसका द्विरागमन अथवा गौना होता है। यदि विवाह के पश्चात् और द्विरागमन के पहले पति का देहान्त हो जाय, तो पत्नी का अपना तथा चचेरा देवर उसके साथ विवाह कर उसे अपने घर ले जाता है। विवाह में पति-पत्नी माँडो (मँडवा) को सात बार घूम लेते हैं। इस क्रिया को भाँवर डालना कहते हैं। यही प्रणाली उस दशा में भी काम में लाई जाती है, जबकि विवाह के पश्चात् और द्विरागमन के पूर्व पत्नी विधवा हो जाय। इस विवाह को गौनहिए विवाह-पद्धति कहते हैं। इन लोगों में तीन तरह की पत्नी होती हैं। ब्याहिता, गौनहिया तथा करता अर्थात् विधवा ब्याहिता। अन्तिम पत्नि वह होती है, जो द्विरागमन के बाद विधवा होने पर ब्याही गई हो। इन तीनों तरह की पत्नियों के पुत्रों का साम्पत्तिक अधिकार बराबर ही होता है। विधवा का विवाह श्रावण, भाद्र और आश्विन तीन महीनों में नहीं होता। इस विवाह में बाजा नहीं बजाया जाता; और पति को गाँव के मालगुज़ार को एक रुपया तथा एक नारियल देना पड़ता है। गाँव के कोटवार (चौकीदार) को भी उसे चार आने पैसे देने होते हैं। यदि पति-पत्नी दोनों ही राज़ी हों, तो तलाक़ की प्रथा बड़ी विचित्र है। जाति के पञ्चों के सम्मुख पति-पत्नी खड़े होते हैं। दोनों को एक-एक लकड़ी दी जाती है। दोनों ही उस लकड़ी को तोड़ कर यह कहते हैं—मुझे अपने पति तथा अपनी पत्नी से अब से कोई सम्बन्ध नहीं रहा, जिस प्रकार मैं लकड़ी तोड़ता अथवा तोड़ती हूँ, उसी प्रकार हम लोगों का वैवाहिक सम्बन्ध भी टूटता है। इसके पश्चात् पति-पत्नी का सम्बन्ध-विच्छेद हो जाता है।

उत्सवों में ब्राह्मण पुरोहित धार्मिक कार्य सम्पन्न कराता है। कभी-कभी परिवार का सबसे बड़ा व्यक्ति स्वयं ही पुरोहित का काम करता है। नवजात शिशु का नाम-करण संस्कार ब्राह्मण ही कराता है। कटिया लोग अधिकांश हुशङ्गाबाद, सिवनी तथा छिन्दवाड़े ज़िले में पाए जाते हैं।

सन् १९२१ ई० की मनुष्य-गणना के अनुसार मध्यप्रान्त में कटियों की संख्या ३६,९७३ है, जिसमें १७,४९८ पुरुष और १९,०७९ स्त्रियाँ हैं। इस संख्या में ४९५ पुरुष और ४६ स्त्रियाँ साक्षर हैं; तथा २० पुरुष अङ्गरेज़ी जानने वाले हैं। २,७०,२९२ संख्या में इस जाति के विवाहित स्त्री-पुरुष और विधवाओं की संख्या इस प्रकार हैं:—

१—विवाहित स्त्री-पुरुष

		पुरुष		स्त्री
०— ५ वर्ष तक	...	२०५	...	७
५—१२ ,,	...	३०७	...	२०६
१२—१५ ,,	...	३२१	...	३४७
१५—२० ,,	...	६२	...	८६४
२०—४० ,,	...	२,४१५	...	२,६७५

२-विधवाएँ

०— ५ वर्ष तक				५
५—१२ ,,	...		...	३३
१२—१५ ,,	...		...	४७
१५—२० ,,	...		...	१६७
२०—४० ,,	...		...	६७२

कोरी

हम ऊपर संयुक्त-प्रान्त में कोरियों की दशा पर प्रकाश डाल चुके हैं। मध्य-प्रान्त और संयुक्त-प्रान्त के कोरी एक ही हैं। इनमें 'रोटी-बेटी' का भी सम्बन्ध होता है। दोनों प्रान्तों के कोरियों की सामाजिक स्थिति एवं रीति-रस्म एक ही हैं। इनकी अधिक संख्या जबलपुर, सागर और दमोह ज़िलों में है। सन् १९२१ ई० की मनुष्य-गणना के अनुसार मध्यप्रान्त के कोरियों की संख्या ३८,२०८ है, जिसमें १९,७१५ पुरुष और १८,४९२ स्त्रियाँ हैं। इस जाति में अपाहिजों की संख्या इस प्रकार है :—

		पुरुष		स्त्री
पागल	...	७	...	४
गूँगे-बहिरे	...	१६	...	२७
अन्धे	...	६३	...	८२
कोढ़ी	...	३	...	४

२८,३४३ में ७८३ पुरुष और १५१ स्त्रियाँ साक्षर तथा १३५ पुरुष और ६ स्त्रियाँ अङ्गरेज़ी जानती हैं; इसी संख्या के अनुसार विवाहित स्त्री-पुरुष और विधवाओं की संख्या इस प्रकार है :—

१—विवाहित स्त्री-पुरुष

		पुरुष		स्त्री
०—५ वर्ष तक	...	११२	...	१५७
५—१२ ,,	...	२१३	...	४०५
१२—१५ वर्ष तक		४२०	...	५४६
१५—२० ,,	...	६६१	...	१,०७४
२०—४० ,,	...	२,६४४	...	३,४२५

२-विधवाएँ

०— ५ वर्ष तक				४७
५—१२ ,,	...		...	५३
१२—१५ ,,	...		...	६४
१५—२० ,,	...		...	१७५
२०—४० ,,	...		...	७३७

चमार

हम ऊपर कई प्रान्तों में चमारों का वर्णन कर चुके हैं। मध्यप्रान्त और संयुक्त-प्रान्तों के चमारों में कोई भी भिन्नता नहीं। इनकी सामाजिक स्थिति, रीति-रिवाज आदि सब एक ही हैं।

सन् १९२१ ई० की मनुष्य-गणना के अनुसार मध्य-प्रान्त में चमारों की संख्या ८,८१,६७४ है, जिसमें ४,४२,९६७ पुरुष और ४,४८,७३७ स्त्रियाँ हैं। इस संख्या में २,३२० पुरुष और ३८६ स्त्रियाँ साक्षर हैं तथा १२१ पुरुष और एक स्त्री अङ्गरेज़ी जानती है। अपाहिजों की संख्या इस प्रकार है :—

		पुरुष		स्त्री
पागल	...	६१	...	६२
गूँगे-बहरे	...	३३६	...	२०२
अन्धे	...	१,०६३	...	२,०४०
कोढ़ी	...	२२५	...	१४६

विवाहितों और विधवाओं की संख्या इस प्रकार है :—

२—विवाहित स्त्री-पुरुष

		पुरुष		स्त्री
०— ५ वर्ष	...	१,३१८	...	२,१३०
५—१२ ,,	...	१०,८६१	...	१७,५३०
१२—१५ ,,	...	१२,०२३	...	१७,३८२
१५—२० ,,	...	२१,६५४	...	२७,८३२
२०—४० ,,	...	६६,०४३	...	१,०६,४०२

३—विधवाएँ

०— ५ वर्ष	...	...	१,३७३
५—१२ ,,	...	...	२,५१०
१२—१५ ,,	...	...	२,६४२
१५—२० ,,	...	...	४,५८३
२०—४० ,,	...	...	१६,७५७

धोबी

हम ऊपर धोबी जाति पर प्रकाश डाल चुके हैं। मध्यप्रान्त और संयुक्त-प्रान्त के धोबियों में कोई भिन्नता नहीं है। इन लोगों की सामाजिक स्थिति, रीति-रस्म आदि सभी बातें एक ही तरह होती हैं।

सन् १९२१ ई० की मनुष्य-गणना के अनुसार मध्यप्रान्त में धोबियों की संख्या १,६५,६२४ है, जिसमें ८१,७३७ पुरुष और ८३,८८७ स्त्रियाँ हैं। इस संख्या में ३१२६ पुरुष और २२१ स्त्रियाँ साक्षर; तथा १२४ पुरुष और दो स्त्रियाँ अङ्गरेज़ी जानती हैं। इस जाति के अपाहिजों की संख्या इस प्रकार है :—

		पुरुष		स्त्री
पागल	...	१४	...	१०
गूँगे-बहरे	...	६६	...	६८
अन्धे	...	१५५	...	२६८
कोढ़ी	...	५३	...	३६

विवाहित स्त्री-पुरुष और विधवाओं की संख्या इस प्रकार है:—

१—विवाहित स्त्री-पुरुष

		पुरुष		स्त्री
०— ५ वर्ष	...	२५६	...	३३२
५—१२ ,,	...	१,६४७	...	४,०२३
१२—१५ ,,	...	२,२६७	...	३,६०६
१५—२० ,,	...	४,१६४	...	५,१६३
२०—४० ,,	...	१६,३५६	...	२०,६४७

२—विधवाएँ

०— ५ वर्ष तक			४२
५—१२ ,,	...	...	३४८
१२—१५ ,,	...	...	३६३
१५—२० ,,	...	...	७५४
२०—४० ,,	...	...	३,४६६

बलाई

बलाई जाति के लोग अधिकांश मध्यप्रान्त के निमार और होशङ्गाबाद ज़िलों में तथा मध्यभारत में पाए जाते हैं। इन्हें कहीं-कहीं बलाही भी कहते हैं। लोगों का कहना है कि 'बुलाना' से 'बुलाही' और 'बुलाही' से 'बलाही' बना है। इसका प्रमाण यह दिया जाता है कि प्राचीन काल में बलाई लोग बुलाते अर्थात् दूत का काम करते थे; परन्तु धीरे-धीरे इनका पेशा बदल गया और ये लोग कपड़ा बुनने का व्यवसाय करने लगे। मध्यप्रान्त में ये लोग अपने को 'कटिया' और महार जाति का अङ्ग समझते हैं; यहाँ तक कि होशङ्गाबाद में ये लोग 'महार' और बुरहानपुर में 'बुनकर' (एक कपड़ा बुनने वाली जाति, जो कोरियों के स्थान में प्रयुक्त होती है) के नाम से पुकारे जाते हैं। यहाँ यह ध्यान देने की बात है कि बम्बई प्रान्त में महार जाति के लोग चमड़े के व्यवसाय के अतिरिक्त कपड़ा बुनने का भी काम करते हैं। यही दशा पञ्जाब में भी है; वहाँ भी चमारों की कुछ संख्या ऐसी है, जो कपड़ा बुनने का व्यवसाय करती है। जो कुछ भी हो, इस बात में कोई सन्देह नहीं रह जाता कि बलाई जाति चमारों, कोरियों और महारों की एक शाखा ही है; और यद्यपि आज यह एक स्वतन्त्र जाति है सही; पर किसी समय में इन चारों जातियों के पूर्वज एक ही रहे होंगे। उसके पश्चात् इस जाति में और-और जातियाँ भी सम्मिलित हुईं, इसके प्रमाण भी मिलते हैं। स्वयं बलाइयों का कहना है कि उनके पूर्वज जोधपुर के राजा मानसिंह की फ़ौज में अधिक संख्या में सैनिक थे। उस समय नीमार पर मुसलमानों का राज्य था; और राजा मानसिंह ने उनके द्वारा नीमार पर चढ़ाई की थी। आक्रमण में राजा मानसिंह मारे गए; और मुसलमानों ने उनकी सेना को क़ैद* कर लिया। इस समय उस सेना

* यह कहानी कदाचित उस ऐतिहासिक घटना के आधार पर रची गई है, जिसमें कि मालवा राज्य की एक सेना, जो कि नीमार पर आक्रमण करने जा रही थी, एक गौड़ पथ-प्रदर्शक के बहकावे में पड़ कर तितर-बितर हो गई; और इस प्रकार वहाँ के मुसलमान शासक द्वारा नष्ट कर दी गई।

के एक बलाई सैनिक ने विपक्षी मुसलमान सेनापति की कृपा प्राप्त कर ली; और इस प्रकार सारे बलाई सैनिकों को मुक्त करा लिया। साथ ही साथ उस समय कई अन्य जाति के सैनिकों ने भी प्राण के भय से अपने को बलाई कहा; और इस प्रकार वे भी मुक्त कर दिए गए। अन्त में बलाइयों ने उन्हें अपनी जाति में मिला लिया।

निमारी बलाई अन्य बलाइयों से निकृष्ट समझे जाते हैं; क्योंकि वे मरी गाय का मांस खाते हैं। दूसरे बलाई ऐसा नहीं करते।

बलाई लोग ब्राह्मणों से विवाह का शुभ-मुहूर्त्त पूछते हैं; तथा ब्राह्मण इनके धार्मिक संस्कार भी सम्पन्न कराते हैं; परन्तु बहुत स्थानों में बलाइयों के जातीय पुरोहित होते हैं, जो कि सारे धार्मिक कार्य सम्पन्न कराते हैं। इन्हें बलाई-ब्राह्मण कहा जाता है। ये लोग 'सत्यनारायण' की कथा भी बाँचते हैं।

विवाह के पश्चात् इस जाति में वधू कुछ दिनों के लिए पति-गृह जाती है; और पुनः मायके लौट आती है। इसके पश्चात् द्विरागमन होता है, जिसे 'गौने' के नाम से पुकारते हैं।

यहाँ एक बात स्मरण रखने योग्य है कि चमार, खाल्र, चम्भार, कोरी और महारों की तरह बलाई जाति के लोग कुत्ते को नहीं मारते। कुत्ता 'बाबा भैरव' का अवतार समझा जाता है; और जो लोग कुत्तों को मारते हैं, उन्हें जाति से बहिष्कृत कर दिया जाता है। बलाई लोग 'भालु' को भी पवित्र समझते; और इसकी पूजा भी करते हैं। इस जाति में कुछ नीची जाति के हिन्दुओं और मुसलमान, ईसाइयों के अतिरिक्त सभी जाति के हिन्दू सम्मिलित कर लिए जाते हैं। जो मनुष्य बलाई होना चाहता है, उसका प्रथम मुण्डन-संस्कार होता है; उसके पश्चात् वह एक चारपाई के नीचे लेटता है; और चारपाई के ऊपर कई बलाई स्नान करने लगते हैं। स्नान किया हुआ जल उस व्यक्ति पर गिरता है और इस दशा में पूर्ण रूप से भींग जाने पर वह जाति में सम्मिलित कर लिया जाता है। तदोपरान्त उसे जाति के लोगों को भोज देना पड़ता है।

चमारों और कोरियों की तरह बलाइयों में भी विधवा-विवाह होता है; और जाति के पञ्चों की स्वीकृति पाकर पति-पत्नी विवाह-सम्बन्ध विच्छेद भी कर सकते हैं।

सन् १९११ ई० में इनकी संख्या मध्यप्रान्त में ५२,००० थी। सन् १९२१ ई० की मनुष्य-गणना के अनुसार मध्यप्रान्त में बलाइयों की संख्या ४३,५१८ है, जिसमें २१,४५१ पुरुष और २२,०६७ स्त्रियाँ हैं। इस संख्या में २०७ पुरुष और ३० स्त्रियाँ साक्षर हैं; और १ पुरुष अङ्गरेज़ी जानता है। इस जाति में भी बाल-विवाह की प्रथा कम प्रचलित है। विवाहित स्त्री-पुरुष और विधवाओं की संख्या इस प्रकार है :—

१—विवाहित स्त्री-पुरुष

		पुरुष		स्त्री
०—५ वर्ष	...	२७	...	४३
५—१२ ,,	...	११२	...	६४५
१२—१५ ,,	...	५३२	...	१,१०६
१५—२० ,,	...	१,०२४	...	१,३८८
२०—४० ,,	...	५,६६२	...	५,६८७

२—विधवाएँ

०—५ वर्ष	...	...	२
५—१२ ,,	...	...	१४
१२—१५ ,,	...	.	४१
१५—२० ,,	...	...	७४
२०—४० ,,	...	...	१,१९७

बसोर

बसोर अथवा बसफोर जाति के लोग बाँस चीर कर उसके द्वारा भिन्न-भिन्न आवश्यकीय घरेलू चीज़ें तैयार करते हैं। मध्यप्रान्त के हिन्दी भाषा-भाषी प्रान्त में ही यह लोग उपरोक्त नाम से प्रसिद्ध हैं। मराठी भाषा-भाषी प्रान्त में इन्हें धुलिया और बुरुद नाम से पुकारा जाता है।

बसोर जाति की उत्पत्ति के सम्बन्ध में इनकी कई जातीय किम्बदन्तियाँ हैं। बसोरों का कहना है कि यह राजा 'बेनू' अथवा 'वेनू' के वंशज हैं। राजा बेनू बड़े धार्मिक प्रवृत्ति के राजा थे। वे अपनी जीविका के लिए बाँस का पङ्खा बना कर बेचते थे; और उसी से प्राप्त धन के द्वारा अपना तथा अपने परिवार का निर्वाह करते थे।

प्रजा के धन को अपने व्यक्तिगत खर्च में लगाना वह अन्याय और पाप समझते थे। जब कोई राजा उन पर आक्रमण करता, तो वे एक पङ्खा तोड़ देते थे; और उसके पश्चात् उनके मन्त्र-बल का इतना प्रभाव पड़ता कि शत्रु मित्र हो जाता था। बसोर लोग इन्हीं 'वेनू' राजा से अपनी उत्पत्ति बतलाते हैं; और कहते हैं कि उसी समय से बसोर जाति के लोगों में बाँस की चीज़ें बना कर अपना निर्वाह करने की प्रथा चली।

पुराणों में भी एक बेन राजा का वर्णन आता है, जिसके पापों के कारण प्रथम निषाद (चाण्डाल) की उत्पत्ति हुई। मनुस्मृति में 'निषाद' की उत्पत्ति 'चाण्डाल' पिता और 'वैदेह' माता से बतलाई गई है। वैश्य पिता और ब्राह्मण माता द्वारा उत्पन्न शिशु को 'वैदेह' कहते हैं; अस्तु।

बसोर जाति के लोग चार मुख्य भाग में विभक्त हैं:—(१) पुरानिया अथवा जूठिया; (२) बरभैया अथवा सलैया; (३) गूड़ा अथवा गूधा; और (४) डुमार अथवा डोम बसोर। यहाँ यह कहना हम आवश्यक समझते हैं कि मध्यप्रान्त के बसोर और संयुक्तप्रान्त तथा विहार के डोम प्रायः एक ही सामाजिक स्थिति के हैं; और बहुत सम्भव है कि इनमें कोई रक्त-सम्बन्ध भी हो।

बसोर जाति की विवाह-प्रथा विचित्र है। वर वधू के पिता को कुछ रुपए देता है। इसकी तादाद सात अथवा आठ रुपए के बराबर होती है। इसे 'चारी' कहते हैं। बैतूल ज़िले में तो 'लमझना' नाम की एक प्रथा होती है। इसके अनुसार दामाद को अपने विवाह के पहले श्वसुर के यहाँ कुछ वर्षों तक काम करना पड़ता है। बसोर जाति में विधवा-विवाह प्रचलित है। विधवाएँ प्रायः अपने अविवाहित 'देवर' (पति के छोटा भाई) से पुनर्विवाह करती हैं। यदि कोई स्त्री अपना पुनर्विवाह करे; तो उसे अपने पति की सम्पत्ति पर कोई अधिकार नहीं होता। बसोर जाति में विवाह-विच्छेद की प्रथा भी प्रचलित है। यदि पति सम्बन्ध-विच्छेद करना चाहता है, तो वह जाति के पञ्चों के सम्मुख पत्नी के हाथ का कङ्कण तोड़ देता है; और उस समय से पति-पत्नी का विवाह-सम्बन्ध भङ्ग हुआ समझा जाता है। यदि पत्नी सम्बन्ध तोड़ना चाहे, तो उसे पति का 'चारी' लौटा देना पड़ता है; परन्तु अधिकांश रूप में पति जब तक बहुत निर्धन न हो, 'चारी' नहीं लेता। 'चारी' लौटवाना अपमानजनक समझा जाता है।

बसोर जाति के लोग हिन्दू हैं; और हिन्दू देवी-देवताओं की पूजा करते हैं। फिर भी ये लोग उच्च जाति के हिन्दुओं के द्वारा बहुत निकृष्ट समझे जाते हैं। ये लोग भङ्गी (मेहतर), जोशी और जसोन्धी जातियों को छोड़ कर, प्रायः सभी अन्य जाति के पुरुषों का स्पर्श किया हुआ अन्न ग्रहण करते हैं। हिन्दू नाई, और धोबी इनका काम नहीं करते। इनकी जाति में ही कुछ ऐसे लोग होते हैं, जो नाई और धोबी का काम करते हैं। ये लोग गाँव के बाहर बसते हैं। इनका स्पर्श महा अपवित्र समझा जाता है। भारत की अन्य जातियों की तरह ये लोग भी हिन्दू-समाज के द्वारा पददलित होकर नित्य ही विधर्मी हो रहे हैं। सन् १९११ ई० में मध्यप्रान्त में इनकी संख्या ४३,००० थी।

सन् १९२१ ई० की मनुष्य-गणना के अनुसार इनकी संख्या ४४,०४६ है, जिसमें २१,७०४ पुरुष और २२,३४२ स्त्रियाँ हैं। इसमें अपाहिजों की संख्या इस प्रकार है:—

	पुरुष		स्त्री
पागल	... ११	...	४
गूँगे-बहरे	... २८	...	२७
अन्धे	... ६८	...	७२
कोढ़ी	... ४	...	५

२१,३६६ मनुष्यों में ६७ पुरुष और ३ स्त्रियाँ साक्षर हैं; और ४ पुरुष अङ्गरेज़ी जानते हैं। इसी संख्या के अनुसार विवाहित स्त्री-पुरुष और विधवाओं की संख्या इस प्रकार है:—

१—विवाहित स्त्री-पुरुष

	पुरुष		स्त्री
०—५ वर्ष	८	...	१६
५—१२ ,,	... १६५	...	४४४
१२—१५ ,,	... ३४०	...	६८१
१५—२० ,,	... ६६७	...	१०११
२०—४० ,,	... ३,२४१	...	४७१५

२—विधवाएँ

०— ५ वर्ष	...	...	...
५—१२ ,,	...	...	२०
१२—१५ ,,	...	...	७०
१५—२० ,,	...	...	११६
२०—४० ,,	...	...	६४६

महार

हम बम्बई प्रान्त में महारों का वर्णन कर चुके हैं। मध्यप्रान्त में महारों को मेहरा कहते हैं। वास्तव में महार और मेहरा में केवल नाम की ही विभिन्नता है; अन्यथा ये एक ही हैं। इन्हें मध्यप्रान्त के मराठी भाषा-भाषी प्रान्त में 'डेड' अथवा 'ढेढ़' भी कहते हैं।

सन् १६२१ ई० की मनुष्य-गणना के अनुसार मध्यप्रान्त में महार अथवा मेहरा जाति की संख्या ११,७१,७३७ है, जिसमें ५,७६,५१७ पुरुष और ५,६१,२२० स्त्रियाँ हैं। इस संख्या में १५,६४६ पुरुष और ५५५ स्त्रियाँ साक्षर हैं; तथा ३७० पुरुष और ३ स्त्रियाँ अङ्गरेज़ी जानती हैं। इस जाति के अपाहिजों की संख्या इस प्रकार है:—

	पुरुष		स्त्री
पागल	... १६०	...	१०१
गूँगे-बहिरे	... ६६७	...	४३०
अन्धे	... १,१७२	...	१,६७३
कोढ़ी	... ४११	...	१६७

विवाहित स्त्री-पुरुष और विधवाओं की संख्या इस प्रकार है:—

१—विवाहित स्त्री-पुरुष

	पुरुष		स्त्री
०— ५ वर्ष ...	१,०१७	...	१७२२
५—१२ ,, ...	१०,७६६	...	३१,५६०
१२—१५ ,, ...	१३,०२४	...	२०,६५२
१५—२० ,, ...	२०,४३५	...	३१,३६३
२०—४० ,, ...	१,३५,१४३	...	१,४८,५६२

२—विधवाएँ

०— ५ वर्ष	...	...	८६
५—१२ ,,	...	...	१७,३६१
१२—१५ ,,	...	...	१,३३६
१५—२० ,,	...	...	३,४२८
२०—२० ,,	...	...	१६,६७६

मेहतर

संयुक्त प्रान्त और बम्बई के भङ्गी और पञ्जाब के चूड़े मध्यप्रान्त में मेहतर कहे जाते हैं। वास्तव में इनकी जाति, जातीय व्यवसाय और जातीय स्थिति एक ही है। हम इनके सम्बन्ध में पञ्जाब और बम्बई प्रान्त में वर्णन कर चुके हैं।

सन् १६२१ ई० की मनुष्य-गणना के अनुसार मध्यप्रान्त में मेहतरों की संख्या १३,४४८ है, जिसमें ७,७१७ पुरुष और ५,७३१ स्त्रियाँ हैं। इस संख्या में २२६ पुरुष और २७ स्त्रियाँ साक्षर; तथा ६ पुरुष अङ्गरेज़ी जानने वाले हैं। विवाहित स्त्री-पुरुष और विधवाओं की संख्या इस प्रकार है:—

१—विवाहित स्त्री-पुरुष

	पुरुष	...	स्त्री
०— ५ वर्ष	१२	...	१
५—१२ ,,	७१	...	१३०
१२—१२ ,,	१५६	...	१६१
१५—२० ,,	३०	...	३१५
२०—४० ,,	१,५५५	...	१,५१२

२—विधवाएँ

०— ५ वर्ष	...	...	१
५—१२ ,,	...	...	१४
१२—१५ ,,	...	...	२५
१५—२० ,,	...	...	८२
२०—४० ,,	...	...	४५०

मांग

हम बम्बई और मद्रास प्रान्तों में माङ्ग जाति का वर्णन कर चुके हैं। मध्यप्रान्त के और उक्त दोनों प्रान्तों की माङ्ग जाति एक ही है, इनमें तनिक भी भेद नहीं।

सन् १६२१ ई० की मनुष्य-गणना के अनुसार मध्यप्रान्त में माङ्ग जाति की संख्या ७८,६६१ है, जिसमें ३८,८१५ पुरुष और ३६,८४६ स्त्रियाँ हैं। इस संख्या में २६६ पुरुष और ३७ स्त्रियाँ साक्षर हैं; तथा ६ पुरुष अङ्गरेज़ी जानने वाले हैं। इस जाति के विवाहित स्त्री-पुरुष और विधवाओं की संख्या इस प्रकार है:—

२—विवाहित स्त्री-पुरुष

	पुरुष	स्त्री
०— ५ वर्ष ...	४० ...	१३०
५—१२ ,, ...	१,२१३ ...	३,६६०
१२—१५ ,, ...	१,२६० ...	१,६५१
१५—२० ,, ...	१,६५६ ...	२,५११
२०—४० ,, ...	६,७६० ...	१०,६२१

२—विधवाएँ

०— ५ वर्ष	... ...	६
५—१२ ,,	... ...	१२५
१२—१५ ,,	... ...	५२४
१५—२० ,,	... ...	८२
२०—४० ,,	... ...	१,५०८

मागदी (मादिगा)

हम बम्बई और मद्रास प्रान्त में मादिगा जाति का वर्णन कर चुके हैं। मध्यप्रान्त में 'मादिगा' को 'मागदी' कहते हैं; [अर्थात् ये दोनों शब्द एक ही जाति के बोधक हैं :—

सन् १९२१ ई० की मनुष्य-गणना के अनुसार मध्य-प्रान्त में मादिगा अथवा मागदी जाति की संख्या ४,४९७ है, जिसमें २,१६८ पुरुष और २,३२९ स्त्रियाँ हैं। इस संख्या में ९ पुरुष और ८ स्त्रियाँ साक्षर हैं।

विवाहित स्त्री-पुरुष और विधवाओं की संख्या इस प्रकार है :—

१—विवाहित स्त्री-पुरुष

	पुरुष	स्त्री
०— ५ वर्ष	२	४
५—१२ ,, ...	१८ ...	८४
१२—१५ ,, ...	२१ ...	७४
१५—२० ,, ...	४४ ...	१०४
२०—४० ,, ...	५३३ ...	६२७

२—विधवाएँ

०— ५ वर्ष	... ...	०
५—१२ ,,	... ...	५
१२—१५ ,,	... ...	४
१५—२० ,,	... ...	१०
२०—४० ,,	... ...	७७

ऊपर हमने पञ्जाब, बम्बई, मद्रास, संयुक्त प्रान्त, बिहार तथा मध्यप्रान्त और बरार की खास-खास अछूत जातियों का वर्णन किया है। हमें दुःख है कि स्थानाभाव के कारण हम अन्य प्रान्तों की अछूत जातियों के सम्बन्ध में कुछ नहीं लिख सके। इन अछूत कही जाने वाली भारत की लगभग सात करोड़ आत्माओं की अवस्था हृदय-विदारक है; और अधः-पात के इस रोमाञ्चकारी दृश्य के कारण धनी और कुलीन कहे जाने वाले ही हिन्दू हैं। हमने 'कुलीन कहे जाने वाले हिन्दू' का प्रयोग जान कर ही किया है। हम प्रत्येक ऐसे हिन्दू को—जो हिन्दू-समाज की इन अभागिनी आत्माओं को चाण्डाल और घृणित समझता है, तथा उन्नति में बाधक होता है—चाण्डाल से भी बढ़ कर नीच और पाप से भी बढ़ कर पापी समझते हैं। आज हिन्दू-जाति में हाहाकार मच रहा है! प्रति दिन औसत में ३३१ हिन्दू केवल ईसाई बन रहे हैं। मुसलमान बनने वाले हिन्दुओं की संख्या पृथक् है! इन सब बातों को देख और संसार की स्थिति समझ कर हिन्दू-जाति को अपनी आँखों की पट्टी खोलनी होगी। कूप-मण्डूकता से काम न चलेगा। हिन्दू-समाज से अत्याचारों की हद हो चुकी। पाप का प्याला लबालब भर गया है। यदि हिन्दू-जाति ने अपनी अवस्था नहीं बदली तो आने वाले कुछ वर्षों में ही 'हिन्दुस्तान' मुसलमानिस्तान अथवा इसाई-स्तान हो जावेगा; और केवल इतिहास में बच्चों को यही पढ़ाया जावेगा कि किसी ज़माने में इस देश में हिन्दूक़ौम भी रहती थी, जिसने अपने शैतानी जुल्मों पर अपनी क़ब्र खोदी थी !!!

* * *

अछूत और व्यभिचार

द्विजातियों के समान ही शूद्र और अछूत जातियों में भी रमणी का स्थान हेय और निकृष्ट है। यद्यपि शूद्र और अछूत जातियों की अनेक नारियाँ अपने

पुरुषों ही के समान बाहर निकल कर परिश्रम-साध्य कर्मों के द्वारा पैसा पैदा करती हैं; और इस प्रकार गृहस्थी के सञ्चालन में पर्याप्त सहायता प्रदान करती हैं; पर तो भी उनकी परतन्त्र स्थिति पर इसका रत्ती भर प्रभाव नहीं पड़ता है; और उन्हें अपनी उच्च-जाति की बहिनों के समान ही पुरुषों की परिचारिका एवं नित्य आज्ञानुकारिणी बन कर अपना जीवन व्यतीत करना पड़ता है। सिद्धान्त-रूप से चाहे यह बुरा न भी हो; पर वर्तमान काल में स्त्रियों की दारुण दुर्दशा का एक मूल कारण यह भी है कि उन्हें बात-बात में पुरुषों की मुखापेक्षिणी बनना होता है; और उचित एवं अनुचित सभी विषयों में पुरुषों को अपना नित्य ज्ञानवान् पथ-प्रदर्शक मान कर, संसार के जटिल मार्ग पर चलना पड़ता है। पुरुष प्राकृतिक रूप से बल और वीर्य का प्रधान केन्द्र है, इसलिए यदि वह रमणी जाति का रक्षक तथा नेता बन कर उसे विश्व के जटिल एवं कण्टककीर्ण मार्ग पर अपने तत्वावधान में लेकर चले, तो इसमें न तो कुछ हानि है, और न आश्चर्य; पर स्त्रियों की इस परवशता और उनकी स्वाभाविक निर्बलता एवं भीरुता से अनुचित लाभ उठा कर पुरुषों ने उसे अपनी काम-क्रीड़ा का साधन एवं अपने उच्छृङ्खल उन्माद की शान्ति का उपाय बना लिया है। जो बात उच्च-जाति के पुरुषों ने की, वही बात अछूत तथा शूद्र जाति के पुरुषों ने भी मान ली। अछूत जाति के पुरुषों ने भी रमणी को अपने से नीच, निकृष्ट एवं निर्बल मान कर उसे अपने उच्छृङ्खल एवं उन्मत्त अत्याचार के यन्त्र में बाँध दिया!

सच पूछिए तो रमणी-जाति के प्रति एकान्त अनादर एवं अपमान का भाव समस्त हिन्दू-जाति में परिव्याप्त हो रहा है; और अछूतों तथा शूद्रों में भी वह संक्रामक व्याधि के समान फैल गया है। शताब्दियों के अत्याचार एवं अनाचार से अछूत जातियों के जिन अशेष गुणों का ह्रास हो गया है, उनके कारण उनमें यह नीच भाव और भी प्रबल हो उठा है। हमारे कहने का तात्पर्य यह है कि शताब्दियों और युगों से अछूतों तथा शूद्रों में विद्या, बुद्धि तथा वैभव की त्रिवेणी विलुप्त हो गई है; और इसी के कारण वे रमणी की मर्यादा, रमणी की प्रतिष्ठा, रमणी की महिमा, रमणी की पवित्रता, रमणी की उच्चता एवं रमणी की महनीयता को भी एक बार ही विस्मृत कर बैठे हैं। द्विजों ने उन पर जो अत्याचार किए हैं, उनकी आवृत्ति उन्होंने अपनी देवियों पर की है। वे यह बात प्रायः एक प्रकार से भूल से गए हैं कि रमणी साक्षात् जगज्जननी की अंशभूता है; और उसका सतीत्व, उसका चरित्र, और उसका शील दिव्य पदार्थ है; यह सब उच्छृङ्खल मानव-प्रवृत्ति की क्रीड़ा के विषय नहीं हैं। अपने युग-व्यापी अज्ञान और अन्धकार के वशीभूत होकर वह यह विस्मृत कर बैठे हैं कि अपनी कलुषित प्रवृत्ति की शान्ति के लिए रमणी को व्यभिचार-पथ पर घसीटना महापाप है, विश्वेश्वर की दृष्टि में वह अक्षम्य अपराध है; और उसका कोई भी प्रायश्चित नहीं है। वह रमणी के दिव्य सतीत्व की, रमणी के पुण्य महत्व की एवं रमणी के पावन सौन्दर्य की कल्पना तक नहीं कर सकते हैं; और उन्हें यह बात समझने की शक्ति ही नहीं है कि रमणी का अनादर और अपमान करना विश्वेश्वरी के प्रति घोर अपमान प्रकट करना है; रमणी को अपनी काम-लिप्सा का विषय बनाना विश्व-जननी के प्रति महापाप करना है; और रमणी को गृह-लक्ष्मी के पावन आसन से स्खलित करके उसे परिचारिका एवं पाद-लुण्ठित बनाना, मानों विश्व की परिचालिका शक्ति के प्रति विद्रोह प्रकट करना है। वे यह नहीं जानते कि इसका परिणाम केवल अपने ही लिए नहीं, केवल अपनी ही जाति के लिए नहीं; वरन् समस्त हिन्दू-जाति के लिए भयङ्कर होगा। दैवी प्रकोप की प्रबल अग्नि-ज्वाला इस महापाप का सम्पूर्ण निराकरण किए बिना शान्त नहीं होगी, यह नित्य सत्य समझने की शक्ति उन बेचारे अछूतों और शूद्रों में रह ही नहीं गई है; क्योंकि द्विजातियों ने उन्हें विद्या, बुद्धि एवं विवेक की विमल ज्योति की मङ्गलमयी सीमा से एक बार ही बहिष्कृत कर दिया है; अस्तु।

हमारे कहने का सार यह है कि व्यभिचार की दारुण प्रवृत्ति का मूल उद्गम है रमणी के प्रति अपमान एवं अनादर की दुष्ट भावना! इसीलिए वह भयङ्कर मानसिक व्याधि है, जो अपनी विषमयी ज्वाला से दूसरे समस्त मानसिक गुणों को भस्मसात कर देती है। इतिहास इस बात का साक्षी है कि इस दारुण व्याधि से आक्रान्त होकर अनेक सभ्य एवं समृद्ध जातियाँ अपना पार्थिव अस्तित्व तक खो बैठीं। कहाँ है आज वह वैभवशालिनी रोमन-जाति, जिसकी विजय के जय जयकार

से एक दिन निखिल गगन-मण्डल मुखरित होता था? कहाँ है वह दुर्दण्ड यवन-जाति जिसके हुङ्कार नाद से से उदधि-मेखला-मेदिनी प्रकम्पित होती थी? आज इतिहास के पृष्ठों में उनकी स्मृति-मात्र उस अतीत युग की कहानी आँखों में आँसू भर कर कह रही है। इसी रमणी के अनादर-रूपी महापाप के अनुष्ठान से त्रिभुवन-विजयी रावण कुल सहित नष्ट हो गया! द्रौपदी के अपमान की अग्नि में महाप्रतापी कुरु-वंश भस्मसात हो गया! जब ज्ञानसम्पन्न, बलसम्पन्न, शक्तिसम्पन्न जातियाँ व्यभिचार की विषमयी ज्वाला में पतित होकर विनष्ट हो गईं, तब अज्ञान और अन्धकार से आवृत पथ पर चलने वाली शूद्र और अछूत जातियाँ तो और भी जल्दी इस दारुण ज्वाला में जल कर धूलि हो जायँगी।

इसीलिए यह आवश्यक है कि अछूत जातियों में भी इस नित्य सत्य का प्रचार किया जाय कि रमणी जगन्माता की प्रतिमा है; और उसका अपमान करना, उसे अपनी कलुषित प्रवृत्ति की शान्ति का साधना बनाना, उसकी निर्बलता, निर्बुद्धिता एवं निस्सहायता से अनुचित लाभ उठा कर उसे व्यभिचार-पथ पर घसीटना एकान्त अनुचित है, भयङ्कर पाप है—ब्रह्म-हत्या से भी बढ़ कर घोर जघन्य पाप है। उन्हें यह बताना होगा कि अपनी माँ, बेटी, बहिन एवं माता की रक्षा के लिए प्राण दे देना उनका शाश्वत धर्म है; उनके सतीत्व की रक्षा के लिए, उनके चरित्र की पवित्रता को अक्षुण्ण रखने के लिए उन्हें अपने हृदय के रक्त का शेष बिन्दु भी समर्पण कर देने में सङ्कोच नहीं होना चाहिए; मानव-धर्म का यह सर्वोच्च आदेश है!!

* * *

अछूत-नारी की दुर्दशा

जैसा कि हम ऊपर कह चुके हैं, यह व्यभिचार की प्रवृत्ति रमणी के प्रति अपमान और अनादर की भावना से समुत्पन्न होती है; पर पुरुषों की इस जघन्य भावना का परिणाम यह होता है कि उसके दूषित वायुमण्डल में निरन्तर रहने के कारण स्त्रियाँ भी अपने प्रकृत-स्वरूप को विस्मृत कर बैठती है; और धीरे-धीरे अज्ञान और अन्धकार की वृद्धि के साथ-साथ अत्याचार और अनाचार के वीभत्स ताण्डव के साथ-साथ, वे भी यह बात भूल जाती हैं कि उनका सतीत्व, उनका गौरव, उनका चरित्र, उनकी महिमा, उनकी महनीयता—यह सब पुरुषों के आमोद, काम-क्रीड़ा एवं विलास-वासना के विषय नहीं हैं। शताब्दियों के अत्याचार, अनाचार एवं दुराचार के निरन्तर सम्मिलित प्रहार से उनकी आत्म-ज्योति एवं विवेक-शक्ति नष्टप्राय हो जाती हैं; और वे पुरुषों के प्रलोभनों में, पाप के कपट-व्यापारों में, उच्छृङ्खल-वासना के उन्माद एवं विकार के विपुल मद में पथ-भ्रष्ट होकर पतित हो जाती हैं। वे स्वयं ही अत्याचारी के अत्याचार में योग देने को बाध्य होती हैं; वे स्वयं बलि-वेदी पर बधिक की कृपाण के नीचे अपनी कोमल गर्दन रख देती हैं। आज अछूत जाति की देवियों की भी यही दारुण दशा हो रही है—सतीत्व की वास्तविक मर्यादा को अज्ञान और उद्भ्रान्ति के कारण विस्मृत करके वे कभी-कभी धोके से अपने उज्ज्वल सर्वस्व को स्वतः ही नरक के गह्वर में धक्का दे देती हैं।

पर हम यह कहने का पाप नहीं कर रहे हैं कि समस्त अछूत देवियाँ इसी भयङ्कर संक्रामक व्याधि से ग्रस्त हो रही हैं; न हमारे कहने का यह तात्पर्य है कि वे अपने पवित्र सतीत्व को साधारण पदार्थ समझ कर उसे लीलामात्र से पुरुषों की काम-वासना के चरणों में समर्पण कर देती हैं। हमारे कहने का अभिप्राय यह है कि पुरुषों के अत्याचार और अनाचार के निरन्तर परि-पीड़न से उद्भ्रान्त होकर वे अपने शुद्ध, दिव्य, प्रकृत-स्वरूप को विस्मृत कर देती हैं; और अज्ञान तथा अविवेक के कारण अपनी समुज्ज्वल मणि को गँवा बैठती हैं; और पीछे मणि-विहीन मणिधर के समान व्याकुल होकर—व्यथित होकर, आजन्म-व्यापिनी ग्लानि-ज्वाला में तिल-तिल करके जला करती हैं।

यह कहते हुए हृदय विदीर्ण होता है; एवं लज्जा से हमारा शिर विनम्र हो जाता है कि अछूत और शूद्र जाति की देवियों को पथ-भ्रष्ट करने में द्विजाति के पुरुष-पुङ्गवों का भी बहुत-कुछ हाथ रहता है। जैसा कि हम ऊपर कह चुके हैं कि पाप के प्रलोभन और पुरुषों के कपट-व्यापारों से उद्भ्रान्त होकर अनेक अछूत जाति की स्त्रियाँ अपना समुज्ज्वल रत्न खो बैठती हैं। दरिद्रता के दारुण उत्पीड़न से, एवं पुरुषों की कमाई के पर्याप्त न

होने से अछूत जाति तथा शूद्रों की देवियों को भी घर की मर्यादा से बाहर निकल कर परिश्रम-साध्य कर्मों को करना पड़ता है—उन्हें भी गृहस्थी के निर्वाह के लिए बाहर, विश्व के कपटपूर्ण एवं पापपूर्ण कोलाहल में काम करना पड़ता है; और उस समय उनकी निस्सहाय, निर्धन अवस्था से अनुचित लाभ उठा कर उन्हें पतन के गम्भीर अन्धकारपूर्ण गह्वर में ढकेलने के लिए पाप और शैतान—दोनों नाना प्रकार के कपट-कौशलों का अनुष्ठान करते हैं; और उन्हें प्रलुब्ध करके पाप के पाश में आबद्ध करके उनका सर्वनाश कर डालते हैं; और शैतान और पाप के मूर्तिमान स्वरूप बन कर, त्रिपुण्डधारी ब्राह्मण, और गलमुच्छधारी क्षत्रिय, एवं थोंदधारी वैश्य अपनी काम-वासना की प्रज्वलित ज्वाला में इन निस्सहाय अबलाओं की आहुति प्रदान करते हैं। कोई धार्मिक ग्रन्थों के अशुद्ध एवं असत्य वचनों को अपने कपट-हास्यमय मुख से उच्चारण करके उन अबलाओं को ब्राह्मण गुरु के श्रीचरणों में तन, मन, धन समर्पण करने के लिए आदेश एवं उपदेश देते हैं; और उन अज्ञानान्धकार में पड़ी हुई रमणियों को स्वर्ग-लाभ की आशा दिला कर नरक-पथ पर ले जाते हैं। कोई-कोई गलमुच्छधारी एवं लट्ठग्राही वीराग्रगण्य सन्ध्या के घनीभूत होते हुए अन्धकार में, दिन भर के कठिन परिश्रम के उपरान्त घर को लौटती हुई अछूत देवी पर वन-प्रान्त की तिमिरावृता सीमा में आक्रमण करते हैं; और उसके सतीत्व को विनष्ट करके अपने क्षत्रियत्व, वीरत्व एवं अपने वंश-गौरव की डींग मारने में रत्ती भर सङ्कोच नहीं करते हैं; और इसी भाँति अपने घरों में आने वाली अछूत पिसनहारियों एवं मज़दूरनियों को पैसे का, धुली धोती का, चाँदी के कड़ों का और कभी-कभी सोने की अँगूठी का प्रलोभन देकर, तुलसी-माला को धारण करने वाले एवं मस्तक पर श्री-चिह्न को अङ्कित करने वाले थोंदधारी भक्त वैश्य उन्हें—उन अछूत तथा शूद्र ज़ाति में उत्पन्न होने वाली भगवती की अंशभूता ललनाओं को अपनी पर्यङ्कशायिनी बनाते समय रत्ती भर अनुताप का अनुभव नहीं करते हैं। इस प्रकार जो द्विज-देवता, जो क्षत्रिय-कुल-कमल-दिवाकर ठाकुर साहब, जो वैश्य-वंश-गौरव सेठ जी अछूतों के संस्पर्श एवं संसर्ग में मूर्तिमान कालुष्य और शैतान का निवास मानते हैं, वे ही उन जातियों की निर्बोध-निस्सहाय नारियों को अपने पर्यङ्क की अङ्क-शायिनी बना कर परिभ्रष्ट करने में पूर्व-जन्म के परम पुण्यों का पुञ्जीकृत प्रसाद मानते हैं। पाप की यह कैसी विडम्बना है? कपट का यह कैसा कलुषित काण्ड है? कलिकाल का यह कैसा प्रवञ्चनामय व्यापार है?

इस प्रकार अछूत एवं शूद्र-नारियों की दारुण दुर्दशा को भीषण एवं व्यथामयी बनाने में द्विजाति में उत्पन्न होने वाले अनेक भण्ड पुरुष सदा तत्पर रहते हैं; और हिन्दू जाति की आँखों में धूल डाल कर, समाज को अपने वाह्य आडम्बरों से अन्धा बना कर एवं देश को अपनी कपट-लीला के द्वारा मूर्ख बना कर यह तिलकधारी ब्राह्मण, ऊँची मूँछ वाले क्षत्रिय एवं बड़ी थोंद वाले वैश्य अपनी काम-वासना की प्रखर ज्वाला में इन निरीह, निर्बोध, निस्सहाय अबलाओं की निष्ठुरता-पूर्वक आहुति देते हैं; परन्तु हमारे कहने का यह अभिप्राय नहीं है कि सभी ब्राह्मण, सभी वैश्य, सभी क्षत्रिय ऐसा करते हैं—हमारे कथन का ऐसा अर्थ करना अनर्थ करना होगा। हमारा अभिप्राय उन्हीं लोगों से है, जो अपने ब्राह्मणत्व की डींग मारते फिरते हैं, अपने क्षत्रियत्व का राग गाते फिरते हैं और अपने वैश्यत्व की डुग्गी पीटते फिरते हैं; पर जो प्रच्छन्न-रूप से सभी प्रकार के कुकर्मों, कुकृत्यों और कलुषित काण्डों का अनुष्ठान करने में रत्ती भर पश्चात्ताप अथवा सङ्कोच बोध नहीं करते हैं। यदि ऐसे प्रच्छन्न पिशाचों और पापियों की संख्या नगण्य होती, यदि केवल कहीं-कहीं अपवाद रूप से ऐसे दो-चार शैतान अपना कलुषित व्यापार करते होते, तो कदाचित् हम उनकी ओर इस प्रकार से सङ्केत मात्र भी न करते, उनका नाम-निर्देश तो दूर की बात है; पर हम देखते हैं कि ऐसे निकृष्ट नीच जनों की संख्या एकान्त नगण्य नहीं है; ऐसे प्रच्छन्न पिशाचों की व्यापार-लीला का क्षेत्र एकान्त सङ्कुचित भी नहीं है। इन पंक्तियों के लेखक को अपने जीवन में ऐसे अनेक नर-राक्षसों के जानने का और उनका भण्डा-फोड़ करने का अवसर प्राप्त हुआ है। फहराती डाढ़ी के आवरण में, पीत चन्दन के लगे हुए त्रिपुण्ड के नीचे, राम-नामी दुपट्टे के अन्तराल में, शुभ्र यज्ञोपवीत को धारण करने वाले वक्षस्थल के भीतर एवं सौम्य

मैं ने हिन्दू-धर्म का जो कुछ अध्ययन किया है, उससे मैं ने यही समझा है कि सच्चे हिन्दू-धर्म का यह कोई अङ्ग नहीं है कि जिन लोगों को हम 'अस्पृश्य' कहें, उन्हें भी वह अपने ही अन्तर्गत रक्खे। यदि मेरे सामने कोई यह बात प्रमाणित कर दे कि यह हिन्दू-धर्म का एक आवश्यक अङ्ग है, तो मैं खुले आम कह दूँगा कि मैं स्वयं हिन्दू-धर्म का द्रोही और विरोधी हूँ।

—योगीश्वर गाँधी

Fine Art Printing Cottage, Allahabad.

वर्णाश्रम-धर्म बलात्कार पूर्वक अछूतों को, स्वतन्त्रता की इस रण-यात्रा में, ब्राह्मणों के साथी एवं समान धर्म होने से नहीं रोक सकता।

—देवी सरोजिनी

Fine Art Printing Cottage, Allahabad.

सरलता के कपट-पट में कितने कलुषित भाव, कितने निकृष्ट विचार, कितने भयङ्कर षड्यन्त्र, कितनी पापमयी अभिसन्धियाँ, प्रच्छन्न-रूप में, चुपचाप अपना कार्य्य कर रही हैं, यह जानने का जिन्हें कुछ थोड़ा सा भी अवसर प्राप्त हुआ है, वे यह बात भली-भाँति जानते हैं कि अनेक हृदयों में, अनेक मस्तिष्कों में ब्राह्मणत्व, क्षत्रियत्व और शूद्रत्व के बाह्य-आवरण के भीतर, महापाप की भयङ्कर संहार-लीला का ताण्डव-नृत्य नित्य निरन्तर चलता रहता है; और इसी ताण्डव-नृत्य की ओर हमने सङ्केत किया है।

अछूतों और शूद्रों की देवियों के लिए केवल इन्हीं राक्षसों से सामना करना पड़ता हो, सो बात नहीं है। उनके ग्रसने के लिए, उनको भक्षण करने के लिए, उनके सर्वस्व को लूटने के लिए उन्हें बल से, छल से, कपट से, अन्याय से, अत्याचार से, अनाचार से, दुराचार से पतन के गम्भीर गह्वर में ढकेलने के लिए मुस्लिम-गुण्डे और ईसाई-मिशनरी भी सदा सचेष्ट रहते हैं। इनके चङ्गुल में फँस कर, इनके निर्यातन-यन्त्र में आबद्ध होकर फिर अछूत-नारी का निस्तार नहीं है। सतीत्व और शील के साथ उसे अपने धर्म, अपनी जाति, अपने घर, अपने परिवार, अपने परिजन, अपने कुटुम्ब—सभी को तिलाञ्जलि देनी पड़ती है। 'चाँद' के पाठकों के लिए इस करुण-कथा को विशद रूप से विवृत्त करके बतलाने की आवश्यकता नहीं है; वे इस मर्म-भेदनी कहानी को जानते हैं। किस प्रकार मुस्लिम-गुण्डे हमारी अछूत-बहिनों और माताओं को बरबस पकड़ कर उनका सतीत्व नष्ट करते हैं, किस प्रकार रास्ता चलते वे हमारी अछूत बेटियों और बहुओं को अपनी काम-वासना की अग्नि में भस्मसात करते हैं? इसकी स्मृति-मात्र से हमारा हृदय-शोणित खौलने लगता है; और हमारी प्रतिहिंसा-प्रवृत्ति, प्रज्वलित चिता की भाँति, धू-धू करके जल उठती है। मुस्लिम-गुण्डों की भाँति आक्रमणपूर्वक नहीं; परन्तु कपटपूर्वक एवं प्रवञ्चनापूर्वक ईसाई-मिशनरी भी हमारी इन अछूत-बहिनों और माताओं को प्रलुब्ध करके उन्हें परिभ्रष्ट करती है।

इस प्रकार हमें इन अछूत-बहिनों की रक्षा के लिए, उनके सतीत्व, उनके चरित्र, उनके शील एवं उनके दिव्य माधुर्य की रक्षा के लिए तीनों ओर के आक्रमणों को विफल करना होगा! द्विजातियों के हाथों से, विधर्मियों के प्रहार से; एवं स्वयं अछूत-पुरुषों के जघन्य आक्रमण से हमें इन बहिनों की रक्षा करनी होगी, पर जैसा कि हम ऊपर प्रारम्भ में कह चुके हैं, यह सब उस समय तक सम्भव नहीं हो सकता, जब तक कि हम व्यभिचार-प्रवृत्ति के मूल उद्गम पर आक्रमण न करें। हमारे कहने का तात्पर्य्य यह है कि जब तक हम अपने समाज में, अपनी जाति में इस भावना को पूर्णरूप से जाग्रत नहीं करेंगे कि रमणी साक्षात् जगदम्बा की अंशभूता है, रमणी विश्व की सञ्चालक शक्ति की साकार प्रतिमा है, रमणी का सतीत्व समाज का समुज्ज्वल रत्न, जाति का अक्षय प्रदीप, देश का देदीप्यमान आलोक, विश्व की विमल ज्योति, धर्म का सुन्दर स्वरूप एवं निगमागम का मूर्तिमान सार है, तब तक हम चाहे कितना प्रयत्न करें, चाहे कितने युद्ध करें, चाहे कितनी हत्याएँ करें, चाहे कितना ही शोणित प्रवाहित कर दें; पर हमें सफलता प्राप्त नहीं होगी। हमें अपने समाज में इस शाश्वत सिद्धान्त का ज़ोरों से प्रचार करना होगा कि समस्त विश्व का नारी-मण्डल आराध्य है। अछूत-रमणी और ब्राह्मण-देवी दोनों का सतीत्व, दोनों का चरित्र, दोनों का शील समान-रूप से रक्षणीय एवं वन्दनीय है। रमणी के प्रति अपमान अथवा अनादर का भाव प्रकट करना महापाप है।

अछूत-नारियों को भी हमें जाग्रत करना होगा। शताब्दियों के अत्याचार और अन्याय ने उनकी जिस दिव्य शक्ति का विलोप कर दिया है, उसे फिर से हमें जीवित करना होगा। उनके उस विलुप्त तेज को, विनष्ट गौरव एवं अन्तर्हित आत्म-सम्मान को हमें फिर से जाग्रत करना होगा। उन्हें बताना होगा कि यद्यपि आज तुम युगों के, परिपीड़न के परिणाम-स्वरूप अपनी दिव्य शक्ति, अपना अतुल तेज, अपना अक्षय आत्म-सम्मान खो बैठी हो; पर यदि तुम चाहो, यदि तुम चेष्टा करो, यदि तुम अध्यवसाय पूर्वक प्रयत्न करो, तो फिर से तुम उन्हें प्राप्त कर सकती हो। तुम उन्हीं दानव-दल-दलिनी सिंह-वाहिनी चण्डिका की अंशभूता हो, जिन्होंने एक दिन नारी-जाति को अपनी काम-वासना की शान्ति का साधन समझने वाले, मातृ-जाति की महा महिमा और पवित्र गौरव के प्रति असम्मान और अनादर प्रकट करने

वाले, रमणी-मण्डल की स्वतन्त्रता और आत्म-सम्मान पर पाद-प्रहार करने की कुचेष्टा करने वाले, शुम्भ-निशुम्भ नामक राक्षसों का, उनके वंश और सैन्य सहित, संहार किया था। द्विजाति में उत्पन्न होने वाले तुच्छ प्रच्छन्न पापियों, उनसे भी तुच्छतर मुस्लिम गुण्डों और तुच्छतम ईसाई-मिशनरियों की तो शक्ति ही क्या है, तुमने तो एक दिन त्रेता के उस समुज्ज्वल युग में त्रिभुवन विजयी राक्षसेश्वर रावण के कराल हाथों से अपने सतीत्व की रक्षा की थी! उन अछूत-देवियों के हृदयों में यह भावना बद्धमूल कर देनी होगी कि सतीत्व प्राणों की, प्राण-प्रिय पुत्रों की; एवं प्राणों से भी अधिक प्रिय प्रियतम की अपेक्षा अधिक मूल्यवान्, सारवान् एवं वन्दनीय है। उन्हें यह विश्वास दिला देना होगा कि विश्व की कोई शक्ति ऐसी नहीं है, जो तुम्हारी इच्छा के विरुद्ध तुम्हारा सतीत्व नष्ट कर सके। तुम और कुछ नहीं कर सकती, ऐसे भयङ्कर समय के समुपस्थित होने पर अपनी ही छुरी से अपना हृदय विदीर्ण कर सकती हो, दीवाल से अपना शिर फोड़ कर अपना प्राण-त्याग कर सकती हो, नदी में डूब कर, आग में जल कर, ऊँचे से कूद कर, किसी भी प्रकार हो अपने दिव्य-मधुर सतीत्व को व्यभिचारी के हाथों से बचा कर विश्वेश्वरी के हाथों में दे सकती हो। सतीत्व ही तुम्हारा इष्ट है; वही तुम्हारा सार-रत्न है!

* * *

अछूत नारी का समुद्धार

अछूत-देवियों में इस शाश्वत-सिद्धान्त का प्रचार करने के लिए हमें—हम उच्च जाति के लोगों को—निरन्तर प्रयास करना होगा। हमें अछूत देवियों का सङ्गठन करना होगा; हमें अछूत-नारी-मण्डलों की संस्थापनाएँ करनी होंगी। प्रत्येक नगर में, प्रत्येक ग्राम में, प्रत्येक मुहल्ले में, हम अछूत नर और नारियों की सभाएँ सङ्गठित करके इस दिव्य शाश्वत-धर्म का प्रचार करना होगा। जैसा कि हम ऊपर बार-बार कह चुके हैं, व्यभिचार की प्रवृत्ति को परास्त करने के लिए हमें उसके उद्गम पर ही आक्रमण करना होगा; हमें सब से पहले उस भावना को ही नष्ट करने का प्रबल प्रयत्न करना होगा, जिसने पुरुष को इतना साहसी बना दिया कि वह रमणी के सतीत्व, रमणी के शील एवं रमणी के दिव्य लावण्य को अपनी विकृत विकार-वासना में, अपनी पापमयी विलास-लीला एवं अपनी कलुषित काम-क्रीड़ा में प्रयुक्त करने लग गया; और भगवती की अंशभूता प्रतिमाओं को अपनी परिचारिका बना कर, नन्दन-निकुञ्ज से भी अधिक मधुर, उषा के दिव्य अरुण प्रकाश से भी अधिक सुन्दर, सद्यः प्रस्फुटित गुलाब से भी अधिक सुरभित एवं स्वर्ग से भी अधिक पवित्र यौवन को, उन्मत्त हस्ती की भाँति अपने काम-मद के तीव्र आवेग में नष्ट-भ्रष्ट करने लग गया।

पर हमारी इस पुण्य-साधना की सम्पूर्ण सिद्धि के लिए यह एकान्त रूप से आवश्यक है कि अछूत-नारियों के इस पुनरुद्धार के पवित्र प्रयास में हमारी उच्चजाति की बहिनें पूर्णरूप से सहयोग एवं सहायता प्रदान करें। हम पुरुषों के लिए इस विकट पथ पर अग्रसर होकर विजय प्राप्त कर लेना असम्भव नहीं, तो महा कठिन अवश्य है। दूसरी बात यह है कि रमणी ही रमणी के मर्मस्थल को भली-भाँति पहचानती है; वह जानती है कि पुण्य-प्रवृत्ति की जाग्रति एवं विकास के लिए हृदय के किस स्थल पर अँगुली रखने की आवश्यकता है; उसे इस बात का स्वाभाविक ज्ञान होता है कि हृदय-वीणा के किस तार को छूने से कौन सा स्वर निकलेगा। इसीलिए इस बात की परम आवश्यकता है कि हमारी वे बहिनें, जिन्हें भगवती की कृपा से विशेष बुद्धि, विशेष विवेक एवं विशेष विद्या-बल प्राप्त है; अपनी अछूत बहिनों की मार्ग-प्रदर्शिका बन कर उन्हें सत्पथ पर परिचालित करें। गृहस्थाश्रम की उस सीमा के भीतर जहाँ रमणी ही का राज्य होता है, केवल रमणी ही प्रवेश कर सकती है; रमणी ही के सामने रमणी अपने हृदय का प्रत्येक परिमाणु पूर्णरूप से खोल कर रख सकती है; नारी ही की सहानुभूति एवं समवेदना की पुण्य धाराओं में नारी निःसङ्कोच एवं निर्द्वन्द्व भाव से स्नान कर सकती है। इसीलिए हम अछूत नारी के इस पुनरुद्धार-व्रत की साधना-कुटीर में अपनी उच्च जाति की बहिनों और माताओं को सादर, सप्रेम एवं सभक्ति आवाहन करते हैं।

अछूत नारी मण्डल की आयोजना का प्रस्ताव रखने

से पहले ही हमने इस बात की सूचना दे दी थी कि अछूत और शूद्र जातियों के पुरुषों ने भी उच्च जाति के पुरुषों के अन्ध-अनुकरण में स्त्री को निकृष्ट एवं हेय मान कर उसे अपने परिपार्श्व-प्रान्त में आसन-प्रदान न करके, उसे अपने पद-प्रान्त पर क्रीत परिचारिका के समान आसीन किया है ; और आज भी वह वहीं पर बैठी है—वहीं पर बैठी-बैठी वह अपनी दारुण दुर्दशा को भोग रही है । सबसे पहले हमारी उच्च जाति की बहिनों को उसे वहाँ से हाथ पकड़ कर, अपने हाथ का अवलम्बन देकर उठाना होगा; उसके शरीर में जो धूल लग गई है, उसके रोम-रोम में अस्वच्छता एवं मलिनता का जो प्रवेश हो गया है उसे अपनी सहानुभूति और समवेदना की पुण्य धाराओं से प्रक्षालन करना होगा । उसको फिर से पवित्र एवं परिस्वच्छ बना कर उसे उसके प्रकृत आसन पर आसीन कराना होगा । इतना कर चुकने के उपरान्त वह कदाचित् अपने प्रकृत स्वरूप को पहचानने योग्य बन सकेगी; तब कहीं वह अपनी विलुप्त शक्ति एवं विनष्ट गौरव की कल्पना करने में समर्थ होगी । सहृदय पाठिकाओं को बताने की आवश्यकता नहीं कि वे ही अछूत-नारी के इस प्रारम्भिक संस्कार के सम्पादन में समर्थ हो सकती हैं; वे ही उसे स्वच्छ परिष्कृत एवं पवित्र बना सकती हैं । हम—हम पुरुषगण किस प्रकार उसके इस प्रारम्भिक संस्कार के सम्पादन में सहायता क्या दे सकते हैं ? हमारे सामने क्या वह स्नान करेगी ? क्या हमारे लिए यह सम्भव होगा कि हम उसके मन और शरीर का मालिन्य दूर कर सकें ? क्या वह हमारे सामने अपने हृदय का समस्त रहस्य प्रकट करेगी ? कदापि नहीं ! इसीलिए हमारा यह विश्वास है कि अछूत-नारी का उद्धार—अछूत देवी का पुनः संस्कार उच्च जाति की देवियों ही से हो सकता है; वे ही इस महायज्ञ की सिद्धि का सम्पादन कर सकती हैं !

हमने ऊपर कहीं पर कहा है कि व्यभिचार संक्रामक व्याधि है; और जब तक वह दूर नहीं की जायगी, तब तक हिन्दू-जाति का विराट शरीर किसी प्रकार स्वस्थ और निरोग नहीं हो सकेगा । अछूत एवं शूद्र भी हिन्दू-जाति के विराट शरीर के ही अङ्ग हैं—भले ही वे पैर सही । यदि इस विशाल हिन्दू-जाति को पङ्गु नहीं बनना है; यदि स्वस्थ, निरोग एवं शक्ति-सम्पन्न होकर उसे अभ्युदय एवं उन्नति के पथ पर द्रुत गति से प्रधावित होना है; यदि अपनी समस्त शक्ति का सङ्गठन करके, अपनी समस्त विकीर्ण सेना को एकत्रित करके, अपने दुर्घट तेज, अपने अमोघ वीर्य तथा अपने अतुल साहस के साथ उसे इस विश्वव्यापी युद्ध में विजय प्राप्त करना है, तो उसे अपनी इन अछूत कहलाने वाले भाइयों को अपने में फिर से मिलाना होगा, उन्हें अपने हृदय पर धारण करना होगा, उन्हें शिक्षित करना होगा; एवं उन्हें तेजस्वी, शक्ति-सम्पन्न, तथा ज्ञानवान् बनाना होगा । अछूतों की व्याधि समस्त जाति की व्याधि है, अछूतों की निर्बलता समस्त जाति की निर्बलता है, अछूतों की हीनता समस्त जाति की हीनता है । अछूतों के दुर्गुणों, दुर्बलताओं एवं दुराचरों का प्रभाव समस्त जाति पर पड़ता है; और पड़ेगा । इसीलिए हमारा कहना है कि अछूतों का प्रश्न जातीय प्रश्न है, अछूतों की समस्या हमारी एक सबसे बड़ी जातीय समस्या है । इस जातीय समस्या का निदान और उसकी औषधि का हमने अन्यत्र निरूपण और निर्देश किया है; पर यहाँ पर केवल हम इतना ही कहना चाहते हैं कि शताब्दियों के अशेष अत्याचार एवं दारुण दुर्व्यवहार से अछूत जाति की देवियों की जो भयङ्कर दुर्दशा हो गई है, उसका समुचित रूप से निराकरण किए बिना अछूतोद्धार की सफलता एक असार स्वप्न के समान है; और हमारी उच्च जाति की सुशिक्षिता बहिनों के इस पवित्र यज्ञ में भाग लिए बिना उस दारुण दुर्दशा का निराकरण होना असम्भवप्राय है; यह हम मुक्त कण्ठ से उच्च स्वर में कह सकते हैं ।

'चाँद' के इन्हीं सम्पादकीय विचारों के अन्तर्गत हम एक नहीं, अनेक बार सप्रमाण यह बात सिद्ध कर चुके हैं कि समाज-सुधार का कोई आन्दोलन उस समय तक सफल नहीं हो सकता, जब तक कि नारी-जाति का समुद्धार न हो । प्रत्यक्ष प्रमाणों से, सजीव उदाहरणों से हमारी इस बात की परिपुष्टि हो चुकी है । आज जो हमारे जातीय जीवन में एक विशेष प्रकार की स्फूर्ति, एक विशेष प्रकार की जाग्रति, एक विशेष प्रकार की प्रेरणा तरङ्गित हो रही है उसका प्रमुख कारण यही है कि धीरे-धीरे हमारा रमणी-मण्डल जातीय अभ्युदय के महायज्ञ की साधना के प्रयास में प्रवृत्त हो रहा है । हमने अपने

इसी अनुभव के बल पर, अपने इसी 'अनुभूत योग' के विश्वास पर यह कहने का साहस किया है कि अछूत जाति का भी उद्धार अछूत जाति की देवियों ही पर निर्भर है। जब तक शक्ति-स्वरूपिणी अछूत-नारी अपने प्रकृत-स्वरूप से परिचित नहीं होगी, जब तक उसे उसकी विलुप्त शक्ति, विनष्ट गौरव एवं अन्तर्हित तेज फिर से प्राप्त नहीं होंगे, जब तक वह अपना प्रकृत-स्थान ग्रहण नहीं करेगी, तब तक अछूतोद्धार की समस्या की सम्पूर्ण मीमांसा नहीं होगी; पर यह तभी सम्भव है, जब हमारी उच्च जाति की बहिनें और माताएँ भेद-भाव को तिलाञ्जलि देकर, अपनी इन पद-दलित बहिनों के उद्धार-यज्ञ में सहायता और सहयोग प्रदान करेंगी। प्रत्येक अछूत-घर में जाकर प्रत्येक अछूत-नारी से भेंट कर, उनमें आत्म-सम्मान को जाग्रत करना होगा; उन्हें बताना होगा कि हम और तुम दो नहीं हैं; एवं एक ही माता की मूर्तियाँ हैं। हम शक्ति की अवतार हैं; हम देश की माताएँ हैं; गृहस्थाश्रम की श्री हैं; पुरुषों की प्रेरणा हैं। इन अछूत-नारियों को एकत्रित करके उन्हें बताना होगा कि रमणी का सतीत्व, रमणी का लावण्य, रमणी का मातृत्व, रमणी का शील यह सब दिव्य पदार्थ हैं; तुच्छ पार्थिव पदार्थों के लिए इनका बलिदान करना उचित नहीं है; और एक बार जहाँ शाश्वत-सत्य की यह ज्योति उनके हृदयों में प्रदीप्त हो उठी, एक बार जहाँ आत्म-गौरव की अक्षय आभा से उनकी आत्म-कुटीर आलोकित हो उठी, एक बार जहाँ उन्होंने अपने दिव्य स्वरूप की झाँकी का दर्शन प्राप्त कर लिया, फिर वे स्वतः ही अपने पुण्य-पथ पर चलने लगेंगी; और फिर किस की शक्ति है कि उनके सतीत्व, उनके सौन्दर्य एवं उनके यौवन को अपनी आमोद-लीला का विषय बना सके! और उसी पुण्य मुहूर्त में अछूत-जाति के सौभाग्य-गगन में मङ्गल-प्रभात का मधुर उदय होगा! साम्य-भाव के इस अरुण प्रकाश में विश्व-जननी हिन्द-माता के अर्द्धचन्द्र-शोभी ललाट पर स्वतन्त्रता का मणिमय मुकुट पहनावेंगी!!

* * *

मेरा नम्र निवेदन

परमात्मा की कृपा से आज मैं 'अछूताङ्क' को पाठक-पाठिकाओं के सम्मुख रखने में समर्थ हो सका हूँ। 'चाँद' का प्रधान उद्देश्य सामाजिक अत्याचारों पर प्रकाश डालना और उनके विरुद्ध आन्दोलन करना रहा है। इस उद्देश्य से प्रेरित होकर ही 'अछूताङ्क' निकालने का निश्चय किया गया था!

इस अङ्क के सम्बन्ध में मुझे विशेष कुछ नहीं कहना है। इसकी सफलता और असफलता का निर्णय पाठक-पाठिकाएँ स्वयं कर लेंगी। फिर भी इस स्थान पर मैं यह निवेदन करना आवश्यक समझता हूँ कि 'अछूताङ्क' को जिस वृहद् रूप में मैं निकालना चाहता था, उसमें कृतकार्य न हो सका। इसके दो कारण हैं। पहला समयाभाव; और दूसरा आर्थिक कठिनाई। अन्य आवश्यक कार्यों में व्यस्त रहने के कारण मैं इस अङ्क के लिए केवल २२ दिन ही दे सका। इस छोटी अवधि में मुझसे जो कुछ हो सका, किया। इस अङ्क में लगभग सात हज़ार रुपये ख़र्च हुए हैं। भिन्न-भिन्न आर्थिक अड़चनों के रहते हुए भी सहगल जी की अवस्था का आदमी इस साहस तथा इस उद्योग से इतनी रक़म ख़र्च कर सकता था या नहीं; इसमें सन्देह है।

जिस समय मेरा ध्यान 'चाँद' की आर्थिक कठिनाइयों की ओर जाता है; और जिस समय मैं यह सोचता हूँ कि रुपए के अभाव के कारण ही मैं 'चाँद' को मनोवाञ्छित रूप में निकालने से असमर्थ हो सका हूँ, उस समय मेरी आत्मा में एक चोट सी लग जाती है। आज देश में हिन्दू-सङ्गठन और अछूतोद्धार के नाम पर लाखों रुपए जमा किए जा रहे हैं। परन्तु इस सम्बन्ध में कोई रचनात्मक कार्य-क्रम (Constructive work) नहीं होता, और यदि कोई मनुष्य सेवा की सच्ची भावनाओं से कुछ करना भी चाहता है, तो आर्थिक सहायता की कौन कहे, उसके प्रति लोगों की सहानुभूति का भी अभाव रहता है। 'चाँद' की ठीक यही अवस्था है। स्वामी श्रद्धानन्द-कोष में नेताओं ने कई लाख रुपए की अपील की, बहुत रुपए जमा भी हुए। मुझे पता नहीं कि ये रुपए किस प्रकार ख़र्च किए जावेंगे; परन्तु इतना अवश्य है कि देश के किसी नेता

अथवा महानुभाव ने 'अछूताङ्क' के निमित्त कुछ नहीं दिया ।

हम इस अङ्क के सुयोग्य लेखकों, कवियों और चित्रकारों की अमूल्य रचनाओं के लिए उनके अत्यन्त कृतज्ञ हैं । उन्हें धन्यवाद देना हमारी क्षमता से परे है । स्थानाभाव तथा विलम्ब से आने के कारण कई सुन्दर रचनाएँ प्रकाशित न हो सकीं, हमें इस बात का हार्दिक खेद है ।

इस स्थान पर हम सहगल जी को नहीं भूल सकते । सहगल जी अपने हैं, 'चाँद' भी अपना है; इस स्थिति में 'चाँद' में सहगल जी के सम्बन्ध में कुछ लिखते अनुचित-सा प्रतीत होता है । सहगल जी हमारे मित्र और भाई हैं । जीवन की बहुत सी बातों में वे मेरे पथ-प्रदर्शक हैं । मैं उन्हें अपना बड़ा भाई समझता हूँ, वे मेरी साधना के साधन और कीर्ति के कारण हैं । इस स्थिति में उन्हें धन्यवाद देते अत्यन्त सङ्कोच होता है । फिर भी कर्त्तव्य एवं कृतज्ञता हमें इतना कहने को अवश्य बाधित करती है कि इस अङ्क का सारा श्रेय सहगल जी का और इसकी सारी त्रुटियों का उत्तरदायित्व मुझ पर है ।

इस अङ्क में जरायम पेशा जातियों का वर्णन नहीं आ सका । सहगल जी का विचार भविष्य में इससे भी बढ़ कर एक वृहद् अछूताङ्क निकालने का है । उस अङ्क में यह त्रुटि भी पूर्ण हो जावेगी । अन्त में एक और निवेदन है । इस अङ्क में प्रूफ़-सम्बन्धी त्रुटियाँ रह गई हैं । इसका दोष यद्यपि मेरे सिर पर ही है, तथापि कार्याधिक्य के कारण मुझे प्रूफ़ देखने का बिलकुल ही अवसर न मिल सका । मुझे इसके लिए अत्यन्त खेद है; और भविष्य में इन त्रुटियों से बचने का ही मेरा सतत प्रयत्न रहेगा ।

—नन्दकिशोर तिवारी

कवित्त

[ले० पं० रामभरोसे जी दीक्षित]

उद्धार हो अछूतों का

(१)

दलित नहीं हैं ये लड़ैते भारती के लाल,
आज से समान अधिकार हो अछूतों का ।
बनिए कठोर नहीं दीन-दुखियों के प्रति,
जोड़िए सनेह बेड़ा पार हो अछूतों का ॥
छोड़ो भेद-भाव को भी, मोड़ो मुख क्रूरता से,
तोड़ दो कुरीतिन संहार हो अछूतों का ।
हो समाज का सुधार, हिन्द देश का उबार,
ठौर-ठौर प्यार से उद्धार हो अछूतों का ॥

किस कारण अछूत हैं ?

(२)

एक रक्त बीज से पले हैं एक देश ही में,
एक से हैं रङ्ग-अङ्ग, नहीं वे कपूत हैं ।
होना है स्वतन्त्र तो लगाइए गले से उन्हें,
भारत के बाँके धीर वीर मज़बूत हैं ॥
वारेंगे स्वराज्य बलि-वेदी पै स्वकीय प्राण,
ये स्वतन्त्र भाव के मनुष्यता के दूत हैं ।
वीरता अनन्त वाले भारत के पूत—
सब भाँति से सपूत किस कारण अछूत हैं ?

[ले० श्री० कार्तिकेयचरण जी मुखोपाध्याय]

आज दिन हम भारतवासी-गण अपने जिन पूर्वजों की कीर्तियों का स्मरण कर अपने को धन्य मानते; और अपनी इस अधःपतित, पद-दलित, लाञ्छित और अपमानित अवस्था में भी संसार के आगे अपना मस्तक ऊँचा किए रहने का दम भरते हैं; क्या कभी हम उनकी कीर्तियों पर सूक्ष्मतापूर्वक विचार करने की इच्छा करते हैं ? क्या कभी हम उनके द्वारा प्रदर्शित आदर्शों पर अमल करने की चेष्टा करते हैं? क्या कभी उनके कार्यों की आलोचना कर वर्त्तमान समय में हम उनसे अपने तथा अपने देशवासियों के कल्याण-साधन का यत्न करते हैं? नहीं, हम ऐसा करना नहीं जानते ; और न ऐसा करने की इच्छा ही करते हैं। हम तो केवल उनकी कीर्त्तियों की याद से ही फूल कर कुप्पा हो जाते हैं ; और अपने को उन अद्भुत-कर्मा आर्यगणों की सन्तान समझ कर ही जगद्गुरु होने का दावा करते हैं। अपनी सारी शक्तियों को हम अपने पूर्वजों के बहाने अपनी ही गुण-गरिमा बखानने में व्यय करके परम कृतार्थ हो जाते हैं।

अपने पूर्वजों के कार्यों की प्रशंसा करना या उनकी अतुल क्षमताओं के लिए गौरवान्वित होना स्वाभाविक है। यह कुछ बुरा नहीं; परन्तु यदि अपने में एक छोटे बच्चे के गुरु होने की भी योग्यता न हो; और हम अपने को जगद्गुरु समझें, तो क्या हमारा यह कार्य उपहासास्पद नहीं होगा ? इसीलिए दुनिया की आँखों में—समग्र सभ्य जगत् की दृष्टि में—हम आज उपहासास्पद और घृण्य समझे जाते हैं। हमारा कोई मूल्य नहीं है, हम ग़ुलामों और मज़दूरों की जाति के आदमी समझे जाते हैं। इसी से कहते हैं कि ऐसा करने से काम नहीं चलेगा। केवल अपने बाप-दादों की बड़ाई के गीत गाने से काम नहीं चलेगा। अपने पूर्वजों की कीर्त्तियों की हेकड़ी भरने से, उन पर नाज़ करने से हम दुनियाँ की आँखों में सम्मान नहीं पा सकते। सभ्य जातियों की समानता करने के लिए एवं उनकी आँखों में अपनी प्रतिष्ठा पाने के लिए हमें स्वयं कुछ करना पड़ेगा। तभी हम प्रतिष्ठा अथवा सम्मान पाने योग्य हो सकते हैं ; अन्यथा नहीं !

परन्तु इसकी कोई आवश्यकता नहीं कि हम वर्त्तमान सभ्यता और पाश्चात्य रीति-नीति के अनुसार ही अपनी

उन्नति करें। हाँ, हम यह भी करते, यदि हमारी उन्नति के लिए हमारे-पूर्वजों के बताए आदर्श विद्यमान न होते। पाश्चात्य अथवा भारतेतर देशों की सभ्यता और भारत की सभ्यता में बहुत बड़ा अन्तर है। इसीलिए हमें अपने प्राचीन आदर्शों पर ही विचार करने और उनके गूढ़ तत्वों को समझ कर उनकी बताई राह से ही चलने की आवश्यकता है।

संसार का ज्ञान अब तक जितना विस्तृत हुआ है, मनुष्य अब तक जितना ज्ञानोपार्जन कर सका है, उसमें जितने भी अच्छे विषय हैं; भारतवर्ष के प्राचीन जातीय चरित्र-चित्रण में उनमें से किसी के आदर्श का अभाव नहीं है। अभाव है, उनके मनन और अध्ययन करने तथा उन पर अमल करने का; अस्तु! यदि हमें अपने पूर्वजों के द्वारा प्रतिष्ठित आदर्शों पर चलना है, तो हमें उन्हीं के समान धीर, वीर, साहसी, संयमी, कार्य-कुशल, उदार, महान् और कर्मठ बनाना होगा। अपने हृदयों में हमें उन्हीं के समान उच्चतम और उदात्त भावों को धारण करना पड़ेगा। हमें अपनी समस्त सङ्कीर्णताओं और तुच्छताओं को, जो काल के प्रभाव से हमारे अन्दर पैठ गई हैं, जड़ से खोद कर निकाल फेंकना होगा। हमें उन तमाम दोषों को अपने अन्दर से निकाल देना होगा, जो हमारी ग़लती एवं हमारी विचार-भ्रान्ति से हमारे जातीय जीवन के अन्दर घुस आए हैं; और जो बहुत अंशों में हमारे पतन के कारण हुए हैं—जो हमारी जाति को गहरे गह्वर में ढकेलने के कार्य में सहायक हुए हैं।

पर हमारे अन्दर प्रविष्ट होने वाले वे दोष क्या हैं? प्रत्येक जाति का एक-एक विशेषत्व होता है! वह विशेषत्व ही उस जाति के उत्थान और पतन—जीवन और मरण का कारण होता है। कोई जाति व्यवसाय-वाणिज्य को ही अपने देश और जाति के कल्याण का अविचल मार्ग समझती है। कोई जाति अपनी संसार-ग्रासी आकांक्षाओं की पूर्ति के लिए सामरिक शक्ति की उन्नति और विस्तृति को ही अपने जीवन का लक्ष्य समझती है। कोई जाति अपनी विलास-वासनाओं और पार्थिव लिप्साओं की प्राप्ति एवं पूर्त्ति के लिए न्याय-अन्याय का विचार छोड़, परम स्वार्थान्ध हो धन-वैभव संग्रह करने को ही अपना चरम ध्येय समझती है। इसी प्रकार किसी जाति का लक्ष्य कुछ, तो किसी का कुछ और होता है। भारतीय जाति धर्म-प्रधान जाति है। यह धर्म ही यहाँ का वह विशेषत्व है, जिसके ऊपर इसके जीवन और मरण का प्रश्न अवलम्बित है। हम धर्म को विश्व-ब्रह्माण्ड को धारण करने वाला मानते और जानते हैं। धर्म की सिद्धि में ही हम अपनी उन्नति और उसकी हानि में ही अपना पतन देखते हैं।

इतना होने पर भी हम अपने मन्त्र-द्रष्टा ऋषियों के बताए धर्म-तत्वों को भूल गए हैं। हमारा धर्म बहुत विशाल और उदार है। वह पक्षपात से शून्य है। वह किसी का भी विरोधी नहीं है। उसके अन्दर सब विरोध, समस्त मतभेद और सारे द्वन्द्व डूब जाते हैं। वह किसी एक मत विशेष का समर्थक नहीं है। वह शुद्ध सत्य ज्ञान स्वरूप है। हमारा धर्म हमें विश्व-मानव को—मानव ही क्यों क्षुद्रादपिक्षुद्र कीट-पतङ्गों तक को—एक समान समझने का अपूर्व तत्व बतलाता है। वह भूतमात्र में एक अखण्ड, अनादि, अनन्त, सर्वव्यापी परमात्मा का साक्षात्कार कराता है। वह हमें 'सर्वं खल्विदं ब्रह्म' का पाठ पढ़ा कर सब को सादर आलिङ्गन करने को कहता है। वह हमें 'आत्मवत् सर्व भूतेषु' की अमोघ शिक्षा देता है। वह हमें परम उदार बनाता है। वह हमें सङ्कीर्णता का त्याग करने को कहता है। वह हमारे मन को हिमालय के समान उन्नत और हृदय को आकाश के समान विशाल बनाता है। यह विशालता, महत्ता, उच्चता, उदारता और व्यापकता ही इस धर्म की विशेषता है। काल के प्रभाव से कभी-कभी हम इसकी विशेषता को नष्ट कर देते हैं; और इसके उदार-स्वभाव को भूल कर सङ्कीर्ण रूप दे डालते हैं। यह सङ्कीर्णता ही हमारे धर्म के महत्त्व को घटा कर उसकी असीमता का संहार कर देती है; और इस प्रकार हम अनुदार मत के समर्थक हो जाते हैं। इस प्रकार हमारा वह धर्म, जो हमारा जातीय प्राण है, ह्रास को प्राप्त होता है; और उसके ह्रास से हमारा जातीय जीवन भी मृतवत् हो जाता है।

वेद-वेदाङ्गों, दर्शन-शास्त्रों, तथा तन्त्रों की ज्ञान-राशि को छोड़ कर यदि हम अपने रामायण-महाभारतादि इतिहासों पर ही अटूट विश्वास करें; और उनमें चित्रित आदर्श-चरित्रों पर यदि हम ध्यान दें, तो हम देखेंगे कि हमारे श्रीरामचन्द्र और श्रीकृष्णचन्द्र ने भी उन्हीं

उपनिषदोक्त तत्त्वों पर ध्यान रख कभी धर्म को सङ्कुचित नहीं होने दिया है ।

'चाँद' के इस अङ्क में ऐसे ही तीन चित्र प्रकाशित किए गए हैं, जिनके द्वारा साधारण पाठक भी यह समझ सकेंगे कि भगवान श्रीरामचन्द्र ने किस प्रकार गुहक चाण्डाल को गले लगाया। वशिष्ठ मुनि ने भी किस प्रकार उसे सादर आलिङ्गन किया, और मर्यादा पुरुषोत्तम राम ने स्वयं शबरी के उच्छिष्ट फल किस प्रेम के साथ खाए हैं !

क्या इन आदर्श-उदाहरणों को देख कर भी हम छूतछात के भूत की छाया से अपने को पवित्र नहीं कर सकते हैं ? क्या हम अपने आभिजात्य के अहङ्कार को दूर नहीं कर सकते हैं ? यदि हम अब भी अपने अन्दर घुसी हुई इस सङ्कीर्णता रूपी बीमारी को दूर नहीं कर सकते, तो कहना पड़ेगा कि हम वृथा ही अपने पूर्वजों की कीर्त्तियों का अभिमान करते हैं। यदि हम अपने पूर्वजों के आदर्श के अनुकूल नहीं चल सकते, तो धिक्कार है हमें, जो अपने को उन ऋषियों की सन्तान बताते हैं, जिन्होंने अपने दिव्य ज्ञानालोक से चिरकाल के लिए जगत् को आलोकित और उद्भासित कर रक्खा है !!

अछूत

[ले० श्री० मंगलप्रसाद जी विश्वकर्मा, विशारद]

हे आराध्य विश्वनाथ !
बैठा हूँ, तुम्हारे इस
सुविशाल मन्दिर की
सोपान-श्रेणी के तले ।
कितने भक्त आते हैं,
तुम्हारे श्रीचरणों में
अञ्जलि प्रदान-हेतु ;
कितने अनन्य भक्त
जाते हैं यहाँ से प्रभो,
चरणों का प्रसाद पा
परन्तु मैं अछूत हूँ,
पददलित, उपेक्षित,
भावना-कुण्ठित नर !
मनोरथ नष्ट हुआ;
नहीं पा सका तुम्हारे
श्रीचरणों की धूलि भी !
हे परमाराध्य प्रभो !
ऊषा की सुवर्ण वीणा
अपूर्व रागनियों में
झंकृत होती है जब
होता मुखरित सभी
मन्दिर-प्राङ्गण । अहो,
उसकी मृदुल ध्वनि
होती है प्रविष्ट मेरे
आकुल अन्तस्तल में !
झुक जाता है श्रद्धा से
मेरा अभागा हृदय,
शाश्वत आनन्द पा के
तुम्हारे पाद-पद्मों में ।
श्रद्धालु जन आते हैं
तव उपासना-हेतु ;
ठुकरा देते हैं और
मेरे मस्तक को, निज
पाद-प्रहार से । हाय,
अछूत के लिए यह
क्रूर पाद-प्रहार ही
उपहार है क्या प्रभो ?
यदि मैं उपेक्षित हूँ,
निराश्रय, निराश हूँ,
तौ भी कहो तो अवज्ञा,

घृणा, प्रवञ्चना और
लाञ्छना का पात्र क्यों हूँ ?
कहो, यह दीर्घ श्वास,
हृदय-भेदी उच्छ्वास,
तुम्हें क्या नहीं करता
किञ्चित् चिन्तित प्रभो ?
प्रकृति ने आज दिया,
अगाध, अवर्णनीय,
प्रेम का अखण्ड भाव,
तुम्हारे ही अपरूप
स्वरूप की भक्ति-हेतु !
आज की बासन्ती वायु
भर रही है मुझ में
अपूर्व प्रेमोच्छ्वास को !
आम की मञ्जरियों का
मृदु, मादक, सौरभ,
कर रहा है मुझमें
उद्भ्रान्ति का सुप्रसार।
आज प्रभो, हो गया है
पुलक से विभोर भी
मेरा सम्पूर्ण हृदय।
आज शुभ्र कण्ठ में भी
जागृत हुई है नव्य
सङ्गीत की भावना भी।
किन्तु, सोचता हूँ यही,
कैसे होगा भङ्ग तव
स्पन्दन हीन गाम्भीर्य ?
एक इसी चिन्ता से ही
हो जाता है नष्ट मेरा
विवेक, मञ्जु कल्पना,
और मेरे हृदय का
उमड़ता प्रवाह भी।
कैसे करूँ अर्चना मैं,
समर्पण करूँ कैसे
तुम्हारे श्री-चरणों में
अञ्जलि प्रदान आज ?
हाय रे, उपेक्षित क्षुद्र,
तू तो अछूत है; और
अछूत मात्र के लिए
रहते हैं बन्द सदा
मन्दिर के द्वार सभी।
कभी भी खुलेगा नहीं
तेरे लिए कोई द्वार,
और न होगी स्वीकार
पूजा की तेरी अञ्जलि !
तेरे लिए रोदन है
पूजा का अनन्य भाव !
तेरे लिए उपेक्षा है
विश्वनाथ का प्रसाद !!
मैं अछूत हूँ; अभागा;
नरक के कीट से भी
तुच्छ और पतित हूँ।
विश्व-देवता का आज
हाय रे, हृदय-हीन,
शासक-समाज, तेरे
कुटिल कटाक्ष से ही
बन गया वरदान
मेरे लिए अभिशाप।
भक्ति का भी भव्य भाव
आज मेरे लिए हुआ

रोदन की निस्सारता ।
मिली मुझे प्रसाद में
उपेक्षा की भावना ही ।
सुनता हूँ दूर से मैं
देवता की आरती को
होते हुए सन्ध्याकाल ।
आरती के सङ्गीत का
उच्च स्वर उत्थित हो
करता है मुखरित,
औ पवित्र मन्दिर के
सुविशाल प्राङ्गण को ।
मेरे आकुल प्राण हा,
तड़प रह जाते हैं,
विश्वनाथ की विमल
आराधना के बिना ही ।
पूजा के समस्त फूल
मन्दिर की सीढ़ियों पै
गिर कर बिखरते हैं ।
शून्य में विलीन होते
मेरी मञ्जु भावना के
समस्त अनन्त भाव ।
अभाव की वेदना से
करता है हाहाकार,
रोम-रोम कम्पित हो ।
और देखता हूँ फिर
रात्रि का अनन्त तम
ढँक लेता अछूत के
अस्पर्शनीय गात को ।
प्रच्छन्न अन्धकार ही
प्रश्रय है अछूत का ।
आदि और अन्त में भी
छाया है क्या अन्धकार ?
जहाँ असीम धैर्य से
करता प्रतीक्षा किसी
ज्योति के किरण की
वह अछूत अभागा ?
प्रेम-प्रदीप जला क्या
दिखाएगा उसे मार्ग
मनुष्यत्व का पिपासा
कोई प्रेम का पुजारी ?

प्रचारिकाओं की आवश्यकता

हमें स्त्री-शिक्षा तथा 'चाँद' का प्रचार करने के लिए चार सुशिक्षिता प्रचारिकाओं की आवश्यकता है। वेतन योग्यतानुसार ६०) से १००) रु० तक! केवल लिखी-पढ़ी और ऐसी महिलाएँ ही प्रार्थना-पत्र भेजें, जो व्याख्यान भी दे सकती हों और जिन्हें अङ्गरेज़ी का भी अच्छा ज्ञान हो । अपनी योग्यता, अनुभव, आयु और पारिवारिक सम्बन्ध आदि के बारे में स्पष्ट लिखना चाहिए ।

पत्र-व्यवहार करने का पता:—सम्पादक 'चाँद', २८, एल्गिन रोड, इलाहाबाद

लावारिस माल (Unclaimed Property)

मौलाना मुहम्मद अली—(कांग्रेस के प्लेटफ़ॉर्म से) भाइयो ! अछूतों का सवाल हिन्दू, मुसलमान दोनों का ही सवाल है। बेहतर तो यही हो कि हिन्दू, मुसलमान मिल कर इन्हें आपस में आधा-आधा बाँट लें। इससे हिन्दू-मुसलिम इत्तहाद हमेशा के लिए क़ायम हो जावेगा।

स्वराजिस्ट—जनाब, बिल्कुल ठीक फ़र्माते हैं हम लोग क़तई मुतफ़्फ़िक राय हैं, आख़िर इन बेचारों का भी ठिकाना लगना ही चाहिए !

कांग्रेस का प्रतिनिधि-मण्डल—आमीन ! आमीन !!

समाचार संग्रह

दलितों पर अत्याचार

शोक के साथ लिखना पड़ता है कि हमारे कुछ स्वार्थी एवं मदमस्त हिन्दुओं की ओर से इस जाग्रति के युग में भी दलितों पर बराबर अत्याचार हो रहे हैं। बलोदा ज़िला धार का समाचार है कि वहाँ के नम्बरदार ने, जो उच्च जाति का हिन्दू है, पूर्व रीति-रिवाज के विरुद्ध, बलाइयों को सार्वजनिक कुओं से पानी भरने से रोक दिया है। आप का फ़रमाना है कि यदि बलाई लोग साफ़-सुथरे कपड़े न पहनें, अपने यहाँ की स्त्रियों को चाँदी के आभूषण न पहनने दें; तथा ताँबे-पीतल के बर्तन काम में न लावें, तो हम कुओं से पानी भरने की आज्ञा दे सकते हैं! इस अत्याचार का परिणाम हिन्दू-समाज के लिए भीषण होगा!!!

* * *

चमार की हत्या

समाचार है कि रायपुर ज़िले के निपनिया गाँव के ब्राह्मणों और राजपूतों ने मिल कर एक चमार की हत्या कर डाली। चमार का अपराध यह था कि उसने यज्ञोपवीत (जनेऊ) धारण किया था!

* * *

अस्पृश्यता-निवारण

भोला (बङ्गाल) में 'दास' जाति के कुछ हिन्दू रहते हैं, जिन्हें वहाँ के लोग दलित और अस्पृश्य समझते थे। प्रसन्नता की बात है अब वहाँ के हिन्दुओं ने अपने पुराने विचार बदल दिए हैं। हाल ही में वहाँ की 'बार लाइब्रेरी' में एक सहभोज हुआ था, जिसमें दास जाति के पुरुषों के साथ वहाँ के प्रसिद्ध ब्राह्मण, वैश्य और कायस्थों ने भी भोजन किया था।

* * *

अनुदारता की सीमा

बम्बई प्रान्त के महाद नामक गाँव में द्विजों द्वारा दलितों पर अत्याचार करने की खबर समाचार-पत्रों में प्रकाशित हुई है। कहा जाता है कि म्यूनिसिपैलिटी ने वहाँ के सार्वजनिक तालाबों को सर्व-साधारण के लिए खोल दिया था। इस पर वहाँ के दलित भाई एक तालाब पर स्नान करने के लिए जा रहे थे कि पीछे से कुछ द्विजों ने आक्रमण किया। जिससे बीस आदमी घायल हुए।

* * *

अस्पृश्यों से सहभोज

जबलपुर के कालीमाई के मन्दिर में हाल ही में अस्पृश्यों के साथ एक सहभोज हुआ था, जिसमें ब्राह्मण, वैश्य आदि उच्च जाति के कई सज्जन सम्मिलित हुए थे

* * *

मेहतरों में जाग्रति

दिल्ली के मेहतरों में बराबर जाग्रति हो रही है। उन्होंने अपने मुहल्लों में वाल्मीकि सेवा-सङ्घ स्थापित कर लिए हैं; जिनके द्वारा वे अपनी जाति में नवजीवन का सञ्चार तथा अपनी देवियों की रक्षा करने का सङ्गठन कर रहे हैं। क्या हम आशा करें कि अन्य स्थान के मेहतर भाई भी दिल्ली का अनुकरण करेंगे ?

* * *

सार्वजनिक जुलूसों में अछूत

अलीगढ़, बनारस आदि कई स्थानों से होली पर सार्वजनिक जुलूसों में अछूतों के सम्मिलित होने के समाचार प्राप्त हुए हैं। इस अवसर पर समस्त हिन्दू भाइयों ने उन्हें गले लगाया और उन्हें मिठाई बाँटी।

* * *

मुसलमानों का अत्याचार

हाल ही का समाचार है कि बनारस में रैदास भाइयों की एक विराट सभा हो रही थी; और उसमें जाति-सुधार तथा अधिकार-प्राप्ति के विषय में उपदेश हो रहे थे कि कोई चालीस लट्ठबन्द मुसलमानों ने उन पर आक्रमण किया। पुलीस के तुरन्त ही पहुँच जाने के कारण लड़ाई न होसकी; और गुण्डे भाग गए।

* * *

चमारों का अधिकार

भिवानी के हिन्दुओं ने चमारों को सार्वजनिक कुओं से पानी भरने की आज्ञा दे दी है। कई स्थानों पर जब वे पानी भरने पहुँचे, तो उनका हार्दिक स्वागत किया गया।

* * *

मन्दिरों में अछूत-प्रवेश

दण्डा (राँची) के महन्त श्री रामशरणदास जी ने गत शिवरात्रि के अवसर पर अपने शिव-मन्दिर में अछूतों को प्रवेश करने की आज्ञा दे दी थी। अतः प्रातःकाल ही से बहुत से मेहतर और चमार भाई स्वच्छ वस्त्र पहन कर मन्दिर में गए; और शिवरात्रि-महोत्सव मनाया।

* * *

अछूत-बालिका को पढ़ाने से इन्कार

उज्जैन में बालिकाओं के लिए बारह स्कूल हैं; परन्तु शोक के साथ लिखना पड़ता है कि उनमें से किसी में भी बलाइयों की बालिकाओं को भर्ती नहीं किया जाता। हाल ही में एक लड़की एक स्कूल में भर्ती होने गई थी; परन्तु वहाँ की मुख्याध्यापिका ने भर्ती करने से इन्कार कर दिया। साथ ही उससे यह भी कह दिया गया कि वह किसी भी स्कूल में दाख़िल नहीं हो सकती। क्या हम आशा कर सकते हैं कि वहाँ के उच्च पदाधिकारी इस ओर ध्यान देंगे ?

* * *

हिन्दुओं को चेतावनी

कोमिल्ला (बङ्गाल) के निकट महेशप्राङ्गण में अछूतों ने सभा करके हिन्दुओं को चेतावनी दी है कि उन्हें अछूत का भेद-भाव मिटा देना चाहिए; अन्यथा वे ईसाई या मुसलमान हो जावेंगे।

* * *

कानपुर में अछूतोद्धार

कानपुर में हिन्दू-बाल-सभा अछूतोद्धार का कार्य बड़ी तेज़ी से कर रही है। उसने कई मुहल्लों में अछूतों का सङ्गठन करने के उद्देश्य से अछूत-सभा स्थापित कर दी हैं। अछूत-पाठशालाएँ भी जगह-जगह स्थापित हो चुकी हैं; और बराबर हो रही हैं।

* * *

चमार कॉन्फ्रेन्स

गाड़ीवाला (पञ्जाब) में हाल ही में एक विराट चमार-कॉन्फ्रेन्स हुई थी। उसमें सभी अछूत-जाति के

लगभग दस हज़ार प्रतिनिधि उपस्थित थे। इस कॉन्फ़्रेन्स का प्रभाव इतना हुआ कि धीरे-धीरे हिन्दुओं की कट्टरता दूर होने लगी है; और वहाँ के ग्यारह सार्वजनिक कुएँ दलित जातियों के लिए खोल दिए गए हैं।

* * *

अन्त्यजोद्धार-सम्बन्धी क़ानून

बड़ोदा राज्य की व्यवस्थापिका सभा में वहाँ के अन्त्यज-प्रतिनिधि श्री० मूलदास भूधरदास जी ने एक मसविदा पेश किया है। इस क़ानून के अनुसार अन्त्यजों को सार्वजनिक एवं सरकारी स्कूलों, बस्तियों, पुस्तकालयों, कचहरियों, तालाबों, कुओं, देवालयों, धर्मशालाओं आदि से लाभ उठाने का उतना ही अधिकार होगा, जितना दूसरी जातियों को है। इसके अनुसार बेगार की प्रथा बिलकुल नष्ट कर दी जायगी। अन्त्यज रोगियों की सेवा-सुश्रूषा सरकारी औषधालयों में उसी प्रकार की जायगी, जिस प्रकार कि अन्य जातियों की। इतना ही नहीं; वरन् इस क़ानून के उल्लङ्घन करने वाले व्यक्ति यदि सरकारी नौकर हों, तो नौकरी से अलग कर दिया जायगा; और यदि कोई ग़ैरसरकारी आदमी इसके विरुद्ध आचरण करेगा, तो १००) रुपये तक अर्थ-दण्ड (जुर्माना) किया जायगा।

* * *

विराट् सभा

हाल ही में कलकत्ता में अखिल भारतवर्षीय रैदास (चमार) सभा हुई थी। उसमें लगभग पाँच हज़ार रैदास भाई उपस्थित थे और उच्चवर्ण के सज्जनों ने भी उसमें भाग लिया था। सभा में शराब, और गो-मांस त्याग करने के सम्बन्ध में कई उपयोगी प्रस्ताव स्वीकृत हुए।

* * *

रोहतक में जाग्रति

हाल ही में रोहतक के दानक लोगों की एक विराट् सभा स्वामी रामानन्द जी के सभापतित्व में हुई थी। इस सभा में राजपूताना, झींद, हिसार, करनाल, गुड़गाँव, दिल्ली आदि स्थानों के दानक कई सहस्र की संख्या में उपस्थित थे। सभा में कई एक विद्वानों के सुधार-सम्बन्धी भाषण हुए; तथा कई उपयोगी प्रस्ताव स्वीकृत हुए।

* * *

बरासत कॉन्फ़्रेन्स

हाल ही में बरासत (बङ्गाल) अछूत कॉन्फ़्रेन्स का तीसरा अधिवेशन श्री० पीयूषकान्ति घोष (सम्पादक—अमृत बाज़ार पत्रिका) की अध्यक्षता में हुआ था। इस कॉन्फ़्रेन्स में कलकत्ता आदि स्थानों के कई प्रतिष्ठित व्यक्ति सम्मिलित हुए थे। उसमें कई प्रस्तावों के अतिरिक्त अस्पृश्यता-निवारण, शिक्षा-प्रचार और दलितोद्धार सम्बन्धी उपयोगी प्रस्ताव स्वीकृत हुए। इन प्रस्तावों का समर्थन उच्च वर्ण के नेताओं ने भी किया।

* * *

अछूतों का मन्दिर-प्रवेश

विक्रमपुर (ढाका) इलाक़े के प्रसिद्ध ग्राम वज्रयोगिनी में अस्पृश्यों को मन्दिर-प्रवेश का अधिकार दे दिया गया है। हाल ही में अस्पृश्यों ने मन्दिर में जाकर पूजा की और उच्च वर्ण के हिन्दुओं ने उनके साथ बैठ कर जल और मिष्ठान्न ग्रहण किया। उसी दिन सन्ध्या को एक विराट् सभा हुई, जिसमें अस्पृश्यता-निवारण पर ज़ोरदार भाषण हुए और दलित भाइयों को समान अधिकार प्रदान करने पर ज़ोर दिया गया।

* * *

गुड़गाँव दलितोद्धार कॉन्फ़्रेन्स

हाल ही में गुड़गाँव ज़िला वल्लभगढ़ में दलितोद्धार कॉन्फ़्रेन्स बड़े समारोह और उत्साह के साथ हुई। सभापति का आसन डॉक्टर मुञ्जे जी ने सुशोभित किया था; तथा शाहपुराधीश श्री० सर नाहरसिंह, कुँवर रणञ्जय सिंह, डॉक्टर केशवदेव शास्त्री, स्वामी रामानन्द जी प्रभृति सज्जन भी कॉन्फ़्रेन्स में सम्मिलित हुए थे; और उसमें योग दिया था। कॉन्फ़्रेन्स में अस्पृश्यता-निवारण, बेगार बन्द करने आदि के सम्बन्ध में प्रस्ताव स्वीकृत हुए।

* * *

अछूतों का अधिकार

हाल ही में बम्बई प्रान्तीय व्यवस्थापिका सभा में प्रश्न करने पर वहाँ के स्वायत्त शासन-विभाग के मन्त्री महोदय ने सूचना दी है कि सरकार ने अपने कर्मचारियों को ताक़ीद कर दी है कि वे कौन्सिल के उस प्रस्ताव को अमल में लावें, जिसमें कि अछूत जातियों को सार्वजनिक कुएँ, तालाब और संस्थाएँ प्रयोग में लाने का अधिकार दिया है।

* * *

अमरावती में विराट् सभा

हाल ही में अमरावती के गणेश थियेटर में वहाँ की हिन्दू-सभा की ओर से एक सार्वजनिक सभा हुई थी, उसमें सभी विचार के हिन्दू सम्मिलित हुए थे। सभा में महारों की उपस्थिति कई हज़ार की थी। सभापति का आसन सर एम० बी० जोशी भूतपूर्व उप-प्रधान मध्य-प्रान्तीय व्यवस्थापिका सभा ने ग्रहण किया था। श्री० ओगले, श्री० बी० जी० खापर्डे आदि माननीय व्यक्तियों ने अस्पृश्यता-निवारण पर ज़ोरदार भाषण दिए। सभा में सब को तिल-गुड़ बाँटे गए, जिन्हें सब लोगों ने खाया।

* * *

सर्वेण्ट ऑफ़ प्युपिल सोसाइटी

सर्वेण्ट ऑफ़ प्युपिल सोसाइटी ने हाल ही में अपनी सात वर्ष की रिपोर्ट प्रकाशित की है। उससे प्रतीत होता है कि उक्त सोसाइटी ने पञ्जाब तथा संयुक्त-प्रान्त में अछूतोद्धार का बहुत कार्य किया है। जहाँ उच्च वर्ण के हिन्दू वाल्मीकि (भङ्गियों) की परछाईं तक से बचते थे, वहाँ लाहौर जैसे विशाल नगर में उनके बड़े-बड़े जुलूस निकलते हैं; और उच्च वर्ण के हिन्दू उनका हार्दिक स्वागत करते हैं। इसी प्रकार कई स्थानों में उक्त सोसाइटी के प्रचार के फल-स्वरूप हिन्दुओं में जाग्रति हो रही है।

हाल ही में सोसाइटी का वार्षिक अधिवेशन बड़े-समारोह से मनाया गया था। जिसके साथ-साथ एक वाल्मीकि कॉन्फ्रेन्स भी हुई। कॉन्फ्रेन्स के सभापति थे सुविख्यात दानवीर सेठ जमनालाल जी बजाज!

* * *

दलितोद्धार शिक्षक-सम्मेलन

गत १० अप्रैल को श्री श्रद्धानन्द दलितोद्धार सभा की पाठशालाओं के शिक्षकों का सम्मेलन बुलन्द-शहर में हुआ था। सभापति का आसन प्रोफ़ेसर परमात्मा शरण जी एम० ए० ने सुशोभित किया था। उसमें दलितों की शिक्षा के विषय में कई उपयोगी प्रस्ताव स्वीकृत हुए।

* * *

अछूतों का अधिकार

कुम्भ के अवसर पर महामना पं० मदनमोहन मालवीय के सभापतित्व में अखिल भारतवर्षीय सनातन-धर्म सभा का वार्षिक अधिवेशन हुआ था। उसमें अछूत कहलाने वाली दलित जातियों के देवस्थान में प्रवेश करने और सार्वजनिक कुओं आदि से जल भरने में बाधा न देने के सम्बन्ध में कई प्रस्ताव स्वीकृत हुए।

* * *

दलितों का आर्य-समाज-प्रवेश

हाल ही में बिजनौर ज़िले के गोविन्दपुर तथा सदाफल गाँव के लगभग ८०-९० चर्मकारों ने आर्य-समाज में प्रवेश किया। बिजनौर ज़िले की आर्य-समाज द्वारा उनका संस्कार कराया गया, जिसमें स्त्री-पुरुषों ने हवन किया। तत्पश्चात् सहभोज हुआ।

* * *

अखिल भारतीय अछूतोद्धार कॉन्फ़्रेन्स

गत १७ अप्रैल को हिन्दू-महासभा के अवसर पर पञ्जाब-केशरी लाला लाजपतराय जी के सभापतित्व में अखिल भारतवर्षीय अछूतोद्धार कॉन्फ़्रेन्स हुई। स्वागता-ध्यक्ष ने महात्मा गाँधी के नेतृत्व में अस्पृश्यता-निवारण का आन्दोलन जारी करने को कहा; और लाला लाजपतराय जी ने अपने भाषण में अछूत के कलङ्क की घोर निन्दा करते हुए उसे धो डालने की अपील की। उपरान्त अछूतो-द्धार सम्बन्धी कई परमोपयोगी प्रस्ताव स्वीकृत हुए। उनमें दलित-श्रेणियों को शिक्षा एवं सरकारी नौकरी के विषय में समान अधिकार दिए जाने और सार्वजनिक कुओं को उनके लिए खोल देने को कहा गया है।

* * *

बनारस अछूत-सम्मेलन

गत २४ अप्रैल को चौबेपुर में बनारस ज़िला अछूत-सम्मेलन श्री० नरेन्द्रदेव जी के सभापतित्व में बड़े समारोह के साथ हुआ। इस अवसर पर श्री० गणेशशङ्कर जी विद्यार्थी, श्री० बिहारीलाल जी चर्मकार आदि कई प्रतिष्ठित सज्जन उपस्थित थे। सभापति महोदय ने अपने भाषण में कहा कि यदि हम अछूतों को नहीं अपनाएँगे, तो हमारे हिन्दू धर्म, हिन्दू-जाति एवं हिन्दू-सभ्यता का शीघ्र नाश हो जायगा। सम्मेलन में अछूतोद्धार सम्बन्धी कई उपयोगी प्रस्ताव स्वीकृत हुए। जिनमें अछूतों को सार्वजनिक अधिकार देने एवं उनमें शिक्षा-प्रचार करने आदि पर ज़ोर दिया गया।

* * *

अछूत-जलूस में बाधा

हाल ही में शेजपुरिया (मन्दसौर) के चर्मकारों ने श्रीगङ्गा जी का जलूस बड़े उत्साह से निकाला था; परन्तु वहाँ के उच्च वर्ण के लोगों ने बहुत प्रार्थना करने पर भी उसे रास्ते में रोक दिया; और चर्मकारों को बुरी तरह से पीटा।

* * *

अस्पृश्यता-निवारण का समर्थन

हाल ही में कलकत्ता में अखिल भारतीय अग्रवाल महासभा का वार्षिक अधिवेशन हुआ था। उसके सभापति श्री० नेवटिया जी ने अपना भाषण देते हुए अग्रवाल-समाज से अस्पृश्य जाति को सुधारने तथा अस्पृश्यता को दूर करने की अपील की।

* * *

हिन्दू-महासभा और अछूत

गत ईस्टर की छुट्टियों में डॉक्टर मुञ्जे के सभापतित्व में हिन्दू महासभा का दसवाँ अधिवेशन पटना में हुआ। सभापति महोदय ने धर्मशास्त्र के कथनों को उद्धृत करते हुए अस्पृश्यता की निःसारता प्रकट की। महासभा में अछूत जाति के सम्बन्ध में कई उपयोगी प्रस्ताव स्वीकृत हुए; और उन्हें सार्वजनिक अधिकार देने पर ज़ोर दिया गया।

अभिलाषा

[ले० श्री० चन्द्रनाथ जी मालवीय "वारीश"]

"अछूतांक" यह 'चाँद' तुम्हारा,
भारत में अपना सन्देश!
कोने-कोने में पुकार है—
गूँज रही "दलितों का देश"!!

रह न जाय कोई अछूत,
उठ जाय यहाँ से पतित-प्रथा!
भारत भर में अब न सुनाई—
दे दीनों की करुण-कथा!!

'चाँद'! तुम्हारी चारु-चन्द्रिका,
भूमण्डल में कर विस्तार!
जग का सब तम-तोम हटा दे,
इन दुखियों का हाहाकार!!